Carolin Becker
Sieben Leben – Brunnengasse

Carolin Becker

SIEBEN LEBEN

Brunnengasse

Historischer Roman

Stieglitz Verlag

D-75417 Mühlacker

Gestaltung des Umschlags: Elser Druck GmbH
Titelbild: Stadtarchiv Mühlacker, Brunnengasse 1930

Bibliografische Information der Deutschen Bibliothek
Die Deutsche Bibliothek verzeichnet diese Publikation in der Deutschen Nationalbibliografie; detaillierte bibliografische Daten sind im Internet über http://dnb.ddb.de abrufbar.

ISBN-10: 3-7987-0444-9
ISBN-13: 978-3-7987-0444-2

Druck: Karl Elser Druck GmbH, Mühlacker

Prolog

Dies ist die Geschichte einer meiner Urururururgroßmütter. Sie ist so wahr, wie sie angesichts der Quellen sein kann, die im 18. Jahrhundert das Leben der einfachen Menschen widerspiegeln. Alle mit komplettem Datum genannten Ereignisse sind in Kirchenbüchern oder kommunalen Akten dokumentiert. Alle mit vollem Namen auftretenden Menschen haben, von einer Ausnahme abgesehen, tatsächlich gelebt. Sie mögen mir verzeihen, sollte ich ihnen Falsches oder gar Böses angedichtet haben. Vielleicht tröstet es sie, dass sie nicht vergessen sind.

Carolin Becker

„Es gibt zwei Möglichkeiten, vor dem Elend des Lebens zu flüchten: Musik und Katzen."

Albert Schweitzer

Für Nelly

Kapitel 1

Sie musste sich mit der Kuh gut stellen. Sich ihr vorsichtig nähern, so dass ihr Ansinnen nicht gleich zu erkennen sein würde. Denn so klapprig die Gestalt auch wirkte, Bekanntschaft mit ihren Klauen zu machen, war nicht zu empfehlen. Schon einmal hatte ein solcher Tritt ihr beinahe den Atem geraubt, als sie zu unvorsichtig zu Werke gegangen war. Dabei wollte sie doch nur die Milchtropfen ablecken, die kurz nach dem Melken perlengleich am Ende der Zitzen hängengeblieben waren.

Dieses Mal war die Verlockung ungleich größer. Gewiss, da glitzerte es weiß an besagten Stellen, doch spiegelten sich die Tröpfchen in einem See, der sich unter dem Euter gebildet hatte. Das Morgenlicht, das durch die geöffnete Tür in den Stall fiel, ließ die Milch silbrig schimmern und mit ihr den verbeulten Eimer, aus dem sich die wertvolle Flüssigkeit auf den Boden ergoss. Ein Verlust für die Menschheit, doch ein ungeheurer Gewinn für das edle Geschlecht der Katzen. Also setzte sich dessen Vertreterin langsam in Bewegung. Ganz langsam, auf ungeradem Weg und mit demütig gesenktem Schwanz strebte sie auf ihr Ziel zu, blieb ab und an stehen, setzte sich, versuchte, an den wimpernverhangenen Augen der Kuh deren Stimmung abzulesen, schloss die eigenen Augen zur Hälfte, um dann, gleichsam schlafwandelnd und die Harmlosigkeit in Person, die nächste Etappe zu bewältigen. So viel Geduld und Umsicht musste belohnt werden. Der See war erreicht, die schwarze Nasenspitze schon milchweiß gesprenkelt, und immer noch zeigte die Spenderin keinerlei Anzeichen von Unmut. Nun denn! Es sei gewagt, sagte sich die Katze. Ein wohliger

Schauer durchlief ihren Körper, ein kurzes Schnurren ließ sich einfach nicht unterdrücken, und endlich begann sie zu trinken. Zu trinken, zu trinken, zu trinken. Schluck um Schluck wich die Angst purer Katzenwonne, und als auch der letzte Tropfen aus dem umgestoßenen Eimer geleckt war und nicht nur der Magen, sondern das gesamte Gemüt zum Bersten mit Wohlgefühl gefüllt war, beschloss die Katze, der Urheberin ihrer Freuden auf ewig in Liebe verbunden zu sein. Wer immer den Anlass dazu geboten hatte, dass das kleine blonde Mädchen vom Melkschemel aufgesprungen, den Eimer in der Eile zurückgelassen, ja umgestoßen hatte, dieser Mensch musste ein ganz besonderer sein. Ihr Mensch.

Die Katze knüpfte dieses unsichtbare Band mit einem Wesen, das an diesem Donnerstagmorgen, dem 3. August Anno Domini 1752, erst dabei war, seinen Weg in die Welt hinein anzutreten. Hinein in eine Welt, die nicht auf es gewartet hatte und ihm wenig versprach. Und doch ließ sich das kleine Geschöpf nicht aufhalten. „Schnell, hol die Hebamme. Sag, es pressiere", hatte Melchior Beck seiner Stieftochter durch die halb geöffnete Tür befohlen, die die armselige Behausung der Kuh mit den nicht minder dürftigen Räumen der menschlichen Bewohner verband. Und so war Christina Margaretha, acht Jahre alt und in größter Sorge, fluchtartig aus dem Stall gestürzt. Was zählte ein Eimer verschüttete Milch, wenn nebenan das Blut ihrer geliebten Mutter vergossen wurde? Kaum spürte sie die Steine auf der Brunnengasse, die sich durch die Haut ihrer bloßen Füße zu bohren drohten, kaum bemerkte sie, dass ihr Atem immer lauter ging, bis sie endlich keuchend vor der Tür der Clara Stahl stand. Dankbar stellte sie fest, dass sie im vergangenen

Jahr kräftig gewachsen war, so dass sie mühelos den schweren Türklopfer betätigen konnte. Einmal, zweimal, dreimal schlug sie den Ring hart gegen das Holz, da nahm sie endlich hinter der Tür Schritte wahr. „Komme schon", hörte sie eine merkwürdig tiefe Stimme rufen. Das volltönende Organ gehörte Clara Stahl, Ehefrau des Schuhmachers Johannes Stahl, die sieben Jahre zuvor von den Frauen des Orts mit überwältigender Mehrheit zur Nachfolgerin der alten Hebamme Jetter gewählt worden war. Warum, das ahnte Christina Margaretha, als sich endlich die Tür öffnete. In Sekundenschnelle mit einem kleinen Korb bewaffnet, stand, nein erhob sich vor ihr eine Gestalt schier unüberblickbaren Ausmaßes, die so viel Ruhe und Gelassenheit ausstrahlte, dass selbst die verängstigte Achtjährige für einen Moment tief durchatmen und ihre Botschaften weisungsgemäß aufsagen konnte. „Ja, ich kenne deine Mutter", antwortete Clara Stahl. „Dein jüngstes Brüderlein, Gott hab es selig, habe ich ihr auf die Welt geholt. Dass es nicht bleiben durfte, lag bestimmt nicht an der Geburt." Das Brüderlein, erklärte die Hebamme auf dem Weg, sei kräftig gewesen, die Mutter habe sich nach der Niederkunft rasch erholt und auch gut gestillt. Doch manchmal, ja manchmal habe der Herrgott eben andere Pläne mit seinen Kindern. Christina Margaretha konnte sich kaum mehr als schemenhaft an den kleinen Jerg Martin erinnern, den ihre Eltern mit nur drei Monaten hatten beerdigen müssen. Und nun wäre es ihr wesentlich lieber gewesen, nicht über tote Familienmitglieder zu sprechen, sondern möglichst schnell den Lebenden die dringend erwartete Hilfe zuzuführen. Jedes Wort, das die Stahlin an sie richtete, würde Atem kosten und ihren Schritt bremsen, befürchtete Christina Margaretha und lief ein paar Meter voraus, um die Sache voranzutreiben. „Du hast ja recht“, tönte es von hinten, „ich beeile mich.“ Und mit einer Geschwindigkeit, die das Mädchen der 61-jährigen Matrone im Leben nicht zugetraut hätte, schloss diese zu ihr auf und überholte einen um den anderen Dürrmenzer, den die Pflichten des Tages mittlerweile auf die Wiernsheimer Straße mit ihren stolzen Fachwerkhäusern geführt hatten. „Platz da!“, rief sie in Richtung der Bauern, der Handwerker, der Fuhrleute, und vor ihrer natürlichen Autorität – und den Armen, mit denen sie ihren Gang heftig ausschlagend beschleunigte – wich alles aus, was ihr in die Quere hätte kommen können. Endlich bog das ungleiche Duo in die Brunnengasse ein, wo vor dem kleinen Häuschen, das buchstäblich im Schatten des mächtigen Gasthauses Schwarzer Adler lag, ein Mann ungeduldig auf und ab ging. „Endlich. Meine Frau sagt, es könne nicht mehr lange dauern“, rief Melchior Beck der Hebamme entgegen.

„Es wird rote Haare bekommen“, stellte Clara Stahl eineinhalb Stunden und eine unkomplizierte Geburt später fest. Weniger ein Vorwurf schwang mit als der Wunsch, ihre langjährige Berufserfahrung unter Beweis stellen zu können. Denn noch zierte kein einziges Härchen, ob rot, blond, braun oder schwarz, das kahle Köpfchen. Sie aber, die Expertin, sah, was anderen noch verborgen war. Sie sah zu ihrer Erleichterung auch, dass die Mutter die Geburt gut verkraftet zu haben schien. Da lag Christina Barbara Beck nun, die Augen halb geschlossen, die flachsblonden Haare verschwitzt, die von der Arbeit auf dem Feld gebräunte Haut gerötet, und endlich drückte ihr die Hebamme das bereits in warmem Wasser gewaschene Neugeborene in die Arme. „Stark ist sie, kräftig, sie wird es schaffen“, versprach sie, betrachtete einen Augenblick lang zufrieden die neue Erdenbürgerin und öffnete dann die Tür des winzigen Raums, der allen Familienmitgliedern als Schlafkammer diente. Ein Bett, selbstverständlich ohne sogenannten Himmel, der vor von der Decke fallenden Insekten hätte schützen können, teilten sich die Eltern, ein wesentlich kleineres musste Christina Margaretha und ihrem dreijährigen Stiefbruder Johann Jacob genügen. Wo die Jüngste noch Platz finden würde? Zunächst in einer aus grobem Holz zusammengezimmerten Wiege. „Es ist ein Mädchen“, verkündete Clara Stahl Melchior Beck, der zögerlichen Schrittes eintrat. „Ihr könnt Gott danken“, fügte sie an, griff nach ihrem Korb, kündigte an, in den kommenden Tagen nach dem Rechten zu sehen und dann den ihr zustehenden Lohn zu kassieren. Sprach's und überließ Mutter und Kind der Begutachtung durch Vater, Geschwister – und durch eine Katze, die unbemerkt von den aufgeregten Menschen ihren Platz am Fußende der noch leeren Wiege eingenommen hatte.

Wie anders doch alles aussah als an diesem Februartag vor drei Jahren, dachte sich Melchior Beck, der, auf dem Bettrand sitzend, abwechselnd die Wange seiner Frau streichelte und jene seines winzigen Kindes küsste. Wie gut der Säugling roch! Wie zart sich die Haut anfühlte! Aussprechen konnte er diese Gefühle nicht, doch er schämte sich seiner Freudentränen nicht. Sie sprachen Bände, und so brauchte es zwischen dem 31-Jährigen und seiner zehn Jahre älteren Frau nicht viele Worte. „Gott Lob, dass es Euch gut geht“, brachte er schließlich heraus. Jäh mischte sich in sein Glück der Schmerz, der ihm die Ankunft seines ersten Kindes beschert hatte. Stumm betrachtete er seine Frau, und ohne, dass er es wollte, ohne dass er es verhindern konnte, wurde ihr Bild überlagert von einer anderen blonden Frau. Er sah sie auf dem Bett liegen, in den Armen den eben gesund zur Welt gekommenen Sohn, doch aus ihrem eigenen Gesicht war jede Farbe gewichen. Es war, als hätte das Leben, das sie geschenkt hatte, ihrem eigenen die Kraft entzogen. „Sie braucht etwas zur Stärkung", hörte er die Hebamme wie durch einen dichten Schleier sagen. Er ahnte mehr, als dass er sah, wie seine Schwiegermutter der Tochter einen Trunk undefinierbaren Inhalts einflößte, bekam vage mit, wie die Hebamme versuchte, das neugeborene Kind zum Stillen anzulegen. Mechanisch griff er nach der Hand seiner Frau, doch er zuckte zurück, als sich diese kalt und fremd anfühlte. Lebte Maria Barbara überhaupt noch? Lebte die fröhliche, schlanke Frau mit dem gewinnenden Lächeln noch, die ihn, den dahergelaufenen Webergesellen aus Kürnbach, im Oktober 1746 geheiratet hatte, obwohl er ihr wenig mehr als ein Leben am Existenzminimum versprechen konnte? Ja, Maria Barbara Beck geborene Härter lebte noch. Sie überlebte die Geburt, bei der sie so viel Blut verloren hatte, um knapp zwei Jahre. Doch erholen würde sie sich nie mehr, nie mehr für längere Zeit das Bett verlassen, nie mehr ihrer Arbeit im Haushalt nachkommen, ihrem Sohn nie eine Mutter sein. „Wassersucht" würde der Pfarrer am 11. Januar 1751 als Todesursache notieren und damit nur unzureichend beschreiben, zu welch unförmiger Gestalt die erst 36-Jährige aufgrund ihrer Herzschwäche aufgeschwemmt war. Maskenhaft das Gesicht, und noch zuletzt in den Augen der unausgesprochene Vorwurf …

Ja, er hatte sie auf dem Gewissen. Wie konnten andere Männer, deren Frauen bei der Geburt oder kurz danach gestorben waren, mit dieser Schuld umgehen? Melchior Beck wusste es nicht. Und nun hatte er das Schicksal dennoch erneut herausgefordert. Was, wenn auch seine zweite Frau seinetwegen würde sterben müssen?

„Vater, warum weint Ihr denn?" Die Frage seiner Stieftochter riss ihn so abrupt aus seinen Gedanken, dass er sich für einen Moment sammeln musste und die Augen zukniff, um sicherzustellen, dass das Bild, das sie in seinen Kopf transportierten, auch der Wirklichkeit entsprach. Seine Frau Christina Barbara hatte sich aufgesetzt, stillte das offenbar hungrige und leise schmatzende Kind, und Johann Jacob ergänzte, bäuchlings auf dem Bett liegend und seine neue Schwester mit offenem Mund betrachtend, das Idyll. Nur Christina Margaretha schien unruhig. Bedeutete das laute Schluchzen ihres in sich zusammengesunkenen Stiefvaters, dass mit der Mutter doch etwas nicht stimmte? Rasch setzte sich Melchior Beck auf und wischte sich die Tränen aus den Augen. Dabei beförderte er jene widerspenstige Strähne seines kastanienbraunen Haars aus der Stirn, die sich häufig genug unter der Kappe hervor ihren Weg in die Freiheit bahnte. Eine scheinbar unbedeutende Geste der Verlegenheit, die ihm selbst gar nicht auffiel, die ihm in ihrer Mischung aus Hilflosigkeit und Naivität aber schon manches Mal den Weg ins Herz oder zum Geldbeutel seines Gegenübers geöffnet hatte.

„Es ist alles in Ordnung", antwortete er schließlich seiner Stieftochter. „Wenn mir die Tränen gekommen sind, dann nur, weil ich so erleichtert bin." Christina Margaretha nickte stumm, wandte sich ihrer Mutter zu und nahm, die Hilfsbereitschaft in Person, einen Wust von Arbeitsanweisungen entgegen. Schließlich würde die Wöchnerin nun für etliche Zeit ausfallen, was an der Aufgabenfülle im Haus und auf den Äckern, deren Ertrag die Familie zum Überleben dringend benötigte, nichts änderte. Christina Margaretha mochte erst acht Jahre alt sein, doch oft genug hatte sie ihrer Mutter geholfen, um sich an diesem Donnerstagmittag fast schon erwachsen und stark genug für die Bürde zu fühlen. „Danke, meine Große", sagte Christina Barbara Beck lächelnd, als die Ersatz-Herrin im Haus ihre erste Herausforderung meisterte: Sie nahm der Mutter das Schwesterchen ab, stützte sorgsam dessen Köpfchen und legte es, ohne eine Form von Unmut hervorzurufen, sacht in die Wiege. Ein schwarzes Katzennäschen nahm vorsichtig Witterung auf.

Kapitel 2

Philipp Sigmund Moser war nach langen Jahren als Pfarrer in Sindelfingen und Heidenheim gewissermaßen aufs Altenteil nach Dürrmenz gekommen. Die Zahl der Seelen, um die sich der inzwischen 66-Jährige hier und im auf der anderen Enzseite gelegenen Mühlacker zu sorgen hatte, war überschaubar, doch schien das eigentlich freundliche Klima keinen günstigen Einfluss auf seine Gicht auszuüben. Kaum noch gelang es ihm, die Finger um den Federkiel zu schließen. Entsprechend eckig trug er an diesem Freitag, 4. August, die Namen Maria Agnes ins Taufbuch der Gemeinde ein. Noch eine Maria

Agnes, mag er sich insgeheim gedacht haben, denn die Vornamenkombination rang schon seit einigen Jahrzehnten mit einigen anderen Komposita aus Anna, Margaretha, Catharina und Barbara um die vorderen Plätze in der Beliebtheitsskala frisch gebackener Eltern. Was nun aus diesem Kind werden würde? Würde es überhaupt erwachsen werden? Häufig genug kratzte seine Feder kurz nach einer Kindstaufe wieder über das teure Papier – dieses Mal jedoch verteilte sie die Tinte auf die Seiten des Totenbuches. Und dabei ging es Pfarrer Moser wie vielen Geistlichen landauf, landab: Längst nicht bei jeder Beerdigung wurde genau nachgefragt, wie das der Erde zurückgegebene Würmchen genau geheißen hatte. Und die Mütter? Auch da blieb es häufig bei, freundlich formuliert, eher unscharfen Angaben. „Maria Barbara" trug Philipp Sigmund Moser als Name der Kindsmutter ein. Verbessern konnte Christina Barbara, als die die älteste Tochter des Bäckers Christian Hailmann 1711 vom Friolzheimer Pfarrer in die Gemeinschaft der Christen aufgenommen worden war, den Dürrmenzer Kirchenmann nicht. Ihr Mann hatte darauf bestanden, dass er das Kind ohne sie, die sich doch noch erholen sollte, ins Gotteshaus tragen würde. Stolz hielt er nun sein friedlich schlafendes Töchterlein über den Taufstein der Andreaskirche, als der Pfarrer das Sakrament spendete und das Köpfchen des Mädchens mit ob der anhaltenden Sommerhitze warmem Wasser besprengte. Den Paten blieb nur die Zuschauerrolle in einer kurzen, ebenso schmuck- wie predigtlosen Zeremonie, die in die abendliche Betstunde eingebettet war. Zu warten bis zum nächsten Sonntagsgottesdienst, wäre nicht nur für Melchior Beck, sondern für die allermeisten seiner Zeitgenossen ein unüberschaubares Risiko gewesen. Wäre das Kind in der Zwischenzeit ungetauft gestorben, so wäre seine Seele unrettbar verloren gewesen.

Doch nun würde alles gut werden. Das wusste Melchior Beck, als Maria Agnes ihre Augen öffnete. Er konnte das tiefe Blau nicht durchdringen. Er spiegelte sich darin. Sah für einen Sekundenbruchteil sich selbst, das Kind, das stets nach Liebe gesucht, sie aber nie gefunden hatte. „Beck, wollt Ihr hier übernachten?" Georg Martin Vollmer stieß den in sich Versunkenen freundschaftlich in die Seite. „Schlaft Ihr etwa noch tiefer als Euer Töchterchen?" Rasch erhob sich Melchior Beck von der Kirchenbank. Die Betstunde war, ohne dass er es bemerkt hätte, zu Ende gegangen, und die allermeisten Gläubigen hatten das Gotteshaus bereits verlassen. „Verzeiht, ich war in Gedanken", sagte Melchior und folgte, das Kind fest in seinen Armen, dessen Paten ins Freie. „Ihr hättet Eure Kleine ruhig, wie es sich gehört, zur Taufe der Dote übergeben dürfen. Jetzt ist sie beleidigt, und dabei hat Euer Kind ihr doch seine Vornamen zu verdanken", wies Georg Martin Vollmer lachend und damit den Vorwurf entkräftend auf seine Frau. Die machte im Gegensatz zu ihrem immer zu einem Scherz aufgelegten Mann ein ernstes Gesicht, so dass sich Melchior Beck zu einer Erklärung genötigt fühlte. „Nun, Ihr seht heute etwas blass aus, und wer weiß, vielleicht wäre es besser, Ihr würdet nicht schwer heben, habe ich mir gedacht." – „Schwer heben? Bei diesem Würmchen? Dann lasst doch mich versuchen, ob ich unter ihrer Last zusammenbreche", mischte sich der dritte Pate ein. Caspar Fieß war Leineweber wie Melchior Beck. Größer von Statur, derber von Gemüt, machte er sich häufig einen Spaß daraus, den einige Jahre älteren Freund, als den er ihn bezeichnete, aufzuziehen. Hier deutete sich nun eine neue, große Schwäche an: Der Vater schien regelrecht vernarrt zu sein in sein Kind. Und richtig: Auf den angedeuteten Versuch, ihm das Mädchen abnehmen zu wollen, reagierte Melchior Beck eine Spur lauter als nötig: „Caspar, das Kind schläft", sagte er unwirsch und setzte sich in Richtung der Kirchentreppe in Bewegung. „Nicht gleich alles krummnehmen, mein Freund", rief ihm Fieß hinterher. „Ich lasse Euch Euer Prinzesschen ja." – „Sie soll sich jedenfalls königlich feiern lassen", versuchte Georg Martin Vollmer die Situation zu retten. „Die große Agnes, meine Agnes nämlich, wird euch allen zur Krönung des Tages einen Most spendieren." Diese Einladung des Metzgers, der ab und zu seine Wohnstube zur Besenwirtschaft umfunktionierte und das sauer schmeckende Ergebnis seiner Mühen in der Obstkelter mit guter Laune und dem stets aktuellen Dorfklatsch aufwog, konnte Melchior Beck nicht abschlagen. Zu dankbar mussten seine Frau und er sein, den weitaus besser Gestellten überhaupt als Paten gewonnen zu haben. Also wagte er es und übergab die kleine Maria Agnes der vierten Patin, die bisher die Szene stumm verfolgt hatte. Nun aber versicherte die genau wie Caspar Fieß noch ledige Rosina Belser wortreich, sie werde ihr Patenkind umgehend und unversehrt bei seiner Mutter abgeben, vom guten Verlauf der Taufe berichten und den Vater für ein Stündchen oder zwei entschuldigen. Von einem der Anwesenden, dessen Hand sie eben erst wie eine lästige Fliege von ihrem Arm abgeschüttelt hatte, verabschiedete sie sich nicht. Schade, dachte sich Caspar Fieß. Sein Blick haftete einen Moment zu lange an der davoneilenden jungen Frau. Nun, es gab noch andere schöne Mädchen in Dürrmenz, tröstete er sich. Würde er nach der Tauffeier eben noch der Schneiderstochter Jacobina einen Besuch abstatten. Die war zwar eine Bohnenstange und etwas älter als er, aber sie stellte sich wenigstens nicht so an.

Als ob sie die Gedanken wahrgenommen hätte, beschleunigte Rosina ihren Schritt. Weit war der Weg ohnehin nicht, den sie zurückzulegen hatte, ehe sie in die Brunnengasse einbog. Fest hielt die 21-Jährige das Kind an sich gedrückt, denn immer wieder konnte es vorkommen, dass unter dem Torbogen, der das Wirtshaus Schwarzer Adler mit dem angebauten Trakt für Übernachtungsgäste verband, einzelne Reiter hervorsprengten oder sich Fuhrwerke ihren Weg bahnten. Doch an diesem Abend blieb sie unbehelligt – sowohl von rücksichtslosen Kutschern als auch von Kerlen wie diesem Fieß, wie sie dankbar feststellte. Mission erfüllt, sie hatte ihr Ziel erreicht, und sie wurde von den Geschwistern des Täuflings bereits erwartet. Diese hatten vierbeinige Gesellschaft bekommen. „Oh, eine Glückskatze", sagte sie, als sie an der Tür des Häuschens eine ihr unbekannte dreifarbige Katze sitzen sah. „Sie war auf einmal da", erwiderte Christina Margaretha. „Zu uns gehört sie jedenfalls nicht." War es ein Zufall, dass im selben Moment sowohl der Säugling als auch die Katze einen Laut des Protests von sich gaben?

Nur wenige Tage später wäre Christina Margarethas Antwort anders ausgefallen. Das Tier mit dem von kupferfarbenen Strähnchen durchzogenen schwarzen Fell und den wild in drei Farben gemusterten Pfötchen schien urplötzlich zum Inventar zu gehören. Frei und ungehindert bewegte es sich durch die Räume, durch den Stall, durch den Gemüsegarten, der das schmucklose zweistöckige Gebäude von der belebten Brunnengasse trennte. Ihren Aufenthaltsstatus der Kategorie „zeitlich und räumlich unbegrenzt" hatte sich die Katze am Tag nach der Taufe verdient. Längst hatte Maria Agnes' Mutter gegen den Willen ihres Mannes das Bett wieder verlassen. Sie konnte einfach nicht untätig herumliegen, wenn so viele Hände gebraucht wurden. Mann, Tochter, ja selbst der kleine Johann Jacob waren damit beschäftigt, einigen begüterten Bauern des Orts bei der Getreideernte zu helfen, damit diese im Gegenzug den schmalen Ertrag der eigenen Felder aufstocken würden. Christina Barbara beschränkte sich währenddessen auf leichte Arbeiten im eigenen Garten und stellte die Wiege mit ihrem Neugeborenen in Sichtweite unter dem Schatten eines Birnbaums ab. Einen Augenblick musste sie unaufmerksam gewesen sein, denn ihr war entgangen, dass einige Kleinkinder aus der Nachbarschaft die Wiege umringten. Ein braunhaariger Knirps, der sich offenbar zum Wortführer berufen fühlte, dozierte: „Ein Mädchen. Bestimmt ein Mädchen. Die sind soooooo empfindlich. Guckt mal!" Und schon zwickte er Maria Agnes kräftig in die linke Wange. Zu einem zweiten Versuch kam er nicht. Wie ein Pfeil schoss die Katze hinter dem Baumstamm hervor, baute sich, den Rücken brückenförmig nach oben gewölbt und sämtliche Haare gespreizt, vor dem Jungen auf. Ob ihn ihr Fauchen mehr erschreckte als der Anblick erstaunlich scharfer Zähne? Ob ihm das unvermutet laute Brummen aus der Mitte eines empörten Katzenkörpers mehr Respekt einflößte als das Brüllen des Kindes, das mit leichter Verzögerung eingesetzt hatte? Ganz gleich, was schwerer wog. Jedenfalls suchte er in würdeloser

Hast das Weite und ließ beschämte Kameraden und eine erstaunte Mutter zurück. Die Heldentat der tierischen Beschützerin war das Thema des Tages.

Wurden auch während der alltäglich zu verrichtenden Arbeit nicht viele Worte gemacht, Gefühle nicht auf der Zunge nach außen getragen, so bildeten doch die Abende, an denen sich Eltern und Kinder am Tisch versammelten, die feste Klammer um eine zusammengewürfelte Familie. Für Unterhaltung sorgten keine teuren Bücher, sondern Gespräche über das am Tag Erlebte, über Ereignisse in der Nachbarschaft, auch Erzählungen aus weit zurückliegenden Zeiten. Wer mochte früher auf der Burg Löffelstelz gewohnt haben? Diese Frage trieb den kleinen Johann Jacob um, seit er seinen Vater zum ersten Mal in den Weinberg begleitet hatte. Eine kleine Parzelle am Hang südlich der Ruine hatte sich Melchior Beck geleistet. Eine Fehlinvestition zwar, doch immerhin beflügelte sie die Fantasie des Jungen, der sonst wenig Interesse an seiner Umwelt zeigte. Seit er einige Altersgenossen von sagenhaft tapferen Rittern hatte erzählen hören, ließ ihn die Vorstellung, selbst hoch zu Ross in einer Rüstung durch das halb verfallene Tor in die Löffelstelz einzuziehen, nicht mehr los. Wohnte da nicht auch ein umwerfend schönes Burgfräulein? Gewiss, versicherte Melchior, und wenn er Abend für Abend nicht müde wurde, sich neue Geschichten von Ritter Kunibert und der von ihm verehrten, aber leider ausnehmend kaltherzigen Kunigunde auszudenken, hörte nicht nur Johann Jacob aufmerksam zu. Auch Christina Margaretha hing an den Lippen ihres Stiefvaters, und ihre Mutter schmunzelte leise in sich hinein. Wenn Melchior dann noch seine widerspenstige Haarsträhne aus der Stirn strich, erwischte sie sich bei dem Gedanken, es mit ihrem zweiten Mann doch nicht so schlecht erwischt zu haben. Fantasie jedenfalls besaß er – mehr als wirtschaftliches Geschick. Der Lohn seiner Arbeit als Leineweber schien ihm, so hart er sich auch mühte, durch die Finger zu rinnen. Leicht ließ er sich vertrösten, leicht für einen unvorteilhaften Handel begeistern. Doch eines war Christina Barbara schnell klargeworden: Ein Hallodri, der sich im Wirtshaus herumtrieb und anderen Weibern hinterherlief, war ihr Melchior nicht. Gott sei Dank, sagte sie sich. Gegenbeispiele gab es schließlich genügend, die die abendlichen Gespräche befeuerten. Man munkle, der Fieß müsse heiraten, steuerte Melchior Beck in einer langen Winternacht des noch jungen Jahres 1753 als jüngstes Gerücht zur Unterhaltung bei. Jedenfalls habe er beim Abliefern eines Stoffes zufällig einen Teil des Donnerwetters mitbekommen, das über die bemitleidenswerte Jacobina Jetter, Tochter des Zunftmeisters der Schneider, hereingebrochen sei. Tatsächlich wirkten weder Braut noch Bräutigam am 28. Februar des Jahres sonderlich glücklich, als Pfarrer Moser sie zu Mann und Frau erklärte – in einer Betstunde, mit der sich die ohne diplomatische Verrenkungen als „frühe Beischläfer" abgestempelten jungen Leute zufriedenzugeben hatten.

Das freudlose Ereignis führte die Erinnerung zurück: Eine Betstunde ohne Predigt und feierliches Zeremoniell hatte im September 1751 auch Melchior Beck und seiner neu angetrauten zweiten Frau genügen müssen. Zwei verwitwete Ortsfremde taten sich zusammen, da blieb weder für Romantik noch für große Gesten Platz. Noch nicht einmal im Kirchenbuch war der neuen Ehe Raum vergönnt. Erst später wurden die Namen der Brautleute zwischen zwei anderen Einträgen eingezwängt. An das genaue Datum konnte sich Pfarrer Moser da schon nicht mehr erinnern. Warum auch? Er kannte die Leute kaum. Und auch die Partner hätten zum Start ihrer Ehe über den jeweils anderen nicht viel zu berichten gewusst. Im Mai 1751 waren sie einander auf dem Friedhof begegnet. Christina Barbara, verwitwete Schmierer, fiel der schlanke Mann auf, der eine gefühlte Ewigkeit an einem bescheidenen Grab kauerte. An der Hand hielt er einen kleinen Jungen, der sich, da ihm offenbar langweilig geworden war, loszureißen versuchte. Endlich gelang es ihm, unbemerkt vom in seinen düsteren Gedanken verlorenen Vater, und er stolperte der Kirchentreppe entgegen. „Wohin willst du denn so eilig?“, fragte Christina Barbara und stoppte den Fluchtversuch, ehe sich das Kind auf den unebenen Stufen noch den Hals brechen würde. Sie packte den Kleinen und trug ihn zurück zu seinem Vater, der den Verlust inzwischen bemerkt hatte und sich suchend umsah. „Oh, danke“, sagte er, als ihm die Frau, die ihm entfernt bekannt vorkam, seinen Sohn überreichte. Der protestierte zwar, indem er unartikulierte Laute von sich gab und mit allen verfügbaren Extremitäten strampelte, doch er gab seinen Widerstand rasch auf. „Er ist durcheinander. Ihm fehlt seine Mutter. Sie ist … Sie ist in diesem Winter … Hier liegt sie.“ Rasch wischte er sich eine Träne aus dem Augenwinkel. Die Bewegung schien ihn zurückgeholt zu haben aus der Welt seiner Trauer in die Realität. „Aber Euch geht es ja auch so. Ihr habt ja auch einen Verlust zu beklagen. Seid Ihr nicht die Witwe Schmierer?“ Plötzlich konnte er sich dunkel daran erinnern, dass seine Frau, bevor ihr die unglückselige Geburt die Lebensgeister geraubt hatte, ihren Brotteig meist zum Schmierersbeck getragen hatte, aus dessen Ofen er letztlich als unwiderstehlich duftendes Brot wieder zum Vorschein gekommen war. „Ja, das bin ich", antwortete Christina Barbara. „Aber mein Mann ist schon vor bald zwei Jahren gestorben." Sie erwiderte seinen Blick. Dann nickte sie kurz und wandte sich um. „Melchior Beck", sagte er, als sie sich schon einige Meter entfernt hatte, „mein Name ist Melchior Beck."

Von nun an hielt er jedes Mal, wenn er auf dem Friedhof nach dem Rechten sah, nach ihr Ausschau. Merkwürdigerweise schienen beide auf einmal ähnliche Zeiten zu bevorzugen, um ihre verstorbenen Partner zu besuchen, und noch merkwürdiger war, dass ein stummes Einvernehmen zwischen ihnen wuchs, das in Worte zu fassen sich Melchior Beck wenige Wochen später nach dem sonntäglichen Gottesdienst getraute. Er wolle etwas mit ihr besprechen, ob sie wohl ein paar Minuten erübrigen könne. Ja, sie konnte. Und lange, bevor er im Schatten der Andreaskirche seine Mütze abnahm und sich verlegen eine braune Haarsträhne aus der Stirn strich, wusste sie, was er sie fragen würde. Und ja, sie würde seine Frau werden. Zaghaft streckte er ihr seine Hand entgegen, sie griff zu, und der Bund zweier Fremder war besiegelt. Er könne mit seinem Handwerk – er habe Arbeit als Leineweber – sie und ihre Tochter ernähren. Sie würde ihr Ererbtes in die neue Ehe einbringen. Man würde in ihr kleines Häuschen an der Brunnengasse ziehen, das ihr erster Mann kurz nach der Hochzeit gekauft hatte. Man würde versuchen, aus den wenigen Grundstücken, die beide Partner weit über die Gemarkung verstreut besaßen, das Beste herauszuholen.

Rasch waren die äußeren Umstände geregelt. Eine Schicksalsgemeinschaft war geschmiedet. Nicht aus romantischen Gefühlen, sondern aus kaum ausgestandener Trauer und der puren Notwendigkeit, mit dem eigenen und dem Leben des halbverwaisten Kindes zurechtkommen zu müssen. Zigfach sprach der Pfarrer jedes Jahr seinen Ehesegen über derartige Verbindungen. Witwer heiratet Witwe – schon drohten beide nicht mehr der kommunalen oder kirchlichen Armenunterstützung zur Last zu fallen. Ob sich beide mochten oder nicht, wen kümmerte das schon. Wer fragte gar danach, ob die mitgebrachten Kinder von der Ersatzmutter oder dem Ersatzvater geliebt werden würden? Er, der übrig gebliebene letzte Sohn aus einer vom Tod getrennten Ehe, spürte noch heute die tiefe Wunde, die ihm die ablehnende Haltung seiner Stiefmutter beschert hatte. Und genau deshalb gedachte Melchior Beck aus dem selbst erlebten Schema auszubrechen. „Eine Bedingung habe ich", sagte er und wartete, bis ihre Augen, die auf den immer noch ineinander liegenden Händen verharrt hatten, die seinen trafen. „Ich möchte, dass jeder das Kind des anderen so gern hat, als wäre es sein eigenes. Als wäre es sein Fleisch und Blut." Sie nickte. „Ja, das möchte ich auch." Warum sollte ihr der kleine Johann Jacob nicht ans Herz wachsen können? Vielleicht hatte es so kommen müssen: Ihre eigenen Söhne Johann Georg, ihm waren nur zwei Monate Leben vergönnt, Jeremias, den sie nach einem guten Jahr wieder hatte hergeben müssen, und zuletzt Jerg Martin, der nach einem Vierteljahr an Durchfall gestorben war, hatte sie nicht behalten dürfen. Nun bekam sie einen anderen kleinen Jungen geschenkt.

Dass mit Maria Agnes ein knappes Jahr nach der Hochzeit noch ein Geschenk dazukommen würde, hätte sie nicht mehr für möglich gehalten. Schließlich war sie in einem Alter, in dem viele Frauen schon die ersten Enkel aufwachsen sahen und sich selbst vom aktiven Leben mehr und mehr zurückzogen. Doch Christina Barbara fühlte sich weder alt noch verbraucht, so hart die körperliche Arbeit auch war, die sie auf den winzigen, schlecht zu bewirtschaftenden Äckern und rund um ihr Häuschen zu leisten hatte. Sie konnte anpacken, sie wollte arbeiten, etwas bewegen, aber noch viel lieber als auf dem Feld hätte sie dies in der Backstube getan. Wenn sie die Augen fest schloss, konnte sie ihre behütete Kindheit riechen. Sie sah sich neben ihrem Vater stehen, der eine Freude daran hatte, wenn seine älteste Tochter mit ihren noch winzigen Fingern den schweren Brotteig knetete – in der festen Überzeugung, erst nach ihrem Einsatz sei das Ergebnis später genießbar. Wenn sie die Augen ganz fest schloss, spürte sie die Wärme des Ofens. Sie schmeckte die Kruste des frisch gebackenen Brots, sie fühlte die große Hand ihres Vaters auf ihrem Rücken, der seiner Helferin auf diese Weise seine Anerkennung aussprach. Ja, sie konnte verstehen, dass ihr Vater viele Jahre später für sie eine Ehe mit dem Sohn eines anderen Bäckers arrangiert hatte. Eines Mannes, der aus einer angesehenen und wohlhabenden Wiernsheimer Familie stammte und den es von dem etwas höher gelegenen kleinen Dorf ins aufstrebende Dürrmenz gezogen hatte. Sie hatte sich nicht dagegen gewehrt, als sie am 17. November 1739 Hans Jacob Schmierer, einen ihr bis kurz davor Unbekannten, heiraten sollte. Denn was wäre die Alternative gewesen? Dem durchaus ansehnlichen und tüchtigen

Sohn seines Konkurrenten im Ort hätte Christian Hailmann seine Älteste niemals gegeben, ebenso wenig dem hoch aufgeschossenen Spross einer auf Almosen angewiesenen Familie – mochte dieser Christina Barbara noch so oft seiner ewigen und aufrichtigen Liebe versichern und ihr von einem besseren Leben vorschwärmen, das er ihr im fernen Amerika bereiten würde. Für Luftschlösser war die Bäckerstochter nicht zu haben. Dann lieber Dürrmenz, beschloss sie. Heimlich weinte sie ihre Abschiedstränen, ein einziges Mal, nachts, bevor sie ihre Heimat Friolzheim für immer verlassen sollte. Sie würde schon das Beste daraus machen, nahm sie sich fest vor.

Und so war es bald die den Dürrmenzern fremde Eingeheiratete, die das Brennholz für den Ofen besorgte, für ausreichend Vorräte sorgte, sich notfalls bei wohlmeinenden Nachbarn etwas lieh, Ware auslieferte und – immer häufiger – auch selbst in der Backstube stand. Es brauchte ja niemand zu wissen, dass ihr Mann, das hatte dessen Vater dem gutgläubigen Christian Hailmann wohlweislich verschwiegen, von Kindesbeinen an von schweren Asthmaanfällen heimgesucht wurde. Der Mehlstaub raubte ihm den Atem, sein Körper welkte dahin. Eine Hilfe war er seiner Frau kaum mehr, doch als schließlich eine letzte, tödliche Atemnot dem Leben des Hans Jacob Schmierer ein Ende gesetzt hatte, fragte niemand im Ort danach, wer die Familie über Wasser gehalten hatte. Die Fremde hatte sich in ihr Witwendasein zu fügen. Eine Frau, die eine Bäckerei eigenständig weiterführen würde? Undenkbar.

Kapitel 3

Die Brunnengasse trug ihren Namen zu Recht. Drei Schöpfbrunnen versorgten die Anwohner nicht nur mit Wasser, sondern auch mit dem neuesten Tratsch. Caspar Fieß habe sich endgültig mit seinem Vater Wilhelm überworfen, erfuhr Christina Barbara Beck an diesem Spätsommertag des Jahres 1754. „Es heißt, der Junge wolle die Leineweberei hinwerfen und sich dem Militär anschließen", sagte Maria Agnes Vollmer hinter vorgehaltener Hand. Er wolle sich nicht mehr bevormunden lassen – und überhaupt: Das Handwerk sei etwas für Hungerleider, bald werde edles Tuch, solches, das Käufer interessiere, nur noch in großen Städten produziert werden. Sein Vater möge vor der Entwicklung die Augen verschließen, er gedenke dies nicht zu tun.

Normalerweise hätte der Konflikt zwischen dem Zunftmeister und seinem Sohn kaum Christina Barbaras Interesse geweckt. Sie konnte mit dem Paten ihrer Tochter wenig anfangen; schwer nachzuvollziehen, was ihr Mann an dem jähzornigen Kerl fand, der seiner jungen Frau nur Kummer bereitete. Wie anders sollte sie die verweinten Augen deuten, die kaum zu verbergenden blauen Flecken? Wohl habe ihn seine rasch Angetraute mit dem ersten Kind enttäuscht: Eben „nur" ein Mädchen, Catharina Barbara, war am 15. April des Vorjahres zur Welt gekommen. Wohl könne er die Bitten seiner Frau schlecht ertragen, er möge doch weniger Zeit im Wirtshaus verbringen. Sie müsse es sich also wohl selbst zuschreiben, dass ihr die Ehe bisher wenig Glück eingebracht habe. So interpretierte Christina Barbara Beck den Inhalt der kurzen Gespräche, die sie mit Jacobina Fieß geführt hatte. Doch würde Caspar seine Familie nicht verlassen, die, wie für jeden nicht mit Blindheit Geschlagenen zu erkennen war, bald größer werden würde. Davon war Christina Barbara jedenfalls bisher ausgegangen, und, wenn sie ehrlich war, ging es ihr nicht in erster Linie um Jacobinas materielle Sicherheit, so sehr sie die junge Frau auch bemitleidete. An Caspar Fieß und noch mehr an seinem Vater hing schließlich auch ihre Lebensgrundlage. Denn wenige Monate nach der Geburt Johann Jacobs hatte Melchior seinen Webstuhl billig – es sei ein veraltetes Modell, hieß es – an Fieß senior verkauft. Zum einen hatte er das Geld benötigt, um die ebenso teuren wie sinnlosen Aderlässe seiner Maria Barbara zu bezahlen, zum anderen hatte ihn Caspar zu dem Schritt ermutigt. Ihm schwebte zu diesem Zeitpunkt eine kleine Manufaktur unter dem Dach seines Vaters vor. Das Geschäft schien Vorteile für alle zu bieten: Melchior arbeitete weiter am selben Webstuhl, nur stand der nun im Hause Fieß, und der Zunftmeister wies ihm die Aufträge zu. Der Lohn war karg, aber regelmäßig. Um die Einkünfte aufzubessern, plante Melchior zudem, durch das Aufbereiten von Schafwolle etwas dazuzuverdienen. Die schweren Kämme aus Eisen, die dazu nötig waren, hatte er sich vom Rest des Erlöses aus dem Webstuhlverkauf schon angeschafft. Wenn nun aber Caspar abspringen würde, der den Großteil der Aufträge an Land zog? Darüber durfte Christina Barbara gar nicht nachdenken. Auch sie erwartete ein weiteres Kind. Der Vollmerin ging es im Übrigen ebenso, und Christina Barbara zog es vor, das Gespräch auf dieses erfreulichere Thema zu lenken. Ihren Mann würde sie mit den Neuigkeiten, sollten sie nicht eh schon an sein Ohr gedrungen sein, nicht beunruhigen.

Und sollte das Schlimmste doch eintreten – ihr würde schon eine Lösung einfallen.

Ein Kind. Melchior war über diese Nachricht eher erschrocken, als dass er sich gefreut hätte. Zu sehr hatte er seine zweite Frau inzwischen liebgewonnen, als dass er ihr das Risiko einer weiteren Geburt hatte zumuten wollen. Doch – es war geschehen, und, so beruhigte er sich, Gott werde seine schützende Hand schon über seine kleine Familie halten. Bis jetzt jedenfalls hatte er es getan. Mit Zuversicht und Gottvertrauen wollte er in die Zukunft schauen. Denn besser als die Vergangenheit würde sie schon werden. Der Schleier der Erinnerung verschloss seine Augen für die Realität eines kärglichen Essens, zu dem sich die Familie an diesem Sonntagmittag am grob gezimmerten Tisch aus Tannenholz zusammengefunden hatte. Melchior kehrte im Geiste zurück in seine Heimat Kürnbach. Er sah sich in einer Bank der Michaelskirche sitzen, den Gekreuzigten im Blick. „Herr Jesus“, murmelte das Kind Melchior vor sich hin, „schenke mir doch eine Mutter, wie sie die anderen Menschen auch haben. Eine, die mich liebhat.“ Die seine, wo war sie geblieben? Was hätte er um die Ahnung einer Erinnerung gegeben! Das in der Wange gespeicherte Gefühl einer Liebkosung, die ins Gedächtnis der Haut eingebrannte Wärme eines Kusses gar. Doch nichts von alledem verband Melchior noch mit jener Frau, die ihm das Leben geschenkt und das ihre, von zehn Geburten ausgelaugt, mit 39 Jahren verloren hatte. Wie sie ausgesehen hatte? Ob er ihr seine braunen Augen verdankte? Sein glattes Haar? Die schlanken Hände? Nicht einmal darüber wusste er Bescheid. Vielleicht hatte er seine Geschwister ein paar Mal zu oft gefragt. Ein Achselzucken erntete er von ihnen, vom Vater eine saftige Ohrfeige und den Hinweis, er solle seiner Stiefmutter weniger Kummer machen. Ihr Antlitz solle ihm genügen, ihr solle er helfen, statt andere mit Geschwätz von der Arbeit abzuhalten. Ja, Melchior kannte das Gesicht der zweiten Frau seines Vaters. Er fühlte Kunigundas Blick aus wimpernlosen grauen Augen auf sich gerichtet, doch er hatte es aufgegeben, darin auch nur einen Hauch von Zuneigung zu suchen. Immer stand da diese steile Falte auf ihrer Stirn, wenn sie ihr jüngstes Stiefkind betrachtete. Warum lebte es, tapste ungeschickt in Haus und Werkstatt herum, unnütz, unerwünscht angesichts der Zahl der zu versorgenden Esser, während ihre eigenen vier Kinder allesamt als Säuglinge hatten sterben müssen? Die Trauer ihres Mannes hielt sich in Grenzen. Sie lastete als Bürde ganz allein auf ihr, wuchs in ihren mageren Körper hinein, breitete sich aus, lähmte sie, zersetzte schließlich alles, was ihr an Gefühlsregungen geblieben war. Nicht einmal Hass auf Melchior konnte sie empfinden. Hatte er etwas angestellt, wieder einmal die Schule geschwänzt, sich mit Musikanten oder anderem vagabundierenden Pack abgegeben, so unterdrückte sie den Wunsch, ihn zu züchtigen. Sie wollte, sie konnte ihn nicht einmal zu diesem Zweck berühren. Kalt musste Kunigunda sich anfühlen, dachte seinerseits der Junge, kalt wie der Stein, aus dem die lebensgroßen Figuren der beiden letzten Ortsadligen gefertigt worden waren. „Was willst du da? Lass das! Bist du verrückt geworden?“, herrschte ihn seine sieben Jahre ältere Schwester Maria Catharina an, als er sich nach dem Gottesdienst von ihrer Hand losriss, zum Epitaph der Maria Agatha von Weitershausen, verheiratete von Sternenfels, lief und den Saum ihres Gewands zu liebkosen begann.

„Vater, was habt Ihr?“ Christina Margarethas Stimme katapultierte Melchior schlagartig zurück in die Gegenwart, in der er offenbar gerade einen mit Wasser gefüllten Steinkrug streichelte. Rasch zog er die Hand zurück. „Schmeckt Euch das Essen nicht?“ Der Löffel lag unberührt neben dem Teller. „Doch, doch, es ist alles in Ordnung“, sagte er und wandte sich dem Getreidebrei zu. „Das hast du gut gemacht“, beeilte er sich, seine Stieftochter zu loben. Sie hantierte mit den schweren Küchengeräten derart geschickt, dass ihr ihre Mutter immer mehr Aufgaben beim Kochen übertrug. Nicht nur ein fleißiges und verantwortungsbewusstes, sondern auch ein ausgesprochen hübsches Mädchen mit langen, blonden Zöpfen saß ihm da gegenüber. Sie würde sich leichttun, einmal einen guten Mann zu finden. Was aber aus Johann Jacob werden würde? Darüber sorgte sich Melchior in stillen Momenten mehr. Klein war er für seine bald sechs Jahre, zu zart, um von Altersgenossen, derer es im Ort genügend gab, ernstgenommen zu werden. In Worte zu fassen, was ihm erst neulich widerfahren war, gelang dem Jungen nicht. „Die haben … die lassen mich nicht … die wollen …“, waren die einzigen verständlichen Brocken eines in Tränen erstickten Versuchs gewesen, von einer mit blutigen Schrammen an Knien und Ellbogen zu Ende gegangenen Begegnung zu berichten. Stumm löffelte er nun seinen Brei in sich hinein, immer wieder Brocken davon vom Löffel verlierend, die über die Bank, auf der die Kinder saßen, hinunter auf den Fußboden fielen. Dort fanden sie eine dankbare Abnehmerin. Schließlich wich sie Maria Agnes seit deren Geburt nicht mehr von der Seite, und zwischen beiden hatte sich eine symbiotische Beziehung entwickelt. Es schien, als gäbe es die eine ohne die andere gar nicht. Wohin die eine zunächst krabbelte, bald flink spazierte, da war die andere längst, und wo sich der samtpfötige Teil des Pärchens niederließ, da gefiel es auch dem zweibeinigen.

Einmal hatte Christina Barbara ihre Tochter stundenlang vergeblich gesucht, ehe diese, etwas zerzaust zwar, aber zufrieden, unter dem Bett ihrer Eltern hervorkroch. Die Standpauke musste ausfallen. Zu niedlich sah es aus, wie sich Maria Agnes, die Freundin nachahmend, reckte und streckte, um dann sorgsam daranzugehen, Staub aus dem roten Haar zu putzen. Ja, rot. Die Stahlin hatte sich nicht getäuscht. Dicht, glatt und kupferfarben leuchtend war es gewachsen, und schon war es lang genug, um daraus zwei Zöpfchen zu flechten, die Christina Barbara zu Schnecken zusammenrollte und seitlich am Köpfchen befestigte. Am Grad der Auflösung konnte die Mutter die Zahl der Untaten ablesen, die ihre Jüngste am jeweiligen Tag bereits auf dem Kerbholz hatte. Gemeinsam mit der Katze die Strohballen zu besteigen oder mit ihr auf Mäusejagd zu gehen, blieb selten ohne Auswirkungen auf die Haartracht. „Was für ein unartiges Kind", empörte sich die Wirtin des Schwarzen Adlers gern, wenn das Mädchen aus der Nachbarschaft in ihr Blickfeld geriet, und sie empörte sich laut genug, um ihren eigenen – wohlerzogenen und sorgfältig frisierten – Kindern das schlechte Beispiel warnend ins Bewusstsein zu rücken. Doch die offenkundige Liebe zwischen Maria Agnes und ihrer Gefährtin rief bei anderen auch Sympathie hervor. Die Töchter des Amtspflegers Georg Philipp August Wohlmann etwa schätzten nicht nur Christina

Margaretha als Schulkameradin und gelegentliche Spielkameradin, sondern auch deren unterhaltsame Schwester. „Was macht euer Katzenmädchen?“, fragten sie stets mit Interesse. „Welches von beiden meint ihr?“, gab Christina Margaretha dann lachend zurück.

Der Sommer des Jahres 1754 neigte sich seinem Ende zu. Die Frucht auf den Feldern und den Bäumen stand gut da, verhieß eine gute Ernte. Noch war Maria Agnes zu klein, um zur Mithilfe herangezogen zu werden. Sie unterstützte ihre Eltern, indem sie sich selbst genügte und keine Aufmerksamkeit einforderte. Stundenlang konnte sie unter dem Birnbaum im Garten liegen, die Katze entweder langgestreckt auf ihrem Bauch oder daneben platziert, und durch die Lücken im Blätterdach in den Himmel schauen. Dort, so hatte man ihr erklärt, säßen all die Menschen, die der Herrgott schon zu sich geholt habe, auf einer Wolke und sängen Halleluja, was immer das bedeuten mochte. Sie freuten sich, wenn die Menschenkinder unten auf der Erde Gutes täten, und sie streckten ihre schützende Hand über sie aus. Ihre beiden Großmütter etwa sähen ihr von oben ganz genau zu, genauso ihre lieben Brüderchen. Ein leiser Luftzug bewegte die Blätter des Birnbaums. Da! Maria Agnes war sich sicher, im für kurze Zeit hinter dem Laub sichtbar gewordenen lichten Blau ein Winken erkannt zu haben. Sie lächelte und winkte zurück.

Kapitel 4

„Beck.“ Wilhelm Fieß’ knappe Begrüßung klang wie eine Mischung aus Frage und Vorwurf. „Hat Euch mein Herr Sohn nicht Bescheid gesagt?“ Melchior schüttelte den Kopf. „Bescheid worüber?“ Wie immer, wenn er verwirrt war, wischte er sich seine widerspenstige Haarsträhne aus der Stirn. „Nun, das hätte ich mir ja denken können, dass er mir die Unannehmlichkeiten überlässt“, sagte der alte Zunftmeister mehr zu sich als zu seinem Gegenüber. „Setzt Euch.“ Er wies auf die langgezogene Bank, die im Erdgeschoss seines Hauses nicht nur als Sitzgelegenheit diente, sondern auch als Ablagefläche für fertiggestellte Stoffballen. Ein Bote würde vorbeikommen und die Auftragsarbeiten abholen. So war es immer gewesen. Melchior hatte von seinem Webstuhl aus die dafür üblichen Formalitäten oft genug beobachten können. Manch einer würde prüfend über die Oberfläche des Stoffs streichen und vorgeben, die Qualität ganz genau einschätzen zu können. Manch einer würde versuchen, den Preis herunterzuhandeln, manch anderer aber würde ein lobendes Wort verlieren und den Raum zufrieden verlassen. Dann würden Melchior die folgenden Stunden weniger endlos, die ewiggleichen Arbeitsschritte weniger monoton erscheinen. Doch indem er sich setzte, registrierte er: Kein einziger Stoffballen lag zur Abholung bereit. Seltsam. Noch deutlich beunruhigender: Keine einzige Spule war zu sehen, mit der er ein neues Werkstück hätte beginnen können.

Fieß schien gewartet zu haben, bis sein Angestellter sich selbst ein Bild gemacht hatte. Dann berichtete er ihm vom Konflikt mit seinem Sohn. Das Militär habe er ihm glücklicherweise ausreden können – er möge doch, habe er letztlich erfolgreich an seinen Sohn appelliert, an seine junge Familie denken, wenn ihm sein alter Vater schon gleichgültig sei. Der Preis sei allerdings, dass Caspar sein Erbe vorzeitig ausbezahlt bekommen wolle. Er habe vor, zukünftig Handel zu treiben, die Menschen in Dürrmenz und Mühlacker mit Waren aus dem aufstrebenden Pforzheim zu versorgen. Dafür brauche der Junge Startkapital. Die Zollgrenzen, die Gebühren, die Abgaben, die Vorschriften – das sei alles gar nicht so einfach. „Und deshalb werde ich meine Webstühle verkaufen", lautete ein Satz, den Melchior aus dem Nebel, als den er die Erklärungen empfand, heraushören konnte. Er selbst habe ohnehin schon lange vorgehabt, sich aufs Altenteil zurückzuziehen. Die Weberei, sie gehöre, so leid es ihm auch tue, nun der Vergangenheit an. Der Nebel in Melchiors Kopf verdichtete sich. Winzige Tröpfchen ballten sich zu großen zusammen, die einen Strom ergaben, der in seinen Ohren rauschte. Viel zu laut, um die halbherzigen Versuch Wilhelm Fieß' wahrzunehmen, Trost zu spenden. Möglichkeiten gebe es doch genügend für einen verständigen Menschen, der den Kopf nicht hängen lasse. Beck könne sich in den Wintermonaten, wenn der Großteil der Arbeit anfalle, bei anderen Meistern als Weberknecht verdingen, oder er könne in Privathäusern nachfragen. Schließlich stünden dort häufig Webstühle ungenutzt herum, die deren Besitzer nicht selbst aufrüsten könnten. Irgendwann, nach Sekunden, Minuten, Stunden, Melchior wusste es nicht zu sagen, spürte er die schwere Hand des Meisters auf seiner Schulter. Sie schob ihn sacht, aber bestimmt in Richtung Ausgang. Ach ja, rief er dem Taumelnden nach, das letzte Leinen, das er am Vortag gefertigt habe, möge er als Abschiedsgabe mitnehmen. Melchior fühlte, wie ihm das schwere Tuch in die Arme gedrückt wurde. War es das nun? War dieses Stück Stoff die Bilanz seines bisherigen Lebens? Seiner Kindheit als Sohn eines aus Walddorf bei Tübingen nach Kürnbach gezogenen Leinewebers, der keine andere Chance gehabt hatte, als selbst einer zu werden?

Das Gewicht in seinen Armen – es war wohl der einzige Lohn dafür, dass er sich redlich gemüht hatte, erst unter der Fuchtel des eigenen Vaters, dann in der Enge der schwiegerelterlichen Behausung, dann als braver Mitarbeiter im Dienst eines, wie er geglaubt hatte, größeren Werks. Der Lohn. Je öfter er das Wort in sich klingen ließ, desto bitterer klang, ja schmeckte es auf der Zunge. Unwillkürlich beschleunigte Melchior seinen Schritt. Sein Unterbewusstsein lenkte ihn. Er selbst hätte später nicht mehr zu sagen gewusst, wie er in die Brunnengasse gelangt war. An einen eiskalten Wind würde er sich erinnern, der einen Wetterumschwung verkündete, und an das Gewicht des Stoffes. Irgendwann fand er sich im Stall wieder. Seine Frau musste die Nachricht ja nicht sofort erfahren. Der eigentlich beruhigende Anblick hoch aufgetürmter Stapel von Strohballen ließ ihm endlich die Tränen in die Augen schießen. Wenigstens das, dachte er. Vorräte waren vorhanden, um über den Winter zu kommen. Ihn überkam das unbezwingbare Bedürfnis, sich an die Strohballen zu lehnen, sich niederzusetzen. Der Stoff im Arm störte ihn. Da nahm er die Katze wahr, die hoch oben auf einem der Stapel thronte und ihn musterte. „Nimm“, sagte Melchior und warf ihr mit einer letzten Kraftanstrengung das letzte Kapitel seines alten Lebens zu. Dann fing er an zu weinen.

Da war etwas Warmes an seinem Arm. Am rechten, aber genaugenommen auch am linken. Melchior Beck erwachte aus der Traumlosigkeit eines kurzen Schlafes. Er war nicht mehr allein. An seiner rechten Seite lehnte sich Maria Agnes an, die er wohl auf dem Strohballen übersehen haben musste. An seinem linken Arm rieb die Katze ihr Köpfchen. „Ihr zwei", sagte er. Die simplen Worte spülten eine Welle aus Liebe durch seinen Körper. Seine Tochter blickte zu ihm auf. Unverwandt sah sie ihn an, ohne Frage, ohne Forderung. Sie sollte ihn lieben und ihn respektieren können. Deshalb stand er auf, um sich in seinem neuen Leben zurechtzufinden.

Während der letzten arbeitsreichen Sommer hatte er die Idee, als Wollkämmer etwas hinzuzuverdienen, nicht weiterverfolgt. Nun, da er sich dazu gezwungen sah, erschien es ihm gleichsam als göttliche Fügung, dass er wenigstens das notwendige Gerät schon im Haus hatte. Welche Schritte erforderlich waren, um mit den zwei schweren Eisenkämmen die raue Faser des tierischen Ausgangsprodukts für den Spinnvorgang vorzubereiten, wusste er längst. Oft genug hatte er während seiner Lehrzeit Kontakt zu jenen Menschen gehabt, die den Herstellern wollener Tücher zuarbeiteten. Zwar waren Leine- und Wollweberei zwei unterschiedliche Berufszweige, doch ergaben sich Überschneidungen auf dem Vertriebsweg, denn der Kaufmann, der hochwertiges Leinen an den Mann brachte, war auch an Wollstoffen oder deren Ausgangsprodukten interessiert. Daraus schöpfte Melchior Hoffnung. Zudem wusste er seine Familie hinter sich. Denn Christina Barbara war seit dem Gespräch mit Maria Agnes Vollmer nicht untätig geblieben. Wo alte Brücken abgebrochen wurden, musste man neue aufbauen, sagte sie sich und hielt sich, wie zufällig, immer häufiger im Welschdorf auf. Die Welschen – das waren für die meisten alten Dürrmenzer immer noch die Fremden, denen man zwar als guter Nachbar begegnete, zu denen man aber doch Abstand hielt, auch wenn die „Du Queyras" genannte Ansiedlung der Hugenotten und Waldenser mit dem eigenen Ort längst im Begriff war, zusammenzuwachsen.

Als Glaubensflüchtlinge waren die Väter und Großväter der aktuellen Bewohner 1699 nach Württemberg gekommen und im entvölkerten Land mit Grundbesitz und Privilegien ausgestattet worden. Der Herzog handelte damals freilich nicht aus reiner Nächstenliebe. Sicher, er sah es als Christenpflicht an, den vom katholischen Landesherrn vertriebenen Menschen zu helfen. Vor allem aber versprach er sich durch die Neubürger wirtschaftlichen Aufschwung, und Dürrmenz, so hatte es der im Oberamt Maulbronn für die Verteilung zuständige Vogt Greber im Sinn, solle dank des Know-hows, das er den Anzusiedelnden zuschrieb, zu einem modernen Zentrum der Textilproduktion werden. Doch die Träume zerplatzten rasch. Längst nicht jeder Neuzugang beherrschte die von ihm erhoffte Kunst, und das im Vergleich zu ihrer Heimat wesentlich rauere Klima schmeckte den Maulbeerbäumen gar nicht, auf denen Seidenraupen hätten gedeihen sollen. Nichtsdestotrotz: Dank der Impulse aus der Fremde entwickelte sich im Ort die Strumpfstrickerei zu mindestens regionaler Bedeutung, und das Handwerk entdeckten bald auch einige Einheimische für sich. Noch so arm mochte man sein, wollene Strümpfe zu besitzen, war ein Muss.

„Wie viel wollt Ihr dafür haben?" Mit Monsieur Cordier, einem freundlich lächelnden Mann mit kohlschwarzem Haar und ebensolchen Augen, konnte sich Christina Barbara Beck in ihrer eigenen Sprache unterhalten. Zwar pflegten die Neubürger untereinander nach wie vor ihren Dialekt, und der Pfarrer predigte auf Französisch, doch die zweite und dritte Generation der Einwanderer wusste sich mit der einheimischen Bevölkerung problemlos zu verständigen. Der Unterschiede zwischen reformiertem Glauben und der Lehre Luthers zum Trotz waren sogar schon einige Mischehen geschlossen worden. Der Strumpfstricker, dessen Ware Christina Barbara soeben betrachtete, kannte wohl den reichen Kaufmann Bühler, Sohn des Backnanger Bürgermeisters, der die Tochter des hiesigen Kaufmanns Maneval geheiratet hatte. Doch ansonsten, so empfand er es jedenfalls, waren die Mauern in den Köpfen im vergangenen halben Jahrhundert nur spärlich gebröckelt. Umso erfreulicher, wenn sich eine sichtlich nicht dem besseren Stand zugehörige Dürrmenzerin offenbar frei von Hintergedanken plötzlich für seine Erzeugnisse interessierte. Er nannte ihr die Preise für die Strümpfe unterschiedlicher Farbe und Qualität. Christina Barbara nickte bedächtig, fühlte, prüfte, um dann in einem kleinen Lederbeutelchen nach Münzen zu kramen. Leider, leider, sagte sie, habe sie im Moment nichts Passendes dabei. Doch sie werde nicht nur wiederkommen, sondern die ausgezeichnete Ware des Herrn Cordier auch ihren Bekannten ans Herz legen. Warum nur habe sie nicht früher schon den Weg hierher gefunden?

Tatsächlich rührte Christina Barbara in den nächsten Tagen kräftig die Werbetrommel für die allerfeinste

Fußbekleidung des Herrn Cordier – übrigens bei jeweils anderen Bekannten auch für jene ebenso untadeligen Produkte des Herrn Clapier. Und auch der Herr Gaide, für den sich die gut instruierte Christina Margaretha im Auftrag ihrer Mutter bei ihren Freundinnen Wohlmann ins Zeug legte, verkaufe nur Strümpfe der besten Sorte. Sophia Dorothea Wohlmann wunderte sich über die neu erwachten Wünsche ihrer Töchter, Georg Martin Vollmer erstaunte die ihm bisher verborgen gebliebene Schwäche seiner Frau für welsche Mode, und die Adlerwirtin tat zwar so, als interessiere sie das Gerede der Frauen beim Wasserschöpfen um eine sich abzeichnende Verknappung der begehrten „chaussettes" nicht im Geringsten. Sie war allerdings die Erste, die beim verwunderten Strumpfweber Cordier vorstellig wurde und dessen Vorräte samt und sonders aufkaufte. „Je regrette, ich bedauere", sagte er, als Christina Barbara einige Tage später vor ihm stand, wieder in ihrem Beutelchen nach einer imaginären Münze tastete und das günstigste Paar der ihr kürzlich gezeigten Strümpfe zu erstehen gedachte. „Wirklich alles verkauft?" Christina Barbara wartete. „Nun, das bedeutet wohl, Ihr müsst für Nachschub sorgen. Habt Ihr denn auch genügend Wolle im Haus?" Cordier schüttelte den Kopf. Augenblicklich befinde er sich gewissermaßen in einem Engpass. Mit einem derart rasanten Absatz seiner Ware habe er nicht gerechnet, und der Kaufmann Bühler erwarte die nächste Wolllieferung erst in einem Monat. Dabei könne er nach den Anfragen der vergangenen Woche noch einmal so viele Strümpfe verkaufen, wie sie die vornehme Dame neulich mitgenommen habe. Wenn die Kunden doch nur ein wenig Geduld aufbringen könnten. „Das hoffe ich für Euch", sagte Christina Barbara ernst. „Nicht dass sie zu Eurer Konkurrenz abwandern. Das wäre schade. Aber …“, ihre Miene hellte sich schlagartig auf, „ja, natürlich, das ist die Lösung!“ Wie gut, dass Christina Barbara Beck dem bedauernswerten Strumpfweber helfen konnte. Sie kenne da eine ausgezeichnete Bezugsquelle für Wolle der allerfeinsten Art.

Auf dem Rückweg in die Brunnengasse, der ihr wenige Monate vor der Geburt ihres sechsten Kindes nicht mehr leichtfiel, hielt sie kurz inne. Die kalte Luft füllte ihre Lungen. So gierig sog sie den Sauerstoff ein, dass mit jedem Atemzug ein kurzer stechender Schmerz ihren Oberkörper durchzuckte. Was hatte sie getan?, meldete sich eine Stimme in ihrem Inneren. Hieß es nicht in der Bibel „Du sollst kein falsch Zeugnis reden“? Hatte sie nicht eben und in den vergangenen Tagen mehrfach gegen dieses Gebot verstoßen? War das sie, war das Christina Barbara Beck verwitwete Schmierer geborene Hailmann, die log und betrog um des eigenen Vorteils willen? Was war diese ihr unbekannte Person bereit zu tun, um die eigene Familie über Wasser zu halten? „Kein Mensch hat einen Schaden erlitten“, antwortete Christina Barbara der inneren Stimme leise, aber bestimmt. Sie presste die Lippen zusammen und setzte ihren Weg fort. Es musste weitergehen. Es gab kein Zurück. Die unbearbeitete Rohwolle hatte sie beim Dürrmenzer Schäfer Michael Klink längst bestellt. Und überhaupt: Seit wann war es ein Verbrechen, für die Seinen zu sorgen? Für die Menschen, die man liebte und für die man Verantwortung trug?

Kapitel 5

Zu Maria Agnes' frühesten Kindheitserinnerungen zählte das rhythmische Klappern, das ihre Mutter beim Treten des Spinnrads erzeugte. Mit einer Art Pedal versetzte sie das Schwungrad in Bewegung und mit ihm die Spindel, an deren Haken ein Anfangsfaden befestigt war. Daran wiederum war ein zwischen den Fingerspitzen geformtes Ende der gekämmten Schafwolle geknotet. Wie eine Wolke sah der sogenannte Kammzug aus, fand Maria Agnes, dessen Ende unter den geschickten Händen ihrer Mutter zunächst fadenförmig gedehnt und dann im Takt des Schwungrads auf der Spindel aufgewickelt wurde. Die stete Drehung verlieh der Faser jenen Drill, jene mit Elastizität gepaarte Festigkeit, die eine Weiterverarbeitung erlauben würde. Wurde der fertige Faden von der Spindel abgerollt und zu einem Knäuel geformt, hielt Christina Barbara das Ergebnis eines mit erheblicher Mühe verbundenen Prozesses in Händen. Die Wolle musste zuerst gewaschen, von Fett und grobem Unrat befreit werden. Dann zupften fleißige Hände, bald auch die kleinsten in der Familie, die nun noch vorhandenen Erdstücke, Blätter und weitere störende Elemente heraus. Erst jetzt setzte das eigentliche Kämmen ein. Melchior Beck benutzte dafür zwei schwere, T-förmige Wollkämme. In deren Querplatten steckten zwei Reihen stählerner Zinken. Einer der beiden Kämme war mittels einer Schraube am Kammtopf befestigt. Dieser kleine Herd aus Lehm diente dazu, die Zinken der Kämme bis zum Blauanlaufen zu erhitzen. Denn auf diese Weise gelang es wesentlich besser als im nicht erwärmten Zustand, den Tierhaaren die erwünschte einheitliche

Richtung zu geben. Kurze oder verfilzte Faserabschnitte wurden als Kämmling aussortiert. Ein winziger Raum, ebenerdig neben dem Stall gelegen, war nun Melchiors Arbeitsort. Er klagte nicht, auch wenn ihm der Rauch in den Augen brannte und ihm der beißende Dampf aus ranzigem Fettgeruch und angesengter Wolle mitunter den Atem raubte. Er klagte auch nicht, wenn er in den Gesichtern von Menschen, die er für gute Bekannte gehalten hatte, Missachtung, zuweilen gar Abscheu las. Der Zusammenhalt in seiner kleinen Familie gab ihm Kraft und Zuversicht. Umso empfindlicher traf es ihn, wenn seine Liebsten auf Ablehnung stießen. „Mit euch spiele ich nicht, euer Vater stinkt", hatte Agnes Catharina, die „Agi" gerufene Tochter des Adlerwirts, mit der schonungslosen Offenheit einer fast Fünfjährigen Johann Jacob und Maria Agnes mitten auf der Straße zurückgewiesen. „Der gehören die Ohren langgezogen", schimpfte Christina Barbara, als die Augenzeugin Christina Margaretha empört Bericht erstattete. Doch weder sie noch ihr Mann mochten sich mit dem einflussreichen Wirt anlegen. Johann Jacob Redwitz gehörte nicht nur der Schwarze Adler, den er sukzessive um weitere Gasträume und Stallungen erweiterte. Er besaß mittlerweile auch den von der Brunnengasse abgewandten Teil jenes Hauses, das Christina Barbara und ihr erster Mann nach ihrer Heirat den Erben eines gewissen Brosi Kicherer nur zur Hälfte hatten abkaufen können. Mit Redwitz als Co-Eigentümer hatte die Familie ein Glückslos gezogen, nutzte er seine Räume doch meist nur als Lager. Dann und wann brachte er dort auch neue Dienstboten unter. Andere Pläne schien er zumindest mittelfristig nicht zu verfolgen. Offenbar war er zu Melchiors und Christina

Barbaras Erleichterung aktuell nicht an einer nächsten Ausbaustufe seines florierenden Gastgewerbes interessiert, der das Häuschen dann wohl würde weichen müssen.

Agi Redwitz kam also ungetadelt davon. Melchior tröstete sich und seine Kinder auf andere Art. Schon länger hatte er im Sinn, den Kämmling nicht ungenutzt wegzuwerfen. Die Technik des Filzens war ihm im Haus eines Kürnbacher Jugendfreunds begegnet, und nun erinnerte er sich ihrer und zauberte aus den Resten kleine Stoffstücke hervor, aus denen er mit für einen Ungeübten erstaunlichem Geschick Puppen nähte. Gefüllt mit ein paar übrigen Schaflocken, hielt er bald drei ansehnliche Exemplare in Händen, die er zum Christfest seinen Kindern überreichte. Die Freude war unbeschreiblich. „So etwas haben sie drüben bei Adlerwirts nicht", stellte Christina Margaretha fest. Bei erstbester Gelegenheit würde sie, und sei es draußen noch so kalt, mitsamt ihren Geschwistern den Puppenkindern die Brunnengasse zeigen. Sie mussten schließlich wissen, wo sie wohnten – und wer ihre Nachbarn waren.

Auch Kinder aus Fleisch und Blut wurden in diesem Dezember des Jahres 1754 geboren. Doch wie unterschiedlich war die Stimmung in den Familien: Maria Agnes Vollmer brachte am Nikolaustag ein kräftiges Mädchen zur Welt, das die Vornamen der Mutter tragen sollte und diese darüber hinwegtröstete, dass ihre Älteste, Euphrosina, einige Monate nach der Konfirmation das Haus verlassen hatte, um bei Verwandten in Ötisheim in Stellung zu gehen. „Jetzt habe ich auch eine kleine Maria Agnes", berichtete Georg Martin Vollmer seinem Bekannten Melchior Beck freudestrahlend. Er gehörte neben dem allerdings den Gastwirtschaften etwas zu sehr zugeneigten Ziegler Jacob Meißner zu den wenigen Dürrmenzern, die Melchiors beruflichen Abstieg zu ignorieren schienen. Caspar Fieß dagegen, der an der Veränderung zum Schlechteren maßgeblichen Anteil hatte, ließ sich seit Monaten nicht mehr sehen. Auch die Ankunft seiner zweiten Tochter Maria Margaretha am 14. Dezember konnte ihn nicht für längere Zeit im Ort halten. „Geschäfte" habe er zu erledigen, ließ seine Frau ausrichten, als sich Melchior einmal vorsichtig nach Caspars Verbleib erkundigt hatte. Ob es wohl stimmte, was andere hinter vorgehaltener Hand behaupteten? Nein, Melchior wollte nicht daran glauben, dass Fieß junior unter die Schmuggler gegangen war.

Seit Stunden wälzte sich seine Frau unruhig im Bett hin und her. Sie schien sich in einer Welt zwischen Träumen und Wachen zu befinden, zu der er keinen Zugang fand. Jedenfalls reagierte Christina Barbara nicht, als Melchior sie leise nach ihrem Befinden fragte. Zaghaft wanderte seine Hand vom Arm seiner Frau zu deren Wangen und zur schweißüberströmten Stirn. Sie fieberte. Dennoch fühlten sich ihre Hände eiskalt an. Stoßwellenartige Schmerzen durchzuckten den ganzen Körper, wie er an den reflexartigen Bewegungen der Beine ablesen konnte. Dazwischen ertastete er eine große feuchte Stelle. Ruckartig setzte er sich auf. So schnell es ihm im Dunkeln möglich war, schlüpfte Melchior in seine Pantoffeln und griff nach dem guten grauen Gehrock, den er sich für den sonntäglichen Gottesdienst schon zurechtgelegt hatte. Keine drei Minuten später stand er vor dem Haus der Stahlin. „Oh Herr, hilf", betete er stumm den ganzen Rückweg über, für den die Hebamme ob ihrer noch gewachsenen Leibesfülle deutlich mehr Zeit benötigte als vor zweieinhalb Jahren. Angekommen in der Schlafkammer, trafen Melchior und seine Begleiterin auf eine vollständig angekleidete Christina Margaretha, die nebenan bereits Feuer gemacht hatte. „Wunderbar, du bist ein tüchtiges Mädchen", lobte die Stahlin und warf der fast Elfjährigen rasch ein paar Anweisungen zu. Dann hob sie den am ganzen Körper zitternden Johann Jacob aus dem Bett, das er sich nach wie vor mit seinen Geschwistern teilte, und führte ihn zu seinem Vater. „Geht, ihr beide könnt uns doch nicht helfen", sagte sie ruhig. Maria Agnes, das Köpfchen in den Körper ihrer Katze vergraben, ließ sie liegen.

Das Kind tat keinen Schrei. Erst als ihm die Hebamme einen kräftigen Klaps versetzte, regte sich ein leises Wimmern. Die Stahlin wusste, was zu tun war. „Hol deinen Vater", befahl sie Maria Agnes, die längst hellwach war und die Qualen ihrer Mutter hatte mitansehen müssen. Endlich löste sich die während des ihr unerklärlichen Schauspiels angestaute Angst, und sie stürzte laut schluchzend zur Tür hinaus. Schon stand Melchior in der Kammer. „Was …?" – mehr brachte er nicht hervor. „Eure Tochter ist sehr schwach. Es ist gut möglich, dass der Herr sie gleich wieder zu sich nehmen wird. Bringt mir eine Schale mit frischem Wasser." Melchior verstand mit einem Blick auf das bläuliche Häufchen Leben – so es denn noch Leben war. Ein erstickter Laut drang aus seiner Kehle, dann zwang er sich, der Anweisung Folge zu leisten.

„Ich taufe dich auf den Namen Gottes des Vaters und des Sohnes und des Heiligen Geistes. Amen." Dreimal tauchte Clara Stahl Zeige- und Mittelfinger in das eilig gefüllte Gefäß, dreimal beträufelte sie damit die Stirn des noch namenlosen Kindes. Wie oft schon, fragte sie sich einen Augenblick lang, mochte sie diese Jähtaufe wohl schon vollzogen haben? Wie viele Kinder hatte sie auf diese Weise wohl gerettet? Oder hätten die unschuldigen Wesen nicht auch ohne ihr Zutun den Weg in die himmlische Seligkeit gefunden? Die Frage verbot sich. „Euer Kind ist nun getauft", wandte sie sich an Melchior. „Doch Ihr müsst es so schnell wie möglich selbst in der Kirche vorstellen, damit alles seine Ordnung hat." Sobald Christina Barbara versorgt sei, werde sie selbst dem Herrn Pfarrer die Geburt anzeigen, doch das persönliche Erscheinen ersetze das nicht, erklärte sie. Melchior nickte stumm. Der Schmerz, den der drohende Verlust seines gerade geborenen Kindes mit sich brachte, saß tief, doch tiefer noch wurzelte die Angst um seine Frau. Keinmal hatte sie während der Nottaufe die Augen geöffnet. Erschreckend rasselnd ging ihr Atem, heiß fühlte sich die Stirn an, heißer als in der Nacht. Clara Stahl las Becks Gedanken. „Eure Frau war sehr tapfer. Dass sie, obwohl sie die hitzige Krankheit hat, so gut mitgearbeitet hat, stimmt mich zuversichtlich. Sie wird sich erholen. Doch schaut zu, dass sie sich eine Weile schont."

„Und noch einen Löffel." Christina Margaretha hatte sich in zahlreichen Auseinandersetzungen mit einem phlegmatischen Stiefbruder, der so gar nicht essen, so gar nicht aufstehen, so gar nicht mit in die Kirche gehen wollte, eine freundliche Beharrlichkeit angeeignet, die sie jetzt anwandte, um ihrer Mutter mit ein wenig Brei zu neuer Kraft zu verhelfen. Eine halbe Ewigkeit verging, ehe sie ihre Mission annähernd erfüllt und Christina Barbara ein kleines Schüsselchen geleert hatte.

Danach bestand Christina Margaretha darauf, dass ihre Mutter noch ein wenig Wasser trank, während sie ihr mit einem feuchten Tuch Stirn und Wangen kühlte. Melchior bewunderte die Beharrlichkeit des Mädchens. Er selbst kniete neben dem Bett, betend. Von stummen Lippen perlten pausenlos Worte des Flehens um das Leben seiner Frau. Ja, seiner Frau, denn er hatte beschlossen, den Allmächtigen nicht mit der vielleicht als unverschämt empfundenen Forderung nach gleich zwei Errettungen zu bestürmen. Hatte er sich damals versündigt, als er zu sehr mit der Frage beschäftigt gewesen war, ob sein neugeborener Sohn eine Chance haben würde? Selbstvorwürfe und Gebet vermengten sich in Melchiors Kopf zu einem pulsierenden Hämmern, das ihm den Verstand zu rauben drohte. Beinahe hätte er es nicht gehört. „Gib mir das Kind!“ Sie musste die Aufforderung wiederholen. Erst jetzt wich der Lärm in seinem Inneren der Erkenntnis, dass Christina Barbara ihn angesprochen hatte. Ihr Blick war klarer, in ihren Körper schien ein wenig Spannung zurückgekehrt zu sein. Mit einem Stoßseufzer erhob er sich, holte ihrer beider Tochter aus der Wiege und reichte sie seiner Frau. So zart, so zerbrechlich wirkte der Säugling, dass jede Berührung ein unkalkulierbares Risiko barg. Dennoch streichelte er vorsichtig über das winzige haarlose Köpfchen. „Wie wollen wir sie nennen?“, fragte er leise. „Maria nach deiner und Barbara nach meiner Mutter“, antwortete seine Frau.

Maria Barbara. Erst als er das winzige Wesen, von Christina Margaretha zu einem der Märzkälte trotzenden Bündel verschnürt, in Richtung der Kirche trug, wurde Melchior Beck klar, dass seine Jüngste die Namen seiner verstorbenen ersten Frau tragen würde. Ein schlechtes

Omen, ein von den eigenen Eltern verhängtes Todesurteil gar? Doch wie hätte er gegen den Wunsch Christina Barbaras handeln und dem Pfarrer eine andere Kombination nennen sollen? Oder hätte er sich auf nur einen Namen beschränken sollen? Nein. Auch das kam nicht infrage. „Viel, vielleicht alles kann man uns nehmen, aber unsere Namen nicht“, hatte seine Frau einmal der Vollmerin entgegengehalten, als diese vorgeschlagen hatte, die vielsilbige Christina Margaretha zu einer schlichten Margret abzukürzen. Die Antwort hatte ihm imponiert, und seither sprach er alle Familienmitglieder mit der größten Sorgfalt an. Maria Agnes, Johann Jacob, Christina Barbara, Christina Margaretha – so viel Zeit und Liebe musste sein.

Melchior traf Philipp Sigmund Moser an, als dieser gerade nach der sonntagnachmittags abgehaltenen Kinderlehre im Begriff war, die Tür hinter sich zu verschließen. Die kalte Luft war Gift für seine gichtsteifen Finger. Der Schlüssel mochte ihm nicht gehorchen. Drei Versuche hatte er benötigt, ehe ihm das charakteristische Knacken endlich signalisiert hatte, dass die Aktion gelungen war. Just stand nun der zerzauste Beck vor ihm und wollte ganz offensichtlich rasch eingelassen werden. „Eine Haustaufe, die Hebamme hat mir davon berichtet“, sagte er rasch. Die Finger schmerzten, der Magen knurrte, die Blase drückte. „Ich bin gekommen, damit Ihr meine Tochter ordentlich ins Taufbuch schreiben könnt“, formulierte Melchior den Satz, den er sich auf dem Weg zur Kirche zurechtgelegt hatte. „Maria Barbara soll sie heißen.“ Er sah zur Tür. Zum Taufstein wollte er sein Kind tragen, das trotz aller Anstrengungen seiner Mutter nicht hatte trinken wollen, das kaum mehr atmete, das zu schwach war, die Augen zu öffnen. Einmal wenigstens sollte das kleine Wesen das Haus Gottes von innen erlebt haben. Es kam nicht dazu. „Das hat schon seine Ordnung“, sagte Moser, indem er einen Schritt auf Melchior zuging und einen raschen Blick auf den Inhalt seines Bündels warf. „Ihr könnt nach Hause gehen. Ich trage die Taufe ein.“

Nach den Paten vergaß er zu fragen. Er würde über der Pflege seiner kranken Gelenke auch den Eintrag selbst vergessen. Drei Tage später würde er das Versäumte nachholen und der Einfachheit halber die ahnungslosen Gevattern der größeren Schwester anfügen. Immerhin: Er erinnerte sich dabei daran, dass aus der ledigen Belserin vor gut eineinhalb Jahren die Frau des Diefenbacher Wirtssohns Joseph Werthwein geworden war. Erst viel später würde sie erfahren, dass im März 1755 ein ihrem Schutz anbefohlenes kleines Menschlein an der am weitesten von der Kirche entfernten Mauer begraben worden war – ohne Sang und Klang, wie es bei Kindbettkindern üblich war. Im Anschluss an die kurze Zeremonie schrieb der Pfarrer Maria Barbara ins Taufbuch ein. Der Eintrag des Todestags 4. März unmittelbar unter ihrem Namen ersparte ihm einen weiteren Einsatz der Feder im Register der Beerdigungen.

Vielleicht war es ein Segen, dass im März die Arbeit auf den Feldern begann, dass Melchior, um seine Frau in Ruhe genesen zu lassen, ganz allein den Boden für die neue Aussaat bereitete und angesichts der Fülle an Aufgaben und der körperlichen Anstrengung kaum zum Nachdenken kam. Vielleicht war es um der Ablenkung willen sogar ein Segen, dass er am 24. März aufs Rathaus einbestellt wurde, wo die Erbteilung seines früheren

Schwiegervaters Hans Jerg Härter vorgenommen wurde. Selbst bei den wenig Begüterten, zu denen der im Januar Verstorbene zweifelsfrei gehörte, wurde der Nachlass peinlichst genau untersucht. Nicht selten zog sich die Inventur der Hinterlassenschaften über Monate, der Streit um die Verteilung der Habe oder der Schulden zuweilen sogar über Jahre hinweg. Im Fall des Hans Jerg Härter gestaltete sich die Sache einfacher. Auf bescheidene 88 Gulden belief sich das Vermögen, auf das neben der Witwe Anna Ursula der einzig überlebende Sohn Hans Jerg und der Enkel Johann Jacob in der Rechtsnachfolge seiner Mutter Anspruch erheben konnten. Das winzige Häuschen „Unterm Berg“, wie die jenseits der Enz am Burghang gelegene Seite genannt wurde, hatte der Sohn Hans Jerg schon erworben. Nun würde ihm auch der Rest zufallen, da er doch die Schwiegereltern „in Kost genommen“ hatte, wie er vor dem Schultheiß und den weiteren Amtspersonen angab. Mit ungeübter Hand unterzeichnete Melchior das Protokoll. Er hatte dabei das Bild des Schwiegervaters vor Augen. Keinmal hatte er nach dessen Auszug seinen Enkel zu sehen verlangt. Zu erben gab es für den Jungen, der doch die eigene Mutter auf dem Gewissen hatte, ein paar wenige Gulden, gewiss aber keine Liebe.

Kapitel 6

Maria Agnes blinzelte angestrengt in den Himmel. Beim besten Willen konnte sie den Herrn Pfarrer dort oben nicht erkennen. Vielleicht ging es besser, wenn sie sich hinlegte. Also bezog die inzwischen Dreijährige Position unter dem Birnbaum und spähte lang ausgestreckt durch das bereits herbstlich durchlöcherte Blattwerk. Eigentlich müsste sie das zerfurchte Gesicht doch erkennen, dachte sie. Das eine oder andere Mal hatten sie Christina Margaretha und Johann Jacob schließlich schon mitgenommen in die Kinderlehre, und sie hatte, da sie weder den Geschichten folgen noch die Mahnungen an die ach so verderbte Jugend von heute verstehen konnte, die Züge des Geistlichen ganz genau studiert. Beobachtet, wie sich in regelmäßigen Abständen ein Tröpfchen an der Nase bildete. Verfolgt, wie die inneren Enden der Augenbrauen aufeinander zusteuerten und sich wieder voneinander entfernten. Bewundert, wie die dicken Adern unter der dünnen Haut an den Schläfen blau hervortraten und am Ende einer Moralpredigt wieder abschwollen. Und nun sollte der Herr Moser also nicht mehr auf der Kanzel stehen, sondern im Himmel wohnen, wo alle guten Menschen hinkämen, wenn sie gestorben seien. Genau das sei dem Herrn Pfarrer passiert. Er sei schon 69 Jahre, also seeeehr alt gewesen. Die Mutter hatte das „e“ in die Länge gezogen und dabei die Augen nach oben wandern lassen. „Er ist jetzt im Himmel. Gott hab' ihn selig“, fügte sie an. Irgendwo zwischen Wolken und hervorblitzender Sonne musste sie also fündig werden, dachte Maria Agnes, wenn sie eine Fortsetzung des Augenbrauentanzes erleben wollte. Doch keine Spur davon war zu entdecken. Hatte sie vielleicht etwas falsch verstanden? „Bleib brav zu Hause, dein Vater, deine Geschwister und ich gehen zur Beerdigung auf den Friedhof“, hatte ihre Mutter gesagt. Ja was denn nun? Himmel oder Friedhof? Maria Agnes wurde aus der Sache nicht schlau. Unschlüssig setzte sie sich auf. Die Katze an ihrer Seite folgte ihrem Beispiel. In ihrem Blick aus großen bernsteinfarbenen Augen lag die Aufforderung zum Spiel. Bald jagten Kind und Katze einander quer durch Garten und Hof, immer wieder unterbrochen durch Momente innigster Liebkosungen, wenn sich der vierbeinige Part des Duos auf den Rücken fallen ließ, die Vorderpfötchen anzog und den Bauch zum Kraulen anbot. Alle anderen Menschen hätten bei einer Annäherung an die Tabuzone Bekanntschaft mit scharfen Krallen gemacht. Maria Agnes' Kinderhändchen aber genossen einen Freifahrtschein. Ein unisono ausgestoßenes Quietschen beider Freundinnen gab das Signal für die nächste wilde Hatz. Kein strenger Blick von Mutter, Vater oder Schwester gebot Einhalt. Überhaupt schien das Dorf wie ausgestorben, da sich alles dem Trauerzug angeschlossen hatte.

Die Arbeit ruhte. Kein Dürrmenzer Bauer hätte es gewagt, während der Beerdigung des Ortsgeistlichen Obst von den Bäumen oder Getreide vom Acker zu holen. Kein Handwerker wäre öffentlich sichtbar seinem Broterwerb nachgegangen. Also stand auch die Leiter des Zimmermanns Christoph Schwörer unbeaufsichtigt da. Am stattlichen Haus des Kastenknechts Christoph Spihlmann galt es eine Reparatur vorzunehmen. Doch das musste warten.

Die beiden Vornamensvettern standen als angesehene Bürger direkt hinter den Angehörigen in der zweiten Reihe von vielen, die sich um das Grab gebildet hatten, in das der alte Moser gleich gelegt werden würde. Hinter ihnen reckten sich lange Hälse, um irgendwie einen Blick auf das Geschehen erhaschen zu können. Doch leider war die Hauptperson ein Mann von spärlichem Wuchs.

Immerhin: Seine volltönende Stimme erreichte auch die weit Entfernten wie Christina Barbara und Melchior Beck. „Geht, treuer Vater, dann in Eure Ruhe ein! Bis wir vor's Lammes Thron dereinst zusammen sein", betete Philipp Ulrich Moser. Später würde er diesen Reim in sauberer Handschrift auch ins Totenbuch einschreiben. Um ihm, dem Sohn des Verstorbenen, zu ermöglichen, den eigenen Vater zu beerdigen, war die Feier eigens um einen Tag verschoben worden. Rasch angereist aus Hausen an der Würm, stand der selbst nicht mehr ganz junge Moser nun vor der Gemeinde, die zu übernehmen er nicht abgeneigt war. Entsprechend viel Zeit hatte er auf die Vorbereitung der Predigt verwandt und dabei nicht bemerkt, dass sein emotionsgeladenes Werk reichlich lang geraten war. Kaum, dass er das letzte Amen am Grab gesprochen hatte, löste sich die Versammlung daher rasch auf. Wer nicht damit rechnen durfte, wie die Herren Schwörer und Spihlmann zum Leichenschmaus eingeladen zu werden, sah zu, dass er zu Hause die Pflichten des Tages wieder in Angriff nehmen konnte. So er zu Hause nicht mit einem ganz anderen Problem konfrontiert wurde.

Die turbulente Hatz hatte am Ende der Brunnengasse nicht Halt gemacht. Die Katze war links abgebogen, Maria Agnes ihr auf die Wiernsheimer Straße gefolgt. Als ihr drei Häuser von der Einmündung entfernt die Leiter des Zimmermanns aufgefallen war, hatte sich der Pfarrer wieder in ihr Bewusstsein gedrängt. Ob man ihn von ganz oben wohl besser erkennen konnte – also für den Fall, dass er doch im Himmel und nicht unter der Erde zu suchen war? Der Entschluss war rasch gefasst. Oft genug war sie mit ihrer Gefährtin auf Heuballen geklettert, um sich vor der Höhe nicht zu fürchten.

Spielerisch leicht gelang ihr der Aufstieg. Fast ein wenig verwundert schaute sie nach unten und erkannte, dass ihr die Katze dieses Mal nicht folgte. Sie stieg vom Ende der Leiter auf eine kleine, sattelförmige Dachgaube. Endlich stand ihr von diesem recht bequemen Platz aus der Himmel offen. Sorgfältig suchte sie das wolkengesprenkelte Blau nach den Furchen des Herrn Moser ab.

Die Aufregung auf der Wiernsheimer Straße und in der Brunnengasse entging ihr, denn die Gaube befand sich auf jener Dachseite, die der Kirche und der Brunnengasse abgewandt war. Maria Agnes verpasste ein seltsames Schauspiel. Schwarz gekleidete Menschen, ihre Eltern zuvorderst, wuselten in wachsender Panik umher. Es wurde gerufen, mit dem Kopf geschüttelt, wieder gerufen, geschrien, zuletzt geweint. Das Knäuel aus Menschenbeinen löste sich nach einer Weile auf. Die Straße leerte sich. Das Weinen und Schluchzen verlagerte sich in Richtung eines kleinen Häuschens im Schatten des Schwarzen Adlers.

„Wir hätten sie mitnehmen müssen", kulminierte Christina Barbaras Selbstvorwurf schließlich in ein nur durch gelegentliches Luftholen unterbrochenes Mantra. Melchior wusste nicht, um wen er sich mehr sorgen sollte: um seine Tochter, die wie vom Erdboden verschluckt war, um seine Frau, die er erstmals im Lauf ihres Zusammenseins vollkommen aufgelöst erlebte, oder um seine Stieftochter, die sich im Bemühen, die kleine Maria Agnes aufzuspüren, die gute Seele aus dem Leib rannte. Er selbst war vom Schrecken zu betäubt, um seine Angst artikulieren oder auf sonstige Art ausdrücken zu können. Immerhin, und dafür sollte er sich noch Jahre später im Stillen selbst auf die Schulter klopfen, war er noch so weit bei Verstand, dass ihm ein von den anderen übersehenes Detail ins Auge fiel: Die Katze saß vor dem Haus. „Schau!“, forderte er Christina Barbara auf und packte sie bei beiden Schultern, um ihren Blick auf den siamesischen Zwilling der Verschwundenen zu lenken. „Das ist seltsam“, dachte er laut. „Sonst sind sie immer zusammen. Wenn die Katze da ist, kann Maria Agnes nicht weit sein.“ Das Tier spürte, dass seine Hilfe gefragt war. Es fühlte die Verzweiflung, und es tat, was getan werden musste. Es sprang mit einem Satz auf Melchior zu, rammte ihm mit aller zur Verfügung stehenden Kraft sein Köpfchen gegen den Unterschenkel, schaute kurz nach oben, um sich der Aufmerksamkeit des Mannes sicher sein zu können, und verfiel daraufhin in einen frischen Trab, das Schwänzchen bis auf die leicht abgewinkelte Spitze kerzengerade in die Luft gereckt. Melchior und seine Frau tauschten einen flüchtigen Blick aus, dann nahmen sie die Verfolgung auf. Der Weg endete am Haus Spihlmann, wo die Katze nichts Dringenderes zu tun zu haben schien, als das Ende einer Leiter zu umschmeicheln. Dann setzte sie sich, schlug ihre orangefarbene Schwanzspitze elegant über die bunten Vorderpfötchen und wartete auf die Erkenntnis. Diese ließ in Form eines spitzen Schreis nicht lang auf sich warten.

Irgendeiner der immer zahlreicher werdenden Schaulustigen hatte die Herren Schwörer und Spihlmann aufgetrieben, von denen ersterer sich trotz fortgeschrittenen Alters, einiger genossener Gläser eines undefinierbaren alkoholhaltigen Gebräus und hereinbrechender Dunkelheit zutraute, das Kind vom Dachvorsprung zu holen. Unter akustischer Begleitung durch viele Ohs und Ahs gelang die Rettung, derer es in Maria Agnes’ Augen nicht bedurft hätte. Warum hätte sie die Leiter nicht alleine herabsteigen sollen? Sie verstand es nicht. Sie verstand auch nicht, warum das Publikum plötzlich in schallendes Gelächter ausbrach, als Christoph Spihlmann Melchior freundschaftlich in die Seite stieß und dabei sagte: „Heute ist Eure Tochter mir aufs Dach gestiegen. In Zukunft wird sie Euch aufs Dach steigen." Noch weniger verstand Maria Agnes, warum sie wenig später zu Hause über das Knie ihrer Mutter gelegt wurde und zuerst kräftige, dann immer schwächer werdende Schläge auf den Allerwertesten kassierte. Ihr war ebenso unklar, weshalb auf die Züchtigung eine Serie schmatzender Küsse folgte, die sie nie zuvor gespürt hatte und niemals mehr spüren würde. Ganz und gar rätselhaft erschien ihr, weshalb der Pate Vollmer noch spät am Abend vorbeikam und der Katze – und nur ihr – ein Stück Fleisch von der Größe eines Beck'schen Feiertagsessens vorbeibrachte.

Doch nicht nur die tierische Retterin profitierte von dem Ereignis: Mit dem „Mädchen vom Dach" wollten plötzlich reichlich Altersgenossen spielen. Das galt, ob es den Eltern nun gefiel oder nicht, für die geruchsempfindliche Agi Redwitz ebenso wie für ihren ewig kränkelnden Bruder Christoph Friedrich, für die forsche Catharina, Tochter des als Trunkenbold verrufenen Zieglers Jacob Meißner, genauso wie für die schüchterne Lucretia Bühler, Tochter des Kaufmanns Christoph Jacob Bühler. Johann Gottlieb, jüngster Spross des Amtmanns Wohlmann, ging in seiner Bewunderung so weit, dass er selbst versuchte, das elterliche Haus mit einer Obstbaumleiter zu besteigen – was ihm statt Ruhm allerdings nur aufgeschürfte Knie einbrachte.

Kapitel 7

Kaum dass sie flüssig sprechen konnte, begann Maria Agnes damit, ihre treue Gefährtin Frieda zu rufen. Frieda selbst habe ihr diesen Namen verraten, in Gedanken nämlich, die vom Katzen- in den Menschenkopf hineingewandert seien, erklärte das Mädchen, als die Mutter der Neuigkeit auf den Grund gehen wollte. Frieda? Niemand in der Umgebung heiße so, und überhaupt: Seit wann trugen Katzen Menschennamen? Ein Mohrle lasse sie sich vielleicht ja noch gefallen, aber eine Frieda? Ob sich das überhaupt schicke? Man denke nur, ein vornehmer Herr wolle mit dem Vater in ein Geschäft eintreten, und dessen Frau heiße womöglich so, und er fühle sich dann beleidigt, wenn hier im Haus die Katze denselben edlen Namen für sich beanspruche. Melchior Beck, der den größten Teil der Unterhaltung mit angehört hatte, lachte. „Soll sie sich doch beschweren. Wenn sie vornehmer zu schreiten versteht als unsere Frieda, dann wollen wir noch einmal über die Namenswahl nachdenken", sagte er, strich zuerst seiner Frau und dann seiner kleinen Tochter über die Wange. Einer weiteren Debatte bedurfte es nicht.

Auf einen kühlen Herbst folgte ein milder, feuchter Winter. Im Stall der Familie Beck, der auch und vor allem als Vorratslager diente, vermittelte ein mittelmäßiger Bestand an Heu, Dinkel, getrockneten Obstschnitzen, Kraut und Rüben bis in den Februar 1756 hinein ein gewisses Maß an Sicherheit. Der Schwerpunkt der Arbeit lag seit Monaten wieder auf der Wollenkämmerei und dem Spinnen, in das Christina Margaretha längst eingebunden war. Reiche Familie leisteten sich eine eigene

Spinnerin, die zeitweise ins Haus kam, und so stand auch bei den Wohlmanns das erforderliche Gerät in einem Winkel der guten Stube bereit. Die Töchter Louisa Dorothea, Christiane Philippine, Maria Johanna und Charlotta Augusta beherrschten das Handwerk nicht, luden sich aber gern Christina Margaretha zu gemeinsam verbrachten Abenden ein, bei denen im Kerzenschein zum gleichförmigen Rhythmus des Spinnrads geheimnisvolle Geschichten erzählt wurden. Die neusten Gerüchte wurden ausgetauscht, wobei sich Christina Margaretha sehr zurückhielt: Sie war sich ihrer Rolle bewusst und beschränkte sich darauf, zuzuhören. Der Fieß sei wieder einmal verschwunden, hieß es. Da müsse sie eigentlich Bescheid wissen, wo er doch mit ihrem Stiefvater zu tun gehabt habe, forderte die gleichaltrige Maria Johanna ihre Freundin aus der Brunnengasse zu einer Stellungnahme auf. Der Kontakt sei abgebrochen, antwortete diese wahrheitsgemäß. Sie könne leider gar nichts sagen. „Na dann erzähl von deiner Schwester." Maria Johanna hatte sich offenbar vorgenommen, den wortkargen Gast zum Reden zu bringen. „Steigt sie immer noch auf anderer Leute Dächer?" Christina Margaretha lächelte. „Wenn ihr danach zumute ist, könnte das schon …" Weiter kam sie nicht.

Ein heftiger Donnerschlag, der die Fensterscheiben klirren und die Mädchen zusammenzucken ließ, schnitt ihr das Wort ab. Wenige Sekunden später tauchte ein Blitz die Stube in gleißend helles Licht. „Herr Jesus!", rief Louisa Dorothea. Als älteste Tochter fühlte sie sich in Abwesenheit der Eltern – der Vater hatte in Maulbronn zu tun, die Mutter besuchte ihre dort lebenden Verwandten – für die Geschwister und ihren Gast verantwortlich.

„Lasst uns beten!“, sagte sie, griff zur Bibel und schlug mit der geübten Hand einer zukünftigen Pfarrfrau, die zu werden sie sich fest vorgenommen hatte, jene Stelle des Markusevangeliums auf, die ihr unter der Überschrift „Die Stillung des Sturms“ am besten zur Situation zu passen schien. Tatsächlich erwiesen sich Blitz und Donner, so furchterregend sie auch daherkamen, lediglich als Vorboten eines wesentlich gefährlicheren Orkans, der bald das stabil gebaute Heim der Wohlmanns aus den Angeln zu heben schien. „Ich muss nach Hause gehen“, sagte Christina Margaretha zaghaft in eine kurze Pause hinein, die sich zwischen zwei trotzig dem Sturm entgegengesungenen Liedstrophen von „Ein feste Burg ist unser Gott“ ergab. „Du bist von Sinnen. Der Wind wird dich in die Enz werfen. Wer weiß, ob die Brücke überhaupt noch in Ordnung ist“, hielt ihr Louisa Dorothea mit der ganzen Autorität einer knapp 14-Jährigen entgegen. Schließlich kam die Oberfläche des Flusses nach einem verregneten Winter und einer früh einsetzenden Schneeschmelze in höhergelegenen Regionen jetzt schon dem fragilen Gebilde aus Holz bedenklich nahe. „Es muss sein. Meine Eltern kommen um vor Sorge, und ich auch.“

Christina Margaretha war flink, kräftig und vor allem wild entschlossen. Noch bevor die Wohlmann-Mädchen weitere Bedenken vortragen konnten, hatte sie den Raum verlassen, hastete die Treppe hinunter und in den Sturm hinaus.

Nie im Leben hatte sie solche Töne gehört. Nicht einmal die immer wieder hängenbleibenden Tasten der Dürrmenzer Kirchenorgel konnten ein derart schrilles Geräusch erzeugen, wie es die furiengleich rasenden Luftmassen nun taten. Regenwasser schlug ihr scheinbar aus allen Richtungen entgegen, und um sich dem Westwind entgegenzustemmen und der Enzbrücke näherzukommen, musste sie sich in einem abstrusen Winkel nach vorn beugen und mit den Armen rudern. Endlich hatte sie den Übergang über die aufgepeitschte Enz erreicht. Schon leckten erste Wellenspitzen am Boden. Rasch, für einen Moment nur, musste sie sich ausruhen und umklammerte das klatschnasse Geländer. Keuchend ging ihr Atem, und die Luft in ihren Lungen reichte nicht für den Schrei, den sie ausstoßen wollte, als sie sich ihrerseits von hinten umklammert fühlte. Sie fühlte den harten Griff einer Männerhand, und sie fühlte ihre Sinne vor Panik schwinden. „Keine Angst!", hörte sie es wie von Ferne rufen. „Ich bringe dich nach Hause." Sie wagte es, den Kopf zu drehen. Hinter Regenfetzen und vorbeigejagten Ästen und Blättern erahnte sie ein bekanntes Gesicht. Der Mann, der sie umklammerte, die klammen Hände vom Geländer löste, sie an sich drückte und dann sachte vorwärts schob, war Johann Andreas Schmierer, ein Bruder ihres längst verstorbenen leiblichen Vaters. „Oheim!", seufzte Christina Margaretha erleichtert. So laut pochte das Blut in ihren Adern, dass sie seine Frage, was sie denn um Himmels willen um diese Zeit auf der Straße suche, nicht hören konnte. Schmierer ließ es gut sein. Gemeinsam kämpften sie sich in Richtung der anderen Flussseite. Längst war das Licht in der Laterne, die Schmierer als von der bürgerlichen Gemeinde bestellter Nachtwächter mit sich führte, erloschen. Mehr tasteten sie sich voran, als dass sie die nächsten Meter überblicken konnten. Heruntergefallene Dachziegel, ein umgestürzter Baum und Bretter aus einem schlecht verankerten Zaun pflasterten den ohnehin unebenen und aufgeweichten Weg. Dass Onkel und Nichte letztlich unbeschadet Christina Margarethas Zuhause erreichten, glich einem Wunder. Doch das Wunder hatte seinen Preis.

Schmierers Haus, ein kaum stattlicheres als jenes der Becks, lag am Ortsrand an einer noch wesentlich schlechter befestigten Gasse. Seine frühere Schwägerin überzeugte ihn davon, die Nacht bei ihr auf der Bank am Esstisch zu verbringen. Zuvor packte er kräftig mit an, um zumindest Teile der für die Menschen bestimmten Vorräte aus dem Stall hinauf ins obere Stockwerk zu tragen und so vor einem drohenden Hochwasser in Sicherheit zu bringen. Am Morgen des 21. Februar kehrte er zu seiner Familie zurück. Seine Frau erwartete ihr drittes Kind, sie würde erleichtert sein, ihren Mann gesund wiederzusehen. Sie würde ihm hocherfreut die Türe öffnen, wie sie es immer tat, wenn er von seinen nächtlichen Kontrollgängen zurückkehrte. Sie würde die Hand nach ihm ausstrecken und ihn zu sich heranziehen. Sie würde ihn einen nichtsnutzigen Herumtreiber nennen und ansteckend lachen. Sie lachte nicht. Sie öffnete nicht. Clara Stahl tat ihm die Tür auf.

Das namenlose Bübchen war das erste Kind, das der neue Dürrmenzer Pfarrer beerdigen sollte. Aus Schrecken über einen fürchterlichen Sturmwind, so trug er es ins Totenbuch ein, habe Anna Barbara Schmierer den Jungen viel zu früh tot zur Welt gebracht. Die meisten Tränen am winzigen Grab vergoss Christina Margaretha. „Es ist alles meine Schuld“, warf sie sich vor. „Wäre ich bei den Wohlmanns geblieben, wäre der Oheim rechtzeitig zurückgekehrt, und die Tante hätte sich nicht so aufregen müssen.“ Sie solle keinen Unsinn reden, wies sie der neue Pfarrer zurecht. „Leben und Sterben liegt nicht in unserer Hand“, sagte Johann Wilhelm Moser. Ja, Moser. Die Gemeinde brauchte sich an keine neue Anrede zu gewöhnen, doch war zur Überraschung vieler nicht der Sohn des verstorbenen Geistlichen, sondern ein 45 Jahre alter Namensvetter, der zuletzt in Pfullingen gewirkt hatte, mit Frau und Kindern ins Pfarrhaus eingezogen.

Weder Christina Margaretha noch ihren Verwandten blieb Zeit für ausufernde Trauer. Aufräumen war angesagt, denn erst nach und nach trat zutage, welche Schäden Sturm, Enz und aufsteigendes Grundwasser angerichtet hatten. Zwar folgten auf das Unwetter einige sonnige Tage, doch reichten diese nicht aus, um die ins Freie getragenen Strohballen und Getreidesäcke gut genug zu trocknen. Mühsam Angesammeltes würde der Fäulnis anheimfallen und nicht mehr zu gebrauchen sein. Wollten sie die Kuh behalten, wollten sie ihr eigenes Essen nicht streng rationieren müssen, so galt es zuzukaufen. Doch wovon? Melchior hatte zwar eine ausreichende Zahl an Strumpfwirkern als Abnehmer für seine Wolle gewonnen, doch was er dafür erlöste, reichte mit knapper Not, um selten genug etwas Fleisch, noch seltener ein neues Kleidungsstück kaufen und die fälligen Steuern und Abgaben entrichten zu können. Maria Agnes hatte ein Gespräch ihrer Eltern mit angehört. Die Worte „Kuh“ und „Verkauf“ hatte sie herausgefiltert, die dazugehörigen „Vielleichts“ und „Wenns“ nicht registriert, und ihre Fantasie entwickelte aus dem Aufgeschnappten das Schreckensszenario vom Metzger, der schon morgen ihre und der Katze treue Freundin abholen würde. In ihrer Verzweiflung hockte Maria Agnes, die Knie angezogen, die Arme daraufgelegt und darin wiederum den

Kopf vergraben, auf einem der Heuballen vor dem Haus und weinte bitterlich.

„He du!“ Agi Redwitz stach ihren Zeigefinger dem Häufchen Elend in die Seite. „He du!“, wiederholte sie. „Was hast du?“ Endlich schaute Maria Agnes auf. In ihren blauen Augen stand ein See, durch den sie das Nachbarsmädchen nur verschwommen und seltsam verzerrt wahrnehmen konnte. „Warum weinst du?“, hakte die Wirtstochter nach. „Das Heu – das Heu“, stieß Maria Agnes schniefend hervor, „es wird schlecht, und wir können kein neues kaufen, weil wir kein Geld haben, und darum muss meine Freundin zum Metzger. Zum Metzger! Der macht sie tot!“ Sie hatte sich in Rage geredet und den Schluss ihrer Ausführungen ihrem Gegenüber regelrecht ins Gesicht gebrüllt. Unwillkürlich trat Agi einen halben Schritt zurück. „Deine Freundin soll sterben, weil ihr kein Geld habt?“ Das Mädchen fand den Gedanken zwar abstrus, aber wer weiß, dachte sie sich, vielleicht mussten arme Leute wie die Becks ja tatsächlich Kinder essen, um nicht zu verhungern. Maria Agnes war derweil wieder in ein wortloses Schluchz-Schniefen verfallen. Als sie aufsah, war die Nachbarin verschwunden. Doch es vergingen nur wenige Minuten, bis sie zurückkehrte. „Da!“, sagte die fast Sechsjährige und packte Maria Agnes' Hand, um mit großer Geste eine Münze hineinzulegen. „Ich will nicht, dass deine Freundin gegessen wird“, erläuterte sie den Grund ihrer Spende. Sie setzte eine feierliche Miene auf. „Man isst keine Freundinnen. Ich glaube wirklich nicht, dass man das macht. Ich bin ja auch deine Freundin, und ich möchte nicht, dass mich der Metzger holt. Sag das deinen Eltern.“ Dann machte sie auf dem Absatz kehrt.

Sie kam nicht weit. „Agnes Catharina Redwitz", hörte sie ihre Mutter rufen. Es klang bedrohlich. „Was in aller Welt machst du beim Wollenkämmer Beck?" Auf der ansonsten makellos blassen Stirn zeichneten sich vor Zorn gerötete Äderchen ab. „Habe ich dir nicht zigmal gesagt, dass du …" Der Schwall brach ab. Die Adlerwirtin starrte auf das Mädchen, mit dem sich ihre Tochter verbotswidrig abgegeben hatte. In deren Hand lag eine Münze. Nicht irgendeine. Es war jene, mit der kurz zuvor ein holländischer Reisender seine Übernachtungsrechnung beglichen hatte. Bis der Betrag ordentlich in die Bücher eingetragen werden würde, hatte Catharina Barbara Redwitz das Geld in einer unverschlossenen Kassette deponiert, die auf einem Tisch im Eingangsbereich des Schwarzen Adlers abgestellt war. Einen Augenblick nur war sie wohl abgelenkt gewesen. Da musste sich das rothaarige Balg bedient haben. „So. Eine Diebin bist du also auch noch", brach es aus ihr heraus. „Ein ungezogenes, widerborstiges, unordentliches Ding, und nun auch noch eine Diebin. Was fällt dir ein, dich an anständiger Leute Geld zu vergreifen?" Maria Agnes starrte ungläubig auf die wutschnaubende Frau vor ihr. Sie verstand kaum etwas von den weiteren Verwünschungen und Vorwürfen, die auf sie hereinprasselten. Doch langsam schloss sich ihre Hand um den glänzenden Gegenstand. Kühl fühlte er sich an, geheimnisvoll, fremd. „Gib das sofort her!", befahl die Redwitzin. Die kleine Hand verselbständigte sich. Sie glitt das Oberteil aus grobem Stoff entlang bis hinauf zum Halsausschnitt. Dort öffneten sich die Fingerchen, und die Münze verschwand. Die Wirtin war nun nur noch zu einem empörten Schnauben fähig.

Das Maß war voll. Sie trat einen Schritt auf das Kind zu, bereit, das Geld aus ihm herauszuschütteln.

Endlich schritt Agi ein. „Mutter", sagte sie zögerlich. „Mutter, sie hat nicht gestohlen. Ich habe ihr die Münze geschenkt. Sie braucht das Geld dringend." Catharina Barbara Redwitz hielt inne. Sie drehte sich zu ihrer Tochter um. In deren Gesicht las sie, dass das Mädchen die Wahrheit sagte. Schon erhob sie die Hand, um ihrer Missbilligung auf diese Weise Luft zu verschaffen, da fiel ihr auf, dass das Gezeter Zuschauer auf den Plan gerufen hatte. Christina Margaretha Schmierer war erschienen, um nach dem Rechten zu sehen, drei Frauen, die Wasser geschöpft hatten, verfolgten die Szene und, wesentlich schlimmer, zwei Gäste, die eben nach ihren im Stall des Wirtshauses untergestellten Pferden sehen wollten, wurden ebenfalls Zeugen der Auseinandersetzung. Für einen winzigen Moment schien die Zeit eingefroren, die Redwitzin unfähig, sich zu rühren. Die Lippen der jungen Schmiererin bewegten sich. Doch die Worte erreichten das Ohr der Adressatin nicht. Endlich erwachte sie aus ihrer Starre, verzog den Mund zu einem schwachen Lächeln, das den Gästen galt, packte die Tochter bei der Hand und zog sie hinter sich her. Auch Maria Agnes wurde abtransportiert. Ihre Halbschwester schloss sie in die Arme und trug sie hinein ins Haus. Dort hatte sie den Eltern einiges zu berichten.

Am nächsten Morgen erschien im Schwarzen Adler ein Mann im Sonntagsgehrock und groben, aber sauber geputzten Schuhen. Noch niemals hatte er das vornehme Gasthaus betreten, und er hatte alle Mühe, seinen Blick nicht allzu lange an den hohen Schränken, den metallbeschlagenen Truhen und den in seinen Augen luxuriösen

Sitzmöbeln haften zu lassen. „Wir danken Eurer Tochter sehr, aber wir möchten nichts geschenkt“, sagte Melchior Beck zu einem sichtlich überraschten Johann Jacob Redwitz. Er hielt ihm eine glänzende Münze entgegen. Der Wirt legte die Stirn in Falten. „Ich verstehe nicht“, murmelte er. „Hat Euch Eure Frau nichts erzählt?“, fragte Melchior. Die Falten wurden tiefer. Schweigen. Der hagere Mann in seinem fadenscheinigen grauen Gehrock und der wohlgenährte in seiner mit glänzenden Knöpfen zusammengehaltenen marineblauen Weste standen einander wort- und ratlos gegenüber. Die Situation entbehrte nicht einer gewissen Komik. Und tatsächlich: Die Enden des gezwirbelten Schnurrbarts wackelten verdächtig, und der Wirt brach in Gelächter aus. „Tochter, Frau, Geschenk? Ihr sprecht in Rätseln, Beck“, sagte er. „Ich weiß zwar nicht, wovon Ihr redet und was Euch zu mir führt, aber da Ihr nun einmal da seid, seid mein Gast und steckt die Münze wieder ein! Ihr seid mir nichts schuldig.“ Er schob Melchior in Richtung eines unbesetzten Tisches, drückte ihn auf einen Stuhl und winkte seine Frau herbei, die eben am Durchgang zur Küche aufgetaucht war. „Schau, wer uns besucht“, rief er ihr zu. „Bring unserem Nachbarn, was immer er auch zu trinken beliebt.“ Catharina Barbaras Mundwinkel zuckten. Sie delegierte die Aufgabe an eine der Mägde und zog sich rasch in die neben dem Gastraum liegende Kammer zurück. Wie gut, dachte sie, dass sie mit den Einträgen noch nicht auf dem Laufenden war. Der holländische Gast, beschloss sie, war nie dagewesen.

„Hmmm. Hmmm.“ Caspar Fieß wog das Geldstück sorgfältig in seiner Hand. Genauso sorgfältig entzifferte er die Beschriftung am Rand, um, Höhepunkt der Prüfung, das silberglänzende Material einem Bisstest zu unterziehen. „Hmmm", sagte er noch einmal. „Ich glaube, die Münze ist echt. Aber sie dürfte hierzulande nicht viel gelten. Aus unserem Herzogtum Württemberg kommt sie nicht, so viel steht fest." Sein Besuch im Spätherbst des Jahres 1756 hatte die Becks mehr als überrascht. Monate waren vergangen seit der letzten flüchtigen Begegnung, und das Fieß'sche Töchterlein Maria Margaretha würde bald seinen zweiten Geburtstag erleben, ohne viel von seinem Vater gehabt zu haben. Caspar hatte, als er plötzlich vor der Tür stand, kein Wort darüber verloren, wo er sich aufgehalten noch was er in der Zwischenzeit getrieben hatte.

„Beck, altes Haus", hatte er Melchior begrüßt, diesen genötigt, die Wollenkämmerei für eine Stunde ruhen zu lassen, worauf auch Christina Barbara das Spinnen einstellte und den Gast in die Stube bat. Dort ließ er sich nun, sein Patenkind auf dem Schoß, die wunderliche Geschichte von der geschenkten Münze erzählen. Er würde sie in Pforzheim, wo er gelegentlich zu tun habe, einem Wechsler zeigen und, sollte sie etwas wert sein, in Melchiors Auftrag eintauschen. Der nickte dankbar. Jeder Betrag sei willkommen, deutete er an. Schließlich habe er sich beim ein oder anderen Dürrmenzer etwas leihen müssen, um mit den Folgen des Hochwassers zurechtzukommen. Ein Grundstück habe er verkauft, doch leider habe der Abnehmer den Boden als recht steinig befunden und nur wenig bezahlt. „Aber sagt, wie ist es Euch ergangen?" Fieß antwortete nicht sofort. Er schaute nach links, nach rechts, ganz so, als vermutete er unerwünschte Zuhörer. „Nun", begann er endlich, „Ihr wisst wohl gar nicht, dass Krieg ausgebrochen ist?" Christina Barbara schlug beide Hände vor die Brust, als ob sie das Unheil mit dieser Geste von sich fernhalten könnte. Krieg? Doch, der Büttel, der in unregelmäßigen Abständen Verlautbarungen und Nachrichten ausrief, hatte von einem Konflikt zwischen dem Preußenkönig und der Kaiserin von Österreich gesprochen. Der schien allerdings fern. Sollte sich nun daran etwas geändert haben? Ja und nein. Fieß gab den Weltenerklärer. Überall in den Ländern deutscher Zunge würden Soldaten angeworben, berichtete er, und auch ihm habe man viel Geld geboten, um in die hannoversche Armee einzutreten. Doch natürlich widersprächen seine Pflichten als Familienvater diesem Ansinnen, und er habe abgelehnt. Allein – er habe Kontakte anderer Art geknüpft. Wieder schaute der Gast verstohlen nach links und rechts. Der Krieg, flüsterte er, werde nicht nur mit Waffen gewonnen. In der Pause, die nun entstand, versuchte er in den Gesichtern der Becks zu lesen. Er sah Verständnislosigkeit. „Nachrichten", hauchte er, „Nachrichten, dazu Waren aller Art. Das ist es, was die Parteien brauchen." – „Und damit treibt Ihr Handel?", fragte Melchior. Caspar Fieß nickte knapp und führte in derselben Sekunde seinen Zeigefinger vor den fest verschlossenen Mund. Niemand, niemand dürfe davon erfahren, schärfte er seinen Zuhörern ein. „Warum weiht Ihr gerade uns ein?" Christina Barbara machte keinen Hehl daraus, dass sie lieber unwissend geblieben wäre. „Weil Ihr mir helfen könnt – und ich Euch."

Den ersten Boten begleitete Caspar Fieß noch selbst. Rasch schob er ihn hinein ins Haus der Becks, froh, dass ihnen im Morgengrauen nur eine mit den Armen rudernde Clara Stahl begegnet war, die der Redwitzin an diesem 1. Dezember 1756 zu ihrem Sohn Johann Burckhard verhelfen sollte. Der Rest des Dorfes schlief, und das war auch gut so.

Demonstrativ bot Christina Barbara den Gästen nichts an. Sie hatte den ersten heftigen Streit mit ihrem Mann in nun gut fünf Ehejahren ausgefochten und dabei den Kürzeren gezogen: Melchior war der Ansicht, seinem „Freund" – welch unangemessene Bezeichnung für einen windigen Herumtreiber, hatte sie eingewandt – helfen zu müssen. Es gehe ja schließlich nur darum, in seiner Abwesenheit ein paar Handelsgüter entgegenzunehmen, die Fieß weiterverkaufen würde. In einem hinteren Winkel seines von hartnäckiger Gutgläubigkeit geprägten Gemüts schwante auch Melchior, dass die Sache nicht ganz koscher war. Doch was sollte schon Böses geschehen? Ein Bote würde ein Paket bringen, ein anderer später unter Nennung eines Kennworts dasselbe wieder abholen. Die Bezahlung sei schon geregelt. „Für Eure Mühe sollt Ihr nicht leer ausgehen", hatte Caspar dem Ehepaar Beck seinerzeit versprochen. Er kenne zahlungskräftige Abnehmer und werde Melchior für jeden Dienst, den er leiste, die Arbeit eines ganzen Monats abkaufen – zu einem Sensationspreis, wie er ohne nähere Angaben in Aussicht stellte. Tatsächlich zählte Caspar an diesem Dezembermorgen etliche Münzen auf den Esstisch, nachdem er einen flüchtigen Blick auf die von Melchior vorbereitete Ware geworfen hatte. „Sehr schön, sehr schön, außergewöhnlich", lobte er und entfaltete einen großen Leinensack, in den der Bote auf einen Wink Caspars hin die sorgsam aufgewickelten Wollknäuel warf. Ob der Lieblosigkeit runzelte Christina Barbara die Stirn, doch Melchior schien die Geringschätzung, mit der sein Werk verstaut wurde, gar nicht zu bemerken. Seine Augen hafteten an den Münzen – ein Kreuzer sei übrigens der Gegenwert der Redwitz'schen Spende – und seine Ohren registrierten genau, dass Fieß soeben auch die nächste Charge bestellt hatte. Da würden die Herren Clapier, Cordier und Gaide eben einmal etwas länger auf Nachschub warten müssen. „Ihr sollt das Paket nur sicher verstauen", lenkte Caspar schließlich die Aufmerksamkeit auf ein in grobes Leinen gewickeltes, eng verschnürtes Bündel. Es wog nicht mehr als ein großer Laib Brot und überschritt auch dessen Maße nicht. „Was ist da nun Geheimnisvolles drin?", fragte Christina Barbara, ohne ihr Missfallen zu verbergen. „Nun, da Ihr es gar so genau wissen wollt, werde ich eben eine Ausnahme machen", antwortete Fieß und machte sich umständlich daran, die Knoten zu lösen.

Der Bote, ein großer, hohlwangiger Kerl undefinierbaren Alters, stand stumm daneben. Er hatte noch kein einziges Wort gesprochen. Endlich, nach etlichen Minuten, gab unter Verwünschungen auch die letzte verbliebene Schnur ihren Widerstand auf, und unter vielen Lagen Stoff, die Caspar beiseiteschob, traten einige Stücke dicken Leders zutage. „Das Beste", sagte Fieß, indem er der Robustheit des Materials zum Trotz zart über die Oberfläche streichelte. „Genau solches Leder braucht es, um Stiefel für die Soldaten zu machen", erläuterte er und sprach so langsam, als hätte er unverständige Kinder vor sich. „Stiefel, für Soldaten", wiederholte er. „Widerstandsfähig genug, um in jedem Gelände zurechtzukommen. Ihr seht, Ihr helft einer guten Sache." Bevor Melchior die Ware näher betrachten konnte, hüllte Fieß das Leder rasch wieder in sein schützendes Gewand. Wieder winkte er den Boten herbei, der rasch und ohne

Aufhebens den ursprünglichen Zustand wiederherstellte. Beck fühlte sich zu einer Stellungnahme genötigt. „Ja, ich denke, Ihr habt recht, es hat noch keinem Menschen geschadet, gutes Schuhwerk zu besitzen", sagte er. „Wir werden das Paket an einem sicheren Ort aufbewahren, bis es abgeholt wird." – „Nichts anderes habe ich von Euch erwartet, mein Freund", erwiderte Caspar. Er selbst müsse in dringenden Geschäften abreisen. In wenigen Tagen werde ein Bekannter das Päckchen abholen, und das Kennwort werde lauten -

„Frieda", rief in diesem Augenblick Maria Agnes, der wie ihren Geschwistern befohlen worden war, die Schlafkammer während des Besuchs nicht zu verlassen. Es war ein Ruf des Entzückens, und der gleichlautende Schrei des Entsetzens aus dem Mund Christina Margarethas folgte Sekundenbruchteile später. Letztere war weniger begeistert als ihre Schwester, dass die Katze als Morgengabe eine Maus ins Bett gebracht hatte. „Frieda", murmelte Fieß, „ja, Frieda soll das Kennwort sein." Er fand seine Eingebung so geistreich, dass er laut zu lachen begann und Melchior dabei rhythmisch auf die Schulter klopfte. „Eines noch, mein Freund und Geschäftspartner", sagte er, als er sich wieder gesammelt hatte. „Ihr seht ja, in welch bedauernswertem Zustand mein Begleiter ist." Er deutete auf den Boten, der wie auf Kommando von einer Schwindelattacke heimgesucht wurde und sich schwer auf die Bank fallen ließ. „Er wird fürs Erste nicht den ganzen Weg nach Dürrmenz zu Fuß bewältigen können. Die Übergabe soll daher anderenorts stattfinden." Im Wäldchen hinter Enzberg befinde sich eine während des großen Sturms umgestürzte Eiche, auf der der Mann ausruhen und auf Melchior warten könne. Wieder legte

Christina Barbara ihre Stirn in Falten. Caspar war ihr suspekt, der Bote war ihr suspekt, und der ganze Handel roch schwer nach Schmuggel, denn weshalb sonst sollte das Treffen bei Nacht und Nebel ausgerechnet dort stattfinden, wo Württemberg aufhörte und Baden begann?

„Ihr zweifelt?", wandte sich Fieß direkt an Melchiors Frau. „Ich sage Euch: Wären meine Töchter schon alt genug, meine Frau gesund genug, ich würde sie schicken. So ungefährlich ist der Auftrag. Aber bitte, wenn Ihr nicht wollt ..." Natürlich wollten sie, sagte Melchior rasch. Man vereinbarte Tag und Stunde der nächsten Übergabe. Jedem Paket werde eine Nachricht zur weiteren Vorgehensweise beigefügt. Der Abholer werde sein Kommen nicht ankündigen, sich aber mit dem vereinbarten Kennwort ausweisen. Melchior nickte. Er habe verstanden. „Wunderbar", antwortete Caspar Fieß. „So kann ich beruhigt abreisen. Wer auf solche Freunde zählen kann, darf sich glücklich schätzen." Er bedeutete seinem Begleiter, den Sack mit Melchiors Wollknäueln zu schultern. Sie stiegen die knarzende Treppe hinab. Der Bote wandte sich um und öffnete zum Abschied den Mund. Aus seiner Kehle drangen einige unartikulierte Geräusche. „Ruhig", zischte Caspar. Er selbst winkte rasch, sah sich verstohlen um und war schon verschwunden. „Auf Wiedersehen", sagte er nicht.

Längst hatten Kinder und Katze ihre Verbannung für beendet erklärt und betrachteten mit großen Augen das geheimnisvolle Paket. „Es gehört Caspar", sagte Melchior schlicht. „Wir werden es für ihn aufbewahren." Vorsichtig näherte sich dem Gegenstand ein schwarzbehaartes Näschen. Zwei, drei Atemzüge später krümmte sich der Rücken der Katze, und mit weit abgespreizten Haaren und zurückgelegten Ohren sprang sie von Maria Agnes' Schoß, um entrüstet den Raum zu verlassen.

Kapitel 8

Der mutige Ritter Kunibert bestieg sein edles Ross. Huldvoll strich er ihm über die dichte Mähne, ehe er ihm die Sporen gab und losgaloppierte. Er war ein sicherer Reiter, der die Zügel mit der linken Hand im Griff und so die rechte frei hatte, um das Schwert zu führen. Kampfbereit, wie er war, konnte ihn der Anblick Friedrichs des Finsteren nicht schrecken. Der näherte sich mit atemberaubender Geschwindigkeit, und schon wurden die Klingen gekreuzt. „Nimm das!", stieß Kunibert hervor und versetzte seinem Gegner einen, so dachte er, gewaltigen Hieb. „Wenn's weiter nichts ist", höhnte Friedrich und parierte wieselflink. Sein eigener Angriff indes verfehlte das Gegenüber gänzlich, so dass Kunibert die offene Deckung zu einem nächsten Schlag nutzen konnte. „Au!", schrie Friedrich wenig ritterlich, und mit einem Mal mutierte der Finstere zurück zu seinem Alter Ego, das betroffen ein Loch in der Weste und die gerötete Haut darunter inspizierte. „Blutet es?", fragte Kunibert alias Johann Jacob Beck seinen Freund Jacob Friedrich Meißner. „Ich glaube nicht", kam es zurück. „Aber hier", er deutete auf den Riss in einem seiner wenigen Kleidungsstücke, „das dürfte Ärger geben." Johann Jacob legte sein edles Ross beiseite, das sich bei genauem Hinsehen als am einen Ende mit Wollresten versehener Besenstiel entpuppte, ließ sein mühsam zurechtgeschnitztes

Holzschwert fallen und trat näher an den anderen Jungen heran. „Ein Loch", konstatierte er überflüssigerweise. „Was machen wir jetzt?", fragte Jacob Friedrich. Der Sohn des Zieglers nahm dem Sohn des Wollenkämmers die Sache nicht krumm. Ein Kampf unter Rittern musste schließlich ernsthaft geführt werden, und da konnte auf Nebensächliches wie die Unversehrtheit einer Weste keine Rücksicht genommen werden. Allerdings war er wenig erpicht darauf, seiner Mutter im aktuellen Zustand unter die Augen zu treten. „Meine Schwester kann gut nähen", sagte Johann Jacob und signalisierte dem einige Monate jüngeren, aber deutlich größer gewachsenen Freund, er möge ihm folgen. Ohnehin war es ratsam, die stilecht in Sichtweite der Ruine nahe dem Beck'schen Weinberg ausgetragenen Ritterspiele abzubrechen und sich zu Hause zu zeigen, hatte sich die Sonne doch schon hinter den Horizont zurückgezogen.

Auf dem Weg in die Brunnengasse setzte Jacob Friedrich alles daran, die zahlreichen Wirtshäuser des Orts großräumig zu umgehen. Um nichts in der Welt hätte der Sechseinhalbjährige seinem hinaustorkelnden Vater begegnen mögen, der der beste Mensch der Welt war – solange seine Sinne nicht vom Alkohol benebelt waren. Der Junge hatte Glück: Kein betrunkenes Zerrbild des Zieglers tauchte stolpernd und Volksreden haltend hinter der nächstbesten Ecke auf, und der Blick der beiden Ex-Ritter fiel stattdessen, als sie vom krummen Gässchen auf die Brunnengasse einbogen, auf eine andere Gestalt. Da stand ein hochgewachsener Mann vor dem Haus der Becks, gehüllt in einen langen Mantel aus dunklem Stoff, einen Hut mit breiter Krempe ins Gesicht gezogen. Dreimal klopfte er an, ehe sich die Tür einen Spalt breit öffnete. „Ich komme zu einer Frieda“, sagte er und verschwand im Inneren. Kaum eine Minute verging, da trat er wieder heraus. Unter seinem dicken Mantel schien er urplötzlich zugenommen zu haben.

Der Sohn des Zieglers liebte Geheimnisse, die nicht die eigenen waren und deren Enthüllung nicht die sorgsam aufrechterhaltene Fassade einer intakten Familie zum Einsturz bringen konnte. Also pflegte er seine Freundschaft zu Johann Jacob Beck intensiv. Zu gern hätte er in Erfahrung gebracht, was den rätselhaften Fremden mit einer gewöhnlichen Katze verband. „Darf ich Frieda streicheln?“, fragte er stets, wenn er zu Besuch kam, und Maria Agnes, hocherfreut über das Interesse, hielt ihm das Tier entgegen. Eine unbeholfene Hand betastete dann das weiche Fell, als suche sie darunter etwas, als wundere ihr Gebieter sich, ein Wesen aus Fleisch und Blut zu spüren. Frieda ließ den merkwürdigen Jungen gewähren, ebenso Jacob Friedrichs Schwester Catharina, die ihren Bruder häufig begleitete. Mit allzu vielen Konkurrenten musste die Katze ihre Maria Agnes ohnehin nicht teilen, denn die Zahl ihrer Freundinnen hielt sich in engen Grenzen. Wer ließ sein Kind schon gern mit der Tochter eines Mannes spielen, der am Rand der Gesellschaft stand, häufig genug nachts in unbekannte Richtung verschwand und wiederholt bei den Wohlsituierten im Ort als Bittsteller aufgetreten war? Lucretia Bühlers Vater stellte eine Ausnahme dar. Er, der schon vier Kinder verloren hatte, sah in Maria Agnes lediglich das Geschöpf, das in der Lage war, seine Tochter zum Lachen zu bringen. Auch der Amtmann Wohlmann wehrte sich nicht dagegen, wenn seine Töchter im Schlepptau der Christina Margaretha Schmierer auch deren kleine Halbschwester mitbrachten. Erstere war ihrer Mutter mittlerweile über den Kopf gewachsen und, wie sich Wohlmann bei einem Blick auf die 13-Jährige eingestehen musste, mit ihren dicken blonden Zöpfen, dem ebenmäßigen Gesicht und dem schüchternen Lächeln zu einem bemerkenswert hübschen jungen Mädchen geworden.

„Warum nicht?", murmelte er daher zwar etwas verwundert, aber wohlwollend, als ihn seine Tochter Maria Johanna, eben dank Gottes großer Gnade 13 Jahre alt geworden, darum bat, nach der jungen Schmiererin samt Schwester zu schicken. „Die beiden sollen mir Gesellschaft leisten", sagte Maria Johanna an einem strahlenden Julimorgen des Jahres 1757 mit schwacher Stimme, aber starker Überzeugungskraft. Viele Wochen hatte sie nach einer kräftezehrenden Krankheit zwischen Leben und Tod geschwebt, und nun, da es langsam aufwärts ging, sie aber noch das Bett hüten musste, sehnte sie sich nach Abwechslung.

„Sie sind nicht erschienen", klagte das Mädchen am Abend. Wohlmann zuckte zusammen. Er hatte die Bitte schlicht und einfach vergessen. Ohnehin sträubte sich manches in ihm dagegen, das armselige Häuschen in der Brunnengasse persönlich aufzusuchen. Er wandte sich zu Maria Johanna, ohne ihr jedoch in die Augen zu schauen. „Die beiden werden zu viel Arbeit gehabt haben", sagte er. „Arbeit geht vor. Hab Geduld." Am nächsten Morgen entdeckte er unter den neu eingegangenen Nachrichten im Rathaus ein nur halb beschriebenes Blatt Papier. Rasch trennte er den unteren Teil ab und schrieb zwei Sätze darauf. Dann rief er nach einem Knecht, der die Botschaft überbringen sollte.

„Mutter, Vater, Maria Agnes und ich sind zu Maria Johanna Wohlmann gebeten! Wir sollen mit ihr sprechen, damit sie schneller gesund wird.“ Christina Margaretha konnte es kaum fassen. Immer wieder betrachtete sie das Stück Papier in ihren Händen, als sähe sie es zum ersten Mal. Niemals zuvor hatte sie eine schriftliche Einladung erhalten. Papier, welch teurer Schatz! Ihr Stiefvater nannte zwei Gesangbücher und ein Gebetbuch sein Eigen, die Mutter ein Gesang-, ein Gebetbuch und sogar eine alte Bibel, doch ansonsten besaß die Familie kein Stück bedruckten oder noch zu beschreibenden Materials. Und nun das! Christina Margaretha hüpfte entgegen ihrer eigentlich besonnenen Art wie ein wildgewordenes Zicklein herum, und bald steckte sie Maria Agnes samt Frieda damit an, die sich eine Verfolgungsjagd durch Haus und Garten lieferten. Als sich die erste Aufregung gelegt hatte und beide Töchter ins jeweils beste verfügbare Gewand gesteckt, die blonden Haare akkurat geflochten, die roten in einem gründlich befestigten Dutt gebändigt waren, überreichte Christina Barbara Beck jeder ihrer Töchter zwei Birnen. Es waren die ersten reifen Früchte des Baums vor dem Haus, und wären sie nicht als Gabe für das junge Fräulein Maria Johanna benötigt worden, sie hätten das wieder einmal fleischlose Sonntagsessen der eigenen Familie bereichert, hätten im täglichen Einerlei des Haferbreis und der Brotsuppe für ein wenig Abwechslung gesorgt. Doch war nicht geben seliger denn nehmen? Und zählte, wie der Herr Pfarrer am vergangenen Sonntag gepredigt hatte, nicht auch das Scherflein der armen Witwe? „Wir lassen uns nicht lumpen. Überreicht dieses Geschenk mit meinen besten

Genesungswünschen", sagte die Mutter mit entsprechend feierlicher Miene.

Im Hause Wohlmann stieß das Obst freilich auf geringe Beachtung. Christina Margaretha und Maria Agnes gingen die Augen über angesichts dessen, was für die überhaupt nicht hungrige Maria Johanna aufgetischt wurde. Der Rest der Familie indes langte kräftig zu, und die Gäste sollten auch nicht ungestärkt nach Hause gehen. „Und stell dir vor, wir haben das alles sogar von feinen Tellern gegessen. Viel feiner als unsere sind die", erzählte Maria Agnes ihrem Vater, den die Mädchen, erschöpft von der erneut wenig Erfolg versprechenden Arbeit im steilen Weinberg, auf der Enzbrücke getroffen hatten. „Und stell dir vor, es gibt da Messer und Löffel mit ohne abgebrochener Spitze, die beinahe so vornehm sind wie die vom gnädigsten Herzog", plapperte Maria Agnes weiter, die sich vorgenommen hatte, Frieda einen ganzen Tag lang von ihren Erlebnissen zu berichten und ihr beizubringen, wie man mit dem Gesteck – so hatten es die Damen des Hauses in salbungsvollem Ton genannt – richtig umzugehen habe. Ob sich ihr Vater damit wohl auskenne? Es heiße Besteck, nicht Gesteck, wandte er ein, ehe auf den müden Melchior ein Wasserfall an weiteren Informationen hereinprasselte. Er musste lächeln. Zuletzt hatte er seine Tochter derart begeistert erlebt, als Agi Redwitz hinter dem Rücken ihrer Mutter das kleine Brüderchen vorbeigebracht hatte und Maria Agnes es, fast wie eine richtige große Schwester, in ihren Armen wiegen und Grimassen schneidend zum Lachen hatte bringen dürfen. Doch anscheinend schien dem kleinen Johann Burckhard nun ein anderer Knabe den Rang abgelaufen zu haben. Jedenfalls fiel verdächtig häufig der Name Johann Gottlieb. Der achte und jüngste Spross der Familie Wohlmann musste, schätzte es Maria Agnes richtig ein, ein wahrer Ausbund an Liebenswürdigkeit sein, schloss Melchior aus dem Redeschwall. „Er wird bald schon sechs, und trotzdem hat er mich von seinem Brot abbeißen lassen, obwohl ich doch bald schon erst fünf werde", schwärmte das Mädchen. „Das ist ja ganz erstaunlich", kommentierte Melchior in eine kurze Atempause hinein. Die Fortsetzung ließ nicht lange auf sich warten. „Sie haben für uns extra einen Katzentisch gedeckt. Einen Kat – zen – tisch, obwohl doch Frieda gar nicht dabei war. Oh, hätte ich sie nur mitgenommen, dann hätte sie auch gesehen, wie wunderschön die Mamaaaa, so heißt nämlich bei denen die Mutter, angezogen war", verlegte sich Maria Agnes nun auf die Beschreibung der Kluft der Sophia Dorothea Wohlmann. Melchior tauschte einen Blick aus mit Christina Margaretha, die ob des Mitteilungsbedürfnisses der kleinen Schwester leicht die Augen verdrehte.

Mittlerweile hatten sie die Enz überquert, an deren Ufer und in deren Wasser wie immer in den warmen Monaten das Leben pulsierte. Wäscherinnen gingen ihrer harten Arbeit nach, einige unbeaufsichtigte Kleinkinder nutzten eine seichte Stelle kreischend für zaghaftes Planschen, Flößer bugsierten wertvolles Baumaterial vom Schwarzwald in Richtung der großen weiten Welt, und viele von ihnen legten auf diesem Weg in der kleinen Welt Dürrmenz einen Zwischenhalt ein. Kurz: der Geräuschpegel war beachtlich, und dennoch filterte Melchior aus dem Geplapper seiner Tochter einen Satz heraus: „Ach, hätte ich doch auch eine solche Mamaaaa." Sie hatte noch nicht den Mund geschlossen, da zuckte sie schon unter der zischenden Ohrfeige ihres Vaters zusammen. „Sag so etwas nie mehr, du versündigst dich“, keuchte Melchior, als hätte er eine enorme körperliche Leistung vollbracht. „Kein Mensch auf der Welt hat eine bessere Mutter als du. Ich wünschte, ich hätte … Du weißt ja gar nicht …“ Seine Stimme erstarb.

Er ließ die Mädchen stehen, beschleunigte seinen Schritt und war rasch verschwunden. Erst jetzt wich die Überraschung aus Maria Agnes und gab dem Schmerz Raum. Sie schnappte nach Luft und stieß danach in einem sich beschleunigenden Rhythmus einen Schluchzer nach dem anderen aus. Demonstrativ presste sie die Hand an die pochende Wange, doch was tat mehr weh: die gerötete Stelle im Gesicht oder das in seinen Grundfesten erschütterte Herz? „Komm, die Leute schauen schon“, sagte Christina Margaretha schließlich. Sie nahm ihre Schwester sanft auf den Arm und trug ein heulendes Häuflein Elend nach Hause.

Er spürte es. Er spürte es im Gesicht, am Oberkörper, auf dem Allerwertesten. Er brauchte nur mit einem Finger an der Haut zu rühren, und schon setzte das Brennen wieder ein. Es war ein Fehler gewesen, die Mutter seines Schulfreundes um eine Umarmung zu bitten. „Was willst du?“, hatte sie den kleinen Melchior verständnislos gefragt. „Fühlen, ob ich warm bin oder kalt wie Stein?“ Sie hatte ihn stirnrunzelnd weggeschickt, ohne weitere Fragen zu stellen, ohne zu schimpfen. Doch sie hatte die Episode im Dorf herumerzählt, und so war das Vergehen ihres Stiefsohns, den Gesetzen des Stille-Post-Prinzips folgend, einige Tage später in einer fantasievoll angereicherten Version der Stiefmutter zugetragen worden. Kunigunda Beck hatte ihrem Mann brühwarm von der Verfehlung seines Sohnes berichtet, und dieser wiederum hatte den ahnungslosen Melchior im Klassenraum aufgesucht und vor den Augen des überraschten Schulmeisters und der gaffenden Kinder windelweich geschlagen. Wortlos war er wieder verschwunden und hatte seinen Jüngsten zurückgelassen. Noch Jahre später hallte das Lachen der Mitleidsfreien unter den Kameraden hart in Melchiors Kopf nach, und nie mehr konnte er seinem Vater ins Gesicht schauen, ohne darin die Fratze des Schlägers zu erkennen.

Jetzt war er selbst zum Schläger geworden, lautete die bittere Erkenntnis. Er, der sich geschworen hatte, nie, niemals seinen Kindern, was immer diese auch anzustellen gedachten, eine ähnliche Demütigung zuzufügen, wie er sie hatte erleiden müssen. Die Handfläche, die die Wange seiner Tochter getroffen hatte, war es nun, die sich wie von Feuer versengt anfühlte. Er suchte nach Kühlung auf dem Boden der Wollenkämmerwerkstatt, wohin er sich zurückgezogen hatte, presste die Haut auf den Boden und gab dabei ein derart jammervolles Bild ab, dass sich ein zartes Geschöpf genötigt sah, nach dem Rechten zu sehen. Vorsichtig stupste Frieda ihr Näschen in Melchiors Seite. Er erwachte aus dem tranceähnlichen Zustand, in den er versunken war. „Ach, Frieda", sagte er und stand auf. Wie lange er in seinen trüben Gedanken verharrt hatte, wusste er später nicht mehr zu sagen. Und wäre seine Frau nicht so sehr mit der schweißtreibenden Arbeit des Teigknetens beschäftigt gewesen, sie hätte sich vermutlich mehr darüber gewundert, grundlos in den Arm genommen zu werden. „Verzeih mir", sagte Melchior zuerst zu Christina Barbara, dann zu Maria Agnes, die sich längst beruhigt hatte und auf Zuruf Wasser oder Mehl in die Schüssel nachfüllte. „Ist etwas geschehen?", fragte Christina Barbara, ohne aufzusehen. Melchior und seine Tochter tauschten einen Blick. „Nein“, antworteten beide gleichzeitig.

Kapitel 9

Frieda ging ein und aus in Haus und Hof. Niemals betonte sie ihre Anwesenheit, und doch erfüllte ihre Gegenwart den ganzen Raum. So jedenfalls empfand es Maria Agnes. Zweimal im Jahr verschwand die Katze für einige Tage. Hinter Heuballen im Stall vor neugierigen Blicken und eifersüchtigen Katern geschützt, brachte sie ihre Kinder zur Welt, und sobald diese die Augen geöffnet hatten und mit ersten tapsigen Schritten begannen, die Welt zu erkunden, trug Frieda die Kleinen eins ums andere in die Stube, wo sie nicht nur von Maria Agnes, sondern auch den Geschwistern mit Freude begrüßt wurden. Trotz der Sympathie, die auch die Bäckerstochter Christina Barbara Beck den Tieren entgegenbrachte – schließlich waren sie die Todfeinde der Todfeinde der mehlverarbeitenden Zunft – achtete die Mutter streng darauf, dass nichts vom knappen Essen der Familie für die Kätzchen abgezweigt wurde. „Sie müssen sich selbst versorgen“, sagte sie stets, wenn sie wieder einmal einen mitleidigen Blick einer ihrer Töchter in Richtung der erbarmungswürdig maunzenden Tiere auffing. „Das müsst ihr verstehen, es reicht ja kaum für uns fünf.“

Doch auch das Nahrungsangebot im kleinen Stall war begrenzt. Mäuse und Ratten machten längst einen großen Bogen um das Anwesen, und dennoch schien Frieda nichts zu unternehmen, um ihre fast erwachsen gewordenen Kinder zu vertreiben. Wohin mit ihnen? In anderen Familien machte sich keiner Gedanken um solche Fragen. Katzen waren da, waren nicht da, wer achtete schon auf ihr Wohlergehen? Niemand wäre auf die Idee gekommen, ein solches Tier als Eigentum in Inventurlisten mit aufzunehmen, die bei Hochzeiten und Erbteilungen mit quälender Gründlichkeit aufgestellt wurden. Manch einer fürchtete sich sogar vor ihnen. Hatten schwarze Katzen nicht dieses diabolische Leuchten in den Augen? Wo trieben sie sich nachts, wenn kein Mensch sie mehr erkennen konnte, wohl herum? War es nicht besser, solche Exemplare und überzählige Junge einfach in einer beschwerten Kiste in der Enz zu versenken oder – noch einfacher – ihnen den dünnen Hals zuzudrücken? Kein Mensch, und hätte er die Tat auch ein wenig verschämt in der Dämmerung begangen, hätte sich deshalb schuldig gefühlt.

Wären auch ihre Eltern dazu fähig? Was war mit den Jungtieren der vergangenen Jahre geschehen, an die sie sich nur schemenhaft erinnern konnte? Maria Agnes verscheuchte den Gedanken wie eine lästige Fliege. Die Kätzchen würden ihren eigenen Weg finden, hoffte sie – aber warum nicht ein wenig nachhelfen? Die rettende Idee kam ihr sonntagmorgens auf dem Rückweg von der Kirche. Vor dem Schwarzen Adler wartete eine Kutsche auf vornehme Herrschaften, die offenbar abzureisen gedachten. Noch trugen die Knechte schwere Reisetruhen aus dem Gasthof und luden sie unter leisem Fluchen – die laute Variante kostete, falls man erwischt wurde, eine erkleckliche Strafe – vor dem Gefährt ab. Noch warteten sie auf Anweisung, wo genau sie das

Gepäck zu verstauen hatten. Drei Mädchen waren bereits eingestiegen, und dem missmutigen Gesichtchen der Jüngsten nach zu urteilen, das aus dem Fenster herauslugte, zögerte sich die Abfahrt schon eine ganze Weile hinaus. Kein Kutscher saß auf dem Bock, und offenbar hatte auch das Familienoberhaupt noch etwas im Haus zu erledigen. Beinahe hatte Maria Agnes an der Hand ihrer Mutter die Szenerie schon passiert, als sich ihre und die Augen des anderen Mädchens trafen. Wie alt mochte das Kind sein, fünf Jahre wie sie selbst? Etwas älter vielleicht?

Die Erkenntnis traf Maria Agnes wie ein Blitz. Wie angewurzelt blieb sie stehen und brachte damit fast ihre Mutter ins Straucheln. „Was ist?“, fragte diese. Mochte in ihrem Kopf auch der ganze Plan in Sekundenschnelle geschmiedet worden sein, mochte er noch so plausibel erscheinen, in Worte fassen konnte sie ihn nicht. „Bitte erlaub’s mir“, brachte sie nur zusammenhanglos heraus, wand ihre kleine Hand aus der breiten ihrer Mutter und rannte die wenigen Schritte zum Stall der Familie. „Frieda, schnell, ruf deine Kinder“, keuchte Maria Agnes. Und schon tauchten hinter der Katzenmutter ein rot getigerter Kater und seine schwarz-weiß gescheckte Schwester auf. „Es wird alles gut“, sagte das Mädchen, griff nach den Tieren und verstaute sie in ihrer Schürze, um solchermaßen beladen an ihrer verblüfften Mutter vorbei zurück zum Schwarzen Adler zu laufen. Die klobigen Holzschuhe waren nicht für solche sportlichen Herausforderungen gemacht, und so hätte es Maria Agnes kurz vor dem Ziel beinahe der Länge nach auf den Boden gelegt. Gerade noch konnte sie sich abfangen, und immerhin führte ihr Fast-Unglück dazu, dass die Gelangweilte in der Kutsche laut zu lachen anfing. Was war das denn für ein seltsames Mädchen? „Ich will hinausgehen und nachschauen“, verkündete sie ihren Schwestern in einem Tonfall, der die Möglichkeit des Widerspruchs ganz und gar ausschloss. Und so standen sich Maria Agnes und die braungelockte Unbekannte gegenüber und bestaunten sich gegenseitig. Lang erlaubte sich Erstere nicht, über die Frage nachzusinnen, wie sich der glänzende dicke Stoff des Kleides wohl anfühlen mochte und wie es angehen konnte, dass die Haare unter der Spitzenhaube in exakt gleich geformten Röllchen hervortraten. Nein, das war gerade nicht wichtig. Maria Agnes kam zur Sache. „Ich möchte dir etwas schenken. Du bist ein so schönes und vornehmes Mädchen. Ich gebe dir mein Liebstes“, sagte sie, und ohne eine Reaktion abzuwarten, griff sie in ihre Schürze – einmal, zweimal – und holte die Katzengeschwister ans Tageslicht. Pass gut auf sie auf, sie werden deine besten Freunde werden, wenn du lieb zu ihnen bist.“

Der Überraschungscoup gelang: Mit einem Jubelschrei nahm das andere Mädchen die Tiere entgegen und stieg, um jeder eventuell zu erwartenden Diskussion zu entgehen, mit ihrer ungewöhnlichen Gabe rasch in die Kutsche. Sekunden später erschien statt des Vaters, den Maria Agnes erwartet hatte, eine entschlossen dreinblickende Frau auf der Bildfläche, goutierte mit einem Kopfnicken das mittlerweile abgeschlossene Verladen des Gepäcks und begab sich ebenso an ihren Platz wie der Kutscher. Dass die Familie um zwei haarige Köpfe angewachsen war, bekam sie erst mit, als die beiden braunen Pferde ihre Last längst vom Hof und in Richtung der großen weiten Welt gezogen hatten.

„Was war das denn?“, fragte Christina Barbara Beck, als sie ihre Tochter, die wie angewurzelt an Ort und Stelle stehengeblieben war und der längst aus dem Blickfeld entschwundenen Kutsche nachstarrte, schließlich einfach unter den Achseln packte und nach Hause trug. „Hat das Mädchen wirklich zwei Katzen mitgenommen?“ – „Ja, das hat sie“, antwortete Maria Agnes, und sie betonte dabei jedes einzelne Wort. „Sie hat mein Geschenk angenommen.“ Nie im Leben, so kam es ihr vor, hatte sie sich glücklicher gefühlt. Friedas Kinder reisten einer behüteten Zukunft entgegen, und sie selbst hatte eine ungeheuerliche Erfahrung verbucht: Sie war die Geberin, nicht die Empfängerin gewesen. Denn das hatte selbst die Fünfjährige längst verinnerlicht: Es gab diejenigen, die scheinbar im Überfluss lebten, und andere, die sich nur schwer über Wasser zu halten vermochten. Warum das so war? Maria Agnes hinterfragte es nicht, aber sie wunderte sich. „Wird dir da nicht kalt, wenn du so ganz allein in deinem Bett liegst?“, wollte sie von ihrer Freundin Lucretia Bühler wissen, die – man stelle sich vor – ein Bett ganz für sich allein besaß. „Wenn es kalt wird, wärmt die Magd eine Bettflasche für mich“, antwortete die Kaufmannstochter, die sich ihrerseits nicht vorstellen konnte, wie eine einzige Schlafgelegenheit für Maria Agnes, ihre großgewachsene Schwester, den Bruder – und Frieda – ausreichen sollte.

Lucretia berichtete ihrem Vater davon, der sich allerdings zu keinen genauen Erläuterungen der Unterschiede genötigt sah. Warum wohnte sie in einem mehrgeschossigen Haus, in dem eine Etage den Dienstboten vorbehalten war, Maria Agnes aber in einer Art Hütte, in der im anbrechenden Winter durch undichte Stellen im

Dach Schneeflocken auf die Schlafenden fallen würden? Warum hatten Maria Agnes' Eltern Schwielen an den Händen, während die eigene Mutter die schlanken Finger mit goldenen Ringen schmückte? Warum gab es im eigenen Heim einen ganzen Raum voller Vorräte, während Maria Agnes' Vater nach einer unbefriedigenden Ernte gerade bei Lucretias Vater um einen kleinen Kredit vorstellig geworden war – der Ertrag reiche nicht, um genügend Futter für die Kuh einzulagern? „Sei froh, wie du es getroffen hast, und hilf später, wo du kannst, den Armen", legte Christoph Jacob Bühler seiner Tochter ans Herz. „Der Herr hat es gut mit uns gemeint", fügte er als Erklärung hinzu. „Und mit Maria Agnes nicht?", fragte Lucretia, doch die Antwort blieb ihr der Vater schuldig.

Jedes Mal, wenn ein neuer Bote kam, um ein zuvor sorgsam im Stall verstecktes Paket abzuholen und die nächste Wolllieferung mitzunehmen, zählte er ein paar Münzen weniger auf den Tisch. Er solle sich nicht anstellen, der Kurs sei gefallen, sagte einer, ein anderer stellte sich gänzlich unwissend, wieder ein anderer behauptete, Melchior habe sich verrechnet. Er würde sich beschweren, nahm sich Beck endlich vor, und er war guten Mutes, seinen Auftraggeber zu Hause anzutreffen, stand doch dessen Frau kurz vor einer erneuten Niederkunft. „Sag ihm, wir beenden die Sache", forderte Christina Barbara, die im zurückliegenden Winter häufig genug um ihren Mann gebangt hatte, wenn dieser bei Wind und Wetter, bei Nacht und Nebel zur nächsten Übergabe aufgebrochen war. „Ich habe Euch nun lange genug gedient, um Euch meiner Freundschaft und Treue versichert zu haben", legte sich Melchior sorgfältig zurecht, als er abwesenden Blickes das Haus Fieß ansteuerte. Wenn er nun auch noch schlecht entlohnt würde, wolle er seine Ware künftig nur noch seinen alten Kunden anbieten, die ohnehin schon Verärgerung geäußert hätten und abzuspringen drohten. Der unweigerlich bevorstehende Streit verlangsamte Melchiors Schritt. Eine vor Anstrengung schnaubende Clara Stahl überholte ihn. „Aus dem Weg“, rief sie, „ich habe es eilig.“ Beck ahnte es: Ihr Ziel war sein Ziel. Er sah von Weitem, wie eine aufgeregte Fünfjährige die Tür öffnete, und er meinte sogar, in diesem kurzen Moment die Schreie der Jacobina Fieß in ihren Kindsnöten zu hören. Unverrichteter Dinge ging er nach Hause. Einen Tag später, am 1. Juli 1758, wurde an der Friedhofsmauer ein kleines, namenloses Mädchen beerdigt. Ganze eineinhalb Stunden Lebens inklusive einer Jähtaufe waren ihm vergönnt gewesen. Caspar Fieß verfolgte die kurze Zeremonie mit versteinerter Miene. „Geh hin, sprich ihn an“, ermunterte Christina Barbara ihren Mann, doch er brachte es nicht übers Herz. Er ließ die Chance verstreichen. Nie mehr würde er den einstigen Freund zu Gesicht bekommen.

Mochte die Familie Beck noch so streng haushalten müssen, jetzt, da auch noch das Schulgeld für die Jüngste aufzubringen war, mochte das Essen noch so eintönig, die Kleidung noch so notdürftig sein: Als arm empfand sich Maria Agnes nicht. Sie liebte es, ihre Gedanken mit ihrer Herzensfreundin Frieda auszutauschen und sich Geschichten auszudenken, die nur sie kannte. „Das wievielte Märchen ist das eigentlich, das du gerade erzählst?“, fragte Christina Barbara lächelnd, als sie ihre Tochter auf allen vieren kauernd und der Katze ins Ohr flüsternd angetroffen hatte. „Es ist bestimmt das 147.“, behauptete Maria Agnes stolz. Die Zahl hatte sie im letzten Sonntagsgottesdienst aufgeschnappt, und auch den Beginn des zugehörigen Psalms hätte sie zwei Tage später noch aufzusagen gewusst. „So, so, 147, da könntest du ja bald ein ganzes Buch vollschreiben", gab Christina Barbara zurück. Schreiben – indem sie das Wort aussprach, stockte ihre Stimme. Sie selbst war dieser Kunst unkundig. Zwar war sie, wie es sich gebührte, zur Schule geschickt worden, doch hatte sie im meist überfüllten Saal niemand vermisst, wenn sich in den Augen ihrer Eltern zu Hause sinnvollere Tätigkeiten ergaben. Der Schulmeister hatte sich ohnehin wenig daraus gemacht, ob die Mädchen in seiner Klasse mit Griffel beziehungsweise Feder umzugehen verstanden. Wozu sollte ihnen diese Fähigkeit schließlich dienen? Die schönste Unterschrift von Frauenhand auf einem Dokument war keinen Pfifferling wert: Vater, Ehemann oder ein amtlich bestellter sogenannter Kriegsvogt vertraten den weiblichen Teil der Schöpfung in rechtlicher Hinsicht. Lesen konnte Christina Barbara sehr wohl, und am liebsten trug sie Verse aus ihrem abgegriffenen Gesangbuch vor. Sobald das erste Morgenlicht in die Stube fiel, tönte ihre klare, kräftige Stimme durchs Haus, und Maria Agnes, die wie selbstverständlich Kirchenlieder und Psalmtexte aufsog, fiel rasch mit ein. „Der Schulmeister wird mit dir zufrieden sein", lobte Melchior seine Tochter.

Wie sehr er sich täuschte! So gut ihr Gedächtnis funktionierte, so wenig wollte ihr das Schreiben gelingen. Gleich der erste Versuch, den Maria Agnes einige Wochen nach ihrer Einschulung unter der Aufsicht des Schulmeisters unternahm, bescherte ihr eine schmerzvolle Lektion. Kaum hatte sie den Griffel in die Hand genommen, donnerte auf diese der Stock des hageren

Mannes nieder. Stets trug er diese Waffe, nichts anderes war es, bei sich. Schwatzhafte Mädchen, unaufmerksame Buben, sie alle spürten ihn, und die Wunden, die der Stock hinterließ, wussten sie zu Hause, so gut es ging, vor den Blicken der Eltern zu verstecken. Nicht der Schläger würde Ärger bekommen, nein, den Geschlagenen würde ob ihres offenbar unbotmäßigen Verhaltens zu Hause eine noch weit schlimmere Tracht Prügel drohen. Maria Agnes jedoch kannte eine solche Behandlung nicht. Nach jener einen und einzigen Ohrfeige, die ihr Melchior auf der Enzbrücke verpasst hatte, hatte er mehr gelitten als seine Tochter, und der Mutter genügte ohnehin ein strenger Blick, um zu Hause für Disziplin zu sorgen. Warum nur hatte sie nun den Zorn des Schulmeisters auf sich gezogen? Was hatte sie verbrochen? „Schäm' dich, die böse Hand zu benutzen", vernahm sie dunkel hinter dem Vorhang des Schmerzes, der sich langsam über ihr Bewusstsein senkte, die Stimme des Mannes. Die böse Hand? Mit links, wie es ihrer Veranlagung entsprach, hatte sie schreiben wollen, das war ihre Sünde. „Da, die rechte Hand musst du benutzen, wie es alle anständigen Kinder tun", sagte der Schulmeister und drückte Maria Agnes grob den Griffel zwischen Daumen und Zeigefinger. Sie wimmerte leise. Die Haut über dem linken Handrücken war aufgeplatzt, Blut drang, zunächst langsam in großen, dicken Tropfen, dann immer flüssiger aus der Wunde, rann über das Wachstäfelchen, tropfte auf den Boden. Die Mitschüler erschraken, und auch den Schulmeister durchzuckte ein Schauer, als er die Verformung wahrnahm, die sein Stock verursacht hatte. Die Hand war gebrochen, das war offensichtlich.

„Karl, du übernimmst mir die Aufsicht", rief er in Richtung eines größeren Jungen, der ganz vorn direkt am Pult des Schulmeisters saß, wie es für den Klassenbesten üblich war. Rasch schob er Maria Agnes, die selbst kaum einer Bewegung fähig war, aus dem Raum und zog sie hinaus auf die Gasse. „Heul bloß nicht, du bist ganz allein selbst schuld, das weißt du wohl", zischte er das Mädchen an. Dann griff er in eine der Taschen seiner Weste und holte eine Münze hervor. „Lass dich beim Chirurgen verbinden", befahl er und deutete in die Richtung, in die sie sich möglichst rasch entfernen solle. „Da, nimm", sagte er und warf ihr die Münze entgegen. Sie fiel zu Boden. Maria Agnes stand regungslos da. Sie konnte den Blick nicht wenden von ihrer verunstalteten Hand. „Nun mach schon", sagte der Schulmeister. Er klang unsicher. Rasch sah er sich um. Niemand, keine Menschenseele schien die Episode mitzubekommen. Alle, die auf den Beinen sein konnten, gingen ihrem Tagwerk nach, auf dem Feld, in ihrer kleinen Werkstatt, in den Gaststätten, beim Vieh in den Ställen. Keiner würde es sehen. „Komm", sagte der Schulmeister. Er bückte sich nach dem Geld, hob es auf und nahm Maria Agnes bei der rechten Hand. Vorsichtig dieses Mal, fast sanft. Er wehrte dem Kind nicht, als es laut in Tränen ausbrach. Er zog es hinter sich her, bis beide nach wenigen Schritten das Haus des Gottlieb Beck direkt an der Kirchenmauer erreicht hatten. Er klopfte hart gegen die Tür. Als er von drinnen Schritte hörte, ließ er Maria Agnes los und legte in ihre noch geöffnete Hand die Münze. Eilig machte er sich davon.

„Na, wer bist du denn?" Ein Mann in den besten Jahren türmte sich wie ein Berg vor dem weinenden Kind auf. Maria Agnes starrte schluchzend auf den Boden, unfähig, auch nur ein Wort herauszubringen. Als ihr Blick die verletzte Hand streifte und sie über die Mengen an Blut erschrak, die mittlerweile den Ärmel ihres Oberteils tränkten, wurde ihr schwarz vor Augen. Mit einer Geschmeidigkeit, die seiner Leibesfülle spottete, warf sich Gottlieb Beck nach vorn und fing seine taumelnde Patientin auf. Vorsichtig trug er sie ins Haus. Einige Zeit musste sie ohne Bewusstsein gewesen sein. Als sie wieder zu sich kam, lag sie auf einem merkwürdig langgezogenen Tisch. Stühle gab es keine, dafür aber Regale aus dunklem Holz mit Dingen darin, die Maria Agnes nie zuvor gesehen hatte. Seltsame Geräte aus blinkendem Metall, kleine Sägen, Feilen, Haken, überall große und kleine Flaschen, Krüge und einige wenige Bücher mit lederbezogenem Rücken. „Da bist du ja wieder", sagte der große dicke Mann, der sich, ein Glas vors linke Auge geklemmt, über ihre Hand beugte. Mehrere Schichten schmal zugeschnittener Leinentücher, auf deren innerste eine scharf riechende Substanz geträufelt worden war, hatte er bereits darum gewickelt, und nun maß er offenbar eine Art Schiene aus undefinierbarem Material an. „Es ist gleich vorbei."

Maria Agnes sah nicht hin; sie zog es vor, die Einzelheiten der Einrichtung zu mustern. So konnte sie nur erahnen, was ihr der Chirurg später erklären würde. „Du hast dir ein paar Knochen in deiner Hand gebrochen. Und ein Knochenstück hat sich so verschoben, dass es eine Ader verletzt hat. Verstehst du das?" Maria Agnes schüttelte zaghaft den Kopf. „Schau", ermunterte sie Gottlieb Beck. Er zog aus einem der Regale einen Band heraus. Welch ein Geruch von dem Buch ausging! Maria Agnes sog ihn in sich auf, als der Chirurg zu blättern begann.

„Kannst du lesen?“, fragte er. Ohne den Blick vom Text zu lösen, erkannte er ihr Kopfschütteln – verschämt dieses Mal. Er beließ seinen dicken Zeigefinger zwischen den eben aufgeschlagenen Seiten und klappte das Buch wieder zu. „Schau“, hielt er ihr das Deckblatt entgegen, „da steht: ‚Von den Wunden und deren Heilung‘. Schlaue Menschen haben aufgeschrieben, was in Fällen wie dem deinen zu tun ist.“ Beck legte den Band wieder ab und blätterte weiter, bis er fand, was er gesucht hatte.

„So sieht es unter der Haut aus“, deutete der Chirurg auf eine schematische Zeichnung, die das menschliche Skelett zeigte. „Und hier in der Hand gibt es kleine Knochen. Der hier“, sein Zeigefinger deutete erst auf einen Teil der Skizze, dann auf die korrespondierende Stelle an seiner eigenen Hand, „der ist durch.“ In ratlosen blauen Augen las er eine Frage. „Aber ja doch“, antwortete er, als ob die Worte ausgesprochen worden wären, „das heilt wieder. Du musst nur in der nächsten Zeit die Hand schonen, deshalb habe ich dir eine Schiene eingebunden, und du musst ein paar Mal den Verband wechseln lassen.“ Vorsichtig setzte sich Maria Agnes auf und betrachtete das Ergebnis der Behandlung. „Danke“, sagte sie schlicht. „Du kannst ja doch sprechen“, entgegnete der Chirurg. „Und ist dachte schon, ich hätte eine stumme Patientin vor mir. Dann sag mir bitte, wie die Sache sich zugetragen hat.“ Schweigen. „Wie, hast du die Sprache schon wieder verloren? Du willst es nicht sagen?“ Eifriges Kopfschütteln. Gottlieb Beck seufzte. „Na dann – muss ich wohl annehmen, dass das ein Unfall war?“ Heftiges Nicken. „Also gut. Aber eines wirst du mir ja verraten können: Wie heißt du eigentlich?“ – „Ich bin Maria Agnes Beck“, antwortete das Kind. „Beck?“ Der Chirurg lachte dröhnend. „Das wüsste ich aber, wenn ich etwas derart Zauberhaftes wie dich zustande gebracht hätte." Wollte ihn das Mädchen veräppeln? Nein, entnahm er ihrem offenen Blick. „Wirklich Beck? So heiße ich nämlich auch. Wem gehörst du denn?" Dass es außer den Mitgliedern seiner eigenen, im Ort und darüber hinaus angesehenen Familie noch weitere Dürrmenzer mit dem Namen Beck gab, war ihm neu. „Mein Vater ist Melchior Beck. Wir wohnen da drüben", zeigte Maria Agnes in Richtung der Brunnengasse. Er stamme aus Kürnbach und sei ein Wollenkämmer. „So, so", sagte der Namensvetter. Er entfernte sich ein paar Schritte und kam mit einem Apfel wieder, den er dem Mädchen entgegenstreckte. Erst jetzt, als sie das Geschenk mit der unverletzten Hand ergreifen wollte, bemerkte Maria Agnes, dass sie in der Faust immer noch die Münze ihres Peinigers hielt. „Das ist für Euch", sagte sie artig, legte das Geld auf den Behandlungstisch und griff dann nach dem Apfel. Schließlich rutschte sie zur Kante, sprang herunter und sah sich suchend nach dem Ausgang um. „Komm, ich bringe dich hinaus", kam Gottlieb Beck ihrer Frage ein weiteres Mal zuvor. „Und sag dem Herrn Schulmeister einen schönen Gruß, ich wolle so etwas nicht noch einmal sehen."

Zu Hause erzählte sie, sie sei auf dem Schulweg gestürzt, ein Junge sei versehentlich auf ihre Hand getreten, und dessen Vater habe daraufhin die Behandlung der Verletzung in die Wege geleitet. Nur Frieda erfuhr die Wahrheit. Später vermochte Maria Agnes nicht mehr zu sagen, warum sie ihre Eltern und ihre Geschwister nicht ins Vertrauen gezogen hatte. Vielleicht war es wie damals bei den Katzen, als sie es lieber gar nicht erst zum Schwur hatte kommen lassen wollen. Sie war zufrieden damit, dass die neugierigen Fragen, mit denen vor allem Christina Margaretha sie löcherte, mit der Zeit dem geschäftsmäßigen Betrachten des Heilungsfortschritts wichen. War die Wunde nicht schon sehr viel besser geworden? Sah es nicht spätestens heute so aus, als wüchse die Hand anständig zusammen? Würde sie nicht bald wieder richtig mit anpacken können? Sie konnte, doch zeitlebens sollte sich die einstige Bruchstelle immer wieder unvermittelt mit einem jähen, stechenden Schmerz ins Bewusstsein befördern.

Trost für ihre verwundete Seele bezog Maria Agnes aus den Besuchen beim Chirurgen, die über das Wechseln des Verbands hinausreichten. Sah sie Gottlieb Beck zufällig auf der Straße, so winkte er sie zu sich herein und ließ sie in seinen zwar zahlenmäßig überschaubaren, für sie aber geheimnisvollen Büchern blättern. Ehrfurchtsvoll strich der Gast über die Seiten, schließlich handele es sich bei den Bänden um echte Schätze, hatte Gottlieb Beck gesagt.

Irgendetwas an dem Mädchen faszinierte ihn. Vielleicht war es ihre Art, Fragen zu stellen. Offen, neugierig, ohne Hintergedanken. Ob das Wunden-Buch ihm ganz allein gehöre, wollte sie beispielsweise wissen. „Nein“, bekannte Beck. „Es gehört mir gar nicht. Auch das Kräuterbuch nicht, das du dir vorhin angeschaut hast.“ Die zarten Finger zuckten unmerklich zurück. Blätterten sie eben in Diebesgut? Nein, das war unmöglich, spürte Maria Agnes tief in sich, und tatsächlich hörte sie ihren Gastgeber sagen: „Mein Bruder Samuel hat mir seine Bücher geliehen, als er für die Preußen in den Krieg gezogen ist.“ Sie sog hörbar die Luft ein. Dann nickte sie heftig, als verstünde sie, was Krieg und seine Konsequenzen bedeuteten. „Also hat er Euch sehr lieb, wenn Ihr seine Schätze hüten dürft?“ Er stutzte, zögerte, versuchte, sich das Gesicht seines Bruders auszumalen, der, Chirurg wie er selbst, die weite Welt der Sicherheit des Dorfes vorgezogen hatte. Nicht immer waren sie einer Meinung gewesen. Er brachte als Antwort auf die Frage nur eine Art Brummen hervor. „Und der Samuel ist wohl sehr traurig, wenn er nicht zu Hause sein kann?“ Es klang eher wie eine Feststellung, auf die er zunächst wieder nur ein Brummen erwiderte. „Ja“, sagte Gottlieb Beck nach einer Weile. „Ja. Das muss wohl so sein.“ Er zog ein drittes Buch hervor. „Publii Ovidii Nasonis fünftes Buch“, las er laut und feierlich den Titel vor. „Ein sehr kluger Dichter, der seine Heimat Rom verlassen musste, hat seine traurigen Gedanken darin aufgeschrieben“, sagte Beck mehr zu sich selbst als zu Maria Agnes. „Gehört das auch Eurem Bruder?“, fragte sie, und er bejahte. „Dann ist der Samuel sehr gescheit, die traurigen Gedanken einfach hier zu lassen und ohne sie fortzugehen. Seeeeeeeeeehr gescheit“, wiederholte sie. Mit ihrem Lächeln steckte sie ihn an.

Was für eine Welt! Wenn Gottlieb Beck mit ihr sprach, ihr Geschichten unterschiedlichster Art erzählte, begann sie zu erahnen, dass die Zivilisation nicht nur bis zum württembergischen Herzog in seinem Schloss oder bis zum preußischen König und der österreichischen Kaiserin, von denen sie in der Schule andeutungsweise hatte reden hören, reichte. Da gab es mehr, viel mehr. Unerreichbar vielleicht, aber zumindest in Gedanken und im Herzen wahr und nah.

Der Schulmeister wich ihrem Blick aus. Er überließ sie sich selbst, rief sie niemals auf. Ihre unbeholfenen

Bemühungen, mit der rechten Hand zu schreiben, waren zum Scheitern verurteilt. Der Großteil des Unterrichts bestand ohnehin in monotonem Herunterrattern auswendig gelernter Verse. Das fiel Maria Agnes ebenso leicht wie das Singen der Kirchenlieder, und auch das Kopfrechnen bereitete ihr Freude. Doch wer interessierte sich schon dafür, ob die Tochter eines dahergelaufenen Wollenkämmers eins und eins zusammenzählen konnte?

Oft genug musste ihr Vater zu Hause rechnen. Die Kosten für die Rohwolle waren gestiegen, das Korn auf den steinigen Äckern stand am Ende des Sommers 1758 schlecht da. Würde Gott kein Wunder geschehen und die Ernte wider Erwarten zufriedenstellend ausfallen lassen, dann dürften die Mittel im kommenden Jahr wohl nicht reichen, um das Schulgeld zusammenzubekommen, flüsterte Melchior seiner Frau hinter vorgehaltener Hand zu – zumindest nicht für Johann Jacob *und* Maria Agnes. Immerhin, die 14-jährige Christina Margaretha hatte das Nötigste gelernt und würde bald selbst einen Teil zum Haushalt beisteuern, doch für die zwei Jüngeren war Melchior Beck auf einen Zuschuss angewiesen, wie er aus Stiftungen wohlhabender Bürger bezahlt wurde – sofern man sich offen als zuwendungsbedürftig bekannte. Noch war es nicht so weit, beschloss er. Wenn er das kleine Krautgärtlein verkaufen würde? Die Wiese, die ohnehin in den vergangenen Jahren im Sommer kaum abgetrocknet war und wenig Heu abgeworfen hatte? Andererseits: Das Mädchen müsste ja auch nicht ständig in die Schule gehen. Was, wenn man sie im nächsten Jahr wegen Krankheit oder dringender Arbeiten auf dem Feld entschuldigen ließe?

Der Schulmeister war verpflichtet, Versäumnisse zu melden. Die Eltern wurden, häuften sich die Fehlzeiten der Sprösslinge, hochnotpeinlich vor die versammelten Mitglieder des Kirchenkonvents zitiert, sie fanden ihre Namen in den Protokollen wieder und wurden zu Strafzahlungen verdonnert. Melchior und Christina Barbara Beck blieb dies erspart. Über das Warum zerbrachen sie sich nicht den Kopf.

Kapitel 10

Am ehesten hätte eine Strafe noch die verhinderte Schülerin selbst bezahlen können. Den Ausschlag gab eine Begebenheit im Frühsommer 1759. Frieda hatte eben wieder drei wunderhübsche Kätzchen zur Welt gebracht und Maria Agnes schon wenige Tage nach der Geburt das Versteck im Heu verraten. Drei Kinder, das war viel für die zarte, schmal gebaute Mutter, und offenbar spürte sie, dass das kleinste weniger gut wuchs als die beiden Geschwister. Schwarz und winzig lag es da, und für einen kurzen Augenblick befürchtete Maria Agnes, sein Leben könne, noch bevor sie hatte Freundschaft schließen können, zu Ende gegangen sein. Vorsichtig berührte sie das Köpfchen, strich mit dem Zeigefinger den Rücken entlang – und da, plötzlich, regte sich das kaum zentimeterlange Schwänzchen. Maria Agnes unterdrückte einen Jubelschrei, schließlich wollte sie die Tierchen nicht erschrecken. Langsam schob sie die Hand unter den kleinen Katzenkörper, hob ihn an und musste im Moment, als sie das Würmlein von der anderen Seite sah, dann doch laut lachen. Der liebe Gott, dessen Kunstfertigkeit beim Zeichnen der wundervollen Geschöpfe sie von Wurf zu Wurf mehr bewunderte, hatte diesem Katzentier genau an jener Stelle am Hals seine einzige weiße Stelle beschert, an der der Herr Pfarrer sein weißes Beffchen trug. Das Bild perfekt machten beiderseits des Schnäuzchens jeweils drei weiße Barthaare. Genau so hatte an manchem Sonntag der weiße Bart des Herrn Pfarrer in die Gegend geschaut. Man hatte dann kaum dem Gepolter von der Kanzel folgen können, so sehr war man vom Bart abgelenkt. „Der liebe Gott wird wollen, dass du überlebst", flüsterte Maria Agnes der kleinen Gestalt zu und zweigte, das musste die Mutter nun wirklich nicht wissen, von der frisch gemolkenen Milch eine Winzigkeit ab. Den Tropfen, der an ihrer Fingerspitze hing, lernte das Kätzchen bald abzulecken, und nach einigen Tagen war es kräftig genug, um mit seinen Geschwistern um die Milch der Mutter zu konkurrieren.

Freilich holte der kleine Kater, als der er sich herausstellen sollte, den Größennachteil seinen grau getigerten Brüdern gegenüber nie auf. Rechte Rabauken waren das, für die Maria Agnes aber bald geeignete Besitzer ausmachte: Im Gasthof Sonne, dem prächtigsten Haus an der großen Straße Richtung Plattenwald, war ein Vater mit seinen beiden Söhnen abgestiegen. Das wusste sie, weil eine der Mägde, die in der Sonne arbeiteten, am letzten Sonntag auf dem Weg zur Kirche ihr Leid über das ungebührliche Verhalten der Jungen geklagt hatte. Der bemitleidenswerte Vater, ein Witwer, könne ihrer gar nicht Herr werden. Am nächsten Tag begab sich Maria Agnes auf Beobachtungsposten, und sie musste nicht lange warten, ehe ein vornehm gekleideter Herr das

Gasthaus verließ. Dringende Geschäfte habe er zu erledigen, gab er dem Wirt Johann Michael Buck zu verstehen, und er solle doch, bis er wiederkäme, ein Auge auf seine Kinder haben. Möglicherweise müsse man sagen, müsse man zugeben, sie seien vielleicht etwas schwierig, doch eigentlich gute Jungen, im Grunde wohlerzogen, nur eben lebhaft. Davon wusste Buck mittlerweile ein Lied zu singen. Drei zerborstene Wasserschüsseln, ein zerrissenes Betttuch und den Betrag, der vonnöten sein würde, um die willkürlich mit Kohle besudelte Wand der Stube wieder zu weißeln, würde er dem Herrn schon auf die Rechnung setzen müssen. Was würde nun noch hinzukommen? Zu streng durfte er die Buben freilich nicht behandeln, sonst würde der Vater, ein in jeder Hinsicht gut betuchter Stoffhändler, wohl nicht mehr bei ihm absteigen. Ohnehin war der Adlerwirt im Begriff, ihm den Rang abzulaufen. Im Grunde hatte er das längst getan, denn zu lange hatte die Sonne nach Erbstreitigkeiten leer gestanden. Also versuchte Buck, den sich abzeichnenden Schaden dadurch zu minimieren, dass er die Kinder in den Hof bat, wo sie sich gerne austoben dürften. Bald gerieten die Buben in Streit um eine Eidechse, die der jüngere von ihnen entdeckt hatte, die einzufangen er aber zu ungeschickt war. Das so herrlich grün glänzende Tier entwischte, was wiederum den älteren der Jungen schwer erzürnte. Nun schlug Maria Agnes' Stunde. Sie näherte sich den Unbekannten, die eben im Begriff waren, ihre Argumente handfest auszutauschen, und sich – Brust nach vorne, den Kopf in den Nacken geworfen – aufeinander zubewegten wie Kampfhähne. „Ich habe etwas viel Besseres für euch“, sagte Maria Agnes. Sie kam immer unmittelbar zur Sache, und auch dieses Mal war ihr die ungeteilte Aufmerksamkeit ihrer Gegenüber gewiss. „Was meinst du?", fragte der Größere. Zehn Jahre alt mochte er vielleicht sein, und er drückte nun, da sich eine Dritte einmischte, mit dem Unterarm seinen kleinen Bruder, den er eben noch hatte verprügeln wollen, hinter seinen Rücken, als wolle er ihm Schutz bieten vor dem dünnen kleinen Mädchen. „Wenn ihr Tiere als Spielgefährten sucht, dann kommt einfach mit. Ich habe etwas, das tausendmal weicher und noch vielmal gescheiter ist als eine Eidechse", sagte sie. Schon hingen die Jungen an ihren Lippen. „Wo ist das denn? Und was genau? Kannst du es uns holen?", plapperten sie wild durcheinander. „Kommt mit, dann will ich es euch zeigen", antwortete Maria Agnes. Ohne sich noch einmal umzuwenden, sprang sie davon – in der Gewissheit, dass ihr die Jungen folgen würden. Bis zum Elternhaus war es nicht weit, und da gerade Markttag und viel Betrieb im ganzen Ort war, fielen die fremden Kinder in der Brunnengasse niemandem auf. „Kommt!", winkte Maria Agnes die Buben in den Stall. Diese waren viel zu gespannt auf das, was sie erwarten würde, als dass sie sich über die Ärmlichkeit der Behausung hätten empören können. Und ganz wie Maria Agnes es sich erhofft hatte, balgten sich die beiden Tigerchen gerade im Stroh und boten damit beste Unterhaltung, als die ihnen zugedachten Besitzer hinzutraten. „Oh!", entfuhr es beiden, und rasch wollte sich jeder ein Kätzchen greifen. „Noch nicht", wehrte Maria Agnes ab. „Ihr müsst erst euren Vater fragen." Sie wusste wohl: Hätte sie den Buben die Katzen einfach mitgegeben, sie hätten sie unterwegs oder im Gasthaus aus ihren ungeübten Armen entlassen und aus den Augen verloren. Dann wären die Kater vermutlich hilflos umhergeirrt.

Vielleicht hätten sie nach einiger Zeit zurück in den Stall gefunden, doch dann wären die jungen Herren womöglich schon abgereist gewesen. Also schob sie ihren Besuch sanft, aber bestimmt hinaus und empfahl, am Abend mit dem Vater zur offiziellen Übergabe wieder vorstellig zu werden. „Das machen wir", riefen die beiden. Auf dem Rückweg zur Sonne begannen sie bereits eifrig darüber zu diskutieren, wer welches Kätzchen sein Eigen nennen würde.

Wer war nun erleichterter? Der Sonnenwirt, als er die Buben zurückkehren sah, oder deren Vater ob der Nachricht, dass sie a) nichts angestellt und b) sogar eine sinnvolle Beschäftigung in Aussicht hatten? Und so spazierte tatsächlich am Abend der vornehme Herr in die Brunnengasse, an jeder Hand einen fügsamen Jungen. Und ließ sich von einer knapp Siebenjährigen erklären, wie seine Söhne die neuen Familienmitglieder zu behandeln hätten. Was sie da für Geschäfte tätige, fragte später Melchior Beck seine Tochter. „Ich verschenke Glück", sagte sie schlicht. Der Vater schmunzelte und schwieg. Die Tatsache, dass der Herr nur Katzen, keine Schulden hatte eintreiben wollen, war an diesem Abend sein größtes Glück.

Der kleine schwarze Kater konnte und durfte das Haus noch nicht verlassen. Er hatte den Abschied von seinen Geschwistern nicht mitbekommen, denn Frieda hatte sich mit ihm unter der Stiege versteckt, die von außen den ersten Stock des Hauses erschloss. Nun, da die Brüder in guten Händen waren, wollte Maria Agnes diese Nachricht dem verbliebenen Katzenkind und seiner Mutter mitteilen. Es genügte ein geflüstertes F, und schon stürmten beide auf Maria Agnes zu, ließen sich vor ihr auf den Rücken fallen und nach allen Regeln der Kunst kraulen. „Die Buben sahen richtig glücklich aus, und ich glaube, sie werden deine Kinder gut behandeln", fasste das Mädchen die Ereignisse zusammen. Glücklich – das Wort blieb ihr gleichsam an der Zunge kleben. Glück wolle sie verschenken, hatte sie eben ihrem Vater versichert. Also würde sie auch für den kleinen schwarzen Kater die Person finden müssen, die dadurch das größtmögliche Glück erfahren würde.

Da kam in ganz Dürrmenz nur ein einziger Mensch infrage. Wenige Wochen erst war es her, da hatte den alten Pfarrer – gut, so alt war er nach Jahren gar nicht gewesen, aber seine weißen Haare und der ebensolche Bart sprachen in den Augen des Mädchens für sich – zum Entsetzen der Gemeinde und seiner Familie der Schlag getroffen. Die Witwe lebte mit ihren beiden Kindern übergangsweise noch im Pfarrhaus. Sie würden nach Nürtingen zu Verwandten ziehen, meinte Maria Agnes gehört zu haben, und hatte nicht der neue Pfarrer die Gläubigen gerade erst dazu ermuntert, für eine glückliche Reise der bedauernswerten Hinterbliebenen zu beten? Möglicherweise stand die Abfahrt kurz bevor, und wenn der kleine Kater noch ein, zwei Wochen Zeit haben würde, etwas selbstständiger zu werden, so müsste er einfach die Pfarrerin begleiten. Wo er ihrem Mann doch so ähnlich sah!

Zehn Tage verstrichen, da sprach es sich im Dorf wie ein Lauffeuer herum: Die Moserin fährt ab! Ein Fuhrwerk war vorgefahren, die Habseligkeiten waren darauf verstaut, und Maria Agnes gedachte den Moment für sich zu nutzen. Noch nie hatte sie es gewagt, das Wort an die stets streng dreinschauende Respektsperson zu richten.

Aber sie musste es einfach versuchen. Also reihte sie sich ein in das Defilee derjenigen, die der Pfarrerswitwe Lebewohl sagen wollten. Der Schultheiß, der neue Pfarrer, der Amtspfleger, der Chirurg und Heiligenpfleger Beck, der Maria Agnes so freundlich verarztet hatte, auch der Schulmeister und etliche weitere Männer, die wichtig waren oder sich wenigstens dafür hielten. Abschiedsgeschenke hatten sie nicht mitgebracht, stellte Maria Agnes im Schatten der Gestalten fest. Kein Mensch beachtete das Mädchen. Als das Händeschütteln für einen Augenblick ins Stocken geriet, weil der Traubenwirt aus Mühlacker, ein bekennender Anhänger des Schnupftabaks, plötzlich von einem Niesanfall geschüttelt wurde und sich laut prustend abwenden musste, nutzte Maria Agnes die Lücke, die sich auftat. „Ich habe ein Abschiedsgeschenk für Euch, Frau Pfarrer. Es ist ein allerliebstes Katerchen, und es gehört zu Euch, weil es Eurem lieben Mann so sehr gleicht. Es soll Euch trösten und begleiten. Nehmt es mit“, brachte sie tapfer heraus und streckte ihren so sorgsam aufgepäppelten Schatz der Frau entgegen.

Eine quälend lange Sekunde später, in der die Welt stillzustehen schien, erhob sich ein ungeheurer Tumult. Die meisten der Umstehenden brachen ob der offensichtlichen Ähnlichkeit zwischen Kater und Pfarrer und der unverstellten Naivität der Schenkerin in brüllendes Gelächter aus. Der Moserin dagegen entfuhr ein markerschütternder, unartikulierter Schrei. Das Gelächter brach ab, wich Gemurmel, und mit einem zweiten Schrei, dieses Mal klar zu verstehen, holte die Pfarrerin zum Schlag aus. „Fort“, schrillte es durch das halbe Dorf, und im selben Moment versetzte sie dem armen Kätzchen einen solchen Hieb, dass es aus Maria Agnes’ Händen in hohem Bogen auf die Kirchgasse geschleudert wurde. „Du rothaarige Hexe, nimm deine Teufelsbrut und verschwinde! Scher dich zum Satan, wo du hingehörst! Geh! Geh! Geh!“ In ohnmächtiger Wut schleuderte die ehrenwerte Pfarrerswitwe Verwünschung um Verwünschung dem vor Schreck erstarrten Mädchen entgegen. Als ihr Geschrei in Schluchzen umschlug und sie damit begann, ebenso hilf- wie kraftlos mit flachen Händen ziellos auf ihr Gegenüber einzuschlagen, schob der Chirurg Beck seinen massigen Körper zwischen die beiden. Er packte die Moserin am Arm. „Kommt, ich habe etwas für Euch“, sagte er und zog aus einer seiner Taschen ein schlankes Fläschchen hervor. „Riecht daran, das wird Euch guttun.“ Noch ehe die Moserin sich wieder hatte sammeln können, war der Rest der Gruppe – peinlich berührt ob der Vorkommnisse – verschwunden. Das machte die Sache für Maria Agnes einfacher, weil übersichtlicher. Noch fühlte sie den Schmerz nicht, den die klaffende Wunde in ihrer Seele verursachen musste. Noch erfüllte ihren Kopf nur ein einziger Gedanke: Wo war Friedas Sohn geblieben? Sie musste ihn finden, ihn nach Hause bringen, ihn ihrer Liebe versichern und sich bei ihm entschuldigen. Welch schrecklichen Fehler sie begangen hatte! Wie hatte sie sich nur so täuschen können! Was würde Frieda sagen, wenn sie erführe, dass ihr Kind … War er in Panik weggerannt und würde nie wiederkommen? Oder hatte der harte Schlag ihn gar verletzt? Schlimm verletzt? Maria Agnes glaubte, die Stirn müsse ihr unter dem Gewitter aus Fragen und Vorwürfen zerspringen. Kaum konnte sie ihre Augen gezielt auf einen bestimmten Punkt richten. Und das musste sie doch, wie hätte sie ihren Kater sonst aufspüren sollen?

Er nahm ihr die Arbeit ab. Ein leises Fiepen war alles, was er noch hervorbrachte. Doch die Botschaft genügte. Maria Agnes fand ihn zwischen einem schweren Steintrog und der Wand des Pfarrhauses. Man musste kein Chirurg sein, um zu sehen, dass er sich beim Aufprall auf den Trog den rechten Vorderlauf gebrochen hatte. Das Pfötchen stand in unnatürlichem Winkel ab, und die ganze Körperseite schien derart zu schmerzen, dass er schon beim Versuch der Annäherung zusammenzuckte. „Es tut mir so leid", flüsterte Maria Agnes unter Tränen. „Aber ich schwöre dir: Nie, nie wieder wird dir jemand etwas Böses antun." Sie sprach es nicht aus. Ihre Augen sagten es dem kleinen Kater. Dann nahm er allen Mut zusammen und ließ sich vom Ort seines Unglücks aufheben. Langsam und vorsichtig, als ob sie rohe Eier transportieren würde, trug Maria Agnes das Kätzchen nach Hause. Es war Zeit, ihm einen Namen zu geben.

„Na endlich, wo bist du nur gewesen?", empfing Christina Margaretha ihre kleine Schwester. „Ich habe dich überall gesucht, und überhaupt, du weißt doch …", wollte sie zu einer milden Standpauke ansetzen, doch sie brach ab, als sie im tränenüberströmten Gesicht der Heimkehrerin las, dass etwas Schlimmes vorgefallen sein musste. „Er hat sich etwas gebrochen", schluchzte Maria Agnes, streckte ihre Hände mit dem darauf kauernden Kater nach vorn, und sofort entfuhr Christina Margaretha ein erschrockenes „Um Gottes willen!". Ratlos starrte sie auf das bemitleidenswerte Tier, ehe endlich eine Flut von Fragen nach dem Wie und Warum aus ihr herausbrach. Doch Maria Agnes hatte keine Zeit zu antworten. Das Adrenalin in ihrem Körper hatte auf dem ganzen Weg vom Pfarrhaus in die Brunnengasse ihre Gedanken rattern lassen. Sie wusste nicht nur, wie der Patient heißen würde, sondern auch, wie sie ihn notdürftig versorgen konnte, ehe sie, und auch das hatte sie sich schon zurechtgelegt, einen Experten zu Rate ziehen würde. „Halt ihn bitte“, sagte sie zu ihrer Schwester und flüsterte Samson etwas offenbar Ermutigendes ins Ohr, so dass er den für ihn schmerzhaften Ortswechsel über sich ergehen ließ.

Schon war sie im Haus verschwunden. In jener wurmstichigen Truhe, in der sie ihre wenigen Kleidungsstücke verwahrte, lag seit jener unglückseligen Begegnung mit dem Stock des Schulmeisters auch ein sorgfältig aufgerollter Vorrat an schmal zugeschnittenen Leinenstücken. Diese holte sie, um an Christina Margaretha vorbei wie ein Irrwisch in den Garten zu rasen, wo sie vom Birnbaum ein kurzes Ästchen abbrach. „Komm“, rief Maria Agnes der Schwester zu, und diese folgte ihr mitsamt dem Kater zum Esstisch, wo Christina Margaretha das Tier wunschgemäß absetzte. „Was tust du?“, fragte sie. „Da sind innen drin Knochen gebrochen, da, ganz innen drin. Und damit die wieder zusammenwachsen, lege ich jetzt eine Schiene an. Halt Samson bitte gut fest.“ – „Samson?“ Christina Margaretha kam mit den Fragen kaum nach, doch statt auf Antworten zu beharren, bestaunte sie das Geschick der kleinen Schwester, die an die am schlimmsten verbogene Stelle des Vorderlaufs ein winziges Stückchen Holz anlegte und, dem heulenden Kater gut zuredend, rasch einen Leinenstreifen darum wickelte. Dann zog sie aus einem ihrer ohnehin schon vogelwilden Haarnester eine Nadel heraus und befestigte damit das lose Ende des Verbands. Eine zweite Leinenschicht verknotete sie so, dass der Patient den Fremdkörper nicht würde abstreifen können. Als sie ihr Werk beendet hatte, atmete sie, als ob sie gerade einem Verfolger entkommen wäre. Samsons Fiepen wurde leiser, das Zittern, das seinen kleinen Körper durchlief, ließ zusehends nach. Maria Agnes dagegen schwanden die Kräfte. Angst, Wut, Aufregung, Anstrengung, alles brach aus ihr heraus, als sie neben dem Tisch in sich zusammensank und die Tränen nicht mehr zurückhalten konnte. Christina Margaretha bückte sich zu ihrer Schwester hinunter, setzte sie neben sich auf die Bank und drückte sie fest an sich. „Das hast du gut gemacht. Ich bin stolz auf dich", sagte sie immer wieder, bis die Worte ineinander verschwammen, zu einer Art Mantra wurden und sich Maria Agnes spürbar entspannte.

Wie lange die beiden Schwestern in sich und ineinander versunken auf der Bank zugebracht hatten, wussten sie später nicht mehr zu sagen. Mit der Hausarbeit, die der 15-Jährigen bis zu jenem Zeitpunkt, da sie in Stellung gehen würde, allein oblag, war sie jedenfalls weit ins Hintertreffen geraten. Kein Essen stand auf dem Tisch, als die Eltern und Johann Jacob müde von der Feldarbeit heimkehrten. Stattdessen kauerte da, wo die Suppe dampfen sollte, ein kleiner, nicht mehr ganz so verstörter Kater. Unbemerkt von seiner Retterin und deren Helferin hatte Samsons Mutter dem Sohn eine Maus serviert, an der ein kleines, schwarzes Näschen nun vorsichtig schnupperte. „Pfui, was ist denn das?", schimpfte Melchior beim ersten Blick auf das Szenario, doch schon der zweite genügte, um ihn verstummen zu lassen. Sein Protest hatte Maria Agnes aus ihrer Trance erwachen lassen, und was sie sah, ließ ihr Gesicht vor Freude leuchten. Auch Christina Margaretha strahlte. Rasch stand sie auf, um das Versäumte nachzuholen. „Es tut mir leid, dass ihr warten müsst“, wandte sie sich an Eltern und Bruder, „doch es wird euch in der Zwischenzeit freuen zu hören, dass wir eine Heldin unter uns haben.“

„Wenn sie nicht schon abgefahren wäre, ich würde ihr ins Gesicht sagen, wer hier die Hexe ist“, ereiferte sich Melchior, und alle anderen am Tisch nickten bestätigend. Maria Agnes hatte dieses Mal beim Erzählen nichts ausgespart, auch nicht die Verwünschungen, die die Moserin ihr gegenüber ausgestoßen hatte. „Ich wollte ihr doch nur eine Freude machen“, fasste sie zusammen, „und nun das.“ Beim Blick auf den verletzten Samson, den Christina Margaretha auf Geheiß der Mutter in einen mit einem sonst den Menschen vorbehaltenen Kissenüberzug gepolsterten Korb gelegt hatte, kehrten ihre Tränen zurück. „Sie wird ihre Strafe dafür empfangen“, sagte Christina Barbara. Sie legte ihre Hand auf den Arm der Tochter. „Du hast nichts falsch gemacht.“

Nichtsdestotrotz machte sich Maria Agnes so heftige Vorwürfe, dass sie in der Nacht kaum in den Schlaf fand. Doch wie hätte sie ahnen können, dass die Moserin einen Katzenbiss für den Tod eines ihrer Kinder verantwortlich machte? Woher hätte sie wissen sollen, dass die Witwe ihr eigenes schlechtes Gewissen an einer Dritten auszulassen gezwungen war, um mit ihrer Schuld weiterleben zu können? Mit der Schuld, im Ringen um das Leben ihres Mannes nicht auf die Kraft des Gebets, sondern auf die Gaben einer bei Nacht und Nebel herbeigeholten Kräuterfrau aus dem Nachbarort gesetzt zu haben? Maria Agnes würde die Hintergründe nie erfahren. Doch das Grübeln lohnte sich nicht. Diese Erkenntnis stand, wie es sich in ihrem Leben noch oft wiederholen würde, am Ende einer schmerzlichen Erfahrung. Es musste weitergehen.

„Das hast du gemacht?" Gottlieb Beck staunte mächtig beim Blick auf ein sauber bandagiertes Katzenbeinchen. Er wunderte sich an diesem Morgen nicht zum ersten Mal. Zunächst hatte seine kleine Freundin laut rufend und heftig gegen die Tür pochend Einlass begehrt, was sie nie zuvor getan hatte. Dann hatte sie offenbar sein Metier verwechselt. Er sei doch eher für Menschen zuständig, hatte er eingewandt, als sie ihm einen vierbeinigen Patienten entgegenhielt. „Mein Oheim Beck kann alle gesund machen", hatte Maria Agnes geantwortet und ihren Gönner damit ganz bewusst in die Familie aufgenommen. Denselben Nachnamen hatte er ja schon, weshalb sollte er also nicht dazugehören? Das erste Wort „mein" hatte sie deutlich betont, dann war sie einen Schritt näher an „ihren Oheim" herangetreten und hatte so unverwandt an ihm hochgeschaut, bis er schließlich den Weg freigab in Richtung Behandlungskammer, wo sein Gast ohne viel Federlesens ihren Begleiter auf den langen Tisch setzte. „War sie das, die Moserin?" Schlagartig erfasste Gottlieb Beck den Grund des morgendlichen Überfalls. Maria Agnes nickte stumm. Sie schluckte, holte Luft. „Sie hat ihn mir aus der Hand geschlagen, und dann hat er sich das Beinchen gebrochen, als er gegen den Trog gefallen ist." Doch ihr Kater sei sehr tapfer, und sie habe versucht, ihn zu verbinden, wie der Oheim damals sie verbunden habe, doch sei es gewiss besser, wenn er nachschaue, ob der Knochen so wirklich heilen könne. „Du bist mir ja schon ein halber Chirurg", lobte Gottlieb Beck, als er die Leinenbänder gelöst hatte und die improvisierte Schiene entdeckte.

„Und?“, fragte das Mädchen. Beck musste ein Lächeln unterdrücken. „Nun, ich kenne mich mit Tieren nicht so gut aus wie mit Menschen, aber ich denke, du hast die richtige Diagnose gestellt“, sagte er, als er die betroffene Stelle vorsichtig abtastete. Samson gab eine Art Quietschton von sich. „Alles ist gut, mein Samson“, flüsterte ihm Maria Agnes zu. Zart strich sie mit zwei Fingern über sein Köpfchen, während der Chirurg noch einmal den kranken und dann zum Vergleich den gesunden Vorderlauf untersuchte. „Wie gesagt, mit Menschenknochen kenne ich mich aus. Bei Katzen …“, er unterbrach sich. „Moment mal, da fragen wir doch einfach ein Buch. Wer weiß, was mein lieber Bruder Samuel alles angeschafft hat.“ Suchend wanderten seine Augen über die Regale. Doch sie fanden unter den wenigen Exemplaren kein adäquates Ziel. „Hmmm“, machte er und kratzte sich mit seinem rechten Zeigefinger die Haut am rechten Ohrläppchen beinahe blutig. „Ich glaube, da weiß sogar der gute Ovid keinen Rat.“ Wer war das noch? Maria Agnes war versucht, ihn noch einmal um Aufklärung zu bitten. Doch nun musste es schnell gehen, keinesfalls wollte sie die Hilfe für ihren Samson durch unnütze Fragerei hinauszögern. „Wenn es nicht in einem Buch steht, dann vielleicht hier drin?“ Zaghaft führte sie ihre Hand in Richtung der Stirn des Chirurgen und fühlte daran, als ob sie mit den Fingerspitzen unter der Haut verborgene Buchstaben ertasten könnte. „Ja, du hast recht, lass mich nachdenken.“ Er verfiel in Schweigen, nicht ohne weiter sein Ohrläppchen zu malträtieren. „Der Samuel hat einmal eine skel …“ Rasch schluckte er den Rest des Worts unausgesprochen hinunter. „Mein Bruder“, setzte er neu an, „hat einmal eine Katze entdeckt, die schon lange nicht mehr lebte. Wir waren noch Kinder, wir haben …" Erneut ließ er den Satz unvollendet. Vor seinem inneren Auge setzten sich die Bilder von damals zusammen. Er ließ sein Ohrläppchen los und wandte sich wieder Samsons Vorderläufen zu, an denen er zart entlangstrich. Endlich sagte er: „Ich würde nichts anderes tun, sondern genauso handeln wie du. Es war richtig, eine Schiene anzulegen, und das werden wir jetzt wieder so machen. Dann dürfte der Knochen einigermaßen gerade zusammenwachsen, allerdings …" Er holte Luft, und das Strahlen, das sich auf Maria Agnes' Gesicht auszubreiten begonnen hatte, wich. „Ich vermute, dass nicht nur der Knochen verletzt worden ist. Schau!" Er deutete auf eine Schwellung oberhalb der Bruchstelle. „Wenn eine Sehne gerissen ist, kann er sein Beinchen wohl nicht mehr richtig benutzen." Das Mädchen nickte traurig. „Und dann?" Mehr brachte Maria Agnes nicht heraus. „Dann wird er auf drei Pfötchen fröhlich um dich herumtanzen. So, und nun hilf mir. Du kennst dich ja schon aus."

Dieses Mal bekam der geduldige Samson eine Schiene angelegt, die eigentlich menschliche Finger stabilisieren sollte, doch als frische Verbände darum gewickelt waren, sah das Ergebnis kaum anders aus als am Vortag. „Bist du zufrieden mit unserer Arbeit?", fragte Gottlieb Beck. Statt einer Antwort ging Maria Agnes auf den Chirurgen zu, und mit einem katzenhaften Satz katapultierte sie sich in seine Arme, die er geistesgegenwärtig nach vorne streckte. „Danke", sagte sie. Sie spürte sein Lächeln an ihrer Wange, die Wärme seines massigen Körpers. „Danke", wiederholte sie. Plötzlich drang ihr eine unangenehme Frage ins Bewusstsein und zerstörte den Zauber des Augenblicks. „Oheim?" Vorsichtig setzte Beck das

Kind ab. „Was bin ich Euch schuldig?" Sie kannte den Satz von ihren Eltern nur zu gut. Den folgenden ebenso: „Ich habe leider im Augenblick kein Geld bei mir." Meist folgte auf diesen zweiten Satz ein genervtes Räuspern des Gegenübers, ein gemurmeltes „Mal wieder", schließlich eine Auflistung dessen, womit man ohnehin schon in der Kreide stehe. Dieses Mal war es anders. „Maria Agnes Beck", sagte Gottlieb Beck ernst. „Du schuldest mir nichts. Gar nichts. Reicher als durch deine Umarmung bin ich nie entlohnt worden. Und nun nimm deinen Samson und sorge dafür, dass der Held etwas zu essen bekommt." Er begleitete sie zur Tür. „Warum eigentlich Samson?", fragte er zum Abschied. Maria Agnes betrachtete das magere schwarze Kätzchen mit den traurig herunterhängenden weißen Barthaaren. „Der Herr Pfarrer hätte gewollt, dass er so stark wird wie der Samson aus der Bibel. Tapfer wie er ist er schon."

Kapitel 11

Frieda und Maria Agnes hatten eine Abmachung: Frieda würde ihren heranwachsenden Sohn nicht vertreiben, ihm sogar immer wieder mit einer ihm vorgesetzten, bereits tüchtig malträtierten Maus zu einem bescheidenen Jagderfolg verhelfen. Den Rest an Nahrung würde Maria Agnes von ihrem eigenen Essen abzweigen. Denn dass ein zwar offensichtlich fröhlicher und schmerzfreier, aber humpelnder Kater bei gesunden Beutetieren Angst und Schrecken zu verbreiten im Stande war, schien ausgeschlossen. Dafür entwickelte Samson andere Qualitäten.

Für in Milch getunktes Brot war er bereit, nahezu alles zu tun. Als Maria Agnes einmal beim Füttern gedankenverloren ein winziges Stück in der Hand zurückbehalten und sich wieder aufgerichtet hatte, hatte sich Samson auf die Hinterbeine gestellt und war der Hand mehrere Schritte gefolgt. Daraus entwickelte sich rasch ein Spiel, und Samson lernte, eine kleine Belohnung vor Augen die tollkühnsten Kunststücke zu vollbringen. Er setzte sich auf Kommando, reichte Maria Agnes sein gesundes Pfötchen, drehte sich wie ein Irrwisch im Kreis, sprang über das ausgestreckte Bein des Mädchens und balancierte seiner Behinderung zum Trotz elegant über ein schmales Brett, das beispielsweise die Distanz zwischen Stuhllehne und Tischkante überbrückte. „Spielt draußen", forderte Christina Margaretha Schwester und Kater an einem freundlichen, aber kühlen Herbsttag auf. Bald würden die Eltern zurückkehren und es vermutlich nicht schätzen, wenn sie auf dem Tisch Katzenhaare statt eines Essens vorfinden würden. Also trug Maria Agnes Freund und Brett in den Garten und sah sich nach einer neuen Herausforderung um. „Ja, das könnte gehen. Was meinst du, Frieda?", fragte sie Samsons Mutter, die wie selbstverständlich mitgekommen war. Die Katze legte den Kopf schief. Stand auf dem Gesichtchen ein Zweifel geschrieben, ob der Sohn tatsächlich mutig genug sein würde, zwischen zwei Birnbaumästen hin und her zu spazieren? „Wenn er Angst hat, hole ich ihn sofort wieder herunter", versprach Maria Agnes und setzte, nachdem sie die Stabilität der Konstruktion geprüft und für ausreichend befunden hatte, Samson auf das eine Ende des Bretts. Sie selbst stellte sich ans andere Ende und rieb Daumen und Zeigefinger aneinander. Längst reichte diese Geste aus, um dem Kater anzudeuten, dass seine Anstrengung sich später lohnen würde. Ein Zucken seiner Muskeln, das wellenartig den ganzen schmalen Körper durchlief, deutete an, dass er die Aufgabe zu lösen gedachte. Einem zögerlichen folgte ein mutiger Schritt, und kaum mehr als Sekundenbruchteile später erreichte er Maria Agnes' ihn eifrig liebkosende Hand.

„Großartig hast du das gemacht, Samson", lobte sie ihn, da erkannte sie in seinen sich verengenden Pupillen, dass die Aufmerksamkeit des Tieres plötzlich anderweitig gefordert war. Und tatsächlich: Hinter ihr klatschte jemand laut in die Hände. Irritiert wandte sich Maria Agnes um. Sie sah einen vornehm gekleideten älteren Herrn, der das Kunststück beobachtet hatte und dem Akrobaten und seiner Gehilfin nun mit großer Geste Beifall spendete. „Bravo, bravo", rief eine tiefe Stimme, „so etwas habe ich ja noch nie gesehen. Du solltest mit deiner Katze bei den Vorstellungen der fahrenden Gaukler auftreten, junges Fräulein." Maria Agnes machte große Augen. Wen meinte der Fremde mit Bravo? Hieß er etwa so? Und welche fahrenden Gesellen hatte er im Sinn? „Nur nicht so schüchtern!", fuhr der Zuschauer unbeirrt klatschend fort. „Los, verbeugt euch!" Als weder Kater noch Kind reagierten, vollführte er die Bewegung selbst. „So geht das", sagte er, zog seinen cremefarbenen Hut vom Kopf, zeichnete damit eine Acht in die Luft und neigte den Oberkörper so stark, dass er beinahe mit der Spitze seiner langen Nase den eigenen Bauch berührt hätte. Das sah sehr lustig aus, fand Maria Agnes, und außerdem sprach der Herr seltsam melodisch, als ob er sänge. Das Erstaunen in ihrem Gesicht wich einem Lächeln, und zaghaft versuchte sie sich darin, die Verbeugung zu imitieren. Statt eines nicht vorhandenen Huts erwischte sie versehentlich die letzte verbliebene Nadel, die ihre an diesem Tag zu einem zentralen Dutt hochgesteckten Haare noch am Kopf gehalten hatte. So ergoss sich mit einem Mal eine kupferrote Pracht über Stirn, Wangen, Schultern und Rücken. „Na schau an, zaubern kann sie auch noch", sagte der Mann und ging, im Rhythmus seines Lachens einen teuren Spazierstock auf den Boden auftippend, in Richtung des Schwarzen Adlers davon.

„Eines Tages wird dir jemand mitten auf der Straße die Haare abschneiden, wenn du so unordentlich herumläufst", schimpfte Christina Barbara, die wenige Minuten nach der Begegnung mit dem Fremden nach Hause zurückgekehrt war. „Wie schaffst du das nur immer, dass sich alle Nadeln in Luft auflösen?" Eine Antwort erwartete sie nicht. Maria Agnes wurde an der Hand gepackt und in die Stube gezogen, wo ihr die Mutter das Haar zu zwei festen Zöpfen flocht. Üblicherweise ging dies nicht ohne Gezeter vonstatten, doch dieses Mal schwieg das Mädchen. Zwei Fragen beschäftigten sie. „Mutter, was bitte sind fahrende Gesellen? Und wer ist der Herr Bravo?" Christina Barbara runzelte ratlos die Stirn. Ersteres habe sie noch nie gehört. Und ein Mensch mit einem solch seltsamen Namen könne wohl kaum von hier stammen.

Als am Abend frisches Wasser geholt werden musste, meldete sich Maria Agnes freiwillig. Freiwillig wählte sie auch den Weg zum am weitesten vom Elternhaus entfernten Brunnen, der rein zufällig auf Höhe des Eingangs zum Schwarzen Adler lag. Lange dauerte es, das Wasser in den Portionen zu schöpfen, die sie zu tragen in der Lage war.

Verstohlen wanderte der Blick dabei immer wieder hinüber zum Gasthaus. Zu gern hätte sie dem Herrn Bravo noch mehr Kunststücke gezeigt, weshalb Samson, wie ein Säugling in einer zum Brusttuch umfunktionierten Schürze verstaut, mitgenommen worden war. Doch statt des Herrn mit Stock und Hut kam Catharina Meißner des Wegs. „Wie siehst du denn aus?“, fragte sie und zeigte entgeistert auf Maria Agnes’ gewaltige Vorderfront. „Das ist nur Samson“, strich die Angesprochene verschämt über ihre rasch gewachsene Oberweite. Sie spürte, dass der Kater strampelte. Anscheinend verlor er langsam die Geduld. „Ist ja gut“, sagte Maria Agnes, kniete sich nieder und löste dabei vorsichtig den Knoten, zu dem sie die Enden der Schürze an ihrem Nacken verschlungen hatte. „Komm ruhig raus!“ Vorsichtig setzte sie Samson auf die Erde. „Und was soll das? Warum trägst du deine Katze in der Schürze spazieren?“ Catharina platzte bald vor Neugier. Ach, das sei nicht so einfach zu erklären, antwortete Maria Agnes. Es habe etwas mit Bravo und fahrenden Gesellen zu tun, aber ganz genau wisse sie das auch nicht. Deshalb sei sie ja da, um die Sache herauszufinden. „Das verstehe ich ü-ber-haupt nicht“, gab das andere Mädchen jede einzelne Silbe betonend zurück. Catharinas edelster Zug war die Geduld nicht, und so stampfte sie mit ihrem rechten Fuß ungehalten auf den Boden.

Die Szene musste Publikum anlocken. Bald standen weitere Kinder und einige Jugendliche um die Freundinnen herum, und Maria Agnes wusste sich nicht anders zu helfen, als den verschüchterten Samson zu einigen simplen Kostproben seines Könnens zu animieren. „Das wollte ich dem Herrn Bravo noch zeigen“, erläuterte sie. Zwar verstand keiner, was sie damit meinte, aber zu ihrer großen Überraschung fing die Runde bald an, Samsons Darbietungen zunächst zaghaft, dann immer kräftiger zu beklatschen. „Ich sag's ja. Auftrittsreif", hörte Maria Agnes eine tiefe, melodiöse Stimme hinter den Rücken ihrer Zuschauer. „Bitte sehr!" Der zugehörige Mann warf ihr eine Münze zu und zog stockklappernd von dannen.

Die Menge johlte. Die verblüffte Maria Agnes bückte sich nach dem Geld, das sie nicht hatte auffangen können. Doch ehe ihre Hand das blinkende Objekt erreichte, stellte sich ein kleiner hölzerner Schuh darauf. Irritiert sah das Mädchen nach oben. Schuh und Fuß gehörten einem mittelblonden Jungen, dessen hellblaue Augen auf sie herabblickten. „Tritt bitte zur Seite", sprach ihn Maria Agnes an. Wie alt mochte er sein? Etwas jünger als sie vermutlich. Sie rechnete nicht mit Widerstand. Doch der Junge, den sie vom Sehen zu kennen glaubte, reagierte nicht. „Du stehst auf meiner Münze", sagte Maria Agnes und richtete sich zur vollen Größe ihrer sieben Jahre auf. Sie überragte ihr drahtiges Gegenüber um einige Zentimeter und schob den Oberkörper nach vorne, um ihrer Forderung Nachdruck zu verleihen. „Hörst du schlecht?", mischte sich ein älteres Mädchen ein. „Lass ihr die Münze, Adam, sie hat sie sich verdient." In der Menge erhob sich zustimmendes Gemurmel. Adam Fischer aber stand da wie festgewurzelt. Maria Agnes starrte ihn ratlos an.

Einige Sekunden verstrichen. Zu viele für Catharina Meißner. Sie fühlte sich von kalter Wut gepackt und war drauf und dran, dem Rotzlöffel die Ohren langzuziehen, wenn ihre Freundin dazu schon nicht in der Lage war. „Weg da, oder ich sag deinem Vater Bescheid", rief ein fast erwachsener Junge. Wen meinte er nun? Den ob seiner

Trunksucht längst im ganzen Ort berüchtigten Ziegler oder den angesehenen Carl Wilhelm Fischer, seines Zeichens Chirurg und Gemeinderechner? Geräuschpegel und allgemeine Aufregung wuchsen an. „Verschwinde!“, brüllte irgendjemand. „Erst“, durchschnitt eine hohe Stimme das Gewirr, „wenn sie mir noch einmal ihre Tricks gezeigt hat. Ich stand hinten und konnte nichts sehen.“ Während Adam seine Bedingung stellte, fixierte er Maria Agnes unverwandt. Sie beendete das Blickduell und gab sich geschlagen. Im selben Augenblick, in dem sie seufzend ausatmete und sich nach Samson bückte, der sich zwischen ihren Beinen versteckt hatte, schien die aggressive Stimmung aus der gesamten Gruppe zu weichen. Man machte sich bereit, noch ein paar Katzenkunststücke zu erleben, und begab sich zurück in die passive Rolle des Publikums. „Komm“, ermutigte Maria Agnes ihren vierbeinigen Freund. „Zeig noch einmal, was du kannst.“ Die Vorführung wurde artig, aber dieses Mal ohne große Begeisterung beklatscht. Der Hauptdarsteller bekam von einer Hand aus der Menge sogar einen winzigen Brocken Wurst hingehalten, doch die Belohnung seiner Freundin befand sich nach wie vor unter dem Fuß eines kleinen Jungen. „Pah“, sagte er schließlich. „Das war's? Kann ja jeder.“ Er versetzte der Münze mit der Spitze seines Schuhs einen Stoß in Richtung Maria Agnes und machte sich grußlos davon.

„Hat mir der Herr Bravo geschenkt.“ Maria Agnes legte die Münze auf den Tisch. Sie hatte die Freude daran verloren. In Kurzform versuchte sie, die Fragen ihrer erstaunten Eltern zu beantworten. Sie sei müde, begründete sie, weshalb sie nun lieber schlafen gehen wolle. „Das Mädchen redet wirr“, sagte Melchior und griff seiner Tochter besorgt an Stirn und Wange. „Sie wird doch nicht krank werden?“ Höchstpersönlich brachte er sie zu Bett und sorgte dafür, dass Frieda und Samson so zu liegen kamen, dass sie sein Kind bestmöglich wärmen würden.

Tatsächlich mochte Maria Agnes am folgenden Morgen nicht aufstehen. Prüfend schnupperte Frieda an ihrem Arm, der schlaff über die Bettkante hing. Üblicherweise wurde diese Geste mit der unmittelbaren Rückkehr der Aktivität in den Körper der Freundin beantwortet, doch dieses Mal geschah nichts. Frieda wunderte sich. Sobald sich die Tür zur Schlafkammer öffnete, huschte sie hinaus. Die erste Maus des Tages sollte nicht ihr selbst gehören. Sorgsam drapierte sie das tote Tier am Kopfende des Bettes, doch Maria Agnes reagierte nicht. Stattdessen zuckte ein weißes Katzenbärtchen, dessen Eigentümer nicht nur balancieren, sondern auch Schlaf vortäuschen konnte, und Augenblicke später verschwand das Geschenk in Samsons Magen. Das Fauchen der Mutter überhörte er geflissentlich. Nach Erziehungsmaßnahmen stand ihm jetzt nicht der Sinn. Denn bald, das spürte er deutlich, würde die Ruhe im Haus empfindlich gestört werden.

„Sie hat die ganze Nacht im Schlaf wild gestrampelt und fühlt sich ganz heiß an.“ Christina Margaretha hatte mittlerweile die ganze zweibeinige Familie am Kinderbett versammelt. Die Patientin registrierte es kaum. Ihre Stirn glühte, ihr Atem ging keuchend, und kaum war sie fähig, mit glasigen, rot unterlaufenen Augen einen der Umstehenden zu erkennen. „Sie hat das hitzige Fieber“, diagnostizierte Christina Barbara, stöhnte laut und fügte hinzu: „Das hat uns gerade noch gefehlt. Herr im Himmel, hilf!“ Das Stoßgebet musste fürs Erste genügen, denn nun wurden alle Hände gebraucht, um dem kranken Kind Linderung zu verschaffen. Johann Jacob wurde losgeschickt, um kaltes Wasser aus dem Brunnen zu schöpfen, Christina Margaretha sollte damit Wadenwickel vorbereiten, und Melchior nahm allen Mut zusammen, um bei Georg Martin Vollmer zur Kräftigung der Patientin um Fleisch zu bitten, das er nicht würde bezahlen können. Der Pate hatte Mitleid, schenkte Melchior ein ansehnliches Stück, doch scheiterte die zunehmend verzweifelte große Schwester beim Versuch, Maria Agnes mehr als zwei Löffel der frisch gekochten Brühe einzuflößen. Das Fieber wich nicht am zweiten, nicht am dritten Tag, und die Geschwister sahen sich gezwungen, ihr Lager auf dem Fußboden aufzuschlagen, so heftig tobte die Kranke in der Nacht. Endlich, am Morgen des vierten Tages, schien sie ansprechbar zu sein. „Warum weint ihr?“, brachte Maria Agnes hervor, als sie der verzweifelten Gesichter ihrer Lieben gewahr wurde. „Weil wir dir nicht helfen können“, schluchzte Christina Margaretha. „Der Oheim Beck kann das“, sagte Maria Agnes matt und schloss die Augen.

„Das hitzige Fieber?“ Gottlieb Beck legte die Stirn sorgenvoll in Falten. „Seit vier Tagen keine Besserung?“ Die Falten wurden tiefer, als Christina Margaretha, die ihn in seiner Sonntagsruhe gestört hatte, heftig nickte. „Da müsst ihr den Apotheker holen. Ich fürchte, ich bin da nicht der Richtige.“ Er löste die über seinem voluminösen Bauch verschränkten Hände und führte sie in einer bedauernden Geste mit den Innenflächen nach oben. Er schwieg, schüttelte langsam den Kopf. Wort- und tatenlos stand er vor der Tür. „Aber sie verlangt nach Euch. Nur nach Euch. Bitte kommt doch wenigstens, um nach ihr zu sehen", beharrte das junge Mädchen. Gottlieb Beck dachte nach. Tatsächlich wäre ein Apotheker zu konsultieren gewesen, eine erfahrene Kräuterfrau zumindest. Seine Spezialität waren kranke Knochen und äußere Verletzungen. Dem mächtigen Feind, der den Körper von innen angriff, trat er nahezu machtlos gegenüber. Hatte er nicht vor wenigen Jahren erst selbst eine Tochter an das hitzige Fieber verloren? Und nun seine kleine Freundin. Sollte er auch an ihrem Bett hilf- und tatenlos stehen? „Bitte, so kommt doch." Christina Margaretha brach in Tränen aus. Sie war mit den Kräften am Ende, hatte sie doch neben der Pflege der Schwester auch einen Teil der Feldarbeit übernommen, um die Mutter zu entlasten, die dann an ihrer Stelle Wache am Krankenbett hielt. Beck gab sich einen Ruck. „Warte!" Er ging zurück ins Haus, und Christina Margaretha konnte ihn von außen durchs Fenster dabei beobachten, wie er nach einem schweren Buch griff. Zudem bewaffnete er sich mit einer dickbauchigen Flasche durchsichtigen Inhalts. „Lass uns gehen!", sagte er.

Die Stiege ächzte bedenklich unter dem Gewicht des Besuchers. „Ihr lebt gefährlich", sagte er, und gern hätte er den Satz wiederholt, als er in die winzige, zugige Schlafkammer eintrat. „Da übernachtet ihr alle?", fragte Beck, doch wartete er die Antwort nicht ab, denn nun fiel sein Blick auf Maria Agnes, die mittlerweile nicht mehr, wie er erwartet hatte, mit schweißnassem, gerötetem Gesicht, sondern blass und apathisch vor ihm lag. Die sonst kaum auf der gebräunten Haut zu erkennenden Sommersprossen stachen wie Dreckspritzer vom fahlen Teint ab. „Maria Agnes Beck", rief er vor Schreck eine Spur lauter als geplant. Sie schlug die Augen auf.

„Oheim“, brachte sie hervor. Derselbe schickte den Rest der Familie nach draußen und ließ sich vorsichtig auf dem Rand des Betts nieder. „Was muss ich hören? Meine kleine Freundin und Helferin sei krank?“ Er strich ihr zart eine zerzauste Haarsträhne aus dem Gesicht. „Sie habe Fieber und wolle nichts essen und trinken? So kann man aber nicht gesund werden.“ Gottlieb Beck machte eine Pause. Das rasselnde Atemgeräusch bereitete ihm Sorge. Er hob die Flasche an, die er neben dem Bett abgestellt hatte, und zog den Pfropfen ab. „Hier, riech mal!“ Er hielt Maria Agnes den Flaschenhals an die Nase, und die Patientin half mit, indem sie ihren Kopf leicht nach vorn bewegte. Der scharfe Geruch, der dem Gefäß entströmte, löste umgehend einen Hustenanfall aus. „Siehst du, das ist meine Medizin. Möchtest du sie einnehmen?“ Mit letzter verbliebener Kraft schüttelte das Mädchen den Kopf. „So musst du dich wohl selbst kurieren“, sagte Beck. „Wie denn?“, krächzte Maria Agnes. „Indem du brav isst und trinkst und dabei an all die großen Wunder auf Gottes weiter Welt denkst.“ Jetzt hob der Gast das mitgebrachte Buch vom Boden auf und blätterte vor Maria Agnes' Augen darin. Es war das Kräuterbuch seines Bruders Samuel. „Für jedes Tellerchen und jeden Becher darfst du eine neue Seite anschauen. Ich werde es mit deinen Eltern und deiner Schwester besprechen.“ Er klappte den Band zu. „Wie gefällt dir diese Medizin?“, fragte er. Mit Erleichterung hatte er festgestellt, dass der bisher flackernde Blick des Kindes nun konzentriert am Buch haftete. „Die Medizin gefällt mir gut“, antwortete Maria Agnes. „Ich will gleich etwas davon probieren.“

Rasch unterrichtete Gottlieb Beck die vor der Tür Wartenden von seinem Vorhaben. Er setze auf die Selbstheilungskraft des Körpers, denn wenn ein Knochen wieder zusammenwachsen könne, so müsste doch auch dem Fieber beizukommen sein. Also empfahl er, kräftigende Nahrung und reichlich Flüssigkeit zu geben und die Patientin mit Hilfe des Buches zur Mitarbeit zu ermuntern. Er habe den Eindruck, es gehe ihr jetzt schon besser. Der zigfach geäußerte Dank der Familie begleitete ihn die ächzende Stiege hinunter. „Lebt wohl", verabschiedete sich Gottlieb Beck. Melchior zögerte. „Was sind wir Euch schuldig?", fragte er, und die Anspannung ließ seine Stimme zittern. Die Antwort konnte nur furchteinflößend ausfallen. Er wollte ehrlich sein. „Es ist leider so, dass ich im Augenblick kein Geld im Hause habe. Aber wenn Ihr Euch etwas gedulden würdet, oder wenn wir die Schuld bei Euch abarbeiten dürften …?" Gottlieb Beck winkte ab. „Macht Euch darum jetzt keine Gedanken. Wir werden eine Lösung finden." Auf seinem kurzen Heimweg stand ihm nicht nur das Bild seiner kleinen Patientin vor Augen. Fast tiefer noch hatte ihn die offensichtliche Armut getroffen, mit der er unvermutet konfrontiert worden war. Gedankenverloren öffnete er die Haustür. Jetzt brauchte er erst einmal einen Schnaps. Die Flasche hielt er schon in der Hand.

Maria Agnes' einige Tage später überstandene Krankheit führte zu zweierlei: Das Fieber befiel reihum alle zweibeinigen Bewohner des Hauses, wobei sich Christina Barbara und die Kinder schneller erholten als Melchior. Ihn, dessen Lunge von der fett- und rauchgeschwängerten Luft, die er beim Kämmen einatmete, ohnehin belastet war, plagte noch wochenlang ein hartnäckiger Husten. Doch eine positive Auswirkung brachte die Krise auch mit sich: Gottlieb Beck bot der wiedergenesenen

Christina Margaretha eine Stelle in seinem Haushalt an. Das Mädchen war, nachdem der Chirurg ihre Eltern aufgesucht und die näheren Umstände erläutert hatte, ganz außer sich vor Freude und Aufregung. Im Stillen hatte sie davon geträumt, als Magd bei den Vollmers anfangen zu dürfen, deren Kinderschar gerade noch einmal um eine kleine Sabina Dorothea gewachsen war. Allerdings wäre Christina Margaretha dort, da bereits eine Verwandte der Familie die Arbeit im Haushalt erledigte, die weit schwerere Plackerei in der Landwirtschaft zugefallen.

Gottlieb Beck ersuchte nun ausdrücklich um ihre Unterstützung für seine zweite Frau Anna Elisabetha. Diese habe sich schon um den Sohn Johann Heinrich aus seiner ersten Ehe zu kümmern, dazu um die gemeinsame dreijährige Tochter Maria Elisabetha, und nun sei, nachdem man im Vorjahr schweren Herzens von einem neugeborenen Söhnlein habe Abschied nehmen müssen, ein weiteres Kind unterwegs. „Und Eure Frau ist mit mir als Helferin einverstanden? Sie kennt mich doch gar nicht. Und ich bin doch nur …“, hatte Christina Margaretha ungläubig und das Ende des letzten Satzes aussparend nachgefragt. Eine vornehme Frau, die sich die Stieftochter eines Wollenkämmers ins Haus holen wollte? Das konnte sie sich kaum vorstellen. Doch ihr künftiger Arbeitgeber wischte die Bedenken beiseite. Seine Frau vertraue seinem Urteil, und sie werde, das habe er ihr versprochen, ihre Freude an der neuen Magd haben.

Tatsächlich bezog Christina Margaretha wenig später eine Kammer im Obergeschoss des stattlichen Hauses an der Kirchenmauer. Zum ersten Mal seit vielen Jahren besaß sie ein eigenes Bett, und dass sie sich die Schlafkammer nur mit einer älteren Magd teilen musste, die hauptsächlich für die Arbeit in der Küche zuständig war, erschien ihr als purer Luxus. Rasch erkannte sie, weshalb die Hausherrin, übrigens eine dieser überhaupt nicht ähnlich sehende Schwester der Vollmerin, der Hilfe bedurfte: Anna Elisabetha war eine gescheite, offenherzige, freundliche Frau, die allerdings unter einer seltsamen Krankheit zu leiden schien. Traf Sonnenlicht auf ihre durchscheinend weiße Haut, bereitete ihr dies solche Schmerzen, dass sie, wenn überhaupt, ihr Heim nur unter dem Schutz eines von den Nachbarn mit einer Mischung aus Argwohn und Neid begafften neumodischen Sonnenschirms und selbst im Hochsommer mit dicken Handschuhen verließ. Regelmäßig machten vor dem Beck'schen Anwesen Fuhrwerke Halt, denen wissend dreinblickende Herren entstiegen, doch bislang hatte keiner der zu Rate gezogenen Experten die geeignete Salbe, das rettende Heilwässerchen oder die für die Wende zum Besseren sorgende Schröpfmethode zu bieten gehabt. Nun, da wieder ein Kind unterwegs war, wollte Gottlieb Beck seiner Frau fürs Erste keinen weiteren Versuch zumuten. Christina Margaretha würde ihr Einkäufe und Erledigungen aller Art abnehmen und zudem die Kinder spazieren führen. Die Aufgabe bereitete ihr Freude, ihre Zöglinge liebten die stille, geduldige Spielgefährtin, und die abschätzigen Blicke, mit denen mancher Gast die junge Frau musterte, prallten an ihr ab, denn sie fühlte sich gebraucht und geschätzt. „Dein Gesicht leuchtet ja richtig“, hatte ihre Dienstherrin sich wenige Tage nach dem Beginn der Tätigkeit über einen zügig und mit einem Lächeln erledigten Auftrag gewundert. „Du bist die erste Sonne, deren Strahlen mir nicht wehtun.“

Kapitel 12

Der Finstere Friedrich musste tun, was ein Ritter tun musste: tapfer sein. Die Erkenntnis würde ihm nicht auf dem Silbertablett serviert werden, also hieß es die Zähne zusammenbeißen. Er spürte an diesem kühlen Oktoberabend seine Beine zwar kaum mehr, doch würde er sein Versteck in der Hecke, die den Garten der Becks vom angrenzenden Gässle trennte, nicht ergebnislos verlassen, das hatte sich der Neunjährige fest vorgenommen. Er hatte Frieda nun oft genug besucht und war nicht hinter ihr Geheimnis gekommen. Sicher: Ihr Fell schimmerte im Sonnenlicht, als ob Goldstaub darauf gefallen wäre, ihre Augen leuchteten bernsteinfarben, und ihr Sohn Samson vollführte waghalsige Kunststücke, doch reichte das aus, um immer wieder geheimnisvolle Fremde anzulocken? Der Finstere Friedrich alias Jacob Friedrich Meißner hatte mehrmals ihm unbekannte Männer, manchmal auch kaum halbwüchsige Jungen im Haus seines Freundes verschwinden sehen, und stets hatten sie an der Tür nichts weiter als den Namen Frieda genannt. Johann Jacob wusste entweder nicht, was da vor sich ging, oder er wollte seinem Freund gegenüber nicht mit der Wahrheit herausrücken, jedenfalls hatte alles Insistieren keine brauchbaren Informationen ergeben.

Nun schien die Gelegenheit günstig wie nie: Jacob Friedrich war auf gut Glück einem Mann gefolgt, der, den breitkrempigen Hut tief ins Gesicht gezogen, seinen Schritt verdächtig rasch in Richtung der Brunnengasse gelenkt hatte. Wie hatte der Junge innerlich gejubelt, als der Fremde tatsächlich an die Beck'sche Tür geklopft hatte. Allerdings dauerte die Sache nun schon reichlich lange, fand der zu einem zusammengekauerten Bündel geschrumpfte Nachwuchsritter. Ob vielleicht in Sachen des neuen Katzennachwuchses verhandelt wurde? Möglich wäre es, dachte Jacob Friedrich, der, je länger die Wartezeit währte, sich seines Verdachtes desto sicherer wurde: Im Paket, das der Besucher unter seinem Mantel verschwinden lassen würde, würde sich höchstwahrscheinlich eines von Friedas Kindern, wenn nicht gar das gesamte Trio befinden. Und da die Übergabe so heimlich über die Bühne ging, würde mit den Tieren etwas Schreckliches geschehen. Sicherlich würde die von ihm heimlich bewunderte Maria Agnes längst weinend in ihrem Bett liegen, da sie doch ahnen musste, was ihren Lieblingen blühte. Die Eltern würden dem Töchterlein gegenüber bedauernd die Achseln zucken und dem Kind bedeuten, dass der Fremde etwas Gewichtiges gegen die Familie in der Hand hatte und man, so leid es einem auch tue, Opfer würde bringen müssen. Opfer. Die Gedanken im Kopf des Jungen überschlugen sich. Jacob Friedrich erschauerte beim Gedanken an das Kräftigste der Kätzchen, ein kohlrabenschwarzes Exemplar. Wenn da als Empfängerin keine Hexe ausersehen war, die dem unschuldigen Wesen das Fell abziehen und bösen Zauber damit treiben würde, müsste er sich schon gewaltig täuschen. Doch nicht mit ihm! Mochte er sich als Beinamen zehnmal das Attribut finster ausgesucht haben, so kämpfte er dennoch für das Gute in der Welt, und satanische Umtriebe würde er zu unterbinden wissen. Es brauchte nur noch einen Plan.

Einen Plan verfolgten derweil auch Melchior und Christina Barbara Beck. Da sich Caspar Fieß seit Monaten entweder verleugnen ließ oder tatsächlich nicht zu Hause war und Melchior die Geschäftsbeziehung deshalb nicht, wie von seiner Frau vehement gefordert, hatte beenden können, mussten nun auf andere Art Tatsachen geschaffen werden. Den nächsten Abholer, der vor der Tür stehen würde, würde man nicht wie bisher nach wenigen Minuten ziehen lassen, noch weniger würde man sich von ihm einen weiteren Übergabetermin nennen lassen. „Wir machen ihn betrunken und bringen von ihm in Erfahrung, wo Caspar steckt", lautete die Devise des Ehepaars. Tatsächlich ließ sich der Fremde, nachdem man ihn regelrecht dazu genötigt hatte, auf der Bank am Esstisch nieder, statt nur die Münzen für die Wolle abzugeben und mit Ware und Paket von dannen zu ziehen. „Ein edler Tropfen, Ihr müsst ihn probieren. Ihr seht so aus, als hättet Ihr eine Stärkung dringend nötig", sagte Melchior, während er unverdünnt das Ergebnis seiner Arbeit im Weinberg in einen großen Becher goss. „Er reißt noch", fügte er an, „aber Ihr werdet jetzt schon feststellen können, wie gut der Jahrgang werden wird." Die Lüge trieb ihm beinahe die Schamesröte ins Gesicht, denn bisher war noch in jedem Herbst der Versuch gescheitert, das saure Produkt einem nicht mit völliger Unkenntnis geschlagenen Händler zu verkaufen, und dieses Mal standen die Vorzeichen nicht günstiger. „Seid Ihr sicher?", fragte der Gast, ein offenbar höflicher und vor allem blutjunger Zeitgenosse, der hinter vorgehaltener Hand zu verbergen suchte, wie sich sein Gesicht verzog. „Ganz sicher", beteuerte Christina Barbara. „Mein Mann kennt sich aus." Sie setzte sich neben den Besucher und schenkte ihm einen tiefen Blick aus mütterlich besorgten Augen. „Wie kann man Euch nur derart durstig und hungrig auf die Reise schicken. Ihr verschmachtet mir ja", sagte sie und goss eifrig nach. „Ich werde Euch eine Suppe kochen", kündigte sie an und erhob sich. Das werde zwar eine Weile dauern, aber einstweilen könne er sich ja mit ihrem Ehemann unterhalten.

„Es ist sinnlos", zischte Melchior. Seine Frau nickte seufzend. Zwei Stunden waren ins Land gegangen. Zwei Stunden, in denen der Gast zwar zunehmend betrunkener wurde, in denen seine sich lösende Zunge aber keinen einzigen verwertbaren Hinweis auf Caspars Aufenthaltsort geliefert hatte. Es schien vielmehr so, als kenne der junge Mann seinen Auftraggeber gar nicht. Wenn Melchior vorsichtig den Namen fallen ließ, las er im Gesicht seines Gastes unverstellte Ahnungslosigkeit. Fragte er direkt nach dem Abnehmer des Pakets, verfinsterte sich dagegen der Blick. „Dringt nicht weiter in mich", sagte der Mann schließlich und begann umständlich, sich zu erheben. „Ich danke Euch für Eure Gastfreundschaft, doch es ist Zeit für mich, Euch zu verlassen." Er wankte in Richtung der Stiege, griff nach Wollsack und Paket. „Wartet!" Mit zwei schnellen Schritten hatte Melchior den Gast erreicht. „Sagt Caspar Fieß oder mit wem auch immer Ihr in Kontakt steht, dass dies die letzte Lieferung gewesen sei. Melchior Beck stehe nicht länger zur Verfügung. Das hier könnt Ihr wieder mitnehmen." Er nahm das kleine Stück Papier, auf dem der nächste Abholtermin verzeichnet war, zerriss es in der Mitte und stopfte beide Teile in den nur locker verschlossenen Sack. War das nun ein zustimmendes oder ablehnendes Grunzen, das der Mann von sich gab? Zu beschäftigt war der Besucher damit, unfallfrei ins Freie zu gelangen, als dass er sich näher hätte äußern können.

Hinter ihm schloss sich hart die Tür. Das Geräusch nahm er wie alle anderen Sinneseindrücke in übersteigertem Maß wahr. Grell leuchtete der Mond vom Himmel, schneidend klang die Stimme einer Mutter in seinem Ohr, die ihr Kind tadelte, und Nadelspitzen mussten es wohl sein, die mit der kalten Luft in seine Lungen drangen. Er schwankte. Einige Augenblicke ließ er vergehen, ehe er sich sicher genug fühlte, um seinen Weg fortzusetzen. So schwierig würde es nicht sein, machte er sich Mut. Die Brunnengasse entlang bis zum Herrenwaag, wenige Schritte bis zur Enzbrücke, und dann ... Hart schlug er auf dem Boden auf. Der Länge nach lag er da. Wie war nur der Stock zwischen seine Beine geraten? Unsicher betastete er Nase und Stirn. Er schmeckte das Blut, bevor er den Schmerz fühlte. Mühevoll versuchte er, sich aufzurappeln. „Halt!" Das Ende eines dicken Asts, vermutlich desselben, der ihn zu Fall gebracht hatte, wurde auf seinen Oberkörper gestellt. Die Konturen des Jungen, der sein ganzes Körpergewicht hinter die Waffe setzte, verschwammen. „Paket her, oder ich schreie laut um Hilfe", rief der Finstere Friedrich. Im selben Moment erkannte er, dass sein Opfer das Objekt der Begierde im Fallen aus den Armen hatte gleiten lassen. Es lag auf Höhe der Füße des Mannes, und Jacob Friedrich brauchte nur zuzugreifen. „Verschwindet, und tut Friedas Familie nie mehr etwas zuleide", lautete sein Abschiedsgruß. Schnell wie der Wind verschwand er in der Dunkelheit.

Jacob Friedrichs Beine hatten ihn, ohne dass der Junge auch nur einen Schritt bewusst gesteuert hätte, nach Hause geführt. Keuchend fand er sich vor der Tür des Elternhauses wieder. Er sah sich um. Niemand war ihm gefolgt, vom Gast der Becks war weit und breit nichts zu sehen, und offenbar hatte auch sonst kein Mensch etwas von seinem Coup mitbekommen. Nun konnte er sein nobles Werk zu Ende führen. „Ich befreie dich gleich", flüsterte er dem Paket zu. „Ein klein wenig Geduld noch." Zunächst galt es, die Lage zu peilen. „Warst du so lange bei Johann Jacob?", empfing ihn seine Mutter mit einer Mischung aus Erleichterung und Vorwurf in der Stimme. Jacob Friedrich nickte sparsam. Ein Blick genügte ihm, um festzustellen, dass er nicht das einzige männliche Familienmitglied war, das bisher auf sich hatte warten lassen. „Er ist noch nicht zu Hause?" Die Mutter schüttelte den Kopf. Ihre Miene verriet nichts darüber, ob sie die Abwesenheit ihres Mannes beunruhigte oder erfreute. Sie widmete sich ihren vier Töchtern, denen sie eben eine Gute-Nacht-Geschichte erzählen wollte. „Wir haben schon zur Nacht gegessen", rief sie ihrem Sohn zu. Er möge sich selbst eine Scheibe Brot abschneiden. „Das mache ich", sagte Jacob Friedrich. Unbemerkt von seiner Mutter ließ er das Messer im Ärmel seines Oberteils verschwinden. „Ich schaue, ob ich ihn finden kann", kündigte er an und zog, die Brotscheibe in der Hand, die Tür hinter sich zu.

Der Mond schien hell genug, um die Schnüre, die das Paket zusammenhielten, gezielt durchschneiden zu können. Mit jeder Lage Stoff, die er entfaltete, schlug das Herz des Jungen schneller. Was würde Maria Agnes sagen, wenn er ihr das gerettete schwarze Kätzchen würde zurückgeben können? Merkwürdig war nur, dass er kein Maunzen hören konnte. Hoffentlich war es noch nicht zu spät. Eilig arbeiteten sich seine Finger vor. Sie ertasteten etwas Hartes. War das Leder? Unter dem ersten kam ein zweites Stück zum Vorschein, dann ein drittes. Jacob Friedrich wunderte sich. Sollte er sich getäuscht haben? Die vierte Lage Leder wies eine merkwürdige Aussparung auf; die fünfte auch, die sechste und alle weiteren bis zur Unterlage ebenso. Der Mond schien hell genug, um den Lauf der Pistole silbern zum Leuchten zu bringen.

„Wassssssssss?“ Aus Millionen Stimmen hätte Jacob Friedrich Meißner dieses eine Wort herausfiltern können. Dieses eine Wort, das sein volltrunkener Vater noch auszusprechen im Stande war und auf das im besten Fall ein komatöser Schlaf, häufig genug aber ein Wutausbruch folgte. Wie hatte er nur den schleppenden Schritt überhören können? Panik überfiel Jacob Friedrich, als er den flackernden Blick seines Vaters auf sich gerichtet fühlte. Wenn er nur betrunken genug war, um zu vergessen, was er gesehen hatte, flehte der Junge innerlich. Dann griffen die Mechanismen, die der älteste Sohn eines Alkoholikers sich in harten Jahren hatte antrainieren können. „Was ich hier mache, möchtet Ihr wissen, Vater? Nun, ich warte auf Euch, um Euch die Stiege hinaufzuhelfen“, sagte er. Rasch packte er Jacob Meißners Arm und zog den Vater hinter sich her. Wortlos übergab er ihn der Mutter. Dass er selbst noch einmal das Haus verließ und in einem rasch gegrabenen Loch ein merkwürdiges Konglomerat verschwinden ließ, bekam sie nicht mit.

So sehr er sich auch das Hirn zermarterte, Jacob Friedrich gelang es nicht, sich auf den Inhalt des Pakets einen Reim zu machen. Fragen konnte er niemanden, und so musste er mit sich selbst über das weitere Vorgehen beraten. Er beschloss zweierlei: Er würde in einem unbeobachteten Moment die Pistole wieder ausgraben und sie unter seinen wenigen Habseligkeiten verstecken. Falls er eines Tages doch als Urheber des Überfalls erkannt werden würde, würde er seine Beute zurückgeben und sagen, dass er die Waffe lediglich habe sicherstellen wollen.

Punkt zwei: Er würde bei den Becks den ahnungslosen Gast geben und so versuchen herauszufinden, ob sich der nächtliche Zwischenfall negativ auf ihr Leben ausgewirkt hatte. Zu seinem Erstaunen war das Gegenteil der Fall: Die Stimmung wirkte gelöst. Johann Jacob empfing den Freund mit dem Vorschlag, bald wieder ein Ritterturnier zu veranstalten. Christina Barbara ließ das Spinnrad nahezu pausenlos surren, und Melchior machte sich, ein fröhliches Liedchen pfeifend, auf in Richtung des Welschdorfes, um, wie er sagte, neue alte Geschäftspartner aufzusuchen.

Maria Agnes fand er im Stall, wo sie mit Frieda und deren komplettem Kindertrio spielte. „Schau, Jacob Friedrich, wie sie gewachsen sind", winkte sie ihn herbei, und er durfte nicht eher gehen, bis er alle drei Katzenkinder gebührend bewundert hatte: das kohlrabenschwarze, das grau-weiß getigerte und schließlich das Ebenbild Samsons, das sich zusätzlich zum weißen Halsfleck eines weißen Kinns und eines Quartetts weißer Pfötchen erfreute. „Sieht er nicht aus, als wäre er durch Milch gelaufen?" Es war eine rhetorische Frage. Maria Agnes erwartete keine Antwort. Schon galt ihr ganzes Interesse wieder den kleinen Lebewesen, die sich vor ihr auf den Rücken warfen, den Bauch kraulen ließen und dabei alle vier Beinchen zur Seite streckten, als wären sie kitzelig. War der Freund ihres Bruders nun noch da oder nicht? Sie wusste es nicht, war längst in eine andere Welt abgetaucht und zuckte daher leicht zusammen, als Jacob Friedrich plötzlich das Wort an sie richtete. „Und wem willst du sie dieses Mal geben?", fragte er – leichthin, wie er hoffte seine Stimme klingen zu lassen. Vielleicht würde sie ihm das Geheimnis des fremden Gastes und den Zusammenhang mit Frieda ja doch noch enthüllen, wenn er sich nur arglos genug gab. „Geben?“ Maria Agnes runzelte die Stirn. Der junge Meißner sprach ein Thema an, über das sie sich längst Gedanken gemacht hatte. Und der Entschluss war gefasst. „Geben“, betonte sie, „werde ich meine Schätze niemandem einfach so. Was man geschenkt bekommt, ist nichts wert. Das denken sich wohl manche Erwachsene. Aber die haben keine Ahnung. Die wissen nichts. Friedas Kinder sind so viel wert, dass ich sie verkaufen werde.“ Jacob Friedrich starrte Maria Agnes mit offenem Mund an. „Du glaubst mir nicht? Dann warte ruhig ab. Ich habe da schon so einen Einfall.“

Kapitel 13

Pfarrer Christian Friedrich Tafel hatte in diesen Herbsttagen des Jahres 1759 viel zu tun, und wenn er sich auch als eifriger Diener des Herrn verstand, dem keine Predigt zu viel war, kein Krankenbesuch zu mühsam, kein mahnendes Gespräch zu lästig, so musste er doch manchen Seufzer unterdrücken. Denn allzu häufig, so fühlte es sich für ihn an, kämpfte er gegen Windmühlen. Mit dem mächtigen Schwert des Wortes gerüstet, ritt er an gegen den Verfall der Sitten, doch schien seine Waffe stumpf geworden, seine Macht begrenzt, mochte er von der Kanzel herab noch so wettern. Jetzt, da die Tage kürzer wurden und die Arbeit auf den Feldern weitgehend ruhte, nahm die Lichtkarz-Unsitte wieder überhand. Junge Leute, meist ohne Aufsicht moralisch gefestigter Erwachsener, trafen sich des Abends bei Kerzenschein, und während ihres Beisammenseins wurde ganz sicher nicht nur erzählt und zum Takt des Spinnrads gesungen. Er mochte sich gar nicht ausmalen, welch verderbliches Treiben da in so vielen scheinbar ehrbaren Häusern seinen Anfang nahm. Und dann war da auch noch das Kirchweihfest, das kürzlich trotz seiner eindringlichen Warnung von ach so vielen Dürrmenzern aufs Übelste seines ursprünglichen Sinns entleert und zum Anlass eines mehrtägigen Gelages missbraucht worden war. Derart viele Verfehlungen waren ihm berichtet worden, dass kein Kirchenkonvent der Welt alles sauber würde aufarbeiten können.

Und nun stand auch noch der letzte Viehmarkt des Jahres unmittelbar bevor, für den im weiten Umkreis geworben worden war. Nicht nur Geflügel, Rinder, Schweine, Schafe, Ziegen und Pferde würden den Besitzer wechseln. Auch allerlei Geschmeiß, das nichtsnutzigen Tand unter die Leute zu bringen suchte, würde Marktplatz und Hofgasse bevölkern. Bei der bürgerlichen Gemeinde gegen den Markt zu protestieren, war vergebliche Liebesmüh, profitierte diese doch durch das Einziehen saftiger Steuern und Gebühren erheblich, und zudem diente das Ereignis den Amtsträgern als eine Art gesellschaftliches Schaulaufen. Also blieb dem Geistlichen nur der Appell an seine Gemeinde, sich von Gezeche und Gezeter, Wucher und Unzucht, Gier und Glücksspiel fernzuhalten. Doch hörten die Adressaten überhaupt zu, als er am Sonntag vor dem Beginn der Veranstaltung eigenmächtig vom Predigtplan abwich und die Geschichte von den aus dem Tempel hinausgeworfenen Händlern ins Gedächtnis der Menschen rief? Er hegte erhebliche Zweifel, und tatsächlich präsentierten ihm die zwei zuverlässigsten seiner Konfirmanden am Ende des Gottesdienstes eine lange Liste mit den Namen jener, die a) zu spät gekommen waren, b) während der Predigt mit ihrem Nachbarn getuschelt hatten oder c) sogar eingeschlafen waren. Nun war er eigentlich aus seiner Zeit als Repetent in Tübingen einiges gewohnt, und spätestens die Jahre als Feldprediger hatten ihn der meisten Illusionen beraubt, doch enttäuschte es ihn bitter, im ländlichen Dürrmenz nicht die von ihm erhoffte heile Welt vorgefunden zu haben. Lange würde seines Bleibens hier nicht sein, sagte er sich in stillen Stunden. Doch bis der Herr ihn an eine neue Wirkungsstätte führen würde, musste er eben sein Bestes geben.

Am Morgen des Markttages befiel den Pfarrer ein schreckliches Bauchgrimmen. War es das Unvermögen der Magd, die ihn anscheinend mit ihrem ungenießbaren Fraß langsam, aber sicher zu vergiften versuchte, oder lag ihm die Furcht vor den drohenden Verfehlungen seiner Schäfchen so schwer im Magen? Jedenfalls krümmte er sich vor Schmerz und konnte sich kaum gerade aufrichten, als er das Pfarrhaus verließ. Er gehöre ins Bett, schalt seine Frau, doch Tafel war nicht aufzuhalten: Er musste, so krank sein Leib auch sein mochte, mit seinen beiden gesunden Augen das Treiben überwachen. Also schleppte er sich die wenigen Meter bis zum Marktgelände, das schon kurz nach Sonnenaufgang vor Menschen und Tieren nur so summte. Deftige Gerüche raubten dem Geistlichen den Atem, deftige Worte, die zwischen den ihr Revier abgrenzenden Händlern hin und her geworfen wurden, taten ihr Übriges. Tafels Blick verengte sich. Von links und rechts sah er schwarze Wände auf sich zustürzen. Er würde fallen, fallen ins Bodenlose, ins Nichts. „Ist

Euch nicht gut, Herr Pfarrer?“ Er fühlte sich von einem kräftigen Mann am Oberarm gepackt. Verzerrt nahm er dessen besorgtes Gesicht wahr. Es entfernte sich von seinem, kam wieder näher, verschwamm. Kräftige Arme drückten ihn auf einen Stuhl. „Ihr seht ganz blass aus“, hörte er eine Stimme. Wem sie gehörte, wusste er nicht zu sagen. Jemand drückte ihm einen Becher mit Wasser an den Mund. Auch wenn das meiste der Flüssigkeit auf seiner Weste landete, weckte der Rest doch seine Lebensgeister. Das Reißen im Leib zu spüren, war besser, als gar nichts zu spüren, sagte er sich. Vorsichtig richtete er sich auf. Seine Beine trugen ihn, stellte er erleichtert fest. Tafel murmelte ein „Vergelt's Gott“ und verabschiedete sich mit einer angedeuteten Verbeugung. Seine Retter waren längst mit anderen Dingen beschäftigt.

Der Handel nahm seinen Lauf. Und während diejenigen, die ein konkretes Ziel auf den Marktplatz und in die Hofgasse geführt hatte, längst mit ihren Neuerwerbungen den Heimweg angetreten hatten, lockte das Spektakel nun die Neugierigen und Wankelmütigen an, die von Stand zu Stand spazieren und hier und dort der Verlockung erliegen würden, für Dinge Geld auszugeben, die sie am Morgen noch nicht zu benötigen für möglich gehalten hätten. Maria Agnes' Eltern gehörten keiner der Kategorien an. Früh am Morgen hatten sie in der vagen und rasch zerstobenen Hoffnung auf eine auch nur annähernd erschwingliche Gefährtin für die in die Jahre gekommene Kuh das Angebot sondiert und waren ergebnislos nach Hause zurückgekehrt. Um die Enttäuschung der Tochter abzumildern, erlaubten sie dieser, sich selbst umzusehen. „Schauen kostet ja nichts“, ermunterte Melchior seine Jüngste. Diese hatte nicht vor, Geld auszugeben, im Gegenteil: Sie würde selbst ein hoffentlich ansehnliches Sümmchen einnehmen.

Frühere Marktbesuche hatten sie die Charaktere der Kunden zu unterscheiden gelehrt. Die Geizhälse und die Verschwender, die Leichtfertigen und die Zögerlichen, diejenigen, die ihren Reichtum zur Schau stellten, und die anderen, die ihre Armut zu verbergen suchten: Maria Agnes hatte sie mit dem konzentrierten, unbestechlichen Blick einer Katzenseelenverwandten studiert. Und sie glaubte als Essenz festhalten zu können, dass all den unterschiedlichen Menschen eines gemeinsam war: Das Geld saß dann besonders locker, wenn gerade eine Station mit für das Gros der Kunden nicht erschwinglichen Handelsgütern passiert worden war. Vom aufgestauten Frust profitierte häufig genug der Nachbar, mochte dessen Ware oder Dienstleistung nun etwas taugen oder nicht – Hauptsache, sie war günstiger als jene des Wucherers von nebenan.

„30 Gulden? Ihr müsst von Sinnen sein." Auf einen Satz wie diesen hatte das Mädchen nur gewartet. Hier war sie richtig, wusste Maria Agnes, als sie sich dem Viehhändler näherte. Er war ein bärtiger Mann mittleren Alters, der seinen potenziellen Kunden um einen ganzen Kopf überragte. Letzterer deutete auf eine hübsche rotbraune Kuh, die neben zwei etwas schlankeren Artgenossinnen noch auf einen Abnehmer wartete. „Bedenkt, dass sie trächtig ist", wandte der Händler eine Spur zu laut ein. Seine Bemerkung wehte förmlich über das Haupt des Kunden hinweg. „Aber wenn Ihr den Preis nicht aufbringen könnt – ich zwinge Euch sicher nicht, mir mein bestes Tier abzukaufen. Der Richtige wird kommen, so viel ist sicher", trompetete er. Der Kleinere knirschte mit den Zähnen, und da er nichts Passendes zu antworten wusste, ging er grußlos davon. Er folgte wie die allermeisten Besucher vom Marktplatz aus, wo die Beschicker mit viel Platzbedarf ihre Ware feilboten, der von dort abknickenden Gasse. Auf wenig Raum tummelten sich hier Anbieter aller Art, die den Passanten nurmehr einen schmalen Durchlass gewährten. Genau hier sollte ihre Vorführung stattfinden, beschloss Maria Agnes. „He, warum geht es da vorne denn nicht weiter?“, hörte sie eine Frauenstimme rufen. Tatsächlich bildete sich eine Art Stau, da der Betreiber des nächstliegenden Standes gerade einen sonderbaren Vortrag hielt und von einer großen, raunenden Menschentraube umlagert war. „Ich kann Euch einstweilen etwas anderes zeigen“, wandte sich Maria Agnes an die Ungeduldige. Ehe diese Zeit hatte, sich darüber zu wundern, von einem ihr unbekannten rothaarigen Schulmädchen mit beträchtlicher Oberweite angesprochen zu werden, befreite Maria Agnes Samson aus dem Brustteil ihrer Schürze. Ein, zwei ermunterte Worte, ein mikroskopisch kleines Stückchen Wurst als Motivation, und schon signalisierte der Kater mit nach vorn ausgerichteten Ohren und gespreiztem Bart seinen Tatendurst. Schneller, als ihr Gegenüber die Stirn zu runzeln im Stande war, setzte Maria Agnes ihren vierbeinigen Freund auf ihr linkes, rechtwinklig nach vorn gestrecktes Bein, auf dem Samson bis zum hölzernen Schuh nach vorn spazierte, um dann nach einer eleganten Drehung zum Sprung in die Arme seiner Besitzerin anzusetzen.

„He du, mach das noch einmal!“, rief ein vielleicht 14-jähriger Junge, der sich unter Einsatz seiner Ellbogen an der mit offenem Mund zuschauenden Frau vorbeidrückte. Vorbeizudrücken versuchte, denn die resolute

Dame vor ihm hatte ebenfalls Geschmack an der Darbietung gefunden und war nicht bereit, ihren Platz zu räumen. „Was glaubst du denn, wer du bist, du Rotzlöffel. Hinten anstellen!“, blaffte sie den Jungen an, was weitere Neugierige auf den Plan rief. „Weiter so“, flüsterte Maria Agnes Samson ins Ohr, und sie wiederholte nicht nur diesen neu erarbeiteten Trick, sondern ließ den Kater auch über ihren nach vorn gebeugten Rücken, über ein schmales Brett, dessen Enden sie den Streithähnen aus Reihe eins zu halten gab, und – Höhepunkt der Nummer – über deren einander entgegengestreckte Beine stolzieren. Das Raunen der Menschenmenge galt längst dem ungewöhnlichen Duo und nicht mehr dem Vertreiber von Wundermitteln aller Art. „Das hier ist viel eher ein Wunder“, rief einer der Zuschauer dem Mann zu und warf unter dem Beifall der Umstehenden eine Münze in ein verbeultes Salzbüchslein, das Maria Agnes vor sich aufgestellt hatte. Sie wagte eine vorsichtige Verbeugung, und prompt schwoll der Applaus an, in den sich das metallische Aufschlagen weiterer Spenden auf dem Dosenboden mischte. „Danke“, sagte die Künstlerin artig und küsste das Fell ihres Kompagnons. „Mach weiter“, forderte einer der Umstehenden, doch Maria Agnes schüttelte den Kopf. „Er braucht eine Pause“, las sie in den Augen ihres Katers. „Das müsst Ihr verstehen, er ist ja schließlich kein Hund. Und er hat eine kranke Pfote, weil er von einer bösen Frau geschlagen worden ist.“ Schon landete eine weitere Münze in der Büchse. „Habt tausend Dank“, sagte Maria Agnes.

Sie widerstand der Versuchung, die Vorstellung fortzusetzen, bückte sich stattdessen, verstaute die Salzdose in ihrer Schürzentasche und schob danach Samson zurück an seinen ihm angenehmen Stammplatz. Er quittierte es mit einem Laut zwischen Schnauben und Schnurren und fiel in den leicht vibrierenden Schlummer einer nur zum Schein tief schlafenden Katze. Die Menge löste sich auf, und auch Maria Agnes war bereit zu gehen, als sie plötzlich einen durchdringenden Blick auf sich gerichtet fühlte. „Du da, du hast mir die Kundschaft vertrieben“, sagte der seines Publikums beraubte Standbetreiber von nebenan. Maria Agnes erschrak. Sollte sie die Beine in die Hand nehmen oder sich zu rechtfertigen versuchen? Sie tendierte zu Ersterem, doch die Sanftheit der Stimme passte nicht zur Strenge der V-förmig ausgerichteten Augenbrauen. Das Mädchen zögerte. „Eigentlich schade, dass ich nicht richtig zusehen konnte, weil mir die ganzen Leute im Weg standen“, fuhr der Mann fort, und seine Gesichtszüge entspannten sich. „Ihr zwei habt ja eine tolle Schau geboten, und ich muss wissen, was das heißt.“ Er stellte das Fläschchen, das er in der Hand gehalten hatte, auf dem improvisierten Tisch vor sich ab und kam Maria Agnes ein paar Schritte entgegen. „Darf ich mal streicheln?“ Seine Hand machte Zentimeter vor der Wölbung unter dem Schurz halt. „Wartet!“ Maria Agnes zog, ein wenig skeptisch zwar, den Stoff beiseite, und der Wunsch wurde erfüllt. „Sie schnurrt, es scheint deiner Katze zu gefallen“, stellte der Unbekannte fest. „Ihm. Es gefällt ihm“, verbesserte das Mädchen, „es ist ein Kater.“ Das sei um so besser, meinte der Händler. Er zog die Hand zurück und kratzte sich nachdenklich am Kopf. „Wir sollten zusammenarbeiten“, schlug er vor.

Ehe sie sich versah, fand sich Maria Agnes auf dem kleinen Podest wieder, das ihr Gesprächspartner aufgebaut hatte. Als Balthas Bauchwohl stellte sich der Standbetreiber vor, beide „B“s seines Künstlernamens sorgfältig betonend. „Ruht euch ein wenig aus, und später könnt ihr, während ich meinen Vortrag halte, wieder ein paar Kunststücke zeigen. Dann haben wir alle etwas davon.“ Maria Agnes wäre kein normales Kind gewesen, hätte nicht die Neugier im Verein mit einem duftenden Bratapfel, der ihr gereicht wurde, die Zweifel überwogen. Also verspeiste sie, im Schneidersitz auf dem hölzernen Podest hockend, die Gabe und ließ die Dinge auf sich zukommen.

Zunächst geschah – nichts. Kaum ein Passant nahm Notiz von den Döschen, Schächtelchen und Fläschchen, die säuberlich aufgereiht auf der Verkaufsfläche des Standes platziert waren. Signalisierte jemand Interesse, so erläuterte Balthas kurz die Wirkweise des jeweiligen Artikels, ohne den Verkauf zu forcieren. Es schien, als sammle der Mann Kraft, und endlich pumpte er seinen sehnigen Körper mit allerhand Sauerstoff, den er gierig einsog, zu stattlicher Größe auf. So bestieg er das Podest, zwinkerte Maria Agnes zu und hob mit volltönender Stimme an: „Grimmt's im Magen, zwickt's im Darm, plagt Euch andrer übler Harm, dann greift zu diesem edlen Saft, der Heilung und Erquickung schafft.“ Der Boden, auf dem sie saß, geriet ob der Frequenzen in Schwingung, und tatsächlich verhallte die Botschaft nicht ohne Echo. Zwei, drei gereimte Werbeblöcke später bildete sich ein dichter Ring aus Marktbesuchern um Balthas und seine vom Publikum kaum wahrgenommene Geschäftspartnerin in spe. Staunend lauschten die Menschen den Versprechungen. „Und selbst der Kaiser von China wurde durch dieses Mittel geheilt“, krönte er seine Rede. „Kenne ich nicht“, rief ein Skeptiker aus den hinteren Reihen. „Zeig mir hier einen Kranken, dem du helfen kannst, dann kauf ich dir vielleicht etwas ab. Da, der sieht richtig grün aus im Gesicht“, deutete der Zweifler spontan auf eine gebückt daherschleichende Gestalt.

Christian Friedrich Tafel war am Ende seiner Kräfte. Er hatte zwei Händler dabei ertappt, wie sie des Rechnens nur unzureichend mächtigen Kunden einen zu geringen Wechselgeldbetrag ausgehändigt hatten, hatte in flagranti ein Pärchen erwischt, das sich im schmalen Zwischenraum zweier Häuser abküsste, und er hatte mehrere Dürrmenzer eindringlich mahnend auf deren Fehlen in den letzten Gottesdiensten angesprochen. Zudem hatte er keine Mühen gescheut, die Marktbesucher vor sinnlosem Tand zu warnen. Seine Runde hatte sich hingezogen. Er war außerdem nicht im Strom mitgeschwommen, sondern hatte die entgegengesetzte Richtung gewählt, was zwar anstrengend war, aber den Vorteil bot, den Menschen ins Gesicht sehen zu können. Sich nun durch den dichten Ring um den Stand eines ihm nicht bekannten Herrn Bauchwohl zu kämpfen, würde vor der Heimkehr ins Pfarrhaus eine letzte große Herausforderung bedeuten. Mochte der Mann verkaufen was er wollte, er fühlte sich nicht mehr im Stande, sich mit der Ware auseinanderzusetzen. Entsprechend unerklärlich war es dem Seelsorger, plötzlich nach vorn bugsiert und von der Menge begafft zu werden. „Ja, wirklich, der Herr Pfarrer sieht gar nicht gut aus“, hörte er eine Frau sagen. „Klarer Fall von Bauchgrimmen“, ergänzte ein Ortsfremder und hörte gar nicht mehr auf damit, bedenklich mit dem Kopf zu nicken.

So perplex war der Geistliche, dass er auf Balthas' Frage, wo es denn genau wehtue, stumm die Hand auf die schmerzende Stelle legte und ohne nachzufragen ein ihm gereichtes Fläschchen leerte. „So, binnen weniger Minuten wird es dem Patienten besser gehen“, prophezeite Balthas und breitete neben Maria Agnes eine Decke aus, auf die sich niederzulegen er sein beinahe willenloses Versuchskaninchen nötigte. „Und bis die Wirkung eintritt, wird euch diese junge Dame unterhalten“, sagte Balthas und warf Maria Agnes vielsagende Blicke zu. Tatsächlich stand sie auf, holte Samson ans Tageslicht, den sie allerdings erst wecken musste. Eine Belohnung hatte sie nicht mehr in petto, und so standen die Chancen auf erfolgreiche Darbietungen schlecht. Das Mädchen musste improvisieren. Der Aufforderung, Pfötchen zu geben, ansonsten Samsons leichteste Übung, leistete ihr müder Freund erst im dritten Versuch Folge, und an Sprünge oder Balanceübungen war in diesem Zustand nicht zu denken. „Das war's? Nun, dann sag ich: Was die Katze kann, kann ich auch“, lästerte einer der Zuschauer und streckte seinen Handrücken einer ihm unbekannten jungen Frau entgegen, die ob der unerwarteten Annäherung einen hohen Quietschlaut von sich gab. Vom Lachen der Menge animiert, ging er noch einen Schritt weiter und fragte: „Kann sie das wohl auch?“ Er stülpte seine rauen, eingerissenen Lippen nach vorn und beugte sich, ein lautes Schmatzgeräusch ausstoßend, in Richtung der Frau.

Die Stimmung drohte zu kippen. „Halt!“ Kam dieser durchdringende Ruf wirklich aus ihrem Munde? Maria Agnes staunte über sich selbst. Sie musste handeln. Und sie handelte. „Mein Kater kann etwas viel Besseres, als andere zu belästigen“, rief sie, ermutigt durch das beruhigende Schnurren ihres trotz der Aufregung um ihn herum schläfrigen Begleiters. Wie ein Blitz war ihr die Erkenntnis gekommen, dass dieser unnachahmliche Mix aus Wärme und sachter Vibration nicht nur ihr guttun würde. „Ihr werdet sehen, was passiert." Um ehrlich zu sein, hatte Maria Agnes keine blasse Ahnung, wie sich ihr Vorhaben auswirken würde. Doch was hatte sie zu verlieren? Vorsichtig setzte sie Samson auf den Bauch des Pfarrers, der sich flatterhaft rasch im Rhythmus eines unter Schmerzen Atmenden hob und senkte. „Ah", entfuhr es Tafel, als er das Gewicht auf seinem Körper spürte, doch er wehrte sich nicht. Die Menge schaute zu und wartete. Samson schnupperte. Er war sich unschlüssig. Sein Köpfchen wanderte nach links, nach rechts, doch wohin hätte ein Ausweg aus der merkwürdigen Situation führen sollen? Ein Wald aus Hosenbeinen und steifen Röcken tat sich vor ihm auf. Also blieb er. Immerhin spürte er Wärme, er fühlte den Puls des Wesens unter ihm, und das Katzenkind in ihm erwachte. Es begann, sacht den Untergrund mit seinen Pfötchen zu treten, um die Milchproduktion der Mutter zu stimulieren. Bedächtig und geduldig, wenn auch im stolpernden Takt eines einseitig Gehandicapten, bearbeitete Samson den Pfarrer, und tatsächlich drang bald aus dessen Kehle ein weiteres „Ah". Die Menge gab den Laut, einem Echo gleich, zurück. Sah der Pfarrer nicht mit einem Mal wieder rosiger aus? Hatte sich nicht eben der Arm des zuvor reglos Liegenden bewegt? Ja, wirklich: Samson wurde für seine Mühe zwar nicht mit einer Milchmahlzeit belohnt, fühlte sich dafür aber bald von einer unbekannten Hand liebkost, von wachen Augen betrachtet und mit zärtlichen Worten bedacht. „Oh, das tut gut", seufzte Christian Friedrich Tafel. Maria Agnes hörte es mit Freude, und sie erkannte, dass der Pfarrer sich aufzurappeln versuchte. Wortlos bot sie ihre Schulter als Stütze an. Tafel zog sich mit der linken Hand an ihr nach oben, mit der rechten seinen Retter an den Bauch gedrückt haltend.

Ein Raunen durchlief die Zuschauer. Irgendeiner begann zu klatschen, und während Maria Agnes sich nach dem Befinden des Patienten erkundigte, nutzte Balthas Bauchwohl die Gunst der Stunde zu einer tiefen Verbeugung. „Ihr seht, ich habe nicht zu viel versprochen. Mein Mittel wirkt. Fragt nach bei eurem Pfarrer. Aber fragt zuerst mich, wie viel ihr mir für euer eigenes Wohl bezahlen dürft. Nicht 20 Kreuzer, nicht zehn Kreuzer, nein, ich muss von Sinnen sein, gerade einmal fünf Kreuzer lasst in meine Kasse springen, und schon nehmt ihr ein Fläschchen von Balthas' Bestem mit nach Hause." Hinter diesem wohlklingenden Titel verbarg sich ein von seinem Schwager im Schwarzwald illegal gebrannter Schnaps, den Balthas mit Wasser streckte und mit Substanzen färbte, über die er lieber nicht sprechen mochte. Doch die Leute bevorzugten nun einmal die dunklen Töne bei einem Gebräu, von dem sie sich erhofften, es könne Ordnung in ihre dunklen Säfte bringen.

Christian Friedrich Tafel jedenfalls fühlte sich deutlich besser. Ob durch Samsons Massage oder schlicht deshalb, weil ihm der hochprozentige Trunk die Sinne vernebelte, war ihm gleich. „Leb wohl, mein Kind", verabschiedete er sich von Maria Agnes, überreichte ihr Samson und wankte auf unsicheren Beinen nach Hause. Er hörte nicht mehr, wie sich die Zeugen seiner Schwäche im Kampf um die begehrte Ware in die Wolle gerieten und wie der Preis für die letzten Exemplare in ungeahnte Höhen stieg. Er hörte auch nicht jene Stimmen, die vom

Händler ein ganz anderes Gut erwerben wollten. „Ohne die Katze, wer weiß, ob das Mittel gewirkt hätte“, sagte einer. „Vielleicht besitzt das Tier ja Zauberkräfte“, fügte dessen Nachbar hinzu. „Unfug“, fuhr ein Dritter dazwischen. „Was soll sie kosten?“, würgte er die Diskussion im Keim ab. Balthas war verblüfft, aber er wäre kein guter Geschäftsmann gewesen, hätte er sein Erstaunen nicht rasch überspielt. „So viel Geld werdet Ihr nicht dabei haben“, antwortete er. „Kommt später wieder, dann werden wir sehen, ob Ihr Euch das edle Tier leisten könnt.“

Maria Agnes stand stumm daneben. Sie hielt Samson so im Arm, dass er das Geschehen wie sie selbst verfolgen konnte. Kater und Kind schienen kaum einmal blinzeln zu müssen, so intensiv haftete ihr Blick auf dem Händler, der schließlich auch die letzte trübe Flüssigkeit an den Mann gebracht hatte und damit begann, die eingenommenen Münzen nach Wert in ein metallenes Kästchen einzusortieren. Ab und an schaute er verstohlen zur Seite, als erwartete er jenes Donnerwetter, das über ihn, das unartige Kind eines artigen Bürgers, früher mit schöner Regelmäßigkeit hereingebrochen war. Müsste sich das Mädchen nicht heftig gegen den Gedanken zur Wehr setzen, ihre Katze mir nichts, dir nichts zu verkaufen? Sollte sie nicht längst die Flucht vor einem seltsamen Gesellen wie ihm ergriffen haben? Was ging vor sich unter der hübschen, runden Stirn?

Sie brauchte Samson, den Künstler, Heiler und Werbeträger vor Ort. Sie brauchte aber auch dessen Geschwister, denen hier und heute ein neues Zuhause winkte. Alle gleichzeitig konnte sie nicht transportieren. Das Problem war die Logistik. Die Lösung hieß Geldgier. Darauf, das hatte sie in den etwas mehr als sieben Jahren ihres Erdenlebens erfahren, konnte man bei seinen Mitmenschen immer bauen. „Gebt mir Eure Einnahmen als Pfand für meinen Kater und passt auf ihn auf. Ich bin sofort zurück“, durchbrach Maria Agnes das Schweigen. Das Geldkästchen stand noch offen. Sie bedeutete Balthas, sich herunterzubeugen, und setzte ihm Samson auf die Schulter. „Bleib da“, befahl sie sanft, griff mit beiden Händen tief hinein in die Kiste und warf den sorgfältig gestapelten Inhalt in ihre Schürzentasche. „Es wird nicht lange dauern“, sagte sie und war bereits verschwunden. „Hütet meinen Schatz“, sagte sie noch, „ich hüte den Euren.“

Ursprünglich war ihr Plan gewesen, irgendwann im Verlauf ihrer Vorführungen den Zuschauern mitzuteilen, dass diese bei Interesse begabte Verwandte des Hauptdarstellers erwerben könnten, freilich nur, wenn sie sich das leisten könnten. Doch zu sehr hatte sie sich auf Samson konzentrieren müssen, um den potenziellen Käufern ins Gesicht sehen und ergründen zu können, ob es diese mit einer Katze auch gutmeinen würden. Nun eröffnete sich ihr auf unerwartete Weise eine einmalige Chance: Wer zu Balthas Bauchwohl zurückkehren würde, um eine Heilerkatze zu erstehen, der würde dem Tier mit Sicherheit nichts zuleide tun. Im Gegenteil: Er würde befürchten, es sich mit guten und bösen Mächten gleichermaßen zu verscherzen, sollte dem geheimnisvollen Wesen etwas zustoßen. Im sicheren Gefühl, das Richtige zu tun, huschte Maria Agnes durch die sich langsam lichtenden Reihen in Richtung Heimat. Aus dem Augenwinkel erkannte sie ihre Schwester, die gerade eines der Beck'schen Kinder ausführte. Sein Quengeln kam ihr zugute: Christina Margaretha war abgelenkt genug, um nichts vom sich anbahnenden Handel zu bemerken. Keine Minute später stahl sich Maria Agnes in den Stall, wo sie zu ihrer Erleichterung rasch alle drei Kätzchen aufsammeln konnte. „Frieda, dieses Mal brauchst du dir keine Sorgen zu machen“, rief Maria Agnes ihrer Freundin zu, deren Gegenwart sie spürte, wenngleich sie sie auch nicht sah. Die beiden kleineren Tiere bekamen Samsons Platz zugewiesen, der schwarze Kater kam in der Schürzentasche in den Genuss, während des Transports an ihm völlig unbekannten, klappernden Gegenständen schnuppern zu dürfen.

Die gemeinsame Reise war rasch zu Ende. Niemals im Leben war sie schneller gelaufen, fand Maria Agnes, als sie Balthas Bauchwohls Stand erreicht hatte. Keuchend setzte sie den schwarzen Kater auf dem Verkaufstisch ab, um die Tasche ausleeren zu können. „Hier, Euer Geld“, sagte das Mädchen zu einem immer noch sprachlosen Erwachsenen, der gemeinsam mit dem ob der Situation fast ebenso ratlos dreinschauenden Samson eine mehr als komische Figur abgegeben hatte. „Was hast du vor?“, brachte Balthas endlich heraus. „Das werdet Ihr schon sehen.“

Tatsächlich kehrten fünf Zeugen der Pfarrerheilung mit gezücktem Lederbeutel zurück. Sie waren überrascht zu sehen, dass nicht der Herr der wunderverheißenden Fläschchen, sondern seine blutjunge Helferin die Verhandlungen führte. Samson könne sie nicht abgeben, stellte sie sofort klar, und auch seine Geschwister, die dieselben Gaben besäßen, würden nicht einfach so mit dem Erstbesten mitgehen. Das spöttische Lachen wich rasch aus den Gesichtern, als die Interessenten Maria Agnes’ unbestechlichen Blick auf sich gerichtet fühlten.

Sie musste spüren, ob ihre Schützlinge mit dem großen Wechsel in ihrem Leben einverstanden sein würden. Das brauchte seine Zeit.

Der Erste verlor die Geduld. „Kinderkram", rief er im Weggehen verächtlich. Er hatte Maria Agnes ohnehin nicht gefallen. Der Zweite hatte einen Zug um den Mund, der ihr ebenfalls nicht zusagte. War er nicht derjenige gewesen, der Samson Zauberkräfte hatte andichten wollen? „An Euch verkaufe ich nicht", sagte sie, worauf der Abgewiesene im Stillen aufatmete. Sein Geld hätte, wie er mittlerweile stark vermutete, nicht ausgereicht. Der Dritte schließlich war ein junger, anständig gekleideter Mann, der Maria Agnes erklärte, seine Tochter werde ständig von Bauchkrämpfen geplagt, und er wünsche sich nichts sehnlicher, als dass er ihr Linderung verschaffen könne. Von einer Welle aus Mitleid und Sympathie erfasst, wäre Maria Agnes beinahe von ihrem Entschluss abgewichen, und sie hätte dem Mann ein Tier geschenkt. Doch schon griff er in seinen Geldbeutel und zählte einen Betrag im Gegenwert eines Huhns auf den Tisch. „Ist das genug?", fragte er unsicher. Maria Agnes nickte. Sie fühlte, dass eines der Kätzchen versuchte, unter dem Stoff ihres Schurzes hervorzuklettern. Samsons Doppelgänger wünschte ganz offensichtlich, der Freund des kranken Mädchens zu werden. „Grüßt mir Eure Tochter, und seid gut zu ihm hier", sagte sie. Über das Gesicht des Käufers legte sich ein Strahlen, als er den kleinen Kater in Empfang nahm.

Den vierten Interessenten wusste Maria Agnes nicht recht einzuschätzen. Ein wenig abgerissen sah er aus, und als er sprach, entblößte er mehr Lücken als Zähne. Ein Musikant sei er, und ihm sei beim Anblick Samsons auf dem Bauch des Pfarrers ein lustiges Liedchen in den Sinn gekommen. Er erhoffe sich weitere Eingebungen und werde überall, wo er seine Werke zur Aufführung bringen würde, nur in den höchsten Tönen von seinem Dürrmenzer Erlebnis sprechen. Das klang einigermaßen merkwürdig, fand Maria Agnes. Also verlangte sie stolze 20 Kreuzer, den Gegenwert eines nagelneuen Gesangbuchs, die der Mann widerspruchslos auf den Tisch legte. „Was ist? Noch nicht genug?", fragte er, als das Mädchen keine Anstalten machte, die Ware herauszurücken. „Pfeift eines Eurer Lieder. Wenn sich dann ein Kätzchen zu Euch wendet, soll es Euch gehören." Durch die Zahnlücken drang eine wundervolle Melodie. So mitreißend und fröhlich, dass Maria Agnes beinahe dem getigerten Kätzchen gefolgt wäre, das sofort seinen Kopf unter dem Schurz hervorstreckte. Blieben das schwarze Brüderchen und der letzte Wartende, den Maria Agnes vom Sehen kannte: Es war einer der Stallburschen des Adlerwirts. Er wisse von einem Gast, dessen edles Reitpferd ständig von Koliken geplagt werde. Vielleicht könne die Katze ja auch in einem solchen Fall helfen? Sie solle sich doch mit dem Mann in Verbindung setzen, er werde ihm einen entsprechenden Hinweis geben.

So bekam auch Katzenkind Nummer drei einige Stunden später einen neuen Besitzer. Der Verkauf fand in Gegenwart des Adlerwirts statt, der still in sich hineinschmunzelte. „Einfälle hast du", sagte er später zu seiner jungen Nachbarin, gab ihr einen freundschaftlichen Klaps auf die Schulter und bestellte Grüße an die Eltern. Die verstanden die Welt nicht mehr, als ihnen ihre Tochter am Abend in klingender Münze das Ergebnis ihres Tagwerks vorlegte. Verkaufte Katzen? Das konnte ja nur eine Ausflucht sein. „Hast du gebettelt? Hast du, nein, bitte sag, dass es nicht wahr ist, sag, dass du nicht gestohlen hast“, jammerte Melchior, ohne ernsthaft eine Antwort zu erwarten. „Diese Schande. Wir sind vielleicht arm, wir müssen uns vielleicht ab und an etwas leihen, aber wir sind ehrliche Leute“, fuhr er mit zittriger Stimme fort und wischte im Sekundentakt seine widerspenstige Haarsträhne aus der schweißnassen Stirn. „Was, wenn dich jemand beobachtet hat?“ Maria Agnes begann zu weinen. Warum glaubte ihr niemand? Ihre Mutter betrachtete sie stumm, ihr Stiefbruder verließ verängstigt die Stube, nur Frieda und Samson signalisierten, indem sie beinahe gleichzeitig zum Sprung auf den Schoß ihrer Freundin ansetzten, Rückhalt und Vertrauen.

Am Morgen, der auf eine tränenreiche und scheinbar endlose Nacht folgte, klopfte es an der Tür. Davor stand ein vornehmer Herr, der sich nach dem Namen eines, wie man ihm im Schwarzen Adler gesagt habe, hier wohnenden rothaarigen Mädchens erkundigte. Melchior durchzuckte es wie ein Blitz. Nun würde er für den Diebstahl seiner Tochter zur Rechenschaft gezogen werden. Es ratterte in seinem Kopf. Bruchstückhaft nur drang an sein Ohr, was der Herr weiter vortrug. Er hörte die Worte Stute, Besserung und schließlich Wunder, er sah, dass der Besucher keinen Zorn hegte, sondern offenbar in freudiger Erregung sprach. Er spürte, dass sich Maria Agnes an seiner Hüfte vorbei an die Tür drängte. „Ah, da ist sie ja“, vernahm er die Stimme des Mannes nun klar und deutlich. „Meine Retterin. Allein die Anwesenheit deines Katers hat dafür gesorgt, dass sich meine Stute beruhigt hat. Die Krämpfe sind abgeklungen, ich kann guten Gewissens mit ihr abreisen. Und das habe ich dir zu verdanken. Ihr nächstes Fohlen soll deinen Namen tragen." Er wolle ihr gern noch mehr bezahlen, wenn die junge Dame für ein paar weitere Kreuzer Verwendung habe. „Sie heißt Maria Agnes", sagte Melchior, „und ich habe ihr großes Unrecht getan."

Kapitel 14

„Es tut mir leid", sagte Monsieur Cordier. Sanft strich er mit Daumen, Zeige- und Mittelfinger am fein gedrillten Wollfaden entlang. „Es ist gute Arbeit, Madame, sans doute, mais …" – er unterbrach sich und gab Christina Barbara mit einer Geste des Bedauerns das Wollknäuel zurück, das er ihr genau so wenig wie die restliche Ware abkaufen wolle, wie er melodiös klingend, aber in der Sache nüchtern zum Ausdruck brachte. „Ich habe einfach nicht mehr mit Eurem Mann gerechnet. Er hat mir seit Monaten nichts mehr liefern können, und daher habe ich mich nach einer anderen Quelle umgesehen. Nun habe ich Material genug vorrätig." Christina Barbara nickte knapp. Für eine weiterführende Diskussion fehlte ihr an diesem kalten Januarmorgen die Kraft, denn ihrem Gespräch mit Cordier waren einige ähnliche fruchtlose Unterhaltungen mit diversen Strumpfstrickern vorausgegangen. Nur einer hatte ihr, vielleicht aus Mitleid, einen geringen Teil der üblicherweise von ihm abgenommenen Menge abgekauft. Bei allen anderen Stationen stieß sie auf freundlich formulierte Ablehnung. Wie hatten sie sich nur auf den Handel mit Fieß einlassen können, lautete der Vorwurf an die eigene und – noch ausgeprägter – an die Adresse Melchiors, der Christina Barbaras Gedanken auf dem Weg zurück in Richtung Brunnengasse bestimmte. Wie naiv waren sie gewesen, wie dumm, wie verantwortungslos der Zukunft der Kinder gegenüber. Melchior würde sich als Taglöhner verdingen müssen, wenn kein Wunder geschähe, sie würden ihre Schulden niemals zurückzahlen können und wären auf das Wohlwollen der vielen Geldgeber angewiesen. Irgendwann, und dieses Schreckensszenario verfolgte sie schon bis in ihre Träume, würden sie das Haus verlieren, säßen auf der Straße respektive im Armenhaus. Die Leute würden mit Fingern auf sie zeigen, die Töchter niemals anständige Ehemänner finden, der Sohn vagabundierend durch die Welt streifen. „Habt acht, junge Frau!" Der Ausruf holte Christina Barbara Beck abrupt in die Realität zurück. Wie angewurzelt blieb sie stehen, als sie vor sich ausgerechnet einen solchen Vagabunden stehen sah, der seine wenige Habe auf einem klapprigen Handwagen hinter sich herzog. War dies ein böses Vorzeichen? Mit einem Ausruf des Erschreckens rannte Christina Barbara davon. Der Vagabund runzelte die Stirn. Dann hob er den linken Arm und nahm vorsichtig den Geruch auf, der unter seiner Achsel hervorströmte. So schlimm heute? Kaum, dachte er und wiederholte die Prozedur auf der rechten Seite. „Was hat sie bloß?", fragte er laut und setzte seinen Weg fort.

Christina Barbara Beck schämte sich schon wenige Sekunden nach ihrer überstürzten Flucht für ihre Reaktion. Was war nur über sie gekommen?, fragte sie sich, als sich ihr hämmerndes Herz allmählich beruhigte und der rasch eingesogene kalte Sauerstoff den Nebel in ihrem Kopf zu durchdringen begann. Mit ihren beinahe 49

Lebensjahren war sie zu alt für ein derart kindisches Verhalten und zu jung, um aufzugeben. „Lieber Heiland", schickte sie ein Stoßgebet in den wolkenverhangenen Himmel, „vergiss uns nicht. Vergiss uns nicht!"

Sie schwindelte ein bisschen. Ein bisschen musste erlaubt sein, denn wem hätte es genutzt, wenn sie Melchior die ganze Wahrheit ihres Scheiterns beigebracht hätte? Er brauchte seine ganze Zuversicht, seinen Mut, um trotz der ständigen Infekte, die ihn im Winter plagten und ganze Nächte husten ließen, weiterarbeiten zu können. Schon einmal hatte sie einen Ehemann an ihrer Seite dahinwelken sehen, das würde ihr nie mehr passieren. „Man freut sich auf neue Lieferungen", fasste Christina Barbara Beck daher ihre Verhandlungen kurz zusammen. Wichtige, unaufschiebbare Tätigkeiten erlaubten ihr für den Augenblick nicht, näher ins Detail zu gehen, und so gab sich Melchior mit der Auskunft zufrieden. Er legte einen neuen Scheit Holz ins Feuer, das den Kammtopf erhitzte. Was täte er nur ohne seine tüchtige Frau, dachte er in den Pausen, die ihm der von den heißen Dämpfen angefachte Husten gestattete.

Die Tüchtige wurde zwei Tage später ins Rathaus bestellt, wo sie, den Sonntagsstaat tragend, in Begleitung ihres Mannes erschien. Selbiger hatte in der Erwartung, vor einer Versammlung von Gläubigern Rechenschaft ablegen zu müssen, auf einem winzigen, mit schlechtem Gewissen dem Gesangbuch entrissenen Stückchen Papier sämtliche zu versetzende Besitztümer der Familie aufgelistet. Wörter hatte er aufgeschrieben, die seine ungeübte Hand noch nie in Buchstaben übersetzt hatte, Wörter, die er nun einem Schutzschild gleich in der Tasche seiner besten Weste mit sich trug. Doch dann kam alles ganz anders. „Christina Barbara Beck?“, fragte der Amtsbote bei ihrem Eintreten ins stattliche Rathaus auf der anderen Enzseite förmlich. Und ehe die vorformulierten Entschuldigungen und Versprechungen ihre Lippen verlassen konnten, hielt man ihr ein versiegeltes Schriftstück unter die Nase. Aus ihrer Heimat Friolzheim stamme es und sei hier gemeinsam mit einer ebenfalls versiegelten hölzernen Kassette für sie abgegeben worden. Ihr Mann als ihr rechtlicher Vertreter müsse nur den Empfang quittieren.

Das Wunder war geschehen. Es kam über die Familie wie ein warmer Regen nach wochenlanger Dürre. Nichts in der Welt hätte Christina Barbara mit der Möglichkeit rechnen lassen, 28 Gulden von einem verschollenen Freund aus Friolzheim zu erhalten. Wie hatte er noch geheißen, der lange, unbeholfene Kerl, der ihr im Sommer 1738 so heißblütig wie vergeblich Avancen gemacht hatte? Nicht einmal über seinen Vornamen war sie sich mehr im Klaren, schalt sich Christina Barbara. Allein der Anfangsbuchstabe war auf dem Schreiben aus dem Rathaus ihres Heimatorts verzeichnet. Johann, Johannes, Jonas, Jonathan? Es wollte ihr nicht einfallen. Sie hatte ihn schlicht vergessen, kaum dass der bettelarme Kerl ihr ein letztes Liebesgeständnis vorgestottert und sich danach gen Amerika verabschiedet hatte. Wie undankbar von ihr, wie ignorant!, ging Christina Barbara nun mit sich selbst ins Gericht. Sie hatte seine Gefühle mit Füßen getreten, und dennoch hatte er sie offenbar immer im Herzen getragen. Sein bescheidenes großväterliches Erbe solle ihr, der Hailmann-Tochter, zufallen, so er bis zum Jahreswechsel 1759/1760 kein Lebenszeichen von sich gegeben haben würde. „Und ihr wart wirklich nicht einmal miteinander verlobt?“ Christina Margaretha, zu Besuch bei ihren Eltern, fragte zum wiederholten Mal ungläubig nach. Ihre Mutter schüttelte stumm den Kopf. „Lasst uns für ihn beten“, durchbrach sie schließlich die Stille. „Wie auch immer er hieß, was auch immer aus ihm geworden ist. Der Himmel hat ihn uns geschickt.“

Das Geschenk des Himmels fiel im Fall der Becks auf ausgemergelten Boden. Es verschwand rasch in den tiefen Rissen, die während der langen Phase der Trockenheit entstanden waren. Es linderte die Not nur kurz, aber nicht nachhaltig. In der Sprache des Geldes ausgedrückt: Die 28 Gulden kamen wie gerufen, um die bei vielen einzelnen Dürrmenzern entliehenen Beträge zurückzuzahlen. Ein neues Paar Schuhe für Melchior, etwas Saatgut für das kommende Frühjahr, und schon war die Quelle versiegt. Doch immerhin gelang es Christina Barbara, die Geldgeber von der Rechtschaffenheit und vom guten Willen der Familie zu überzeugen, denn schließlich wusste niemand besser als sie, dass sie auch in Zukunft auf deren Hilfe angewiesen sein würden. „Wurde auch Zeit“, lautete die Reaktion der meisten Gläubiger. Der Kaufmann Christoph Jacob Bühler indes, der auf die Rückzahlung des für ihn verschwindend geringen Geldbetrags weder angewiesen war noch damit gerechnet hatte, verzichtete auf einen barschen Unterton. Das Verhalten der Becks imponierte ihm. „Unredlichkeit ist eine Schande, Armut nicht“, hatte er seiner Tochter Lucretia beigebracht, und so beschloss er, seinen Teil zu deren Linderung beizutragen. „Würdet Ihr mir Eure Wolle als Handelsware überlassen?“, fragte er Melchior.

Die folgenden Wochen hätten unbeschwerte sein können, doch überschatteten drei Ereignisse das zarte

Pflänzchen Glück in der Brunnengasse. Zunächst war es Jacobina Fieß, die um Fassung ringend vor der Tür stand. Sie war zu einem Entschluss gekommen, den sie sich auch von Melchior und Christina Barbara absegnen lassen wollte. „Es heißt, er sei zur hannoverschen Armee übergegangen", gab sie weiter, was ihr ein entfernter Bekannter bei seinem kurzen Aufenthalt in Dürrmenz über ihren Ehemann berichtet hatte. „Hannover?" Melchior tat sich schwer, einen Zusammenhang herzustellen. Sie wisse, erläuterte Jacobina, dass ihr feiner Gemahl seit Ausbruch des Krieges über diverse Kanäle mit verschiedenen Parteien Handel getrieben habe. Näheres habe er ihr nie verraten, ihr Nachbohren mit Schlägen beantwortet. Sie sei schließlich nicht unglücklich gewesen, dass er seit vielen Monaten gar nicht mehr aufgetaucht sei. Doch nun, da er sich wohl ganz und gar einer ausländischen Armee verschrieben habe und womöglich nie mehr heimkehren werde, wolle sie die Sache – so drückte sie sich aus – beenden. „Ich möchte, dass er für tot erklärt wird", fasste sie ihre Absicht mit nun fester Stimme zusammen. Von ihr selbst unbemerkt, kehrte Spannung in ihren sonst stets leicht nach vorn gebeugten Oberkörper zurück. „Melchior, begleitet Ihr mich aufs Rathaus?"

Es würden noch viele Monate ins Land gehen, bis der Tod des Mannes, der sich einmal sein Freund genannt hatte, auf dem Papier feststehen würde. Melchior verbot sich den Gedanken daran, welches Schicksal Caspar tatsächlich ereilt hatte oder noch ereilen würde. Er würde ihn, so wie es sich auch Jacobina fest vorgenommen hatte, als aus diesem Leben geschieden betrachten. Doch wie sollte er ihn in Erinnerung behalten? Als einfallsreichen Weber, als Gefährten, als Paten seiner Tochter – oder doch viel eher als Betrüger und brutalen Schläger? Ehe das Grübeln über diese Frage Raum gewinnen konnte, hatte Melchior anderes zu tun, nämlich seine beiden Töchter zu trösten. Maria Agnes vergoss sturzbachweise Tränen, denn ihr heimlich von einer verzweifelten Agi ins Redwitz'sche Haus eingeschleuster Kater war machtlos gewesen gegen die Krämpfe, die der kleinen Schwester Eva Dorothea am 7. Februar das gerade einmal 15 Monate umfassende Leben nahmen. „Sie war so goldig und so lustig. Ich will nicht, dass sie tot ist. Ich will es nicht. Bitte mach, dass sie nicht tot ist." Melchior blieb nichts anderes übrig, als seine Jüngste auf seinen Schoß zu setzen, sie fest an sich zu drücken und leicht hin und her zu wiegen. Leise summte er ein Lied. Luthers „Vom Himmel hoch" war ihm eingefallen. Passte das? Er war sich nicht im Klaren darüber, doch er summte weiter. Als sich das Schluchzen langsam beruhigte, sagte er: „Ich kann sie dir nicht zurückholen. Das kannst nur du. Wenn du fest an sie denkst, wird sie immer bei dir sein."

Viel zu oft in ihrem Leben sollte sich Maria Agnes an diesen Rat ihres Vaters erinnern – zunächst genau sechs Tage später. Dieses Mal war es Christina Margaretha, die in Tränen aufgelöst auf der Bank der elterlichen Stube saß. Am frühen Morgen hatte sie die halbjährige Sophia Henrica Beck, jüngste Tochter ihrer Arbeitgeber, leblos in der Wiege gefunden. Noch am Abend zuvor sei sie putzmunter gewesen, der plötzliche Tod sei auch den fassungslosen Eltern unerklärlich. „Was, wenn ich etwas falsch gemacht habe? Wenn es meine Schuld ist?", stieß sie hervor. Nein, niemand außer ihr selbst mache ihr Vorwürfe, doch wie solle sie jemals mit diesem Schmerz zurechtkommen? Dieses Mal war es Christina Barbara, die ihrer Tochter helfen sollte. „Lass los“, sagte sie und richtete den Blick nach oben. „Ein Engel mehr wird neben deinen vier Geschwisterchen im Himmel auf dich warten. Doch so lange du hier bist, hilf den Lebenden. Den Toten wurde schon geholfen.“

Also stürzte sich Christina Margaretha in die Arbeit. Sie war es, die mit dem Pfarrer die Details der für den kommenden Tag anberaumten Beerdigung besprach, sie brachte das ganze Haus für den Fall etwaiger Beileidsbesuche auf Hochglanz, sie durchsuchte die Kleider ihrer Dienstherrin in der Hoffnung, etwas Hochgeschlossenes und Lichtabweisendes zu finden. Zu gern hätte sie Anna Elisabetha Beck ermöglicht, das Töchterchen auf seinem letzten Weg zu begleiten, und schließlich kam sie auf die Idee, über eine Konstruktion zweier kreuzförmig aneinander befestigter und verkehrt herum gehaltener Besen ein Tuch zu spannen, das die Trauernde beschirmen würde. Derart gewagt sah die Erfindung aus, dass ihr Anblick selbst Anna Elisabetha ein leises Lächeln entlockte, und so wagte sie sich, von gefühlt ganz Dürrmenz beäugt, über die Türschwelle.

Es war ein klarer, sonnendurchfluteter Februartag. Die kalte Luft kündete vom Schnee, der Dorf und Umland in der Vorwoche in ein weißes Kleid gewandet hatte. Kristall für Kristall bündelte er die Kraft der auf ihn fallenden Strahlen. Doch kein Quadratzentimeter Haut würde eine Zielscheibe bieten, dafür hatte Christina Margaretha gesorgt. Sie stützte mit vor Anstrengung geröteten Wangen ihre Dienstherrin rechts, deren Ehemann links. Sie überhörten das Getuschel. Zu konzentriert gingen sie ihres Weges.

Kapitel 15

„Wisst ihr eigentlich, wie das geht, wenn die kleinen Kinder auf die Welt kommen?" Seit Wochen ließ dieses Mysterium Agi Redwitz keine Ruhe mehr. Sie hatte wohl die Veränderung an ihrer Mutter bemerkt, sich aber nicht getraut, Fragen zu stellen. Schließlich hatte ihr der Vater eröffnet, dass der Herrgott der Familie zwar ein Töchterlein abberufen habe, dafür aber bald ein neues Geschwisterchen schicken werde. Über den Rest hatte er sich ausgeschwiegen, ihr allerdings das Versprechen abgerungen, jetzt ganz besonders lieb zur Frau Mama und noch artiger als sonst zu sein. Das war sie keineswegs, sonst hätte sie diesen Nachmittag nicht verbotswidrig im Stall der Becks verbracht, wo sie gemeinsam mit Maria Agnes sowie Lucretia Bühler und Catharina Meißner hoch oben auf den Heuballen thronte. „Kommen die Säuglinge nicht aus Pforzheim?" Die stille Lucretia mit dem ernsten, ebenmäßigen Gesicht hegte diesen Verdacht seit Langem, denn aus der rund 20 Kilometer entfernten großen Nachbarstadt brachte ihr Vater schließlich Ware aller Art mit nach Hause. Was liege näher, als dass dort auch kleine Kinder zu haben seien? „Und deine Mutter war dann wohl zum Abholen in Pforzheim? Das hättest du doch mitbekommen", hakte Agi ungläubig nach. Nein, leider – Lucretia schüttelte den Kopf – dazu könne sie nichts Gewisses sagen. Sie erinnere sich nur, dass sie, bevor sie ihre beiden bald verstorbenen Geschwister zu Hause kennengelernt hätte, jeweils ein paar Tage im Voraus zu einer entfernten Verwandten geschickt worden sei. „Es ist also durchaus möglich, dass es etwas mit Abholen zu tun hat", sagte sie. „Ich war nur eben nicht dabei."

Unsinn sei das, fuhr Catharina dazwischen. Ihr waren reichlich jüngere Geschwister beschieden, aktuell vier an der Zahl, und sie könne mit Sicherheit ausschließen, dass Vater oder Mutter jemals einen Fuß nach Pforzheim hineingesetzt hätten. „So weit käme mein Vater gar nicht, ohne dass er ..." Sie brach den Satz ab. „Der Storch bringt die Kinder, das weiß doch jeder", gab sie sich den anderen überlegen. „Und wenn er da ist, dann zwickt er meine Mutter ganz heftig irgendwo hinein, jedenfalls muss sie immer schrecklich weinen und schreien. Das höre ich durch die Tür hindurch. Und dann ist der Storch weg und das Kind da." Ihre Freundinnen dachten angestrengt nach. „Hast du den Storch denn tatsächlich gesehen?", wollte Maria Agnes wissen. „Ich würde schon gern erfahren, wie er ein schweres Bübchen, also eines mit richtig dicken Schenkeln und viel Speck im Gesicht, in seinem Schnabel tragen kann." Nun – Catharina zögerte. Sie spielte mit dem Gedanken, eine vielleicht nicht ganz wahre, aber umso spannendere Begegnung zu erfinden, verwarf die Idee aber rasch. „Nein, gesehen habe ich ihn nicht", gab sie zu. Aber weshalb solle ihre Mutter sie anschwindeln? Und schließlich gebe es reichlich Exemplare der langbeinigen Vögel in der Gegend. „Da sind genug Kraftprotze dabei, die gern mal so ein Paket schleppen."

Auf Lucretias Stirn hatte sich mittlerweile eine steile Falte gebildet. „Wie groß ist ein Storch?", fragte sie mehr sich selbst als die anderen. Als Antwort deutete sie zuerst Standhöhe, dann Flügelspannweite an. „Die Fenster zu eurer Kammer sind winzig, ich bin erst neulich an eurem Haus vorbeigekommen. Da kann so ein Tier doch nur schwer durchfliegen", meldete sie vorsichtig Zweifel an.

Und wo sie gerade dabei war: „Was ist, wenn ein Kind im Winter zur Welt kommt? Da sind die Störche doch überhaupt nicht da." – „Stimmt", erinnerte sich Maria Agnes an eine Geschichte, die ihr der Oheim Beck einmal erzählt hatte. „Die Störche frieren bei uns und fliegen deshalb gaaaaaaaaaaanz weit weg bis nach Affrika, wo die Affen wohnen." Catharina war ein wenig eingeschnappt. Unter ihrem keck vorstehenden Näschen formte sich ein ansehnlicher Schmollmund. Lucretia spürte den Unmut und legte ihr besänftigend die Hand auf die Schulter, die aber ebenso umgehend wie energisch weggeschoben wurde. „He, nicht streiten", ging Agi Redwitz dazwischen. „Helft mir lieber, die Sache ein für alle Mal zu klären."

Der Oheim Beck kenne bestimmt die Antwort, beharrte Maria Agnes auf ihrer Quelle. Er wisse nämlich alles, schwärmte sie, und er habe so viel gesehen und gelernt, dass er wahrscheinlich auch über die Kinderkriegerei Bescheid wisse. Vielleicht gebe es ja kleine, starke, wetterunempfindliche Störche. Man müsse ihn ja nur besuchen und um Rat bitten ... Nein, Maria Agnes stoppte ihren eigenen Redefluss abrupt. Nachforschungen zu diesem Thema kämen vielleicht noch zu früh nach dem Tod seiner Tochter, überlegte das Mädchen laut. „Das würde ihn wahrscheinlich traurig machen", sagte sie und las in den Mienen ihrer Freundinnen Zustimmung. Man könne ja auch Maria Agnes' Mutter fragen, regte Lucretia nach einer kurzen Gesprächspause an. „Oder deine", gab Maria Agnes zurück. „Oder Catharinas. Oder vielleicht die Adlerwirtin ..." Ein kollektives, lautes Nein, begleitet von heftigem Kopfschütteln, war die im vierstimmigen Chor gegebene Antwort. Die Mädchen mussten lachen ob der plötzlichen Einigkeit. „Und nun?“ Die pragmatische Agi lenkte den Fokus zurück auf das eigentliche Problem. Maria Agnes, die die ganze Zeit über die auf ihrem Schoß schlafende Frieda gestreichelt hatte, ohne sich dessen bewusst zu sein, spürte unter ihrer Hand plötzlich etwas Merkwürdiges. „Wartet“, sagte sie, „ich weiß nun, wer uns helfen wird.“

„Sie wird sich jetzt mit ihrer Katze unterhalten“, raunte Agi den beiden anderen zu, die auf Maria Agnes' Bitten hin die Heuballen hinuntergeklettert waren und in der Nähe der Stalltür ausharrten. „Aber Katzen können doch gar nicht sprechen“, wandte Lucretia ein. „Diese schon. In Gedanken, sagt Maria Agnes immer“, antwortete die Wirtstochter. „Na großartig, mein Storch kann nicht durchs Fenster fliegen, aber ihre Katze spricht. Das finde ich ...“ – „Pssssst“, wurde Catharina von der überraschend mutigen Lucretia ausgebremst. „Lasst uns leise sein. Oder wollt ihr des Rätsels Lösung nie erfahren?“

Frieda sprach. Sie sprach, ohne den Mund zu öffnen, und dennoch deutlich. Denn sie drehte sich solchermaßen auf die Seite, dass ihre zweibeinige Freundin die kleinen Füßchen, die in ihrem Katzenbauch strampelten, ertasten musste. „Ach so“, flüsterte ihr Maria Agnes zu. „Entschuldige, dass ich so dumm war. Du bist ja auch eine Mama. Du wirst uns das Geheimnis verraten.“

Von nun an sorgten drei eifrige Mädchen dafür, dass von den unterschiedlich reich gedeckten Esstischen der Häuser Redwitz, Bühler und Meißner das eine oder andere Stückchen Fleisch oder Wurst abgezweigt wurde. Denn der Plan stand fest: Maria Agnes würde Frieda mit der Hilfe ihrer Freundinnen so gut versorgen, dass sich diese die Mäusejagd sparen und noch mehr Zeit als sonst an der Seite ihrer menschlichen Mitbewohnerin verbringen würde. Im Gegenzug würde Frieda, dieses Versprechen hatte Maria Agnes dem Gedankenaustausch entnommen, dieses Mal bei der Ankunft ihrer Jungen rücksichtsvollen Zuschauerinnen Einblicke gewähren.

Die Nacht auf den 4. Mai war hell. Irgendwo auf der Wiernsheimer Straße krakeelte ein Betrunkener wiederholt und mit wachsender Verzweiflung den Namen seiner Liebsten in die Welt hinaus. Sie erhörte ihn nicht, und unregelmäßig polternde Schritte entfernten sich allmählich außer Hörweite. Maria Agnes schlief unruhig. Samson hatte es sich quer über ihren Unterschenkeln bequem gemacht und gab hin und wieder leise Töne von sich, irgendwo zwischen Schnarchen und Schnauben angesiedelt. Doch das war seine zweibeinige Unterlage gewohnt. Nicht gewohnt war sie, dass die an ihrer Seite liegende Frieda nachts laut schnurrte. Sie musste wohl von dem erstaunlich kehligen, tiefen Brummen wach geworden sein, und anscheinend schien die Katze nur darauf gewartet zu haben, dass Maria Agnes ihr ihre Aufmerksamkeit schenken würde. Das Schnurren wurde noch lauter und hielt an, als Frieda vom Bett sprang und durch die angelehnte Tür in Richtung der Stiege spazierte. „Langsam! Ich will mit", zischte ihr Maria Agnes in der Hoffnung hinterher, weder Eltern noch Bruder aufgeweckt zu haben. Barfuß folgte sie ihrer Freundin.

Tatsächlich hielt Frieda an der ebenfalls einen Spalt breit offenen stehenden Stalltür kurz inne, sah zu Maria Agnes auf und gestattete ihr, zu ihr aufzuschließen und sie in ihr Wochenbett zu begleiten. Ganz hinten, auf einem von zwei Heustapeln verdeckten Berg aus zu flickenden Säcken und anderen schwer zu definierenden

Textilien sollte das Mirakel also seinen Lauf nehmen. Dort umkreiste Frieda eine imaginäre Mitte, drehte sie links herum, rechts herum, bis sie, auf der Seite liegend, endlich ihren Platz gefunden zu haben schien. Das Schnurren wich einem Hecheln, das Maria Agnes an ihren Katzen bisher nur in Situationen großer Unsicherheit oder äußerer Bedrohung wahrgenommen hatte. „Du hast Schmerzen?" Das Mädchen drückte Frieda einen Kuss aufs Fell zwischen die haarigen Ohren. „Wenn ich dir helfen kann, dann lass es mich wissen. Ich bin gleich wieder da."

Sie würde Wort halten. Deshalb verließ Maria Agnes den Stall schweren Herzens und flitzte hinüber zu jenem Bereich des Schwarzen Adlers, in dem die Wohnräume der Eigentümer angesiedelt waren. Sie las einige winzige Steinchen vom Boden auf und war hocherfreut darüber, gleich beim ersten Versuch das richtige Fenster getroffen zu haben. Dies war das verabredete Zeichen, und wie ebenfalls im Vorfeld festgelegt worden war, würde die im Nu angezogene Agi zunächst am Haus der Bühlers dieselbe Botschaft überbringen, ehe Lucretia dann die am weitesten entfernt wohnende Catharina benachrichtigen würde. Schon drangen die ersten Sonnenstrahlen durch die Ritzen der Stalltür, als schließlich alle vier Mädchen die heftig atmende Frieda umringten. „Ist schon etwas geschehen?", keuchte Catharina. „Nein", antwortete Maria Agnes. „Aber wenigstens können wir die Sache mit dem Storch ausschließen. Hier ist nämlich weit und breit keiner."

Eine halbe Stunde verging, eine Stunde, zwei. Agi würde sich, da ihre Eltern fast ebenso lange nach ihr suchten und sie den Kirchgang verpassen würde, auf das schlimmste Donnerwetter ihres Lebens gefasst machen müssen. Doch das war ihr gleich, und auch die drei anderen Mädchen spürten weder Hunger noch Durst noch Müdigkeit noch die Furcht vor Schelte. Sie konnten die Augen nicht wenden von Frieda, die endlich, endlich zur Ruhe zu kommen schien. Nach einigen Augenblicken der Entspannung reckte sie das linke Hinterbeinchen in die Luft und beförderte heftig schleckend ein dunkles, glitschiges Etwas ans Tageslicht. „Ah“, entfuhr es den Kindern beinahe gleichzeitig, und ehe sie es sich versahen, hielten sie sich alle an den Händen. Dicke Tränen kullerten über Maria Agnes’ Gesicht. Sie war anders als Agi und Lucretia, deren Entzücken über das kleine Wesen sich in hochfrequentem Kreischen Bahn brach, zu keiner Äußerung fähig. Zu sehr hatte sie mit Frieda gelitten, zu deutlich bewusst war ihr, dass die Leiden längst noch kein Ende haben würden. Auch Catharina wirkte nachdenklich. „Wenn so Kinderkriegen geht, dann will ich keine haben. Lieber sterbe ich“, sagte sie und verschränkte die dünnen Ärmchen vor der Brust. Mittlerweile hatte das winzige Kätzchen schon den Weg an eine der Zitzen Friedas gefunden, wo es zufrieden trank. „Was macht ihr denn hier? Sucht ihr einen Schatz?“, durchbrach Melchiors Stimme die andächtige Stille. Unbemerkt von den Mädchen war er direkt hinter sie getreten. „Vater, wir suchen keinen Schatz“, antwortete Maria Agnes. „Wir haben ihn schon gefunden.“

Und der Schatz sollte noch wertvoller werden. In der folgenden Stunde brachte Frieda zwei weitere Kinder zur Welt, leckte diese liebevoll sauber, ließ die Nachgeburt auf die natürlichste aller Arten verschwinden und putzte schließlich sich selbst. „Meine tapfere Frieda“, seufzte Maria Agnes erleichtert, als sich die Katze auf die Seite hatte fallen lassen und die Streicheleinheiten vieler Kinderhände nun wieder mit einem entspannt klingenden Schnurren quittierte. „Ich danke dir, Frieda", verabschiedete sich Agi. „Jetzt weiß ich Bescheid", fügte sie im Gehen hinzu und übertrug im Geist die Bilder der Katze auf ihre Mutter. Ach herrje, die würde toben, wurde ihr plötzlich bewusst. Sie hatte schon beinahe die Stalltür erreicht, da fiel ihr Blick auf ein kleines Stück Leder. Melchior hatte es bei einem seiner wenigen verbliebenen alten, leider nicht sehr zahlungskräftigen Kunden gegen Wolle eingetauscht. Er plante, sich einen Schutzhandschuh daraus zu nähen. Schutz – dieser Gedanke kam urplötzlich auch Agi in den Sinn. „Leihst du mir das?", fragte sie Maria Agnes, auf das seltsame Objekt der Begierde deutend. „Ja, aber wozu?" Rasch schob die Nachbarin die Tierhaut unter ihren Rock. Prüfend schlug sie sich aufs eigene Hinterteil. Sie wiederholte die Aktion mit gesteigerter Wucht. Allein die Hand schien zu schmerzen. Die Wirtstochter grinste breit. „Beim nächsten Mal bin ich wieder dabei", verkündete sie und verschwand.

Tatsächlich wunderte sich Catharina Barbara Redwitz über ihre ebenso ungezogene wie schweigsame Tochter. Beinahe klaglos ließ sie die Tracht Prügel über sich ergehen. War das nun jugendlicher Tapferkeit oder eigener Schwäche zuzuschreiben? Vielleicht fehlte ihr selbst – wenige Tage vor der Geburt ihres neunten Kindes – schlicht und einfach die Kraft, um Agi eine wirksame Lektion erteilen zu können. „Geh schon", brach sie die Aktion ab und ließ sich erschöpft in einen Sessel fallen. Die Tochter suchte und fand das Weite. Der Augenblick war günstig: Niemand beobachtete sie, als sie tief unten in ihrer Kleidertruhe das Stück Leder verbarg. Sie würde es möglicherweise bald erneut benötigen – für den Fall, beim Spähen durchs Schlüsselloch der elterlichen Schlafkammer ertappt zu werden.

Tatsächlich verbrachte die Zehnjährige in den folgenden Nächten viel Zeit vor der schweren Eichentür, gewann dabei aber nur die Erkenntnis, dass die Dielen auf dem Flur erbärmlich knarzten. Es geschah in der Kammer schlicht und einfach – nichts. Der neue Erdenbürger trat seinen Weg ins Leben am helllichten Tag des 26. Mai 1760 an, als Agi gerade in der Schule saß. Die Wehen waren so rasch gekommen, dass die Zeit nicht einmal mehr gereicht hatte, um die Stahlin herbeizuholen. So schnell die kleine Regina Barbara Redwitz erschienen war, so rasch sollte sie ihr Leben knapp zehn Monate später wieder aushauchen.

Doch zunächst gedieh die Kleine prächtig, und dasselbe galt für Friedas Nachwuchs. Dieses Mal musste ein besonders kräftiger Kater im Spiel gewesen sein, dessen leuchtend orangefarbener Sohn rasch den ganzen Stall erkundete. Die dreifarbigen, wild gemusterten Schwestern dagegen genossen die Geborgenheit in ihrem Nest, das Frieda nicht wie bei den Geburten zuvor ständig wechselte. Sie blieb mit ihren Kindern auf dem Säcke-Stapel, unter dessen Oberfläche sich offenbar eine stabile und doch komfortable Unterlage befand. „Was ist das denn?“, wunderte sich Maria Agnes, als sie den Bereich während einer kurzen Abwesenheit ihrer Freundin inspiziert hatte. Sie holte ihren Vater hinzu und zeigte ihm ein fest geschnürtes, zwar verschmutztes, aber sicher nicht wegwerfenswertes Stoffbündel. Die Erinnerung durchzuckte Melchior schmerzhaft. Vor ihm lag der Rest seines alten, in den Augen der Gesellschaft ehrenwerten Lebens als Leineweber. Der Rest, den zu nutzen, zu verkaufen oder auch nur zu verwahren er nicht über sich gebracht hatte. „Das ist …“, fing er an und unterbrach sich sofort wieder. „Was denn?“, bohrte Maria Agnes nach. „Etwas Wertvolles? Vielleicht sogar etwas sehr Wertvolles?“ Nein. Melchior Beck schüttelte den Kopf. „Das ist für die Katz. Frieda mag es behalten.“

Frieda war in den folgenden Wochen gut beschäftigt. Zu erziehen hatte sie nicht nur ihre teils vorwitzigen Jüngsten, sondern auch Samson, dem sie dringend die Eifersucht auf seine Halbgeschwister abtrainieren musste. Als er eines Tages mit hängendem Schwanz und traurigen Augen zu ihr humpelte und sich in ihren Schoß regelrecht eingrub, wusste Maria Agnes, dass die Zeit gekommen war, um den drei Jungen ein neues Zuhause zu besorgen. Auf den nächsten Viehmarkt konnte sie nicht warten, doch bestärkte sie Johann Jacob in ihrem Plan, auf Gäste des Schwarzen Adlers zu setzen. „Die meisten sind so richtig reich“, sagte er und legte zum Beweis einen bescheidenen Geldbetrag auf den Tisch. Diesen hatte er sich in den Stallungen der Gastwirtschaft verdient, wohin es ihn zuletzt immer häufiger zog. Mit seinen elf Jahren fühlte er sich nämlich inzwischen zu alt, um auf seinem Besen-Ross zu reiten. Die Pendants aus Fleisch und Blut interessierten ihn dagegen um so mehr, und er hatte einen der Stallburschen so lange bearbeitet, bis dieser ihm gestattet hatte, beim Striegeln der Pferde zu helfen. Der Besitzer eines der Tiere war hinzugekommen und hatte ihn ausdrücklich gelobt. „Sehr zufrieden“, wiederholte Johann Jacob zum Amüsement seiner Eltern immer wieder, „sehr zufrieden“ sei der Gast mit seiner

Arbeit gewesen. „Da, schaut", deutete der Junge zum Beweis seiner ungeahnten Fähigkeiten noch einmal auf seinen Lohn. „Der hätte auch genügend Geld, um eine Katze zu kaufen", raunte er Maria Agnes zu.

Doch zunächst kam ein anderes Geschäft zustande. Lucretia hatte sich rettungslos in den roten Kater verliebt. Ihren Wunsch, das Tier mit nach Hause zu nehmen, wagte sie aber nicht auszusprechen. Das musste sie auch nicht, denn Maria Agnes wusste ohnehin längst Bescheid. „Du, Lucretia", sagte sie, als die beiden Mädchen gemeinsam von der Kinderlehre nach Hause gingen, „heute Morgen ist etwas Seltsames passiert. Ich hatte den kleinen roten Kater auf dem Schoß, und da hat er in Gedanken ganz deutlich zu mir gesagt, er wolle gern zu dir umziehen. Was meinst du dazu?" Lucretia brach in Jubel aus und fiel Maria Agnes um den Hals. „Aber warte …" Dem zarten, dunkelhaarigen Mädchen waren plötzlich Bedenken gekommen. „Ich weiß nicht, ob mein Vater genügend Geld hat für einen so großen Schatz." Er hatte, und Christoph Jacob Bühler, froh um jede freudige Gefühlsregung, die seine häufig kränkelnde Tochter zeigte, ließ es sich nicht nehmen, die Transaktion höchstpersönlich zum Abschluss zu bringen. Lucretia taufte den Kater Willy, „denn er weiß wirklich sehr genau, was er will und was er nicht will", fasste sie Maria Agnes gegenüber den Charakter des wagemutigen Draufgängers mit dem Pantherprofil zusammen. Er war das exakte Gegenteil seiner zurückhaltenden Besitzerin, und vielleicht schätzten beide einander deshalb um so mehr.

In den letzten Junitagen war es auch für das Kräftigere der Schwesterchen so weit. Johann Jacob hatte Maria Agnes darüber in Kenntnis gesetzt, dass der zahlungskräftige Pferdebesitzer an diesem Morgen abreisen würde, und so erschien dort in den Stallungen des Schwarzen Adlers mit einer Selbstverständlichkeit, als gehöre der ganze Komplex ihr, ein kleines, rothaariges Mädchen mit einem zwischen den Ohren und an anderen Körperstellen ebenso gefärbten Katzenkind. Sie habe gehört, der edle Herr sei ein großer Tierfreund? Der Fremde sah sich erstaunt zu ihr um. Dann müsse er sich dieses kleine Wunder unbedingt ansehen. Sie habe ihm einen Vorschlag zu unterbreiten.

„Und warum bitte sollte ich dir eine Katze abkaufen? Wo Katzen doch gar nichts wert sind und die überzähligen sogar ertränkt werden? Wenn ich ihr nicht mal das scheckige Fell abziehen darf?" – „Weil meine Katzen etwas ganz Besonderes sind. Sie können Gedanken lesen, und sie sind immer da, auch wenn man sie gerade nicht sieht. Niemals mehr ist man einsam." Maria Agnes unterbrach ihre Werbebotschaft. Sie legte den Kopf leicht schief, hob die Augenbrauen und musterte ihr Gegenüber schweigend. Diese Taktik würde noch häufig zum Erfolg führen. Der Käufer sollte glauben, das Entscheidende, das Nonplusultra, das ihn zum Zücken einer Münze geradezu zwingen würde, noch gar nicht gehört zu haben. Geduld war gefragt, mehr nicht. Also zählte das Mädchen innerlich auf drei. Langsam genug, um die wachsende Ungeduld auf der Stirn des Kunden ablesen zu können. Zügig genug, um das Interesse nicht ermüden zu lassen. Und dann: Mit der Reaktionsschnelligkeit eben jener Katze, die sie zu verkaufen gedachte, schlug sie exakt in dem Moment zu, da sich der Mund des Mannes zu einer verächtlichen Äußerung zu öffnen im Begriff war. „Und sie ist natürlich die beste Mäusefängerin zwischen hier und Amerika. Das können Sie den Herrn Kolumbus fragen“, platzte Maria Agnes heraus.

Mit dieser an Naivität nicht zu übertreffenden Plattheit erreichte sie stets eines: Ihr Gegenüber musste herzlich lachen. „Na, wenn das so ist“, reagierte auch der feine Herr exakt wie gewünscht, „dann muss ich dir das liebe Tierchen ja abnehmen. Was sollte Kolumbus sonst von mir denken.“ Er fand sich so komisch, dass ihm die Tränen in die Augenwinkel schossen. Eine Mischung aus Schnauben, Keuchen und stoßartigem Lachen erschütterte seinen Körper, und während er mit der einen Hand nach einem Taschentuch griff, um sein Gesicht vom feuchten Resultat einer für ihn ebenso seltenen wie unerwarteten Gefühlsregung zu befreien, winkte er mit der anderen seinen Burschen herbei. Gib mir den Geldbeutel, sagte er mit dieser Geste, ohne auch nur ein Wort klar hervorzubringen. Immer noch lachend griff er in das verheißungsvoll klingelnde Ledertäschchen, tastete nach einem Kreuzer und überreichte die Münze mit der Andeutung einer Verbeugung. Maria Agnes nickte knapp und geschäftsmäßig, nahm das Geld entgegen und bückte sich. Sie hob das Katzenkind, das brav zu ihren Füßen gewartet hatte, auf, drückte es noch einmal kurz, einen Abschiedsgruß murmelnd, an ihre Wange und dann seinem neuen Eigentümer in die Hand. Da hinein passte es genau, eine Handvoll Leben in einer großen, geöffneten, von Falten durchfurchten Männerpranke. „Komm, Michel, nimm du es“, rief der Mann seinem Burschen zu. „Und pass gut darauf auf. Einen so wertvollen Besitz hat man in ganz Europa noch nicht gesehen.“ Der Junge wunderte sich zwar, war aber nicht auf den Kopf gefallen. Er entdeckte auf der fast voll beladenen Kutsche einen kleinen Korb, der nur mit wenig Proviant bepackt war. Den Inhalt konnte er leicht anderweitig unterbringen, und so hatte die Katze eine angemessene Reiseunterkunft gefunden.

Abschiedsschmerz hatte sich Maria Agnes, so gut es ging, abgewöhnt. Es würde Friedas Tochter in ihrem neuen Zuhause blendend gehen. Sie würde womöglich nicht einmal Mäuse und Ratten jagen müssen, sondern vom Essen der feinen Herrschaften etwas abbekommen. Und sie würde den vornehmsten Besuchern vorgestellt werden, nur um im Anschluss die Anekdote erzählen zu können, wie sie einst in diesem unscheinbaren Dorf auf dem Land den Besitzer gewechselt hatte. Für Geld! Das musste man sich mal vorstellen! Maria Agnes malte sich stets solche Szenen aus, und so hatte sie, als sie sich umdrehte in Richtung Elternhaus, ein leises Lächeln auf den Lippen.

Umso abrupter traf sie, und das im wörtlichen Sinn, der Zusammenstoß mit der Adlerwirtin. Sie prallte regelrecht gegen die Frau, die sich unbemerkt von ihr im Schatten der Stalltüre aufgebaut und von dort alles beobachtet hatte. „Was machst du da?“, herrschte sie Maria Agnes an. Und ehe diese die Flucht ergreifen konnte, wurde sie von der Redwitzin am Schlafittchen gepackt. „Du nichtsnutziges Ding! Was hast du hier zu suchen? Los, sag!“ Maria Agnes war starr vor Schreck. Intuitiv verhielt sie sich wie die Kätzchen, die von ihrer Mutter zu Transportzwecken im Genick gepackt werden: Sie krümmte den Rücken, zog Arme und Beine an und überließ ihr Gewicht sämtlich der Trägerin. Nun brachte die mittlerweile fast Achtjährige zwar nicht einmal einen halben Zentner auf die Waage, doch reichte diese Masse aus, um die Angreiferin zum Loslassen zu bewegen. Am liebsten hätte sie das am Boden kauernde Kind mit Füßen getreten, und tatsächlich hob sie ein Bein drohend an. „Was macht ihr denn da?“ Ein solcher Anblick war Johann Jacob Redwitz beim Eintritt in seine Stallungen noch nie geboten worden. „Die Kleine versucht, mit ihren verlausten Katzen die Leute zu verhexen“, antwortete seine Frau, doch der Adlerwirt lachte nur. „Die Zeiten der Hexen sind vorbei. Schau zu, dass du nicht selbst für eine gehalten wirst.“ Maria Agnes hatte der kurzen Unterhaltung stumm und kniend zugehört, den Kopf nach unten geneigt, immer noch in der Erwartung einer gewaltigen Standpauke. Als nichts dergleichen über sie hereinbrach und sie dem demonstrativ lauten Sohlengeklapper entnahm, dass die Wirtin beleidigt abgerauscht war, wagte sie, aufzustehen. Redwitz' und ihre Augen trafen aufeinander. „Nun geh schon heim“, sagte er und lachte. Der Handel konnte weitergehen.

Und so traf es sich, dass Johann Jacob rasch die nächste Interessentin vermitteln konnte. Er war auf der Straße Zeuge einer Unterhaltung zwischen einer Dienstmagd vornehmer Herrschaften und einer solchen aus dem Schwarzen Adler geworden. Erstere hatte über die Mäuseplage lamentiert, die – man dürfe offiziell gar nicht darüber reden – im vornehmen Frankfurter Bürgerhaus ausgebrochen war. Wie viel Dreck das bedeute, den natürlich sie allein wegräumen musste! Der faule Kater ihrer Herrschaften werde derart gemästet, dass ihn das Ungeziefer rein gar nicht interessiere. „Dürrmenzer Katzen sind da ganz anders“, mischte sich Johann Jacob vorsichtig ein. Wenig später trat Friedas Jüngste ihre Mission an.

Kapitel 16

„Soll ich dir nicht doch helfen?“ Agi Redwitz fühlte sich ein wenig unwohl dabei, der Freundin bei der Arbeit nur zuzuschauen. „Nein, lass nur“, wehrte Maria Agnes ab. „Erstens bin ich fast fertig, und zweitens möchte ich nicht wissen, was passiert, wenn dich deine Mutter beim Wäschewaschen erwischt.“ Das stimmte wohl, räumte die etwas Ältere der beiden Freundinnen ein. Sie war von den Eltern an diesem heißen Augusttag des Jahres 1761 losgeschickt worden, um mit ihren verbliebenen jüngeren Geschwistern Christoph Friedrich, Maria Elisabetha und Johann Burckhard – Regina Barbara war im März gestorben – spazieren zu gehen. Vor allem Christoph Friedrich musste dringend an die frische Luft. „Nur Lesen hat der Junge im Kopf“, klagte sein Vater häufig. „Den Jordan kennt er wohl“, spottete er stets, wenn er den Jungen über die Familienbibel gebeugt sitzen sah, „die Enz aber nur vom Hörensagen.“ Eben dorthin hatte Agi den blassen Achtjährigen im Auftrag der Eltern geführt – in der Hoffnung, er würde sich an jener Stelle, an der das Ufer flach genug war, um den Wäscherinnen ihre Arbeit gefahrlos zu erlauben, zum Planschen im seichten Wasser animieren lassen. Doch während die sechsjährige Maria Elisabetha und der vierjährige Johann Burckhard in ihrem Tatendrang kaum zu bremsen waren, starrte Christoph Friedrich reglos auf die leicht gekräuselte Wasseroberfläche. „Was meinst du“, wandte er sich an seine ältere Schwester, „wie lang es wohl dauert, bis ein Tropfen von hier aus ins Meer gelangt?“ Er bemerkte die Belustigung nicht, die auf ihrer gerunzelten Stirn geschrieben stand. Auch schien er gar nicht erst eine Antwort zu erwarten.

Von einem plötzlichen Entschluss motiviert, setzte er sich auf den Boden und begann, mit einem dort liegenden dünnen Ästchen Zahlen in die feinkörnige Ufererde zu ritzen. „Oh nein, er rechnet wieder", kommentierte Agi den Vorgang. „Nun werde ich ihn kaum mehr nach Hause kriegen", befürchtete sie. „Lass ihn doch", sagte Maria Agnes. „Schau lieber, dass Burckhard nicht noch mehr Unsinn anstellt", deutete sie auf den kleinen Bruder des Zahlenfreunds. Eben war er im Begriff, ein von Maria Agnes mühevoll gereinigtes Leintuch mit Steinchen zu bewerfen. Das Zielen fiel ihm allerdings schwer, weshalb Maria Elisabetha eines der Wurfgeschosse abbekommen hatte. Es würde noch ein, zwei Sekunden dauern, dann würde sie den Schmerz bemerken und wie eine Sirene zu heulen beginnen. „Ach du liebe Zeit", stöhnte Agi, entledigte sich rasch ihrer Schuhe und watete ins Wasser, um den Übeltäter an den leicht abstehenden Ohren herauszuziehen. Er brüllte wie am Spieß, und mit der freiwillig folgenden Maria Elisabetha bildete er einen lautstarken, aber wenig Wohlklang verbreitenden Chor. „Tut mir leid", rief Agi Maria Agnes zu. „Wir unterhalten uns ein anderes Mal weiter. Ein Sack Flöhe ist nichts dagegen." Das Trio entfernte sich. Nur Christoph Friedrich blieb, ganz in seinen Gedanken verloren, sitzen. Nichts außer seiner Rechenoperation nahm er wahr, auch nicht, dass Maria Agnes inzwischen ihre Arbeit beendet hatte und die ausgewrungenen Wäschestücke samt Waschbrett in ihrem Korb verstaute. Nun folgte der anstrengendste Teil der Aufgabe, die die inzwischen Neunjährige ihrer Mutter immer häufiger abnahm: Das Schleppen der Wäsche nach Hause, wo diese zum Bleichen ausgebreitet werden würde, forderte ihre Kräfte bis aufs Äußerste. Der Nachbar machte keine Anstalten, ihr zur Hand zu gehen.

„Dein Freund ist nicht besonders höflich“, bemerkte ein mittelblonder Junge, der sich aus dem Schatten eines Baumes unbemerkt genähert hatte. „Lass mich dir helfen.“ Er schob seine Hand in einen der Tragegriffe des Korbes und trat strammen Schrittes und erhobenen Hauptes den Weg in Richtung Ortsmitte an. Er schien die grobe Richtung zu kennen und überließ erst auf den letzten Metern Maria Agnes die Führung. Sie schwieg. Irgendwoher kannte sie den Buben. Doch die Verbindung wollte ihr nicht einfallen. Die Dorfschule besuchte er jedenfalls nicht. So viel war sicher. Erst als sie gemeinsam den Korb abstellten und seine eigentümlich durchscheinenden hellblauen Augen dabei die ihren trafen, erhellte die Erinnerung an die Szene am Brunnen blitzartig das Dunkel der Ungewissheit. Vor ihr stand eben jenes inzwischen deutlich gewachsene Kind, das damals so provokativ Anspruch auf die ihr für ihre Dressurvorführung geschenkte Münze erhoben hatte. Noch stärker war in Maria Agnes’ Gedächtnis die Geringschätzung haften geblieben, mit der der Junge Samsons Kunststücke herabgewürdigt hatte. „Du, Mädchen, willst du dich zum Dank nicht einmal vorstellen?“, forderte er sie nun auf. „Maria Agnes Beck“, antwortete sie widerwillig. „Und da wohnst du?“, bohrte er nach. Sein Gegenüber verspürte allerdings nicht die geringste Lust auf eine Unterhaltung. Musste sie mit dem Jungen sprechen – aus Höflichkeit, weil er ihr geholfen hatte? Oder durfte sie ihn vielleicht doch einfach stehen lassen und ins Haus flüchten? Sie wollte keinen Fehler begehen und zögerte einen Moment. „Ich habe dich schon einmal gesehen“, brach es schließlich aus ihr heraus. „Dort, am Brunnen." Sie wollte noch sagen: Du hast meinen Kater beleidigt, doch sie unterdrückte den Satz. „Unmöglich. Du musst dich täuschen", log er. Demonstrativ trat er ein paar Schritte zurück, als ob er sich von der seiner Gegenwart nicht würdigen Behausung distanzieren müsse. „Adam Fischer mein Name", sagte er im Weggehen. „Gerade zu Besuch bei meinem Oheim, dem Sonnenwirt."

Offenbar hatten Vater und Stiefmutter den für seine knapp acht Jahre groß gewachsenen Jungen für einige Wochen zum Verwandten Buck geschickt, dessen Gastwirtschaft von der Ortsmitte aus am schnellsten über die Brunnengasse zu erreichen war. Jedenfalls tauchte Adam zu Maria Agnes' Missfallen beinahe täglich vor dem Haus der Familie Beck auf und versuchte, deren jüngstes Mitglied in ein Gespräch zu verwickeln. Meist gelang es Maria Agnes, sich der Situation zu entziehen, indem sie häusliche Verpflichtungen ins Feld führte. Einmal wurde sie von Agi gerettet, der alles, was mit der „Sonne" zu tun hatte, als Tochter des größten Konkurrenten per se suspekt war. „Was lungerst du hier rum?", herrschte sie Adam an. „Ihr habt wohl zu wenig Gäste in eurem Wirtshaus und deshalb zu viel Zeit?" Darauf fiel dem Jungen keine passende Antwort ein, weshalb er sich verächtlich schnaubend, aber wortlos trollte. „Hüte dich vor ihm", zischte Agi ihrer Freundin absichtlich eine Spur zu laut zu. „Der taugt nichts."

Das Urteil der Mutter, der Maria Agnes von der aktuellen und der vergangenen Begebenheit erzählt hatte, fiel wesentlich milder aus. „Menschen können sich ändern, kleine Jungen sowieso", sagte Christina Barbara. Der Name Fischer flößte ihr, ob bewusst oder nicht, Ehrfurcht ein. War das nicht eine angesehene Familie im Ort, die es sich leisten konnte, ihre Kinder auf die Lateinschule zu schicken? „Verhalte dich freundlich und zurückhaltend“, riet sie ihrer Tochter, und so bemühte sich Maria Agnes, ihren Verehrer, als den Johann Jacob den Jungen spöttisch bezeichnete, zu grüßen, ansonsten aber möglichst zu ignorieren.

Der Sommer neigte sich dem Ende zu, die Gastspiele wurden seltener, und endlich wähnte Maria Agnes Adam wieder in seinem gewohnten Umfeld. Er würde, so hoffte sie, fleißig lernen müssen und hätte für Abstecher in die Brunnengasse keine Zeit mehr. Genau genommen hatte sie ihn schon ganz und gar vergessen, beschloss sie, als sie am Ende einer wilden Jagd mit Frieda auf einem frisch aufgetürmten Heustapel im Stall landete, den Geruch einsog und alle Viere von sich streckte. Frieda ließ sich auf ihrem Bauch nieder, schnurrte leise und beantwortete das Lächeln ihrer Freundin mit einem vielsagenden Blinzeln. Ach, könnte es doch immer so sein, dachten beide.

Doch die Aufgaben rund ums Haus und auf den schwer zu bewirtschaftenden Feldern der Familie ließen Maria Agnes immer weniger Zeit für ihre Tiere. Ihre Arbeitskraft wurde gebraucht, und während Töchter aus begüterten Häusern feine Handarbeitstechniken oder sogar ein Instrument erlernten, lernte Maria Agnes, wie aus steinigen Böden das Bestmögliche herausgeholt werden konnte, wie bestimmte Vorzeichen hinsichtlich des Wetters zu deuten waren und wie die einzelnen Arbeitsschritte auf den verstreut liegenden Parzellen zu koordinieren waren, um nicht unnötig viel Zeit unterwegs zu verlieren. Der am weitesten vom Ortskern entfernte Acker lag hoch oben auf dem breiten Hügel, an den sich in Richtung des Waldenserdorfes Pinache der sogenannte Plattenwald anschloss. Der ausgewaschene Boden warf wenig Ertrag ab, weshalb Melchior bereits mit dem Gedanken spielte, ihn zu verkaufen. Das bisschen Dinkel jedenfalls, das er an diesem Tag im Schweiße seines Angesichts und mit der Hilfe seiner Tochter geerntet hatte, rechtfertigte die Mühen kaum. Mit einem unbefriedigenden Ergebnis würden sie den Heimweg antreten, doch zuvor erlaubten sie sich eine kurze Erholungspause und schauten hinunter in Richtung des Dorfes, dessen Häuser aus der Entfernung wie hingetupfte Farbkleckse aussahen. Die Enz schlängelte sich auf elegant gekrümmtem Weg zwischen Herrenwaag und der Burgseite hindurch, und von Ferne waren die Rufe der Flößer zu erahnen. Sie mussten die verbleibenden Wochen der warmen Jahreszeit ausnutzen, denn im Spätherbst und Winter war das Befahren des Flusses untersagt. Höchste Betriebsamkeit herrschte auch auf dem festen Gelände. Überall auf den Feldwegen waren schwere, von Rindern gezogene Fuhrwerke unterwegs, und diejenigen, die hohe Stapel aufgetürmt hatten, fuhren lachend und singend und scherzend nach Hause. Andere gingen gebückt über die abgeernteten Felder. Sie sammelten auf, was die Besitzer übersehen hatten. „Die Erde ist schön“, sagte Maria Agnes unvermittelt. „Aber Vater, warum hat sie der Herrgott so ungleich verteilt?“ Die Frage klang nicht bitter, nur verwundert. Melchior wusste keine Antwort.

Weder Vater noch Tochter störte, dass sie auf dem Rückweg kein Wort sprachen. Beide hingen ihren Gedanken nach, und Maria Agnes führte eine stille Diskussion mit sich selbst. Sie hatte seit einiger Zeit damit begonnen, die Dinge zu hinterfragen. Das Wörtchen Warum hatte sich in ihrem Kopf eingenistet, brachte angesichts der offenkundigen sozialen Schieflage der Gesellschaft vieles ins Wanken, was sie bisher als selbstverständlich hingenommen hatte. Noch hatte sie keinen Menschen gefunden, der ihr Orientierung im sich anbahnenden Chaos versprach. Doch wie hätte eine vernünftige Antwort lauten sollen? Gab es sie überhaupt? Bedeutete arm zu sein, unglücklich zu sein? Bin ich unglücklich? In diese Frage mündete der Gedankenstrom just im Moment, da Maria Agnes und Melchior zu Hause ankamen. Nein, lautete die klare Antwort, denn vor der Stalltür wartete Samson. Als er seine Freundin erkannte, hüpfte er ihr auf drei Pfötchen entgegen. „Spiel mit mir", rief jede Faser seines Körpers. „Wollen wir einen neuen Trick versuchen?", fragte ihn Maria Agnes. Er wollte.

Je seltener sich Maria Agnes dem jungen Kater über einen längeren Zeitraum widmen konnte, desto begieriger sog er neue Anregungen auf. „Er kann sich jetzt auch auf Kommando auf die Seite fallen lassen", erzählte die Dompteurin Lucretia Bühler, die, den gerade milde gestimmten Willy auf dem Arm, vorbeigekommen war. „Lass sehen", rief Lucretia erfreut. „Außerdem schubst er Sachen vom Tisch, auf die ich vorher zeige", ergänzte Maria Agnes. „Oh, das kann Willy auch schon. Nur ohne vorherige Aufforderung", lachte die Freundin. Gemeinsam hielten sie Ausschau nach Samson, der irgendwo auf der Brunnengasse einen Spaziergang machen musste. Jedenfalls hatte er sich in der letzten Stunde nicht blicken lassen. Maria Agnes war irritiert. Ein seltsames Gefühl beschlich sie, als der Kater auch auf mehrfaches Rufen hin nicht auftauchte.

Stattdessen erschien Frieda auf der Bildfläche. „Kann sie eigentlich auch Kunststücke?“, fragte Lucretia in der Hoffnung, Maria Agnes damit auf andere Gedanken zu bringen. „Ein paar schon“, antwortete Maria Agnes. „Aber sie macht das eher mir zuliebe und auch nur manchmal.“ Sie bückte sich hinunter zu der Katze, kraulte ihr mit beiden Händen die Ohren und studierte derweil ihren Gesichtsausdruck. Die Form der Pupillen würde ihr anzeigen, ob eine Vorführung Erfolg versprechen würde oder nicht. Die Zeichen standen günstig, und nachdem Frieda ihren Sohn Willy nach Katzenart Nasenspitze an Nasenspitze begrüßt hatte, setzte sich der kleine Tross in Bewegung. Maria Agnes steuerte den ihrem Elternhaus am nächsten gelegenen Brunnen an, vor dem ein kleines hölzernes Podest angebracht war, um Eimer abzustellen. Diese Vorrichtung hatte sich als ideale Bühne erwiesen, und auch wenn mit Frieda nur die Zweitbesetzung auftrat, blieben doch einige Passanten stehen. „Meinst du, Willy kann das auch lernen?“, stellte Lucretia endlich die Frage, die sie schon lange beschäftigte. „Wenn du oft genug mit ihm übst, vielleicht schon“, klang die Antwort etwas zögerlich. Maria Agnes kannte ihr Ziehkind gut genug, um begründete Zweifel zu hegen, doch Lucretia war sofort Feuer und Flamme. „Schau“, sagte sie, „ich habe sogar ein paar Wurststückchen mitgebracht.“ Und schon griff sie in einen kleinen Lederbeutel, der an ihrem Rock befestigt war, und zauberte zwischen zwei Fingern einen Leckerbissen hervor. „Sitz!“, befahl sie Willy, die Geste imitierend, die Maria Agnes stets gebrauchte. Doch Willy tat genau das Gegenteil. Er verließ mit einem geschmeidigen Satz die Bühne und landete auf der Brunnenumrandung, von der aus er die Hand Lucretias erreichen konnte. Schon hatte er das Wurststückchen zwischen den Zähnen und sprang damit elegant auf den Boden, wo er die Beute genussvoll verspeiste. „Na, da muss einer ja noch viel lernen", hörten die Mädchen einen Jungen hinter sich sagen. Maria Agnes brauchte sich nicht umzudrehen, um zu wissen, wem die Stimme gehörte. Sie erschrak noch mehr, als Adam in ihr Blickfeld trat. In seinen Armen hielt er Samson. „Los, großer Künstler, zeig den anderen, wie es geht. Sitz!", rief er dem Kater ungeachtet der Tatsache zu, dass er diesem mit seinem unbeholfenen Klammergriff gerade jede Bewegungsmöglichkeit raubte. „Was? Du kannst es auch nicht? Wie schade!", höhnte der Junge. Maria Agnes fiel es schwer, an sich zu halten, doch noch half das mantraartige Wiederholen der mütterlichen Verhaltensanweisung – freundlich und geduldig, freundlich und geduldig, freundlich und geduldig –, um Adam höflich darauf hinzuweisen, dass er Samson schon absetzen müsse, solle dieser ein Kommando ausführen. „Wie dumm von mir", gab Adam zurück und platzierte Samson auf der Brunnenumrandung. „Das ist zu gefährlich", mahnte Maria Agnes. Freundlich und geduldig, freundlich und geduldig, murmelte sie vor sich hin – bis sie bemerkte, dass Samson am ganzen Körper zu zittern begonnen hatte.

Jetzt reichte es. Mit einem raschen Schritt trat sie näher an das geliebte Tier heran, um es selbst in die Arme zu nehmen und in jeder Hinsicht in Sicherheit zu wiegen. Adam Fischer war eine Zehntelsekunde schneller. Er packte zu, doch vergeblich, denn der verstörte Kater wand sich aus seinen Händen und stürzte in den Brunnen hinein. „Oh", sagte Adam schlicht, ohne eine Miene zu verziehen. „So ein Pech." Lucretia kreischte entsetzt.

Frieda und Willy flohen in Richtung des Beck'schen Stalls, einige Umstehende eilten herbei und beugten sich über die Umrandung. Nur Maria Agnes stand zunächst wie versteinert da. Sie dachte nicht. Sie fühlte nicht. Lebte sie noch? Der harte Schlag ihrer linken Hand traf Adam derart unvermutet, dass er das Gleichgewicht verlor und zu Boden stürzte. Blut rann aus seinem Mundwinkel, die Hose war, wie er schon beim Aufrappeln feststellte, an hochnotpeinlicher Stelle zerrissen. „Das wirst du bereuen, Maria Agnes Beck", sagte er. „Das verspreche ich dir."

Kapitel 17

Wasser drang in ihre Nase, in ihren Mund. Bleischwer zogen sie ihre Kleider nach unten in eine dunkle, verlorene Welt. Doch je heftiger sie mit Armen und Beinen strampelte, um so stärker wurde der erstickende Druck auf ihrer Brust, um so schneller sank sie. Sie wollte schreien, doch statt Hilferufen brachte sie nur große, dicke Blasen hervor. Glitzernd und rund strebten sie der Wasseroberfläche entgegen, während sie selbst diese immer mehr aus den Augen verlor. Sie warf den Kopf nach hinten. Würde sie an der harten Wand des Brunnens heftig genug anschlagen, wären ihre Qualen vielleicht beendet, dachte sie noch, da fühlte sie sich plötzlich fest an beiden Handgelenken gepackt. „Träumst du schon wieder?", hörte sie seltsam verzerrt Johann Jacobs Stimme. „Meine alten blauen Flecke sind noch nicht verschwunden, und jetzt hast du mich schon wieder geschlagen und getreten, Schwesterchen“, sagte er des enthaltenen Vorwurfs zum Trotz sanft, geradezu zärtlich und zudem leise, um die Eltern nicht zu stören. Maria Agnes hatte im Halbdunkel der Schlafkammer die Augen geöffnet, doch ihr Bruder las aus den geweiteten Pupillen und dem starr zur Decke gerichteten Blick, dass sie noch nicht in der Realität angekommen war. „Schwesterchen“, wiederholte er und strich ihr vorsichtig über die Wange. Vorsichtig deshalb, weil ihm ein solcher Aufweckversuch schon einmal eine Ohrfeige eingebracht hatte, an die sich die Schlägerin Sekunden später nicht einmal mehr erinnern konnte. Dieses Mal brachte die Geste den erwünschten Erfolg, und mit einem tiefen Atemzug wachte Maria Agnes auf. Die Erleichterung, dem Alptraum entkommen zu sein, trieb ihr die Tränen in die Augen. Schluchzend warf sie sich Johann Jacob in die Arme. „Schon wieder?“, fragte Christina Barbara, für die ebenso wie Melchior spätestens jetzt die Nachtruhe beendet war. „Leider ja. In Vollmondnächten ist es immer besonders schlimm“, stellte ihr Stiefsohn fest. Immer noch hielt er das weinende Mädchen an sich gedrückt.

Seit Monaten ging das nun so. Die Szene am Brunnen verfolgte sie in ihren Träumen, und die Qual war dieselbe, ob sie nun selbst ertrank oder gezwungen war, Samsons Versinken mit anzusehen. „Das ist die Strafe, weil ich Adam geschlagen habe“, vermutete Maria Agnes. „Unsinn. Der hat es nicht besser verdient, und außerdem: Was ist ihm schon passiert?“, antworteten auf die Selbstbeschuldigung nicht nur ihre Eltern und Geschwister, sondern auch ihr lieber Oheim Beck, dem Christina Margaretha von der speziellen Krankheit ihrer Schwester berichtet hatte. Tagsüber gelang es Maria Agnes tatsächlich immer besser, den Schock abzuschütteln, zumal Samson weder körperliche noch seelische Verletzungen davongetragen hatte. Ein junger blonder Bursche, von dem sie nur mitbekommen hatte, dass er Christoph hieß und im Unterschied zu den anderen Schaulustigen anpackte, statt Maulaffen feilzuhalten, hatte den Kater mit einem Schöpfeimer aus dem Wasser gezogen. Nun war es beinahe so, dass Samson seine Besitzerin aufmuntern musste. Jedenfalls rammte er ihr mit vorher nicht gekannter Heftigkeit stets dann das Köpfchen gegen die Beine, wenn Maria Agnes schweren Gedanken nachzuhängen schien. Schlug sie allerdings nachts um sich, musste er ebenso wie seine Mutter wohl oder übel das gemeinsame Bett verlassen.

Ohnehin verbrachte Frieda noch viel Zeit bei den Herbstkätzchen, die sie dieses Mal ungewöhnlich spät im Jahr zur Welt gebracht hatte. Die beiden Mädchen, die einander mit ihrem weißen, von schwarzen Punkten übersäten Fell stark ähnelten, waren nicht kräftig genug gewesen, um sie schon beim Viehmarkt nach dem Kirchweihfest abzugeben. Auch unter den Gästen im Schwarzen Adler hatte sich bis zum Beginn der Adventszeit des Jahres 1761 kein passender Käufer gefunden. Denn Maria Agnes war noch vorsichtiger geworden. Hegte sie auch nur den geringsten Zweifel an der Eignung eines potenziellen Kunden, war das Geschäft geplatzt, noch bevor es Konturen hatte annehmen können. „Bald wird Frieda die beiden nicht mehr versorgen können", mahnte Christina Barbara Beck zur Eile. Sie hatte sich nicht nur an die anfangs belächelten Transaktionen ihrer Tochter gewöhnt, sie beklagte sich auch keineswegs über das eingenommene Geld, das Maria Agnes stets brav abgab.

Doch nun ging es um etwas anderes: Ihre Jüngste benötigte dringend ein Erfolgserlebnis. Das Gefühl, Friedas Nachwuchs gut vermittelt und dadurch Menschen glücklich gemacht zu haben, würde sie möglicherweise aus ihrem Tief herausholen. Sie brauchte sich ja nur ein bisschen umzuhören ...

Die Lösung in Gestalt eines magenkranken Herrn stand auf der Kanzel der Andreaskirche. Der Pfarrer, der zum Beginn des neuen Kirchenjahres eine, wie er fand, besonders eindringliche Predigt geschrieben hatte, wirkte auf seine Zuhörer fahrig und abwesend. „Heute findet er wieder gar kein Ende", raunte Christina Barbaras Nebensitzerin ihr zu. Die Banknachbarin dachte an das teure Stück Fleisch, das auf dem heimischen Feuer nicht mehr allzu lange schmoren sollte. An der Position des Lichtkegels, den die durch die Seitenfenster einfallende Sonne auf den Steinboden malte, las sie ab, dass es auf 12 Uhr zugehen musste. „Einfach aufstehen und gehen möchte man", murmelte sie, und da andere Gottesdienstbesucher ihre Aufmerksamkeit ebenfalls anderen Dingen als der bevorstehenden Ankunft des himmlischen Königs widmeten, wuchs der Geräuschpegel minütlich an. Die Nachbarin fühlte sich ermutigt, ihr großes Mitteilungsbedürfnis auszuleben, und sang Christina Barbara ungefragt das Hohelied ihrer zweitjüngsten Tochter vor, die – man denke! – eine Stelle im Schloss Mühlhausen gefunden habe. Dort lebte, wie man im nur wenige Kilometer entfernten Dürrmenz zumindest vom Hörensagen wusste, die Familie des Freiherren von Stain. Und wenn man der Banknachbarin Glauben schenken wollte, so verdankten dessen aktuell acht Töchter ihr körperliches Wohlergehen ausschließlich der tüchtigen Dürrmenzer

Magd – nein, Zofe war natürlich der richtige Ausdruck. Doch ach, wie viel Mühe habe ihre Tochter mit den jungen Damen und Kindern. Die eine wolle dies nicht essen, die andere das nicht anziehen, die eine leide an ständigen Kopfschmerzen, die andere – ach, das arme junge Ding – plagten schlimme Leibschmerzen. Wie oft am Tag müsse die Tochter dem lieben Fräulein Louisa Wasser für die Wärmflasche erhitzen! Am Neujahrstag – gut zu merken sei das – werde sie erst zehn Jahre alt. Und schon so ein Elend. Gut, dass sie – also die eigene Tochter – heute ihren freien Tag habe und zu Hause bei guter Verköstigung durch die Mutter zu Kräften kommen könne. Wenn freilich er – also der Herr Pfarrer – auch nur eine Minute länger predige, sehe sie schwarz für ihn – also den Sonntagsbraten.

Christina Barbara war dafür belohnt worden, sich aus dem Gequassel nicht ausgeblendet und den Dschungel der Personalpronomina geistig durchdrungen zu haben. Denn nun wusste sie, was zu tun war. Wie es denn um die Aufstiegsmöglichkeiten ihrer Tochter im Schloss bestellt sei, fragte Christina Barbara ihre Banknachbarin beiläufig, als diese kurz Luft holen musste. Mit einem ganz besonderen Geburtstagsgeschenk – gar nicht teuer übrigens – werde sich die junge Dürrmenzerin beim jungen Freifräulein garantiert noch beliebter machen …

Und so traten, von Maria Agnes höchstpersönlich überbracht, noch an diesem Sonntag zwei Katzenschwestern ihren Weg in adelige Kreise an. Nicht nur sie selbst erfreuten sich rasch großer Beliebtheit und bester Speisen direkt von der freiherrlichen Tafel. Auch ihre Nachkommen sonnten sich in der Aufmerksamkeit der fürnehmen Bewohner.

„Meinst du, sie essen jetzt nur noch von Porzellantellern? Und werden sie vielleicht sogar mit goldenen Löffeln gefüttert?“ Christina Margaretha unterdrückte ein Lachen. Sie wollte ihrer Schwester die neu gewonnene Lebensfreude nicht gleich wieder rauben. Endlich lächelte Maria Agnes wieder, endlich war das Strahlen in ihre Augen zurückgekehrt. „Gut möglich“, antwortete Christina Margaretha daher, auch wenn sie vermutete, dass nicht einmal der Herzog selbst einen derartigen Luxus pflegte. „Wer speist hier so vornehm?“, fragte Gottlieb Beck, der die Unterhaltung zwischen seiner Haushaltshilfe und deren Gast am Rande mitverfolgte, während er Ordnung in seine Chirurgenutensilien brachte. Christina Margaretha und er arbeiteten wie so oft Hand in Hand: Sie reichte ihm an, wonach er fragte, er warf einen prüfenden Blick darauf und entschied dann, ob der Gegenstand an seinen angestammten Platz zurückkehren würde oder nicht. Wenn ja, sorgte die junge Frau dafür, dass kein Staubkorn an ihm haften würde.

„Es geht um Friedas Junge. Maria Agnes hat sie einer Magd verkauft, die im Schloss Mühlhausen arbeitet“, informierte Christina Margaretha ihren Dienstherrn, wurde allerdings gleich verbessert. „Zofe, es heißt Zofe“, betonte Maria Agnes, „das ist nämlich viel vornehmer. Vielleicht werde ich auch einmal eine Zofe.“ – „Oh, das wäre aber schade“, wandte Beck gespielt traurig ein. „Ich dachte immer, du würdest, wenn deine Schwester einmal geheiratet hat, meine neue Gehilfin werden.“ – „Gehilfin?“ Auf Maria Agnes’ Stirn standen gleich mehrere Fragezeichen. „Ist das noch besser als Zofe?“ – „Viel besser“, sagte der Chirurg. „Oder kann eine Zofe vielleicht kleinen verletzten Katern Verbände anlegen?“ Maria

Agnes dachte nach. Um ehrlich zu sein, sie wisse gar nicht, was eine Zofe zu tun und zu lassen habe. Aber ob Zofe oder Gehilfin, der liebe Oheim müsse wissen, dass ihre rechte Hand leider zu dumm zum Schreiben sei. Ob es denn darauf ankomme? „Zu dumm? Wer sagt denn so etwas?"

Bevor sich Gottlieb Beck über den Schulmeister echauffieren konnte, wurde der Frühjahrsputz durch ein heftiges Pochen an der Tür unterbrochen. „Beck, beeilt Euch!", hörte Maria Agnes draußen eine ihr bekannte Stimme rufen. „Soll ich?", fragte das Mädchen, und schon war sie zum Eingang gestürzt, um dem Adlerwirt Einlass zu gewähren. Ein Strahlen huschte über ihr Gesicht, doch es verschwand so rasch, wie es gekommen war, als sie hinter der stabilen Gestalt des Johann Jacob Redwitz dessen vermeintlich besserer Hälfte gewahr wurde, die sich eben, einen abschätzigen Blick auf das Nachbarskind werfend, an allen vorbei ins Beck'sche Allerheiligste drängelte. Dort blieben ihre Augen an der nächsten Unperson hängen, die im vertrauten Gespräch mit dem Hausherrn zu sein schien. „Darf man stören?", fragte sie betont freundlich. „Aber, aber, liebe Adlerwirtin, hättet Ihr mich je gestört?", gab Beck im selben Tonfall zurück. „Wie kann ich Euch helfen?" Nun ergriff Redwitz selbst das Wort und schilderte rasch und sachlich, dass sich einer seiner Gäste auf einer Eisplatte vor dem Gasthaus offenbar ein Bein gebrochen habe und nun vor Schmerz das halbe Dorf zusammenschreie. Noch während er sprach, hatte Beck Christina Margaretha mit einem Kopfnicken bedeutet, sie möge die benötigte Ausstattung zusammensuchen, um dem Patienten rasch zur Hilfe zu eilen, und noch ehe die Redwitzin ihren vor Erstaunen offenstehenden Mund wieder schließen konnte, war das Dienstmädchen zudem zum großen, beschlagenen Kasten im Hausflur geeilt und hatte Gehrock und Handschuhe für ihren Herrn herausgeholt. „Worauf wartet Ihr?“, fragte Beck.

Kapitel 18

Die Gerüchte wurden lauter. Lange würde der Pfarrer nicht mehr in Dürrmenz bleiben. Da konnte man es sich wohl leisten, mal einen Sonntagsgottesdienst zu verpassen. Nach der Hochphase im Advent und rund um die Weihnachtsfeiertage, die einen wahren Marathon an Kirchenbesuchen mit sich gebracht hatte, musste einem das ja wohl verziehen werden, sagten sich die beiden jungen Dürrmenzerinnen, die an diesem überraschend warmen Januartag im Schatten der Friedhofsmauer warteten, bis sie ihre Eltern im besten Gewand die Treppe zur Andreaskirche hatten emporsteigen sehen. Ein, zwei Minuten würden sie sicherheitshalber noch warten und dann so unauffällig wie möglich den Weg in Richtung Plattenwald einschlagen, wo sie sich mit zwei jungen Herren zu treffen gedachten. Mochte das Gewissen sich auch leise regen, der Balken im eigenen Auge hielt die beiden nicht davon ab, mögliche Splitter in den Sehorganen anderer auszumachen. Fasste nicht der Arm des Chirurgen Beck geradezu offensichtlich unschicklich über die Schulter der in ein sackartiges Ganzkörpergewand gehüllten Ehefrau hinweg zur Schulter dieser dahergelaufenen Dienstbotin, die die Beckin auf deren rechter Seite stützte? Brauchte ein starker Mann, der sicher zweieinhalb Zentner auf die Waage brachte, zum Führen seiner zugegebenermaßen sehr merkwürdigen Angetrauten ein zwar hochgewachsenes, aber doch weiblich schwaches blondes Nichts? Bedurfte es wirklich dieser noch nicht einmal 18-Jährigen, um der ehrenwerten Frau Chirurgin die Treppenstufen hinauf zur Kirche anzusagen? Die Beobachterinnen sahen einander an. Der Worte bedurfte es nicht. Unerhört war das.

Die Gerüchte wurden lauter. Lange würde der Beck sich dieses Possenspiel nicht mehr leisten können. Die beiden jungen Damen aus gutem Hause, enttäuscht vom Scheitern ihrer eigenen amourösen Bemühungen und mit reichlich Zeit und Fantasie ausgestattet, hatten ganze Arbeit geleistet. Die Redwitzin nicht minder. Wo immer der Chirurg mit oder ohne Begleitung auftrat, wurde er durchleuchtet, als sei der Röntgenapparat schon erfunden worden. Und Christina Margaretha erging es nicht anders. Was hatte dieser rote Fleck an ihrem Hals zu bedeuten? Schaute sie nicht auffallend verschämt zu Boden, wenn man sie ansprach? Sorgte sie womöglich mit geheimnisvollen Mitteln im Essen selbst dafür, dass ihre Herrin die Sonne und somit die Wahrheit über ihre Ehe nicht sehen durfte? Doch merkwürdigerweise prallten die Blicke und die daran haftenden Vermutungen sowohl an Beck als auch an seiner vermeintlichen Gespielin ab. Zu fern lag beiden die Gedankenwelt der missgünstigen Umgebung, als dass sie auch nur im Entferntesten das Misstrauen gespürt hätten.

Da musste man wohl andere Saiten aufziehen. „Na, wie geht es denn deiner Schwester so?“, fragte Catharina Barbara Redwitz eine sichtlich überraschte Maria Agnes, als diese gerade am Brunnen Wasser schöpfte. Ja, dazu war sie nun wieder in der Lage, denn wenn es Samson gut ging, wenn Frieda ihr den Vorfall nicht nachtrug und wenn sie zudem deren Kinder in bester Obhut wusste, so durfte sie selbst nicht länger Trübsal blasen. Das hatte sich das Mädchen fest vorgenommen. „Hörst du, oder bist du taub?“ Maria Agnes schüttelte die Gedanken ab. „Meiner Schwester geht es sehr gut, danke“, antwortete sie und hoffte, allen Regeln der Höflichkeit damit Genüge zu tun. Doch ohne, dass sie es wollte, bildete sich auf ihrer Stirn eine steile Falte. „Nun, man hört so einiges“, fuhr die Adlerwirtin unbeeindruckt fort. „Ein schönes junges Mädchen. Ein großes Haus, in dem sie arbeitet. Ja, was wohl die Zukunft bringen wird …“ Sie ließ den Satz in der Luft hängen. Es war, als schwebte er über dem trüben Wasser des Brunnens, spiegelte sich darin, doch so, dass nur ein verzerrtes Bild zu erkennen war. Maria Agnes schwieg. Die Falte auf ihrer Stirn grub sich tiefer ein. „Nicht jeder Traum wird wahr. Nicht jeder Mann ist der richtige. Ein junges Mädchen muss achtgeben auf seinen guten Ruf. Besonders, wenn er das Einzige ist, was sie in eine Ehe einbringen kann.“ Maria Agnes wusste nicht, was sie merkwürdiger finden sollte: Die Rede der Nachbarin oder die Tatsache, dass sich die von ihrer weit fortgeschrittenen zehnten Schwangerschaft schon deutlich gezeichnete Frau plötzlich zu ihr hinunterkniete und ihr mit überraschend warmen, weichen Fingern die Haut unter dem Kinn kraulte. „Ich meine es ja nur gut“, sagte sie und erhob sich.

Warum war ein guter Ruf so wichtig? Maria Agnes konnte sich nach reiflicher Überlegung nur einen Reim auf die Unterhaltung mit der Adlerwirtin machen. „Meinst du, mit Christina Margarethas Hals ist alles in

Ordnung?", fragte sie am Abend ihre Mutter, die einen ermüdenden Bittstellergang zu verschiedenen potenziellen Abnehmern von Wolle hinter sich gebracht hatte. „Mit ihrem Hals? Wie kommst du denn darauf?" Christina Barbara Beck durchfuhr ein kurzer Schreck. Sollte etwa eine neue Krankheitswelle durch den Ort rollen, und wollte ihre Jüngste ihr das auf diese etwas seltsame Weise vorsichtig mitteilen? Doch nein, beruhigte sie sich selbst und rief sich eine Begegnung vom Vortag in Erinnerung, als sie die putzmuntere Christina Margaretha ein großes Stück Fleisch für ihre Herrschaften hatte nach Hause tragen sehen. Laut und keinesfalls in irgendeiner Art beeinträchtigt hatte sie der Mutter einen guten Morgen zugerufen. „Du kannst unbesorgt sein, es geht ihr hervorragend", sagte Christina Barbara. „Wirklich? Das heißt, sie könnte auch laut genug zurückrufen, wenn ein Mann vor dem großen Haus der Becks stehen und ihr sagen wollte, dass er sie heiraten möchte?" – „Ich denke schon", brachte Maria Agnes' Mutter noch heraus, bevor sie von einem seltenen, aber umso heftigeren Lachanfall geschüttelt wurde. Ideen hatte dieses Kind.

Doch natürlich war der Gedanke an eine zu knüpfende Verbindung nicht aus der Welt. Es erfüllte die Mutter mit tiefem Schmerz zu wissen, dass sie der Tochter weder materiell noch gesellschaftlich die nötigen Voraussetzungen bieten konnte, um eine gute Partie zu machen. Sehr wahrscheinlich wäre, dass sie noch einige Jahre als Dienstbotin würde arbeiten müssen, um sich mit ihrem sogenannten Lidlohn selbst die dringendsten Bestandteile der Aussteuer wie beispielsweise eine Grundausstattung an Bettwäsche und zumindest ein ungehimmeltes Bett anschaffen zu können. Heimlich hegte Christina Barbara

Beck die Hoffnung, einer der vornehmen Gäste des Chirurgen würde sich vom Fleiß und unbestritten reizenden Erscheinungsbild ihrer Ältesten zu einer Liebesheirat verleiten lassen und weder auf Geld noch Renommee der Eltern Wert legen. Doch wie wahrscheinlich war ein solches Wunder? Sehr viel näher lag der drohende Gedanke, ein dahergelaufener Bursche könnte sich dem naiven Mädchen unsittlich nähern, das man im Notfall seiner niederen Herkunft wegen für alle Eventualitäten verantwortlich machen konnte. Selbstverständlich hatte die besorgte Mutter die Tochter vor dem Betragen ungehobelter junger Männer gewarnt, doch lag im verständnislosen Blick Christina Margarethas eine Wahrheit verborgen, die zu ergründen sie gar nicht erst versuchen wollte.

Was würde die Zukunft bringen? Immer häufiger zermarterte sich Christina Barbara Beck darüber den Kopf. Anlässe gab es genug. Die Ernte des Vorjahres ging schon im zeitigen Frühjahr zuneige. Kaum gelang es ihr und Melchior noch, die Familie über die Runden zu bringen, zumal Melchior mit erschreckender Regelmäßigkeit von Hustenanfällen geschüttelt wurde und dann seine Arbeit für Stunden, manchmal für Tage und Wochen ruhen lassen musste. Ihm blieb kaum Kraft für das Nötigste, wie sollte er sich da um die Erziehung seines Sohnes kümmern, der zum Ende seiner wenig erfolgreichen Schulzeit hin Orientierung benötigt hätte? Christina Barbara wiederum hoffte, in Maria Agnes bald eine noch tatkräftigere Helferin an ihrer Seite zu wissen. Ob sie die Schule besuchte, was sie an vermeintlich Unproduktivem lernte, schien da eine Nebensache zu sein.

Und Christina Margaretha: Da war dieses bald nicht mehr zu überhörende Getuschel, von dem ihr beispielsweise die Vollmerin berichtet hatte. Würde das Gerede über ein – da war sich die Mutter sicher – frei erfundenes Verhältnis mit ihrem Dienstherrn die Heiratschancen nicht noch mehr verschlechtern? Da kam ihr die persönlich überbrachte Einladung zur Hochzeit der Vollmer-Tochter Euphrosina beinahe wie Hohn vor. Ein für die Zeit rauschendes Fest feierten die junge Frau und ihr Bräutigam Georg Michael. Dass Euphrosina den Sohn des Ötisheimer Gerichtsverwandten Hans Jerg Böhringer, eines Metzgers und entfernten Bekannten ihres Vaters, erst wenige Male zu Gesicht bekommen hatte – geschenkt. Ihr schien im Nachbarort eine sichere Zukunft offenzustehen, und das durften an diesem 9. Februar 1762 ruhig alle Gleichaltrigen aus Dürrmenz mitbekommen. Entsprechend lang war der Hochzeitszug, der sich nach der kirchlichen Zeremonie in Richtung des Vollmer'schen Anwesens bewegte. Frieda zog es vor, ihren Beobachtungsposten am Eingang der eigenen Behausung aufzugeben. Es lag etwas Ungutes in der Luft, fand sie, und zog sich in den Stall zurück. Erst Stunden später sollte Maria Agnes ihre Freundin, nach der sie intensiv gesucht hatte, auf den letzten Leintüchern Melchiors entdecken. „Was machst du da, Frieda?“, wunderte sich das Mädchen. Für Nachwuchs war es doch viel zu früh.

Menschlichen Nachwuchs gab es nur wenige Tage später, am 14. Februar, im Schwarzen Adler zu begrüßen. Agi Redwitz war ein weiteres Mal in ihrem Bemühen gescheitert, das wundersame Geschehen durchs Schlüsselloch zu verfolgen. „Es ist wie verhext“, sagte sie später zu Maria Agnes. „Dieses Mal hat mich mein Vater losgeschickt, um die Hebamme zu holen, und als wir beide zu Hause ankamen, war mein Brüderchen schon auf der

Welt.“ Carl Wilhelm Redwitz hieß der Junge, der es derart eilig gehabt hatte. Revierförster in Sternenfels würde er später einmal werden, aber das ahnte keiner, als ihn die betagte Großmutter Elisabetha geborene Majer als Patin über den Dürrmenzer Taufstein hielt.

Die Tage wurden länger, die nächtlichen Gesänge der Kater lauter, die Sonnenstrahlen kräftiger. Bald würden die Felder neu belebt werden, die Gärten zu bearbeiten sein, Mensch und Tier den Lauf des Werdens und Vergehens von vorne beginnen. Schafe, wie sie der Fleckenschäfer Klink unter seiner Obhut wusste, würden in wenigen Wochen von geschickten Händen von ihrer nun belastenden Haarpracht befreit werden und jenes Material neu verfügbar sein, auf das Melchior Beck sein Auskommen aufgebaut hatte. Der Begriff bildete die Realität freilich immer schlechter ab. Ausgekommen war die Familie mit dem verdienten Geld nicht, was unter anderem zur schmerzhaften Folge gehabt hatte, dass Friedas und Maria Agnes' vierbeinige Freundin, die im Alter noch weiter zusammengeschnurrte Kuh, hatte verkauft werden müssen. „Du bist ein großes und vernünftiges Mädchen“, hatte Melchior seine Tochter auf den Verlust vorbereitet, „du wirst dich von ihr verabschieden und sie gehen lassen.“ Diese letzten beiden Worte hatte das Mädchen auf sich wirken lassen. Ließ sie nicht auch Friedas Kinder irgendwann gehen? Musste man nicht loslassen, immer wieder aufs Neue? Neuneinhalb Lebensjahre lang hatten sie das gelehrt, und so erbat sie von dem schief gewachsenen Knecht, der das Tier abzuholen beauftragt war, nur einen kurzen Moment, in dem sie der Kuh stumme Tränen an den dickbeaderten Hals weinte. Dann wandte sie sich ab und vernahm in ihrem Rücken die letzten schleppenden Schritte zur Stalltür und auf die Brunnengasse hinaus. Wohin auch immer der Weg führte.

Das wenige Geld, das der Verkauf erbracht hatte, versickerte in einer dringend benötigten Reparatur des Hausdaches, in das ein Wintersturm ein Loch gerissen hatte. Selbiger Sturm hatte auch an den Obstbäumen der Familie mit seinen eisigen Fingern allzu heftig gerüttelt, und so schien es nur logisch, dass Melchior eine bis dahin zur Zufriedenheit genutzte Wiese ebenfalls an den nächstbesten Interessenten veräußerte. „Ein Betrüger ist das", schimpfte er nur wenige Tage später, als er erfahren hatte, wie viel derselbe Mann dem offenbar geschäftstüchtigeren Besitzer des Nachbargrundstücks bezahlt hatte. „Lass mich das nächste Mal verhandeln", bat Melchiors Frau. Ein Schatten legte sich über seine Augen, als er nickte.

Und doch: Dieses eine Geschäft, das einzufädeln seine ureigene Idee gewesen war, musste er selbst über die Bühne bringen. Er gedachte, aus der Not eine Tugend zu machen und seine zunehmende Anfälligkeit nicht länger zu ignorieren, sondern sich kräftige, junge Hände zur Unterstützung zu suchen. Nun war die Wollenkämmerei weit davon entfernt, ein zünftiger Beruf zu sein, in dem man sich hätte ausbilden lassen und anderen eine geregelte Ausbildung angedeihen lassen können. Dennoch waren die Dienste der von vielen Verachteten gefragt in einer Zeit, da unter anderem im aufstrebenden Pforzheim immer mehr Neureiche immer feinere Wollsachen trugen, Wände und Böden mit Teppichen schmückten und sogar in Textilien investieren wollten. Seiner Hände Arbeit an die örtlichen Strumpfstricker zu verkaufen, war immer schwieriger geworden, da sich viele von diesen zusammengeschlossen und en Gros günstigeres Material erworben hatten. Also musste auch er günstiger und in größerem Stil produzieren, um im Optimalfall über die Kontakte des Handelsmanns Bühler potente Kunden zu erreichen.

Er hatte sich umgehört unter den Männern seiner Gesellschaftsschicht: Viele von ihnen teilten sein Schicksal, dem eigenen Sohn keine erfolgversprechende Lehrstelle verschaffen zu können, und wie er während seiner für ihn ungewohnten Besuche in den Dürrmenzer Wirtshäusern signalisiert bekommen hatte, würden sich mit Leichtigkeit zwei, drei, vielleicht sogar vier Burschen finden lassen, die er in die Geheimnisse seiner Kunst würde einweihen können. Hausen konnten sie im nun verwaisten Stall, den er notfalls etwas wohnlicher würde einrichten müssen. Ununterbrochen würden sie das Feuer am Lodern halten und zwar kein Lehrgeld entrichten, dafür aber quasi umsonst das tun, wozu er kaum mehr in der Lage war: ätzende Laugen und beißende Dämpfe atmen, heiße, schwere Kämme bewegen, um am Ende das Leichteste und Reinste der Welt in Händen zu halten. Er würde nicht nur in weitere Kämme investieren müssen, sondern auch dafür zu sorgen haben, dass er überhaupt über genügend Ausgangsmaterial verfügen würde. „Sprich rechtzeitig mit dem Klink", riet Christina Barbara, die von ihrem Mann über die Pläne in Kenntnis gesetzt worden war, im Stillen aber große Zweifel an der Durchführbarkeit hegte. Doch sie hörte Melchior an, sie ermutigte ihn, steuerte eigene Ideen bei. Steckte dahinter mehr als der Wunsch, seine Lebensgeister neu beflügelt zu sehen? Ja, sie hatte diesen Mann mit der widerspenstigen, mittlerweile von Silberfäden durchzogenen Haarsträhne liebgewonnen. Mochte er schwach sein, mochte er kränkeln, sich übervorteilen lassen: Er gehörte zu ihr, und sie würde den Menschen, den Gott ihr anvertraut hatte, nicht fallenlassen. Manchmal erwischte sie sich dabei, wie sie nachts, wenn der Mond hell genug durchs Fenster schien, das leise Zucken seiner Mundwinkel beobachtete, wie sie sich versucht fühlte, rasch über die erster fehlender Zähne wegen eingefallenen Wangen zu streichen, wie sie beruhigt aufatmete, wenn sich seine feinen Nasenflügel nach einer bestürzend langen Pause wieder mit Luft vollsogen. Nun, was hatten sie zu verlieren? Entweder der Fleckenschäfer würde das nötige Material vermitteln können oder eben nicht. Sie wusste nicht, ob sie sich das eine oder das andere wünschen sollte.

Die Entscheidung wurde Christina Barbara Beck abgenommen.

Kapitel 19

Früh an diesem Dienstagmorgen des 30. März hatte sich Melchior auf den Weg gemacht. Er traf den Schäfer inmitten seiner Schützlinge auf den in Richtung Plattenwald ansteigenden Wiesen an, die Hände voller Blut, das bärtige Gesicht voller Lachen. „Schaut, Drillinge, und alle sind kräftig genug, um durchzukommen“, rief er Beck zu. „Ein bisschen Hilfe hat sie gebraucht, aber die Mühe hat sich gelohnt“, sagte er und kraulte der Mutter liebevoll die Ohren. Wie viele Lämmer hatte er auf die Welt kommen sehen? Tausende sicher, und doch schämte er sich seiner unvergänglichen Freude über das neue Leben nicht. Melchior konnte nicht umhin, sich zu den Neugeborenen hinunterzubeugen und demjenigen, das ihm am nächsten lag, zart über sein noch feuchtes Köpfchen zu streichen. „Doch Ihr seid sicher nicht wegen meiner Neuzugänge hier“, sagte Johannes Klink, während er seinen verrutschten Hut zurechtrückte. „Ich habe Eure Frage nicht vergessen.“

Es schien Melchiors Glückstag zu sein. Der Schäfer hatte seine bisher nur vage geäußerten Pläne nicht nur im Gedächtnis behalten, sondern schien auch gewillt, bei deren Umsetzung zu helfen. Fragen, die Beck noch nicht einmal gestellt hatte, beantwortete Klink in diesem Monolog mit zwei Beteiligten selbst, und die Antworten verhießen einen für den Unternehmer in spe verkraftbaren Preis. Kaum gelang es Melchior, den Details der Vorgehensweise, die der Fleckenschäfer vorschlug, zu folgen, zu laut unkte die innere Stimme in seinem Kopf. Nein, das ist nicht möglich. Gleich wird er in schallendes Gelächter ausbrechen und mich einen Narren heißen, dass ich auf seinen Scherz hereingefallen bin, hämmerte es von innen gegen seine Schädeldecke. Doch die Häme blieb aus. Das Aber blieb aus. Das „Herrje, was seid Ihr gutgläubig“ wollte einfach nicht fallen. Stattdessen durchdrang den Nebel ein Satz, der den unmittelbar bevorstehenden Besuch des Schäfers in der Brunnengasse verhieß, um letzte offene Fragen zu klären. Irgendwann spürte Melchior einen festen Händedruck und sah seine Beine den Heimweg antreten. „Abgemacht. Bis später dann“, klang das Echo der tiefen Stimme in ihm nach und gewann endlich die Oberhand über die Stimme des Zweifels.

Fast hätte er die eigene Frau über den Haufen gerannt, so energisch öffnete er die Tür und so zügig trat er ein.

Sie stieß einen merkwürdigen Laut aus, eine Mischung aus Überraschung und Erschrecken, und er fing die Stolpernde geistesgegenwärtig auf. Ob er etwas angestellt habe, fragte Christina Barbara vorsichtig. Noch nicht, antwortete ihr Mann. Sie spürte sein Lächeln an ihrer Wange. Als Maria Agnes wenig später eintrat, bot sich ihr das ungewohnte Bild eines Elternpaars, das in einer stummen Umarmung versunken und der Welt entronnen schien. Leise zog sie sich zurück.

Sie würde Christina Margaretha besuchen, nahm sie sich vor. Vor dem Haus hielt sie Ausschau nach Samson und Frieda. Vielleicht würde einer der beiden sie begleiten wollen. Samson arbeitete schließlich gerade an einem neuen Trick, den der Oheim Beck noch nicht bestaunt hatte. „Samson, Frieda, wo steckt ihr?“, rief sie. Nicht dass sie eine ausformulierte Antwort erwartet hätte. Aber die Stille machte sie stutzig. Wo waren die Knechte, die im Stall des Adlerwirts nach dem Rechten sahen, wo die Mägde, die von ihren Herrschaften zum Einkaufen geschickt wurden, wo die einfachen Bauersleute, die es auf ihre frisch eingesäten Äcker zog, um die Erfolgsaussichten abzuschätzen? Die Geräusche des Alltags fehlten, ja sogar das Gezwitscher der Vögel, wenn sich Maria Agnes nicht täuschte. Doch da war etwas anderes. Ein dumpfes Gewaber aus menschlichen Lauten, zuerst kaum wahrnehmbar, dann anschwellend wie ein unreiner Ton aus einer der altersschwachen Orgelpfeifen. Schließlich meinte sie aus dem Gemisch Schreie herausfiltern zu können. Unwillkürlich wandte sie sich in Richtung Enz. Mit pochendem Herzen hielt sie geradewegs auf das Unglück zu, das sich dort am Flussufer ereignete.

Noch ehe sie das Ufer erreichte, erkannte sie eine große Ansammlung von jungen und älteren Männern, die rufend und gestikulierend um eine im Grund wenig steile Stelle herumstanden. Mehrere von ihnen hielten einen langen Stab, wie ihn die Flößer zum Steuern benutzten. Andere – zu ihrer Überraschung machte sie unter diesen ihren Bruder Johann Jacob aus – banden sich der Reihe nach ein dickes Seil um die Leibesmitte, um das freie Ende einem für Maria Agnes noch nicht erkennbaren Empfänger auf der Wasseroberfläche zuzuwerfen. „Er treibt uns ab", hörte sie aus dem Geschrei heraus. „Hol einer ein Netz. Und mehr Stangen. Rasch!" Der Fluss führte nach der Schneeschmelze im Schwarzwald reichlich Wasser, das sich kurvenreich seinen Weg in Richtung des Neckars bahnte. Die Gruppe der Helfer spaltete sich auf. Während die einen unter der Führung des Adlerwirtes Redwitz in Richtung einer markanten Biegung der Enz eilten, an der sich ein Körper am ehesten würde aus den Fluten ziehen lassen, blieben die anderen am Ufer etwa auf Höhe des Gasthofs Sonne stehen und brüllten nach Leibeskräften auf einen Menschen ein, der ganz offensichtlich zu schwach war, um sich länger an einem im Winter abgeknickten und – zum guten Glück noch nicht beseitigten – Uferbaum festzuhalten. „So greift doch das Seil", schrie der Sonnenwirt, den Maria Agnes im gleißenden Gegenlicht erst jetzt identifizierte. Endlich, endlich schien der Mann Mut und Kraft aufzubringen, nach dem rettenden Utensil zu greifen, und unter Ächzen und Stöhnen, letztlich unter dem Applaus der Schaulustigen zogen der Wirt und seine Gehilfen samt Johann Jacob ein klatschnasses Bündel von Mann aus dem Wasser.

Einer drehte den Verunglückten auf die Seite und schlug ihm heftig gegen den Rücken, bis sich aus blau angelaufenen Lippen reichlich Enzwasser ergoss. „Na bitte, er lebt", rief der Wirt erleichtert. Er wusste, er würde sich Vorwürfe gefallen lassen müssen. Wie hatte er dem schon bei der Ankunft offensichtlich betrunkenen Gast so viel ausschenken können, dass dieser lallend und ohne Sinn und Verstand torkelnd sein Lokal verließ? Eben jene Frage las er bereits auf der besorgten Miene des Amtmanns Wohlmann, den Maria Agnes nun ebenfalls erkannte. „Betet, dass der andere auch davonkommt", sagte er in Richtung des Sonnenwirts, und in jenem Moment wurde er der jungen Zeugin des Geschehens gewahr. Maria Agnes erschrak. Würde sie als nichtsnutzige Zuseherin gescholten werden? Nein. „Mädchen, lauf. Hol den Chirurgen Beck. Lauf, so schnell du kannst." Noch ehe Wohlmann den Befehl komplett ausgesprochen hatte, war Maria Agnes unterwegs.

Es stellte sich heraus, dass der junge Mann mehr Glück als Verstand gehabt hatte. Das Adrenalin in seinem Körper hatte der lähmenden Kraft des Alkohols entgegengewirkt und dafür gesorgt, dass er sich bis zum Eintreffen der Retter hatte festhalten können. Da er keine äußerlichen Verletzungen davongetragen hatte, wurde Gottlieb Beck erst gar nicht mit der Untersuchung des Trunkenboldes beauftragt. Er bewegte mit einer faszinierenden Geschmeidigkeit seine Körpermasse samt einer kleinen Transporttruhe in Richtung der Flussbiegung – im Gefolge nicht nur Maria Agnes, sondern auch Christina Margaretha, die ebenfalls voll bepackt war mit Gegenständen, die zur Versorgung eines Verletzten geeignet schienen. „Wir haben ihn", hörte das Trio von

Ferne rufen. Maria Agnes zuckte zusammen, als sie sah, mit welch groben Stangenstößen ein menschlicher Körper in Richtung Ufer getrieben wurde, und wirklich: „Es sieht so aus, als hättet Ihr Euch umsonst herbemüht", sagte ein junger blonder Kerl, der Maria Agnes entfernt bekannt vorkam, mit ehrlicher Betroffenheit. „Wir haben zu spät bemerkt, dass nicht nur einer im Wasser war. Er wollte ihn wohl als Erster herausziehen."

Er war ein bärtiger Mann von 53 Jahren mit einem freundlichen Gesicht, dessen letzte Regung eine sich in weit aufgerissenen Augen spiegelnde Überraschung gewesen war. War sie gut, war sie schlecht? Maria Agnes wusste es nicht abzulesen. Sie wusste nur eines: Johannes Klink war tot.

Während ihr Arbeitgeber der Form Genüge tat und das Ableben offiziell bestätigte, barg Christina Margaretha den Kopf ihrer kleinen Schwester in ihrer Schürze. „Bring sie nach Hause", sagte Gottlieb Beck ruhig. Christina Margaretha gehorchte. Sie erreichte – übrigens eskortiert von dem Jungen, dessen Begleitschutz zwar unnötig, aber nicht ohne Verletzung der Etikette abzulehnen war – ein Elternhaus, in dem die Ungeduld gewachsen war. Wo blieb nur der Fleckenschäfer? Hatte er es sich doch anders überlegt? „Klink, da seid Ihr ja endlich", kommentierte Melchior die sich nähernden Schritte, noch bevor er die Tür geöffnet hatte. „Ihr wartet auf Johannes Klink, Vater?", fragte Christina Margaretha entsetzt. Nun war sie froh, dass sie in das Weinen ihrer Schwester einstimmen und die Erklärung dem Begleiter überlassen konnte.

Das Unglück an der Enz zog gleich mehrere Konsequenzen nach sich. Christian Friedrich Tafel beschloss endgültig, dass ihn nichts mehr in Dürrmenz halten würde. Die Beerdigung des Fleckenschäfers war seine letzte in jenem unglückseligen Ort, da ein unbescholtener, arbeitsamer Mann sein Leben für einen unnützen Säufer verschwenden musste. Es zog ihn nach Brackenheim, wo er sich die Dienste einer Magd versichert hatte, die im Ruf stand, besonders gut für Magenkranke kochen zu können. Seinem Nachfolger Johann Matthias Käuffelin gab er kryptische Andeutungen und einen allzu langen stummen Blick aus eingefallenen Augen mit auf den Weg. Konsequenz Nummer zwei hatte der Sonnenwirt zu tragen, dessen freigiebiger Umgang mit Hochprozentigem zwar nicht zu einer Vorladung vor das Ortsgericht führte, ihm aber – kaum verhüllt – den konstanten Besuch aufmerksamer Spitzel eintrug. „Den Schwarzen Adler verlässt man vielleicht um ein paar Münzen, aber nicht um seinen Verstand ärmer“, fasste dessen Wirtin die Geschehnisse werbewirksam zusammen und steigerte ihr Renommee im Ort noch dadurch, dass sie den vom Konkurrenten so falsch Behandelten bei sich aufnahm, um ihm kostenlos ein paar Tage Unterkunft zu gewähren. Die Netzwerke glühten, und bald wurde bekannt, dass es sich beim Verunglückten um einen offenbar auf Abwege geratenen Knecht des Lienzinger Hirschwirts handelte. Simon Schmidgalls Gasthaus diente unzähligen Reisenden als Zwischenstation, und das halbe Dorf hatte sich auf deren Versorgung verlegt. Geld genug ließen die Gäste im kleinen Ort, um ein prunkvolles Fachwerkhaus neben dem anderen in die Höhe wachsen zu lassen. Der unglückselige Knecht allerdings würde dort keine Beschäftigung mehr finden.

Als nun das öffentliche Interesse am Enz-Unglück zu verblassen begann, der junge Lienzinger aber immer noch keine Anstalten machte, den Schwarzen Adler zu verlassen, sah sich die Redwitzin zum Handeln genötigt. Sie werde einen Begleiter besorgen, der den Mann sicher in seinen Heimatort bringen werde, verkündete sie ihrem Mann, und des Weges kam in diesem Moment Johann Jacob Beck, der vergeblich auf eine Aufgabe im Stall des Wirtshauses gehofft hatte. „He du, möchtest du dir ein paar Kreuzer verdienen?", rief sie ihm zu. Fünf Minuten später nahm ein ungewöhnliches Gespann den gut einstündigen Fußmarsch in Angriff. „Der Junge ist halb so alt wie du, halb so stark, hat aber doppelt so viel Herz und Verstand wie du", donnerte der Hirschwirt seinem Knecht entgegen, nachdem Johann Jacob die ganze Geschichte in für ihn erstaunlicher Ausführlichkeit dargelegt hatte. „Ich hätte gute Lust, dich gegen dieses Kind einzutauschen."

Das Kind, das sich freilich nicht mehr als solches fühlte, kehrte mit einem Schreiben an den Wirt Redwitz und einer Münze im Gepäck nach Dürrmenz zurück – so schnell, dass sich Redwitz verwundert die Augen rieb. „Kannst du fliegen?", fragte er den Jungen. Erstmals seit vergangenen Ritterzeiten löste sich seine schwach ausgeprägte Fantasie aus den eisernen Fesseln des Gleichmuts, wurde beflügelt von Lob und einer Idee. Bote wollte er werden. Beritten oder zu Fuß, ganz gleich. Nun musste es nur noch der Vater erfahren.

Der Vater, dessen Lebensmut im selben Maß dahinschwand, wie der des Sohnes wuchs. Es hatte nicht sein sollen, ja, viel schlimmer noch: nicht sein dürfen. Der Mann, der ihm ein besseres Leben hätte ermöglichen können, war gestorben auf dem Weg zu ihm. Das musste ein Zeichen Gottes sein. Hybris – das Wort hatte er in einer der letzten Predigten Tafels aufgeschnappt, und nun drang es unbarmherzig an die Oberfläche seines Bewusstseins. Melchior Beck war dazu verdammt, ein stinkender Wollenkämmer mit rasselndem Atem und leerem Geldbeutel zu sein und zu bleiben. Punkt aus. Gott wollte es so, Amen. Er sprach den Gedanken seiner Frau gegenüber nur einmal aus, aber es lag eine Gewissheit darin, dass Christina Barbara nichts zu antworten wusste. Unsinn, wollte sie sagen, auf die Tatsache verweisen, dass es Schafe und Schäfer überall auf dieser weiten Welt gab. Doch die Worte verweigerten sich ihren Lippen. Noch weniger mochte sie aussprechen, was in den Augen ihres Mannes vermutlich nahelag: Konnte nicht Johann Jacob, der am Sonntag nach Ostern konfirmiert werden und damit offiziell Kindheit und Jugend beenden würde, seinem Vater helfen? Doch der Gedanke widerstrebte ihr. Er schien Verrat an einer Kinderseele, an der Zukunft des Jungen, den sie als ihren eigenen betrachtete und liebte, so wenig Tatkraft und Initiative sie ihm auch zutraute. Doch Christina Barbara täuschte sich. Melchior wollte den Sohn nicht in seinen Fußstapfen sehen. Sollte er sich als Knecht verdingen, als Taglöhner verkaufen oder sein Leben lang Hilfsdienste verrichten. Dann war das eben Johann Jacobs Schicksal. Doch würde er frei atmen.

Tatsächlich stand wenige Tage später ein teuer gewandeter Unbekannter vor der Beck'schen Tür und wünschte den Vater eines Johann Jacob zu sprechen. Er bat um die Erlaubnis, dem Jungen mit den flinken Beinen hin und wieder Botengänge anvertrauen zu dürfen. Zu selten verkehre die Postkutsche zwischen beiden Orten, um alle dringenden Mitteilungen, die seine Gäste absenden oder empfangen wollten, rechtzeitig austauschen zu können. Er habe sich in dieser Hinsicht mit dem Wirt Redwitz abgestimmt, der dem Jungen ebenfalls Aufträge zukommen lassen werde. Gewiss, er sei erst 13 Jahre alt, doch schade es gewiss nicht, sagte der Gast mit Blick auf die spärliche Einrichtung, wenn er etwas zum Familieneinkommen würde beitragen können. Nein, das schade nicht, doch wolle er den Jungen selbst dazu hören, antwortete Melchior unter Aufbietung eines verbliebenen Rests an Stolz. Die Antwort war an Johann Jacobs Gesicht abzulesen, das zu leuchten begann, als er den Hirschwirt erkannte. Ob es denn gleich etwas zu tun gebe, fragte er forsch. Der Besucher lächelte. „Solchen Tatendrang soll man nicht bremsen. Nun denn, komm mit." Er kam mit, kaum dass er sich hastig von Vater, Stiefmutter und Halbschwester verabschiedet hatte. Das Vagabundenleben des Johann Jacob Beck nahm seinen Anfang.

Wie seltsam es sich anfühlte, Arme und Beine im Bett ausstrecken zu können, dachte Maria Agnes am Abend. Sie vermisste die Wärme des Bruders, die ruhigen Atemzüge, das leise Schnalzen der Zunge, das er ab und an im Schlaf hören ließ. Doch sie genoss auch den ungewohnten Platz, den Samson und Frieda aus unerfindlichen Gründen nicht einzunehmen gedachten. „Schlaf gut", sagte sie leise und strich über die Stelle des groben Leintuchs, auf der sonst sein Kopf geruht hatte. Es würde ja kein Abschied für immer sein.

Am nächsten Morgen zog es sie dennoch magisch zu Christina Margaretha. Sie musste ihr von der neuen Entwicklung erzählen, und sie musste sicherstellen, dass sie wenigstens ihre Schwester sehen konnte, wann immer ihr der Sinn danach stand. „Komm, Samson", rief sie ihren samtpfötigen Freund heran. „Wir werden dein neues Kunststück vorführen. Der Oheim Beck wird staunen." Doch der Chirurg war nicht zu Hause, erfuhr Maria Agnes, als ihr geöffnet wurde. Ein wenig unschlüssig folgte sie mit Samson im Arm der Schwester die Treppe hinauf. Wie federnd Christina Margaretha die Stufen nahm. Mit welcher Selbstverständlichkeit sie den zur Straße gerichteten Raum betrat. Wie aufmerksam sie der Herrin, die an einem großen Tisch saß, dies und das reichte und gleichzeitig ein Auge auf die Kinder hatte.

Mit Samsons Ankunft freilich hatten die Helden aus Zinn, denen sich die älteren beiden zuvor gewidmet hatten, ihren Reiz verloren, und Maria Agnes sah sich zu einer Vorführung genötigt. „Hier?" Irgendwie war ihr nicht wohl bei dem Gedanken. „Sollen wir vielleicht besser draußen …", fragte sie unsicher in die Lücke zwischen den beiden so unterschiedlichen Frauen hinein. Blond, hochgewachsen und von der Vielzahl der Dienstbotengänge gebräunt die eine, braungelockt, kleiner und mit durchscheinender, porzellanfarbener Haut die andere. „Ich hätte wirklich nichts dagegen, auch zuzusehen, aber wenn es dir lieber ist, dann darf dich das Publikum gern nach draußen begleiten, Maria Agnes", antwortete Letztere und ließ ein herzhaftes Lachen folgen, das im überraschenden Gegensatz zur Zartheit ihrer äußeren Erscheinung stand und alle Anspannung verfliegen ließ. Im Nu waren alle Kinder verschwunden, und bald drangen durch die Fenster Ohs und Ahs als akustische Zeugen einer erfolgreichen Darbietung Samsons.

„Reizend ist deine kleine Schwester", sagte Anna Elisabetha Beck. „Ganz anders als du, und doch auch wieder ganz ähnlich. So – wahr." Sie hatte den Blick bisher fest auf den Brief geheftet, den sie gerade zu schreiben begonnen hatte, doch für einen kurzen Moment trafen ihre Augen die Christina Margarethas. Sie lächelte. Und schrieb weiter. Es war ganz besonders wichtig, die Blumen im zur Vase umfunktionierten Krug auf dem Fensterbrett optimal zu arrangieren. Oh, und wie nötig hatte es das am Rand des Tischs liegende Gesangbuch, gründlich abgestaubt zu werden. Wortlos zauberte die eine wohlgeformte, feucht glänzende Buchstaben auf den eben noch weißen Untergrund, schweigend erging sich die andere in ihrer Hausarbeit. In der Stille nahm Christina Margaretha alle Geräusche nun wie unter einem akustischen Vergrößerungsglas wahr: das Rascheln des Stoffes, wenn Anna Elisabetha ihren Arm in Richtung des Fasses bewegte, das Schmatzen des Kiels, wenn er in die zähflüssige Tinte getaucht wurde, den Rhythmus des Aufsetzens der Feder auf dem Papier und natürlich das Kratzen derselben. Selbst die regelmäßigen Atemzüge der Schreiberin fügten sich in das Konzert als weitere Stimme ein. Wieder ein Rascheln. Der geraffte Stoff des Ärmels ließ auf dem Rückweg der Hand vom Tintenfass zum Papier ein wenig Haut bloß zurück. Christina Margaretha nahm es wahr. Sie nahm auch wahr, wie das Trapez gebündelten Sonnenlichts, das durch die Fensterscheibe auf den Tisch fiel, von Minute zu Minute bedrohlich näher heranwanderte an die weiße Hand, den weißen Arm.

Wie es geschah, hätte sie nicht zu sagen gewusst. Doch da lag sie. Christina Margarethas starke, braune Hand auf dem Unterarm Anna Elisabethas. Sie spürte ihr Blut pochen. Oder war es das ihrer Herrin? Die Feder wurde fallengelassen. Die weiße Hand entspannte sich.

Kapitel 20

„Er wollte helfen. Er ist ausgerutscht auf einem glitschigen Stein, gestürzt und hat sich beim Aufprall auf einen anderen Stein den Schädel gebrochen. Woran um Himmels willen sollst du Schuld tragen?“ Christina Barbara Beck predigte ihrem Mann denselben Text beinahe täglich, seit man bei der angeordneten Sektion die tödliche Verletzung festgestellt und daraus den Hergang des Dramas rekonstruiert hatte. „Hätte ich nicht mit ihm verhandeln wollen, er wäre nicht zur fraglichen Zeit am Enzufer vorbeigekommen. Er hätte nicht helfen wollen, als er den Betrunkenen sah, er wäre nicht gestürzt, er wäre noch am Leben. So einfach ist das.“ Melchior sprach leise und emotionslos. Zu oft hatte er die fatale Schlussfolgerung schon ausformuliert, ganz gleich ob für andere oder nur für sich selbst hörbar. Christina Barbara seufzte. Sie schob ihrem Mann ein großes Stück Brot über den Tisch, auf das sie in Ermangelung von Butter oder anderen Belägen die ersten frischen Kräuter gestreut hatte, die ihr kleiner Garten hergab. Er aß. Immerhin, dachte sie. Er aß, er schlief, er arbeitete – noch härter als sonst auf den wenigen verbliebenen Feldern. Doch er sprach wenig und schien auch für die Äußerungen anderer kaum zu erreichen.

Einmal mehr war es an ihr zu handeln. Sie würde sich jetzt um Rohmaterial kümmern, das ihr Mann im Herbst und Winter, dann hoffentlich wieder in besserer Verfassung, würde verarbeiten können. Nicht lange dauerte es, bis sie mit Klinks Nachfolger ein Arrangement getroffen hatte und sich insgeheim über die günstigen Konditionen wunderte. Hätte sie nur schon früher die Verhandlungen geführt, dachte sie, verbot sich den Vorwurf aber schnell wieder.

Das Frühjahr ergriff mit Macht Besitz von der Natur und von all jenen, die aus ihrer Fülle lebten. Die Blüten der Obstbäume verhießen eine gute Ernte, und der Birnbaum vor dem Haus der Familie bereitete Maria Agnes noch darüber hinaus Freude, hatte ihn sich doch eine Vogelfamilie als Nistplatz ausgesucht. Das Elternpaar beim Füttern zu beobachten, die Jungen jeden Tag kräftiger piepsen zu hören, war die eine Sache. Die andere war, Frieda und Samson in geduckter Körperhaltung in die Äste hinaufstarren zu sehen und über ihr flehentliches „Gickgickgick" zu lächeln. Klug genug waren die Vögel gewesen, um eine Zweiggabelung zu wählen, die selbst der hungrigsten Katze zu fragil für eine Jagd erscheinen musste. Willy freilich, der rote Draufgänger, ließ sich von seinen Instinkten übermannen und musste auf halber Strecke die Sinnlosigkeit seines Unterfangens erkennen. Da saß er nun und schaute bedröppelt drein. Kein Pfötchen vor, kein Pfötchen zurück mehr wagte er sich. Maria Agnes, die geschäftig hin und her lief, würde das Unglück vielleicht gar nicht bemerkt haben, wäre ihr nicht irgendwann das plötzliche Ausbleiben jeglicher „Gickgickgick"-Laute aufgefallen. Noch immer starrte Frieda nach oben, und ihre zweibeinige Gefährtin folgte dem Blick. „Willy", rief Maria Agnes, „du bist mir vielleicht ein Held." Rasch kletterte sie den Stamm so weit nach oben, dass sie dem Kater ihren Arm entgegenstrecken konnte. „Komm, Willy", sagte sie in einem Ton, der das Tier beruhigen sollte, offenbar aber nicht zu seinem verängstigten Inneren vordrang. „Komm", wiederholte das Mädchen, „du wirst dich doch nicht vor der ganzen Nachbarschaft lächerlich machen wollen." Doch Willy rührte sich nicht. Zwischen Hand und Kater blieb eine Lücke von einigen Zentimetern. Maria Agnes seufzte. Samson schnaubte von unten verärgert und trottete davon. Seine Mutter dagegen blieb und sank in sich selbst zu einem kleinen, hochkonzentrierten Häufchen zusammen, ganz als ob sie nur noch aus eindringlich blickenden Augen bestehen wolle. Was auch immer die Augen sagten, die Botschaft gelangte nicht bis nach oben in den Birnbaum. Der junge Trieb, an den sich Willy klammerte, begann zu schwanken, jedoch nicht in die Richtung, die näher zu Maria Agnes geführt hätte. Die nahm endlich ihren ganzen Mut zusammen und war im Begriff, den Baum ein Stück höher als jemals erprobt hinaufzusteigen.

Am Boden unter ihr sog jemand hörbar die Luft ein, ein Jemand, der eigentlich vom Vater ins Pfarrhaus geschickt worden war, der angesichts des Anblicks einer rothaarigen Akrobatin aber einfach hatte stehenbleiben müssen. Schon eine ganze Weile beobachtete er von Ferne die Szene, jetzt aber fühlte er sich genötigt, aus seinem Versteck im Schatten heraus und bestenfalls als Retter hervorzutreten. „Sieh dich vor!", wollte er rufen, unterdrückte aber im letzten Moment den Impuls und wählte seine Worte, wie er hoffte, mannhafter. „Ich bin da und kann dich auffangen", klang sein dünnes Stimmchen wenig Sicherheit vermittelnd nach oben. „Ich bin es, Johann Gottlieb Wohlmann", fügte er vorsichtshalber hinzu. Er schrieb es später seinem Auftreten zu, dass Bruchteile einer Sekunde später das Mädchen des Katers habhaft wurde und noch einen, leider seinem zwanghaften Blinzeln zum Opfer gefallenen Augenblick später sicher auf der Erde landete. Als ob ihr Ausflug etwas Alltägliches gewesen wäre, sagte sie, nicht einmal außer Atem: „Ich danke dir, das war sehr zuvorkommend, Johann Gottlieb." Offene, blaue Augen blickten ihn an. Der Junge lächelte verlegen. Wie der schlaksige Zehnjährige, von nicht diagnostizierter Kurzsichtigkeit und zu schnell wachsenden Gliedmaßen mit einer großen Portion Ungeschicklichkeit geschlagen, die fast Gleichaltrige samt Kater hätte auffangen wollen, blieb sein Geheimnis.

Ehe er seine sich überschlagenden Gedanken hätte ordnen und zu einer wie auch immer gearteten Unterhaltung hätte ansetzen können, richtete Maria Agnes ihre Aufmerksamkeit auf das Bündel Elend in ihren Armen. „Mein starker Kater. So erschrocken bist du, dass du zitterst", wandte sie sich an den leise wimmernden Willy. „Das war keine Heldentat, aber ich bin sicher, dass uns unser Freund Johann Gottlieb nicht im Flecken herumschreien wird." Hatte sie „Freund" gesagt? „Selbstverständlich nicht", murmelte er und streckte vorsichtig die Hand in Richtung des rot getigerten Fells aus. Warum nur glitt sie von dort zu Maria Agnes' sonnengewärmtem Arm? Blitzartig zog er sie zurück und redete sich auf seinem geradezu tänzelnd absolvierten Weg zum Pfarrhaus ein, von der Berührung dieses merkwürdigen Katzentiers derart beflügelt worden zu sein. Warum nur hatte er sich bisher nicht auch eines angeschafft?

Willy war inzwischen abgesetzt und von seiner Mutter mit einem kräftigen Nasenstüber bedacht worden. Samson lag einige Meter entfernt in einem Sonnenfleck und schleckte mit einer solchen Ausdauer über die Vorderpfötchen, als wolle er die Dummheit seines Halbbruders von der besudelten Familienehre abwaschen. Noch immer schien Willy nicht fähig, sich von der Stelle zu rühren. „Nun, so schlimm war es doch gar nicht“, flüsterte ihm Maria Agnes ins Ohr. Der Rechen, den sie vor der Rettungsaktion in der Hand und schnell fallengelassen hatte, fiel ihr ins Auge, und ihr wurde bewusst, dass sie von ihren Aufgaben bisher nur einen Bruchteil erledigt hatte. Mutter und Vater waren beide den dritten Tag in Folge in einer ihr noch unbekannten Mission unterwegs, Christina Margaretha und Johann Jakob hatten sich seit bald einer Woche nicht blicken lassen, sprich: die Aufgaben in Haus und Garten hingen allein an ihr. Und doch musste sie Prioritäten setzen. Sie konnte Willy in diesem Zustand nicht seinem Schicksal überlassen. Rasch würde sie ihn zu seiner Besitzerin tragen und diese bitten, ihn mit einem wie auch immer gearteten Leckerbissen von seinem fehlgeleiteten Ausflug abzulenken. Es waren schließlich nur wenige Schritte, die Maria Agnes entweder der Enz entlang oder auf der Wiernsheimer Straße zurückzulegen hatte, um das stattliche Haus des Kaufmanns Bühler an der Hofgasse zu erreichen.

Sie entschied sich für den Weg über die Wiernsheimer Straße, denn noch immer flößte ihr der Anblick der nur scheinbar friedlich dahinfließenden Enz ein leichtes Schaudern ein. Also ging es vorbei am Schwarzen Adler, wo gerade ein merkwürdiges Gefährt vorfuhr, das Maria Agnes im Stillen bei ihrer Rückkehr genauer zu inspizieren hoffte, und am Haus des Gottlieb Beck. Auch hier herrschte vor der Tür Betriebsamkeit. Eine Reisetruhe wartete darauf, verladen zu werden, und durch ein halb geöffnetes Fenster drangen die Stimmen des Chirurgen und seiner Frau, die sich offenbar gerade wortreich und melodiös voneinander verabschiedeten. Ob Christina Margaretha wohl mit verreiste?, fragte sich deren kleine Schwester. Noch ein Rätsel, das auf dem Rückweg gelöst werden wollte. Doch zunächst galt es, Willy sicher nach Hause zu bringen. Er hatte sich, entnahm sie seinem leisen Wimmern, das beim Berühren des linken Vorderlaufs anschwoll, möglicherweise bei seiner Klettertour leicht verletzt. Doch das würde sie sich erst im Haus der Bühlers genauer anschauen.

So kräftig sie mit einer Hand dazu in der Lage war, betätigte sie den Türklopfer. Flinke Schritte näherten sich von innen. Doch nicht wie erhofft Lucretia war es, die öffnete. Vor Katze und Kind stand eine junge, Maria Agnes bisher unbekannte Magd. „Ja bitte?“, begrüßte sie die Ankömmlinge emotionslos. „Darf ich bitte Lucretia besuchen?“ Die Antwort bestand in einem ebenso stummen wie entschiedenen Kopfschütteln. Erst auf mehrmaliges Nachfragen verriet sie schließlich, dass das vornehme Fräulein niemanden empfangen könne, weil es krank darniederliege. An Besuch sei nicht zu denken. „Oh, ich bin ja kein Besuch, ich bringe ihr nur ihren Kater. Das wird sie ganz sicher aufheitern“, gab Maria Agnes zurück und setzte wie zufällig den rechten Fuß auf die Türschwelle. Doch die Magd wich keinen Zentimeter zurück. Da sei leider gar nichts zu machen, sie habe entsprechende Anweisung. „Nur ganz kurz“, bat das Mädchen, doch selbst das zuvorkommendste Lächeln prallte an der Gestalt im Türrahmen ab. Wieder ein Kopfschütteln, dazu ein halber Schritt in Richtung des aufdringlichen Gastes. Maria Agnes gab sich geschlagen. „Dann richtet ihr bitte meine besten Genesungswünsche aus und sagt ihr, sie solle schnell gesund werden, damit sie sich eine Geschichte über ihren Bettgenossen anhören kann." Bevor sich auf dem Gesicht der Magd ein Ausdruck von Verwunderung, vielleicht sogar Empörung spiegeln konnte, verzerrte sich der geschürzte Mund und entließ einen Schmerzensschrei. Denn Willy, den Maria Agnes der Magd im Weggehen in die Arme gedrückt hatte, fügte der Liste seiner Untaten des Tages einen herzhaften Biss in die Hand der jungen Frau hinzu.

Geheilt!, bejubelte Maria Agnes auf dem Nachhauseweg die Reaktion ihres ehemaligen Schützlings. Wer so goldrichtig handeln konnte, musste wohl körperlich und seelisch alles gut überstanden haben. Und auch Lucretia würde bald wieder zu Kräften kommen, wenn ihr Freund bei ihr wäre. Konnte einem Menschen, der das Glück hatte, von einer Katze geliebt zu werden, jemals etwas Schlimmes zustoßen? In diesem sonnendurchfluteten Augenblick gab es für das Mädchen nur eine Antwort: Nein! War es wirklich nur ein Zufall, dass die Schönwetterwolke über Dürrmenz in dieser Sekunde die Form eines runden, doch spitzbeohrten Katzenkopfs annahm? Maria Agnes quietschte laut vor Entzücken. Ein noch lauteres „Brrrrrrrrrrr" war die Antwort. Es kam aus der Kehle eines Kutschers, den sie, mitten auf der Straße herumspazierend, zu einer Vollbremsung gezwungen hatte. Der Mann schalt sie eine unverantwortliche Träumerin und wandte sich um, dem Fahrgast den Grund des Stopps zu erläutern. Längst lugten dessen Augen aus dem Fenster heraus. „Maria Agnes Beck", rief eine wohlbekannte Stimme. „Ich muss dringende Geschäfte erledigen. Aber du hast wohl etwas dagegen, dass ich ein paar Tage fortfahre? Soll ich mir hier bei einem Unfall den Hals brechen, damit du mit deiner Schwester die Herrschaft im Haus übernehmen kannst?“ Rasch kletterte die nur im Scherz Gescholtene ins Innere der Kutsche, um sich von Beck zu verabschieden. Neben ihm saß nicht, wie sie erwartet hatte, ihre Schwester als Begleiterin, sondern ein junger Bursche aus einem Nachbardorf, der sich seit einiger Zeit offenbar mit dem Gedanken trug, das Chirurgenhandwerk zu erlernen. Jedenfalls hatte ihn Maria Agnes schon einige Male in der Behandlungskammer gesehen. Dem Jüngling, der sich seinen nach dem abrupten Halt offenbar schmerzenden Ellenbogen rieb und ein wenig das hübsche Gesicht verzog, widmete das Mädchen ein flüchtiges Lächeln, dem deutlich besser gepolsterten Erwachsenen schenkte sie einen Kuss. „Fahrt vorsichtig, lieber Oheim Beck“, sagte sie. „Wenn ich Euch nicht mehr im Weg herumstolpere, kann Euch eigentlich überhaupt nichts mehr passieren.“ Das Lachen klang nach, da hatte die Kutsche längst die Brücke über die Enz überquert.

Und noch etwas klang. Zunächst waren es nur die Stimmen zweier Knechte des Adlerwirts. „Was ist denn nun“, war der eine zu vernehmen, „abladen oder nicht?“ Ein mürrischer Unterton war nicht zu überhören. Doch das war nichts Neues, wusste Maria Agnes aus den wenigen Begegnungen mit dem meist schlecht gelaunten Kerl. Nun starrte er genau wie sein magerer Nebenmann auf ein planenüberzogenes Fuhrwerk, wie es nicht alle Tage vor den Stallungen des Gasthofs zu sehen war. Gewiss, mancher Gast reiste mit umfangreichem Gepäck, mit zu verwünschenden, bleischweren Truhen, die zu schleppen man seinem schlimmsten Feind nicht zumuten würde. Doch dass ein Herr mehr mit auf Reisen nahm, als in seine gar nicht kleine Kutsche hineinpasste? Was mochte sich unter der schützenden Schicht aus vielen Lagen dicken Stoffes verbergen? Sowohl der Lenker der Kutsche als auch jener des Planwagens waren mit dem unter einem vornehmen Hut daherstolzierenden Gast im Schwarzen Adler verschwunden, ohne nähere Anweisungen an die Knechte zu verteilen. „Ich schätze, es wird ein feines Donnerwetter hageln, wenn wir nicht abladen", sagte schließlich der Dünne der beiden. „Komm", bedeutete er dem anderen mehr mit einer Kopf- als mit einer Bewegung seiner Lippen, den verpackten Gegenstand zunächst auf den Boden zu hieven. Dann würde man weitersehen. „Jetzt nehmen die Leute schon ihre Tische mit auf Reisen", murmelte der Mürrische verwundert. Doch welcher Tisch auf Gottes großer weiter Erde hätte jemals solche Töne von sich gegeben? Die beiden Knechte jedenfalls erschraken fast zu Tode, als sie – der Dünne war beim Abladevorgang mit einem seiner groben Schuhe hängengeblieben – den Gegenstand mit mehr Schwung als vorgesehen absetzten und aus dem Inneren eine Wolke aus für sie undefinierbaren Klängen hervordrang. „Allmächtiger", hauchte der Mürrische und griff sich in die Herzgegend. „Ein Geist?", zischte ihm der Dünne durch beinahe geschlossene Zähne zu.

Welches Kind hätte der Ursache dieses Mysteriums nicht auf den Grund gehen wollen? Maria Agnes Beck jedenfalls fand sich, ohne dass sie die Bewegung ihrer Beine aktiv gesteuert hätte, mit einem Male neben den Knechten wieder. „Die da, die ist frech genug, die mag nachsehen", zeigte der Mürrische mit dem Finger auf das Kind. Das Kind überhörte die Beleidigung. „Ich darf?", fragte Maria Agnes, ohne eine Antwort abzuwarten. Rasch löste sie die Knoten der Schnüre, die die Stofflagen unterhalb der geraden Oberfläche zusammenhielten. Die beiden Männer traten unwillkürlich ein paar Schritte zurück, bevor die Büchse der Pandora geöffnet werden würde. Doch würde dieses harmlose Möbelstück, das von seiner Schutzschicht befreit wurde, wirklich Unheil über die Menschheit bringen? Fasziniert fuhr Maria Agnes' linke Hand über die polierte Oberfläche des Holzes, in das hie und da kleine Verzierungen eingelegt waren. Und da, stand da nicht ein Wort zu lesen? „S – t – e – i – n", entzifferte die Ungeübte mühsam, doch auch die Erwachsenen konnten sich darauf keinen Reim machen. „Das ist aber ein komischer Stein", fasste Maria Agnes den Stand der Erkenntnis zusammen. „Ein Stein, der aussieht, wie ein Tisch, nur dicker, und der Töne machen kann. Aber nein, jetzt sagt er ja gar nichts mehr." Vorsichtig legte sie ihr Ohr auf die Oberfläche. Und nun?, schien ihr fragender Blick in Richtung des Dünnen zu sagen. Der fasste sich ein Herz. Er hatte erkannt, dass unterhalb des ins Holz eingearbeiteten Wortes eine Art Deckel zu öffnen war. Vorsichtig, ganz vorsichtig hob er diesen mit beiden Händen an. „Ah", entfuhr es Maria Agnes und den Männern unisono. Zum Vorschein kamen gleichmäßig geformte hölzerne Abschnitte. Dass diese Tasten hießen, überstieg ihr musikalisches Wissen, doch fühlten sich alle drei an den Spieltisch der Orgel erinnert. „Das muss ich Frieda und Samson zeigen", brach die Begeisterung aus Maria Agnes hervor. Schnell wie der Wind verschwand sie in Richtung ihres Elternhauses. So manches Mal hatte sie sich insgeheim gefragt, ob denn ihre geliebten Katzen auch in den Himmel kommen würden, obwohl sie nie in die Kirche zu gehen pflegten. Nun hatten die beiden die einmalige Gelegenheit, Bekanntschaft mit zumindest einem Teil der seligmachenden Einrichtung zu schließen. „Frieeeeeeeeeeeeda“, rief sie, noch ehe sie den Torbogen der Stallungen hinter sich gelassen hatte.

Nun, da die Zeugin verschwunden war, konnte man es ja einmal versuchen. Der Mürrische besah sich seine von schwerer Arbeit gezeichneten Hände und wählte nach sorgsamer Abwägung den Zeigefinger der rechten Hand aus. Langsam, als friere die Zeit ein, führte er ihn nach unten. Und noch einmal. Und noch einmal. Und immer schneller. Die Miene hellte sich auf. Eingerissene Lippen öffneten sich und formten sich zu einem Lächeln. Sein Atem ging im Takt der unbeholfenen Melodie, seine leuchtenden Augen forderten den anderen Knecht auf, mit in das Spiel einzustimmen. Selbiger ließ sich nicht lange bitten. Erste Fenster der Gasträume öffneten sich. Wann hatte man je etwas derart Seltsames gehört?

Johann Andreas Stein, eben nach harten Verhandlungen über die Kosten für Übernachtung und Verpflegung seiner selbst und seiner zwei- und vierbeinigen Entourage aus dem Gasthaus zurückgekehrt, blieb vor Entsetzen der Mund offenstehen. Wurde da wirklich sein Prototyp eines modernen Hammerklaviers von ungehobelten Knechten misshandelt? Hatte er nach der strapaziösen Reise von seinem Wohn- und Arbeitsort Augsburg in Richtung seines Geburtsorts Heidelsheim wirklich alle Gefahren für Leib und Instrument überstanden, um nun sein Werbe- und Prestigemodell im der Welt unbekannten Dürrmenz einzubüßen? „Lasssssssssssssssst ihr wohl sofort die Finger von meinem Eigentum“, herrschte er die unvorsichtig gewordenen Gestalten an. Sofort riss die Musik ab, der Mürrische und der Dünne sprangen wie an unsichtbaren Fäden gezogen links und rechts des Klangwunders zur Seite, und ein Blick darauf genügte dem weitgereisten Orgel- und Klavierbauer, um zu erkennen, dass seinem Schmuckstück nichts Schlimmes zugestoßen war. Beinahe musste er nun schmunzeln über die Situation. Die meisten seiner bald 34 Lebensjahre hatte er in Gesellschaft und in Abhängigkeit von Musikern verbracht. Sie hatten ihn Ehrfurcht vor ihrem Genie, aber auch das Ertragen jeder nur erdenklichen Laune gelehrt. Und sie, die mit Noten, aber meist nicht mit Geld umzugehen wussten, hatten aus ihm einen kühl kalkulierenden Geschäftsmann gemacht. Man musste sehen, wo man blieb. Und so packte er nun die verdatterten Gesellen an je einem Ärmel und zog sie wortlos in Richtung des Gasthauses. Er gedachte, nach dem erlittenen Schock einen Preisnachlass herauszuhandeln.

Davon bekam Maria Agnes freilich nichts mit. Sie wunderte sich ein wenig, das Wunderding ganz ohne Bewachung vorzufinden, als sie mit Samson im Arm und Frieda im Schlepptau zurückkehrte, doch Grübeln war nicht angesagt, wenn man so unverhofft die Seelenfreunde dem Seelenheil näherbringen konnte. „Schaut“, raunte sie beiden zu, „fast wie in der Kirche. Wir könnten jetzt zusammen etwas singen.“ Frieda rieb ihr Köpfchen an einem der sorgsam gedrechselten Beine, während Maria Agnes noch nachdachte, welcher Choral am geeignetsten sein könnte. Da befreite sich ein zappelnder Samson aus ihren Armen und stolperte unerschrocken über die Tasten. „Oh, was für eine schöne Katzenmusik“, freute sich seine Besitzerin und summte die Melodie nach.

Der Glockenschlag der Andreaskirche führte sie mit einem Mal zurück in die Realität. „12 Uhr“, lautete diese, und kein Essen stand auf dem Tisch, keine Gartenarbeit war getan, nichts, rein gar nichts von dem ihr Aufgetragenen war erledigt. Einen letzten Blick warf sie auf das – was auch immer sein Name sein mochte – und sprang davon, zwei Katzen ihr auf den Fersen.

Es sollte nicht Maria Agnes' letzte Begegnung mit einem Hammerklavier gewesen sein. Denn Catharina Barbara Redwitz musste an diesem denkwürdigen Tag zwar die bittere Kröte schlucken, die Dienste des Schwarzen Adlers weit unter Preis verkaufen zu müssen. Doch die beiden Knechte, die dafür die Schuld trugen, kamen ungestraft davon. Sie hatten die Wirtin schließlich auf eine brillante Idee gebracht. Nie hätte sie ohne deren Neugier vom so besonderen Handelsobjekt des Herrn Stein erfahren. Nun aber, da sie die beste aller Bezugsquellen kannte, bestellte sie für eine sündhaft zu nennende Menge an Gulden ein Instrument, das aus ihrer mittlerweile zwölfjährigen, in naher Zukunft heiratsfähigen und doch noch immer so wenig gesellschaftlichen Ehrgeiz zeigenden Tochter Agi eine blendende Partie machen würde.

Kapitel 21

„Ich soll Klavierspielen lernen", sagte Agi Redwitz zu Maria Agnes Beck. Sie hatte die Freundin, um außer Sicht- und Hörweite ihrer Mutter zu gelangen, auf ein Feld am Ortsrand begleitet und gab sich erkennbar Mühe, die etwas Jüngere, aber deutlich Geübtere, bei ihrer mühseligen Plackerei zu unterstützen. Doch mit Arbeit war es in diesem Moment vorbei. „Klavierspielen?

Das ist ja wunderbar", freute sich Maria Agnes über die Neuigkeit. Längst war ihr bewusst, was sich hinter diesem Fremdwort verbarg, denn die Stippvisite des Herrn Johann Andreas Stein war noch tagelang Gesprächsthema Nummer eins im Ort gewesen. Warum nur schien Agi so wenig begeistert? „Ich treffe doch nicht einmal beim Singen die richtigen Töne. Weißt du noch, wie mich der Schulmeister neulich vor die Tür gestellt hat? Ich höre den Unterschied einfach nicht. Wie soll ich da die richtigen Tasten finden?", kleidete die Zwölfjährige ihre Zweifel in Worte.

Es dauerte nur wenige Wochen, da traf die Lieferung aus Augsburg in Dürrmenz ein. Bestaunt von zahlreichen Nachbarn und Gästen, wortreich kommentiert von der Adlerwirtin, wurde die Neuerwerbung in die gute Stube der Familie getragen. Stube freilich war nicht mehr die angemessene Bezeichnung dafür. In den „Salon" mögen die Herren das gute Stück transportieren, bat Catharina Barbara Redwitz. Gesagt, getan, und da stand nun dieses nicht der allerneusten Baureihe zuzurechnende, aber doch modern zu nennende Instrument. Es stand da wie ein teurer, stummer Vorwurf, denn so einfach, wie es sich die Käuferin vorgestellt hatte, sollte aus ihrer Ältesten keine Pianistin werden. Unbeholfen legte sie ihre dünnen Finger auf die Tasten und erschrak fast, wenn auf den entsprechenden Druck hin ein Ton dem Bauch des Instruments entsprang. Wie jemals daraus Musik entstehen sollte, war ihr schleierhaft. Hilfe musste her. Und so stattete Catharina Barbara Redwitz dem Schulmeister Mauch einen Besuch ab. Wer die Orgel zu schlagen wusste, musste auch fähig sein, ihrem gewiss hochbegabten Töchterlein das Spielen auf anderen Tasten beizubringen. Und damit es kein Gerede geben würde, sollte er nicht nur der vornehmen jungen Dame, sondern auch dem wissbegierigen Bruder Christoph Friedrich die Geheimnisse der Musik enthüllen. Wenigstens einer, der von der Investition profitieren würde.

Für Maria Agnes bedeutete die Entwicklung, dass sie ihre Freundin seltener zu Gesicht bekam. „Sie übt. Da darf man nicht stören", sagte das Mädchen mit ernster Miene zu Catharina Meißner, die einen gewissen Neid hinunterschlucken musste. Anders als Maria Agnes empfand sie in diesem Moment die größer werdende soziale Kluft zwischen sich und der Wirtstochter. Anders als Maria Agnes verstand sie die Beweggründe der Mutter. „Man sagt, Mädchen, die ein Instrument spielen können, finden bessere Ehemänner", erklärte Catharina. „Ach so?" Der Zusammenhang wollte sich ihrer Freundin, mit Wasserschöpfen statt Heiratsplänen beschäftigt, nicht erschließen. Vielleicht konnten die Töne ja das Husten des Haushaltsvorstands übertönen, spekulierte sie, als sie die schwere Last nach Hause schleppte und schon von Weitem ihren Vater hörte. Die Phasen, in denen er von regelrechten Anfällen geschüttelt wurde, waren in der warmen Jahreszeit zwar seltener geworden, doch in dieser Minute krampfte sich sein magerer Körper wieder unter Ausstoßung furchterregender Laute zusammen.

Rasch stellte Maria Agnes die hölzernen Eimer ab und eilte zu ihm. „Vater, so schlimm?", fragte sie und zog ihn, ohne eine Antwort abzuwarten, hinaus ins Freie, wo die reine, sonnendurchflutete Luft seine Lunge füllen würde. Ein Blick genügte ihr, um zu erkennen, dass die beiden jungen Kerle, die vor einigen Wochen als Gehilfen begonnen hatten, ihr Tagwerk entweder schon beendet hatten oder gar nicht erst erschienen waren. „Sie kommen nicht mehr“, antwortete Melchior auf die unausgesprochene Frage. „Sie sagen …“ Er zögerte. Nein, er würde es anders formulieren müssen für die Ohren seiner unschuldigen Tochter, die ihn stumm, mit einer ebenso großen Portion unverstellter Liebe wie ehrlicher Sorge anblickte. Dass die beiden ungeschickten Faulpelze ihn auf den ersten, vorsichtig formulierten Tadel hin gleich hatten sitzen lassen, ein „Verreck doch allein in deiner Räucherkammer“ hinterherschickend, würde er auch seiner Frau in dieser Schonungslosigkeit nicht berichten können. „Nun“, setzte er von Neuem an, „sie sagen, sie möchten sich nach einem anderen Broterwerb umsehen.“ Maria Agnes erwiderte nichts. Sie tauchte ihre Hände in die Wassereimer und strich ihrem Vater die verschwitzte Haarsträhne aus der Stirn. Sein Atem beruhigte sich mit jeder Berührung, die sanft und bestimmt Schmutz und Makel von ihm abwusch. Schließlich richtete er sich aus seiner gekrümmten, den nächsten Anfall erwartenden Haltung auf, wandte das Gesicht in den Himmel und schloss die Augen. Durch die Lider hindurch würde die Sonne ihm jenes Schattentheater vorspielen, das er schon als Kind genossen hatte. Lustig geformte rot-schwarze Wolken würden vorbeischweben, verschwinden und wiederkommen, er würde blind sein und doch sehend. Sehend wie niemand außer ihm. „Ihr lächelt ja, Vater“, freute sich Maria Agnes, „aber ich bin zu klein, um jetzt noch weiterwaschen zu können. So schnell kann ich nicht zu Euch heraufwachsen.“ Dieser Satz war noch wunderbarer als das Sonnentheater. „Das sollst du auch gar nicht“, sagte Melchior und nahm seine Tochter auf den Arm.

Der Anblick rührte sein Herz, anderenfalls hätte es aus Stein sein müssen. Aber er versetzte ihm auch einen Stich. Kinder hatten zu parieren, waren auf Abstand zu halten, um sie nicht zu verweichlichen. So jedenfalls war Johann Matthias Käuffelin selbst aufgezogen worden, und der Devise folgte er auch als Vater von sechs, wie er hoffte, wohlgeratenen Sprösslingen. Hatte ihn eines davon je so angesehen? Der neue Dürrmenzer Pfarrer war zu beschäftigt, um der Frage auf den Grund zu gehen. Sein Weg führte ihn zum Kaufmann Bühler, besser gesagt zu dessen Tochter. Sie benötigte seinen Beistand. Vielleicht würde es der erste und der letzte Besuch bei dem seit Wochen kränkelnden Mädchen sein. Er, der in seinen 47 Lebensjahren mit Elend in allen Ausprägungen konfrontiert worden war, erschrak, als er das blasse Geschöpf in seinem Bett liegen sah. Kaum hob sich die Haut mehr vom Weiß der teuren Bettwäsche ab, kaum schien das Kind überhaupt von seiner Anwesenheit Notiz zu nehmen. Eine Magd schob ihm einen Schemel hin. Bühler selbst nötigte ihn, darauf Platz zu nehmen. Und so setzte er sich und schlug seine Bibel auf. War es ein Zufall, dass sich die Seiten just an jener Stelle des Johannesevangeliums teilten, an der von der Heilung eines fieberkranken Kindes berichtet wurde? Sicher nicht, doch was wollte ihm der Herr damit sagen? War es ein Vorwurf? Hätte er nur ein Senfkörnchen Glauben, schalt sich der Pfarrer, er könnte diesem Mädchen helfen. Aber da saß er, hilflos, wortlos, und ließ den Blick zwischen der Kranken und dem Buch in seinen Händen hin und her schweifen. Mit einem Mal kamen ihm die Worte aus dem Markusevangelium in den Sinn, über die er erst am vergangenen Sonntag gepredigt hatte. „Ich glaube; hilf meinem

Unglauben!", betete er laut. Dann nahm er Lucretias rechte Hand und hielt sie in seinen Händen gefangen. Er setzte auf die Kraft, die durch ihn in das schwache Lebewesen fließen würde, wenn er nur fest genug darauf hoffte. Da klopfte es an der Tür. Bühler ließ einen mageren Jungen herein, der gesenkten Kopfes eintrat und ob der Szene, die sich ihm bot, am liebsten auf dem Absatz kehrtgemacht hätte. Er störte, sagte alles in Johann Jacob Beck. Doch der Hirschwirt Schmidgall hatte ihn nun einmal mit einer Botschaft nach Dürrmenz geschickt, und die wollte er nun auch überbringen. „Bei meinem Herrn ist ein Apotheker abgestiegen, der dringend neue Bouteillen zum Abfüllen seiner Fiebermedizin benötigt. Er lässt fragen, wie rasch Ihr liefern könnt." Christoph Jacob Bühler und Johann Matthias Käuffelin sahen einander an. „Die Wege des Herrn sind unergründlich", rief der Pfarrer. Johann Jacob Beck konnte gar nicht schnell genug seine neuen Aufträge in Angriff nehmen.

„Es geht ihr besser", verkündete er eines Tages, als er unvermittelt in der Küche seines Elternhauses auftauchte. Große Worte machte er grundsätzlich nicht, doch reichte, was er zu berichten hatte, um seine Familie in Staunen zu versetzen. Er teile die Kraft seiner Beine nun zwischen dem Hirschwirt und dem Kaufmann Bühler auf, sagte er. Sie schickten ihn bis Pforzheim, und selbst dort kenne er sich inzwischen gut aus. Melchior, der die große Stadt in der Nachbarschaft nur vom Hörensagen kannte, legte seinem Sohn anerkennend die Hand auf die Schulter. Wer weiß, lautete seine stille Hoffnung, vielleicht würde aus dem Jungen doch noch etwas werden. Vielleicht würde ihn der Kaufmann dereinst sogar in die Lehre nehmen. Jedenfalls stand in Johann Jacobs oft ausdruckslosen Augen nun Zuversicht zu lesen. Oder war es Naivität?

Maria Agnes ließ ihren Bruder nicht gehen, bevor dieser nicht mit ihr den jüngsten Familienzuwachs begutachtet hatte. In einer sternenklaren Mainacht hatte Frieda drei bezaubernden Kindern das Leben geschenkt, und zu Maria Agnes' höchstem Entzücken hatten die beiden Mädchen das dreifarbige, so wunderbar unregelmäßige Haarkleid ihrer Mutter geerbt. „Schau mal, da ist sie ganz rot, und dieses Pfötchen sieht aus wie die Klaviertasten von Agi. Und bei ihrer Schwester schimmert der Rücken, als ob Goldstaub darauf gefallen wäre", ließ sie ihrer Begeisterung freien Lauf. Vorsichtig setzte sie ihrem Bruder die bereits präsentierten Kinder in den Schoß, um mit Friedas Einverständnis dann auch das dritte Kätzchen aus dem mit jeder Menge Haaren ausgekleideten Nest zu holen. Der kleine Kater war an Köpfchen und Rücken braun getigert, erfreute sich aber eines weißen Bäuchleins und ebenso weißer Extremitäten. „Sieht er nicht aus, als ob er in Milch gefallen wäre?", fragte Maria Agnes, ohne eine Antwort abzuwarten.

Noch blieb Zeit, um ein passendes Zuhause für das Trio zu finden. Und dennoch konnte es vielleicht nicht schaden, ein wenig Werbung zu betreiben. Der Oheim Beck, sagte sich Maria Agnes, kam schließlich mit vielen Menschen zusammen, und falls einer darunter trübsinnig oder magenkrank wäre, so würde er seinen Patienten die richtige vierbeinige Medizin empfehlen können. Also packte sie in bewährter Manier die Kätzchen in ihre Schürze und erreichte nach wenigen, federnden Schritten ihr Ziel. Plötzlich kam ihr ein Gedanke: Wäre es nicht vielleicht sogar gut, wenn die Frau des Oheims selbst ein wenig tierische Gesellschaft hätte? Blitzartig und zum ersten Mal überhaupt wurde Maria Agnes bewusst, wie eintönig das Leben der Anna Elisabetha Beck sein musste, da sie nie einfach so ins Freie treten konnte, nie beim Wasserholen am Brunnen den jüngsten Dürrmenzer Dorftratsch hören, nie die Flößer auf der Enz oder die Reisenden in Kutschen oder auf simplen Fuhrwerken beobachten konnte. Ihre gute Laune war wie weggeblasen, so sehr überflutete jähes Mitleid ihre Kinderseele. Am liebsten wäre sie zurück nach Hause gegangen. Werber, das hatte sie auf Viehmärkten ebenso wie von jenen gelernt, die junge Leute als Soldaten ins Heer oder als Siedler in ferne Länder locken wollten, musste gute Laune verbreiten. Sonst konnten sie sich ihren Atem sparen. Ein betrübtes Herz richtete nichts aus, das schien für Katzenverkäufer wie für alle artverwandten Berufe zu gelten.

Doch nun stand sie eben an der Tür, und ihre Hand hatte, ohne den Befehl dafür empfangen zu haben, den schweren Klopfer betätigt. „Na nu, sieben Tage Regenwetter?“, fragte Gottlieb Beck, der Sekundenbruchteile später öffnete, da er offenbar gerade im Aufbruch begriffen war. „Welche Sorgen plagen meine kleine Freundin?“ Bevor sich das Mädchen über ihren eigenen Gemütszustand klar werden konnte, spürte sie einen Tritt, den ihr ein kleines, kurzes, aber schon kräftiges Katzenbeinchen versetzte. Ihre Miene hellte sich auf. „Katzen, keine Sorgen, habe ich mitgebracht“, beeilte sie sich zu sagen. „Nun, das ist wunderbar, und ich wünschte, ich könnte mich dir – euch – ganz und gar widmen. Doch bitte ich dich, später noch einmal wiederzukommen. Die Pflicht ruft … Aber vielleicht magst du ja dem Rest der Familie eine Vorführung geben?“ Jetzt erst registrierte Maria Agnes, wie vornehm Gottlieb Beck an diesem Nachmittag gekleidet war. Er trug einen Gehrock aus schwerem blauem Stoff, darunter eine rote Weste, und um den kräftigen Hals hatte er ein helles Tuch geschlungen, das seidig schimmerte. Wieder las er in ihrem Gesicht. „Ich bin schön, nicht?“, fragte er mit einem Lachen, das jeden Verdacht der Eitelkeit ausräumte. Sie müsse wissen, dass er als Mitglied des örtlichen Rats an einer Sitzung teilzunehmen habe und dort nicht erscheinen könne, als ob er gerade vom Acker käme. Zu spät aufzutauchen, sei übrigens auch keine gute Idee, und so zog er Maria Agnes ohne weitere Diskussion über die Schwelle und schob sie in Richtung der Stiege, die sie in den Wohnbereich führen würde. Und schon war er verschwunden.

Seltsam, dachte sie, diese Stufen geben gar keine Geräusche von sich. Doch war das gut oder schlecht? Niemand wusste über ihre Ankunft Bescheid, und nun war sie auf einmal unschlüssig, ob und in welcher Weise es sich überhaupt schickte, in die gute Stube einzutreten, deren Tür geschlossen war. Sie trat näher und vernahm gedämpfte Stimmen. War das ihre Schwester, mit der die Hausherrin im Gespräch vertieft war? Oder hatte sie Gäste? Dann würde Maria Agnes auf keinen Fall stören dürfen. Also doch lieber heimlich das Haus verlassen? Die Suche nach einer Antwort dauerte den Passagieren in ihrer Schürze entschieden zu lange. Die Besitzerin des tretenden Beinchens hatte mittlerweile entdeckt, dass man die am Ende angebrachten Krallen zur Bekräftigung der eigenen Absichten – heraus aus dem Gefängnis! – einsetzen konnte, und als diese durch den dünnen Stoff hindurch in Maria Agnes’ Handballen landeten, glitten ihr Schürze und Situation gleichzeitig aus der Hand. Drei Katzenkinder stoben auseinander, dem Menschenkind entfuhr ein Schrei des Entsetzens. Momente später öffnete sich die Tür, und eine verblüffte Christina Margaretha sah ihre kleine Schwester auf allen vieren drei kleinen Ausbrechern nachjagen.

In vielen trüben Stunden ihres Lebens sollte Christina Margaretha noch an diesen Moment zurückdenken und vom Zauber des Augenblicks zehren. Sie würde sich an die glockenhelle Stimme ihrer Herrin erinnern, die in ein nie gekanntes, japsendes, atemloses Lachen ausbrach. Sie würde die hoffnungslos zerzausten roten Haare der Katzenliebhaberin vor sich sehen, das pochende Herz des Katers fühlen, den sie selbst als Letzten eingefangen hatte, sie würde noch einmal das Salz der Tränen schmecken, die sie der Schwester von den Wangen küsste, da Erleichterung über Aufregung siegte. Und ein warmer Schauer würde über ihre Haut laufen, einem nie eingelösten Versprechen gleich. Wohltuend und schmerzhaft, ersehnt und gefürchtet. Gehütet wie ein Schatz.

„Mein Schatz", hatte Anna Elisabetha gesagt, als Christina Margaretha endlich mit der ihr gegebenen Ruhe alles geordnet hatte – die herbeistürmenden Beck'schen Kinder gebändigt, Katzen und Schwester in die Stube gesetzt, Letzterer eine Erklärung ihres Auftritts entlockt. „Mein Schatz, was wäre mein Leben hier ohne dich." Sie sprach den Satz leise aus, aber laut genug, um ihn aus dem kindlichen Stimmengewirr herauszufiltern. Längst hatte sich Maria Agnes von ihrem Schrecken erholt und war, indem sie die Qualitäten ihrer Tiere pries, ganz in ihrem Element. „Und ihr habt gesehen, wie schnell sie sind", verwandelte sie die eben erlebte Untugend in ein Qualitätsmerkmal. Der Eifer stand auf ihren Wangen geschrieben, die mit ihren Haaren um die Wette leuchteten. Ihr jüngster Zuhörer, der einjährige Gottlieb Friedrich, drückte seine Begeisterung nonverbal aus, indem er mit tapsigen Bewegungen die mittlerweile recht verdatterten Kätzchen zu greifen versuchte. Als er eines davon schließlich tatsächlich zu fassen bekam und es am Schwänzchen zog, huschte ein Ausdruck über sein Gesicht, der Maria Agnes nicht gefiel. Rasch sammelte sie die Geschwister auf. „Gib sie mir doch auch einmal", bat Anna Elisabetha Beck, die, einen dünnwandigen Becher in der Hand, auf einem merkwürdigen Sitzmöbel mit Stoffüberzug Platz genommen hatte. „Komm", ermunterte sie Christina Margaretha, sich neben ihr niederzulassen, und so stolperten verwunderte Katzenkinder vom einen Schoß zum anderen. Braune und weiße Hände streichelten ihr Fell, fanden einander, als die samtpfötigen Gäste längst den Heimweg angetreten hatten.

Zu Verhandlungen war es nicht gekommen. Maria Agnes hatte es nicht darauf angelegt, konnte sie die Zweifel an der charakterlichen Eignung des kleinen Gottlieb Friedrich doch nicht so einfach beiseiteschieben. Es war ohnehin zu früh, die Kinder jetzt schon aus Friedas Obhut zu entlassen. Also verstaute sie die müden und nun nicht mehr rebellierenden Helden wieder in ihrer Schürze. „Pass auf sie auf", rief Anna Elisabetha Beck ihr hinterher, „die Mädchen sind Glückskatzen." Sie trug Katzen und Glück aus dem Haus.

Auf wesentlich bescheidenerem Sitzmobiliar im Haus des Melchior und der Christina Barbara Beck saß bei Maria Agnes' Rückkehr die Frau ihres Paten Vollmer. Die Stimmen verstummten, als das Mädchen eintrat.

Kapitel 22

Das ganze Hab und Gut der künftigen Magd im Hause Georg Michael Böhringer passte in die kleine Truhe aus altem Eichenholz, die eben auf den Wagen geladen wurde. Größer war das Behältnis, in das Maria Agnes Vollmer die Ausstattung für ihren ersten Enkel gepackt hatte. Noch war er nicht geboren, und schon hatte er die Welt der Christina Margaretha Schmierer von Grund auf verändert. Hatte dem kurzen Glück ihres Lebens ein Ende gesetzt. Nein, sie machte weder ihrem Stiefvater noch ihrer Mutter einen Vorwurf. Sie wusste sehr wohl, dass Georg Martin Vollmer der Mann war, bei dem ihre Eltern am tiefsten in der Kreide standen. Wie hätten sie da den Wunsch, die dringende Bitte abschlagen sollen, Christina Margaretha nach Ötisheim zu schicken? Wo die jung verheiratete Euphrosina doch so dringend Hilfe im Haushalt benötigte, jetzt, da sie guter Hoffnung war. Einsam sei sie im für sie fremden Nachbardorf, sehne sich nach einem bekannten Gesicht. Maria Agnes Vollmer garnierte ihre Bitte mit vielsagenden Blicken. Immer wieder erwähnte sie die rechtschaffenen Jünglinge in Ötisheim, die noch nie vom selbstverständlich jeglicher Grundlage entbehrenden dummen Gerede um Christina Margaretha und ihren guten, aber vielleicht etwas leichtsinnigen Schwager, den Chirurgen Beck, gehört hatten. Ein gestandener Mann und ein junges hübsches Mädchen, ob es nicht natürlich sei, dass da geredet werde?

Vermutlich hätte die Person, um deren angeblich angekratzten Ruf es ging, die Absurdität dieses Gedankens gar nicht fassen können, hätte sie die Argumentation der

Vollmerin mit angehört. Zu betäubt fühlte sich ihr Inneres an. Waren nicht erst wenige Tage vergangen, seit…?

Es schien ihr, als bewege sich der Bauer, den ihr zukünftiger Arbeitgeber Böhringer mit seinem Karren nach Dürrmenz geschickt hatte, unnatürlich langsam hinter einer dichten Nebelwand, als er schließlich auch die Euphrosina zugedachte Truhe auf die Ladefläche wuchtete. Dann setzte er sich auf den Bock und packte die Zügel. „Mädchen, lass sie los!“, rief er unwirsch in Maria Agnes’ Richtung. Wie eine Klette hing sie an ihrer Schwester und redete, ohne dass ein Wort bei der Adressatin angekommen wäre, auf Christina Margaretha ein. „He!“, tönte es vom Wagen herüber, doch erst ein noch lauteres „Wird’s bald?“ zerriss den Schleier. Rasch bückte sie sich hinunter zur mittlerweile weinenden Maria Agnes und drückte ihr einen Kuss auf die Wange. Dann reichte sie artig Vater und Mutter die Hand. Melchior und Christina Barbara winkten der Tochter nach, als sich die in Ermangelung von Ochsen eingespannte Kuh in Bewegung setzte. Sie bogen auf die Wiernsheimer Straße ein. Am Haus neben der Kirchenmauer bewegte sich ein Vorhang. In der Brunnengasse nahm man wieder die Arbeit auf. Auch Frieda würde ihrem Tagwerk nachgehen. Doch zuerst schüttelte sie sich Staub und Heu aus dem Fell, dann wandte sie sich ab und formte den rundesten Katzenbuckel, zu dem sie fähig war.

Es war ein gesegneter Frühsommer, der es regnen und das Korn rasch und gesund wachsen ließ, dessen Sonnenstrahlen Mensch, Tier und Ackerboden wärmten, der Melchior die erste gute Ernte seit Jahren versprach und seinen Lungen wohltat. Manchmal hörte ihn Maria Agnes sogar bei der Arbeit ein Liedchen pfeifen. Ernst und geschäftig wie immer erfüllte die Mutter ihre Pflichten, und hinter ihrer Stirn war nicht zu ergründen, ob sie Christina Margaretha vermisste. Wenn Melchior das Abendgebet sprach, vergaß er nie, eine Bitte um das Wohlergehen der Tochter nach oben zu schicken, doch schien er keine Rückmeldung zu erwarten. Wann, fragte sich Maria Agnes nach einigen Wochen, wann würde sie je erfahren, wie es ihre Halbschwester in Ötisheim angetroffen hatte? Die Vollmerin berichtete wenig, so wenig, dass Maria Agnes bald den Verdacht hegte, alle früheren bunten Schilderungen des Wohlstands ihrer Ältesten waren allein ihrer blühenden Fantasie oder schlicht den Hoffnungen einer besorgten Mutter entsprungen. Tatsache war, dass nur eine Stunde Fußweg zwischen Dürrmenz und Ötisheim lag. Daran hielt sich das letzte im Haus verbliebene Beck'sche Kind fest. Und nachts spendete Samson Trost, der in Abwesenheit seiner noch den Nachwuchs betreuenden Mutter langgestreckt und leise schnarchend die Nächte neben Maria Agnes verbrachte. „Brrrr“, sagte er, wenn sie ihn versehentlich im Schlaf stieß, um dann sein schwarzes Köpfchen in ihrer Armbeuge zu platzieren und weiter zu träumen von Mäusen, die er niemals fangen würde.

Ein anderer hatte mehr Erfolg. Nach tagelanger Arbeit war es Johann Gottlieb Wohlmann endlich gelungen, aus Metallresten, die er sich beim Dorfschmied erbettelt hatte, eine Art Käfig zu basteln. An der dem Eingang gegenüberliegenden Seite besaß der hölzerne Boden eine Aussparung. Das dort eingesetzte Klötzchen hatte der Junge mit einem Faden so raffiniert mit einer am Eingang angebrachten Klappe verbunden, dass diese herunterfallen würde, sobald man – sprich: eine Maus ein auf dem Klötzchen platziertes Käsestückchen entfernen würde. Stolz war er, der so häufig wegen seiner Ungeschicklichkeit Getadelte, zwar mächtig auf seine Lebendfalle, doch musste er diese leider verstecken und zumindest jetzt auf den ihm zustehenden Ruhm verzichten. Denn er verfolgte ein höheres Ziel. Seine Mutter war, wie er festgestellt hatte, auf beiden Ohren taub für seinen dringenden Wunsch, den Wohnbereich mit einer Katze zu teilen. Mehr noch, sie schien zu jenen Menschen zu gehören, die eine gewisse Furcht vor den Tieren und ihrem unergründlichen Blick an den Tag legten. Doch, und da war sich ihr jüngster Sohn sicher: Wäre die Not nur groß genug, sie würde sich eines Besseren belehren lassen. Also galt es, das Nötige in die Wege zu leiten. Im Stall des Vaters traute er sich seine Gerätschaft nicht zu platzieren. Zu viele Knechte gingen dort aus und ein, die womöglich dumme Fragen stellen würden. Längst hatte er sich einen Plan zurechtgelegt. Denn wo dürften sich Mäuse wohler fühlen als dort, wo Mehl gemahlen würde? Welch glückliche Fügung, dass nur wenige Minuten enzaufwärts in Mühlacker genau das zu finden war, was ihn seinem Schwarm näherbringen würde.

Er hatte zunächst erwogen, den Namen seines Vaters fallenzulassen. Ganz beiläufig. Dann würde man ihm, dem Sohn des Amtmanns, sicher Zugang zur Mühle gewähren. Doch was, wenn der Müller oder sein Gesinde eines Tages den Eltern vom etwas merkwürdigen Besuch des Buben erzählen würden? Nein, er musste inkognito bleiben und besann sich einer anderen Taktik. Seit einigen Tagen wurde die Roggenernte eingebracht, und er bot einem Bauern, der weit von seinem Elternhaus entfernt wohnte, an, beim Verladen auf den Wagen zu helfen. Auf jenen Wagen, der die Mühle ansteuern würde. Niemand wunderte sich, dass das hilfsbereite Kind auch beim Transport dabei blieb, dass es mit anpackte, als die Ernte schließlich ins Innere der Mühle getragen wurde. Niemand beachtete das Kästchen, das Johann Gottlieb Wohlmann in einem Winkel zurückließ. Ebenso wenig fiel den mit Blindheit geschlagenen Erwachsenen am Folgetag bei der nächsten Fuhre auf, dass der schlaksige Knabe mit mehr gutem Willen als Muskelkraft erneut mit von der Partie war. Auf der Rückfahrt nach Dürrmenz fehlte er. Das Fiepen der Mäuse – ja, sogar zwei hatten sich in seinen Käfig verirrt – wäre womöglich zu verräterisch gewesen.

Als Johann Gottlieb Wohlmann ein alter Mann war, nicht mehr schlaksig, nicht mehr ungeschickt, aber immer noch ledig, da genoss er in stillen Stunden die Erinnerung an jene Tage im August 1762. Und mit jedem Mal, da er die Szene in der Wohnstube vor dem geistigen Auge repetierte, weiteten sich die entsetzten Augen der Mutter noch mehr, wurde der Schrei der Schwestern noch spitzer, fiel der Sprung der sonst so würdigen Louisa Dorothea noch höher aus. Seine beiden tierischen Mitarbeiterinnen hatten ihre Rolle aufs Beste ausgefüllt. „Schaff uns eine Katze her", hörte er die Mutter, einer Ohnmacht nahe, noch rufen. „Je schneller, desto besser."

Der überhaupt nicht reuevolle Intrigant sollte sie nicht enttäuschen. So schnell ihn seine Beine tragen konnten, lief er in die Brunnengasse und nannte sich einen Glückspilz, als er Maria Agnes im Garten vor dem Häuschen ihrer Eltern arbeiten sah. Er würde direkt zur Sache kommen, hatte er sich vorgenommen, denn mochte er auch fremden Bauersleuten und der eigenen Mutter eine

Komödie vorspielen, so wollte er doch diesem seltsamen rothaarigen Mädchen gegenüber ehrlich sein. Er fand, sie habe es verdient. Und sie machte es ihm leicht. „Guten Tag, Johann Gottlieb", rief Maria Agnes dem Jungen zu. Sie ihrerseits rechnete es ihm hoch an, dass er bereit war, Umgang mit der Tochter armer Leute zu pflegen. Zehn gerade eben vollendete Lebensjahre hatten ausgereicht, um ihren Sinn für die Undurchdringlichkeit gesellschaftlicher Schichten zu schärfen. Dieser Junge aber war freundlich, und sollte sie selbst Zweifel gehabt haben, so reichte ihr ein Blick auf die neben ihr liegende Frieda, um sich in ihrem Zutrauen bestärkt zu fühlen: kein Zucken, kein Buckeln, nur ein aufmerksames Ausrichten der Ohren nach vorn. Maria Agnes beugte sich zu ihr hinunter, kraulte die Stellen hinter den aufmerksamen Ohren und blickte dabei Johann Gottlieb an. „Ich habe sie so sehr gelobt, denn – stell dir vor – sie hat mir neulich zu meinem Geburtstag eine Ratte in den Pantoffel gelegt. Die war soooooooo groß." Das Kraulen musste unterbrochen werden, um mit beiden Händen die unglaublich zu nennende Dimension des Geschenks zu veranschaulichen. „Oh", machte Johann Gottlieb, ehrlich erstaunt, und war sich im selben Moment sicher, dass er die Steilvorlage nutzen würde. „Dann hat sie ihren Kindern sicher schon beigebracht, wie man zwei ganz, ganz kleine Mäuse fängt", sagte er. Sekundenbruchteile später fühlte er sich von einer warmen Mädchenhand gepackt und in den lächerlich kleinen Stall der Familie Beck gezogen.

Aus einem bestimmten Grund, den er nicht in Worte zu kleiden im Stande war, musste es unbedingt ein weibliches Kätzchen sein. „Diese beiden sind Mädchen", zeigte

Maria Agnes daher auf die schon recht groß gewachsenen Glückskatzen, die gerade höchstes Vergnügen dabei hatten, das Schwänzchen der jeweils anderen zu jagen. Einem zweiköpfigen Irrwisch gleich drehten sie sich auf dem alten Leinenbündel, das auch ihr Nest geworden war, im Kreis. „Man sollte sie nicht trennen“, sagte Johann Gottlieb Wohlmann. Ob er ihr beide abkaufen dürfe? Und ob er Friedas großartiges Geschenk noch bewundern könne? Ja und ja, lautete die Antwort. Wenig später traten zwei Katzenkinder ihre kurze Reise ins Haus des Amtmanns Wohlmann an. Maria Agnes' Freude darüber war so groß, dass sie vergaß, sich über das Verschwinden der Ratte zu wundern, die sie ohnehin längst hätte begraben sollen.

Alle Sünden aufzulisten, die der Junge in diesen Tagen beging, lohne sich nicht, sagte er sich. Dass die Neuankömmlinge, kaum über die Schwelle getragen, dieses schreckliche Ungeziefer erlegt haben sollten, war nur eine der bestimmt nicht so schlimmen Lügen. Dass die über die Maßen erleichterte Mutter das in Wahrheit aus einer Schublade gestohlene Geld mit Freuden ausgebe, eine andere, vielleicht schwerwiegendere. Dass er die Katzen ebenso heimlich wie feierlich auf Maria und Agnes getauft hatte, behielt er gleichfalls lieber für sich. Dass sie nachts vor Heimweh weinten, war komplett seiner Fantasie entsprungen. Sie blühte auf wie der Junge selbst. Denn leider würde die frühere Besitzerin der sensiblen Jäger häufig vorbeischauen müssen, um die kleinen Wesen zu trösten. Was tat man nicht alles, wenn man liebte.

Sie meinte, den blonden Schopf ihrer Schwester hinter den Fensterscheiben erkennen zu können, so oft sie das Haus des Chirurgen Beck passierte. Jäh zerstob das

Trugbild Mal um Mal. Sie scheute sich davor, den vertrauten Menschen zu besuchen, da sie die Leere um ihn herum fürchtete. Und so blieb ihr nur zu beobachten, wie das Leben im Haus an der Kirchenmauer weiterging. Sie sah den Chirurgen aus- und eingehen, sah Menschen mit ihren Sorgen und Nöten zu ihm kommen und auf Hilfe hoffen, sah eine neue Magd die Kinder ausführen, sah in kürzer werdenden Abständen, wie sorgsam verpackte Pakete ins Innere getragen wurden. Für wen waren sie bestimmt? Dies war die unbedeutendste von vielen Fragen, die sich mit dem Fortschreiten des Jahres 1762 stellten. Noch immer hatte sie nicht begriffen, dass Christina Margaretha aus ihrem Leben verschwunden war. Der Schmerz war nicht wegzuschieben und trübte Maria Agnes' Freude über die erfolgreiche Katzenvermittlung. Mit jedem neuen Tag wurde er schlimmer, nicht besser. Nachts nagte die Ungewissheit am widerwärtigsten. Sie nagte am festen Band, das sie vom Tag ihrer Geburt an mit der Schwester verbunden hatte. Wollte Christina Margaretha nichts mehr von ihrer Familie wissen? Die zweitschrecklichste aller möglichen Erklärungen für das Ausbleiben jeglicher Nachricht.

Einmal war Johann Jacob auf dem Weg in den waldensischen Flecken Corres am ansehnlichen Haus der Familie Böhringer vorbeigekommen. Auf seine schüchterne Frage hin, wie es seiner Schwester gehe, erntete er ein stirnrunzelndes Warum. Nach einer Pause: „Frag sie selbst, sie ist auf dem Feld." Der junge Böhringer deutete vage in Richtung Westen. Er schien kein Mann der großen Worte zu sein. Von dieser Charaktereigenschaft war auch Johann Jacob weit entfernt, und so setzte er seinen Auftragsgang in der Hoffnung fort, mit seinen scharfen

Augen Christina Margaretha erspähen zu können. Doch unter all den Männern und Frauen, die der Junge auf den Äckern zwischen Ötisheim und der Waldensersiedlung ausmachte, glich niemand der Person, die er suchte. Fragen mochte er nicht. Sein Kapital war Schnelligkeit, und er wollte seinen Auftraggeber, den Dürrmenzer Waldenserpfarrer Moutoux, keinesfalls enttäuschen. „Der Junge ist schnell wie der Wind", hatte die Frau des Kaufmanns Bühler seine Dienste angepriesen.

Es hieß also weiter warten. „Was denkst du, warum sie nie etwas von sich hören lässt?", fragte Maria Agnes eines Tages ihre Mutter. „Ich denke", antwortete diese nach einer kleinen Pause, „ich denke und hoffe, dass es ihr gut geht und sie im Gebet mit uns Kontakt hält." Mit dieser Auskunft hatte das Mädchen nicht gerechnet. Betete sie nicht intensiv genug und konnte Christina Margarethas Botschaften deshalb nicht hören? Am darauffolgenden Sonntag musste Pfarrer Johann Matthias Käuffelin ein rothaariges Kind beinahe dazu zwingen, nach dem letzten Amen die Kirche zu verlassen. „Du kannst jetzt nach Hause gehen", sagte er freundlich und wunderte sich über sich selbst. Wie barsch hätte er seinen eigenen Nachwuchs wohl hinausgejagt? „Verzeihung, Herr Pfarrer", erwachte Maria Agnes aus ihrer Trance. „Ich habe nach meiner Schwester gesucht. Hier" – sie zeigte auf ihre Stirn – „und hier." Sie legte sich die linke Hand aufs Herz und beließ sie dort. „Aber sie spricht nicht mit mir. Meint Ihr, ihr ist etwas zugestoßen? Oder will der liebe Gott, dass ich sie in Ruhe lasse? Oder hat er einfach nur keine Zeit für mich?" Dass eine Zehnjährige so unbefangen eine Unterhaltung mit ihm begann, war Käuffelin nicht gewohnt. Hatte sie von ihren Eltern keinen Respekt gelernt? Wusste sie nicht, wie man sich Würdenträgern wie ihm gegenüber verhielt? Demütig, zurückhaltend, den Kopf gesenkt, die Stimme gedämpft? Keine Spur davon. Diese Augen sahen ihn unverwandt an. Als er ihnen endlich nicht mehr standhalten konnte, fiel sein Blick auf die Bibel in seiner Hand. Hatte er nicht gerade über Matthäus 19 gepredigt und des Herrn Jesu Liebe zu den Kleinen, Unschuldigen gepriesen? Waren nicht die Worte „Lasset die Kindlein zu mir kommen und wehret ihnen nicht“ eben erst aus seinem Mund gekommen? Er wollte es nicht tun, doch es ließ sich nicht verhindern. Er zog das auf dem Boden kniende Kind auf eine der Kirchenbänke und setzte sich zu ihm. Fragte ein ungezogenes, rothaariges Nichts nach seinen Sorgen, während zu Hause Frau und Kinder mit dem Essen auf ihn warteten.

Sie solle auf Gottes Gnade und Barmherzigkeit vertrauen, hatte er ihr eingebläut. Vertrauen, Vertrauen, Vertrauen. Das Wort hatte sich in ihr festgesetzt. Sie sagte es sich selbst laut und leise vor, wieder und immer wieder, so dass sie es schließlich in Agis lustlos gehämmerten Klavierspielversuchen wiedererkannte, den Rhythmus an Samsons hinkendem Gang ablas, sogar den eigenen Herzschlag mit den Silben unterlegte. Sie würde vertrauen, und sie würde bereit sein, wenn ihre Chance kommen würde. Tatsächlich hatte das Geduldsspiel an einem sonnigen Septembertag ein Ende. Johann Gottliebs Katzen waren in der Nacht wieder von so schrecklichen Alpträumen gepeinigt worden, dass ihre Hilfe nottat. Gerne, sehr gerne hatte sie ihre beiden ehemaligen Schützlinge und den wissbegierigen neuen Eigentümer besucht. „Was ist eigentlich aus ihrem Bruder geworden?“, fragte Johann Gottlieb Wohlmann, als er seinen Gast zurück auf die Straße begleitete. Die Antwort war ein tiefer Seufzer, gefolgt von einer wortreichen Erklärung, sie könne in diesen unsicheren Zeiten, da sie alle Kraft in das Vertrauen auf ein Wiedersehen mit ihrer Schwester legen müsse, nicht gut genug spüren, wer der Richtige für den Kater sein würde. Und doch – die Zeit dränge. Er sei ihr schon ein paarmal ausgebüxt, und Samson entwickle eine wachsende Eifersucht. „Einmal hat er ihn sogar angefaucht. Mein Samson. Stell dir das vor." Und sie imitierte das furchteinflößende Geräusch ebenso laut wie täuschend echt. Der junge, blonde Nachbar der Familie Wohlmann konnte es gar nicht überhören.

„Johann Christoph Rudolph heiße ich", stellte er sich Melchior Beck vor. Er wohne Unterm Berg, also auf der gegenüberliegenden Enzseite nahe am Rathaus, und er habe gehört, dass ein neues Heim für einen kleinen Kater gesucht werde. Seine Stiefmutter sei vor einem Jahr nach dem Tod ihres Mannes, seines Vaters Urban Rudolph, in Schwermut versunken, und er erhoffe sich von einem tierischen Mitbewohner mehr, als alle Heilkunst der Ärzte bewirken könne. „Mhhhhm", machte Melchior, wischte sich die grau gewordene Strähne aus der Stirn und wiederholte sich. „Mhhhhm." Wenn er sich von den Geschäftspraktiken seiner Jüngsten etwas abgeschaut hatte, dann das: Nie zu schnell Ja sagen. Also legte er eine Pause ein. „Da müsst Ihr mit meiner Tochter sprechen", sagte er schließlich und bemühte sich, einen bedeutungsschwangeren Unterton in seine Worte zu legen. Sein Gegenüber jubilierte innerlich. Es lief genau wie geplant. „Wo treffe ich denn Euer Fräulein Tochter? Arbeitet sie nicht jetzt in Ötisheim? Ich bin gern bereit, sie dort aufzusuchen." Bevor Melchior das Missverständnis, das keines war, aufklären konnte, öffnete sich die Tür und Maria Agnes trat ein. Sie hatte genug aufgeschnappt, um zu wissen, dass sie ihr Vertrauen in den positiven Verlauf der Dinge sehr bald mit der Wirklichkeit konfrontieren würde.

Kapitel 23

Es war ein kurzes Grunzen aus den Tiefen der Katzenkehle, das Maria Agnes von der Richtigkeit ihrer rasch getroffenen Entscheidung überzeugte. Das Tier wehrte sich nicht dagegen, in die Arme des Johann Christoph Rudolph gedrückt zu werden. Es verharrte, schaute zwar verwundert drein, doch fing umgehend an, mit Hilfe seines Näschens Arme, Oberkörper und, sobald er sich herunterbeugte, Gesicht des Mannes zu erkunden. „Und deine Mama wird auch gut zu ihm sein?“, erkundigte sich Maria Agnes. „Sie ist zwar nicht meine leibliche Mutter, aber sie war zu mir so gut, als ob sie mich selbst zur Welt gebracht hätte. Sie wird auch dieses Kind mit Liebe versorgen“, versicherte er. Die Frage der Bezahlung wurde ebenso rasch geklärt. Er könne nicht mehr als ein Paar selbst gewirkter Strümpfe geben – das sei nämlich seine noch im Aufbau befindliche Profession –, doch er biete sich an, Maria Agnes nach Ötisheim zu ihrer Schwester zu begleiten, damit diese dort nach dem Rechten sehen könne. Christina Barbara und Melchior wunderten sich zwar, doch warum hätten sie dieses Angebot ausschlagen sollen? Der junge Mann wirkte zuverlässig, die Familie, deren Oberhaupt er mit seinen gerade 21 Jahren bereits war, genoss einen tadellosen Ruf, und doch, ein Zweifel blieb. Das unausgesprochene Aber hing in der Luft bis zum Morgen, der für die Wanderung auserkoren worden war. Ein Erwachsener und ein kleines Mädchen allein zusammen unterwegs? „Bringt sie uns wohlbehalten wieder zurück", sagte Melchior, während seine Frau seltsam fest beide Schultern ihrer Tochter umklammert hielt. Maria Agnes wand sich aus dem Griff heraus. „Habt Vertrauen!", rief sie ihren Eltern zu und hüpfte im Takt des Wortes davon.

Der Weg führte die beiden über einen sanften Hügel, den die Leute Stöckach nannten und auf dem sich Weingärtner versuchten. Leider mussten sie die nur einen geringen Ertrag versprechende Nordseite nutzen, und so erwiderten die wenigen, die sich auf ihrem Grund und Boden ein Bild von den Reben verschafften, eher missmutig die Grüße der Wanderer. Bald öffnete sich vor ihnen das Tal des Erlenbachs, der in lustigen Zickzacklinien seine Bahn in Richtung der Enz zog. Maria Agnes war aufgeregt. Nie zuvor hatte sie einen Ausflug dieser Art unternommen. Nie war sie weiter von zu Hause entfernt gewesen. Mühlacker, der Flecken auf der anderen Flussseite, hatte bisher den Rand ihrer Galaxie markiert. „Ah", entfuhr es ihr, als sie nach knapp einer Stunde am Horizont den kantigen, trutzigen, fest gemauerten Turm der Ötisheimer Kirche ausmachte. War es ihr je in den Sinn gekommen, dass es ein anderes Gotteshaus als das ihr bekannte gab? „Jetzt weiß ich es", platzte es aus ihr heraus, „der liebe Gott war dort in dieser Kirche, als ich versucht habe, ihn anzurufen. Deshalb hat er mich nicht gehört." Johann Christoph Rudolph unterdrückte ein Lachen. Die Gesellschaft dieses kleinen Mädchens bereitete ihm Freude. Fast bedauerte er, dass er sie belogen hatte. Doch wenn er nur auf diese

Weise die Weichen seines Lebens zu stellen vermochte, dann müsste eine kleine Abänderung der Wahrheit eben erlaubt sein. Vielleicht könnte der Herrgott weghören. Vielleicht war er gerade anderenorts beschäftigt. Nun musste er ob dieses seines Gedankens doch laut lachen. „Was ist?", fragte Maria Agnes.

Ehe er sich erklären konnte, wurde beider Aufmerksamkeit auf einen jungen Mann gelenkt, der offenbar in derselben Richtung, aber wesentlich langsamer unterwegs war. Mühevoll zog er einen klapprigen Leiterwagen hinter sich her, auf dem sich sein gesamtes Hab und Gut zu befinden schien. „Seid gegrüßt", rief Johann Christoph dem Unbekannten zu. „Auch nach Ötisheim?" Der schwer Bepackte nickte, grüßte freundlich zurück, und schnell entspann sich ein Gespräch unter den etwa Gleichaltrigen. Er heiße Michel, komme aus Illingen und fange als Knecht beim reichsten Bauer Ötisheims an. Ein wenig Stolz schwang mit. Sein Bruder diene dort bereits, fuhr Michel fort, es gehe ihm gut, und der Bauer sei so zufrieden mit ihm, dass er nun auch ihn selbst einstellen werde. „Das freut mich für Euch", sagte Johann Christoph. „Kennt Ihr Euch schon ein wenig aus? Wisst Ihr, wo wir den jungen Metzger Böhringer finden?" Michel schüttelte den Kopf. Aber das werde sich erfragen lassen. „Ich gehe ohnehin zuerst aufs Rathaus. Dort müssen alle auswärtigen Knechte angemeldet werden. Und wenn ihr beide mich begleitet, wird man euch dort den Weg weisen können." Das klang gut, fanden die Dürrmenzer.

Alles hatte sich so gut angelassen. Der Amtsdiener hatte den Wanderern nicht nur die Richtung gewiesen, sondern ihnen auch einen Krug mit frischem Wasser gereicht und jedem einen Apfel in die Hand gedrückt. Michel hatte ihnen zum Abschied aufmunternd zugewunken und seiner jungen Freundin, so nannte er sie mit einem Augenzwinkern, das glücklichste aller Leben gewünscht. Doch auf den letzten Schritten hin zum Ziel, vorbei an Bauernhäusern, die einen gewissen Wohlstand, in ihrer beinahe schutzsuchend kreisförmigen Anordnung rund um die Kirche aber auch die Erinnerung an schwere Kriegszeiten atmeten, wurde Maria Agnes zunehmend stiller. Was würde sie erwarten? Wie würde sie ihre Schwester antreffen? Was, wenn sie gar nicht zu Hause wäre? Verstohlen sah sie empor zu ihrem Begleiter, auf dessen Gesicht sie Zuversicht zu lesen erhoffte. Tatsächlich spielte um seine schmalen, von einem noch unvollständigen blonden Bart umrundeten Lippen ein Lächeln.

Noch.

Der Geruch nach Blut war so intensiv, dass er sie beinahe würgen machte. Offenbar hatte Georg Michael Böhringer gerade geschlachtet. Sehen konnte man ihn nicht, und das war auch gut so, dachte Johann Christoph, der unwillkürlich Maria Agnes' Hand nahm und das Kind näher an sich heranzog. Er mochte nicht anklopfen und sich von einem vermutlich ob der Störung ungehaltenen Metzger abweisen lassen. Im Stillen hatte er gehofft, Christina Margaretha im Garten arbeiten zu sehen oder bei einem Besorgungsgang anzutreffen. Sein Zögern war spürbar. Es mochten einige Minuten gewesen sein, die er mit dem Mädchen an seiner Seite wortlos auf der Gasse verharrte. Schließlich wurde ihm die Entscheidung darüber, wie er sich verhalten sollte, abgenommen. „Maria Agnes!", hörte er eine Stimme hinter sich rufen.

Bevor sie ihre Schwester in die Arme schließen konnte, musste sie zuerst die beiden voll gefüllten Wassereimer abstellen, die sie mittels einer hölzernen Stange auf ihren Schultern transportierte. Seine Rührung ob der Wiedersehensfreude, ob der Freudentränen, die beide Mädchen vergossen, wich schnell der Besorgnis. Wie dünn sah Christina Margaretha aus, wie dürftig war sie gekleidet, wie zerschunden waren die Hände. Und waren es wirklich die Freudentränen, die ihre Augen so gerötet hatten? Rot waren auch Schuhe und Strümpfe. Rot vor Blut, denn ihre Aufgabe war, wie Johann Christoph nun begriff, die Schlachtküche zu reinigen. Eine bestialische Arbeit, die er nicht seinem schlimmsten Feind – nicht, dass er von einem gewusst hätte – zumuten würde. Sorge formte sich zu Zorn, Zorn zu Wut, und eben jene pochte in seinem Hirn atem- und wortlos. Schlug von innen gegen den Schädel, dass er die Hände an die Stirn legen musste, fest links und rechts, um sie vor dem Zerplatzen zu bewahren. Die Gedanken machten seinen Kopf dröhnen, und nur wie von fern erahnte er, was Maria Agnes und Christina Margaretha über den Verlauf der zurückliegenden Wochen austauschten. Endlich bemerkte er, dass die Jüngere der beiden von ihm gesprochen haben musste. „Danke", sagte Christina Margaretha, „jetzt habt Ihr uns schon zum dritten Mal geholfen."

Sie durfte die Arbeit nicht unterbrechen. Er, sie benutzte keinen Namen, würde sonst sehr ungehalten werden. Ob sie ein wenig warten könnten? Bis alles gereinigt sei und er sich hoffentlich auf den Weg ins Wirtshaus machen würde?

Ein paar Stunden später saßen endlich alle drei auf einem breiten Stein am Ufer des Erlenbachs. Friedlich plätscherte er dahin, und die Oberfläche des Steins war von der Sonne gewärmt. Maria Agnes' Beine reichten nicht bis auf die Erde, sie ließ sie baumeln, lehnte ihren Kopf an die Schulter der Schwester und beobachtete die Kreise, die eine redselige Krähe in den Ötisheimer Himmel zog. Sie sprach, und es war ihr gleich, ob sie verstanden würde. Christina Margaretha dagegen sprach nicht. Verstanden wurde sie dennoch. Ihre Besucher spürten, dass jedes Wort, das über die elementaren Informationen hinausgehen würde, sie unnötig quälen würde. Unglück, das nicht in Worte gefasst wurde, war vielleicht nicht ganz so schlimm, Gefühle, die nicht benannt wurden, vielleicht nicht ganz so erdrückend. Also schwiegen sie gemeinsam, atmeten die reiche Herbstluft, fühlten die Vorboten des Abendwindes auf ihrer Haut. „Ihr müsst euch auf den Weg machen, bevor es dunkel wird", durchbrach Christina Margaretha irgendwann die Stille. „Schicke nach Johann Christoph Rudolph, wenn du Hilfe brauchen solltest", sagte er und drückte ihre Hand zum Abschied.

Auf dem Rückweg betrachtete er die seine, die ihre umfasst hatte. Irgendwann würde er sie nicht mehr loslassen. Noch war es nicht soweit. Doch in der Zwischenzeit konnte er ihr zumindest einen Dienst erweisen. Der Plan nahm, je näher sie Dürrmenz kamen, immer klarer Gestalt an.

Frieda erwartete ihren Menschen schon am Beginn der Brunnengasse. Es war, als hätte sie lange, bevor das ungleiche Paar die Enz überquert hatte, von der Rückkehr der beiden gewusst. Und doch wunderte sie sich nun. Warum wurde sie wortlos aufgehoben, wortlos ins Haus der Familie getragen, wortlos aufs Bett gesetzt, dort noch inniger umfangen und mit heißen Tränen benetzt? Durch die Tür zur Stube hindurch hörte sie die Stimme dieses jungen Mannes, er sprach ruhig, leise ein paar Sätze mit Melchior und Christina Barbara, dann kündeten die knarzenden Stiegen von seinem Abschied.

„Ich wusste, dass sie unglücklich sein würde“, sagte Melchior zu seiner Frau. So deutlich hatte sich Maria Agnes' Begleiter zwar nicht ausgedrückt, aber allein die Tatsache, dass das Mädchen nichts von ihrem Ausflug berichtete, stattdessen ohne Abendessen ins Bett gegangen war, sprach eine eindeutige Sprache. „Und nun gibst du mir die Schuld? Bin allein ich es, die bei den Vollmers in der Kreide steht?“ Noch nie hatte Maria Agnes ihre Eltern streiten gehört. Die Vorwürfe flogen hin und her. Sie zog die Decke über den Kopf, steckte sich die kleinen Finger in die Ohren und wünschte sich, ihr pochender Puls würde alles, was sie nicht hören wollte, übertönen. Vertrauen, sagte ihr Blut. Vertrauen, beharrte es. Das Pochen wurde leiser, die Stimmen ebenfalls, und die Müdigkeit eines nicht verarbeiteten Tages versetzte Maria Agnes in einen Dämmerzustand. Schlaf, gnädig und gewaltig zugleich, bemächtigte sich ihrer. Im Traum versuchte sie, nach ihrer Schwester zu greifen, doch immer, wenn sie mit ihren Fingern am Ziel schien, verschwanden die Umrisse im Nichts. Endlich bekam sie etwas Festes zu fassen, und katzengleich schlug sie die Fingernägel hinein, um das Ersehnte nicht gleich wieder zu verlieren. „Aua!“, schrie Johann Jacob Beck.

Noch am Abend war er nach Hause gekommen, hatte durch seine pure Anwesenheit mehr bewirkt, als es hundert nach Versöhnung suchende Wörter hätten tun können. Da war die Tochter, die sehr wahrscheinlich Hilfe benötigte, da war Verzweiflung angesichts der eigenen Machtlosigkeit, da war jäher, aber auch rasch verfliegender Zorn, der sich auf den jeweils anderen gerichtet hatte, eben weil jener ebenso wenig auszurichten vermochte wie man selbst. Aber da war nun auch der Sohn, der nach Wochen wieder erschien, frisch und gesund aussah, und dem man die Liebe schenken konnte, die man bitter bereute, der Tochter nicht erwiesen zu haben. „Ist etwas geschehen?“, fragte der Junge vorsichtig, als er sich von beiden Eltern gleichzeitig umarmt fühlte. Er bekam nur eine Kurzversion einer ohnehin kurzen Geschichte zu hören, denn weder Melchior noch Christina Barbara brachten an diesem Abend Kraft für mehr auf. Er selbst solle berichten. „Wie geht es dir? Erzähl uns, was du erlebt hast!“ Frieda, auf dem Weg zu einem feurigen Liebhaber, wunderte sich einmal mehr.

Am Morgen erfuhr auch Maria Agnes, dass ihr Bruder für einige Zeit nicht in Lienzingen benötigt würde. „Es ist nur vorübergehend“, sagte Johann Jacob, „so lange mein Herr auswärts auf Brautschau ist.“ Bei einem seiner kurzen Besuche hatte er vom raschen Tod der Hirschwirtin berichtet, die, gerade 20 Jahre alt, vor wenigen Wochen der Schwindsucht erlegen war. Sophias Söhnchen Eberhard Friedrich brauchte ebenso eine neue Mutter wie die jüngeren Kinder aus Simon Schmidgalls erster, ebenfalls vom Tod geschiedener Ehe. Das große Haus, das erste am Platz, benötigte eine neue ordnende Hand. „Man sagt, er fährt bis nach Stuttgart, um eine neue Frau zu finden“, erzählte Johann Jacob und wiederholte das große, geheimnisvolle Wort. „Stuttgart.“ Wo immer das war, es schien ein wichtiger Ort zu sein. Und der Name der großen Stadt verbreitete Ehrfurcht, wenn er ihn vor Gleichaltrigen, die gerade eine anständige Lehre begannen, erwähnte, wenn er ihn vor den Knechten im Redwitz'schen Stall aussprach, selbst wenn er bei Kaufmann Bühler nach Aufträgen fragte. „Glaubst du, du kommst eines Tages auch dorthin?", fragte ihn Jacob Friedrich Meißner, und er hörte seinen Freund, dereinst Ritter von der traurigen Gestalt, nun die Zuversicht in Person, tönen: „Ich komme überall hin, wohin mich meine Füße tragen." Johann Jacobs Antwort erfüllte den Freund mit Bitterkeit. Was würde ihn erwarten? Die Ziegelhütte, nichts als die Ziegelhütte, die einem ganz offenbar Verstand und Anstand raubte. Manchmal ertappte er sich bei einem unerhörten Gedanken. Was wäre, wenn der Schläger, den Vater zu nennen er sich abgewöhnt hatte, sturzbetrunken die Stiege hinunterfallen und sich den Hals brechen würde? Jacob Friedrich wurde die Vorstellung, so sehr er sich auch verbot, ihr nachzuhängen, nicht los.

„Mein bester Acker – ich verpfände ihn Euch und bitte Euch im Gegenzug, uns unsere Tochter zurückzusenden." Melchior hatte sich diesen Satz zurechtgelegt, er hatte ihn regelrecht einstudiert, denn um keinen Preis wollte er als Versager nach Hause zurückkehren. Schon zu viel Zeit war tatenlos verstrichen. Nun, da sich der November dem Ende zuneigte, die Ernte längst eingefahren war, die Arbeit im Garten ruhte, hoffte er auf Entgegenkommen. Man würde eine Lösung finden, Georg Martin Vollmer würde bei seinem Schwiegersohn ein gutes Wort einlegen, Christina Margaretha würde eine neue Stelle finden, vielleicht, vielleicht ja sogar bald einen Ehemann. Auch wenn gegenwärtig nicht daran zu denken war, ihr auch nur die geringste Aussteuer zu finanzieren. Doch eines nach dem anderen, sagte sich Melchior Beck und sprach sich, als er den Türklopfer des

Vollmer'schen Hauses betätigte, ein letztes Mal Mut zu. „Ach, Ihr seid es." Die Enttäuschung klang überdeutlich aus den Worten der zweitältesten Tochter Maria Margaretha. „Wir warten auf den Herrn Pfarrer", fügte sie hinzu. Sie war groß und kräftig für ihre 19 Jahre und hätte ihm den Weg versperren können, trat jedoch zur Seite und bedeutete ihm, er möge eintreten. Die junge Frau hatte geweint, erkannte Beck sofort, und ihre Oberlippe, die ohnehin die Blicke auf sich zog, weil sie kaum die hervorstehenden Schneidezähne überdecken konnte, war aufgesprungen. „Betet mit uns", sagte Maria Margaretha und führte den Gast in die elterliche Schlafkammer.

Lang war der Trauerzug für Georg Martin Vollmer. Er war beliebt gewesen im Dorf, ein begehrter Pate, ein zuverlässiger Geschäftspartner, ein humorvoller, liebender Vater. Mit 47 Jahren nicht mehr jung, aber dennoch mit scheinbar nicht nachlassender Kraft gesegnet. Mit roten Wangen, starken Armen, Pranken von Händen, kräftigen Schenkeln, auf denen er eben noch die jüngste Tochter Sabina Dorothea „Hoppe hoppe Reiter" hatte spielen lassen. Das Juchzen der Dreijährigen hatte sich nun, da sie an der Hand ihrer mit versteinertem Gesicht den Zug anführenden Mutter dem Sarg hinterherging, in verzweifeltes Schreien verkehrt. Ihr atemloses Schluchzen durchschnitt die von Schnee kündende Dezemberluft und gellte in den Ohren der Nachfolgenden. Euphrosina war nicht darunter. Wenige Wochen vor der Geburt ihres Kindes hatte ihr Mann ihr den anstrengenden und nervenaufreibenden Gang nach Dürrmenz untersagt. Er selbst vertrat seine Frau, ging an der Seite der Witwe, würde sie stützen, sollte sie Hilfe benötigen. Auf ihn würde Maria Agnes Vollmer bauen können, da ihr ältester Sohn, sein

Schwager Johann Michael, erst 13 Jahre zählte. Liebenswürdig und zuvorkommend, aufstrebend und tatkräftig – gab es noch mehr Prädikate, die man dem jungen Ötisheimer zuschreiben konnte? Das wusste allein Gott, der Herr, sagte sich Johann Christoph Rudolph von ferne. Deshalb bereute er auch nicht, was er getan hatte.

Als Georg Michael Böhringer einige Tage später nach der Erledigung der dringlichsten Pflichten nach Ötisheim zurückkehrte, fand er seine Frau in heller Aufregung, die Dürrmenzer Magd hingegen nicht mehr vor. Männer vom Rathaus, deren Namen sie sich nicht habe merken können, seien erschienen und hätten von einer Anzeige berichtet. Christina Margaretha Schmierer sei, wie ein Unbekannter schriftlich mitgeteilt habe, nicht korrekt angemeldet worden und müsse daher in ihren Heimatort zurückkehren, bis die Angelegenheit geklärt sei. Von einer möglichen Strafe sei auch die Rede gewesen. Georg Michael Böhringer schluckte. Ärger mit dem Rathaus war das Letzte, worauf er erpicht war. Von der Dürrmenzer Magd mit den ewig verheulten Augen wurde nie mehr gesprochen. Es gab sie schließlich wie Sand am Meer, die armen Mädchen, die sich nach einer Arbeit bei ihm die Finger lecken würden. Die Windeln des kleinen Johann Michael, der am Neujahrstag das Licht der Welt erblickte, wusch bereits eine andere.

Kapitel 24

„Warum soll ich dem Oheim Beck denn nicht sagen, dass du wieder da bist?“ So sehr sich Maria Agnes über die Rückkehr ihrer Schwester freute, so wenig wusste sie deren Verhalten zu deuten. Sie sprach kaum, aß kaum, schlief kaum. Stattdessen drängte sie sich geradezu danach, die Wäsche der Familie im eiskalten Enzwasser zu waschen. Früh morgens, wenn kaum ein Mensch auf der Straße war, zog sie los, und bevor die ersten schwachen Strahlen der Januarsonne den Ort wachküssen würden, schlüpfte sie zurück unter die mit ihrer Schwester geteilte Bettdecke. Die Kälte kroch zu Maria Agnes hinüber.

„Steht in einem deiner Bücher etwas darüber, wie man traurige Menschen wieder zum Lachen bringt? Und wie man den Augen sagt, dass sie nicht mehr rot sein sollen? Und wie man nachts schlafen kann, wenn alle anderen schlafen?", fragte sie Gottlieb Beck, der ihr auf dem Weg zur Schule, die sie in den Wintermonaten etwas regelmäßiger besuchte, begegnete. Der Chirurg zuckte unmerklich zusammen. Er spürte, wer gemeint war, und, schlimmer noch, er spürte, was dahintersteckte. Zum ersten Mal wusste er nicht, was er seiner kleinen Freundin antworten sollte. Hätte er das passende Buch, er hätte mit dem darin enthaltenen Rezept seiner eigenen Frau geholfen. Rasch strich er Maria Agnes über die vor Kälte und Aufregung gerötete Wange. „Ich werde bei Ovid nachschlagen", log er. „Aber nun geh, damit du nicht zu spät zum Unterricht kommst."

Im engen, spärlich mit von den Kindern mitzubringenden Holzscheiten beheizten Schulraum ließ sie ihre Gedanken schweifen. Ihr Mund betete den 42. Psalm mit, den auswendig zu lernen das Ziel des Tages war, doch ihr Herz war bei Christina Margaretha. Was, wenn sie eine neue, eine schöne, eine erfüllende Aufgabe für sie finden würde? Eine Arbeit, die sie von all dem Kummer ablenken würde? „Wie der Hirsch lechzt nach frischem Wasser, so lechzt meine Seele nach dir, Gott“, formten ihre Lippen ein weiteres Mal die einleitenden Worte des Gebets, und in jener einen Sekunde, in der sie sich selbst zuhörte, in jener Sekunde, die wie ein gleißender Blitz ihre Sinne erhellte, stand ihr die Erkenntnis vor Augen. Der Hirsch. Warum war sie darauf nicht schon früher gekommen? Sie würde mit Johann Jacob sprechen müssen.

Längst war ihr Bruder nach Lienzingen zurückgekehrt. Sein Arbeitgeber hatte am 8. November 1762 wieder geheiratet. Rosina Catharina hieß die Erwählte und war selbst verwitwet. Sie brachte zu dem ohnehin stattlichen Vermögen ihres Ehemanns einen weiteren erklecklichen Batzen Geldes hinzu und schien sowohl willens als auch in der Lage, die Gastwirtschaft auf Kurs zu halten, mehr noch: ihren Ruf als erstes Haus am Platz auszubauen. Mochte Lienzingen auch klein und unbedeutend sein, die Lage an der berühmten Frankfurter Route bescherte dem Dorf einen regen Strom von Durchreisenden. Ob diese in geschäftlicher oder privater Mission unterwegs, reich oder arm waren, spielte keine Rolle. Den Naturgesetzen mussten alle gehorchen. Denn nichts in der Welt war mächtiger als Hunger und Durst. König und Kaiser nannte sie der Hirschwirt im Stillen, und nur einer mochte sich mit ihnen messen: der alles bezwingende Schlaf. Wer nun diesen Herrschern seine Ehre erweisen konnte, indem er Essen, Getränk, Bett vorhielt, dem musste das Glück lachen. Laut lachte es in Lienzingen, wo nicht nur Simon Schmidgall und seine neue, tüchtige Ehefrau die Gäste erwarteten, sondern wo eine stattliche

Herberge an die nächste grenzte. Als hätte es der Herrgott mit dem Zirkel abgemessen, war die Distanz zur nächstgrößeren Stadt Vaihingen in etwa zwei Stunden zurückzulegen, so dass, wer morgens nicht allzu früh aufgebrochen war, auf Höhe von Lienzingen den Gedanken an eine Mittagsrast schwerlich abschütteln konnte. Und als hätte der Herrgott es doppelt gut mit den Pfullingers und Schmidgalls, mit den Geisslers und Siedlers gemeint, ließ er die Straße vor dem Lienzinger Ortsende gewaltig ansteigen. Der leicht bepackte Reiter mochte mit einem stärkenden Getränk auskommen und dann seines Weges ziehen. Der Führer einer schweren Kutsche indes kam nicht umhin, die örtlichen Ackertiere in Anspruch zu nehmen. Gegen ein hübsches Honorar stellten die Bauern ihre stoischen Gehilfen zur Verfügung. Und der Wagner half geschwind, sollte das Gefährt auch nur die geringsten Mängel aufweisen. Die Organisation eben jener Dienste war, das erkannte die Hirschwirtin rasch, eine Stellschraube, an der sie drehen konnte. Wer dem schwitzenden und fluchenden Kutscher am schnellsten Hilfe in Aussicht stellte, machte auch das Rennen um die Bewirtung der Insassen. Die flinken Beine des Johann Jacob Beck erkannte sie in dieser Hinsicht als Trumpf, und so eilte der jetzt beinahe 14-Jährige zwischen Wirtshaus, Bauernhöfen und Anwesen der Handwerker hin und her, half mit beim Einspannen, beim Entladen der Kutschen, fühlte sich gebraucht und des quälenden Gedankens entledigt, womit er seinen Lebensunterhalt würde bestreiten können. Wer keine großen Pläne hegte, war auch mit kleinen Münzen zufrieden. Und noch dazu genoss er es, im neben der Gastwirtschaft gelegenen Wohnhaus der Familie übernachten zu dürfen. Gerade jetzt im Winter war der dort eingebaute Ofen nicht mehr und nicht weniger als eine Sensation. Der Herzog in seinem Schloss mochte frieren, Johann Jacob Beck tat es nicht.

Die Kehrseite der Medaille war, dass die Besuche in seinem Elternhaus noch seltener wurden. Maria Agnes blieb nichts übrig als zu warten, und damit sie eine eventuelle Ankunft Johann Jacobs nicht versäumen würde, bat sie ihre Freundinnen um Hilfe. Die verstanden zwar nicht, warum sie ihre Augen offenhalten sollten. Zu wirr klang die Begründung. Was hatte Blut in Ötisheim mit einem durstigen Hirsch zu tun, und warum würde nur in Lienzingen alles gut werden? Die Fäden wollten sich auch nach mehrmaligem Nachfragen nicht entwirren. Doch versprach die Sache Abwechslung vom grauen Januaralltag, und so sicherten sowohl Agi Redwitz als auch Catharina Meißner ihre Unterstützung zu. Erstere ersehnte sich ein Ende der Musikstunden, mit denen sie der Schulmeister, ohnehin kein leuchtendes Vorbild in Sachen Taktgefühl und Pädagogik, weiterhin zu traktieren pflegte. Die enormen Fortschritte ihres Bruders hatten sich sogar als kontraproduktiv erwiesen. „Es sind dieselben Eltern. Was der Junge kann, muss meine Tochter auch können. Ich will, dass ihr zukünftiger Mann von ihr beeindruckt ist. Strengt Euch eben mehr an und unterrichtet sie öfter. Es soll Euer Schaden nicht sein. Oder ist Euch weder Euer Ansehen noch dieser hübsche Gulden etwas wert?“, hatte das Mädchen ihre Mutter sagen hören.

Und Lucretia Bühler? Maria Agnes hatte lange nichts von ihr gehört, und plötzlich fragte sie sich, wie sie es all die Wochen versäumt haben konnte, die Kranke in ihre Gebete einzuschließen. Eine Mischung aus Sorge und

Scham stieg in ihr hoch, und sie wusste sich keine bessere Lösung, als umgehend vor dem Haus des Handelsmanns vorstellig zu werden. Sie würde nicht Lucretia um Hilfe bitten, nahm sie sich reuig vor, sondern umgekehrt die ihre anbieten. Vielleicht konnte sie ihre Unterlassungssünde damit aufwiegen. Tatsächlich hatte Maria Agnes dieses Mal mehr Glück als beim letzten Versuch, und die Hausherrin höchst selbst öffnete ihr die Tür. Lucretia Margaretha Bühler war eine bemerkenswerte Erscheinung. Wie anders sah sie aus als ihre eigene Mutter!, ertappte sich Maria Agnes bei einem Anflug von – was war es, Neid, Verwunderung? Sie wischte den Gedanken weg und erlaubte sich dennoch, eine Sekunde lang den Blick vom von rabenschwarzen Löckchen umrahmten Gesicht bis hinunter zu glänzenden Schuhen gleiten zu lassen, die noch nie Ackerboden gesehen hatten. „Bonjour“, sagte die elegante Erscheinung, die als Tochter des reformierten Kaufmanns Daniel Maneval die französische Sprache als wertvolles Erbe betrachtete und zumindest Brocken davon auch in die Kommunikation mit den Einheimischen einfließen ließ. „Du möchtest sicher zu Lucretia, Mademoiselle.“ Ohne das letzte Wort verstanden zu haben, nickte Maria Agnes ebenso heftig wie ehrfurchtsvoll. Sehr selten hatte sie bisher mit der Dame des Hauses gesprochen. Zwar hatte sich selbige bei der Heirat, die in der lutherischen Kirche stattgefunden hatte, dazu verpflichtet, die Kinder dort taufen und konfirmieren zu lassen. Sie selbst besuchte aber niemals die Gottesdienste der Andreasgemeinde, sondern folgte dem welschen Pfarrer in die kleine, halb verfallene Kapelle auf der anderen Enzseite, die man den Fremden einst zur Nutzung überlassen hatte. Auch am gesellschaftlichen

Leben nahm sie kaum teil. Man sagte, sie kaufe in Pforzheim ein, wo es angeblich teures Tuch, edles Schuhwerk, allerhand Schmuck und mehr gegen Unsummen von Geld einzutauschen gab. Ein Wunder, dachte sich Maria Agnes, dass sie ihrer Tochter erlaubte, mit ihr, der Tochter armer Leute, zu spielen. „Alors", hörte sie die Frau mit der olivefarbenen Haut und den schmalen Händen sagen, „je regrette, mais elle n'est pas ici. Es tut mir leid, sie ist nicht zu Hause. Möchtest du etwas Bestimmtes? Du bist doch ihre Freundin Marie Agnès, richtig?" Marieanjes, wie das klang! Und Freundin! Wie das klang! Wieder eifriges Kopfnicken. Beinahe wäre diesem Kopf entfallen, weshalb seine Besitzerin soeben vorsprach. „Eigentlich wollte ich sie um einen Gefallen bitten, wollte sie fragen, ob sie nach meinem Bruder Ausschau halten kann, damit ich die Sache mit dem Hirsch fragen kann, aber dann fiel mir ein, dass ich sie schon so lange nicht besucht habe, obwohl sie wahrscheinlich krank ist, und das tut mir so leid, dass ich ganz einfach schnell vorbeikommen und fragen musste, ob ich ihr irgendwie helfen kann. Zwei andere werden mir mit der Hirsch-Sache helfen." Die Worte purzelten reichlich unsortiert aus ihr heraus, und Lucretia Margaretha Bühlers rechte, gezupfte Augenbraue hob sich leicht. Man hätte Missbilligung daran ablesen können, wären nicht gleichzeitig auch beide Mundwinkel nach oben gezogen worden. „Alors", sagte sie wieder. „Das ist sehr freundlich von dir. Und vielleicht sprichst du doch am besten selbst mit Lucretia. Sie war sehr krank, das ist wahr, aber nun versucht sie, was sie in der Schule versäumt hat, wieder aufzuholen, und bekommt gerade privaten Unterricht." Dieses Mal war es Maria Agnes, der Rätsel aufgegeben wurden. Versäumten Schulstoff nachholen? Wozu bitte sollte das gut sein? Und was bedeutete die Kopfbewegung, die die Bühlerin in Richtung des Nachbarhauses angedeutet hatte? „Es ist ohnehin Zeit fürs Mittagessen." Maria Agnes staunte wieder. Mittagessen? Zwischen Milchsuppe am Morgen und Brotsuppe am Abend blieben ihr und ihrer Familie weder Zeit noch Lebensmittel für ein – was immer ihre Freundin nun erwartete. „Elle est mignonne, mais pas la plus rapide dans sa tête", sagte Lucretia Margaretha Bühler zu sich selbst. Ihre schmale, beringte Hand griff nach der des Kindes, und entschlossenen Schrittes geleitete sie das Mädchen zu jenem Gebäude, von dem ihre kleine Gefährtin noch nicht ahnen konnte, dass sie dort einmal ein- und ausgehen würde.

Eine mollige Magd öffnete die Tür und trat, ohne ein Wort der Erklärung zu verlangen, zur Seite. Maria Agnes folgte der Bühlerin staunend. Wie viele Türen!, dachte sie. Was sich dahinter wohl verbergen mochte? Und wozu waren derartig viele Räume vonnöten? Mehr noch schien es davon zu geben als im Haus des Chirurgen Beck. Einen davon öffnete ihre Begleiterin, ohne auf eine Reaktion auf ihr Anklopfen zu warten. Sie trat ein, und aus irgendeinem Grund verbarg sich Maria Agnes hinter ihrem Rücken. „Chérie", sagte Lucretia Margaretha Bühler zu ihrer Tochter, die an einem Tisch aus dunklem Holz saß und offensichtlich damit beschäftigt war, das Schreiben mit Tinte und Feder zu trainieren. Ein großer, hässlicher, schwarzer Tropfen ergoss sich just auf das teure Papier, und ein großer Tropfen brennender Tränenflüssigkeit wollte sich gerade aus dem Auge der Schülerin lösen. „Genug geübt", überging die Mutter das Missgeschick. „Ich habe dir jemanden mitgebracht, und du magst sie gleich zum Mittagessen einladen, denn ihr habt etwas zu besprechen." Mit einem kurzen, unterdrückten Aufschrei der Erleichterung erhob sich Lucretia und ging auf ihre Mutter und die Trägerin der roten Haare, die sie mittlerweile erspäht hatte, zu. „Ihr könnt Euch für morgen bereithalten. Ich werde sie Euch wieder vorbeischicken", sagte die Bühlerin.

Jetzt erst erkannte Maria Agnes, dass eine weitere Person im Raum war. Drei, vier Schritte vom Tisch entfernt stand ein junger Mann, offensichtlich der für Lucretia engagierte Lehrer, der die Bemühungen des Kindes beobachtet hatte. Dabei schien er selbst kaum dem Kindesalter entwachsen zu sein. Klein, dünn, beinahe zerbrechlich wirkte er. Sein Gesicht jedoch lag im Schatten, Maria Agnes konnte den Ausdruck darauf nicht erkennen. „Très bien", sagte die Gestalt. Es handele sich um den jüngsten Sohn des welschen Pfarrers, der mittlerweile auch das Theologiestudium aufgenommen habe und zu schönsten Hoffnungen Anlass gebe, erklärte Lucretia Margaretha Bühler im Hinausgehen. Er lerne schon lange in Heidelberg und lebe bei seinem Schwager, dem berühmten Rektor Johann Heinrich Andreae, und nun nutze sie seinen kurzen Heimatbesuch und setze darauf, dass der hochbegabte und freundliche junge Herr die krankheitsbedingten Wissenslücken ihrer Tochter schließen werde. Maria Agnes wusste kaum wohin mit den auf sie einstürmenden Informationen. Sie wusste, dass sie die Rätsel in absehbarer Zeit nicht lösen würde. Sie wusste aber auch, dass sie die Worte Einladung und Mittagessen im selben Satz gehört hatte. Und nichts war in diesem Moment spannender.

„Jeder hat seinen eigenen Löffel. Und fast jeder hat ein Messer. Und, stellt euch vor, die Teller können zerbrechen, wenn man sie fallenlässt", erfuhr Frieda einige Zeit später. Noch überlegte Maria Agnes, ob sie in ihre Erzählungen, die laut genug vorgetragen wurden, um auch von den zweibeinigen Hausbewohnern verstanden zu werden, ein bestimmtes Detail mit einfließen lassen sollte. Würde Frieda traurig oder hocherfreut sein, wenn sie erführe, dass ihr Sohn Willy auf ausdrücklichen Wunsch seiner Besitzerin mit dem Besten vom Tisch gefüttert wurde? Es entstand eine Pause im Redeschwall. Sie war lang genug, um Melchior Beck zu beunruhigen, der sich mit dem einzigen im Haus befindlichen Löffel, dessen Spitze nicht abgebrochen war, die Reste seines Abendessens einverleibte. Er ließ Essen Essen sein, stand auf und ging zu seiner Tochter hinüber, die gedankenverloren Friedas Ohren kraulte. Er beugte sich zu ihr hinunter und fasste sie bei beiden Schultern, so dass sie ihm ins Gesicht sehen musste. „Bist du unglücklich, dass wir dir keine kostbaren Teller und kein teures Besteck geben können?" Maria Agnes dachte nach. Sie sah Lucretia vor sich, die Fleisch in Fülle hätte verspeisen können, aber keinen Appetit verspürte. Die so oft so traurig und krank an Leib und Seele war, dass ihre Eltern für ein Lachen das halbe Haus versetzen würden. Das Mädchen stand auf, ging zum Tisch, nahm des Vaters hölzerne Schüssel, setzte sie an den Mund, trank den Rest der Suppe und leckte verbliebene Tropfen in schönster Katzenmanier mit der Zunge aus. „Wer braucht schon Besteck?", fragte Maria Agnes Beck.

Eine andere Frage blieb offen. Wie könnte sie herausfinden, ob es im Hirsch in Lienzingen eine Stellung für ihre Schwester geben könnte? Ihr Gefühl sagte ihr, dass rasch nach dem Einzug einer neuen Ehefrau die Chancen günstig stehen könnten. Vielleicht mochte die Zugezogene eines der Mädchen nicht leiden und würde sich über einen Wechsel freuen? Also schien Eile geboten. „Vater, Mutter, darf ich Johann Jacob besuchen?“, fragte sie schließlich frei heraus. „Was gibt es denn so Wichtiges zwischen euch beiden zu besprechen?“, wunderte sich Christina Barbara, doch kannte sie ihre Jüngste gut genug, um hinter einer harmlosen Frage eine komplexe Wahrheit und einen noch verwickelteren Plan zu vermuten. Tatsächlich war dieser im aktuellen Fall eher simpler Natur. „Ich will ihn fragen, ob er jemanden kennt, der Friedas Junge kaufen möchte“, bog Maria Agnes die Wahrheit nur ein ganz kleines bisschen zurecht. Eigentlich waren die Katzenkinder, die ungewöhnlich spät im November zur Welt gekommen waren, noch zu unselbständig und klein. Bevor dieser Fakt ihrer Mutter auffallen konnte, fuhr sie fort: „Ich weiß, wie beschäftigt ihr beide seid, aber vielleicht kann mich Christina Margaretha begleiten. Ich würde den Weg wohl nicht selbst finden.“ Melchior Beck wischte sich die ewig widerspenstige Haarsträhne aus der Stirn. Auch ihm schwante, dass weder die Sehnsucht nach dem Halbbruder noch ein möglicher Katzenverkauf hinter dem Vorstoß stecken mochten. Aus irgendeinem Grund war er vorsichtig. Wollte Maria Agnes ihre Schwester unbemerkt aus dem Ort schmuggeln? Womöglich hatte die Unglückliche ein Vorhaben gefasst, von dem die Eltern nichts ahnten. „Wenn es so wichtig ist, werde ich selbst mit dir gehen“, hörte Maria Agnes ihren Vater zu ihrer Verwunderung sagen. Ein Blick flog zwischen den Eltern hin und her. Stummes Einverständnis lag in der Luft.

Und doch sollte es anders kommen.

Kapitel 25

Alle Traurigkeit schien von ihr abgefallen. Das Leuchten war in die dunklen Augen zurückgekehrt, ein Hauch von Farbe zierte die eingefallenen Wangen. Wie hätten sich die Eltern Bühler über diesen Anblick gefreut, doch blieb ihnen der Weg zum Katzennest versperrt. Nicht jeden ließ die Herrin der samtpfötigen Schätze schließlich vor in ihr und Friedas Reich. Fremde Erwachsene, mochten sie auch nett und vornehm sein, hatten hier nichts verloren. Freundin Lucretia indes schon. Da saß sie, beide Katzenjungen auf ihrem Schoß, und ließ den forscheren der beiden leuchtend orangefarbenen Kater an ihrem Oberteil hochklettern. „Er hat mich gebissen", jubelte sie mehr, als dass sie sich über einen kleinen Schmerz beklagt hätte. „Das war kein Biss. Er hat dich geküsst", stellte Maria Agnes die Sache richtig. Ob sie denn von Willy noch nie einen Katzenkuss bekommen habe? „Besser eine Katze beißt dich kräftig, als dass ein dummer Kerl dich küsst", kam Catharina Meißner ihr mit einer Antwort zuvor. „Woher weißt du denn von küssenden Kerlen?", meldete sich jetzt auch die nächste Freundin zu Wort. Sie, Agi Redwitz, war schließlich die älteste in diesem Quartett, und wenn eine geküsst würde, wäre das ja wohl zuallererst sie. Der bloße Gedanke machte sie zwar schaudern, doch musste sie schon aus reinem Verantwortungsgefühl heraus nachhaken: „Wessen Küsse hast du schon ausprobiert?" Überhaupt keine natürlich, und so solle es auch bleiben, gab Catharina patzig zurück, denn es wisse wohl jeder, dass dieses Geschmatze nichts Anständiges und auch nichts Erstrebenswertes sei. In Wahrheit hatte sie das Bild ihres Vaters vor Augen, der, nur gemäßigt angeheitert und daher nur wenig aggressiv, am Vorabend über ihre wehrlose Mutter hergefallen war. Sie hätte etwas darum gegeben, sich vorher im Spiel mit ihren Geschwistern nicht unter dem elterlichen Bett versteckt gehabt zu haben.

„Kannst du die beiden auseinanderhalten?" Sie musste dieses Kuss-Thema dringend beenden, und mit der Frage an Maria Agnes hatte sie ihr Ziel erreicht. Es folgte eine ausführliche, detailreiche und mit pädagogischem Impetus vorgetragene Erörterung, welche Körperstellen bei scheinbar auch noch so ähnlichen Katzengeschwistern betrachtet werden könnten, ja müssten, um sie, also die Katzengeschwister, zweifelsfrei und nach einiger Übung auch von weitem unterscheiden zu können. „Achtet immer auf die Umrandung der Augen. Sie ist niemals völlig gleich", lautete eine der Weisheiten. Sie hatte beide Kätzchen an sich genommen, die in ihren geschickten Händen vom Eroberer zur willenlosen Kreatur mutierten. Pfötchen, Schwänzchen, Köpfchen, einfach alles wurde den Freundinnen unter die neugierigen Nasen gehalten. „Du musst sie trotzdem Leuten verkaufen, die weit genug voneinander weg wohnen. Die meisten Menschen sind viel zu dumm, um eine Katze genau anzuschauen, und es würde andauernd Verwechslungen geben", sagte Agi Redwitz. Maria Agnes nickte. Das sei wohl wahr. Aber sie müsse zuallererst die Hirsch-Sache angehen. „Du hast jetzt auch Hirsche?" Lucretia war verwirrt, aber nur ein bisschen. Sie hätte der Freundin selbst das Halten eines Einhorns zugetraut, falls ein solches überhaupt existierte. Aber nein, klärte sie der lachende Rest der Versammlung auf, es gehe um das Gasthaus in Lienzingen. „Mein Vater hat versprochen, mich dorthin zu begleiten, aber er sagt, er muss zuerst eine Lieferung Wolle fertigmachen. Und das ist auch wahr, denn ..." Sie stockte. „Denn wir haben keinen müden Kreuzer mehr im Haus", hätte sie wahrheitsgemäß ergänzen können, aber sie brachte das Eingeständnis der misslichen Lage nicht über die Lippen. „Hast du Lienzingen gesagt?" Dieses Mal war es Lucretia Bühler, die allen anderen zuvorkam. „Dort willst du hin und brauchst einen Begleiter? Ich glaube, ich kann dir helfen."

Sein Gesicht war glatt, ebenmäßig, noch von keinerlei Bartwuchs in seiner jugendlichen Klarheit beeinträchtigt. Er trug das schwarze, leicht gewellte Haar länger, als dies seine schwäbischen Altersgenossen taten, und wenn er nachdachte, pflegte er mit dem Zeigefinger der linken Hand die Locke unter seinem linken Ohr entlangzustreichen. Und nun dachte Charles François Moutoux nach. Die Frage seiner Schülerin, die sonst kaum eine Silbe freiwillig von sich gab, hatte ihn überrascht. Nun sah sie ihn erwartungsvoll an, und er stellte fest, dass sie ein hübsches Mädchen war. „Ja, wenn sie mir keine weiteren Umstände bereitet und den Rückweg selbst findet, dann will ich sie mitnehmen", sagte er schließlich auf Deutsch. Er bewegte sich mit größter Selbstverständlichkeit zwischen dieser und der Sprache seiner Eltern hin und her. Letzten Endes, gestand er sich als alter Mann einmal ein, wusste er nicht zu erklären, wann er das melodische Idiom der Vorfahren, wann das rauere seines Geburtslandes benutzte. Es kam einfach über ihn, so wie vieles einfach über ihn kam und sich seines Geistes bemächtigte. Jüngst etwa war ihm der Gedanke gekommen, seine Zeichenstudien, die er während der Schulzeit in Heidelberg begonnen hatte, wieder aufzunehmen, und er gedachte die alte Kirche des Nachbarortes als Motiv zu wählen. Der berühmte Rektor der Schule, Johann Heinrich Andreae, der gleichzeitig sein Schwager war und in dessen Haus er auch jetzt noch, da er sein Theologiestudium aufgenommen hatte, wohnen durfte, hatte schließlich seine Fertigkeiten auf diesem Sektor gelobt. Wer mit den Zahlungen für Kost und Logis in Rückstand war, sollte sich anderweitig nützlich machen, sagte er sich, und sei es nur als hoffnungsvoller junger Künstler. Doch letztendlich war ihm die Frage, ob sein Vater die Rechnung zeitnah begleichen würde, nicht wichtig. Was zählte, war die Inspiration, und eine solche erhoffte er sich von dem steinernen Zeugen einer längst vergangenen Zeit. Lag in der Tatsache, dass er, der Spross protestantischer Glaubensflüchtlinge, ein von den verhassten Papisten als Wallfahrtskirche erstelltes Gotteshaus nach seiner Art zeichnen durfte, nicht eine gewisse Ironie?

Der Kaufmann Bühler hatte ihm das teure Zeichenpapier geschenkt, also würde er den Wunsch der Tochter, eine Freundin nach Lienzingen mitzunehmen – nur bis zur Kirche freilich, keinen Schritt weiter – nicht ablehnen. Verabredungsgemäß wartete das rothaarige Kind schon vor dem Pfarrhaus, wie er an diesem eigentümlich warmen Februarmorgen beim Blick aus dem Fenster feststellte. Er sah, wie sich ihr Kinn langsam hob, während sie offensichtlich hinter jedem der schwarzen Augen des Hauses nach einem Zeichen menschlicher Anwesenheit Ausschau hielt. Gleich würde sie ihn bemerken. Da, sie lächelte. Rasch trat er zurück, griff sein Bündel und machte sich auf den Weg.

Wie damals, es schien ihr lange zurückzuliegen, als sie mit Johann Christoph Rudolph unterwegs gewesen war, überquerten sie die Enz und passierten das imposante Gebäude, in dem die Bauern, ob arm oder reich, ihre Steuern abgeben mussten. Dann aber wandten sie sich in nordöstliche Richtung, als hielten sie geradewegs auf die tiefstehende Morgensonne zu. Die Häuser wurden weniger, die Felder ausgedehnter. Rechter Hand ballten sich einige Gehöfte zu einem Weiler zusammen. Eckenweiher heiße die Siedlung, sagte der junge Mann. Ganz in der Nähe hätten die Mönche einst ihr erstes Kloster gebaut. Doch dann seien Räuber gekommen, und überhaupt, der Untergrund sei zu morastig gewesen, und sie hätten anderswo ihr Glück versucht. In Maulbronn, um genau zu sein. Er vollführte eine ungefähre, schwer zu deutende Bewegung mit dem Kopf, um die Lage dieses Ortes anzudeuten. Maria Agnes schwieg. „Du weißt von alledem nichts?“ – „Nein“, antwortete sie. Er hatte etwas an sich, das ihren angeborenen Redefluss versiegen ließ. War es unhöflich, so wenig zur Unterhaltung beizutragen? Vielleicht, doch schien er keineswegs auf ein Gespräch aus zu sein. Zu schnell, immer schneller, je näher sie dem Ziel kamen, schritt er voran, und seine junge Begleiterin hatte Mühe, ihm zu folgen. Johann Jacobs abgelegte Schuhe – die ersten aus Leder, die sie tragen durfte – passten nicht und wiesen zudem unerwünschte Öffnungen auf. Längst hatte ein lästiger Stein den Weg in einen Spalt gefunden und versetzte ihr bei jedem Schritt einen stechenden Schmerz. Als ein Wäldchen in Sichtweite kam und sie befürchten musste, den Anschluss zu verlieren, wagte sie es: „Habt Ihr es sehr eilig?“, rief sie ihm zu. Endlich drehte sich Charles François Moutoux um. „Du hinkst“, sagte er anstelle einer Antwort. Es klang nicht mitleidig, eher verärgert. Er sah sich um, während sie mühsam zu ihm aufschloss. Wollte er sie zurückschicken? Anderen anvertrauen? Sein Gesicht verfinsterte sich. „Ja, ich habe es eilig“, sagte er nach einer Pause. „Ich will das Morgenlicht einfangen.“ Und bevor Maria Agnes sich hätte überlegen können, wie er diese schwierige Aufgabe anpacken wollte und wozu, spürte sie sein Bündel in ihren Händen und sich selbst hochgehoben. Die dünnen Arme hatten mehr Kraft, als ihnen anzusehen war.

Er wollte das nicht. Ein fremdes Leben an seinem Leben fühlen, fremden Atem riechen, fremde Haare in sein Gesicht geweht bekommen. Wann hätte ihn jemals ein anderer Mensch berührt seit damals, als er Dürrmenz verlassen hatte, um zu lernen? Umso erleichterter war er, als er aus dem Schatten der Bäume heraustrat und sich die Silhouette der Liebfrauenkirche vor ihm abzeichnete. Klein im Vergleich zu den Gebäuden in Heidelberg, groß jedoch in ihrer schlichten Anmut. „Hier sind wir“, sagte er und setzte Maria Agnes ab. Sie verharrte wie angewurzelt. „Jetzt verstehe ich“, stieß sie hervor. Der Anblick des schlanken Turms, der so aberwitzig spitz in den Himmel ragte, raubte ihr den Atem. Es war nicht nur die Form, die sich so sehr von jener der Andreaskirche und noch deutlicher vom trutzigen Bau in Ötisheim unterschied. Es waren die Strahlen der Sonne, die sich ganz oben zu konzentrieren schienen und einem

Heiligenschein ähnlich einen gleißenden Kreis um den Turm, genaugenommen um das ganze Gebäude herum, formten. „Ich möchte jetzt anfangen. Du kannst gehen“, sagte der junge Moutoux, doch Maria Agnes hörte ihn nicht. Er nahm ihr sein Bündel aus den Händen, ganz warm fühlte es sich an, und er begann, seine Zeichenutensilien auszupacken. Noch immer stand sie da mit weit geöffneten Augen und ebensolchem Mund. „Du kannst jetzt gehen“, wiederholte er. „Geh jetzt bitte, da unten ist das Dorf.“ Endlich drang er zu ihr vor. „Darf ich es sehen, wenn es fertig ist?“ Er nickte knapp, um sie loszuwerden.

Maria Agnes humpelte, die Zehen ihres rechten Fußes waren sicher blutig, sie fror, aber sie war glücklich. Gott, der Herr, wohnte in diesem Ort, das war so klar, wie nur eine Sache sein konnte, und daher würde es ihrer Schwester in Lienzingen gut ergehen. Es war richtig gewesen, das Abenteuer zu wagen, mochte dieser junge Pfarrerssohn auch ein wenig seltsam und von ihrer Gesellschaft offenbar nicht begeistert sein. Zaghaft winkte sie ihm zum Abschied zu, als sie ihn verließ, doch mehr als an seiner Gestalt hing ihr Blick am lichtumflossenen Turm. Schwer fiel es ihr, sich von diesem Bild zu lösen. Schließlich stolperte sie über einen größeren Stein und wäre beinahe der Länge nach auf der Erde gelandet. Zeit, nach vorne zu schauen, sagte sich Maria Agnes Beck.

Vor ihr lagen umzäunte Gärten, die sich wie ein Schutzmantel um die Häuser schmiegten, und in deren Zentrum erkannte sie eine weitere Kirche, wesentlich weniger himmelstrebend gebaut, doch dafür von vielen kleinen Schuppen umrandet. Wie eine Henne und ihre Küken, kam dem Mädchen ein Vergleich in den Sinn, über den sie lachen musste. „Das muss ich Frieda erzählen", dachte sie laut. Wie viele Mäuse sich in all diesen kleinen Häuschen wohl tummelten? Nicht ganz so viele Menschen bewegten sich in den verwinkelten Gassen, doch genügend, um einen davon nach dem Weg zum Hirsch fragen zu können. Ein freundlicher Kerl mit weit auseinanderstehenden Schneidezähnen schilderte ihr schließlich, wohin sie sich zu wenden hatte, und als Maria Agnes in die Straße einbog, die, wie der Mann gesagt hatte, nach Knittlingen führe, staunte sie nicht schlecht über die prächtigen Gebäude zu beiden Seiten. „Aus der Bahn", beendete ein Kutscher jäh die Phase stummer Bewunderung. Rasch sprang sie zur Seite und ließ das elegante Gefährt passieren. Wann hatten sich je in den Stall des Schwarzen Adlers solch edle Rösser verirrt? Schneller waren sie verschwunden als ihr eine Antwort eingefallen wäre. „Berghoch bis zu einem prächtigen Haus mit Torbogen", wiederholte Maria Agnes, um weitere Ablenkungen zu vermeiden, die Wegbeschreibung. Ihr Herz klopfte lauter mit jedem Schritt, um den sie dem Ziel ihrer Reise näherkam. Das musste der Hirsch sein! Sie konnte ihn schon erspähen. Erneut wurde sie überholt, nun von einem offenen Fuhrwerk. Dieses war mit gedrosseltem Tempo unterwegs und hielt vor dem Gebäude unterhalb des Gasthauses an. Eine Frau unbestimmbaren Alters setzte ihre Füße mit Nachdruck auf den Lienzinger Boden. „Mein lieber Heinrich, das hast du nun davon", sagte sie mit fester, tiefer Stimme zu einem nicht vorhandenen Gegenüber.

Sie setzte einen Spazierstock auf die Erde, wie ihn Maria Agnes bisher nur einmal, in den Händen des Herrn Bravo, gesehen hatte. Hörbar sog sie die Luft ein, hörbar stieß sie sie wieder aus, und je häufiger sich das Spiel wiederholte, desto zufriedener schien die Dame mit sich zu sein. Die Augen hielt sie halb geschlossen, das Kinn reckte sie nach vorn, als wolle sie der Sonne Lienzingens erlauben, auch auf die wenige Haut an ihrem Hals zu scheinen, die nicht mit einem dunkelblauen, seidig glänzenden Stoff bedeckt war. „Tante?“, hörten die Dame und das Kind einen vom Stimmbruch gebeutelten Jungen rufen. „Dieses Mal mit Gepäck?“, fragte der dünne Knabe. „Allerdings“, antwortete die Tante. „Dieses Mal mit Gepäck.“

Der dünne Knabe, der sich als zweitjüngster Sohn des Wirts entpuppen sollte, wusste, was die Stunde geschlagen hatte. Binnen Minuten hatte er eine Armee von Helfern aus Mägden, Knechten und Familienangehörigen rekrutiert, die dem Fuhrwerk eine erstaunliche, mit physikalischen Gesetzen kaum in Einklang zu bringende Anzahl an Kisten und Truhen entnahmen. Begrüßungsrufe, Gesprächsfetzen, mehr oder weniger aufgeregte Erklärungen wehten zu Maria Agnes herüber, aber weder konnte noch wollte sie diese interpretieren. Ihr Blick war von der beeindruckenden Gestalt der Tante zu einer wenig imposanten hinübergeglitten, die sich in die Schar der Helfer gemischt hatte. Endlich, endlich sah Johann Jacob auf und entdeckte ein klein wenig abseits des Trubels seine kleine Schwester.

Die Überraschung war so groß, dass er sich beide Hände vor den Mund schlagen musste, um nicht in Gegenwart seiner Auftraggeber laut aufzuschreien. Er wartete, bis sich die Gesellschaft in Richtung des Hauseingangs verlagerte, und stahl sich davon. Rasch griff er Maria Agnes am Arm und zog sie auf die gegenüberliegende Straßenseite, wo zwischen zwei Gebäuden eine gerade mannsbreite Lücke klaffte. „Was ist los, ist etwas Schlimmes geschehen?“, platzte es aus ihm heraus. Weshalb sonst sollte ein zehnjähriges Kind mutterseelenallein den Weg zu ihm suchen? Träge war sein Geist, aber nicht träge genug, um nicht binnen Momenten die verschiedensten Schreckensszenarien durchzuspielen. Doch statt einer Antwort erhielt er eine feste Umarmung und fühlte, wie seine Wangen mit Küssen bedeckt wurden. „Schwesterchen“, sagte er mitten in ihre rote Haarpracht hinein, „sag, warum kommst du hierher?“ Als sie sich von ihm löste und er ihr unverstelltes Lächeln sah, wusste er, dass sie keine schlechten Nachrichten bringen würde. „Ich muss mit dir sprechen“, sagte sie. „Nur du kannst Christina Margaretha helfen.“

Als die Geschwister am Nachmittag, gerade noch erhellt von den letzten Sonnenstrahlen, den Weg nach Dürrmenz antraten, die Mägen gefüllt mit großmütig überlassenen Resten einer üppigen Willkommensmahlzeit, war alles in Maria Agnes' Sinne geregelt. Nun mussten es nur noch die Eltern erfahren – und natürlich die Person, für die sie sich die Zehen blutig gelaufen hatte.

Kapitel 26

„Ich bitte Euch, das müsst Ihr verstehen, Ihr hättet auch nicht anders gehandelt.“ Christina Barbara Beck hätte sich in Erklärungsnöte gestürzt fühlen können. Doch zu ihrer eigenen Überraschung fiel es ihr überhaupt nicht schwer, Maria Agnes Vollmer die Umstände zu erläutern, die zu Christina Margarethas neuer Anstellung geführt hatten. Gern hätte sie das Aufeinandertreffen mit der frisch Verwitweten vermieden, doch nun auf dem Rückweg von der Kirche hatten sich ihrer beiden Wege nun einmal gekreuzt. Und während sie noch erzählte, ertappte sie sich dabei, einen gewissen Stolz zu empfinden. Stolz darauf, dass der Stiefsohn, ein ungelernter Laufbursche, dem Lienzinger Hirschwirt offenbar so positiv aufgefallen war, dass er ihm Gehör geschenkt hatte. Stolz darauf, dass man Johann Jacobs Schwester völlig unbekannterweise wie die berühmte Katze im Sack gekauft und als Magd eingestellt hatte. Stolz darauf, dass sie nicht auf einem von einer Kuh, sondern einem starken Ochsen gezogenen Karren abgeholt worden war und nun die Gäste im Hirsch, aber insbesondere auch die vornehme Dame aus Mühlhausen umsorgen würde. „Die Frau eines Konsulenten", wie Christina Barbara betonte, ohne zu wissen, was sie da aussprach. Maria Agnes Vollmer nickte eifrig, um zu verbergen, dass auch ihr dieser Ausdruck völlig unbekannt war. „Das freut mich für Eure Tochter", sagte sie.

Die Tochter hatte weder Gelegenheit noch Kraft gehabt, sich der neuerlichen Wendung in ihrem Leben zu widersetzen. Würde sie jemals über sich selbst bestimmen können? Würde dies jemals irgendeiner Frau möglich sein? Diese und mehr Fragen quälten sie seit langer Zeit, doch schlimmer war jene: Was will ich selbst? Christina Margaretha Schmierer kannte die Antwort nicht. Deshalb beschloss sie, einstweilen das Beste aus dem zu machen, was andere für sie entschieden. Die Fülle an neuen Aufgaben half ihr dabei, Zweifel und Zukunftsängste beiseitezuschieben. Und wann wäre sie bisher jemals einer Person wie Anna Catharina Wedderkopf begegnet? Die ältere Halbschwester des Hirschwirts wohnte, nein, residierte in einem der Gasträume und bildete eine Konstante im ewig sich wandelnden Mikrokosmos aus vornehmen und weniger vornehmen Reisenden, die Lienzingen durchquerten und zumindest so lange blieben, bis Hunger und Durst gestillt waren. Warum aber an diesem letzten Februartag die Gaststube regelrecht überquoll, warum Fremde und Einheimische sich dort die Wänste vollschlugen – sogar mit Fleisch, mitten in der Fastenzeit –, erschloss sich der Magd aus Dürrmenz nicht. Sie konnte nicht ahnen, dass es in ihrem Heimatort ganz ähnlich zuging. Ob in der Sonne oder im Grünen Baum, im Schwarzen Adler, im Lamm oder in den anderen Lokalen, überall schenkten die Wirte Freigetränke aus, und die Knechte und Mägde kamen kaum nach, weitere Bestellungen, die dann freilich kostenpflichtig waren, aufzunehmen.

Von irgendwoher waren Musikanten gekommen, deren fröhliche Lieder vom Schwarzen Adler bis zum Haus der Familie Beck hinüberklangen. Zaghaft näherte sich Melchior an. Die Melodien, so verwaschen er sie auch nur wahrnehmen konnte, sie führten ihn zurück in die wenigen glücklichen Tage seiner Kindheit, als er daheim in Kürnbach jede Gelegenheit genutzt hatte, reisende Spielleute aus der Nähe zu betrachten. „Vagabunden, Pack", hatte seine Stiefmutter die umherziehenden Leute verächtlich betitelt, und noch heute fühlte er sich ertappt, wenn er ihren Künsten lauschte. Dementsprechend heftig fuhr er zusammen, als er einen kräftigen Klaps auf seiner linken Schulter spürte. „Beck, altes Haus, kommt mit, feiert mit uns", wurde er vom Ziegler Jacob Meißner aufgefordert. Obwohl die Sonne ihren Zenit noch nicht erreicht hatte, tat sich seine Zunge schon bedenklich schwer mit einer klaren Aussprache. Melchior fühlte sich in Richtung des Wirtshauses geschoben. „Was wird denn eigentlich gefeiert?", fragte er weniger aus Interesse als aus der schlichten Notwendigkeit heraus, den Betrunkenen abzulenken. Er würde im Schwarzen Adler nichts, aber auch gar nichts bezahlen können. Was immer dort gefeiert wurde, es müsste ohne ihn geschehen. „Friede", rief Meißner, „es ist Friede!" Ob Beck den Amtmann denn nicht gehört habe?

Tatsächlich hatte Samuel Friedrich Löffler, seit kurzem als Unteramtmann in Dürrmenz tätig, im vollen Ornat vor dem Rathaus eine Botschaft verlesen, wonach im fernen Hubertusburg der Krieg zwischen dem großen Preußenkönig und der Kaiserin von Österreich beendet worden sei. Nun war den wenigsten im nur am Rande in die Auseinandersetzungen verstrickten Württemberg klar, was das genau bedeutete. Doch dass Friede besser als Krieg war, verstand sich von selbst. Außer, man musste befürchten, dass … Melchior ließ den torkelnden Ziegler stehen und machte sich auf den Weg zu Jacobina Fieß. Die jüngere Tochter öffnete ihm die Tür, und er fand die Frau seines ehemaligen Freundes Caspar am Tisch sitzend und ganz offensichtlich im Gebet vertieft vor. Worum mochte sie den Herrgott in dieser Minute bitten?, fragte sich Melchior. Worum würde er ihn an Jacobinas Stelle bitten? Er wusste die Antwort. Ohne große Umschweife sagte er, was zu sagen war. „Ihr wisst, dass der Krieg zu Ende ist?" Ein stummes Kopfnicken. „Wenn er zurückkommen sollte – wir werden ihn einfach nicht wiedererkennen. Es gibt keinen Caspar Fieß mehr. Ich werde Euer Zeuge sein."

War es Verrat am Paten seiner Tochter? Nein, es war eine Notwendigkeit. Ein Dienst an der Frau, die schon genug gelitten hatte, beruhigte sich Beck. Der Kloß in seinem Hals ließ sich, wie er erleichtert feststellte, hinunterschlucken. Beinahe beschwingt fühlte er sich, als er wieder in die Brunnengasse einbog. Was er sah, erfreute sein Herz zusätzlich. Denn Maria Agnes ging es offenbar genau wie ihm. Auch sie wurde von der Musik angezogen, stand fast am selben Fleck, an dem er selbst zuvor verharrt hatte, schien die Welt um sich herum zu vergessen – bis sie ebenfalls Gesellschaft bekam. Melchior erkannte Johann Gottlieb Wohlmann, der seiner Tochter offenbar die Friedensbotschaft überbrachte und sich dabei erwachsen und wichtig vorkam. Er erahnte das Leuchten auf Maria Agnes' Gesicht, und in jenem Moment, in dem sie katzengleich kehrtmachte und dem heimischen Stall zustrebte, wusste er, was seine Tochter vorhatte.

„Und ich darf wirklich in die Gaststube?" Maria Agnes vergewisserte sich lieber zweimal, bevor sie von der Redwitzin an den Ohren hinausgezerrt werden würde. „Ja, die Frau Wirtin hat gesagt, an diesem Tag dürften alle bei ihr feiern", antwortete Johann Gottlieb Wohlmann. Sie zögerte. „Auch Wollenkämmerskinder?" Er ärgerte sich, nicht genau genug nachgefragt zu haben, und so musste er ein bisschen schwindeln. „Amtmannskinder dürfen ein anderes Kind mitbringen", lautete die beste Erklärung, die ihm auf die Schnelle einfiel. „Hast du gehört?", flüsterte Maria Agnes in Samsons Ohr. Sie hielt den Kater in ihren Armen, und sein wissender Blick stimmte sie zuversichtlich. „Dann lass uns gehen“, rief sie ihrem menschlichen Begleiter zu.

Tatsächlich hätten zehn Wollenkämmerskinder gleichzeitig den Schwarzen Adler betreten können, und Catharina Barbara Redwitz wäre dieser skandalöse Umstand verborgen geblieben. Zu laut, zu dicht gedrängt, zu fröhlich ging es in den Gasträumen zu. Da saß der von der Arbeit befreite Schulmeister eingezwängt zwischen seiner Frau und jener des Leinewebers Eitel, und die Schulmeisterin wiederum wusste kaum wohin mit ihrer ausladenden Oberweite, beanspruchte doch neben ihr der junge Helfer ihres Mannes, Provisor genannt, auch noch einen Platz am Tisch. Ihnen gegenüber schmatzte, man konnte es nicht anders sagen, der Schmied Johann Georg Dürr derart ungeniert, dass ihn seine Frau ebenso sichtbar wie wirkungslos mit ihrem Ellbogen traktierte. „Deine Margret ist wohl keine Meisterköchin“, rief vom Nachbartisch ein rotnasiger Kerl herüber, über dessen Bemerkung sich die Umsitzenden schier ausschütten wollten vor Lachen. „Hast ein saures Leben mit deiner geborenen Essich, was?“, setzte er unter dem Johlen seiner Freunde noch eins drauf. Die dermaßen Beleidigte wollte in heller Entrüstung den Saal verlassen, doch im Bemühen, sich zwischen Ehemann links und der feixenden Sitznachbarin rechts herauszuschälen, verpasste sie dem Tisch einen unglückseligen Stoß. Wie alles genau vonstattenging, hätte hinterher keiner der Beteiligten mehr zu erzählen vermocht. Jedenfalls übertönten Schreckensschreie unterschiedlichster Frequenzen Sekunden später die Musik der beiden Geigenspieler, und deren Melodie blieb unvollendet. Menschen schrien einander an, andere, weil selbst nicht betroffen, japsten vor Vergnügen, und wieder andere überschlugen sich in dienstbarem Eifer, um die Opfer von Essens- und Getränkespuren auf ihren Kleidern zu befreien. Der Provisor, behände, wie er war, hatte rasch genug zur Seite springen können, war selbst sauber wie am ersten Tag und tupfte nun mit etwas größerer Sorgfalt, als ihm zustand, die Vorderfront der besseren Hälfte seines Vorgesetzten ab. Selbiger wiederum war abgelenkt, hatte ihn doch an ungünstigster Stelle ein Schwall Bier getroffen. Der rotnasige Kerl musste sich indessen eine Standpauke seiner Frau anhören, die sich im Gegensatz zu ihrem Ehemann daran erinnerte, dass man dem Dürr noch Geld schuldete. Und in all dem Chaos begann jetzt, da die Instrumente schwiegen, der Ziegler Meißner, unanständige Lieder zu singen.

Maria Agnes betrachtete das Schauspiel mit offenem Mund. Sie hatte vorgehabt, die Feiernden mit Samsons Kunststücken zu unterhalten, aber diese Vorführung, das gestand sie sich unumwunden ein, war um einiges spektakulärer. Wie die Adlerwirtin über heruntergefallene Teller und verlorenes Essen zu hüpfen versuchte, um der einer Ohnmacht nahen Frau des herrschaftlichen Steuerverwalters zur Hilfe zu eilen, hatte beinahe Ähnlichkeit mit dem neuen Trick ihres Lieblings, der … ja, wo war Samson überhaupt? Jetzt erst wurde seiner Freundin bewusst, dass er sich aus der nach oben gebundenen Schürze befreit haben musste. „Er ist weg“, raunte sie Johann Gottlieb Wohlmann besorgt zu. „Wir müssen ihn wiederfinden.“ Der Junge begriff, nickte, und niemandem fiel im allgemeinen Chaos auf, wie zwei dünne Kinder auf allen vieren damit begannen, unter den Tischen nach einem schwarz-weißen Kater zu fahnden.

Kurz währte die Furcht, lange das Vergnügen. Selbst dem auftrittserfahrenen Samson war das Geschrei zu viel geworden. Es schmerzte in seinen dunklen Ohren. Also wand er sich aus der Schürze und stahl sich, den Bauch beinahe auf Fußbodenhöhe, in die am weitesten vom Tumult entfernte Ecke des Gastraums. Wie alle Katzen vermochte er es, in Situationen der Bedrohung seinen Umfang auf kaum mehr als einen tropfenförmigen Fortsatz zweier wachsam leuchtender Augen zu reduzieren. So saß er und wartete er und hoffte er, bis unerwartet eine Wende zum Guten eintrat und blind trampelnde Menschenfüße dem Feinsten, was ihm je zwischen die Zähne gekommen war, den entscheidenden Stoß verpassten. Das Wurststück rollte geradewegs auf Samson zu und wurde von einer vorsichtig prüfenden Pfote gestoppt. Hunger, stellte er fest, war stärker als Angst. Und wo ein Wurststück war, konnte es mehrere geben. Er brauchte nur seiner Nase zu folgen.

Sie führte ihn weg vom Gastraum in die Küche. Dort hatte das Personal längst die Stellung geräumt, um vom Aufruhr nichts zu verpassen. Samson bediente sich ungestört und ausgiebig, aber er war nicht der einzige, der fündig wurde. Maria Agnes' tastende Hand umschloss nebenan unter einer der Sitzbänke mit einem Mal etwas Rundes mit kühler, glatter Oberfläche. Im Halbdunkel konnte sie den kleinen, aber recht schweren Gegenstand kaum erkennen, also krabbelte sie unter Tisch und Bank hervor. „Vermisst das jemand?“, fragte sie mitten hinein in den immer noch wogenden Teppich aus sich lautstark entladender Aggressivität. Wundersamerweise fand sie Gehör. „Seid mal ruhig“, brachte der Bauer Jacob Stähle die Gesellschaft mit seinem donnernden Organ zum

Schweigen. Mit beiden Händen fuhr er an seinen Seiten entlang, und der Griff ins Leere bestätigte ihn in seiner Erkenntnis: „Da, sie hat meine Geldkatze gefunden!“ Maria Agnes fühlte sich von einem ihr völlig Unbekannten in die Höhe geworfen und jubelnd wieder aufgefangen, und sie verstand, dass in dem Behältnis mit dem seltsamen, aber wohlklingenden Namen offenbar mehr Münzen aufbewahrt wurden, als ihr Vater in einem ganzen Jahr verdienen würde. Offenbar hatte Stähle, ein regelmäßiger Besucher des Schwarzen Adlers, den Verlust seines Geldbeutels noch nicht bemerkt gehabt. Ihn nun wiederzubekommen, versetzte ihn in eine ansteckende Hochstimmung. Vergessen war, dass man sich untereinander gerade noch am liebsten an die Gurgel gegangen wäre, und man freute sich mit dem gutmütigen Mann mit. Dieser hielt Maria Agnes immer noch an den Oberarmen fest, bis endlich seine Frau Sabina die entscheidende Frage stellte, nämlich was das liebe Kind da unten eigentlich gesucht habe. „Meine Katze natürlich“, antwortete das liebe Kind, als wäre es das Selbstverständlichste auf der Welt, dass rothaarige Mädchen in Schwarzen Adlern unter Bänken nach ihren Katzen tasteten. Für ausführlichere Erklärungen war keine Zeit, denn die Mission war noch unerfüllt. Maria Agnes hatte selbst im Moment, als sie durch die Luft flog, nicht damit aufgehört, nach Samson Ausschau zu halten, und endlich erspähte sie durch die angelehnte Küchentür zwei Augen, zwei Ohren und eine Zunge, die über Barthaare schleckte. „Gott sei Dank, da ist er“, rief sie, löste sich aus Stähles Griff und erreichte in Sekundenbruchteilen den satten und daher wenig reaktionsschnellen Ausreißer. „Das ist mein Schatz“, sagte sie so gewichtig und würdevoll, dass alle um sie herum, ob

Taglöhner oder Mitglieder des Ortsgerichts, das Tier in ihren Armen anstarrten, als hätten sie noch nie im Leben etwas derart Außergewöhnliches gesehen. „Das heißt, dieser Katze wegen hat mein Mann seine Katze wieder?“, fragte Sabina Stähle, die offenbar einen wacheren Geist als ihre bessere Hälfte besaß. „Genau!“ Jetzt schlug Johann Gottlieb Wohlmanns Stunde. „Und wer auch eine solche Katzenfinderkatze haben möchte, sollte sich beeilen. Es sind nur noch zwei im Angebot.“

Keine Stunde später waren Friedas jüngste Sprösslinge in den Händen ihrer neuen Besitzer. Sabina Stähle persönlich holte einen der beiden Kater ab. Dessen Brüderchen sollte in Mühlacker auf Mäusejagd gehen. Der sehr verliebte Georg Adam Horkheimer würde es seiner Frau Maria Margaretha zum dritten Hochzeitstag schenken.

Im Schwarzen Adler wurde derweil weitergefeiert. Den singenden Ziegler bugsierte Johann Jacob Redwitz mit sanfter Kraft an die frische Luft. Der Sauerstoff verfehlte seine Wirkung nicht. Binnen Sekunden wurde aus dem hochgestimmten Sänger ein bedauernswertes Bündel Mensch, das schlafend, schnarchend, übelriechend auf der Straße lag. Jacob Friedrich Meißner wünschte sich, ein Loch würde sich vor ihm auftun, so sehr schämte er sich, als er auf seiner Suchmission, die ihn von Wirtshaus zu Wirtshaus geführt hatte, endlich fündig wurde. „Friede“ riefen die Menschen überall, dachte er bitter, doch in seinem Leben herrschte Krieg. Er hasste sich dafür, er erschauderte vor sich selbst, aber es fühlte sich dennoch richtig an. In der Mitte der Nacht stand er auf, tastete sich vor in die Tiefen seiner Kleidertruhe und stellte sicher, dass er, falls es unvermeidlich sein würde, sein Relikt des Krieges wiederfinden würde.

Das Leben ging seinen Gang. Im selben Maß, in dem die Natur explodierte, wuchs das Pensum an Arbeit, das die Dorfbewohner zu bewältigen hatten. Maria Agnes und ihre Eltern bestellten die wenigen verbliebenen Felder und hofften, dass deren Ertrag ihnen das Überleben ermöglichen würde. Melchiors Verdienstmöglichkeiten als Wollenkämmer litten zusehends unter dem Umstand, dass im nahen Pforzheim große Manufakturen entstanden, in deren Lieferkette ein unbedeutender Dürrmenzer kaum mehr Platz fand. Um so aufmerksamer verfolgte Beck die Bemühungen des jungen Johann Christoph Rudolph, der den Erwerb einer hochmodernen Strumpfwirkmaschine plante und so auf absehbare Zeit sein und anderer Auskommen in Dürrmenz sichern wollte. Noch steckte der junge Betrieb in den Kinderschuhen, doch ließ sich Rudolph hin und wieder in der Brunnengasse sehen, fragte nach der meisterhaft bearbeiteten Wolle aus dem Hause Beck und erkundigte sich dabei so beiläufig wie möglich nach dem Befinden der älteren Tochter. „Wir hören nur Gutes", berichtete Melchior wahrheitsgemäß im Mai 1763. „Sie hat uns neulich sogar besucht, als sie ihre Herrin nach Dürrmenz begleitet hat." Herrin sagte Beck, denn das Wort Konsulentin wollte ihm nicht recht über die Lippen kommen.

Maria Agnes dagegen hatte eifrig geübt. Und sie hatte nachgefragt, als sie ihre Schwester zum verabredeten Zeitpunkt zum Rathaus begleitete, wo Anna Catharina Wedderkopf eben dabei war, eine Kutsche zu besteigen. „Da bist du ja, mein Kind", begrüßte sie Christina Margaretha, die sich an die in Maria Agnes' Ohren ungewöhnlich klingende Anrede anscheinend schon gewöhnt hatte. Jedenfalls verzog die junge Frau keine Miene, sondern machte sich gleich daran, der wesentlich älteren zur Hand zu gehen, den ausladenden Rock zu arrangieren und zu überprüfen, ob sie auch bequem genug saß. Noch stand die Tür offen. „Entschuldigt", rief Maria Agnes hinein. „Ich würde so gern etwas wissen." Verwundert beugte sich Anna Catharina Wedderkopf vor. „Wissbegierde ist immer gut", sagte sie in einem schwer zu deutenden Tonfall. „Und wer ist es, der mich etwas fragen will?" Christina Margaretha zuckte zusammen, doch ehe sie sich für die Frechheit der kleinen Schwester entschuldigen konnte, fuhr diese fort: „Wenn meine Schwester Euer Kind ist, dann bin ich es auch, denn wir haben dieselbe Mutter. Das seid zwar nicht Ihr, aber vielleicht gelten für Konsenten ja ganz andere Regeln. Ich kenne mich da nicht aus, aber genau deshalb will ich Euch auch etwas fragen." Über Anna Catharina Wedderkopfs Nase bildete sich eine steile Falte. Um die Mundwinkel herum zuckte es. Stille trat ein.

„Es tut mir leid", brachte Christina Margaretha nun hervor. „Das ist meine kleine Schwester Maria Agnes. Es tut mir leid, wenn sie Euch belästigt hat. Sie meint es nicht böse. Soll ich dem Kutscher sagen, dass er losfahren soll?" Keine Antwort. Es zuckte weiter um die Mundwinkel, und schließlich öffneten sich die Lippen, um ein schallendes Lachen zu entlassen, das wellenartig an- und abschwoll und endlich in einem bestickten, nun noch mit Tränen der Heiterkeit verzierten Taschentuch erstickt wurde. „Wer auch immer du bist, du gefällst mir, und ich würde dir jede Frage der Welt beantworten – wenn ich kann", sagte Anna Catharina Wedderkopf nach einer gefühlten Ewigkeit, innerhalb derer sich zahlreiche Schaulustige um die Protagonisten herum versammelt hatten. „Nun, was willst du wissen?“, wandte sie sich auffordernd an das Mädchen vor ihr, das nun doch etwas verunsichert war und um Fassung rang. „Dann bitte, also wenn es nicht unschicklich oder so ist, das zu fragen, also nur falls, dann …“, stotterte Maria Agnes, um nach ausgiebigem Luftholen in einem zweiten Anlauf endlich herauszubringen: „Was bitte sind Konsenten? Ich kenne nur die Enten auf dem Fluss. Und ich frage mich die ganze Zeit, wie das Kons aus den Enten so etwas Wichtiges macht. Ihr seid doch wichtig, oder? Jedenfalls braucht meine Mutter nur Konsenten zu sagen, und alle halten den Atem an, als ob sie in der Kirche beim Stricken erwischt worden wären.“ Hätte Anna Catharina Wedderkopf nicht gerade die Energie eines halben Tages aus ihrem nicht mehr ganz jungen Körper hinausgelacht, sie hätte sich dem nächsten Anfall hingegeben. Wie erfrischend war dieses merkwürdige Geschöpf, wie entlarvend ehrlich hielt das Kind der ganzen Gesellschaft den Spiegel vor, ohne es zu ahnen. Letzte Tränen von den Wangen tupfend, antwortete sie: „Ich brauche dir gar keine einzige Frage zu beantworten, denn du hast schon die ganze Welt verstanden. Bleib so, liebes Kind. Bleib bloß so. Aber damit du doch etwas dazulernst: Es heißt Konsulent. Kon – su – lent. Und ein Konsulent schnattert vielleicht fast so viel wie die Enten auf der Enz. Aber ansonsten soll er kluge Dinge sagen und den Leuten beibringen, was Recht und Ordnung und Gesetz ist. Er soll ihnen helfen und sie beraten, damit sie das Richtige tun und das Falsche lassen. Ja, das soll er.“ Soll, wiederholte sie im Geiste, und ihr Blick verdüsterte sich für einen Moment. „Kon – su – lent“, wiederholte in der Zwischenzeit Maria Agnes erst leise, dann mit fortschreitender Sicherheit lauter. „Ist es so richtig?“, fragte sie, und über ihre geröteten Wangen legte sich ein Strahlen. „Ganz richtig“, bestätigte die Wedderkopfin. „Ja, ganz richtig“, echote Maria Agnes und drehte sich vor lauter Freude ein paar Mal um die eigene Achse. „Es muss richtig sein, denn Ihr habt mich richtig beraten. Ihr seid ein guter Kon – su – lent.“ Anna Catharina Wedderkopf stutzte. Ihr Mann Heinrich, hatte sie eben korrigierend einwenden wollen, sei der Konsulent, sie lediglich seine Frau. Doch war es das, was sie in ihrem Herzen fühlte? Nein, das war es nicht. Überhaupt nicht. „Danke“, sagte sie stattdessen schlicht, „vielleicht bin ich es noch nicht heute, aber wer weiß, was noch geschehen wird?“ Dann zog sie die Tür zu, und die Kutsche setzte sich in Bewegung.

„Da ist aber jemand fröhlich“, stellte Adam Fischer sachlich fest, als Maria Agnes durch die Menschenansammlung hüpfte, die sich vor ihr teilte wie das Rote Meer vor den Israeliten. Er riss sie aus ihrem Lied, das sie innerlich sang, und mit einem Mal wurde die Masse, die sie nur verschwommen registriert und schon gar nicht mit sich selbst in Verbindung gebracht hatte, physisch greifbar. Da waren Körper, Stimmen, laute und leise. Ohren und Nasen, Münder und Augen. Und alle schienen auf sie gerichtet zu sein. „Gerade hast du noch gesprochen wie ein Buch, und jetzt bist du stumm?“ Adam Fischers eisblauer Blick umfing sie, umklammerte sie. Größer war er geworden, fiel ihr auf. Kräftiger und entschlossener. Entschlossen wozu? Sie wollte weitergehen, doch er fuhr einen Arm aus, einer Schranke ähnlich. Schneller, als er auch nur einmal blinzeln konnte, tauchte sie darunter hinweg und lief, so schnell ihre Beine sie trugen, nach Hause. „Kennst du das Mädchen?“, fragte ein vornehm gekleideter Herr neben Adam, der die Szene zwar erstaunt, aber emotionslos verfolgt hatte. „Vater, die kennt jeder. Das ist das frechste Kind von Dürrmenz.“

Kapitel 27

Er liebte Katzen. Es war wunderbar, ihren Gesängen zuzuhören, herrlich, in die Tiefen ihrer Augen zu schauen, ein Genuss, über ihr Fell zu streicheln, ein letztes Mal, bevor man die Kreaturen davon befreien würde. Er liebte den Gedanken daran, er ließ ihn wieder und wieder vor seinem inneren Auge ablaufen, und er ertastete die Gänsehaut, die sich auf seinen Unterarmen bildete. Und er hasste sich dafür. Einmal hatte ihn seine Stiefmutter dabei erwischt, wie er probeweise Eidechsen den Schwanz abgeschlagen hatte. Sie hatte nichts gesagt, aber in ihrem Blick lagen Furcht und Abscheu, sogar Angst? „Kinder tun so etwas“, hatte er beim Lauschen an der Schlafkammertür seinen Vater brummen hören. „Und du weißt, er hat es nicht einfach gehabt, als seine Mutter starb. Mag sein, sie hat ihn etwas zu sehr verwöhnt.“

Verwöhnt? Sie hatte ihn verlassen, als er kaum groß genug war, um mehr als ihre Schreie im Kindbett und ihre leichenstarren Züge im Gedächtnis zu behalten. Weg war sie, das war es, was zählte. Nicht da, um ihn zu liebkosen, nicht da, um ihn zu züchtigen. „Ich bin neun Jahre alt“, sagte sich Adam Fischer daraufhin selbst. „Ich bin ein Kind. Kinder tun so etwas.“ Aber es gab auch andere Kinder, die es nicht taten. Die streichelten, ohne zu schlagen, die liebten, ohne zu töten. Die sich in seine Gedanken einschlichen, aus denen er sie gerade hinausgeschubst hatte. Die eine große Leere ausfüllen konnten, wenn sie nur bereit dazu waren.

Der Garten vor dem lächerlichen Häuschen an der Brunnengasse war verwaist. Kein Mensch, keine Katze. Er konzentrierte alle seine Sinne auf das Gehör, um jeden noch so gedämpften Laut aus dem alltäglichen Geräuschteppich herausfiltern zu können. Doch nichts drang aus Haus oder Stall. Er setzte sich auf den staubigen Boden. Seine Stiefmutter würde schelten, ihm die dreckige Hose unter die Nase halten. Es gab nichts, was ihm gleichgültiger gewesen wäre. Er wartete.

Sie entdeckte ihn spät, als sie gemeinsam mit ihren Eltern von der Feldarbeit zurückkehrte. Dieses Mal konnte sie nicht einfach davonlaufen. Mit einer kaum merklichen Kopfbewegung verdeutlichte sie Mutter und Vater, dass diese ruhig schon ins Haus gehen konnten. „Was willst du?", fragte sie leise, fast freundlich. „Mich bei dir entschuldigen. Ich habe dir wohl Angst eingejagt", antwortete er. „Ja." Sie sah ihn an und versuchte seinem Gesicht eine Botschaft abzulesen. Er wandte den Kopf zur Seite. „Du musst keine Angst haben, solange ich dich beschütze", sagte er und ging.

Es war ein sonniger Tag Mitte Mai. Maria Agnes fröstelte dennoch. Bis sie etwas Warmes an ihren Unterschenkeln spürte. „Frieda!", rief sie. „Bist du aufgestanden!" Zum ersten Mal hatte sie ihren neuen Wurf alleine gelassen, als ob sie gespürt hätte, dass jemand anderes dringender ihre Gegenwart und Liebe benötigte. „Frieda." Alleine den Namen auszusprechen, bedeutete für Maria Agnes Trost. Sie hob die Freundin hoch, barg sie in ihren

Armen und trug sie zurück zu ihren Kindern, die erst vor wenigen Tagen die Augen geöffnet hatten und die Mutter bereits mit zahnlos geöffneten Mündern erwarteten. Braungrau getigert waren alle drei, mit weißen Bäuchen, unterschiedlich großen weißen Dreiecken um die rosa Näschen herum und weißen Pfoten, die umgehend damit begannen, Friedas Unterseite zu bearbeiten. Wenn man genau hinhörte, konnte man ihr leises Schmatzen wahrnehmen. Wie einfach das Leben sein konnte! Wie schön!

Nichts war einfach für Melchior und Christina Barbara. Wochenlang versagte der Himmel dem Land den Regen, und was mühsam in den Boden eingebracht worden war, kümmerte nun vor sich hin und kündete von einer schlechten Ernte. „Der Herr wird uns nicht im Stich lassen", sagte Melchior stets, wenn er am Ende eines weiteren frustrierenden Tages mit Frau und Tochter am Tisch saß und das Abendgebet sprach. Frau und Tochter fielen dann stets schnell ins anschließende Vaterunser ein, und meist wählten sie gemeinsam noch ein Lied aus dem Gesangbuch aus. Dieses Mal aber klopfte es mitten in die Pause zwischen Amen und Lied an der Tür. Maria Agnes öffnete und lag den Bruchteil einer Sekunde später ihrer Schwester in den Armen. Die Eltern erhoben sich, überrascht und besorgt zugleich. Seitdem Christina Margaretha Dürrmenz verlassen hatte, überbrachte Johann Jacob dann und wann Grüße, und das Ausbleiben schlechter Nachrichten als deren gute zu deuten, hatte sich bewährt. Was steckte nun hinter diesem unangekündigten Besuch? Die Konsulentin hatte sie, erfuhr der Rest der Familie, als sich Maria Agnes' Fragengewitter aufgelöst hatte, für ein paar Tage in Urlaub geschickt. Sie habe dringende Geschäfte in Stuttgart und einem Ort zu erledigen, an den sie nicht mehr oft in diesem Erdenleben zurückzukehren gedenke. Wie es auch sei, ihr liebes Kind könne ihr dabei nicht helfen und solle derweil seine Eltern wiedersehen. „Und die Arbeit im Gasthaus?“, fragte Christina Barbara ungläubig. „Ist der Wirt damit einverstanden?“ Oh ja, er sei mit allem, was seine Schwester sage, einverstanden. Schmidgall habe viele Menschen getroffen, Arme und Reiche, Dumme und Schlaue, aber niemand besitze mehr Überzeugungskraft als die Konsulentin.

Sie arbeite Tag und Nacht, berichtete Christina Margaretha ihrer Schwester am nächsten Morgen ausführlicher. „Was tut sie denn? Kann sie gut kochen oder besonders gut nähen?“ Die Ältere der beiden schüttelte lächelnd den Kopf. „Sie liest. Und wenn sie nicht liest, dann schreibt sie. Und wenn sie nicht liest oder schreibt, dann spricht sie. Manchmal auch mit mir.“ Fast klang in den Worten ein bisschen Stolz mit. „Manchmal sagt sie sogar: Kind, was denkst du darüber?“ Die Mädchen saßen im Stall, angelehnt an einen der wenigen verbliebenen Heuballen, und sie streichelten unaufhörlich die Katzenkinder, die zwischen ihren beiden Schößen hin und her spazierten.

Maria Agnes betrachtete die Hände ihrer Schwester. Sie waren braun wie früher, und von den Rissen und Wunden, die das viele Waschen im eiskalten Flusswasser verursacht hatte, war nichts mehr zu erkennen. Die Wangen waren wieder voller geworden, die Augen heller. Und doch, sie wirkte ernster als früher, und immer wieder presste sie ihre Lippen aufeinander. Kurz nur, ganz sicher unbemerkt von ihr selbst und den meisten Menschen. „Und wozu sollst du ihr deine Meinung sagen?“, nahm Maria Agnes den Gesprächsfaden wieder auf. Die Schwester holte tief Luft. „Wenn ich das nur wüsste“, seufzte sie. Es gehe um Gesetze, Bestimmungen, von denen keiner ahnen könne, wie viele in dicken Büchern festgehalten worden seien. Und noch weniger könne man erahnen, wie verwickelt die Wörter ineinander seien. „Aber sie versteht es, und sie will noch mehr verstehen, deshalb liest sie noch mehr, und wenn sie mich etwas fragt und ich sagen muss, dass ich ihr nicht helfen kann, dann sagt sie: Das macht nichts, liebes Kind, denn eine ehrliche Unwissenheit ist viel mehr wert als erlogenes Wissen. Und schon stellt sie die nächste Frage, und manchmal gibt sie sich auch selbst eine Antwort.“ Maria Agnes versuchte, sich das Geschilderte vorzustellen. „Sie ist schließlich ein Konsulent, da kann sie auch sich selbst beraten“, sagte sie. Der Konsulent, verbesserte Christina Margaretha, sei eigentlich ihr Mann, aber der behandle sie nicht, wie es recht und billig sei. Und deshalb werde er bald nicht mehr ihr Mann sein. „Muss er sterben?“, fragte Maria Agnes. Die Schwester schüttelte wieder den Kopf, dieses Mal ohne zu lächeln. „Schlimmer. Sie will sich scheiden lassen.“

Seit Christina Margaretha das Wort zum ersten Mal gehört hatte, jagte es ihr Schauer über den Rücken und wilde Gedanken durch den Kopf. Wenn es dieser Frau möglich war, eine vor dem Angesicht Gottes geschlossene Ehe zu beenden, so mochte es anderen Frauen auch gestattet sein. Man musste nur den richtigen Text in einem dieser dicken Bücher finden. Doch so oft sie sich beim Ausmalen der Idee ertappte, so oft zwang sie sich, eine eigentlich ausradierte Zeit in ihrem Lebenslauf zu rekapitulieren. „Ich habe einmal meine Strafe bekommen, ich werde sie wieder bekommen“, hämmerte sie sich dann ein, und während sie die Stirn in beide Hände stützte, presste sie die Lippen fest aufeinander.

Um nichts in der Welt wollte sie den Chirurgen Beck geschweige denn ein anderes Mitglied seines Haushalts treffen. So nahm sie am Sonntag auf dem Weg zur Kirche einen Umweg, für den sie sich unter Gewissensplagen eine blumige Ausrede hatte einfallen lassen. Und dann geschah es doch. Am Montagmorgen stand am Brunnen, jenem, der vom Haus an der Kirchenmauer am weitesten entfernt war, plötzlich Maria Elisabetha Beck vor ihr, die mittlerweile siebenjährige Tochter des Chirurgen. „Tina, Tina!“, jubelte das Mädchen, das den vollständigen Namen nie hatte aussprechen können. „Komm, du musst mitkommen und allen sagen, dass du wieder da bist.“ Christina Margaretha, starr vor Schreck, fühlte sich von einer kräftigen Kinderhand gepackt. Scharfe Nägel bohrten sich in ihre Handinnenfläche. „Los, lass uns gehen, alle werden sich freuen, und wenn du mitkommst, dann sag ich dir auch ein Geheimnis.“ Maria Elisabetha zog und zerrte. Schließlich wusste sich Christina Margaretha nicht anders zu helfen, als die Kleine auf den Arm zu nehmen. „Es geht nicht, ich habe keine Zeit, aber richte bitte liebe Grüße aus“, brachte sie unter Mühen hervor. „Och, nur ganz kurz“, quengelte Maria Elisabetha. „Komm doch. Bitte, meine Mama muss dir doch sagen, dass sie den Storch wieder einbestellt hat. Oh, jetzt hab ich's verraten.“ Sie war merklich in ihrer Euphorie gebremst und ließ sich widerstandslos absetzen. Mechanisch strich Christina Margaretha ihr über das glänzende, braungelockte Haar. „Leb wohl“, sagte sie und ging wie in Trance nach Hause. Zwei gefüllte Wassereimer und eine ratlose Siebenjährige ließ sie stehen.

Die Kämpfe zwischen dem Geschwistertrio wurden rabiater, Frieda ungeduldiger, Samson gereizter. Sie musste gute Häuser für die beiden Mädchen und ihren verspielten Bruder finden. So schwer es ihr auch fallen würde, sich von den bildschönen und witzigen Tieren zu trennen, denen sie beigebracht hatte, einem aus Wollfaserresten geformten Ball hinterherzujagen – es wurde Zeit. Der Viehmarkt böte vielleicht eine Gelegenheit, auch wenn der letzte Verkaufserfolg auf dieser Bühne einige Katzenwürfe in der Vergangenheit lag. Schon am frühen Morgen herrschte im Dorf eine summende Betriebsamkeit, und während die Händler ihr Angebot arrangierten, sah sich Maria Agnes nach einem geeigneten Standort für Samsons Vorstellung um. Nicht jeder Verkäufer schätzte es, wenn ein kleines Mädchen ihm die Aufmerksamkeit stahl. Da brauchte es schon verständige Leute, die die Chance zu erkennen und zu nutzen wussten. In einem kleinen Mann, der aussah, als habe man die Luft aus seinem Körper herausgelassen, sich aber ansonsten durch warme Augen und Lachfalten im ganzen Gesicht auszeichnete, glaubte Maria Agnes einen passenden Nebenmann gefunden zu haben. Seine Schweine grunzten gemütlich und würden sich an einem Pelztier nebenan nicht stören. „Willst 'ne Sau kaufen?", fragte er in einem für sie fremden Dialekt. „Nein, ich verkaufe", antwortete sie wahrheitsgemäß. „Aber keine Angst, es wird nicht Euer Schaden sein. Würdet Ihr darauf einen Moment achtgeben?" Sie legte zwei größere Steine und ein dünnes Stöckchen auf dem Boden ab. Ohne eine Antwort abzuwarten, ging sie davon.

Abwarten hieß die Devise. Die frühen Käufer wussten, was sie wollten. Sie kamen, feilschten, bezahlten und verschwanden wieder. Diejenigen aber, die sich etwas später das Angebot besahen, schwankten, besaßen entweder zu viel oder zu wenig Geld, um eine rasche Entscheidung treffen zu können, oder sie kamen nur auf gut Glück und ließen sich treiben – in der Menge und in ihrem Verhalten. Genau diese Menschen waren ihre Zielgruppe. Sie würden stehenbleiben, über Samsons Kunststücke staunen und mit wenigen Worten davon zu überzeugen sein, dass ein Geschwisterchen dieses Wundertiers genau das war, was sie eigentlich nie gesucht hatten, nun aber um alles in der Welt erstehen mussten. Und tatsächlich entwickelte sich die Sache zunächst ganz in Maria Agnes' Sinn. Der Schweinehändler erwies sich gar als Samsons größter Fan und entlockte seinem schmalen Körper erstaunlich laute Lockrufe, die Dutzende von Marktbesuchern zusammenströmen ließen. Unter vielen Ahs und Ohs spazierte Samson über das Ästchen, huschte, eine Acht formend, zwischen Maria Agnes' und diversen Publikumsbeinen hindurch, und etliche gespendete Münzen klingelten fröhlich in der Schürzentasche. Der Übergang vom Spektakel zum Verkauf gelang leicht, denn die Dompteurin musste nur wahrheitsgemäß verkünden, dass der schwarz-weiße Meister nun müde sei. Seine Geschwister aber hätten sich von ihm schon ein wenig abgeschaut. „Was ein kleines Mädchen kann, das könnt ihr auch“, rief Maria Agnes mutig in die Menge. „Aber nur den drei besten Trick-Beibringern kann ich sie eventuell verkaufen. Also einigt euch, während ich meine Schätze hole.“ Ihre Stimme klang fest, obwohl ihr Herz wie wild klopfte. Eine solche Unverfrorenheit war neu in ihrem Repertoire, aber das Beste, was ihr in der Situation eingefallen war. Sie musste die Leute bei der Stange halten, und das Anstacheln der Rivalität untereinander mochte ihr dabei helfen.

Tatsächlich hatte sich bei ihrer Rückkehr aus dem Knäuel an Zuschauern eine Art Schlange formiert. Ganz vorn stand ein junger Mann mit rundem Gesicht und schelmischem Grinsen darauf. „Ich kann auch das eine oder andere Kunststückchen“, sagte er und beugte sich blitzartig auf den Boden hinunter, um unmittelbar darauf auf den Händen zu stehen. „Aber von deinen Gefährten kann ich bestimmt noch etwas lernen, und sie vielleicht auch etwas von mir“, sprach er weiter, während er sich um die eigene Achse drehte und Maria Agnes schließlich von unten und verkehrt herum wieder angrinste. Die Menge war etwas zurückgewichen und entließ weitere Ahs und Ohs aus ihren Kehlen. „Nun, kommen wir ins Geschäft?“, fragte der junge Mann, als er sich abgestoßen hatte und butterweich wieder auf den Füßen gelandet war. Er lachte auf eine ansteckende Art. „Zeigt mir, was Ihr bereit seid zu geben, und ich frage meine Katzen, ob eine von ihnen bereit ist, mit Euch zu gehen.“ Der junge Mann kramte in einem Lederbeutel, Maria Agnes öffnete die nach oben gebundene Schürze. Eines der Katzenmädchen wagte sich neugierig heraus und schnüffelte an der entgegengestreckten Münze. Es war eine bescheidene, aber offenbar die beste, die der Mann geben konnte. Als das Grinsen von seinen Backen wich und warmer Freude Platz machte, war der Handel besiegelt.

„Wie viel hat dir dieser Gaukler bezahlt?“, fragte der neue Anführer der Schlange, ein vierschrötiger Glatzkopf, der umgehend anfing, die Taschen seiner teuren Jacke nach Groschen abzutasten. Da sein Körper recht umfangreich war, dauerte das eine Weile. „Ich bezahle mehr“, ließ sich plötzlich eine hohe Stimme vernehmen. Der Vierschrötige wurde, überrascht, wie er war, von einem Knaben mit spitzem Ellbogen zur Seite geschoben. „Einen Gulden für eine Katze“, sagte Adam Fischer. „He, Bürschchen, was erlaubst du dir?“, schnauzte der Glatzkopf den Jungen zwar an, doch der stand da mit der Unerschütterlichkeit einer römischen Säule. „Ich möchte eine Katze kaufen, und zwar die schönere von beiden.“ Der Gulden glänzte, da er ihn zwischen Daumen und Zeigefinger hielt und die Sonnenstrahlen damit reflektierte. Das zweite Katzenmädchen fing an, kieksende Laute auszustoßen, denn die Jagd nach Lichtflecken war beinahe so aufregend wie die nach Wollfaserbällen. „Nein“, sagte Maria Agnes, schob das Köpfchen zurück und band die Schürze zu. „Wie, nein, ist dir ein Gulden nicht genug, oder sind beide hässlich wie die Nacht?“, fragte Adam. Er klang sehr höflich, seine Worte perlten melodiös von seiner Zunge. „Du hast meinen Samson fast umgebracht“, antwortete sie schlicht. „Ich verkaufe nicht an dich.“ Sie sah hilfesuchend in Richtung des Schweinehändlers. „Tja, haste Pech gehabt, junger Mann. Aber deinen Gulden kannste trotzdem loswerden.“ Und schon hielt er Adam ein Ferkel unter die Nase. Es grunzte weit erfreuter als der Junge.

„Was ist mit dir? Du siehst ja aus, als wäre der Leibhaftige hinter dir her?“, fragte Christina Barbara, als ihre jüngste Tochter keuchend vor Anstrengung an ihr vorbeirannte und den Stall ansteuerte. Kurz darauf saß sie auf dem Boden, den Kopf im eigenen Schoß vergraben. Ihr Schluchzen durchdrang die Stofflagen, der schmale Oberkörper hob und senkte sich im Rhythmus heißer Tränen. Christina Barbara tat etwas für sie Seltenes; sie kniete sich hinunter zu Maria Agnes und umfasste deren Kopf mit ihren schweren, von harter Arbeit rau gewordenen Händen. „Wollte niemand unsere Katzen haben?“ Christina Barbara tat erneut etwas Ungewöhnliches. Sie befreite die zappelnden Kätzchen aus dem Transportbehältnis namens Schürze und setzte sie vorsichtig, fast liebevoll auf die Erde. „Verstehe ich nicht. Sie sind wahre Schönheiten und begabt dazu. Fast wie meine Maria Agnes.“ Das Schluchzen ließ nach. Der Griff um die eigenen Knie lockerte sich. Die Arme flogen um den Hals der Mutter. „Alles wird gut“, flüsterte Christina Barbara ihrem Mädchen ins Ohr. Bitter schmeckte die Lüge, salzig die Tränen, süß die Wärme.

„Alles wird gut“, sagte Johann Jacob Beck. Wie es der Himmel wollte, war er vom Hirschwirt für einige kleinere Besorgungen auf den Markt nach Dürrmenz geschickt worden. Ein wenig Zeit blieb ihm, um zu Hause vorbeizuschauen. Da stand er nun und hörte sich an, was Maria Agnes zwar nicht der Mutter, aber ihm zu berichten bereit war. „Recht so, kleine Schwester, das hast du gut gemacht“, lobte er sie. „Aber was, wenn er mich nie mehr in Ruhe lässt? Und was, wenn auf dem Markt nie mehr jemand etwas von mir kaufen will, weil ich so einfach davongelaufen bin?“ Johann Jacobs Fantasie reichte nicht aus, um die Folgen des einen oder anderen zu überblicken. Doch Trost spenden konnte er auf andere Art. „Eigentlich ist es gut, was passiert ist. Denn bei uns im Hirsch steigen genügend vornehme Herrschaften ab, die sich über deine Katzen freuen werden. Lass mich nur machen.“ Er wollte schon Abschied nehmen, bewegte sich auf den Birnbaum zu, in dessen Schatten er zwei nagelneue Weidenkörbe abgestellt hatte, aus denen es herausgackerte. Durch den Tränenschleier auf ihren Augen hatte Maria Agnes diesen Kauf ihres Bruders bisher nicht wahrgenommen, doch nun beeilte sie sich, weniger den Inhalt als die Verpackung zu betrachten. „Woher hast du die Körbe?“, fragte sie ihren Bruder. Er berichtete, dass er sie von einem reisenden Zainenmacher erworben habe, der sich etwas abseits des Marktgeländes aufgehalten habe. „Hol ihn her, bitte!“, rief Maria Agnes. Die Traurigkeit war verflogen in jenem Moment, da sie ganz neue Möglichkeiten am Horizont erkannte.

Johann Georg Deininger war ein Mann Mitte 40 mit wettergegerbtem Gesicht und keinem einzigen Gramm Fett auf den Rippen. Woher hätte es auch kommen sollen? 1718 als Sohn eines Korbmachers in Illingen geboren, war auch Johann Georgs Weg vorgezeichnet: Körbe würde er flechten und von Dorf zu Dorf reisen, um zu versuchen, seine Werke an den Mann und die Frau zu bringen. Es war ein Leben voll Unrast und Unsicherheit und doch auch voller Liebe, denn seine Frau Elisabetha Salome hatte ihn, ausgerechnet ihn, genommen und damit zum glücklichsten aller Menschen gemacht. Und zum Vater. Seine vielen Kinder – an all ihre Namen konnte er sich nicht mehr erinnern – taten ihren ersten, oft nicht lang vom letzten entfernten Atemzug in unterschiedlichen Orten, und wohin es ihn selbst am Ende verschlagen würde, stand in den Sternen. Vielleicht, wenn alles gut ging, würde er irgendwann das Bürgerrecht von Ensingen erwerben können, wo seine Frau und die Kinder seit einigen Jahren im Mietzins saßen und vermutlich dringend seine Rückkehr erwarteten. Noch dringender aber war es, Geld zu verdienen, am besten dort, wo selbiges gerade locker saß. Die Dürrmenzer hatten ihn nicht enttäuscht. Er würde wiederkommen, lautete der Beschluss, der auf unerwartete Weise bestärkt werden sollte. Da spazierte dieser schlaksige Jüngling daher und bat ihn, mitzukommen. Eine Falle? Ein Versuch, ihm sein mühsam erarbeitetes Geld wieder abzuknöpfen? Nein, Johann Georg las in den Gesichtern seiner Mitmenschen. Es waren die einzigen Botschaften, die er entziffern konnte, und von diesem Jungen war nichts zu befürchten. Er möge ihm doch folgen ins bescheidene Haus seiner Eltern. Deininger wunderte sich. Ihn erwarteten eine wunderbare Scheibe Brot mit Kräutern darauf und eine junge, rothaarige Person, die sich danach erkundigte, ob er auch Körbe speziell für Katzen bauen könne. Mit einem Fenster zum Hinausgucken, einem Griff zum Tragen und einem Deckel zum Öffnen und Schließen. Deininger wunderte sich. Nein, bezahlen könne sie ihn nicht, aber gemeinsam werde man ganz sicher gute Geschäfte abschließen, denn wer Geld genug hatte, um eine Katze zu kaufen, dem würde ein Korb wohl auch etwas wert sein. Der Dritte im Bunde, ihr sehr schneller und bei wichtigen Leuten hochgeachteter Bruder, werde die Verbindungen knüpfen. Man müsse nur fest vereinbaren, wann und wo man sich wieder treffen werde.

Kapitel 28

Johann Jacob musste geflogen sein. Wie anders konnte es sein, dass er jetzt, da die Sonne gerade erst ihre noch kühlen Finger nach den Menschen ausstreckte, schon vor der Tür stand? Er selbst strahlte fast genauso hell. „Nein, noch nicht schauen", gebot er seiner Schwester, die er an der Hand packte, die Treppe hinunterführte und dabei streng darauf achtete, dass sie die Augen geschlossen hielt. Vor dem Haus angekommen, zog er sie noch ein paar Schritte hinter sich her, ignorierte die lauter werdenden Proteste und hielt sicherheitshalber seine linke Hand vor ihr Gesicht. Endlich blieb er stehen. „Das ist meine Überraschung für dich", sagte er und gab ihren Blick frei auf ein Wunderding aus heller Weide, das Maria Agnes' kühnste Vorstellungen von allem, was beim Transport ihrer Katzen hilfreich sein könnte, überstieg. Sie stieß einen spitzen Jubelschrei aus, starrte aber ansonsten stumm auf das Meisterwerk. Vorsichtig näherte sich von hinten Samson und begann, den Korb zu beschnüffeln. „Da hat es dir wohl die Sprache verschlagen", bemerkte Johann Jacob und verfiel in einen für ihn unüblichen Redefluss. Deininger kam natürlich darin vor, der von der Idee so angetan gewesen sei, dass er gleich am überübernächsten Tag geliefert habe. Der Hirschwirt und ein reicher Gast kamen darin vor, deren Gespräch Johann Jacob zufällig mitbekommen habe. Und das Wort, das am häufigsten fiel, war „schnell". Schnell solle sie die Katzenkinder einpacken, schnell den Eltern auf Wiedersehen sagen, sehr schnell mit ihm den Weg nach Lienzingen antreten. Denn so schnell komme diese Gelegenheit nicht wieder.

Maria Agnes verstand zwar nichts, tat aber wie geheißen, und so setzten sich an diesem Julitag des Jahres 1763 zwei Menschen- und zwei Katzenseelen in Bewegung. Unterwegs blieb Johann Jacob Zeit für die ganze Geschichte. Die Sache war so: Im Hirsch war ein reicher Kaufmann aus Frankfurt abgestiegen. Eigentlich hätte er längst abreisen wollen, doch habe ihn die Nachricht erreicht, dass sich sein Bruder mit seiner Familie nicht weit entfernt befinde und nun gern gemeinsam mit ihm weiterreisen wolle. Der unglückselige Bruder nämlich – Johann Jacob baute den originalen Seufzer des Kaufmanns mit ein – habe unterwegs fast sein ganzes Geld eingebüßt. Seit Wochen suche er bei den berühmtesten Ärzten Hilfe für seinen gemütskranken Sohn, doch alles sei bisher vergebens gewesen. Der Knabe schwanke zwischen Hochstimmung und tiefster Trauer und verweigere häufig sowohl Nahrung als auch Gespräche. Allenfalls unterhalte er sich mit einer Katze, die aber niemand außer ihm sehen könne. An dieser Stelle des Berichts stoppte Maria Agnes abrupt. „Und was ist, wenn dieser kranke Junge gar nicht gut zu meinen Katzen sein wird?" Darüber hatte Johann Jacob noch nicht nachgedacht. Zu naheliegend erschien ihm der Plan, Friedas Kinder mit diesem Kaufmannsneffen zusammenzubringen.

Sie hatten gerade den Rand des Waldes erreicht, der den Weiler Eckenweiher von Lienzingen trennte, und für einen kurzen Moment flackerte die Erinnerung an ihre erste Wanderung dorthin vor ihrem geistigen Auge auf. Was für ein seltsamer Kerl dieser junge Moutoux war! Natürlich hatte sie ihn nicht aufgesucht, um sein Gemälde zu bestaunen, und mittlerweile war er ohnehin längst abgereist – nach Heidelberg, um zu studieren, wie ihr Lucretia erzählt hatte. Nun, dieses Mal musste sie nicht getragen werden, denn ihr Vater hatte für sie Schuhe erstanden – wieder aus Holz und dennoch viel zu teuer. Er hatte sich beim Bezahlen ein paar Mal hilflos die dünner gewordene Haarsträhne aus der Stirn gestrichen, hatte geschwiegen, geschwitzt und gewartet, und der Verkäufer wusste später selbst nicht mehr zu sagen, warum er dem Beck einen solchen Preisnachlass gewährt hatte. Schmucklose Schuhe waren es, aber sie passten wie angegossen, und Maria Agnes hatte zur Erheiterung ihrer Eltern angekündigt, sie zu schonen, indem sie besonders große Schritte machen würde. Oder sollte sie es nicht gleich so halten wie der Gaukler und lernen, auf Händen zu gehen? Die ersten Versuche waren im Sande verlaufen, doch in dieser Sekunde am Waldrand bewegte sie sich ohnehin überhaupt nicht. Weder auf Händen noch auf Füßen. „Was ist, wenn er die Katzen heute mag und morgen nicht mehr?", wiederholte sie ihre Sorge. „Hmmm", brummte ihr Bruder schließlich. „Wir werden sehen. Notfalls findet sich ein anderer Käufer. Oder die Kons…, die Konsultin regelt das für uns."

Ja, bestätigte er zur Freude seiner Schwester, sie sei wieder da, besser gestimmt als bei ihrer Abreise, aber eben wieder da, was offenbar nicht jedem gefalle. Neulich erst sei ein Fuhrwerk angekommen, und ehe man auch nur auf drei habe zählen können, sei Gerümpel aller Art entladen und einfach auf der Straße platziert worden. „Mit schönen Grüßen vom Herrn Wedderkopf", habe der Mann auf dem Bock zum Abschied gerufen. Und dann habe sie, also die Kon…, die Konselutin, ihm und ein paar anderen den Auftrag erteilt, alles genau so stehen zu lassen und den wutschnaubenden Kutschern, denen dadurch der Weg versperrt gewesen sei, auszurichten, sie möchten die Beschwerdebriefe an Herrn Heinrich Wedderkopf richten, anzutreffen in diversen Weibsleutsbetten oder im Schloss Mühlhausen, das wisse man nie so genau. „Das war vielleicht ein Aufruhr", sonnte sich Johann Jacob ein wenig in seiner Rolle als Erzähler. Maria Agnes kicherte. Nur kurz hatte sie Anna Catharina Wedderkopf kennengelernt, aber die Begegnung reichte aus, um sich die Episode farbig ausmalen zu können. „Ja“, sagte sie zu den Katzenkindern, die sie kurz abgesetzt hatte, „wenn der Junge nicht richtig für euch ist, dann fragen wir die Kon – su – len – tin um Rat.“

Keine halbe Stunde später standen sie vor dem Torbogen des Gasthauses Hirsch. Johann Jacob verspürte ein merkwürdiges Kribbeln. Hoffentlich, hoffentlich waren sie schnell genug gewesen, hoffentlich, hoffentlich war der Kaufmann mitsamt dazugestoßener Verwandtschaft noch nicht abgereist. Wann genau der Bruder mit seiner Familie eintreffen würde, hatte er zwar nicht mitbekommen, aber als aktuellen Aufenthaltsort das Wort Vaihingen aufgeschnappt. Auch dorthin, in die westliche Nachbarstadt mit dem hoch über dem Ort liegenden Schloss, hatte ihn Simon Schmidgall schon geschickt, und daher wusste er, dass die Distanz selbst für ein schweres Gefährt problemlos an einem Morgen zu überwinden war. Nun, stellte Johann Jacob beim Blick in den Hof erleichtert fest, die Kutsche war noch da, und der Diener des Kaufmanns inspizierte zwar gerade die Beschaffenheit der Räder, schien aber nicht unter Zeitdruck zu stehen. Er pfiff ein Lied vor sich hin und kletterte auf den Bock, wo er sich unbeobachtet fühlte und niederlegte. Hörbar sog er die von trockener Sommerwärme kündende Morgenluft ein und begab sich ein paar Atemzüge später in Morpheus’ Arme.

Johann Jacob schlich sich davon und kehrte zu Maria Agnes zurück, die am Tor auf ihn gewartet hatte. „Vielleicht sind sie das“, sagte sie und deutete auf ein elegantes Gefährt, das von zwei starken Rappen gezogen wurde. Augenblicke später reagierten sie auf das „Brrrrrrr“ ihres

Gebieters und hielten an, die Hufe noch nervös zuckend, die Nüstern geweitet von der gerade erst überwundenen Anstrengung. Ein drahtiger Mann sprang vom Bock, öffnete die Tür und wartete. „So“, war aus dem Inneren eine verärgerte Männerstimme zu hören, „mein Herr Sohn will also unbedingt anhalten, weil's ihm fad ist. Bitte, dann steig er auch aus und kümmere sich darum, dass uns ein Essen serviert wird.“ – „Jetzt sei nicht so“, mischte sich eine Frauenstimme ein. „Weißt selber, dass die letzten Tage nichts für unsern Buben waren. Nur rumsitzen und Maulaffen feilhalten, das ist er halt nicht gewohnt.“ – „Bis zur nächsten Poststation hätt' sich's vielleicht noch ausgehen müssen“, gab die Männerstimme zurück, „aber da wir nun schon einmal hier sind …“ Er seufzte tief. Dann streckte er einen ersten gewienerten Schuh hinaus in die Lienzinger Luft. Dann den zweiten. Er schob seine weiß gepuderte Perücke zurecht, sah die Fassade des Wirtshauses empor und rief den noch Unsichtbaren in der Kutsche zu: „Sieht ganz adrett aus hier, raus mit allem, was kein Halunke ist.“ Entschlossenen Schrittes ging er voraus. Ihm folgte ein Mädchen, etwas älter als Maria Agnes, mit ebenmäßigen Gesichtszügen und eleganten Bewegungen. Dann offenbar die Mutter, vornehm gekleidet, runder als die Tochter und weniger beweglich. Dann ein Knabe, vielleicht sieben Jahre alt, der nicht die Stufen nahm, sondern in einem froschartigen Sprung, die Beine angezogen, auf der Erde landete. Die Mutter hob die Augenbrauen, sagte aber nichts. „Quak, macht die Kröte“, sagte der Knabe und folgte dem Rest der Familie hüpfend. „Sehr krank sieht er eigentlich nicht aus“, flüsterte Maria Agnes, faszinierte Beobachterin der Szene, ihrem Bruder ins Ohr.

Sie würden versuchen, sich ein genaueres Bild von der Sache zu machen. Durch den Dienstboteneingang auf der Rückseite gelangten sie ins Wirtshaus, wo kurz vor der Mittagessenszeit Hochbetrieb herrschte und niemand Notiz nahm von ihnen. Allerdings würde das nicht lange so bleiben, denn die Katzen erschnupperten verheißungsvolle Düfte und wurden unruhig. Außerdem konnten sich wohl zwei dünne Kinder einigermaßen unauffällig an eine Wand drücken. Der Korb war da weniger flexibel. „Meinst du, wir sollen sie einstweilen zur Kon – su – len – tin bringen?“, wisperte Maria Agnes. Ein flehentliches Mau kam aus dem Korb, noch ehe Johann Jacob antworten konnte. „Psst“, zischte seine Schwester und beugte sich zu den Tieren hinunter. „Bitte seid noch einen Moment leise, es soll uns doch niemand hören.“ – „Aber warum denn“, sagte jemand laut und vernehmlich hinter ihr, „die Mieze singt's doch so schön in A-Dur. Das kann ich auch.“ Die Stimme gehörte dem Knaben, der sich bei genauerem Hinsehen als wohlgenährt mit einem Anflug von kerngesundem Rot auf den runden Wangen entpuppte. Er öffnete seinen Mund und sang in höchsten Katzentönen, was erstaunlich war, und er öffnete den Korb, was so erstaunlich wie ärgerlich war. Die beiden Insassen ließen sich nicht lange bitten und huschten schneller als ihre eigenen Schatten in die Gaststube. „Das ist lustig“, sang der Knabe, ging auf die Knie und jagte den Kätzchen auf allen vieren und laut miauend nach. „Nein, wir geben heute keine Vorstellung“, unterband der Vater endlich das Spektakel, bei dem erstaunlicherweise nichts zu Bruch gegangen war, obwohl echte und falsche Katzen über Tische und Bänke geklettert waren. Er packte seinen Sprössling und drückte ihn auf den Stuhl, von dem er sich davongestohlen hatte. Mit der Andeutung einer Verbeugung entschuldigte er sich bei Gästen und Personal für die Unannehmlichkeiten. „Kinder ...", sagte die Hirschwirtin mit einem gütigen Lächeln, „waren wir nicht alle einmal so?" Natürlich nicht, aber der Gast ist König, dachte sie bei sich, und diese Gäste waren königlicher gekleidet als der Großteil der Reisenden, also sollte das seltsame Kind ruhig seine Launen ausleben. „Ein Freigetränk für alle?", fragte sie in die Runde, und die Runde johlte. Wenigstens würde sie ihrem Mann, der dringende Angelegenheiten auf dem Rathaus zu erledigen hatte, etwas zu erzählen haben.

Maria Agnes war klar, dass ihr Johann Jacob nicht bei der Suche nach den Kätzchen helfen durfte. Würde er robbend unter dem Mobiliar gefunden, schwände die Gunst seiner Arbeitgeber möglicherweise schneller dahin als die Süßspeise, die sich der Knabe gerade einverleibte. Sie schickte ihren Bruder weg und bat ihn, unauffällig Christina Margaretha zu informieren. Ihr selbst blieb nur die Flucht nach vorn und der Griff zu einer kleinen Notlüge. „Entschuldigt bitte", wandte sie sich an die Wirtin, „würdet Ihr mir bitte erlauben, nach meinen Katzen zu suchen? Ich sollte sie hier abliefern, sie sind teure Handelsware, aber bevor ich herausfinden konnte, wer der Käufer ist, gab es diesen kleinen Unfall ..." Sie lächelte und sah vielsagend in die Richtung des Kröten- und Katzenimitators. „Katzen? Handelsware? Das höre ich zum ersten Mal. Aber nun hast du mich schon recht neugierig gemacht. Los, such sie, ich möchte die kostbaren Tierchen gern sehen."

Es dauerte nicht lange, und sie zog die Katzen unter einer Bank hervor, die beiden nach der kurzen Euphorie der wilden Jagd als Versteck diente. „Keine Angst, alles ist gut“, flüsterte sie ihnen zu. Widerstandslos ließen sie sich zurück in den Korb setzen – intensiv bestaunt von Wirtinnen- und Gästeaugen. „Wie herzig sie sind“, sagte die Schwester des Imitators, der selbst plötzlich die Ruhe und Wohlerzogenheit in Person zu sein schien. Stumm saß er am Tisch, das Geschirr hatte er zur Seite geschoben, und schrieb etwas auf. Woher er Feder, Tinte und Papier geholt hatte, blieb sein Geheimnis, doch schien sich seine Familie nicht darüber zu wundern. Er ist nicht krank, aber zu seltsam, hatte Maria Agnes inzwischen für sich festgestellt und war bereit, den Rückzug anzutreten. Mit diesem Kaufmannsneffen würde kein Geschäft zustande kommen. Schon ging sie auf den Ausgang zu.

„Nein, warte bitte, geh noch nicht“, rief ihr eine helle Knabenstimme nach. „Mit dir wird es niemals fad.“ Maria Agnes zögerte, aber sowohl Mutter als auch Vater winkten sie zum Tisch der Familie heran, nötigten sie geradezu, sich zu setzen und am üppigen Mahl teilzuhaben. Der Junge schrieb immer noch merkwürdige Zeichen auf sein Blatt, doch bereitete es ihm keine Mühe, gleichzeitig seine neue Freundin auszufragen. Woher sie denn komme, wie sie heiße, warum sie Katzen mit sich herumtrage. Maria Agnes verstand nicht alles, was einerseits an dem merkwürdig singenden Dialekt, andererseits daran lag, dass auch der Vater eine Unterhaltung mit einem ihm bis dato unbekannten anderen Gast begonnen hatte. Die Worte flogen hin und her wie kleine Bälle, und längst nicht alle konnte Maria Agnes auffangen. Wollte sie auch gar nicht, denn jede Antwort hielt sie davon ab, die ihr vorgesetzten Köstlichkeiten zu genießen. „Bekommst wohl sonst nichts Gutes?“, fragte der Junge, und seine blitzenden blauen Augen schauten plötzlich ernst drein. „Liegt vielleicht an dem fetten Arsch, der euch regiert. Frisst alles selbst“, sagte er hinter vorgehaltener Hand, doch nicht leise genug. „Schweig!“, zischte die Mutter ihn an, „du weißt, der Herr Papa will nicht, dass noch einmal davon gesprochen wird.“ – „Aber wahr ist's allemal, und was wahr ist, muss man auch sagen dürfen“, protestierte der Sohn. Als er sah, dass beide Eltern ihre Aufmerksamkeit dem ehrfurchtsvoll dreinblickenden erwachsenen Gesprächspartner widmeten, fuhr er fort: „Zwei Tage lang hat er uns in seinem protzigen Haus in Ludwigsburg warten lassen und uns am Ende einfach weggeschickt. Sauber. Da habt's wirklich Pech, von solch einem Banausen beherrscht zu werden.“ Maria Agnes verstand nichts, wollte aber nicht unhöflich erscheinen. Ein paar Brocken immerhin hatte sie aufgeschnappt. „Was wolltet ihr dem fetten Arsch denn verkaufen?“ Der Junge runzelte die Stirn. „Na, uns natürlich.“ Er las die Fragen in ihren Augen. „Komm“, flüsterte er, „ich zeig's dir.“ In einer fließenden Bewegung ließ er sich unter den Tisch fallen, und sie tat es ihm nach. Wohl war es ihr nicht dabei, den Korb unbeaufsichtigt zu lassen, doch konnte sie sich der Magie dieses eigenartigen Jungen längst nicht mehr entziehen. Katzengleich huschte er hinaus aus dem Gastraum und ins Freie, und sie folgte.

„Komm“, sagte er wieder, griff ihre Hand und zog sie, nachdem er die Kutsche nicht weit entfernt erspäht hatte, dorthin. „Der junge Meister wünschen?“, fragte der drahtige Kerl, der gerade dabei war, die Pferde trockenzureiben. „Ach so“, antwortete er sich selbst, denn die Gestik war eindeutig. Er öffnete die Klappe und gab den Stauraum der Kutsche frei. „Du hast ein Klavier?“, fragte

Maria Agnes verblüfft. „Oh, ich habe ein paar, aber das ist gaaaaaaaaaaanz neu. Aus Augsburg." Sie trat näher und besah sich das Instrument. Es war deutlich kleiner als jenes, das sie kannte. „Sollst du auch Stunden nehmen wie meine Freundin Agi? Der Schulmeister traktiert sie, aber sie kann trotzdem weniger als mein Samson. Der ist einmal über die Tasten gelaufen und hat ein Lied gespielt, das schön klang, aber bei ihr klingt es nicht schön." Sie begann, die Töne nachzusingen, die sich in ihrem Gedächtnis eingebrannt hatten. „Das ist hübsch", sagte der Junge. „Notier's mir später." Mit der größtmöglichen Selbstverständlichkeit näherten sich seine kleinen, beweglichen Hände den Tasten, und sie fegten darüber hinweg wie ein Frühjahrssturm. Allein – außer dem Klappern der Mechanik war nichts zu hören. „Es ist stumm", nahm er die Antwort auf ihre unausgesprochene Frage vorweg. „Nur zum Üben. Da ist der Herr Papa streng. Er sagt immer: Kinder, blamiert's mich nicht vor Leuten, die eine Krone auf dem Kopf oder Geld im Sack haben." Er nahm ihre Hände und legte sie auf die kühle Oberfläche. Seine Finger legte er darüber und übertrug seine Bewegungen auf die ihren. Es schien ihn nicht im mindesten anzustrengen, denn er redete in einer Tour fort. „Ehrlich g'sagt, mir ist's wurscht, ob einer eine Krone aufhat oder nicht. Stell mir die Leut' immer nackt vor, grusel mich ein bisschen vor ihrem Speck, und dann spiel ich halt. Und dann klingelt's hoffentlich in der Kasse, und der Herr Papa ist's zufrieden." Endlich wusste Maria Agnes auch etwas zur Unterhaltung beizusteuern. „Das sag ich dem Samson auch immer, dass er sich nicht aufzuregen braucht. Und meistens ist er so gut, dass die Leute viele Münzen werfen." – „Dann ist dein Herr

Samson auch ein Pianist?“ Sie stutzte. „Ein Kater halt, der Kunststücke kann. Die führen wir vor, und dann kaufen die Leute seine Geschwister. Und jetzt hat uns der Deininger noch einen Korb dazu gemacht. Und eigentlich sollte dein Vater die beiden Kleinen kaufen, aber ich glaube, du bist in Wirklichkeit gar nicht krank. Da muss der Johann Jacob etwas falsch verstanden haben.“

Der Johann Jacob räusperte sich schon die ganze Zeit so heftig, dass ihm danach der Hals wehtun würde. Endlich wurde seine plappernde Schwester auf ihn aufmerksam. Der echte Kaufmannsneffe sei soeben eingetroffen, teilte er mit, und er habe sich auf der Stelle in die Katzenkinder verliebt. Er sei nur traurig, schwach, aber bestimmt nicht verrückt. „Schau“, rief Johann Jacob und hielt Maria Agnes ein blinkendes Geldstück unbekannter Währung unter die Nase. „Und hier“, zog er ein weiteres aus der Tasche, „für den Deininger.“ Er war so stolz und vom Erfolg beflügelt, dass seiner Schwester ein Schauer über den Rücken lief. „Das ist ja wunderbar. Dann muss ich mich nur noch kurz verabschieden.“ Sie drehte sich um und stand schon halb auf den Stufen zum Gasthaus. „Und mir sagst nicht ade?“, rief ihr der Junge hinterher. Sie kehrte zurück, ein wenig schuldbewusst. „Doch natürlich, verzeih mir. Lebe wohl. Wie heißt du eigentlich?“ Er verscheuchte umständlich eine Biene, die seine vom vielen Pudern widerspenstig gewordenen Haare umschwirrte. „Ich bin Johannes Chrysostomus Wolfgangus Theophilus“, antwortete er. „Oh, das sind ziemlich viele Namen. Es tut mir leid, aber das kann ich mir nicht alles merken.“ Eine weitere Unhöflichkeit wollte sie sich nicht leisten und blieb daher etwas unschlüssig stehen. „Machen wir es kürzer“, sagte der Junge. Sie fühlte sich von kleinen, beweglichen Händen gepackt, und weiche Lippen drückten ihr einen schmatzenden Kuss auf die Wange. „Sssssssssssssssssumm, macht die Biene", rief er und flog, die Arme wie Flügel schlagend, davon.

Kapitel 29

Ihr Kopf schwirrte. Wovon sollte sie zuerst berichten? Vom erfolgreichen Verkauf? Dem seltsamen Jungen? Von Christina Margaretha, die fleißig wie eh und je der Konsulentin zuarbeitete? Oder von der Wedderkopfin selbst, die Maria Agnes etliche Stunden in ihrer Stube beherbergt hatte? Wie immer in solchen Momenten purzelten die Ereignisse kunterbunt gemischt und reichlich ungeordnet aus ihr heraus. Sie stand noch auf der Brunnengasse, sah die Eltern im Garten auf sie warten, da begann sie bereits zu erzählen. Melchior und Christina Barbara ließen ihr die Freude und hörten stumm und mit der gebotenen Aufmerksamkeit zu. Just als Maria Agnes die Szene im Wirtshaus schilderte, näherten sich Gottlieb Beck und einige andere Mitglieder des Dürrmenzer Rats, die den Abschluss ihrer Sitzung im Schwarzen Adler zu begießen dachten. Sie winkte ihm fröhlich zu, gönnte ihrer Zunge aber keine Pause. „Und dann hat er mir erklärt, warum wir manchmal so wenig zu essen haben. Nämlich weil uns der fette Arsch in Ludwigsburg alles wegfrisst." Die Kiefer der Ratsmitglieder klappten einer nach dem anderen nach unten, und aus jeder einzelnen Ader Melchiors und Christina Barbaras wich das Blut. Maria Agnes wollte weitersprechen, aber sie kam nicht dazu. Mit einem großen Schritt war der Chirurg Beck bei ihr. Seine große, fleischige Hand legte sich auf ihre Stirn und das halbe Gesicht. „Das Kind redet im Fieber. Wie könnt ihr sie auf der Gasse herumlaufen lassen?“, bellte er die Eltern an. „Habe ich nicht strenge Bettruhe angeordnet?“ Er packte das Kind und schwang es wie einen nassen Sack über seine Schulter. „Aus dem Weg“, rief er, schob Melchior, der wie festgewurzelt dastand, grob zur Seite und trug Maria Agnes die Treppe hinauf und außer Sichtweite der anderen Ratsmitglieder.

Die Türen standen offen, er brauchte nur einzutreten in den erbärmlichen Raum, den die Leute Küche nannten, und in den ebenso dürftigen, in dem die Familie schlief. Er warf Maria Agnes aufs Bett, wortlos, und wischte sich den Schweiß ab. Nie im Leben hatte das Mädchen einen solchen Ausdruck auf dem Gesicht ihres väterlichen Freundes gesehen. „Ich habe kein Fieber“, sagte sie tonlos. „Ich weiß.“ Er seufzte und setzte sich zu ihr. „Von jetzt an wirst du es haben, sonst könnten deine armen Eltern großen Ärger bekommen.“ Für Erklärungen blieb keine Zeit. Er wies Christina Barbara an, möglichst auffällig Wasser vom Brunnen zu holen. Melchior schickte er im halben Dorf herum mit dem Auftrag, an möglichst vielen Türen zu klopfen und um eine milde Gabe für Arznei zu bitten. Und er selbst besuchte das Haus der Becks von nun an täglich – stets bewaffnet mit großen Kolben und unheimlich anmutendem Besteck. Der angeblich Kranken hatte er inzwischen die Bedeutung ihrer Worte erklärt. „Weißt du“, sagte er, „die Mächtigen sind auch deshalb mächtig, weil sie überall ihre Ohren haben.“

Das Täuschungsmanöver wirkte auch deshalb so gut, weil Dürrmenz wenig später von einer echten Krankheitswelle erfasst wurde. Rote Ruhr nannten die Menschen das Schreckgespenst, das Junge und Alte, Schwache und scheinbar Starke heimsuchte und mit heftigen Bauchkrämpfen ins Bett zwang. In der Nacht vom 7. auf den 8. September wurde die achtjährige Maria Margaretha Fieß von ihren Qualen erlöst. Jacobina Fieß, die sich nichts sehnlicher als den Tod ihres Mannes gewünscht hatte, erkannte im Verlust ihrer Tochter eine Strafe Gottes. Eines sonnigen Tages im Oktober kletterte sie auf die Spitze ihres nicht sonderlich hohen Hausdachs. Laut betend bekannte sie ihre Sünden. Zur rasch zusammenströmenden Menge stieß bald auch Pfarrer Johann Matthias Käuffelin. Er zögerte nicht. „Was bildest du dir ein, Frau, zu wissen, was Gottes Strafe ist?", rief er zu ihr hinauf. Sie schluchzte nur. „Willst du springen? Dann sag mir aber vorher, warum ich all diese Kinder begraben habe: die kleine Maria Barbara Sautter, fünf Monate alt, den Johannes Knodel, sieben Jahre alt, den Christoph Grau, zehn Jahre alt, und seinen Freund, den Andreas Katzenmaier, auch zehn Jahre alt. Die Maria Dorothea Majer, sieben Jahre alt, und den Johann Dieterich Ganter, acht Monate alt. Alle habe ich an der Ruhr sterben sehen und sie dann begraben, und in ein paar Jahren wird sich keiner mehr an sie erinnern. Willst du mir sagen, dass all ihre Eltern eine Strafe verdient haben? Dann sag es den Eltern ins Gesicht. Ich kann es nämlich nicht." Die Menge raunte. Vielen Frauen liefen Tränen übers Gesicht.

Auch Christina Barbara stand dabei, entsetzt, wie versteinert. Die verwaschenen Bilder ihrer sterbenden Kinder stiegen in ihr auf, das letzte Flackern in ihren Augen, die Lippen, die sich plötzlich entspannten und nie mehr einen Laut hervorbringen würden. Die quälende Frage nach dem Warum, Schuldgefühle, ja selbst die kurzen Phasen der Abwesenheit von Schmerz schmerzten, denn es durfte sie nicht geben, die Abwesenheit von Schmerz. Sie hätte nicht zu sagen vermocht, wie lange die zitternde Jacobina auf dem Dach ausharrte, wie lange die Menschen zu ihr nach oben starrten. Doch einem war ein kluger Gedanke gekommen. Er lief zu seinem wenige Meter weiter abgestellten Heuwagen und steuerte diesen unmittelbar ans Fieß'sche Haus heran. „Barmherzig und gnädig ist der Herr, geduldig und von großer Güte", betete der Pfarrer laut. „Und jetzt spring. Dein Herrgott wird dich auffangen."

Die Rettung der Jacobina Fieß war wochenlang Gesprächsthema Nummer eins in Dürrmenz. Während die einen die gottlose Selbstmörderin verurteilten – und wer weiß, was sie ihrem armen, unschuldigen Gemahl angetan hatte –, umfingen sie die anderen mit Liebe, Zuneigung und ganz praktischer Hilfe. Gottlieb Beck etwa entließ die Magd, die seiner Frau offenbar nur Kummer bereitete, und engagierte an ihrer Stelle Jacobina. Und als diese am 8. Dezember 1763 den neugeborenen Carl Conrad Beck waschen, windeln und das kugelrunde Kind in ein hübsches Taufkleidchen stecken durfte, huschte ein fast vergessenes Lächeln über ihr Gesicht.

Der Winter kam früh, und er zehrte unbarmherzig die wenigen Vorräte auf. Melchior erfreute sich zwar einer recht stabilen Gesundheit, doch konnten die Abnehmer seiner Wolle selbst kaum noch bezahlen. Auch Johann Christoph Rudolph trug schwer an der Last, die er sich selbst in der Hoffnung auf in jeder Hinsicht glückliche Zeiten auferlegt hatte. Von einem Buchhalter Reinwald in Stuttgart hatte er einen eisernen Rundwebstuhl gekauft. Für diesen 130 Gulden teuren letzten Schrei der Technik, mit dem er die Perfektion großer Strumpfmanufakturen zu erreichen gedachte, stotterte er jährlich fünf Gulden ab. Noch war an die Gründung eines eigenen Hausstands nicht zu denken, und so freute er sich beinahe darüber, dass Christina Margaretha offenbar noch nicht im Sinn hatte, ihre Arbeitgeber in Lienzingen zu verlassen. „Es geht ihr gut", berichtete ihm Maria Agnes, die – unter der strengen Auflage, ihre Zunge im Zaum zu halten – immer wieder zu Kurzbesuchen ins Nachbardorf spazierte. Stets drückte die Ältere der Jüngeren dabei ein wenig ihres Lohns in die Hand, denn es zerriss ihr das Herz zu sehen, dass bald nur noch Lumpen am Körper ihrer nicht mehr ganz so kleinen Schwester hingen. „Lass dir etwas nähen", bat sie Maria Agnes eindringlich. „Du wächst so schnell, dass man dir dabei zusehen kann."

Tatsächlich erlaubten es die Eltern, beim Kaufmann Bühler einen festen, blauen Stoff zu erstehen. Die Dienste einer Näherin in Anspruch zu nehmen freilich, verbot sich angesichts der Tatsache, dass die Familie bald beim halben Dorf in der Kreide stand und erstmals auch bei der Kirche um ein Darlehen aus dem Opferstock gebeten hatte. „Wir nehmen keine Almosen", wehrte sich Christina Barbara noch eisern dagegen, das „Heilige Blechle" als Berechtigungsausweis für geschenkte Zuwendungen in Anspruch zu nehmen. Das Geliehene gedachte sie, wie sie es sich immer zumindest fest vornahm, beizeiten zurückzuzahlen. Allerdings durften jetzt keine zusätzlichen Kosten entstehen. Ein maßgeschneidertes Kleid? Undenkbar. Selbst nähen? Die Talente der Bäckerstochter Christina Barbara waren andere. Einmal mehr trat Johann

Gottlieb Wohlmann als Retter in der Not in Erscheinung. Er bekniete seine 20-jährige Schwester Christiane Philippine, ihre seit der Konfirmation erworbenen erstaunlichen Fähigkeiten mit Nadel und Faden an seine junge Freundin weiterzugeben. Nicht ganz uneigennützig, denn die Unterrichtsstunden hatten natürlich in seinem Elternhaus und meist – rein zufällig – in seiner Gegenwart stattzufinden. Das anfängliche Widerstreben der Wohlmann-Tochter wich bald der Freude am Teilen ihrer Kenntnisse, und die Tatsache, dass sie ihrer Schülerin nicht verbot, mit links zu arbeiten, zahlte sich aus. „Schaut mal, meine Hände sind doch nicht ganz so dumm, wie der Schulmeister behauptet hat", sagte Maria Agnes stolz, als sie den Eltern ihr fertiges Kleid präsentierte.

Den Schulmeister sah sie im Winter öfter, als es ihr lieb war. Den Gemeinden war aufgetragen worden, die Schulpflicht auch für die schwachen Mägdlein strenger durchzusetzen, und Kinder aus armen Familien war das Schulgeld erlassen. So drängten sich nun wesentlich mehr Jungen und Mädchen im engen Schulsaal. Die Lehr- und Erziehungsmethoden des Johann Michael Mauch indes stießen längst nicht mehr im ganzen Dorf auf ein positives Echo. „Der alte Esel" wurde er hinter vorgehaltener Hand von manchen Eltern genannt, die eine Episode nicht vergessen hatten. Einem begriffsstutzigen und noch dazu aufsässigen Zögling hatte Mauch zur Strafe einen hölzernen Esel um den Hals gehängt. Statt zu Hause zusätzlich eine Tracht Prügel zu erhalten, erfreute sich der solchermaßen Gedemütigte der Rückendeckung seiner Eltern. Sie zerbrachen den Esel und schickten ihren Sohn damit zum Schulmeister zurück. Die Aktion wurde zwar mit einer Geldstrafe geahndet, der Imageschaden, der für den Schulmeister entstanden war, wog aber deutlich schwerer. Seine Autorität war untergraben worden, und sein Rohrstock traf nur noch die Hände solcher Kinder, von deren Eltern kein Protest zu erwarten war. Sollte er den Provisor, der ihm zur Seite gestellt worden war, nun als Hilfe oder Konkurrenz empfinden? Dem blondgelockten Jüngling flogen die Herzen zu, während hinter seinem Rücken getuschelt, manchmal sogar mit Steinchen geworfen wurde. Und neuerdings hörte er zu allem Überfluss ständig dieses Piepen. Es verschwand nicht, auch wenn er den Kopf noch so vehement schüttelte. Die Quelle des Geräuschs wohnte vorübergehend in seinem Katheder, wofür ein Junge mit vorlautem Mundwerk und geschickten Mäusefängerhänden gesorgt hatte. Das Tierchen entwich von dort mit dem erwünschten Effekt – einem kreidebleichen Mauch, der mit einer zittrigen Handbewegung die Kinder entließ –, doch danach ging es seiner eigenen Wege. Diese führten hinauf in die Wohnstube des Schulmeisters, wo der kleine Nager zu gegebener Zeit eine Familie gründen würde.

Das Jahr 1764 schritt voran, und wie viel neues Leben sich auch regte, so wurde es anderswo doch genommen. Die „hitzige Krankheit" raubte, wonach sie greifen konnte, und hätte der Apotheker ein Mittel dagegen gewusst, er hätte verhindert, dass ihm die eigenen Kinder wegstarben. Mitte April hieß es auch Abschied nehmen von der Hebamme Clara Stahl, die immerhin 72 Lenze gesehen hatte und damit als hochbetagt galt. Bis das Fieber ihr Kräfte und Sinne geraubt hatte, war sie unermüdlich im Dienst gewesen. „Das ist die Frau, die dich auf die Welt geholt hat", sagte Christina Barbara Beck zu ihrer Tochter Maria Agnes, als beide sich dem langen Leichenzug anschlossen. „Wie ist das genau passiert? So ähnlich wie bei Frieda? Aber wie bin ich überhaupt …“, wollte das Mädchen zu lange aufgestauten Fragen ansetzen, doch ein entschlossenes Zischen schob weiteren Nachforschungen einen Riegel vor.

Sie beschloss, Christina Margaretha auszuhorchen. Schließlich war diese damals dabei gewesen. Doch als sie, die nächste Gelegenheit zu einem Ausflug nutzend, in Lienzingen nach ihr suchte, fand sie die Stube der Konsulentin verwaist vor. Auch Johann Jacob war nirgendwo zu finden. Enttäuscht und beunruhigt wollte sie den Heimweg antreten. „He du, Mädchen, warte!“ Maria Agnes drehte sich um. Die Stimme kam ihr entfernt bekannt vor. Tatsächlich: die Hirschwirtin persönlich rief nach ihr. „Bist du nicht das Mädchen mit den Katzen? Hör zu! Nach deinem Besuch bei uns haben sich einige Gäste fast geprügelt, weil sie unbedingt auch eines von deinen teuren Wundertieren haben wollten. Dein Bruder ist gerade auf dem Weg, einen neuen Katzenkorb zu besorgen. Und wenn du wieder ein Geschäft machen möchtest, dann komm zu mir. Jederzeit.“ Sie lächelte ein offenes, ehrliches Lächeln. „Wirklich?“ Maria Agnes' Augen leuchteten. „Das ist gut, das ist wunderbar. Ich kann sie schon spüren, die neuen Kinder in Friedas Bauch. Es wird nicht mehr lange dauern.“ Das Strahlen verschwand, als sie sich an den eigentlichen Grund ihres Kommens erinnerte. „Nur wollte ich wegen der Kinder eigentlich …“ Sie biss sich auf die Zunge. Sprich nicht unbedacht!, hatten ihr die Eltern und der Oheim Beck schließlich eingebläut. „Könnt Ihr mir sagen, wo meine Schwester ist?“ Die Hirschwirtin zog die Augenbrauen zusammen. „Wie, das weißt du nicht? Sie hat uns verlassen.“ Maria Agnes schüttelte den Kopf. Suchend stieg ihr Blick die Fensterfront empor, als könne sie doch noch einen Hinweis auf Christina Margaretha erkennen. „Meine Schwägerin hat sie mitgenommen." – „Ihr meint die Frau Wedderkopf?" – „Nun, wenn man sie so noch nennen kann, dann schon." Das Kind stand da wie vom Donner gerührt und tat der Wirtin leid. Sie winkte einen Knecht herbei, der Maria Agnes einen Becher mit frischer Milch in die Hand drückte. Die Frage nach dem Wohin konnte sie nicht beantworten. „Sie sagte, sie brauche Abstand. Aber nach allem, was ich über sie weiß: Sie wird wiederkommen. Hab keine Angst. Und sie wird gut für deine Schwester sorgen." Die Wirtin nahm ihr das hastig ausgetrunkene Gefäß aus den Händen. „Leb wohl", sagte sie, „und vergiss unseren Handel nicht."

In derselben Nacht brachte Frieda drei Kinder zur Welt. Der Mond kitzelte Maria Agnes mit seinen Strahlen an der Nase und weckte sie aus unruhigem Schlaf. Wenige Augenblicke später stand sie vor dem Wunder, das zu bestaunen sie nie müde werden würde. Neues Leben lag vor ihr, atmend, tastend, Liebe und Milch trinkend, und verscheuchte ihre trüben Gedanken. Und dann, als längst die Eltern ebenfalls aufgestanden waren und den Familienzuwachs bestaunt hatten, erhob sich Frieda. „Ja, jetzt bist du an der Reihe. Du sollst etwas Feines zum Essen haben", machte sich Maria Agnes auf, um in der Küche einen kleinen Diebstahl zu begehen. Doch dann sah sie, dass sich Frieda noch einmal um ihre eigene Achse drehte. Eine sichtbare Anstrengung durchlief wellenförmig ihren Körper, und dann lag da Katzenkind Nummer vier. Winzig und ganz und gar weiß wie der helle Morgen.

Die Katzen wuchsen, und im selben Maß gedieh die Mausfamilie im Schulhaus. Nun war die Schulmeisterin, deren Stuttgarter Eltern vor 61 Jahren die Vornamen Elisabetha Sibylla für ihre Tochter gewählt hatten, von Statur und Gemüt ein robustes Wesen. Doch irgendwann wurde auch ihr das Treiben zu bunt. Sie erinnerte sich an das Katzenmädchen aus dem Schwarzen Adler, und wenn sie an das Spektakel zurückdachte, musste sie unwillkürlich lächeln. Am Ende dieses Schultags sollte Maria Agnes eine Überraschung erleben. „Du verkaufst Katzen, heißt es?“ Das Mädchen nickte, zu überrumpelt, um Worte zu finden. Was wollte die Frau von ihr, die sie natürlich vom Sehen kannte, die bisher aber weder von ihr noch von ihrer Familie Notiz genommen hatte? „Was verlangst du?“ Ihre Stimme klang angenehm, dachte Maria Agnes, ganz anders als das näselnde Organ ihres Mannes. Und ihr Blick hielt dem eigenen stand, ganz anders als beim Schulmeister, der stets auf Habachtstellung zu sein schien und seine Augäpfel in permanenter Bewegung hielt. „Nicht so schüchtern, Mädchen“, reagierte Elisabetha Sibylla Mauch auf das Schweigen ihres Gegenübers. „Oder willst du nicht hier sprechen? Dann kommt mit.“ Die schiere Masse der Frau, die ihren Gemahl sicher um einen halben Kopf überragte, ließ keinen Gedanken an Gegenwehr aufkommen. Maria Agnes wurde zurück ins Schulhaus gezogen und fand sich auf der Treppe wieder, die hinauf zur Wohnung des Ehepaars führte. Nie im Leben hätte sich ein Schüler in diese Regionen gewagt. „Also“, fing die Schulmeisterin von vorn an, „ich brauche eine Katze. Eine zuverlässige Mäusefängerin, wenn du verstehst, was ich meine. Sie soll es gut bei uns haben.“ Noch immer wusste das Mädchen keine Antwort, doch erstaunlicherweise blieb die Schulmeisterin die Ruhe in Person. „Oder kannst du mir gar nicht helfen?“ Wenn sie sprach, schwangen die Falten an ihrem Doppelkinn mit, und ihr Atmen wurde optisch untermalt von einer sich hebenden und wieder absinkenden Oberweite. Es hatte etwas Vertraueneinflößendes an sich. „Doch, ich habe junge Katzen“, fasste Maria Agnes schließlich Mut. Nur seien sie noch ganz unerfahrene Mäusefänger. Und vor allen Dingen … Sie fasste sich ein Herz und die rechte Hand der Schulmeisterin. „Fühlt Ihr das?“ Sie führte die Finger der Frau über die Knochen ihrer linken Hand. „Er hat sie gebrochen. Es tut nicht mehr weh, aber es würde mir wehtun, wenn er mein Kätzchen schlagen würde. Ich habe Samson versprochen, dass das nie wieder vorkommen wird.“ Der letzte Satz war schwer zu verstehen. Er versank in den Tränen, die ihr plötzlich und unbeherrschbar aus den Augen schossen. Und dann fühlte sie sich an die weiche Vorderfront einer Fremden gedrückt. Sie wurde gehalten und leicht hin und her gewiegt, fast wie man es mit einem weinenden Säugling tat. „Entschuldigt“, sagte Maria Agnes, als sie aus der Umarmung entlassen wurde. Auf leisen Sohlen ging sie die Treppe hinunter.

Am Abend fand sie vor der Tür ein Geldstück. Keiner im Haus wusste eine Erklärung dafür. „Man kann an dieser Stelle nicht einfach etwas verlieren, also hat es jemand absichtlich abgelegt“, sagte Christina Barbara. „Sollten wir es nicht doch aufs Rathaus bringen?“ Wenn Melchior etwas fürchtete, dann war es, für unehrlich gehalten zu werden. Maria Agnes überlegte. Nicht das Rathaus war der Ort, wohin sie sich zu wenden hatte. „Ich erledige das“, verkündete sie ihren Eltern und nahm die Münze an sich. „Ach so, einer deiner Kunden“, rief Melchior erleichtert. Dann wandte er sich seinem Gesangbuch zu.

Vor dem Schulhaus hüpfte ein kleines Mädchen auf und ab. Sie war Maria Agnes völlig unbekannt, ein paar Jahre jünger als sie selbst, flachsblond, blass, mit einem außergewöhnlich kunstvoll geflochtenen Zopf. Das Hüpfspiel, das nach einem klaren Muster abzulaufen schien, war, dem Gesichtsausdruck der Kleinen nach zu urteilen, entweder wenig unterhaltsam oder schlicht und einfach ausgereizt. „Spielst du mit mir?“ Sie musste fremd im Ort sein, schlussfolgerte Maria Agnes aus der arglos gestellten Frage. Sie zögerte, mochte das Mädchen nicht zurückstoßen. „Später vielleicht“, antwortete sie. „Ich muss etwas mit der Frau Schulmeisterin besprechen.“ – „Ach, die Großmutter“, gab die Jüngere emotionslos zurück. „Die hat mich rausgeschickt, weil sie gerade mit meiner Mama streitet.“ Ehe sich Maria Agnes richtig wundern konnte – über die ihr unbekannten familiären Verknüpfungen oder über das auf der zweiten Silbe betonte Wort Mama –, kam auch schon die solchermaßen Bezeichnete aus dem Schulhaus gestürmt. „Wir gehen“, sagte sie zu ihrer Tochter und packte sie an der Hand. Schnelle Schritte entfernten sich, und die eben zugeschlagene Tür öffnete sich wieder. „So bleib doch“, erkannte Maria Agnes die Stimme der Schulmeisterin, doch als jene den Kopf herausstreckte, waren ihre Familienangehörigen schon beinahe außer Sichtweite.

Es war Maria Agnes unangenehm, nicht rechtzeitig verschwunden zu sein, doch nun war sie schon entdeckt. Elisabetha Sibylla Mauch gab sich ungerührt. „Und du, was führt dich zu mir?“ Wortlos hielt ihr Maria Agnes die Münze unter die Nase. „Ja, das war ich. Aber es ist keine

Bezahlung, es ist Schmerzensgeld. Es gehört dir, du bist zu nichts verpflichtet." – „Das braucht Ihr nicht zu tun", erwiderte Maria Agnes. Sie zögerte. Von der Frau ging eine merkwürdige Kraft aus. „Du kannst ruhig gehen. Ich bin dir nicht böse." Ihr Blick wanderte in die Richtung, in die Tochter und Enkelin verschwunden waren. „Man kann sich Familie nicht aussuchen", sagte sie mehr zu sich selbst als zu ihrem Gegenüber. Sie lächelte. „Katzen kann man sich auch nicht aussuchen", gab Maria Agnes zurück. „Sie suchen sich uns aus. Und wer weiß, vielleicht seid Ihr ja genau die Richtige für einen meiner Schätze."

Die etwas größere der beiden Glückskatzen war, wie an einem unsichtbaren Faden gezogen, auf die Schulmeisterin zugeeilt. Letztere barg sie an einer überaus weichen Stelle und verließ die Brunnengasse mit dem Versprechen, die Herkunft der Katze ihrem Mann gegenüber nicht zu erwähnen. Und noch mehr: „Wenn er ihr je zu nahe kommt, dann wird er fühlen, wie es ist, geschlagen zu werden." Maria Agnes schaute sie mit großen Augen an. „Das glaubst du nicht?"

Kapitel 30

Das Rechnen spielte im Schulunterricht eine untergeordnete Rolle. Doch die wenigen Aufgaben, die Johann Michael Mauch seinen Zöglingen im Frühsommer 1764 stellte, sprachen für Maria Agnes eine eindeutige Sprache. „Wenn eine Katze am Tag zwei Mäuse fängt, wie viele sind es dann in einer Woche, wobei sie am Sonntag nicht jagt?" Der Junge, den er aufrief, sah betreten drein, versuchte so rasch wie vergeblich, an seinen Fingern etwas abzuzählen, und flüsterte dann: „Zehn vielleicht, Herr Schulmeister?" Jener schlug sich mit der flachen Hand gegen die Stirn. Wofür er sich hier tagtäglich abmühe. Weshalb ihn der Herrgott mit derart dummen und faulen Kindern strafe. Wie es sein könne, dass sich seine – äh eine – Katze von einem Nichtsnutz derart beleidigen lassen müsse. Er redete sich in Rage, und jedes seiner Worte ließ Maria Agnes breiter lächeln. „Zwölf Stück", schrie er mit sich überschlagender Stimme, „zwölf Stück fängt sie. Schreib dir das hinter deine ungewaschenen Ohren."

Die drei verbliebenen Geschwister warteten noch auf ein neues Zuhause. Die Hirschwirtin hatte nichts von sich hören lassen, und schon glaubte Maria Agnes, sie habe sie vergessen. Auf gut Glück hinzugehen, traute sie sich nicht, und noch mehr fürchtete sie, schlechte Kunde über Christina Margaretha zu erhalten. Johann Jacob schien ebenfalls wie vom Erdboden verschluckt. Also hieß es abwarten. Während die dreifarbige Katze und ihr kohlrabenschwarzer Bruder wilde Kämpfe miteinander ausfochten, blieb die weiße Nachzüglerin meist ein wenig abseits. Sie schien die Streicheleinheiten besonders zu genießen, und Maria Agnes' Freundinnen wiederum rissen sich darum, sie zu liebkosen. „Sind sie noch da?", fragte eines Tages Catharina Meißner, die ihr vorwitziges Näschen durch die Stalltür streckte. „Ja, komm ruhig herein", begrüßte Maria Agnes ihren und der Katzen Gast. Nach einer ausgiebigen Trainingsstunde mit mehreren Wollbällen hatten sich die kleinen Helden gerade neben ihrer ebenfalls schlafenden Mutter zur Ruhe begeben. Schon war Catharina eingetreten und betrachtete in stummer Verzückung die Tiere. Doch das Idyll sollte gestört werden. Ein aufziehendes Gewitter schickte Sturmböen voraus, und eine davon schlug die halb offene Stalltür mit derartiger Wucht zu, dass sowohl Kinder als auch Katzen aufschreckten. Nur das weiße Kätzchen schlief ungerührt weiter. Mit einem Mal fügten sich unterschiedliche Beobachtungen zu einer Gewissheit zusammen. Maria Agnes nahm die Jüngste in ihre Hände und blickte in wache, aufmerksame Augen. „Sie hat es nicht gehört. Sie hat gar nichts gehört“, sagte sie zu Catharina. „Glaubst du, sie ist taub?“

Sie wusste nur einen Menschen, den sie um Rat fragen konnte. Und sie hatte Glück: Der Oheim Beck war zu Hause und überaus erfreut über den selten gewordenen Besuch. „Hmmm“, machte er und wiegte den Kopf hin und her. „Ob ich da helfen kann?“ Das Kätzchen saß dort, wo sonst die Menschen mit den gebrochenen Armen und Beinen, den offenen Wunden oder den aufgeschlagenen Knien lagen. Es saß da und sah zufrieden aus, begann, nachdem es sich gründlich umgesehen und die Umgebung für ungefährlich befunden hatte, mit der Körperpflege. Beck schlug mit einem schweren Messer einen Glaskolben an. Er raschelte mit Papier, klatschte laut in die Hände. Nichts von allem bewegte das Katzenkind dazu, seine Tätigkeit zu unterbrechen. Dann fing er mit der Klinge des Messers einen Sonnenstrahl ein und ließ diesen über die Wand tanzen. Sofort hielt die Patientin inne, fixierte den Lichtfleck und folgte ihm in wilder Jagd, als ihn der Chirurg von der Wand über den Boden gleiten ließ. Mit einer geschickten Bewegung seiner fleischigen Hand fing er sie ein, betastete ihren Körper und schnupperte schließlich an ihr. „Das sieht lustig aus", stellte Maria Agnes fest. Doch für Späße war ihr die Angelegenheit zu ernst. „Was meint Ihr?" Er drückte ihr die Katze in die Arme. „Offene Entzündungen kann ich riechen. Aber sie hat nichts dergleichen. Auch ist sie nirgendwo schmerzempfindlich, sie sieht hervorragend, bewegt sich elegant – also, ich würde sagen, sie ist ein gesundes Wesen, das vom Herrgott aus welchen Gründen auch immer ohne Gehörsinn auf die Erde geschickt worden ist. Aber da sie es wohl nicht anders kennt, scheint sie nicht unglücklich zu sein." Maria Agnes hatte jedes Wort aufgesogen. „Sie ist etwas Besonderes", fügte sie hinzu. „Ja, das hast du richtig ausgedrückt. Allerdings ..." Er überlegte. „Sie kann Gefahr sehen, spüren und riechen, aber eben nicht hören. Wenn ihr jemand ..." Er zögerte wieder. „Ihr meint, wenn ein Mensch ihr Böses antun wollte, würde sie es vielleicht zu spät bemerken?" Gottlieb Beck nickte. Du bist kein kleines Kind mehr, sagte sein Blick, du weißt, dass die Welt aus Licht und Schatten besteht. Ohne es selbst zu bemerken, drückte sie die Katze noch enger an sich. „Dann weiß ich, was ich zu tun habe. Danke, Oheim Beck."

Wenige Tage später trug Maria Agnes, immer wieder abgelöst von Johann Jacob, einen nagelneuen, großen und noch vollkommeneren Katzenkorb nach Lienzingen. Protestierend saßen darin die dreifarbige Katze und ihr schwarzer Bruder, die abwechselnd ihr Klagelied sangen. Tatsächlich hatte die Hirschwirtin nach ihr rufen lassen und stellte sie, kaum angekommen, einem Handlungsreisenden vor, der Mehlsäcke verkaufte und die Konkurrenz durch eine unerwartete Zugabe zu übertrumpfen hoffte. Der Mann sah vertrauenswürdig aus, und dass ihre Katzen als geachtete Mitarbeiter einer großen

Mühle in Mäusen schwelgen würden, erleichterte ihr den Abschied. Dennoch standen ihr Tränen in den Augen, was der Wirtin nicht entging. „Ein bisschen Milch für alle?“, fragte sie, und nachdem sich sowohl Kind als auch Katzen die letzten Reste des weißen Goldes von den Lippen geleckt hatten, verließ der Handelsmann das Gasthaus, und Johann Jacob folgte ihm diensteifrig, um beim Beladen der Kutsche zu helfen. „Warum nennt Ihr Euch eigentlich Hirsch, wo es doch viel nettere Tiere bei Euch gibt?“, fragte der Kaufmann lachend. Sie werde die Angelegenheit mit ihrem Gemahl debattieren, gab die Wirtin fröhlich zurück. Das Lächeln blieb auf ihrem Gesicht. „Nun will ich dir noch etwas zeigen“, sagte sie und drückte Maria Agnes einen Brief in die Hand. „Das wurde vor ein paar Minuten hier für uns abgegeben, es dürfte dich auch interessieren.“

Die Schrift war schwungvoll und gleichmäßig, das Papier teuer, die Tinte kräftig, doch da Maria Agnes selten etwas anderes als die steifen Lettern des Schulmeisters oder die gedruckten im elterlichen Gesangbuch entziffert hatte, sah sie sich vor ein unlösbares Rätsel gestellt. Die Wirtin hob mehr besorgt denn verärgert die Augenbrauen, nahm das Schreiben wieder an sich und fasste den Inhalt zusammen. Ein Brief ihrer Schwägerin sei dies, und sie teile darin zum einen mit, dass ihre Ehe nun förmlich geschieden sei. Zum anderem habe sie ein Haus in Aussicht und sich bereits ins Dürrmenzer Bürgerrecht eingekauft. „Dürrmenz?“ Maria Agnes konnte es nicht fassen. „Ja, so ist es. Würde mich wundern, wenn dir deine Schwester nicht sehr bald über den Weg laufen würde.“

Zigfach hatte sie die gute Nachricht unterwegs schon einem imaginären Gegenüber erzählt, denn die Freude musste geteilt werden, sonst war sie schlicht und einfach nicht zu ertragen. „Mutter, Vater", rief sie schon beim Einbiegen auf die Brunnengasse auf gut Glück. „Sie kommt zurück." Doch die Eltern waren nicht zu Hause. Beide plagten sich auf den Feldern, die nach der Dürre im vergangenen Jahr zwar dieses Mal etwas besser dastanden, fürs Auskommen der Familie aber kaum noch genug hergaben. Melchior würde sich als Taglöhner für reiche Bauern verdingen müssen, doch schon jetzt zeichnete sich ab, dass er die jährlich zu entrichtenden Steuern würde schuldig bleiben müssen. Würde die Kirche noch einmal etwas aus ihrem Armenkasten leihen? Nur leihen, wie Christina Barbara nicht müde wurde, vor sich selbst und Melchior zu betonen? Einige Wochen wälzte sie sich Nacht für Nacht über diese Möglichkeit nachsinnend im Bett hin und her, bis sie schließlich am Morgen des 15. August den Weg zum Pfarrhaus einschlug und unversehens in einen der größten Skandale hineinstolperte, die Dürrmenz je erlebt hatte.

Das Pfarrhaus war eines der imposantesten Gebäude im Dorf. Pfarrhaus – so nannten es die meisten Dürrmenzer, war es doch für sie schlicht das Haus, in dem der Pfarrer und seine Familie wohnten. Dass selbiger aber als Vorgesetzter der Geistlichen im Umkreis den Titel Dekan trug, machte seine Behausung gleichzeitig zum Amtssitz. Weltliche und kirchliche Würdenträger gingen aus und ein, Boten aus Maulbronn oder von noch weiter her, Menschen, die sich für wichtig hielten, und solche wie Christina Barbara Beck, die als demütige Bittsteller kamen. Und dann waren da noch jene, die herbeizitiert wurden, weil ihnen eine Verfehlung nachgesagt wurde, und solche, die die Grundlage dafür schufen, indem sie andere beim Pfarrer anschwärzten. Dessen bessere Hälfte hatte einige Übung darin entwickelt, den Eintreffenden an Gesicht und Auftreten den Grund ihres Besuchs abzulesen. Die Frau aus der Brunnengasse mit den blonden, von ersten weißen Fäden durchzogenen Haaren und der abgetragenen Kleidung gab ihr keine Rätsel auf. „Ihr werdet ein bisschen warten müssen", sagte Esther Dorothea Käuffelin freundlich in ihrem von der Ostalb gefärbten Dialekt. Obwohl gebildet und belesen, war sie sich für die alltägliche Arbeit nicht zu schade und kam Christina Barbara mit einem Korb voll Wäsche entgegen, die sie, assistiert von ihrer älteren Tochter, im Garten hinter dem Haus aufzuhängen gedachte. „Heiß wird es wieder werden", sagte sie, obgleich ihr bewusst war, dass der Schweiß, den sich der Gast von der Stirn wischte, der Aufregung und nicht den Temperaturen geschuldet war. „Regina", wandte sie sich an ihre Tochter, „bring unsere Besucherin ins Haus, sie mag drinnen warten."

Das Mädchen, ein zartes Geschöpf mit leuchtenden hellbraunen Augen, nickte und bedeutete Christina Barbara, ihr zu folgen. Beide stiegen die knarzenden Stufen einer breiten Treppe aus dunklem Eichenholz hinauf. Von weiter oben her drang Kinderlachen an ihre Ohren. Doch im ersten Stockwerk befanden sich die Arbeitsräume des Dekans, und dafür, dass er ein gefragter Mann war, sprachen die beiden mit Leder bezogenen Stühle, die im Flur für Wartende aufgestellt worden waren. „Bitte setzt Euch", sagte das Mädchen. Sie war bereits zwei Stufen hinuntergeeilt, als sie stutzte. Kam die Kinderstimme etwa aus dem Raum, in dem die Dienstgeschäfte erledigt wurden? Hielt ihre jüngere Schwester den Vater von der Arbeit ab, und die Besucherin würde unnötig lange ausharren müssen? Wortlos kehrte sie um und öffnete langsam, ganz langsam und völlig geräuschlos die Tür gerade so weit, dass sie einen Blick hinein erhaschen konnte. „Oh“, machte sie erstaunt und ein wenig peinlich berührt. „Ich dachte, ich könnte Euch vielleicht schon hineinlassen, aber …“ Sie beendete den Satz nicht und beeilte sich, ihrer Mutter zur Hilfe zu kommen. Als ihre Schritte verklungen waren, bemerkte Christina Barbara, dass das Mädchen in seiner Hast die Tür nicht richtig geschlossen hatte. Was tun? Sie regte sich nicht vom Fleck – als Gefangene ihrer eigenen Neugier einerseits und andererseits geplagt von der Sorge, als Lauscherin beschuldigt zu werden.

Sie hörte die hohe, aber merkwürdig feste Stimme eines Kindes, eines Mädchens vermutlich. Sie hörte das stete Kratzen einer Feder auf Papier, sie hörte ab und an eine knappe Zwischenfrage des Pfarrers, leise vorgetragen und in einem ganz anderen Tonfall als jenem, den sie von der Kanzel her kannte. „Sag es mir noch einmal. War es wirklich so? Es könnte doch sein, dass du dich getäuscht hast.“ Pause. „Denke gründlich darüber nach. Niemand wird dich strafen, wenn dir einfallen sollte, dass du das alles gar nicht erlebt hast, sondern dass es dir jemand vorgesagt hat.“ Das war nicht die Stimme des Pfarrers. Der Amtmann Wohlmann? Pause. Ein Seufzen. Das Mädchen: „Es war genau so und nicht anders.“ Und wieder der Pfarrer: „Gut, dann werde ich dir jetzt vorlesen, was du hier zu Protokoll gegeben hast.“ Papier raschelte. Ein Stuhl wurde zurechtgerückt. Der Amtmann räusperte sich. Und der Pfarrer las: „Ich, Catharina Grammer, acht

Jahre alte Tochter des Johann Andreas Grammer, Schulmeister in Zutzendorf, Fleckensteinische Herrschaft im Elsass, und der Jacobina geborene Mauch aus Dürrmenz, bin heute auf dem Dekanatsamt erschienen, um Anzeige wegen des ungebührlichen Verhaltens meiner Großmutter, der Schulmeisterin Mauch, zu erstatten." Käuffelin wartete. „Ja, das ist genau richtig, fahrt fort. Ich will Euch Eure Zeit nicht stehlen." Der Amtmann räusperte sich wieder. „Fahrt fort, Herr Pfarrer, bevor ich mich vergesse", bat Wohlmann. „Nun denn", sagte Käuffelin. „Hier steht weiter: Am vergangenen Samstag ging ich ins Dürrmenzer Schulhaus, um meine Großmutter zu besuchen. Ich stieg die Treppe hinauf, und die Tür zur Wohnstube war einen Spalt breit geöffnet. Ich sah hinein und erblickte die Großmutter und den Provisor Bofinger beisammen hinter dem Ofen. Dabei habe ich mit diesen meinen Augen wahrgenommen, dass der Provisor die Schulmeisterin geküsst hat und endlich, da sich die Großmutter auf den Boden hingelegt, sich auf sie hingesetzt hat."

Draußen vor der Tür schlug Christina Barbara erschrocken die Hand vor den Mund. Sie musste weg, nur weg, ganz schnell. Ihre Schritte auf der knarzenden Treppe fielen niemandem auf, denn auf der anderen Seite der Tür schwollen die Stimmen der beiden Männer und jene des Mädchens an. „Das hat dir jemand angelernt, gib es zu", rief der Amtmann, der vom Pfarrer im Zaum gehalten werden musste, und die wiederholten Beteuerungen des Kindes, es sage die Wahrheit, gingen in ein schrilles Weinen über. „Tut Eure Pflicht", presste Catharina hervor, „bestraft diese Ehebrecher."

Christina Barbara musste zu Hause das Scheitern ihrer Mission erklären, und sie entschied sich für die – für Maria Agnes' Ohren weniger drastisch formulierte – Wahrheit. „Sie lügt", brach es aus dem Mädchen sofort heraus. „Ich bin sicher, dass sie lügt. Man kann den Ofen von der Türe aus nicht sehen." Zudem wisse sie, dass es Streit gegeben habe, berichtete Maria Agnes von ihrer Begegnung mit der Enkelin und deren Mutter. „Ich werde es dem Herrn Amtmann sagen", verkündete sie.

Zwar traf sie Georg Philipp August Wohlmann nicht persönlich an, denn dieser war mit den eilig zusammengetrommelten Mitgliedern des Kirchenkonvents gerade dabei, die beiden Beschuldigten zu befragen. Doch Johann Gottlieb Wohlmann freute sich umso mehr über den Besuch. Auch seine Schwester hatte Maria Agnes ins Herz geschlossen, und so flogen die Stunden dahin, ohne dass die Nachricht hätte an den Mann gebracht werden können.

Doch natürlich waren sowohl dem Amtmann als auch dem Pfarrer und fast allen anderen, die nun von der Angelegenheit erfuhren, die räumlichen Verhältnisse in der Wohnung des Schulmeisters vertraut. Das Mädchen log zumindest im Bezug auf die Örtlichkeit, was aber, wie kritische Stimmen einwandten, nicht bedeuten musste, dass auch die Tatsache an sich erfunden war. „Ihr habt eine blühende Vorstellungskraft", entgegneten andere, „die Schulmeisterin ist 61, eine alte Frau, der Provisor 25. Die ganze Sache ist lächerlich."

Komisch fand der junge Provisor die Anschuldigungen nicht. Er machte sich berechtigte Hoffnungen darauf, in wenigen Jahren die Nachfolge Mauchs antreten zu können. Wer immer solche Gerüchte in die Welt setzte, er musste Böses im Schilde führen. Doch wer war ihm derart gram? Oder galt die Attacke allein seiner angeblichen Geliebten? „Welch absurder Gedanke!“, ereiferte er sich und berief sich auf den Allmächtigen. Gott sei sein Zeuge, dass er unschuldig sei – und der Kalender, fiel ihm mit einem Ausruf der Erleichterung ein. „Samstags soll sich das ereignet haben? Man wird Euch bestätigen, dass ich am Samstag gar nicht im Schulhaus war.“ Bofinger atmete auf. Denn so sehr er sich auch in Rage geredet hatte, so klar sah er doch die Gefahr am Horizont, dass etwas hängenbleiben würde. Und noch etwas: Er schätzte die Frau seines Vorgesetzten, er genoss ihre Gegenwart, er unterhielt sich lieber mit ihr als mit ihrem zwischen Selbstzweifel und Aggression schwankenden Mann. Musste er darauf nun für immer verzichten?

Die Schulmeisterin selbst nahm die Aussage ihrer Enkelin mit Bestürzung auf. Überrascht schien sie allerdings nicht von der Tatsache, dass sie angeschwärzt worden war, sondern nur von der Art des Vorwurfs. „Das ist einem sehr kranken Hirn entsprungen. Seht mich an, meine Herren, ich bin eine alte Frau.“ Als ob sie Letzteres beweisen wollte, ließ sie sich ächzend auf einen Stuhl fallen. „Dass sie mir das antut“, sagte sie leise und führte auf Nachfrage aus, dass die Tochter damals gegen ihren erklärten Willen geheiratet habe – heiraten habe müssen, wie die Herren in älteren Kirchenkonventsprotokollen würden nachlesen können. „Ich hätte das Kind gern selbst erzogen, alles wäre mir lieber gewesen, als meine Tochter mit einem Taugenichts fortziehen zu sehen.“ Ihr Mann aber habe sich blenden lassen. Schulmeister wollte der junge Mann schließlich werden wie er einer sei, dabei sehe ein Blinder, dass der Kerl kaum seinen eigenen Namen schreiben könne und von der Welt nur den Teil kenne, der einen Rock trage. Und weil sie aus ihrer Meinung nie einen Hehl gemacht habe, sei ihr der Schwiegersohn, wie sie ihn nun einmal nennen müsse, nicht eben wohlgesonnen. Gedroht habe er ihr schon lange, aber dass er nun seine Tochter dazu missbrauche …

Die Verhöre zogen sich über Tage hin. Tochter, Enkelin und deren mitgereiste ältere Schwester, die zu Beginn noch in der Schulmeisterwohnung übernachtet hatten, waren mitunter schwer aufzufinden, da sie bis zur Rückkehr des Ehemanns, der beide wieder mit ins Elsass nehmen würde, nun anderweitig um Unterschlupf bitten mussten. Endlich war es gelungen, Jacobina Grammer auf den 30. August ins Dekanat zu zitieren, wo sie in wohlgesetzten Worten darzulegen versuchte, dass ihre Tochter von niemandem beeinflusst worden sei. Die Unterhaltung drehte sich im Kreis, den hohen Herren gelang es nicht, mehr als die stets gleichen Beteuerungen aus der Frau herauszuholen. Es war heiß, schwül, ein Gewitter lag in der Luft, und eine dicke Fliege machte sich einen Spaß daraus, die Mitglieder des Kirchenkonvents an Haut und Nerven zu kitzeln. „Dann mag sie es in Gegenwart ihrer Mutter noch einmal wiederholen", schlug endlich der Dekan vor, und man ließ rasch die Schulmeisterin holen. Man hatte ihr nicht verraten, auf wen sie treffen würde, und so erstarrten ihre Gesichtszüge beim Anblick der Tochter zu Eis. Sie habe ihrer Aussage nichts weiter hinzuzufügen, gab Elisabetha Sibylla Mauch zu Protokoll. Der Amtmann nickte und wandte sich zur Jüngeren: „Noch einmal, Grammerin: Spricht deine Tochter die Wahrheit, oder wurde ihr diese

Geschichte von irgendjemandem eingeredet?“ Es gäbe zwar viel zu sagen über die betreffende Person, antwortete Jacobina kühl, doch habe sie Besseres zu tun. Ihre Tochter sei von niemandem beeinflusst worden. In dieser Sekunde trafen sich die Augen der beiden Frauen, und darin lagen auf beiden Seiten so viel Zorn, Schmerz, Verzweiflung, vielleicht auch die Reste verschütteter Liebe, dass den Herren in der heißen Stube nicht mehr wohl in ihrer Haut war. „Geht, geht beide“, sagte Johann Matthias Käuffelin schwach.

„Was machen wir nun mit ihnen?“, fragte er in die Runde, der unter anderen der Unteramtmann Löffler und der Kaufmann Bühler angehörten. Niemand musste antworten, denn in derselben Sekunde drang vom Fuß der Treppe ein Geschrei in die erste Etage hinauf. „Du liederliche Hure“, warf die Schulmeisterin mehrfach ihrer Tochter ins Gesicht, und deren Verwünschungen gingen unter in einer Mischung aus Geschrei und kindlichem Geheul. Niemand hätte sagen können, wer zuerst die Hand gegen die andere erhob. Doch sie flogen, die Hände, nicht geballt, wie es Männer zu tun pflegen, sondern flach und merkwürdig angewinkelt, mehr die Seele als den Körper der Kontrahentin verletzend. „Aufhören!“, rief der Kaufmann Bühler und ging todesmutig dazwischen. Der Pfarrer packte die Schulmeisterin am Arm und zog sie zurück ins Haus. Der Amtmann hielt die nun völlig enthemmt schluchzende Jacobina Grammer an beiden Schultern fest. Da fiel sein Blick auf zwei Kinder, die im entferntesten Winkel des Hofes saßen; offensichtlich hatte die Mutter sie mitgebracht und gebeten, dort auf sie zu warten.

Irgendjemand musste sich um die beiden kümmern. Mutter und Großmutter würden Bekanntschaft mit dem Zuchthäuslein machen und fürs Erste unabkömmlich sein.

Kapitel 31

Manche Probleme waren so einfach zu lösen, manche Antworten so leicht zu finden. War es vielleicht gerade die unumstößliche Logik, die Aufgaben erschwerte und Menschenhirne verwirrte? Wie auch immer, Maria Agnes wunderte sich darüber, weshalb sie so lange mit Blindheit geschlagen gewesen war. Nun, da sie wusste, wie das Leben ihres weißen Katzenkindes verlaufen sollte, schüttelte sie über ihre eigene Dummheit den Kopf. Doch immerhin, tröstete sie sich, der Oheim Beck war ja auch nicht darauf gekommen. Wenn Männer, Frauen, Alte, Junge in der Lage waren, ihre Notdurft in einen Nachttopf oder tagsüber in einem Verschlag hinter dem Haus zu verrichten, dann müssten Katzen auch dazu fähig sein. Jedenfalls kannte Maria Agnes keine Kreatur, die mehr auf Sauberkeit und ein ordentliches Äußeres bedacht war als eben ihre vierbeinigen Freunde. Sie musste lächeln beim Versuch, die tierische und menschliche Wäsche miteinander zu vergleichen. Frieda liebte den Anblick jedenfalls nicht, wenn Wasser in einen altersschwachen Zuber gekippt wurde und dann stärker verschmutzte Kleidungsstücke darin eingeweicht wurden. Auch der anstrengenden Prozedur an der Enz blieb sie stets fern. Sauberkeit sah für sie anders aus.

Und nun hatte der Zuber seinen Dienst auch noch versagt, war auseinandergebrochen und unter Wehklagen – Ersatz musste gekauft werden, da half gar nichts – in einer Ecke des Stalls abgestellt worden. Da lagen die Reste nicht lange. Wie ein Blitz war die Erkenntnis gekommen, und Maria Agnes hatte den leicht nach unten gewölbten Boden des Behältnisses mit dem feinsten Sand gefüllt, den sie am Ufer der Enz hatte finden können. Nur ein-, zweimal hatte sie das weiße Katzenkind vorsichtig hineinsetzen müssen, und schon stellte sich der Erfolg ein. Den zu verkünden, brach sie auf an diesem sommerleichten Morgen, sog die klare Luft ein, die ein reinigendes Gewitter den Menschen geschenkt hatte.

Die Tochter des Hauses, Maria Elisabetha Beck, öffnete ihr die Tür und ließ die etwas Ältere mit großer Selbstverständlichkeit eintreten, obwohl sie selbst noch im Nachthemd steckte und vernehmlich gähnte. „Mein Bett ist besetzt“, sagte sie, als ob das ihren Aufzug erklären würde. „Ich musste bei der Magd schlafen, und die schnarcht.“ Das mochte nachts durchaus der Wahrheit entsprechen, gerade eben aber war die Frau, eine stämmige Person unbestimmbaren Alters, dem Klappern nach zu urteilen längst hellwach und bei der Arbeit. „Es ist nicht so wichtig, ich kann später wiederkommen“, wollte sich Maria Agnes bereits zum Gehen wenden, doch da hörte sie den Oheim Beck die Treppe herunterkommen. „Rauf mit dir, zieh dich an“, befahl er seiner Tochter in freundlichem Tonfall, ehe er die Besucherin begrüßte. „Ich möchte nicht stören“, sagte Maria Agnes und sah zögerlich von Vater zu Tochter. „Du störst nie, und wenn du so früh am Morgen erscheinst, dann musst du mir wohl etwas Wichtiges mitzuteilen haben.“ Nun ja, ob das so wichtig sei, wisse sie nicht, entgegnete sie, immer noch nur einen Schritt von der Tür entfernt. „Die schlafen eh noch", mischte sich jetzt Maria Elisabetha ein. „Ja", ergänzte ihr Vater, „wir haben zwei Übernachtungsgäste. Eine etwas delikate Angelegenheit. Es brauchte dringend ein Bett. Und da liegen sie jetzt, als ob sie noch nie eines gesehen hätten." Weitere Details gab Beck nicht preis, nahm Maria Agnes stattdessen bei der Hand und führte sie in die Küche, wo die nicht mehr schnarchende Magd in einem großen Topf rührte und es verheißungsvoll nach einem dicken Brei roch. „Iss und erzähl, wenn du das beides gleichzeitig schaffst", sagte der Chirurg, indem er seiner Besucherin ebenso wie sich selbst Teller und Löffel vorsetzte und der Magd bedeutete, vom Inhalt ihres Topfes etwas einzufüllen.

„Also", sagte sie, die Pausen nutzend, die sie fürs Abkühlenlassen ihres Breis benötigte, „wenn es zu gefährlich ist, nach draußen zu gehen, weil einem die Sonne wehtut, dann bleibt man eben im Haus. Stimmt doch, oder?" Gottlieb Beck nickte. Er war überrascht. Was wollte sie ihm sagen? „Wenn man taub ist, und die Gefahr nicht hört, ist es auch besser, im Haus zu bleiben. Richtig?" Ein weiteres Nicken. „Also muss meine liebe Katze mit den weißen Haaren wie deine liebe Frau mit der weißen Haut drinnen leben. Und alles, was sie dazu braucht, ist jemand, der ihr ein winziges bisschen Essen abgibt, und ein Nachttopf." Maria Agnes aß weiter. „Ein Nachttopf für Katzen? Du bist wirklich das erstaunlichste Wesen, das ich je getroffen habe", brachte der Chirurg nach einer Weile hervor. „Und nun hast du sicher auch schon deinen eigenen Katzennachttopf gebaut, wie ich dich kenne." Genau, signalisierte Maria Agnes. „Unser alter Zuberboden ist mit Sand gefüllt, und meine Katze macht ihr Geschäft hinein. Was sagt Ihr dazu?" Bevor Beck seiner Begeisterung angemessen Ausdruck verleihen konnte, erschien seine Frau in der Küche, zwei Mädchen im Schlepptau. Beim Anblick des Gastes flog ein flüchtiges Lächeln über ihr Gesicht. „Guten Morgen", sagte sie, „schau mal, wir haben Besuch." Zuerst trat aus Anna Elisabetha Becks Schatten eine brünette Halbwüchsige mit auffallend abwesendem Blick hervor, dann eine flachsblonde Achtjährige mit wachsamen Augen. „Wir kennen uns", sagte Maria Agnes.

Stumm nahmen Catharina Grammer und ihre Schwester am Tisch Platz. Beide trugen viel zu weite Nachthemden, die vermutlich der Hausherrin gehörten. „Ihre Kleider waren fürchterlich schmutzig, ich habe Jacobina Fieß noch gestern Abend darum gebeten, sie zu waschen", erläuterte Anna Elisabetha Beck ihrem Mann die Aufmachung der beiden Mädchen. „Es geht ein so angenehmer Wind, die Sachen werden rasch trocknen." Tatsächlich verging keine Minute, und wie aufs Stichwort erschien die neue Hausangestellte mit sauber gefalteten Bündeln im Arm. „Schaut mal, wie schön eure Sachen wieder aussehen", versuchte Maria Agnes ein Gespräch in Gang zu bringen. Sie hatte geglaubt, Wut auf die Verleumderin empfinden zu müssen, sollte sie ihr zufällig wieder begegnen. Doch nun spürte sie nichts als Mitleid mit dem Kind, das ganz offensichtlich Hunger hatte, aber nicht aß, weil es versuchte, seine von unzähligen blauen Flecken übersäten Unterarme unter dem Tisch zu verbergen. Die Schwester hingegen schaufelte den Brei schmatzend in sich hinein, die Welt um sich nicht oder nur am Rande wahrnehmend. Warum waren beide hier gestrandet? Maria Agnes wusste es nicht, konnte sich aber ausmalen, dass die Situation eskaliert sein musste. „Ihr habt Glück, dass ihr bei meinem lieben Oheim Beck übernachten durftet. Habt ihr schon seine Bücher gesehen? Gewiss, die Frau Kon – su – len – tin hat mehr Bücher, aber seine sind auch nicht schlecht. Haben eure Eltern eine Bibel mit Zeichnungen darin?" Schweigen. „Ach so, ihr wisst nicht, was eine Kon – su – len – tin ist. Nicht schlimm, ich dachte auch erst, es hätte was mit Enten zu tun, aber das stimmt nicht." Schweigen. Ein aufmunterndes Nicken des Chirurgen, der ihre Bemühungen ganz offensichtlich zu schätzen wusste. „Oh", unternahm Maria Agnes einen neuen Anlauf, „das ist ja ein ganz wunderschönes Kleid." Sie befühlte vorsichtig den blauen Stoff, auf dem kunstvolle Stickereien angebracht waren. „Deines?" Sie brachte Catharina dazu, andeutungsweise zu nicken. „Du musst darin aussehen wie eine Königin. Weißt du, ich bin zu schnell gewachsen und passe nicht mehr in meine Sachen, und damit ich nicht in Lumpen herumlaufe, haben wir Stoff gekauft. Teuer war der, sag ich dir, und dann hat mir die Schwester von meinem Freund Johann Gottlieb beim Nähen geholfen. Die ist schon groß. Wir haben uns wirklich angestrengt, aber so etwas Wunderhübsches haben wir nicht zustande gebracht."

Sie plapperte und plapperte, strich wieder und wieder über den Stoff, doch gleichzeitig sah sie hinüber zu Catharina, um zu prüfen, ob sie sie zu einer Reaktion würde bewegen können. Die Gesichtszüge waren nicht mehr ganz so starr, fand Maria Agnes. Vielleicht würde sich ein Versuch lohnen. „Wer hat dir dieses Kleid gemacht? Ich muss es wissen, damit ich auch einmal wenigstens eine Prinzessin werden kann. Nur Prinzessin, versprochen, Königin bleibst du." Da, ein Lächeln. Die Mauer bröckelte, Eitelkeit war stärker als Vorsicht. „Die Scheiblerin, Johannes Scheiblens Frau, hat es für mich genäht, und die Großmutter hat es bei ihr in Auftrag gegeben, weil niemand so schön stickt wie sie."

Gottlieb Beck und seine Frau tauschten Blicke aus. Sie verstand. Während er Maria Agnes hinauskomplimentierte und ihr überschwänglich dankte – wofür, war der Heldin nicht ganz klar –, nahm sie Catharina in die Arme, drückte das Mädchen an sich. „Wie großzügig von deiner Großmutter. Sie muss dich sehr liebhaben." Sacht wiegte sie das Kind hin und her. „Ich bin sicher, sie hat dich immer noch sehr lieb. Und nun sag mir, warum du ihr solch schlimme Dinge antun wolltest."

Wenige Tage später machte sich vom Dürrmenzer Pfarrhaus aus ein Bote auf den Weg in Richtung Maulbronn. Im Gepäck hatte er Abschriften der alten und neu aufgesetzten Protokolle des Kirchenkonvents. Plastisch war darin geschildert, wie Catharina schließlich zugegeben hatte, von Vater und Mutter zu der Verleumdung angestiftet worden zu sein, wie sehr sie dieses Geständnis schon Sekunden später bereut hatte, wie heftig sie geweint hatte. „Meine Mutter bringt mich um, wenn sie erfährt, was ich Euch gesagt habe", schrie sie. Die Mutter wiederum beschuldigte ihren Mann, hinter der Sache zu stecken, der die Ehe gebrochen habe und auch sonst ein unehrlicher Kerl sei, weil er sich an fremdem Eigentum vergreife. Bei Nacht und Nebel verließ sie mit ihren Töchtern den Ort. Für die Verantwortlichen vor Ort war die Angelegenheit damit erledigt, und das Oberamt hatte Besseres zu tun, als einem dubiosen Pärchen mit Wohnsitz im Elsass hinterher zu reisen. Blieb die Aufgabe, in Dürrmenz die Wogen zu glätten. Die Schulmeisterin habe wegen einer schweren Kolik außer Haus behandelt werden müssen, ließ der Chirurg über Jacobina Fieß im Ort verbreiten, und so blieb ihr Aufenthalt im Zuchthäuslein eine schmerzvolle, aber nur von den wenigsten geteilte Erinnerung. Sie enterbte ihre Tochter, sah die Enkelinnen nie wieder. Dafür aber den blondgelockten Provisor, der zwei Jahre später die Nachfolge ihres Mannes antreten sollte.

Maria Agnes' vorrangiges Ziel war indes noch nicht erreicht. Sie musste so schnell wie möglich einen neuen Besitzer für ihr Wundertier finden, wie sie es bei jeder sich bietenden Gelegenheit nannte. Nur was man kennt, kann man vermissen, überlegte sie sich, und deshalb musste die weiße Katze unter allen Umständen davon abgehalten werden, die wilde Welt außerhalb des Beck'schen Hauses zu erkunden. Doch ihr Appetit auf Fleisch und Abenteuer wurde größer. „Lange wird sie nicht mehr bei mir bleiben", sagte Maria Agnes betrübt zu Agi Redwitz, die bei einem ihrer seltener gewordenen Besuche die Katzentoilette bewunderte. „Sie müsste im Haus reicher Leute wohnen, wo es viel Platz, einen Speicher mit Mäusen und eine alte Frau gibt, die sie immerzu streichelt", schlug Agi vor und malte sich im Geist aus, wie sich das Tierchen auf dem Schoß ihrer eigenen Großmutter machen würde. Was Elisabetha Redwitz geborene Majer, selbstbewusste Tochter des legendären Adlerwirts Johann Jacob Majer, sagte, das war noch heute Gesetz, da musste sogar die ambitionierte Schwiegertochter zurückstecken. Doch die Großmutter weigerte sich. „Ich habe schon genug Leute um mich herum, die nicht hören, das genügt", sagte sie trocken.

Im Nachhinein war Maria Agnes froh darüber, denn es sollte sich alles noch viel günstiger fügen. An einem sonnendurchfluteten Septembertag, der eigentlich einen Gang nach Canossa respektive ins Rathaus bringen sollte, nahm Christina Barbara Beck vor dem leerstehenden Gebäude auf der anderen Seite der Enzbrücke ein Fuhrwerk wahr. Neugierig blieb sie stehen. Wer als Bittsteller darum ersuchen wollte, Steuerschulden etwas später als vorgeschrieben begleichen zu dürfen, war für jede Ablenkung dankbar. Sie kniff die Augen zusammen, hielt sich eine Hand vor die Stirn, um die gleißenden Sonnenstrahlen abzuschirmen. War das nicht ... War das möglich? Sekunden später hielt sie Christina Margaretha in ihren Armen. „Eine vernünftige Tochter hat sehr wahrscheinlich eine vernünftige Mutter", sagte eine Stimme vom Fuhrwerk herunter. „Und wenn beide einen Schritt zur Seite gehen, damit ich hinabsteigen und mein neues Haus betreten kann, dann wäre das noch vernünftiger." Anna Catharina Wedderkopf setzte den ersten Fuß auf Dürrmenzer Boden. Sie würde ihn dereinst zum Wanken bringen. Eine geduldige, weil taube Rezipientin aller ihrer Vorhaben und Gedanken würde Genoveva sein, die weise weiße Katze, an der die Konsulentin ebenso Gefallen fand wie an allem, das der Norm zu widersprechen wagte.

Die Neubürgerin bezahlte für das Wundertier und seine Toilette so viel, dass es Christina Barbara Beck gelingen sollte, mit Hilfe eines kleinen Zuschusses aus dem Almosenkasten die Steuerschuld zu begleichen. Sie war zuversichtlich, auch das Minus bei der Kirche rasch vergessen zu machen.

Kapitel 32

Genoveva hatte eine gewisse Geschicklichkeit darin entwickelt, über Teller zu spazieren, ohne diese zu berühren oder gar vom Tisch zu fegen. Mit größtmöglicher Selbstverständlichkeit bewegte sie sich auf dem Esstisch, als ob es von jeher Katzenrecht und -gesetz gewesen wäre, Selbiges zu tun. Die Wedderkopfin wiederum sah mit größtmöglicher Selbstverständlichkeit zu und bestand darauf, dass man ihrer Gefährtin ihren Anteil des Essens ebenfalls auf dem Tisch servierte. „Nie hatte ich angenehmere Gesellschaft. Kein Streit, keine Widerrede, kein sinnloses Geplapper", sagte sie zu Christina Margaretha, die in die Gemeinschaft eingeschlossen war. An diesem regnerischen Morgen im Spätherbst war die Konsulentin früh aufgebrochen – allein, denn für die wenigen Meter bis hinüber ins Rathaus benötigte sie keine Unterstützung. Sofern es ihre menschliche Mitbewohnerin richtig verstanden hatte, ging es darum, einen angemessenen Bestand an Feldern und Wiesen zu kaufen, und an Geld, um die Pläne umzusetzen, schien es nicht zu mangeln.

Während Christina Margaretha die Reste des bescheidenen, im Vergleich zu ihrem Elternhaus aber fürstlichen Mahls abtrug, erhob sich Genoveva gähnend, formte ihre Wirbelsäule zu einem hochaufstrebenden Buckel, um sich dann gemächlich in Bewegung zu setzen. Vom Esstisch, auf dem zu Christina Margarethas ewiger Verwunderung ein weißes Tuch zu liegen hatte, konnte man, sofern man der edlen Gattung der Katzen angehörte, mit einem wenig riskanten Sprung das Brett eines Fensters erreichen, das zur Straßenseite zeigte. „Majestät, besteigt

Euren Thron“, pflegte die Konsulentin den Weg dorthin jedes Mal zu kommentieren, wenn sie Zeugin der Annäherung wurde. Und tatsächlich hatte Christina Margaretha bei der Scheiblerin zwei Kissen nähen und besticken lassen müssen, damit Ihro Gnaden auch weich genug liegen würden. Die junge Frau musste immer noch lächeln, dachte sie an ihren Besuch bei der Näherin zurück. Der verständnislose Ausdruck auf ihrem Gesicht war schlicht unvergesslich. Kissen für eine Katze? Bestickte noch dazu? „Sodom und Gomorrha“, stieß die Frau des Johannes Scheible aus, steckte aber nichtsdestotrotz die als Anzahlung gedachte Münze ein.

Nachdem Genoveva nun auf einem der Kissen zehn Runden gedreht und im Anschluss die Füllung etwa zwei Minuten lang hochkonzentriert mit Füßen getreten hatte, ließ sie sich mit einem Geräusch, das als Seufzen interpretiert hätte werden können, nieder und wandte den Kopf Richtung Welt. Stundenlang konnte sie immer Neues entdecken, auch wenn die Straße, die an der Enz entlangführte, für menschliche Betrachter wenig Aufregendes zu bieten hatte. Die Mädchenhand, die durch ihr Fell strich, nahm sie nur am Rande wahr, und die Hand spürte, bevor das Mädchenauge es sah, dass tatsächlich etwas vor sich gehen musste. Da war diese Welle der Anspannung, die den weißen Katzenkörper von vorn bis hinten durchspülte und im Zucken der Schwanzspitze endete. Die Ohren auf 11 und 1 Uhr ausgerichtet, die Schnurrbarthaare gespreizt, das Näschen leicht gehoben, war Genoveva ganz Spiegel der Ereignisse. Sie sog sie gewissermaßen auf, lebte sie mit jeder Faser ihres Ichs. Die streichelnde Hand hielt inne. Zwei blaue Augen folgten dem Blick der Katze und blieben an einer großgewachsenen Gestalt hängen. Johann Christoph Rudolph schien unschlüssig und wild entschlossen in einem zu sein. Er sah der Konsulentin nach, die gerade im Rathaus verschwand, zögerte, blickte auf die sich schließende Tür, erreichte dann mit wenigen großen Schritten die Tür des Wedderkopf'schen Hauses, nur um dort wieder die Front des Rathauses zu inspizieren. Sekunden später bückte er sich und legte etwas ab, das nur scharfe Katzenaugen von oben und aus ungünstigem Winkel erkennen konnten. Schnell wie der Wind eilte er von dannen.

Feucht und formlos wartete das Bündel spät blühender Wiesenblumen darauf, abgeholt zu werden. Durch einen kaum geöffneten Türspalt hindurch griff die Mädchenhand danach. Die Tür schloss sich wieder, und von innen ließ sich Christina Margaretha gegen das schwere Holz fallen. Was sie geahnt, gefürchtet, was sie letztlich erwartet hatte, nahm nun seinen Gang. Sie schloss die Augen und atmete bewusst langsam, um ihren jagenden Puls zu beruhigen. Mit der Zeit entwickelte sie eine gewisse Übung darin, an der Position der Katzenohren und dem Rhythmus der schlagenden Schwanzspitze die nächste Lieferung abzulesen. Das bewahrte sie immerhin vor der Gefahr, durchs Fenster zu schauen und womöglich von außen erkannt zu werden. Stets wurde das Bündel dünner, und gegen ihren Willen entlockten die zaghaften Versuche, ihre Zuneigung zu gewinnen, Christina Margaretha so etwas wie ein Lächeln. Wo nur fand er noch etwas Blühendes, da die Natur längst ihren Abschied vom Jahr 1764 eingeläutet hatte? Nein, sie brachte es nicht über sich, diese armen Kreaturen, die um ihretwillen hatten sterben müssen, einfach wegzuwerfen. Sie fand einen gut versteckten Platz in ihrer Kammer hinter der großen beschlagenen Truhe, in der sie ihre wenigen Kleider aufbewahrte. Niemand würde den Krug, den die Herrin des Hauses wegen eines abgeschlagenen Henkels aussortiert hatte, mit den kümmerlichen Blumen darin entdecken.

„Wenn er dir lästig wird, dann lass es mich wissen. Wenn er dir nicht lästig wird, dann lass es ihn wissen", sagte Anna Catharina Wedderkopf eines Tages mitten hinein in eine ganz anders geartete Unterhaltung. Unverständnis vorzutäuschen, wäre der grundehrlichen Christina Margaretha nicht in den Sinn gekommen. Also schwieg sie und tat weder das eine noch das andere.

Wenn sie ihre Eltern und Maria Agnes besuchte, wenn sie zum Einkaufen geschickt wurde oder in die Kirche ging und dabei Gefahr lief, Johann Christoph Rudolph zu begegnen, so fasste sie sich zuvor mit beiden Händen ins Gesicht und versuchte, den gleichmütig-freundlichen Ausdruck zu formen, den ihr aufgewühltes Gemüt nicht fähig sein würde zu produzieren. Die Konsulentin besaß ein Wunderding namens Spiegel, und beim Aufräumen in der Schlafkammer ihrer Arbeitgeberin hatte Christina Margaretha mit dessen Hilfe fleißig geübt. Heimlich, wie sie dachte. „Bist ein schönes Mädchen", sagte die Wedderkopfin, und die mühsam sortierten Züge entglitten Christina Margaretha. „Aber der Spiegel kann nicht nach innen schauen, und da bist du noch schöner." Wie sah es in der Konsulentin aus? Christina Margaretha stellte sich diese Frage immer häufiger. Je länger sie unter einem Dach mit dieser bemerkenswerten Frau lebte, desto weniger verstand sie, was sie umtrieb, woran sich ihr Herz erfreute, wonach sie sich sehnen mochte. Nach Zärtlichkeit? Gewiss, Anna Catharina Wedderkopf genoss es, wenn Genoveva abends auf ihrem Schoß Platz nahm. An menschlicher Gesellschaft indes schien sie wenig interessiert. Eine Einladung der Nachbarin Wohlmann schlug sie brüsk aus, die Redwitzin, die mehr aus Neugier denn aus Nächstenliebe der „armen einsamen" Person Wurst vom frisch geschlachteten Schwein vorbeibringen wollte, ließ sie an der Tür stehen. Stattdessen lud sie die Taglöhner, die damit begannen, ihre frisch erworbenen Äcker für die nächste Aussaat vorzubereiten, zu einem üppigen Abendessen ein. Der Bote aus Maulbronn wurde stets überschwänglich begrüßt, den anderen Boten, der ihre Post transportierte, nannte sie sogar ihren Helden, was den jungen, rotbackigen Kerl mit den schiefen Zähnen mit schöner Regelmäßigkeit zum Strahlen brachte. Regelrecht frech wurde er durch dieses Lob und erdreistete sich, der Angestellten seiner Freundin zuzuzwinkern. Christina Margaretha wandte ihr Training an und sah stier durch ihn hindurch.

Schwieriger wurde es, wenn sie unvermutet mit ihrem früheren Dienstherrn zusammentraf. Die ehrliche Freude, die er ihr entgegenbrachte, überforderte sie, und so versuchte sie sich in Ablenkungsmanövern, die Gottlieb Beck verwirrten. Das gute Kind würde doch nicht gemütskrank werden? Seine eigene Frau bereitete ihm schon Sorgen genug. Die Bemühungen, ihre Stimmung zu heben, würden ihn noch sein letztes Hemd kosten.

Verglichen freilich mit der Situation im Hause seines Namensvetters Melchior sahen die Finanzen des Chirurgen rosig aus. Christina Barbaras Versuche, neue Geschäftskontakte mit der jungen Strumpfwebergeneration zu knüpfen, waren weitestgehend gescheitert. Die Männer, die ihre Söhne hätten sein können, sahen sie mit einer Mischung aus Mitleid und Ablehnung an. Sie hätten ihre Bezugsquellen, herzlichen Dank. Im Welschdorf sah es kaum besser aus. Da der Pfarrer die französische Gemeinde in Pforzheim mitbetreute, wuchsen Handelsbeziehungen zur benachbarten Stadt, die sich mehr und mehr zu einer Metropole der Zeit entwickelte. So manchen Dürrmenzer zog es dorthin, wer blieb, arrangierte sich entweder oder setzte weiter auf das unbestimmte Prinzip Hoffnung. „Das ist eine Prüfung durch den Herrgott. Es wird auch wieder besser werden", wurde Christina Barbara Beck nicht müde zu betonen. Längst hatte sie den Überblick darüber verloren, wem sie Geld zurückzugeben hatte. Die Kirche indes führte akribisch Buch, und so erreichte die Familie Beck im Dezember eine Vorladung vor den Kirchenkonvent. Gemeinsam mit etlichen weiteren Schuldnern hatte der Wollenkämmer Melchior Beck am 14. des Monats dort zu erscheinen und darzulegen, wie er die zwei Gulden zu bezahlen gedenke, die ihm aus dem Heiligenkasten als Darlehen gewährt worden waren. „Ich werde gehen", sagte Christina Barbara und hielt ihren Mann zurück, der im Begriff war, seinen Sonntagsrock anzuziehen. Sie wusste, wie armselig er darin aussehen würde. Ein Mann, zu klein geworden für seine Aufgaben und für seinen Rock. Ihr brach beim Gedanken daran das Herz. Lieber würde sie sich für eine Woche ins Zuchthäuslein sperren lassen, als ihren Melchior dieser Demütigung auszusetzen. „Womit habe ich eine solche Frau verdient?", flüsterte er ihr nach, als sie die Tür hinter sich zuzog.

„Erschienen sind vor dem Kirchenkonvent erstens Wendel Dürr, Schmied, und zweitens Christina Barbara, Ehefrau des Wollenkämmers Melchior Beck, Bürger allhier." Der Dekan wiederholte die Worte, damit sein Protokollant Zeit genug haben würde, alles aufzuschreiben. Zuverlässig und regelmäßig kratzte die Feder über das Papier. „Nicht erschienen sind trotz rechtzeitiger Vorladung Georg Wanner, Michael Pfisterer, Caspar Härter, Jacob Lautenschlager, Georg Katz, Friedrich Mahlers Witwe, Valentin Stählin und Jacob Laurer." Die Feder machte hinter jedem Namen eine vorwurfsvolle Pause. „Geht das auch ein bisschen schneller? Unsereiner hat seine Zeit nicht gestohlen." Wendel Dürr, auf dessen hitzegestählte Pranken Christina Barbara die ganze Zeit geschaut hatte, war von seinem Stuhl aufgesprungen und ging beinahe drohend auf den Schreiber zu. Für seine knapp 60 Jahre war der Mann erstaunlich muskulös. „Setzt Euch wieder hin", sagte Johann Matthias Käuffelin knapp. „Und wenn Ihr gar so ungeduldig seid, fangen wir mit der Ehefrau Beck an."

Dieses Mal hatte Christina Barbara nicht vor der Stube warten müssen. Doch ähnlich wie seinerzeit im August drangen Kinderstimmen aus dem oberen Stockwerk nach unten, und diese Stimmen klangen verärgert, unwillig, ja zornig. Der Blick des Vaters verriet, dass ihm der Lärm unangenehm war, doch er versuchte, gegenüber den weiteren anwesenden Mitgliedern des Gremiums die Fassung zu wahren. „Nun", wandte er sich in harscherem Tonfall, als er wollte, an die beiden Schuldner, „wie gedenkt Ihr, die Summe zu begleichen?" Noch vor den Feiertagen werde sie das Geld zurückzahlen, versprach Christina Barbara und legte sich dabei die rechte Hand aufs Herz. Noch während sie die Worte formte und dabei überlegt und zuverlässig klang, stieß sie innerlich ein Stoßgebet Richtung Himmel aus. Der Herr möge ihr dabei helfen, den feierlich geschworenen Eid nicht brechen zu müssen. „Hmmm", machte der Dekan, und die restlichen Konventsrichter taten es ihm nach. Das kollektive Summen wurde jäh durchschnitten. „Ja, was nun?", war es um Wendel Dürrs Geduld geschehen. „Sie hat gesagt, was sie zu sagen hat. Jetzt hört mich an. Hier herumzusitzen, während zu Hause die Arbeit wartet, kostet mich das Geld, das Ihr haben wollt." Wieder war er aufgesprungen. „Nehmt Eure Hände da weg", sagte der Schreiber, auf dessen Tisch sich Dürr aufstützte. „Das mag der feine Herr wohl nicht", echauffierte sich der Schmied, „so sehen nämlich Hände aus, die arbeiten." Unerhört, empörend, allerhand – die Konventsrichter bildeten einen vielstimmigen Chor der Entrüstung, und für kurze Zeit gelang es ihnen, das Kindergeschrei im Obergeschoss zu übertönen. Ein mutiger Mensch hatte Dürr zurück auf seinen Stuhl geschubst und hielt ihn an einer Schulter nieder, was ihn auf seltsame Art zu beruhigen schien. „Ihr wisst wohl, dass ich beim nächsten Viehmarkt mein Pferd verkaufen werde. Dann ist schon viel bezahlt." Außerdem rechne er wöchentlich mit einer Geldsendung seines Sohnes, der vor Jahren ins Neuland gezogen sei und es in Pennsylvanien zu etwas gebracht habe. Das war zwar eine glatte Lüge, klang aber gut. Dürr musste durchatmen, die hohen Herren ebenfalls, und weil im selben Moment das Kindergeplärr wieder anschwoll, gedachte der Dekan die Sache rasch zu beenden. „Ihr dürft gehen", wandte er sich an Christina Barbara. „Werdet unserem Vertrauen gerecht und bezahlt bis Weihnachten." Sie nickte eifrig und erhob sich. „Euer Geld erwarten wir ebenfalls", sagte Käuffelin zu Wendel Dürr. Auch er stand auf. „Nicht so schnell", ließ sich der Unteramtmann hören. „Eure

Arbeit wird ein paar Stunden warten, während Ihr im Zuchthäuslein über Eure Grobheiten nachdenkt." Man lasse nach dem Diener rufen, der ihn demnächst abholen werde.

Musste sie jedes Mal in einen Skandal hineingeraten, wenn ihr Weg sie hierher führte?, fragte sich Christina Barbara, doch dieses Mal belastete die Affäre ihr Herz nicht. Beim Verlassen des Pfarrhauses hatte sie allerdings Mühe, nicht über die beiden jüngeren Käuffelin-Kinder zu stolpern, die sich auf der Treppe um ein Spielzeug balgten. Der achtjährige Junge scheute sich sichtlich, die zweijährige Schwester hart anzupacken, schrie sie dafür umso lauter an. „Gib sofort den Zinnsoldaten heraus!" Das Mädchen dachte nicht daran und schob sich die Figur in den Mund. „Mutter!", brüllte der Junge nun um so lauter, und als dieselbe von außen die Tür öffnete, einen Eimer voll mit Wasser in den Armen, erschrak sie derart, dass sie den Behälter fallen ließ und sich der Inhalt im gesamten Eingangsbereich verteilte. Christina Barbara packte geistesgegenwärtig das Mädchen, schüttelte es ein wenig und brachte es dazu, den Soldaten auszuspucken. Wortlos drückte sie ihn der Mutter in die Hand. Dem Jungen befahl sie, Lappen zu holen. „Lasst mich Euch helfen", sagte sie zur Pfarrersfrau.

Binnen Minuten war der Spuk vorbei, und die Helferin in der Not wandte sich zum Gehen. „Wartet", sagte Esther Dorothea Käuffelin. „Das müsst Ihr nicht umsonst tun. Und überhaupt – darf ich gelegentlich nach Euch rufen lassen?" Wie zuverlässig der Herrgott doch Gebete erhörte, dachte Christina Barbara Beck auf dem Heimweg. Ihr Mann brauchte ja nicht zu erfahren, woraus sich der kleine finanzielle Silberstreif am Horizont speiste. Mochte er ruhig glauben, dass Maria Agnes für ihre beiden Katzenkinder einen in Geld schwimmenden Liebhaber gefunden hatte. Zwei nur waren es dieses Mal, doch betrachtete das Mädchen die beiden weißroten Tiere als um so wertvollere Schätze. Schwach und zerbrechlich waren sie zur Welt gekommen, und lange hatte Maria Agnes um ihr Überleben gebangt. Friedas Milch schien die Kleinen kaum voranzubringen, und so hatte sich Lucretia Bühler angeboten, aus der heimischen Küche etwas Fleisch für die Katzenmutter abzuzweigen, damit deren Kräfte und damit gleichzeitig jene der Kinder zunehmen würden. Endlich war abzusehen, dass beider Weg noch nicht zu Ende war. „Das werde ich dir nie vergessen", bedankte sich Maria Agnes bei der Freundin, als sich diese vor Ort vom Erfolg der Bemühungen überzeugte. Sie musste die Retterin einfach umarmen und bereute es in der nächsten Sekunde. Wie verletzlich, wie zerbrechlich, wie furchtbar dünn die Besucherin geworden war! „Danke", war alles, was Maria Agnes noch herausbrachte. „Ich weiß, dass du mir einmal alles zurückgeben wirst. Und du wirst für Willy da sein", antwortete Lucretia. Die Augen beider Mädchen füllten sich mit Tränen. Die Frage, die fast greifbar zwischen ihnen in der Luft stand, schluckte Maria Agnes hart hinunter und legte sich selbst und Lucretia eines der Kätzchen in den Schoß. „Es sind wieder Wundertiere", sagte sie zunächst noch zögerlich, dann nahm ihr Redefluss Fahrt auf.

Sie hatte beschlossen, es noch einmal auf dem Viehmarkt zu versuchen. Die Begegnung mit Adam Fischer lag Monate zurück. Weshalb sollte er ihr gerade jetzt erneut in die Quere kommen? Wichtiger war, ein gutes Zuhause für ihre Katzen zu finden, und diese waren im

Februar 1765 endlich selbständig genug, um sie abzugeben. Schmerzen würde es wie selten, denn kaum einmal hatte Frieda ihren Nachwuchs mit größerer Liebe überschüttet. „Schaut, wie sie ihnen das Fell sauber macht. Es sieht aus wie viele Küsse hintereinander. Ist das nicht wunderbar?“, fragte Maria Agnes ihre einmal mehr im Stall versammelten Freundinnen. „Sie ist alt“, sagte Catharina Meißner in ihrer undiplomatischen Art, „sie merkt vielleicht, dass sie keine weiteren Kinder haben wird. So wie Menschenmütter auch.“ Sie sah hinüber zu Agi Redwitz und ahmte deren Mutter nach, die deutlich sichtbar erneut guter Hoffnung war und das noch verborgene Wesen ohn' Unterlass tätschelte.

Alt. Das Wort hatte sich seither in Maria Agnes' Kopf festgesetzt und quälte sie. Nie, nicht eine Sekunde lang, hatte sie bisher die Möglichkeit in Erwägung gezogen, dass Frieda sie eines Tages verlassen würde. Sie hatte Samson zweimal beinahe sterben sehen, sie hatte sich von ihrer Kuh verabschieden müssen, Lücken in den Reihen der Mitschüler registriert, die der Tod gerissen hatte. Doch Frieda? War sie nicht einfach alterslos, ein Wesen ohne Herkunft und ohne Ziel? Einfach da, bei ihr, um ihr Leben zu teilen, sei es lang oder kurz? Sie könnte natürlich zu Gottlieb Beck gehen und ihn bitten, in seinen schlauen Büchern nach der Antwort auf die Frage zu suchen, wie viele Jahre eine Katze im Durchschnitt auf der Erde bleiben dürfe. Sie tat es nicht, weil sie wusste, dass ihr die Antwort nicht gefallen würde. Also fragte sie Frieda in der Nacht, als diese erstmals ihre Kinder alleine im Stall schlafen ließ und selbst das Bett mit Maria Agnes teilte. Langgezogen und atmend lag ihr bunter Körper auf Bauchhöhe neben dem eigenen. „Frieda, willst du für immer bei mir bleiben? Für immer?“ Zwei, drei Atemzüge später kam ein leises Schnauben zurück. „Heißt das ja?“ Die Katze öffnete die Augen. Unendlich langsam sortierte sie ihre Pfoten und Beine, erhob sich, ging ein paar Schritte auf Maria Agnes' Gesicht zu. Sie stand am Rand des Bettes, wartend, zum Sprung hinunter bereit. Aber sie sprang nicht. Vorsichtig drapierte sie sich über den Oberkörper ihrer Freundin und ließ sich Tränen der Erleichterung und Liebe ins Fell weinen.

An Kraft und Inspiration fehlte es dem Mädchen nicht, als tatsächlich die Stunde gekommen war und sie wie gewohnt mit einer tadellosen Vorstellung ihres Katers den Verkauf der jüngeren Geschwister in die Wege geleitet hatte. „Und die Katzen, die du zu verkaufen hast, können diese Kunststücke auch?“, fragte eine junge Frau mit freundlichen, weit auseinanderliegenden Augen. „Noch nicht“, antwortete Maria Agnes wahrheitsgemäß. „Aber sie sind auch ohne Balancieren ein Wunder.“ Und wer die Art des Wunders erraten könne und sich damit als echter Kenner erweise, müsse statt zwei nur einen Gulden bezahlen.

Das war hoch gepokert, aber das Spiel ging auf. Die Neugierigen standen dicht gedrängt und warteten geduldig, bis Maria Agnes mit den Objekten der Begierde zurückkam. „Und was ist nun an denen besonders?“, rief ein Zweifler aus der hinteren Reihe. „Rote Katerchen halt, was sonst?“ Die Sache lief in die richtige Richtung. Sie musste nur ein bisschen warten. „Da, schaut mal, wie sie grinst“, meldete sich ein halbwüchsiger Junge zu Wort, der seinem neben ihm stehenden Vater glich wie ein Ei dem anderen. „Ich glaube, ich weiß es“, jubelte er. Er wollte gerade zur Erklärung ansetzen, dass diese

Katzenkinder dieselbe Haarfarbe hätten wie ihre Besitzerin, doch Maria Agnes ließ ihn gar nicht erst zu Wort kommen. „Was für ein intelligentes Kind“, wandte sie sich an den Vater, „lasst Euch beglückwünschen. Dass er vor allen Erwachsenen die Lösung kennt, ist mir einen noch größeren Preisnachlass wert.“ Der Vater schaute unschlüssig drein. Er verstand, wenn er ehrlich war, gar nichts, höchstens so viel, dass er bald den Betrag los sein würde, den er eigentlich für den Kauf von mindestens vier Hühnern hatte ausgeben wollen. Tatsächlich fing er an, die Münzen in einem Lederbeutel zu zählen. „Wartet!“, sagte Maria Agnes. Für einen Moment war das Spiel unterbrochen. „Ich muss erst sehen, ob Ihr auch gut zu meinem Wundertier wärt.“ Der Junge stürmte nach vorn. Seine Nase war voller Sommersprossen, die Augen blitzten grün, und die blonden Haare standen in alle Himmelsrichtungen ab. Sie hätte nicht sagen können, warum, aber er gefiel ihr. Den Katzen auch? Vorsichtig setzte sie eine davon auf seine ausgebreiteten Hände. Die Katze schnupperte daran, gähnte und krabbelte das Hemd des Jungen hinauf. Auf der linken Schulter drehte sie eine Runde und sah zufrieden aus. Der Junge strahlte, der Vater bezahlte. Und weil sein Sohn gar so klug war, durfte er das andere Wundertier auch gleich kaufen. „Passt gut auf meine Kinder auf“, rief ihnen Maria Agnes hinterher. Sie sind etwas ganz Besonderes. „Oder hat sonst noch jemand rote Katzenmädchen?“ Die Menge machte „Oh“, als hätte man gerade von der Landung eines Außerirdischen erfahren, und einer der Männer drückte Maria Agnes sogar einen Gulden in die Hand. Das „Oh“ schwoll an. „Das ist eine Anzahlung. Das nächste Wundertier gehört mir“, sagte er.

Kapitel 33

„Aber wir können ihm doch nichts bezahlen, ausgeschlossen.“ Christina Barbara Beck wrang ihre Hände, als ob deren Kneten das dringend benötigte Geld hervorbringen würde. Weiß hoben sich die Knöchel von der braunen Haut ab. Weiß war auch das Gesicht ihres Stiefsohns, auf den sie herabschaute. So sehr er auch die Zähne zusammenbiss, es gelang Johann Jacob nicht vollständig, die Schmerzen stumm zu ertragen. Ein junger Mann von 16 Jahren weinte nicht? Der Verstand mochte dies zur Forderung erheben, die Seele, ebenso in Mitleidenschaft gezogen wie der Körper, seufzte dennoch. „Hier könnte etwas gebrochen sein“, sagte Maria Agnes, die sorgfältig den rechten Fuß ihres Bruders abtastete. Wie zur Bestätigung stöhnte er, als ihr Finger den Knochen an der Außenseite berührte. „Bitte Mutter“, flehte das Mädchen zum wiederholten Mal, „lasst mich Hilfe holen.“ Das Stechen, das Pochen, das Gefühl der Instabilität – es mochten Jahre vergangen sein, und doch hatte sie nicht vergessen, was sie einst selbst gespürt hatte, als der Schulmeister seinen Stock auf ihren Handrücken hatte donnern lassen, und noch weniger würde sie das klägliche Jammern Samsons aus ihrem Gedächtnis löschen können, als diesen die Wut der Pfarrerin getroffen hatte. „Der Oheim Beck wird nichts verlangen, er wird mir zuliebe kommen“, insistierte Maria Agnes. „Wir sind aber keine Bettler, und was wir in Anspruch nehmen, dafür stehen wir auch ein“, wehrte die Mutter ab. „Schluss jetzt. Lass es uns mit einem kühlenden Umschlag versuchen.“ Sie strich flüchtig über die verschwitzten Haare des Verletzten und wandelte ihre schlecht verborgene Ratlosigkeit in hastige

Betriebsamkeit um. Bald lag ein feuchtes Tuch auf dem anschwellenden Fuß, und nichts war wichtiger, als Maria Agnes loszuschicken, um am nächstgelegenen Ackerrand Steinklee zu pflücken und diesen in die Bandage einzulegen. „Warum hast du so wenig gebracht?“, fragte Christina Barbara ihre Tochter wenig später, ohne eine Antwort zu erwarten. „Soll ich noch einmal suchen?“ Eine Handbewegung als Auftrag genügte, und das Mädchen war wieder verschwunden. Ihr Plan ging auf. Eine weitaus größere Portion des Heilkrauts lag bereits, unter einem schweren Stein verborgen, vor der Tür, doch verschaffte ihr der zweite Gang Zeit, um heimlich beim Chirurgen Beck anzuklopfen. Jacobina Fieß öffnete. „Mein Bruder hat sich verletzt, wir brauchen Hilfe“, kam Maria Agnes ohne viel Federlesens zur Sache. Jacobina schlug ehrlich betroffen die Hand vors Gesicht, musste aber mitteilen, dass der Herr Chirurg Beck unabkömmlich in einer Ratssitzung sei. Maria Agnes stöhnte auf. Wenn wenigstens Christina Margaretha noch im Haus gewesen wäre. Sie hätte gewusst, wo eine möglicherweise passende Salbe zu finden gewesen wäre. So zog sie unverrichteter Dinge von dannen und überreichte der ungeduldig wartenden Mutter und dem mittlerweile kreidebleichen Johann Jacob das beiseitegelegte Kraut. „Sieht er nicht schon viel besser aus?“, fragte Christina Barbara und meinte nicht den Jungen in Gänze, sondern dessen Fuß, der durch die Behandlung immerhin nicht mehr weiter angeschwollen war. Fürs Erste war sie zufrieden und wandte sich wieder ihrer Arbeit im Garten zu. Nach einer Stunde gelang es Maria Agnes, ungesehen auf die Brunnengasse und erneut zum Haus des Chirurgen zu gelangen. „Es tut mir so schrecklich leid“, weinte Jacobina Fieß beinahe, „aber kaum, dass er zurück war, wurde er zu einem Notfall gerufen. Ich konnte noch nicht einmal deinen Namen erwähnen." Wieder schlich Maria Agnes ratlos nach Hause. Sollte sie versuchen, einen der anderen Chirurgen zu konsultieren? Dann würde der Familie eine saftige Rechnung präsentiert. Sollte sie den Apotheker um Rat fragen? Noch nie hatte sie sich über seine Schwelle gewagt. Der Mann mit seinem spitz zulaufenden Bart und dem ebenso spitz nach vorn stehenden Bauch hatte etwas Irritierendes an sich. Ohne es zu wollen, ohne es zu bemerken, war sie zu seinem hübsch verzierten Haus marschiert. Und beinahe wäre sie mit dem Besitzer zusammengestoßen, der in offenbar großer Hast die Tür hinter sich zuzog und das im Weg stehende Mädchen zur Seite schob. „Entschuldige", rief er ihr nach, „es eilt", und sie wunderte sich über den warmen Klang seiner Stimme. Eine nächste, wenn auch vage Hoffnung entschwand, und so fiel Maria Agnes nichts anderes mehr als, als bei ihrer Freundin Lucretia um Hilfe für ihren Bruder zu bitten. Bekäme sie ein größeres Stück Stoff, so würde sie mit Glück und Geschick und einem Holzscheit vielleicht in der Lage sein, eine Schiene für Johann Jacob zu bauen. Auf ihr Klopfen hin wurde ihr rasch aufgetan. Nein, sagte die Magd mit ausdrucksloser Miene, der Herr Kaufmann sei nicht da, in geschäftlichen Dingen unterwegs, und das Fräulein Tochter bekomme Privatunterricht, sei keinesfalls zu sprechen. Maria Agnes nickte traurig und machte kehrt, bevor ihr die Tränen in die Augen steigen würden.

Schon am Anfang der Brunnengasse wurde sie von Frieda abgeholt. Hart drückte sie ihr Köpfchen gegen die Schienbeine des Mädchens, und als ob sie dadurch eine magnetische Kraft aufgebaut hätte, bewegte sie Maria

Agnes dazu, ihr in den Stall zu folgen. „Du hast recht, ich habe dich und deine Kinder vernachlässigt." Der Anblick der beiden nun sechs Wochen alten Katerchen machte sie lächeln, ob sie wollte oder nicht. Sie waren eins, ein achtbeiniger Körper voller Mut und Lebenskraft, der sich knäuelförmig im Wurfnest hin und her bewegte. „Meine Schätze", sagte Maria Agnes und löste mit zartem und doch bestimmtem Griff das Gewirr auf. Jener schwarze Wildfang aber, der mit den weißen Vorderpfötchen und dem besonders großen Elan ausgestattet war, hatte sich mit einer Kralle im Untergrund verfangen, und so löste sich, was Frieda vor vielen Jahren in Beschlag genommen und seither als heilig und unantastbar gegolten hatte. Unter einer Schicht aus Haaren, Heu und schwer zu deutenden Substanzen kam Melchiors letztes Zeugnis seiner Leinewebertätigkeit zum Vorschein. Der Stoff, aus dem die Zukunft hätte sein sollen und den Frieda nun mit demonstrativer Ausgiebigkeit beschnupperte. „Das wolltest du mir zeigen." Maria Agnes setzte die unruhigen Katzenkinder ab und nahm deren Mutter auf den Arm. „Du bist die Einzige, die hilft. Ich danke dir."

So sehr Maria Agnes auch in ihrer Erinnerung kramte, sie konnte sich nicht mehr darauf besinnen, ob sie je den Untergrund der Kinderstube untersucht oder sich auch nur Gedanken um seine Beschaffenheit gemacht hatte. Nun, da sie das Bündel vorsichtig entfaltete, die kühle Oberfläche ertastete, stiegen Bilder ihres Vaters in ihr empor, eines jungen, fröhlichen, optimistischen, gesunden Mannes, der es nicht verdient hatte, auf fremder Leute Boden den Rücken krumm zu machen, täglich nach neuen Verdienstmöglichkeiten Ausschau zu halten. Ja, so war es mittlerweile, seit sich kaum einer mehr, vom gutwilligen Johann Christoph Rudolph einmal abgesehen, von Melchior mit Schafwolle beliefern lassen wollte. In ihren Händen hielt sie sein altes Leben. Sie würde es für ihn aufbewahren – und einen kleinen Teil jetzt schon zu etwas Praktischem nutzen. Zwei Tücher legte Maria Agnes beiseite. Den Rest schichtete sie wieder aufeinander, verschnürte ihn sorgfältig, streute etwas Heu darauf und stellte das Bündel an seinen alten Platz. Eine bessere Wächterin als Frieda konnte es nicht geben.

„Du kommst spät, kleine Schwester", sagte Johann Jacob ohne Vorwurf. Er hatte sich aufgerappelt, saß auf der Schranne am Tisch und aß, was ihm die Mutter aufgewärmt hatte. Offenbar hatte der Schmerz nachgelassen, und die Euphorie darüber hielt für den Moment alle Gedanken an die Folgen des Unfalls fern. „Iss weiter und lass mich etwas versuchen", rief ihm Maria Agnes zu, die eines der Tücher unter dem bescheidenen Stapel ihrer Kleider tief unten in der Truhe verstaute. Mit dem zweiten Tuch und einem Stück Holz kehrte sie an den Tisch zurück. „Schön essen, nicht an den Fuß denken", wiederholte sie Worte, die sie den Oheim Beck hatte sagen hören, wenn dieser Patienten mit besonders schmerzhaften Verrenkungen vor sich hatte und in einen Apfel beißen ließ, schon allein um den fälligen Schrei zu dämpfen. Doch Johann Jacob blieb ungerührt, als ihm seine Schwester mit der Routine einer Katzenpfotenheilerin erst einen Verband aus dünnen Leintuchstreifen anlegte und in eine zweite Schicht das stabilisierende Holz einarbeitete. „Und wie soll ich damit auch nur einen Schritt gehen, Frau Chirurgin?" Sie hielt ihm ihre linke Hand direkt vor die Augen. „Als die gebrochen war, konnte ich auch nicht auf Händen laufen. Du musst jetzt eben hierbleiben und abwarten." Die Sätze standen eine Weile in der Luft, dann rief Johann Jacob: „Das geht nicht, ich habe einen Auftrag auszuführen, und ich muss zurück nach Lienzingen. Er wird sonst denken, ich lasse ihn im Stich." Jenes Entsetzen, das Schmerz und Schwinden des Schmerzes gelähmt hatten, stand nun in seinen Augen, und es fiel Maria Agnes schwer, aus ihm herauszubringen, was eigentlich vorgefallen war. Mehr als dass er auf dem Weg nach Dürrmenz gestürzt sei und sich mit Mühe ins Elternhaus habe schleppen können, hatte er an diesem warmen Junitag nicht verraten, als ihn Maria Agnes keuchend im Garten entdeckt hatte. „Was auch immer du zu erledigen hast, ich werde es für dich übernehmen", sagte sie. „Aber jetzt erzähle endlich, was passiert ist." Johann Jacobs Gesicht wurde hart. „Ich bin gefallen, gestürzt, mehr nicht." Rasch, fast wütend griff er zum Löffel mit der abgebrochenen Spitze, den er kurzzeitig aus der Hand gelegt hatte, und aß weiter.

Immerhin zog er nach einiger Zeit einen versiegelten und beschrifteten Brief aus seiner Jacke, erleichtert darüber, dass dieser nur unwesentlich gelitten hatte, und nannte seiner Schwester den Namen des Gastes im Schwarzen Adler, für den das Schreiben gedacht sei. Erleichtert, etwas tun zu können, flog Maria Agnes regelrecht die wenigen Meter zum Gasthaus hinüber und betrat durch den Dienstboteneingang die Räume. Irgendetwas war anders an diesem 7. Juni 1765. Kein Essensduft wehte ihr entgegen, niemand trug Mahlzeiten von der Küche in die Gaststube, statt fröhlicher Gespräche drang dumpfes Schluchzen an ihr Ohr. „Der Herr wird alles recht richten", flüsterte die älteste und erfahrenste unter den Küchenmägden der aufgelösten Agi Redwitz ins Ohr.

„Bete nur, das ist das Beste, was du für deine liebe Mutter tun kannst.“ Das Schluchzen schwoll beim Anblick der Freundin zu einem durchdringenden Geheul an. Gerade noch konnte Maria Agnes der Magd den Brief in die Hand drücken, da ergossen sich Tränen und ein Redeschwall, beides gespeist aus nackter Angst, über das Mädchen. Der Chirurg müsse ihre Mutter möglicherweise aufschneiden, das Kind liege falsch und lasse sich nicht bewegen, die Hebamme wisse keinen Rat mehr, und das Mittel des Apothekers habe bisher nichts bewirkt. Agi rang ihre Freundin beinahe nieder, und schließlich kauerten beide eng aneinandergedrückt auf dem Boden des Treppenhauses, das hinaufzusteigen der Vater seinen Kindern in diesen Stunden streng verboten hatte. Einzeln verteilt im Flur oder Gastraum saßen die Geschwister Agis, stier vor sich hinblickend wie der 17-jährige Johann Jacob, leise betend wie die elfjährige Maria Elisabetha oder in einem Buch Ablenkung suchend wie der zwei Jahre ältere Christoph Friedrich. Nur der Jüngste, Carl Wilhelm, stolperte unbeeindruckt zwischen all den Menschen hin und her. „Will essen, will essen, habe Hunger“, tat er jedem im Raum kund. „Geh mit ihm nach draußen“, bat die Magd Agi, und als diese nicht reagierte, bedeutete sie Maria Agnes, Freundin und Geschwisterkind hinauszuführen. „Nimm das mit“, sagte sie und drückte dem Mädchen ein großes Stück Brot in die Hand.

Da saßen sie nun im Stall und warteten. Worauf? Auf Himmel oder Hölle. Und der Schlaf, der gnädige Vermittler zwischen beiden, bemächtigte sich sowohl der bald erwachsenen Redwitz-Tochter als auch des dreijährigen Sohnes. Kleine Kater schnarchten kaum hörbar auf ihren Schößen, und Frieda kam hin und wieder vorbei, um nach dem Rechten zu sehen. Leise erhob sich Maria Agnes. Rasch meldete sie sich bei den aus Feld und Garten ins Haus zurückgekehrten Eltern, erzählte knapp, dass nicht nur Johann Jacob an diesem Tag viel durchzustehen habe. Dann marschierte sie im letzten Licht des Juniabends zum Schwarzen Adler. Es war Zeit, der Wahrheit ins Auge zu sehen.

Die Wahrheit hatte eine kräftige Stimme, ein forsches Näschen und zartrosa Wangen. „Ein Wunder." Der Adlerwirt hielt das winzige, schreiende Mädchen in seinen Armen und wiegte es sacht hin und her, bis es endlich seinen Atem beruhigte und die Aufregung seiner eigenen Ankunft zu überwinden schien. Erkannte er Maria Agnes, die nicht wagte, durch den immer noch geöffneten Dienstboteneingang einzutreten? „Komm herein, liebe Nachbarin, und schau sie dir an", beantwortete der nun elffache Vater ihre unausgesprochene Frage. Sie trat näher, berührte vorsichtig ein zur Faust geballtes Händchen. Er tat es ihr nach, streichelte über jeden einzelnen winzigen Finger. „Ein Wunder", wiederholte er. „Wie geht es Eurer Frau?", wagte sie schüchtern die Idylle zu stören. Zum ersten Mal wandte Johann Jacob Redwitz das Gesicht von seiner neugeborenen Tochter und sah Maria Agnes an. „Sie lebt. Schwach ist sie zwar, aber sie wird es schaffen, sagt der Chirurg Beck, wenn wir sie alle mit unseren Gebeten und unserer Fürsorge begleiten." Sie nickte. „Ich weiß, ich bin nur ein Wollenkämmerskind, und Eure Frau mag mich nicht, aber wenn ich Euch irgendwie helfen kann, dann lasst es mich wissen." Wieder löste er den Blick von dem Säugling. „Das hast du schon getan. Ich habe gehört, dass du Agi und Carl Wilhelm mitgenommen hast. Darf der Kleine heute bei dir bleiben? Es war alles so aufregend für ihn." Hätte sie nicht riskiert, das Baby aufzuwecken, sie hätte jubelnd Ja gesagt und wäre dem Wirt am liebsten noch um den Hals gefallen. Wann hatte ihr je ein Mensch eine größere Ehre erwiesen?

Rasch lief sie nach Hause, weckte Agi und überbrachte ihr die gute Nachricht. Den schlafenden Dreijährigen trug sie so vorsichtig, als transportierte sie rohe Eier, in ihr Bett, in dem schon Johann Jacob samt seines Verbands und Samson schliefen. Wie es ihr gelang, sich selbst und den kleinen Jungen auch noch unterzubringen, hätte sie am Morgen nicht zu sagen gewusst. Doch Carl Wilhelm erwachte fröhlich und wunderte sich nur ein kleines bisschen. „Du hast ein kleines Schwesterchen bekommen", sagte Maria Agnes zu ihm, als er sich neben Johann Jacob an den Tisch setzte und mit vorurteilsfreier Neugier auf dessen dünne Morgensuppe schielte. „Das ist doch wunderbar, oder nicht?", hakte sie nach. Da sah sie, wie sein Kinn zu zittern begann, und bald kullerten dicke Tränen aus seinen Augenwinkeln. Mit ein paar Sekunden Verzögerung setzte stoßartiges Schluchzen ein. Maria Agnes erschrak und nahm ihn in die Arme. „Was ist denn los? Warum weinst du?" Statt einer Antwort streckte er seinen dicken Zeigefinger aus und deutete auf den gerade vorbeispazierenden Samson. „Ich will viel lieber eine Katze haben. Schwestern sind doof."

Ein paar Stunden später änderte Carl Wilhelm seine Meinung, als er die kleine Louise Friederica zum ersten Mal sehen durfte. „Heule nicht, ich bin ja jetzt da", sagte er mit der vollen Würde seiner drei Lebensjahre. Und nur selten ließ er das schwache, schützenswerte Geschöpf aus den Augen, bis sich zwei Tage später der Zug in

Richtung Kirche in Bewegung setzte, wo die Patriarchin Elisabetha Redwitz das Kind über den Taufstein halten würde. Der Bruder wider Willen stand daneben und fühlte sich sehr erwachsen.

Bereits am Vortag war Maria Agnes nach Lienzingen geeilt. Johann Jacob schien unter den Schmerzen im Fuß weniger stark zu leiden als unter der Furcht, den Hirschwirt zu enttäuschen. Mit Müh und Not hatte ihn Melchior von dem aberwitzigen Vorhaben abbringen können, auf eine Bohnenstange gestützt den Weg hüpfend zurückzulegen. „Komm doch zur Vernunft, Junge", rief Beck verzweifelt, doch erst Maria Agnes gelang es, den Bruder zur Rückkehr zu bewegen. „Ich gehe für dich", sagte sie und blickte ihm fest in die Augen. „Alles wird gut, und wenn ich wieder da bin, sagst du mir die Wahrheit." Nie war sie schneller gewesen. Sie trug keinen Katzenkorb, nur Verantwortung. Und sie hatte Glück. Simon Schmidgall war zu Hause, jedoch noch nicht lange genug, als dass ihm das Fehlen seines Laufburschen bereits hätte auffallen können. „Ich sehe gar keine Katzen. Willst du heute keinen Handel machen?", begrüßte er sie. „Wer weiß, was der Tag noch bringt", gab sie schlagfertig zurück, doch schon war das Lächeln von ihrem Gesicht verschwunden, und sie berichtete vom Missgeschick Johann Jacobs. Der Wirt reagierte anders als erwartet. Weder las sie in seinen Augen ein Zeichen des Mitleids noch eines des Ärgers über eine ausfallende Arbeitskraft. Sie las Erleichterung. „Es hat so kommen müssen", sagte Schmidgall ernst. „Ich werde mit deinem Vater sprechen müssen." Sie erschrak. Hatte sich ihr Bruder etwas zuschulden kommen lassen? „Nun schau nicht so", versuchte er sie zu beruhigen. „Geh ohne Sorge nach Hause und richte aus, dass ich bald vorbeikommen werde. Johann Jacob soll sich gut erholen, und dann sehen wir weiter."

Er reichte ihr die Hand zum Abschied – das Signal, dass sie sich vom Tisch, wo ihr eine Suppe serviert worden war, erheben sollte. Fast hatte sie das Gasthaus schon verlassen, da rief ihr der Wirt nach: „Und gib deine Frühjahrskatzen niemandem außer mir. Ich kaufe sie unbesehen und nehme sie bei meinem Besuch mit."

Unbändig hätte sie sich über diese Ankündigung gefreut, wäre in ihrem Herzen Platz für auch nur einen Gedanken gewesen, der nicht mit Johann Jacob zu tun hatte. Die verschiedenen Puzzleteile passten einfach nicht zueinander, und sie bezweifelte, dass ihr Bruder das Geschehen freiwillig preisgeben würde. Und er würde noch weniger gesprächig sein, sobald er von der Ankündigung seines Arbeitgebers erführe. Also musste sie es schlau anstellen.

„Ich soll dich herzlich grüßen, und du sollst ganz schnell wieder gesund werden." So weit, so gut, dachte sie, das war nicht grundsätzlich gelogen. Und immerhin riss sie den Jungen damit aus seiner Lethargie. „Ich darf weiter für ihn Aufträge ausführen und bei ihm wohnen?", fragte er hoffnungsfroh. Nun wurde es schon schwieriger. „Darüber haben wir gar nicht gesprochen", fuhr Maria Agnes wahrheitsgemäß fort. „Der Knochen muss eben heilen, das sagt auch der Oheim Beck." Sie bückte sich und löste den Verband. „Du darfst nicht auftreten", schalt sie, „ich sehe das, der Fuß schwillt sonst wieder an." Etwas heftiger als geplant schüttelte sie den Kopf. „Willst du ihm so unter die Augen treten, wenn er demnächst kommt, um die Katzen zu kaufen?" – „Er kommt her?" Johann

Jacob wusste nicht, ob er sich darüber freuen sollte. Maria Agnes erging es genauso. „Wir werden uns bestmöglich vorbereiten“, sagte sie. „Kein Kraut bleibt auf dem Acker stehen, alle werden in deinem Verband landen, und du denkst nicht einmal an Ausflüge. Einverstanden?“ Er nickte. War das seine kleine Schwester, die ihm derart ins Gewissen redete? War er der große Bruder, der Verantwortung tragen sollte? Er musste den Blick abwenden, um seine Scham zu verbergen. Sie ließ ihn gewähren, und nach einer Weile brachte sie die Rede auf den Deininger und den neuerdings mit Katzen handelnden Hirschwirt und wie gescheit Johann Jacob alles eingefädelt habe. Frieda wisse das sehr zu schätzen, und erst neulich habe sie ihr wieder ins Ohr geflüstert, wie froh sie sei, dass ihre Kinder nun die halbe Welt erobern könnten. „Du bist ein Held, hat sie am Schluss gesagt“, behauptete Maria Agnes, ohne auch nur den Hauch eines Zweifels zuzulassen. Sie erahnte sein Lächeln. Jetzt war der Moment gekommen. „Und ich weiß das auch, dass du ein Held bist. Deshalb wärst du nie einfach so in den Graben gestolpert. Helden stolpern nicht. Aber sie werden vielleicht angegriffen.“ Er sog hörbar die Luft ein. Sie wartete, bis er endlich den Blick auf sie richtete. „So war es, nicht wahr?“ Maria Agnes sah das tonlose Ja, das seine Lippen formten.

Kapitel 34

Dass sich ihr Bruder nachts im Bett hin und her wälzte, war nicht nur seiner eigenen Ruhe abträglich. Die harte Manschette traf immer wieder auch die Beine der Schwester, und Samson zog es aus Sicherheitsgründen vor, mit Melchior und Christina Barbara das Lager zu teilen. Sie waren von der harten Feldarbeit stets so erschöpft, dass sie von den Alpträumen ihres Sohnes nichts mitbekamen. So hörte es nur Maria Agnes, als er nach vielen nicht zu verstehenden Lauten einen klaren Satz hervorbrachte: „Ich bin kein Dieb." Und nach einiger Zeit: „Lass mich gehen!" Vorsichtig strich sie ihm über die heiße Stirn und dachte zurück an die Zeit, als Samsons Fall in den Brunnen ihr den Schlaf geraubt hatte. Wie schmerzte es sie, dass ihr Bruder ihr offenbar nicht vertraute, seinen Kummer für sich behielt. Der gebrochene Knochen im Fuß würde in ein paar Wochen zusammengewachsen sein, doch was würde mit der Wunde in seiner Seele geschehen?

„Ich weiß, dass du kein Dieb bist", sprach sie ihn am Morgen, als die Eltern bereits das Haus verlassen hatten, offen an. Sie sah, wie er zusammenzuckte. „Wer sagt, woher weißt du, warum …?" Er brachte keine Frage zu Ende. „Du hast im Schlaf gesprochen. Und du schlägst um dich. Wenn du nicht willst, dass mir auch alle Knochen gebrochen werden, dann erzähl mir endlich, was geschehen ist. Du bist mein Bruder, ich kenne dich, ich weiß, dass du nichts Schlimmes anstellen würdest. Niemals." Ihr Lächeln war bezwingend. Er fühlte Tränen in seinen Augen aufsteigen. „Du bist die Einzige, der ich erzählen würde, was war. Und gleichzeitig bist du die Letzte, der ich es sagen kann." Er fühlte, dass er ihrem Blick nicht standhalten würde, und schlug die Hände vors Gesicht. Beide schwiegen. Eine Fliege zog ihre Kreise. Laut, immer lauter. Sie landete auf Maria Agnes' kraftlos auf dem Tisch liegender Hand. Sie sog an der Haut, trank vom Leben des Mädchens. Sorglos säuberte sie sich danach Beine und Kopf, ein Sinnbild der Zuversicht und Überlegenheit. Schließlich hob sie ab, um Sekundenbruchteile später auf dem Rand eines steinernen Krugs zu landen. Ihr schwarzes Gesicht spiegelte sich in der Oberfläche des stark verdünnten Mosts. Und dann ging sie in Most und Übermut unter, sank, verschwand. „Er war's." Maria Agnes sprang auf. Nichts ließ sie an der so plötzlichen wie unwiderlegbaren Erkenntnis zweifeln. „Er war's. Adam Fischer. Und er hat mich, nicht dich gemeint."

Bald kannte sie die ganze Geschichte. Johann Jacob hatte auf dem Weg nach Dürrmenz von einer Bäuerin in Lienzingen, der er schon einmal einen Gefallen erwiesen hatte, eine Handvoll Kirschen geschenkt bekommen. Prall und rot hatten sie in seinen Händen geleuchtet, und froh war er darum gewesen, nur einen in der Weste verstaubaren Brief transportieren zu müssen. Denn diese Schätze, so hatte er es sich vorgenommen, würde er zu Hause mit all seinen Lieben teilen. Er würde sich, schnell, wie seine Beine waren, ja nicht lange beherrschen müssen. Und dann war die Versuchung – er hatte Dürrmenz bereits erreicht – irgendwann doch unbezwingbar geworden. Er hatte sich in den Schatten eines Baumes gestellt und eine, dann zwei, dann drei der süßen Früchte gegessen. Der Rest, er war ihm entglitten, als er den Schmerz spürte. Unangekündigt war er gekommen, heftig, anhaltend, denn der blonde Junge, der ihm gegenüberstand, stemmte sich mit der ganzen Wucht seines Körpergewichts gegen den Spaten, der Johann Jacobs Fuß zu durchtrennen drohte. „Haltet den Dieb!", schrie er. „Der Lump stiehlt unsere Kirschen!" Der Versuch, wegzulaufen, war zum Scheitern verurteilt, denn Schuh und Fuß waren unter der eisernen Fessel gefangen. Er fiel zur Seite, hörte den Knochen brechen, sah schwarze Wände von beiden Seiten auf sich zukommen und gab sich dem gnädigen Dunkel hin.

Als er wieder zu sich kam und die Augen öffnete, blinzelte er gegen das grelle Licht der Sonne an und erkannte, dass er unter einem Kirschbaum lag. Einige der Zweige schienen schon abgeerntet zu sein, und tatsächlich: Da stand nicht weit entfernt ein geflochtener Korb voll mit reifen Früchten. Daneben saß im Schneidersitz, den gefallenen Dieb betrachtend, Adam Fischer. Stumm schob er sich Kirsche um Kirsche aus dem Korb in den Mund. Die gesammelten Kerne spuckte er kunstvoll im hohen Bogen über Johann Jacob hinweg. „Hoppla", sagte er und beugte sich zu seinem liegenden Gegenüber vor, „das gehört wohl auch mir." Er griff nach einer der Früchte, die Johann Jacob aus der Hand gefallen waren. „Brrrrr", machte er, „sauer!" Angewidert verzog er das Gesicht und entsandte seinen Mundinhalt dieses Mal komplett in Johann Jacobs Richtung. „Hoppla", sagte er wieder, als er dessen Gesicht traf. „Jetzt gehört sie dir." Er stand auf. „Schöne Grüße an deine Schwester. Wusste gar nicht, dass sie einen Dieb zum Bruder hat. Aber eigentlich wundert es mich nicht. Wenn man schon dreckige kleine Katzenbälger verkaufen muss ..." Er griff nach dem Korb und entfernte sich ein paar Schritte. Dann drehte er sich noch einmal um. „Wer weiß, vielleicht brauche ich eines Tages doch so ein Katzentier. Eines mit großen Ohren. Dem kann ich dann Geschichten von Kirschendieben erzählen. Oder sollte ich mit jemand anderem darüber sprechen?"

Die Frage, warum Adam Fischer sie derart hasste und was dies für die Zukunft bedeuten könnte, musste sie zur Seite schieben. Es gelang ihr dadurch, dass sie fieberhaft nach einer Lösung für Johann Jacobs Problem suchte. Endlich hatte sie die rettende Idee. „Wie heißt die Frau, die dir die Kirschen geschenkt hat?“, fragte Maria Agnes ihren Bruder. Er nannte ihr den Namen und beschrieb, wo sie zu finden war. Wenig später stand das Mädchen vor der Bäuerin. Ihr freundliches, offenes Wesen stand ihr ins runde Gesicht geschrieben, und sie empfing den unerwarteten Gast mit einer Mischung aus Neugier und Freude. Als die den Grund des Besuchs erfuhr – Maria Agnes hatte den Namen des Beschuldigers nicht genannt, lediglich vom Sohn eines einflussreichen Mannes gesprochen –, reagierte sie wie erhofft und versprach, das Missverständnis auszuräumen. „Nur – ich kann jetzt nicht mit dir nach Dürrmenz kommen. Die Arbeit macht sich nicht von alleine“, sagte sie bedauernd. „Aber warte, es gibt noch eine andere Möglichkeit.“ Ihr Mann sei gerade der Gemeinderechner und werde es ihr nicht übelnehmen, wenn sie von seinem kostbaren Papier ein wenig abzweige. Mit einer Selbstverständlichkeit, die Maria Agnes der Frau nicht zugetraut hätte, zog sie aus einer Schublade des Esstisches Feder und Tintenfässchen hervor und schrieb mit geübter Hand einen Brief, dem zu entnehmen war, dass der junge, fleißige und ehrenwerte Herr Johann Jacob Beck von ihr mit Kirschen beschenkt worden sei. Auch das Datum fügte sie hinzu. Sie drückte Maria Agnes den Zettel in die Hand. „Und das nimmst du auch mit.“ Schon fühlte sie einen Kuss auf ihre Wange gedrückt. „Geschwister müssen zusammenhalten.“

Johann Jacob nahm die Nachricht hoch erfreut zur Kenntnis und präsentierte endlich auch den Eltern eine abgespeckte Form der Geschichte, in der sowohl der Name des Beschuldigers als auch dessen wahres Motiv fehlten. „Mein Sohn ist kein Dieb", entrüstete sich Melchior, als er von dem Vorwurf hörte. „Wer ist dieser Junge? Ich werde mit dem Brief zu ihm gehen und alles richtigstellen." Das sei nicht nötig, wehrte sein Sohn ab. Er sei alt genug und werde die Sache selbst regeln. „Mmmhh", machte Melchior. Im Stillen fürchtete er, es könne sich um den Spross einer Familie handeln, der er Geld schuldete. Die Gefahr war angesichts der Zahl der angezapften Quellen nicht von der Hand zu weisen, und wollte er wirklich zusätzlichen Ärger hervorrufen? Also sagte er nur noch einmal „mmmhh", um dann zu nicken und die Sache auf sich beruhen zu lassen.

Johann Jacob und Maria Agnes hatten beschlossen, den Brief aufzubewahren und nur für den Fall vorzuzeigen, dass Adam tatsächlich Gerüchte in die Welt setzen würde. Zeugen des Vorfalls gab es nicht, und letztlich, gab Maria Agnes zu bedenken, würde niemandes Ruf dauerhaft leiden, der ein paar wenige Kirschen gestohlen habe. „Ich habe nicht …", unterbrach sie Johann Jacob heftig. „Natürlich, ich weiß, es ist ja nur für den Fall, dass er das Gerücht verbreiten sollte. Aber dann haben wir immer noch den Brief. Und außerdem: Er hat etwas gegen mich, nicht gegen dich. Er wird irgendwann wieder versuchen, mir zu schaden." Sie schluckte. Würde er ihr zu schaden versuchen oder den Wesen, die sie am meisten liebte? „Irgendwann", fuhr sie fort, „aber wohl nicht jetzt." Auch wenn ihr Gefühl ihr sagte, dass die Gefahr nicht akut war, sehnte sie die Ankunft des Hirschwirts herbei, vor der sich Johann Jacob fürchtete. Sie aber wollte ihre Katzen so schnell wie möglich in Sicherheit wissen.

Tage vergingen, und Johann Jacob, ans Haus gebunden und ein wenig hilfreicher, aber hungriger Esser, versank in Trübsal, die nach außen hin wie Gleichmut aussah. „Sprichst du jetzt gar nicht mehr?", fragte ihn Christina Barbara, als der Junge beim Abendgebet kaum noch die Lippen bewegte. Untätigkeit war ihr fremd, und auch wenn ihr Stiefsohn unverschuldet in die Lage geraten war, begann sie, sich über ihn zu ärgern. Maria Agnes las es ihrer Mutter an den leicht nach innen gezogenen Mundwinkeln ab. „Ich glaube, du brauchst jemanden, mit dem du sprechen kannst", sagte sie zu Johann Jacob. Es erschien ihr wie ein Wink des Himmels, dass sie kurz darauf auf Catharina Meißner traf. Ob ihr Bruder wohl bei Johann Jacob vorbeisehen könne? Er konnte, und dem Kampfgenossen aus alten Ritterzeiten gelang es tatsächlich, ein Gespräch in Gang zu bringen. Als Jacob Friedrich das Beck'sche Haus wieder verließ und die im Garten arbeitende Maria Agnes sah, nickte er ihr nur knapp zu, und in seinen Augen stand eine wilde Entschlossenheit, die sie noch nie an ihm bemerkt hatte. Sie winkte zaghaft, und er hielt inne. „Ich habe etwas, womit ich dir helfen kann. Wenn du mich brauchst, dann komm zu mir." Er wandte sich um und ging.

Johann Jacob schien nach dem Treffen von einer Last befreit, und als äußerlich sichtbares Zeichen löste er endlich den Verband, den zu erneuern er tagelang abgelehnt hatte. Nun betrachtete er seinen nackten Fuß und betastete ihn sorgfältig. Die Haut war noch verfärbt, doch die Schwellung war zurückgegangen, und die gebrochene

Stelle schmerzte bei Berührung kaum. „Es wird wieder gut“, fasste er das Ergebnis seiner Untersuchung für den Rest der gespannt zusehenden Familie zusammen. Am nächsten Tag verließ er humpelnd das Haus und bot sich an, Maria Agnes zu unterstützen. Tatsächlich entwickelte er ein gewisses Geschick darin, einen Rechen abwechselnd als Gehhilfe und als Gartengerät einzusetzen. „Das sieht lustig aus“, kommentierte seine Schwester die neue Form der Fortbewegung, und Johann Jacob stimmte in ihr Lachen ein.

Sie arbeiteten auf der von der Brunnengasse abgewandten Seite, und es entging ihnen, dass am späten Nachmittag Besuch gekommen war. Der Gast war noch im Haus, als die Geschwister zur Vesperzeit zurückkehrten, und noch ehe Maria Agnes die Tür geöffnet hatte, erkannte sie die Stimme des Mannes. Obwohl Johann Jacob hinter ihr stand, bemerkte sie, wie er zusammenzuckte. „Das ist unverantwortlich, Beck, wie Ihr mit der Zukunft Eures Jungen umgeht. Ich bitte Euch ein letztes Mal, ihm eine Lehrstelle zu suchen.“ Der Vater antwortete etwas, aber leiser und für die Lauschenden vor der Tür unverständlich. Dann wieder der Hirschwirt: „Doch, ich schätze ihn und mag ihn und kann ihn gut gebrauchen. Und wenn sein Fuß wieder verheilt, dann freut mich das, und ich werde Johann Jacob gern wieder in Lienzingen begrüßen. Aber ich denke weiter als bis übermorgen, und Euer Sohn kann nicht ewig mein Laufbursche sein. Was, wenn er sich verheiraten und eine Familie gründen will? Wollt Ihr einen Bettler aus ihm machen?“

Die Stimme wurde lauter, der Sprecher schien sich Richtung Ausgang zu bewegen. Maria Agnes bedeutete ihrem Bruder, sich so schnell wie möglich zurückzuziehen. Sie versteckten sich unter der Treppe wie die kleinen Kinder, die etwas angestellt hatten und sich vor den Eltern fürchteten. Jeden der Schritte des Simon Schmidgall hörten sie nicht nur, es war, als fühlten sie die Tritte auf den Stufen. Er blieb für ein paar Augenblicke stehen, als müsse er sich sammeln, dann ging er auf den Eingang des Stalls zu, an dem Maria Agnes erst jetzt einen nagelneuen Katzenkorb entdeckte. Diesen hob der Wirt auf, trat über die Schwelle und rief nach ihr. „Bleib“, flüsterte Maria Agnes ihrem Bruder zu. Sie holte tief Luft, dann folgte sie Schmidgall in Friedas Reich. „Ah, da bist du ja“, empfing er sie und erzählte ihr offen, dass er ihrem Vater gerade die Meinung gesagt habe. „Du weißt, dass Johann Jacob gern zu mir zurückkommen darf. Aber er braucht einen Beruf, und darum muss sich dein Vater endlich kümmern.“ Maria Agnes antwortete nicht, und das schien er auch nicht zu erwarten. Stattdessen hielt sie nach Frieda Ausschau, die ihre Kinder allein gelassen hatte. „Frieda“, rief sie, „komm, es ist Zeit, dass du dich von deinen Kindern verabschiedest.“ Tatsächlich erschien aus dem Nirgendwo eine schlanke Katzengestalt. Sie strich Maria Agnes, dann dem Hirschwirt um die Beine, als wolle sie so ihr Einverständnis bekunden.

Einen ganzen Gulden hatte er bezahlt, was ein Vermögen, aber auch eine Forderung bedeutete. Da lag die Münze nun auf dem Tisch, und magisch zog sie die Blicke aller Familienangehörigen auf sich. „Das wird nicht reichen, natürlich nicht, und es bricht mir das Herz, dass ich nichts habe, nichts bin, meinen Sohn nicht in die Lehre geben kann.“ Melchiors Verzweiflung war mit Händen zu greifen. Er hatte, als beide Kinder das Haus betreten hatten, ohne Zögern vom Besuch Simon Schmidgalls und seiner dringenden Bitte Johann Jacobs Zukunft betreffend erzählt. Doch wie solle er das Lehrgeld aufbringen, um den Jungen in einem ehrbaren Beruf unterzubringen? Sein eigener Vater hatte sich die Kosten gespart und seinen Jüngsten selbst ausgebildet – mehr schlecht als recht, wie Melchior im Rückblick dachte. Nicht viel mehr als ein billiger Gehilfe war er gewesen, nie war ihm der Ehrgeiz eingepflanzt worden, etwas Neues zu lernen, mehr aus seinem Leben zu machen. „Wenn Georg Martin Vollmer noch unter uns wäre, er hätte dich vielleicht als Metzgerlehrling genommen", sagte er leise. Endlich ließ sich auch Johann Jacob hören. „Ich möchte aber kein Metzger werden." Seit wann äußerten Kinder Wünsche?, wollte Christina Barbara heftig entgegnen, doch im selben Moment erinnerte sie sich an den Schmerz, den sie gespürt hatte, als sie eben nicht jener Tätigkeit nachgehen durfte, für die sie sich begeisterte, weil – ja warum eigentlich? Weil die Regeln der Gesellschaft es so vorsahen. „Welcher Beruf würde dir Freude machen?", fragte sie und wunderte sich über ihre eigenen Worte. Sie schmeckte sie noch, da waren sie längst ausgesprochen. Die Freude lag schwer und ungewohnt auf ihrer Zunge. Die Antwort blieb aus. Johann Jacob starrte vor sich hin. Wenn er nur selbst wüsste, was er mit seinem Leben anstellen wollte. Es war, als verdunkelte sich sein Geist, versuchte er nur darüber nachzudenken. Ach, wäre er doch ein Ritter, der sich auf sein Pferd schwingen und in den Kampf ziehen könnte, ohne Reue, ohne Fragen, ohne Rücksicht auf das Gestern oder Morgen.

Drei Wochen später kehrte er nach Lienzingen zurück. Er hatte sich knapp verabschiedet, über seine Zukunft war nicht mehr gesprochen worden. Was zählte, waren seine Beine, die ihm wieder gehorchten, und das warme, wenn auch leicht resignierende Lächeln des Hirschwirts, als er seinem jungen Schützling die Tür öffnete.

Kapitel 35

Genovevas Pupillen verengten sind. Ihre Schwanzspitze begann unmerklich zu zucken. Die Ohren, auch wenn sie nichts hören würden, wurden in Richtung Straße ausgerichtet, wo eben ein hagerer Mann in ihr Blickfeld geraten war. Sie kannte ihn, spürte noch seine Hand in ihrem weißen Fell, hatte den Geruch seiner Arbeit in der Nase, den Menschen unangenehm finden mochten, der ihr aber gefiel wie alles, was außergewöhnlich und besonders war. Die Erinnerung roch nach Kindertagen, wilden Spielen mit den Geschwistern, der Jagd nach kleinen Bällen aus Wollfasern, nach Heu und Liebe. Nicht, dass sie in ihrem jetzigen Reich nicht geliebt würde. Nein, es ging ihr blendend, und oft landete auf ihrem Teller mehr Fleisch als auf jenem der menschlichen Mitbewohner. Und dennoch – jedes Mal, wenn Maria Agnes zu Besuch kam, blitzte ein kleiner Schmerz in ihr auf, den zu zeigen sie sich allerdings zu vornehm war. Der Mann auf der Straße betrat ihr neues Heim nie. Er eilte stets, von Mal zu Mal ein wenig mehr nach vorn gebeugt und von einer stärkeren Hast getrieben, ins schräg gegenüberliegende Haus. Kam er wieder heraus, war der Beutel in seinen Händen leer, hing über seiner linken Schulter, und er konnte es sich erlauben, sich eine Haarsträhne aus der Stirn zu wischen, dünner als früher, aber widerspenstiger denn je. Auf den wenigen Metern bis zur Brücke blieb er zwei-, dreimal stehen, um sich die Seele aus dem Leib zu husten. Sie brauchte keine gesunden Ohren, um sich das Geräusch ausmalen zu können. Gleich würde er die Enz überqueren, es hieße dann warten bis zu einem unbestimmten Zeitpunkt, an dem sie ihn wiedersehen würde. Dieses Mal aber eilte ein großer, blonder, junger Mann auf den Keuchenden zu, legte ihm zögernd eine Hand auf den Arm, griff schließlich zu und schien den Älteren erfolgreich davon abzuhalten, seinen Weg fortzusetzen. Die blauen Augen des jungen Mannes tasteten die Fassade des Wedderkopf'schen Hauses ab, trafen auf Genovevas. Was las er darin?

Johann Christoph Rudolph führte Melchior Beck geradewegs auf das Reich der weißen Königin zu. Wäre sie des Lippenlesens mächtig gewesen, sie hätte die Unterhaltung verfolgen können. „Ihr saht schon vorhin so elend aus, lasst mich bitte fragen, ob Euer Fräulein Tochter zu Hause ist, sie wird sicher froh sein, Euch helfen zu können." Melchiors Kopfschütteln ging in einem neuen Hustenanfall unter. Unwillkürlich zog er seine Weste aus grauem Stoff dichter um sich. Es war die Einzige, die er besaß, dünn, in die Jahre gekommen wie er selbst und einem eisigen Dezemberwind nicht mehr gewachsen. Johann Christoph Rudolph wartete keine Antwort mehr ab. Energisch pochte er gegen die Eingangstür des Hauses, dessen Eigentümerin er vor einiger Zeit hatte ausgehen sehen. Wie erhofft öffnete Christina Margaretha, und auch wenn Eile geboten war, wenn er sich der Tatsache bewusst war, dass sie über sein Hereinplatzen kaum erfreut sein würde, konnte er nicht anders, als sie anzulächeln. Doch die großen blauen Augen im ebenmäßigen Gesicht glitten an dem seinen ab wie Seife an einem nassen Körper. Der Blick fiel sofort auf den weiterhin hustenden Beck, und Christina Margaretha stürzte auf ihn zu.

Im Herbst war sein alter Begleiter zurückgekehrt. Er schüttelte ihn, warf ihn für Tage ins Bett, entließ ihn daraus stets ein bisschen schwächer. Trotz allem: Er würde über den Winter kommen, die Ernte war überdurchschnittlich gut gewesen. Etliche Bauern hatten ihn als Helfer gedingt, der Lohn bewahrte ihn vor weiteren Schulden. Doch würde ein klappriger Kerl wie er auch im nächsten Jahr noch engagiert werden? Und wie lange ließ sich der Anschein am Leben erhalten, in der Wollenkämmerei ein halbwegs sicheres Standbein zu besitzen? Seine Frau sprach das Thema nicht an, aber offenbar zählte sie nicht mehr auf ihn. Sie half der Pfarrerin im Haushalt, ließ in fremden Häusern das Spinnrad surren, und er hatte mit angehört, wie sie sich mit Maria Agnes über die in wenigen Monaten anstehende Konfirmation ausgetauscht hatte. Mit ihren dann bald 14 Jahren sei die Zeit gekommen, um in anderen Häusern dazuzulernen. Das hieß nicht mehr und nicht weniger, als dass Christina Barbara eine zusätzliche Geldquelle zu erschließen erhoffte. Dass junge Mädchen selbst aus besseren Kreisen als jenen, zu denen sich die Becks zählten, einige Jahre „im Dienst" verbrachten, bevor sie heirateten, war freilich weder ungewöhnlich noch ehrenrührig. Und doch schmerzte Melchior der Gedanke, dass seine Jüngste zum Familienunterhalt würde beitragen müssen. Hatte er sie nicht eben erst über den Taufstein gehalten? Wenn er wie jetzt fiebernd zwischen Wachen und Träumen schwebte, vermischten sich die Zeitebenen, und auch die Gesichter derer, die das seine mit feuchten Tüchern benetzten, verschwammen. Die Stimmen klangen hohl und so, als kämen sie aus weiter Ferne, auch wenn der Sprecher unmittelbar an seinem Bett stand. Waren es nicht mehrere? Er verstand den Inhalt nicht. Aber der Rhythmus des Vaterunsers geleitete ihn sanft in einen tiefen Schlaf.

„Wann immer ich Euch helfen kann, lasst es mich wissen." Johann Christoph Rudolph hatte den Moment abgepasst, in dem Christina Margaretha das Haus verlassen würde – in den Händen einen Laib Brot, den ihre Herrin spendiert hatte und damit zur Genesung Melchiors beizutragen hoffte. Sie sah ihn an und konnte nicht anders, als ihn gern zu haben. „Die Blumen … Ich habe Euch nie für die Blumen gedankt." Sie senkte den Blick und fühlte, wie sich ihre Wangen röteten. Er wartete. „Es ist nur so, dass ich nicht weiß, nicht sagen kann, nicht versprechen kann …" Sie klang verzweifelt und hielt sich an dem Brot fest, als könne es ihr Schutz vor einer drohenden Gefahr bieten. Zaghaft streckte er seine Hand aus, doch bevor er ihren Arm berühren konnte, drehte sie sich zur Seite. „Es sollte keine Forderung damit verbunden sein, nur ein bisschen Freude." Wieder drehte sie sich fast unmerklich ein Stück weg. Er wusste, er würde einen weiten Weg vor sich haben. Er wusste nicht, ob es der richtige sein würde, doch er würde ihn gehen. Koste es, was es wolle.

Er schärfte dem Apotheker ein, um Himmels Willen seinen Namen nicht zu nennen, wenn er die stärkende Tinktur abgeben würde. Einen weiteren Monatslohn gab er aus, um bei Kaufmann Bühler einen wärmeren Stoff zu erstehen. „Junger Herr, würdest du mir einen Gefallen tun?", rief er seinen Nachbarn Johann Gottlieb Wohlmann zu sich. Dessen Interesse war schlagartig geweckt, als er einen bestimmten Namen hörte. „Würdest du das bei Fräulein Maria Agnes Beck mit der Bitte abgeben, dass sie ihrem Vater eine Jacke nähen möge?“ So heftig fiel das Nicken aus, dass Johann Gottlieb beinahe vergaß zu fragen, was es mit dem Geschenk auf sich habe. „Sag nur, es sei schon bezahlt, mehr nicht. Kannst du dir das merken?“ Schon war der Junge unterwegs.

„Verstehst du das?“ Maria Agnes betrachtete Frieda, die mit bemerkenswerter Gründlichkeit den dicht gewobenen Stoff untersuchte. Jedes Zucken des Näschens schien eine neue Erkenntnis zu bedeuten. Schließlich stieß sie ein merkwürdiges kurzes Schnauben aus und ließ sich auf dem Geschenk nieder. Der Überbringer hatte nichts Erhellendes dazu sagen können und war, verschämt ob des Versäumnisses, genauer nachgefragt zu haben, rasch wieder verschwunden. Wer gab derart viel Geld für ihren Vater aus? Klar war nur, dass dieser Jemand unbekannt bleiben wollte. Und was, wenn Adam Fischer dahintersteckte und Melchior des Diebstahls beschuldigen würde? Der Gedanke beunruhigte Maria Agnes zutiefst, aber sie verwarf ihn, als Frieda mit einem weiteren, nun zufrieden klingenden Schnauben in Morpheus' Arme sank. Sie vertraute der Intuition ihrer Katze mehr als jedem anderen Wesen auf Erden, und wenn sie den Stoff als Lagerstatt erwählte, würde nichts Böses damit verbunden sein. „Einmal werden wir es erfahren“, sagte sie zu Frieda und strich ihr vorsichtig über das Köpfchen. Ihr Nähzeug brauchte sie nicht lange zu suchen. In diesen kurzen, dunklen Wintertagen, da die Arbeit draußen ruhte und wegen der Kränklichkeit des Schulmeisters kaum Unterricht stattfand, hatte sie mit einer

Arbeit begonnen, die nur ihr allein gehören würde. Und niemand außer ihr würde sie je zu Gesicht bekommen. Sie war Geheimniskrämerei nicht gewohnt, doch in diesem Fall spürte sie, dass es ihren Vater schmerzen würde, an seine letzte Leineweberarbeit erinnert zu werden. Und ihre Mutter würde nicht verstehen, warum das wertvolle Tuch für gerade diesen einen Zweck verschwendet werden sollte. Wie sollte sie ihr erklären, weshalb sie ein viel zu großes Hemd für sich selbst nähte? Sie konnte es ja selbst nicht in Worte fassen, was sie da plante. Das Hemd ihres Lebens würde es werden, der Stoff, der sie auf immer mit den ihr liebsten Wesen verbinden würde. Ihr erstes, ihr letztes Hemd.

Heimlich hatte sie ein Kleidungsstück ihrer Mutter genommen und sich an den Maßen orientiert. Würde sie einmal auch so aussehen wie sie? Manchmal tastete sie ihren Körper ab und konnte sich nicht vorstellen, dass er einmal anders gestaltet sein könnte als jetzt. Wie war das bei Christina Margaretha gewesen? Sie konnte sich nicht erinnern. Nun, jedenfalls, sie würde ihr Hemd groß und weit genug nähen, um für alle Eventualitäten gewappnet zu sein. Abends schob sie es unbemerkt zwischen Strohsack und Leintuch, und sobald ihre Mutter aufgestanden war und wie zuletzt beinahe jeden Tag außer Haus ihre Hilfe anbot, zog sie es hervor, schlich sich an den Esstisch und arbeitete dort weiter. Eile verspürte sie nicht, und nun, da sie zunächst Melchiors Weste in Angriff nehmen würde, brauchte sie ihre zerstochenen Fingerkuppen wenigstens nicht mehr zu verbergen.

„Ich spreche mit dem jungen Wohlmann. Ich will wissen, woher dieser Stoff kommt.“ Christina Barbara Beck war fest entschlossen. Sie kannte ihre Tochter gut genug, um zu wissen, dass diese tatsächlich nicht mehr zur Erhellung der Geschichte beitragen konnte als die dürren Sätze, mit denen sie vom Besuch des Jungen berichtet hatte. „Wir lassen uns nichts nachsagen. Am Ende präsentiert uns noch jemand eine Rechnung." Melchior nickte stumm. Er sah seine Frau nicht an. Im Gegensatz zu ihr wusste er wohl, woher der Segen kam, und er fühlte sich ihr gegenüber wie ein Verräter. Warum hatte er ihr nicht erzählt, dass der Apotheker ihm ein wahres Wundermittel eingeflößt hatte? Seither ging es ihm deutlich besser, das Atmen fiel ihm leichter, der Druck auf seiner Brust schwand. Christina Barbara führte es auf ihre Kräuterwickel zurück, und er ließ sie in dem Glauben. War das schon eine Lüge? Er rang mit sich. Der junge Rudolph steckte hinter all dem, daran konnte er nach der Begegnung an der Brücke nicht zweifeln. Denn er hatte, zwischen zwei Hustenanfällen, den Blick bemerkt, den der hilfsbereite Mann seiner Stieftochter zugeworfen hatte. War ihre Hand der Preis für seine Gesundheit? Je besser er sich körperlich fühlte, desto schlechter gelang es ihm, diesen Gedanken zu verdrängen. Und so blieb ihm nur zu hoffen, dass Johann Christoph seine Forderung noch lange nicht aussprechen würde. Lange genug, um Christina Margaretha selbst die Möglichkeit zur Entscheidung zu geben.

Johann Gottlieb erschrak, als er die blonde, stabile, schäbig gekleidete Frau herannahen sah. Er hatte nur zufällig durchs Fenster geblickt, und an der Zielstrebigkeit, mit der sie auf das Haus Wohlmann zuhielt, las er den Grund ihres Kommens ab. Aus irgendeinem Grund fühlte er tiefen Respekt vor seinem Nachbarn, obwohl dieser in der sozialen Hierarchie deutlich unter seinem Vater rangierte. Gegen Rudolphs ausdrücklichen Wunsch zu handeln, schloss er für sich aus. Doch was sollte er Maria Agnes' Mutter sagen? „Was gibt es da draußen so Interessantes zu sehen?", fragte im unpassendsten Moment seine Schwester Charlotta Augusta. „Du musst aufpassen, sonst durchbohrt deine Nasenspitze die Scheibe. Spaziert da etwa deine kleine Freundin?" Er wusste längst, dass sie, die neugierigste, wissbegierigste unter seinen Geschwistern, seine Schwäche kannte. Er flüchtete vor ihr und eilte aus dem Haus, bevor Christina Barbara Beck anklopfen würde. Ihm blieb keine Zeit, sich eine plausible Geschichte auszudenken. Also purzelten die Worte einfach aus ihm heraus. Er habe vergessen, die Grüße des edlen Spenders auszurichten. Es handle sich um ... Einen Menschen aus ... Einen bescheidenen, christlich gesonnenen Helfer, der ... Johann Gottlieb brach ab. Wen auch immer er nennen würde, sie würde schnurstracks den Betreffenden aufsuchen, das war klar. Er druckste herum, stotterte unvollständige Sätze. Die Ungeduld war ihr anzusehen, aber nie hätte sie ihn, den Sohn des Amtmanns, dafür getadelt. Sie wartete schweigend, konnte aber nicht verhindern, dass sich eine steile Falte auf ihrer Stirn bildete. Der Junge schämte sich. Und er fragte sich: Warum brachte ihn dieses rothaarige Mädchen immer in solche Situationen? Die Grenze zur Lüge war längst überschritten, warum nicht den ganzen Schritt tun? Endlich war aus seinem Gestammel über Christenpflicht, Nächstenliebe, Ersparnisse und gute Taten herauszufiltern: „Bitte nehmt mein Geschenk an." Die Falte wurde steiler, Christina Barbaras Augen weiteten sich. „Dein Geschenk?" Er nickte. Von ihrem Beobachtungsplatz am Fenster aus sah Charlotta

Augusta ihren unbeholfenen Bruder eine kleine Verbeugung andeuten. Dann wandte er sich um und ließ eine verdutzte Christina Barbara einfach stehen. „Jetzt hat er um ihre Hand angehalten", sagte Charlotta Augusta zu sich selbst. Sie musste lachen. Was war es, das all die Jungen und Mädchen plagte, ach, wenn man es genau nahm, auch die Älteren? Die Liebe war es, oder was die Menschen dafür hielten. „So ein Unfug", rief sie laut. Sollte sich doch alle Welt ins Unglück stürzen, sie würde unverheiratet bleiben. Amen.

Mit ihrer Neuigkeit löste Christina Barbara Beck zu Hause große Verwunderung, bei ihrem Mann gleichzeitig eine seltsame Art der Erleichterung aus. „Sprich den jungen Wohlmann nicht darauf an, offenbar ist es ihm peinlich", bat er seine Tochter Maria Agnes. Und sie gehorchte gern. Sie würde jede Herkunft des Stoffes gutheißen, solange nicht eine bestimmte Person dahintersteckte. Also fragte sie nicht, sondern nähte und erstaunte ihre Eltern durch die Präzision, mit der sie den Schnitt von Melchiors alter Weste kopierte. Ein Meisterwerk würde die neue nicht werden, doch gut genug, um sich damit unter Leute zu wagen. Tatsächlich fiel Becks verändertes Äußeres auf. „Jetzt, wo dein Vater Geld genug hat, um sich neu einzukleiden, wird er meinem Vater wohl auch bald seine Schulden zurückzahlen", warf eine ihrer Schulkameradinnen Maria Agnes auf dem Weg zum Neujahrsgottesdienst an den Kopf. Sie war zu überrascht, um etwas zurückzugeben. Doch der Ärger ließ sich nur schwer hinunterschlucken. Fast wünschte sie sich, Melchior würde zu Hause bleiben, doch erfreute sich dieser seiner neu gewonnenen Gesundheit und der neuen Weste. Er trug sie, wann immer möglich, und der Stolz auf seine Tochter zauberte ihm ein Lächeln ins Gesicht, selbst wenn der Anlass, auszugehen, an diesem 9. Februar 1766 kein erfreulicher war.

„Na, so fröhlich, Beck?", fragte ihn Christoph Heinrich Spihlmann, ein wohlhabender, angesehener, gebildeter Mann Anfang 30, der sonst nie das Wort an ihn richtete. Nun aber standen der Steuerverwalter, der die Nachfolge seines gutmütigen Vaters angetreten hatte, und der Mann, der die Steuer oft schuldig blieb, dicht beieinander im langen Trauerzug, der ins Stocken geraten war. Spihlmann führte seine Mutter am Arm, klein, zart und offenbar schwerhörig. Jedenfalls schrie Spihlmann geradezu: „Schau nur, Mutter, wie frohen Mutes und gut gekleidet unser lieber Beck doch ist. Hat er wohl doch noch jemanden gefunden, der ihm Geld leiht? Unseres hat er ja schon." Er verzog die Lippen zu einem breiten Lächeln. Die alte Frau war sichtlich peinlich berührt und zischte ihrem Sohn zu, er solle den Mund halten, doch der Junior badete regelrecht in seiner Überlegenheit. „Na immerhin", rief er, nachdem er mit spitzen Fingern eine Naht der Weste berührt hatte, „wenigstens das: Ein teurer Meisterschneider war nicht am Werk. Oder ist das Teil vielleicht auch nur geliehen?" Melchior erstarrte. Die Beleidigungen trafen ihn unvermutet, er stand da mit geöffnetem Mund, doch wollte kein Wort über seine Lippen kommen. Seiner Frau ging es ähnlich, doch war sie geistesgegenwärtig genug, ihn wegzuziehen. Maria Agnes allerdings blieb, wo sie war. „Das ist nicht wahr", sagte sie laut und klar. „Der Stoff ist ein Geschenk von einem vornehmen jungen Herrn. Vornehmer als alle hier. Ihr solltet Euch schämen." Es war, als hallten ihre Worte durch den Ort, als wiederholten sie sich, als stünden sie greifbar in der Luft. Alle hörten sie, wirklich alle, denn im Sarg, dem nicht zu folgen keiner gewagt hätte, lag der Schulmeister Johann Michael Mauch.

Kapitel 36

Es gab keinen Winkel in Haus oder Stall, im Garten und auf den angrenzenden Wegen, den sie nicht abgesucht hätte. Nicht einmal, nicht zweimal, unzählige Male hatte sie nach ihrem Freund gerufen. Doch Samson blieb schon den fünften Tag in Folge verschwunden. Wie Kälte kroch die Angst in ihr hoch, ließ Füße und Hände taub werden. Es war Februar, und Kater gingen auf Brautschau, das war nichts Neues für Maria Agnes, denn Jahr für Jahr hörte sie nachts die Gesänge vor ihrem Fenster. Doch die Stimme, die sie zu vernehmen hoffte, war nicht dabei. „Du weißt, Willy bleibt auch oft ein paar Tage lang weg“, versuchte Lucretia Bühler ihre Freundin zu trösten. Sie durfte das Haus, kränklich, wie sie in den vergangenen Wochen erneut gewesen war, nicht verlassen. Die Hoffnung, dass sie Samson gesehen haben könnte, war also mehr als vage. Dennoch hatte Maria Agnes an die Tür geklopft, war eingelassen worden und hatte das Gefühl, willkommen zu sein. Während sich andere von ihr abwandten, gar die Straßenseite wechselten, sobald sie sich näherte, schenkten ihr der Kaufmann Bühler und seine Frau zum Abschied ein warmes Lächeln. „Wir halten Ausschau nach deinem Samson“, rief ihr Lucretia nach.

Maria Agnes kamen die Tränen. Die Gasse verschwamm vor ihren Augen, und so stieß sie unmittelbar vor der Bühler'schen Haustür mit einem jungen Mann zusammen. „Oh, Verzeihung, es tut mir leid, ich war in Gedanken“, sagte Maria Agnes und wischte sich, noch bevor sie aufsah, die Augen trocken. Sie musste im hellen Gegenlicht zwinkern, um den Mann zu erkennen, der ihr unmittelbar gegenüberstand. „Pass besser auf“, herrschte er sie an. Sein Gesicht war kantiger geworden, von dunklen Bartschatten überzogen. Den Ernst in den dunklen Augen und die gewellten schwarzen Haare jedoch hatte sie sofort wiedererkannt. „Ihr seid der Sohn des welschen Pfarrers, stimmt's? Ihr habt mir damals den Weg nach Lienzingen gezeigt, wisst Ihr noch? Ich war sehr oft dort seither. Seid Ihr nun wieder zu Hause oder müsst Ihr noch weiter lernen?“ Sie versuchte, freundlich zu sein, denn Charles François Moutoux war, nun, vielleicht nur im Ansatz, aber immerhin ein bisschen freundlich zu ihr gewesen. „Du stellst viele Fragen“, sagte eine deutlich tiefer gewordene Stimme. Zu irgendeiner Art von Antwort fühlte sich der junge Mann nicht bemüßigt. Stattdessen sah er sie an, als warte er auf etwas. Sie wartete ebenfalls. „Du bist …“, er zögerte, „bist größer geworden.“ Er biss sich auf die Unterlippe. „Das ist so üblich, denke ich“, antwortete Maria Agnes. „Ihr seid auch größer geworden.“ Moutoux sah an sich hinunter, als erzähle sie ihm eine überraschende Neuigkeit. Sie fand ihn seltsam, wollte gehen, ohne unhöflich zu sein. „Wenn Ihr meinen Samson seht, bitte sagt Bescheid. Ich bin Maria Agnes Beck, wir wohnen dort.“ Sie zeigte hilflos in Richtung der Brunnengasse. „Samson.“ Er nickte, als verstünde er. Im Weggehen murmelte er: „Au revoir, Dalila.“

Sie musste auf sich aufpassen. Zunge, Beine, Augen, einfach alles besser unter Kontrolle halten, schalt sie sich, als sie auf dem Heimweg gerade die Kirche passierte. Das mit der Zunge hatte auch ihre Mutter gesagt, ihr ansonsten aber keine Vorwürfe gemacht. Melchior hatte ihr nach der Beerdigung nur stumm die Hand auf die Schulter gelegt und versucht, gegen die erlittene Ungerechtigkeit anzulächeln. „Wie macht man das: Nichts sagen, wenn man glaubt zu ersticken?“, fragte Maria Agnes im Geiste den Herrgott oben auf seiner Kirchturmspitze. Sie horchte in sich hinein, ob sie eine Antwort vernehmen würde. Diese fiel anders als erwartet aus. Warm und weich strich etwas um ihre Beine. Samson? Ihr Herz hüpfte, und sie war böse auf sich selbst, als sie beim Blick nach unten Enttäuschung verspürte. Sie erkannte das Kätzchen sofort. Es war eines der Ebenbilder Friedas, vor bald zwei Jahren geboren und nun hier im Schulhaus, vor dem sie stehengeblieben war, daheim. „Wie geht es dir, mein Schatz?“, fragte Maria Agnes und ließ sich kniend von dem dreifarbigen Wesen umschmeicheln. Das Umspielen und Umkreisen ging nach einer Choreographie vonstatten, die von der Katze allein bestimmt wurde, und merkwürdigerweise zog es sie zur Eingangstür hin. „Du möchtest, dass ich die Schulmeisterin besuche?“ Endlich hast du begriffen, schien das Tier zu antworten und sprang über die Schwelle der geöffneten Tür. „Warte“, rief Maria Agnes der Katze hinterher und nahm sie auf den Arm. Sie stieg die Treppe hinauf – ohne Plan, ohne Gedanken im Kopf, nur mit einer schnurrenden Tochter ihrer Frieda ganz nah an ihrem pochenden Herzen.

Auch die Tür zur Wohnung stand offen. „Entschuldigung“, sagte Maria Agnes zaghaft in die nur spärlich beleuchteten Räume hinein, „ich bringe Eure Katze." Sie hörte, wie in einer weiter hinten gelegenen Kammer ein Stuhl verrückt wurde. „Da bist du ja, ich habe schon auf dich gewartet", sagte Elisabetha Sibylla Mauch, und wenige Momente später stand die große, voluminöse Frau vor Maria Agnes. „Ich freue mich, dich zu sehen." Katze und Kind gleichermaßen wurden an ihre Vorderfront gedrückt und nur zögerlich wieder aus ihren Armen entlassen. „Ihr seid gar nicht böse auf mich, obwohl …" Sie geriet ins Stocken. „Obwohl was? Ich wüsste nicht, was du falsch gemacht hättest. Komm, setz dich zu mir." Maria Agnes, die Katze immer noch auf dem Arm, fühlte sich auf eine Bank gezogen. „Du hast dich gegen übles Gerede gewehrt. Wer sollte besser wissen als ich, wie hilflos man sich in solchen Augenblicken fühlt?" Sie atmete heftig. „Schreien möchte man, schlagen, beißen." Es schien, als setzte sie die Liste im Stillen fort. Maria Agnes ließ den Blick schweifen. Die wenigen Habseligkeiten der Frau lagen sauber gestapelt auf dem Esstisch, offenbar würden sie in eine bereitstehende Reisetruhe gepackt werden. „Ihr müsst ausziehen?", fragte Maria Agnes leise. „Ich habe hier nichts mehr verloren", antwortete die Witwe des Schulmeisters. Schon am Tag nach der Beerdigung ihres Mannes sei der Provisor unter acht Kandidaten zum Nachfolger ihres Mannes gewählt worden, und sie wisse, dass er sich zu vermählen gedenke. Spätestens nach seiner Hochzeit werde hier kein Platz mehr für sie sein.

Ohne es zu bemerken, hatte sie nach Maria Agnes' Hand gegriffen. „Er war kein schlechter Mensch", sagte sie und meinte nicht den jungen Johannes Bofinger. „Bauer wollte er werden, nicht Schulmeister. Tiere liebte er, aber keine Kinder. Und Beata war die einzige, die er bei sich haben wollte, als das Erbrechen nicht mehr aufhören wollte." Das bedeute „die Gesegnete, die Glückliche", antwortete die Schulmeisterin auf Maria Agnes' fragenden Blick hin. „Darf Beata nun bei Euch bleiben?" Wie zur Bestätigung nahm Elisabetha Sibylla Mauch die Katze an sich. „Nirgendwo werde ich ohne sie hingehen. Es klingt vielleicht seltsam, aber ich brauche sie." Das Mädchen konnte ein Schluchzen nicht unterdrücken. „Was hast du?", fragte die Schulmeisterin, und anders als so viele Menschen beließ sie es nicht bei einem oberflächlichen Trost, als sie von Samsons Fehlen und der bisher erfolglosen Suche erfuhr. „Du hegst doch einen bestimmten Verdacht, ich sehe es dir an." Wieder brachte sie, die fast fremde Frau, Maria Agnes zum Reden, und sie hörte zu, als alle Verzweiflung über die Bedrohung namens Adam Fischer aus ihrer Besucherin herausbrach. „Würde sich Samson denn von einem Unbekannten einfangen lassen?" Das war die entscheidende Frage. Freiwillig sicher nicht. Und genau deshalb war ihre Angst ins Unermessliche gewachsen.

Längst hatten sich beide von der Bank erhoben, waren näher an den Kachelofen herangerückt, der eine wohlige Wärme ausstrahlte. Längst hatte sich Beata befreit und jagte eine zu früh erwachte Stubenfliege mit all der Grausamkeit und Verspieltheit ihres Katzenwesens. „Weißt du", sagte die Schulmeisterin, „ich glaube, im Grunde ergeht es uns beiden ganz ähnlich. Wir haben nicht immer zu allem Ja gesagt, und das hat uns Hass eingetragen. Von Menschen, denen man nichts Böses wollte. Und Hass vergiftet. Man fragt ständig nach dem Warum und quält sich selbst. Man fragt sich, ob man selbst die

Schuld trägt. Man wartet auf eine Strafe, die man nicht verdient hat. Und irgendwann ist das Leben dann vorbei." Wie zur Bestätigung packte sie einen der Wäschestapel und warf ihn in die offene Truhe. Der dumpfe Aufprall riss Maria Agnes aus ihrer Lethargie. „Nein, es ist nicht vorbei." Sie stand auf. „Ich habe noch keine Ahnung wie, aber wir werden uns gegenseitig helfen." Die Entschlossenheit ließ Elisabetha Sibylla Mauch lächeln. „Ja, das werden wir", antwortete sie. „Und in deinem Fall weiß ich auch schon einen Weg."

Nach einem Todesfall gab es schrecklich viel zu regeln. Unter anderem wurde mit peinlicher Genauigkeit alles, was sich im Haushalt an beweglichen Gegenständen befand, von einem dafür bestellten Schätzer in Augenschein genommen und aufgeschrieben. Noch war die Prozedur nicht über die Bühne gegangen. Und genau das gedachte die Schulmeisterin für die Zwecke ihrer jungen Freundin auszunutzen. Mit großer Sorgfalt machte sie sich am Sonntag für den Kirchgang zurecht, wählte ihr vornehmstes schwarzes Kleid, die beste Haube, die eng anliegenden Handschuhe. Der kleine Spiegel, den sie besaß, war längst matt geworden, aber was sie darin erblickte, strahlte Würde aus. Sie straffte die Schultern und sah an sich hinunter. Mehr als 60 Jahre verbrachte sie nun schon auf dieser Erde. Wie viele davon waren ungenutzt verstrichen? Hatte sie ihren Verstand, der jenen ihres Gemahls deutlich überstrahlte, zu etwas Sinnvollem genutzt? Vielleicht war ja wirklich noch nicht alles vorbei.

Die Predigt des Dekans war kurz ausgefallen. Und so zog es am Ende des Gottesdienstes die Menschen nicht wie noch zu Zeiten seines Vorgängers in großer Hast nach Hause. Die hoffnungsvollen Strahlen der Februarsonne ermunterten die besser gestellten Dürrmenzer, vor der Kirchentür zu verweilen und sich miteinander zu unterhalten. Die Schulmeisterin postierte ihre eindrucksvolle Gestalt so, dass die vornehmen Herrschaften, die ihre Stühle in den vorderen Reihen hatten und den seitlichen Ausgang benutzten, direkt an ihr vorbeidefilieren mussten. Alle würden sie sich genötigt fühlen, der trauernden Witwe nochmals das Beileid auszusprechen. Und wie geplant, wie zumindest erhofft, blieb auch Carl Wilhelm Fischer, einen hübschen, halbwüchsigen Knaben im Schlepptau, vor ihr stehen. Er endete seine Worte mit einem für ihn typischen kurzen Zusammenkneifen der Augen und war im Begriff, sich mit einer angedeuteten Verbeugung zu verabschieden, da ließ Elisabetha Sibylla Mauch ihr volles Organ ertönen.

„Wie gut, dass ich Euch sehe", sagte sie. „Der Himmel schickt Euch, denn Ihr könnt mir sicher eine sehr wichtige Frage beantworten." Fischer wunderte sich, fühlte sich aber auch ein klein wenig geschmeichelt. Durchaus war er sich der Umstehenden bewusst, die jedes Wort begierig aufsogen. „Nun, wenn ich zu Diensten sein kann, jederzeit. Wollt Ihr heute Nachmittag bei mir vorbeikommen?" Die Schulmeisterin hob abwehrend die Hände. „Nein, nie würde ich so viel Eurer kostbaren Zeit stehlen. Es geht ganz schnell." Sie bemerkte den Unwillen des Jungen, der nach einer Möglichkeit suchte, sich abzusetzen. Doch schon hatte sich ein Ring von Zuschauern um das Trio gebildet. Alles lief perfekt. Sie setzte eine besorgte Miene auf. „Folgendes: Meines verblichenen Mannes und mein eigenes Hab und Gut wird demnächst inventiert." Ein Taschentuch wurde aus einem

Beutelchen gezogen und half dabei, den einsetzenden Tränenstrom zu trocknen. Aus der Menge kam ein leises, mitleidiges „Oh“. Sie wisse, wie enorm erfahren der werte Herr Fischer in solchen Dingen sei. „Nun möchte ich keinesfalls einen Fehler machen. Vor allem …“, sie legte eine Kunstpause ein, „weil ich meine jüngere Tochter zu enterben gedenke.“ Ein „Ah“ aus der Menge bestätigte ihr, dass sie auf dem richtigen Weg war. Carl Wilhelm Fischer nickte gewichtig. Er war ganz bei der Sache, und auch der Junior schien zuzuhören.

„Es gibt da einen Schatz in meinem Besitztum, dessen Wert ich aber nicht beziffern kann. Versteht mich nicht falsch, ich will demjenigen, der zu mir kommen und alles erfassen wird, nicht Unwissenheit unterstellen. Aber ich möchte mich einfach gern im Vorfeld bei Euch absichern. Die Angelegenheit ist zu wichtig.“ Fischer nickte wieder. Sicher, er sei sehr erfahren. Er werde selbstverständlich versuchen zu helfen. Worum es sich denn handle? „Das Wertvollste überhaupt“, antwortete die Mauchin. „Ein atmendes, denkendes, fühlendes Wesen.“ Sie wartete, bevor sie fortfuhr: „Meine Katze.“ Das „Oh“ aus dem Publikum untermalte akustisch das Entgleisen des Fischer'schen Unterkiefers. Die Frau war verrückt geworden, dachte er. Doch wie ihr das erklären, ohne ihren und seinen Ruf zu schädigen? „Meine liebe Frau Schulmeisterin, meint Ihr nicht, wir sollten die Angelegenheit vielleicht doch anderenorts weiter erörtern?“, fragte er vorsichtig. „Nein, nein. Ein Wort von Euch genügt mir. Wie viele tausend Gulden würdet Ihr ansetzen?“ Sie war fast am Ziel, las sie in den geweiteten Augen Adams, aber noch fehlte der entscheidende Schritt. „Ich äh, nun also“, stotterte Fischer, „rein juristisch, rein vor dem

Hintergrund des Gesetzes betrachtet, nun, allein aus diesem Blickwinkel gesehen, hat eine Katze keinen materiellen Wert." Mit gespielter Entrüstung schlug sich die Schulmeisterin eine behandschuhte Hand vor den Mund. „Keinen Wert, sagt Ihr?" Sie starrte ihn an. „Vor dem Gesetz", bekräftigte er, und er wiederholte den Halbsatz zweimal, das Wort Gesetz jedes Mal mehr betonend. „Vor dem Gesetz der Menschen", ergänzte sie. Mitten hinein in Fischers stummes Nicken donnerte sie: „Und was ist mit dem Gesetz Gottes? Hat er nicht die Katze wie den Menschen erschaffen? Welche Strafe würde der Allmächtige wohl demjenigen auferlegen, der eines seiner wertvollen, seiner unersetzlichen Geschöpfe stiehlt?" Sie schnappte nach Luft. „Ein solcher Mensch müsste wohl verflucht sein, denkt Ihr nicht?" Fischer setzte sein Nicken fort. „Ihr habt ganz recht", sagte er laut, „verflucht müsste er sein."

In der nächsten Stunde sah man im Dorf einen schwarzen Kater mit weißen Barthaaren im schnellsten Galopp, zu dem er mit drei gesunden Beinen fähig war, in Richtung der Brunnengasse fliegen. Seine Mutter entdeckte ihn zuerst, beschnüffelte ihn und kannte fortan die ganze Geschichte. Wenig später hätte sie nichts mehr erriechen können, bedeckten doch Maria Agnes' Küsse lückenlos das Haarkleid Samsons. Er schien unverletzt, doch sein Schnurren war lauter und dankbarer als sonst.

„Wie habt Ihr das gemacht?", fragte sie die Schulmeisterin, in deren Reich sie regelrecht hineingestürmt war. Ein breites Lächeln machte die Zeichen des Alters in Elisabetha Sibylla Mauchs Gesicht vergessen. „Ich habe meinen Kopf benutzt", antwortete sie. „Beinahe hätte ich vergessen, dass ich einen besitze." Maria Agnes schlang die Arme um die Schulmeisterin. „Geht nicht weg“, sagte sie nach einer Weile in die Tiefen der Vorderfront hinein. Sie hatte die Leute reden gehört von der älteren Mauch-Tochter, die in Mühlhausen lebte. Diese würde die Mutter wohl oder übel bei sich aufnehmen müssen. Doch hätte diese Tochter nicht längst nach dem Rechten sehen müssen? Sie war nach der Beerdigung verschwunden und seither nicht mehr aufgetaucht. „Bleibt einfach hier“, sagte Maria Agnes. Sie löste sich aus der erwiderten Umarmung und ging zur Truhe, die, wie sie aus dem Augenwinkel registriert hatte, nach wie vor offenstand. Ohne nachzudenken griff sie nach allem, was bereits darin verstaut war, und legte Kleider und Bettwäsche auf den Tisch. Dann schloss sie den schweren Deckel. „Der Provisor wird Eure Hilfe benötigen. Da bin ich mir ganz sicher.“

Auf dem Nachhauseweg fühlte sie sich sehr erwachsen. Sie mochte den neuen Schulmeister, sie mochte die alte Schulmeisterin, und sie spürte, dass beide zumindest für die nächste Zeit gut zusammenleben würden. Lange würde ihre Schulzeit nicht mehr währen, und umso aufmerksamer beobachtete sie an jedem Morgen vor ihrer Konfirmation die Situation. Keine Truhe vor dem Haus – das bedeutete, atmete sie auf, dass ihre Hoffnung Wirklichkeit werden konnte.

Schließlich war der Tag gekommen, der nicht nur ihrer wenig erfolgreichen Schullaufbahn, sondern auch ihrer Kindheit ein Ende setzen würde. Selten waren die roten Zöpfe so akkurat geflochten wie an diesem 6. April 1766, als Maria Agnes gemeinsam mit elf Jungen und 13 weiteren Mädchen in der Andreaskirche konfirmiert wurde. Jeweils zu zweit wurden sie nach dem Aufsagen der vielen, vielen Bibelverse und Katechismus-Abschnitte nach vorn gerufen, um den Segen des Pfarrers zu empfangen. Maria Agnes war glücklich, neben Lucretia Bühler zu knien. Elend sah die Freundin aus, aber sie lächelte tapfer. War es ein schlechtes Omen, dass der Denkspruch für ihre Freundin in einem Hustenanfall unterging?

Nur gut drei Wochen später erlebte das Dorf das nächste Ereignis von gesellschaftlichem Interesse, als Johannes Bofinger Catharina Agatha Hartranft vor den Altar führte. Die junge, rundliche Frau war blass wie ein Leintuch, die Schüchternheit in Person. Was sie von der Anwesenheit der Witwe Mauch in der Amtswohnung hielt, weinte sie nachts in ihr Kissen. Der Anblick der verquollenen Augen und der stumme Vorwurf, der darin lag, schmerzten die alte Schulmeisterin. Sie musste gehen oder handeln. Sie entschied sich für die zweite Lösung. Der Weg zu Catharina Agathas Herzen führte über den Magen. Denn was Elisabetha Sibylla, die Tochter eines Stuttgarter Kochs, aus wenigen Zutaten zaubern konnte, überstieg alles, was der Dürrmenzerin bisher aufgetischt worden war. Und indem die Ältere ihre Geheimnisse bereitwillig mit der Jüngeren teilte, gewann sie eine Freundin, die ihr eine tiefere Zuneigung entgegenbrachte, als sie je von einer ihrer Töchter erfahren hatte.

Kapitel 37

„Ich muss dir etwas sagen." Catharina Meißner hatte auf ihr Klopfen hin kaum das „Herein!" abgewartet, schon stand sie in der Stube der Familie Beck. Maria Agnes, gerade mit dem Kochen beschäftigt und noch allein zu Hause, sprang auf ihre Freundin zu. „Oh nein!", rief sie und versuchte fieberhaft, sich daran zu erinnern, ob von einer der Salben, die ihre Mutter einst für Johann Jacobs Fuß hergestellt hatte, irgendwo noch ein Rest zu finden wäre. Denn Catharinas Gesicht verunzierten Striemen und Beulen, die Unterlippe war aufgeplatzt, ein Auge dick zugeschwollen. „Lass", wehrte sie ab, „das vergeht. Ist nicht schlimm. Deshalb komme ich nicht." Ein gewisser Trotz stand auf ihrer Stirn zu lesen, und sie hob das Kinn, als wolle sie signalisieren, dass sie sich ihrer Verletzungen nicht schäme. „Was ist dir zugestoßen?" Maria Agnes war zu besorgt, um ein Ohr für irgendein anderes Thema zu haben. „Bist du gestürzt?" Das andere Mädchen, größer als sie, erwachsener, zögerte nur einen Moment. „Ja, genau, ich bin hingefallen. War unaufmerksam." Catharina mied den Blickkontakt, tat angestrengt, als hielte sie Ausschau nach Frieda. „Setz dich erst einmal." Maria Agnes drückte sie sanft auf die Bank am Esstisch, doch ehe sie überprüfen konnte, ob die Suppe schon genießbar war, zog Catharina sie zu sich. „Hör zu", sagte sie in ernstem Tonfall. „Ich komme gerade aus der Sonne. Ich war dort, weil ... Es ist so, dass ich ... Ach, das ist jetzt nicht so wichtig." Sie brach ab, holte Luft. „Also, der Sonnenwirt Buck hat alles verkauft." Maria Agnes legte die Stirn in Falten. Das war eine für Dürrmenz wichtige Neuigkeit, aber war sie wichtiger als die Wunden im Gesicht ihrer Freundin? „Er wird zwar dort noch wohnen bleiben, aber nur, bis er ein neues Haus gefunden hat." Ein kleines bisschen genoss sie es, Maria Agnes auf die Folter zu spannen. „Ja, und dann?" – „Dann wird wohl der neue Eigentümer einziehen, der sich gerade schon alles genau ansieht. Du musst gut auf dich achtgeben. Es ist Carl Wilhelm Fischer."

Maria Agnes zuckte zusammen. Glasklar stand ihr die Gefahr vor Augen, in der ihre Katzen und vielleicht auch sie selbst leben würden, wenn Adam Fischer nur noch einen Steinwurf entfernt von ihr zu Hause sein würde. „Ist das wahr?" Catharina nickte ernst und legte der Freundin eine Hand auf die Schulter. „Was soll ich denn jetzt tun?" Zum ersten Mal seit langer Zeit fühlte sie sich völlig hilf- und ratlos. Sie sank in sich zusammen, die Zöpfe fielen schwer in ihren Schoß. Sie spürte kaum, dass die Überbringerin der Botschaft über ihren gekrümmten Rücken strich, auch hörte sie nicht mehr, was Catharina zu sagen hatte. Ihr Atem ging heftig im Rhythmus des in ihren Ohren pochenden Blutes. „Er hasst mich", stieß sie hervor, und natürlich war der Freundin klar, dass nicht der Käufer des Gebäudes, sondern dessen Sohn gemeint war. „Was soll ich nur tun?"

Wenig später stellte sie die Frage der Schulmeisterin. Sie hatte es als Wink des Schicksals gedeutet, dass diese gerade eben aus dem Haus trat, als Maria Agnes dem Dekanat zustrebte, wo sie dem Pfarrer ihre Sorge anzuvertrauen gedachte. Doch würde er sie überhaupt verstehen? Sie verwarf ihre ursprüngliche Absicht und bat Elisabetha Sibylla Mauch um Rat. Leise, wispernd, erzählte sie, was geschehen war. „Komm mit", sagte die Mauchin und nahm ihre junge Freundin hinauf in die Wohnung. Ihr Gesichtsausdruck war schwer zu deuten. „Ich denke", antwortete sie nach einer Weile, „dass deine Katzen vor ihm sicher sind." Ohne es zu wollen hatte sie das Wort Katzen betont. „Und ich?" Die Schulmeisterin zog sie näher zu sich heran. Sie schwieg, und merkwürdigerweise lag in diesem Schweigen mehr Trost, als jede Beschwichtigung hätte vermitteln können. „Du bist nicht allein", sagte sie schließlich. „Du wirst es nie sein, denn du hast die Fähigkeit zu lieben. Das schützt dich mehr als alles Geld und jede Macht der Welt." Der Kloß in Maria Agnes' Hals löste sich auf. Sie konnte wieder atmen, und sie konnte sogar wieder lachen, als Beata aus einem Winkel der Stube hervorschoss und auf den Schoß des Mädchens sprang.

„Du bist nicht allein", sagte auch Jacob Friedrich Meißner, den sie nicht um Hilfe gebeten hatte, der aber plötzlich im Garten vor ihr stand. Finster sah er drein, und er starrte sie an, als warte er auf eine Frage, auf eine Antwort, auf irgendetwas. Wie groß er geworden war, dachte Maria Agnes. Er mochte ihren eigenen und seinen Vater längst überragen, und seine Stimme war tief, klang ungewohnt. Plötzlich ergriff er ihre Hand. „Komm", befahl er mehr, denn er bat, und zog sie, sorgsam die Umgebung mit seinen Augen absuchend, hinter das Haus. Sie war zu perplex, um sich zu widersetzen. Er ließ sie los, begann, an seiner Weste zu nesteln. Er knöpfte sie zur Hälfte auf und beugte sich zu Maria Agnes hinunter. „Schau", sagte er. Sie sah etwas Rundes, leicht Glänzendes, eine Art Ring. Endlich begriff sie. Erschrocken wich sie einen Schritt zurück. Sie wollte nicht in den Lauf einer Pistole blicken, und sie wollte sich nicht ausmalen, was ihr Jacob Friedrich damit zu sagen versuchte.

Sie durfte sich nicht zu sehr in ihre Angst hineinsteigern, sagte sie sich. Denn letztendlich – welchen Unterschied bedeutete es für sie, Adam in der Sonne zu wissen? Seine Familie hatte immer in Dürrmenz gelebt. Dürrmenz war ein Dorf. Wer einen anderen Dorfbewohner treffen wollte, hatte größere Erfolgschancen als derjenige, der einen bestimmten Menschen nicht treffen wollte. Wenn sie den Jungen also als ständig anwesend akzeptierte und die Gefahr nicht verdrängte, gab es eigentlich nur zwei Möglichkeiten: entweder ihr ins Auge zu blicken oder wegzugehen. Allein der Gedanke an Letzteres ließ Maria Agnes erschaudern. In keinem Palast der Welt hätte sie leben wollen und können ohne ihre geliebten Tiere. Selbst wenn sie den Hirschwirt fragen würde, ob er sie als Magd beschäftigen wollte – die Distanz zu ihren Katzen wäre nicht zu ertragen. Also blieb nur die Konfrontation. Was hatte sie in der Hand?

Die widersprüchlichen Erfahrungen der vergangenen Tage zogen an ihrem inneren Auge vorbei, und es war, als hätte sich der kalte Metallring Jacob Friedrichs auf ihrer Hornhaut eingebrannt. Schloss sie die Lider, tauchte er auf, öffnete sie sie, erkannte sie ihn in allen möglichen Gegenständen, im Rund des Brunnens, im Abdruck des Eimers auf dem Boden, selbst im hellen Kreis des Mondes, der ihr weiß und unerbittlich den Schlaf raubte. Sollte sie den jungen Meißner bitten, Adam einen Besuch abzustatten und ihm unmissverständlich zu verdeutlichen, dass er sie in Ruhe lassen sollte? „Wer das Schwert nimmt, soll durch das Schwert umkommen“, dröhnte ihr im Halbschlaf ein Satz aus einer der letzten Predigten Dekan Käuffelins durch den Kopf. In ihrem Traum sah sie ihn, sah den Amtmann und Unteramtmann, wie sie in vornehmer Kleidung zusammenstanden, berieten, immer wieder leise hinter vorgehaltenen Händen sprachen. Und dann wuchs aus all diesen Händen eine einzige, große Hand mit einem langen Zeigefinger. Er zielte auf irgendetwas, auf irgendjemand. Er zielte auf sie, und sie fühlte sich in gleißendes Licht gestellt und vor ein Tribunal gezerrt. Jemand schrie. Sie erwachte schweißnass und brauchte etliche Sekunden, um die Gesichter ihrer besorgten Eltern zu erkennen. „Was habe ich getan?", rief Maria Agnes. „Du hast nur schlecht geträumt", antwortete Melchior und barg beide Hände seiner Tochter in den seinen.

„Du siehst blass aus. Und wo ist dein Lächeln geblieben, meine liebe Freundin?" Der Chirurg Beck, den sie bei einer Besorgung am Morgen vor seinem Haus traf, ließ sich nichts vormachen. „Mir geht es gut", log sie, die Augen fest auf die Beck'schen Schuhe gerichtet. „Na, ob das stimmt?" Zart, als untersuchte er einen dreijährigen Patienten, griff sein dicker Zeigefinger unter ihr Kinn und hob es an, so dass sie ihm in die blitzenden Knopfaugen schauen musste. Obgleich sie kräftig gewachsen war, überragte er sie noch immer um mindestens zwei Köpfe, und der Schatten seines mächtigen Körpers verschluckte ihren schmalen, mädchenhaften vollständig. „Früher hast du mich öfter besucht, und früher hast du mich auch um Rat gefragt, wenn dir etwas auf der Seele lag. Vertraust du mir nicht mehr?" Kein Vorwurf schwang in seiner Stimme mit, nur echte Besorgnis. Sie seufzte. Ihr wollten nicht die rechten Worte einfallen. Was hätte sie auch antworten sollen? Schon fühlte sie Blicke auf sich gerichtet. Ging da nicht eben die Mutter eines Mitkonfirmanden vorbei? Und hatte sich in der Wohnstube des Schwarzen Adlers nicht eben ein Vorhang bewegt? Gottlieb Beck spürte ihr Unbehagen. „Komm einfach mit", sagte er und führte sie in sein Haus.

Der Großteil der Familie saß in der Stube. Überrascht stellte Maria Agnes fest, dass Anna Elisabetha Beck ganz offensichtlich schon wieder ein Kind erwartete. Der bis dato Jüngste, Carl Conrad, musste jetzt zweieinhalb Jahre alt sein. Er kniete auf dem Boden und versuchte mit Geduld, aber ohne Erfolg, einen Kreisel aus Holz in Bewegung zu versetzen. „Wie schön, dich zu sehen", sagte seine Mutter und wollte Anstalten machen, aufzustehen und dem Gast etwas anzubieten. Es fiel ihr schwer. Auf der porzellanfarbenen Stirn zeichnete sich die Anstrengung ab. Die fein gedrehten braunen Locken umsäumten das Gesicht nicht mehr so spielerisch, sie klebten an schweißnasser Haut. „Oh nein", rief Maria Agnes, „bitte bemüht Euch nicht, ich will keine Umstände machen." Der Hausherr hatte sie in die Stube gezogen, war dann aber in die Behandlungskammer gegangen. Sie fühlte sich fehl am Platz, zu einer Erklärung genötigt. „Darf ich meiner Schwester berichten, dass es allen gut geht?", fragte sie vage. Sie übersah das Flackern in Anna Elisabethas Augen, denn im selben Augenblick kehrte der Chirurg zurück, einen dicken, schweinsledern eingebundenen Wälzer in der Hand. „Meine liebe Frau macht mich zum armen Mann, weil sie Gebetbuch um Gebetbuch anschafft, aber dieses hier kostet mich nichts, es gehört meinem Bruder", sagte er und blickte seinen Gast mit einem geheimnisvollen Lächeln an. „Was ist es?" Die Neugier begann, Furcht und Unsicherheit den Rang streitig zu machen. „Schau ganz einfach selbst." Mit einer fast feierlichen Geste überreichte er ihr den Band. „Auch haben, auch haben", quengelte Carl Conrad sofort und zog mit erstaunlicher Kraft an Maria Agnes' Rock. „Gut", sagte sie, „dann schauen wir es uns gemeinsam an."

Sie setzte sich zu dem kleinen Jungen auf den Boden und begann, die Welt unter dem Titelblatt zu erkunden. „Weisbachs Kur-Buch“ hatte sie mühsam als Überschrift entziffert, und die Kuren für Erkrankte aller Art waren mitunter nicht nur beschrieben, sondern auch um kleine Zeichnungen ergänzt. „Oh“, entfuhr es ihr einige Male beim Blick auf die Darstellungen, die etwa das richtige Schröpfen vor Augen führten. Die Texte zu entziffern, ersparte sie sich, hungrig blätterte sie von Bild zu Bild. Das Interesse des Kindes indes war rasch geschwunden, mochten da noch so eigenartige Dinge zu sehen sein. „Nicht doch“, ermahnte ihn Maria Agnes, „das ist ein wertvolles Buch. Darauf kannst du nicht mit deinem Kreisel hantieren.“ Mehrfach versuchte sie, seine kleine Hand inklusive des Spielzeugs von den Seiten zu entfernen, doch stets patschte Carl Conrad nur noch kräftiger darauf. „Nein, bitte“, flehte sie, „lass das doch.“ Anna Elisabetha Beck verfolgte die Szene amüsiert. Ließ sie ihren Kindern immer ihren Willen? Auch der Vater gab nicht mehr als ein schwer zu deutendes Brummen von sich. Endlich gelang es Maria Agnes, dem Jungen den Kreisel zu entwinden. Schon drohten sich die Mundwinkel zu verziehen, ein Protestschrei war nur Sekundenbruchteile entfernt. Was tun? Ablenkung würde helfen. „Schau, so musst du es machen“, sagte sie und versetzte dem gedrechselten Holz mit Glück und Geschick solchen Schwung, dass es lange senkrecht stehend über den Boden tanzte. Sie war selbst überrascht. Außer einem von Johann Jacob gebastelten groben Exemplar hatte sie nie einen Kreisel in der Hand gehabt. „Großartig“, lobte Anna Elisabetha. „Ganz großartig.“

Das Geräusch, das beim Umfallen des Spielzeugs entstand, ging unter in einem lauten Schlag. Plötzlich aufkommender Wind hatte die nur angelehnte Haustüre zugeworfen. „Wir werden doch keinen Sturm bekommen?“, fragte Maria Agnes besorgt. Gottlieb Beck beugte sich zu ihr hinunter, griff nach dem Kreisel und ließ ihn rotieren. „Und wenn schon“, antwortete er, die Augen konzentriert auf Carl Conrads Schatz gerichtet. „Schau, im Zentrum ist es immer ganz ruhig. Mag es drumherum noch so toben.“

Die Sätze hallten in ihr nach wie ein Echo. Sie spürte die Wahrheit darin, und die wenigen Schritte auf der regennassen Brunnengasse bis zu ihrem Elternhaus genügten, um eine Entscheidung reifen zu lassen. „Mutter, Vater“, formte sie probeweise die passenden Worte zu ihrem Entschluss, „ich möchte eine Dienstmagd in der Sonne werden.“ Sie übte den Satz ein paar Mal, denn er musste ihr flüssig über die Lippen kommen. Ganz versunken war sie in ihren Gedanken. „Warum sprichst du mit deinen Eltern, wenn sie doch gar nicht da sind? Und warum von Sonne, wenn es doch in Strömen gießt?“ Maria Agnes zuckte zusammen, doch der Schreck wich rasch, als sie Catharina Meißner vor sich stehen sah. Die Freundin lachte. Die Wunden im Gesicht waren verheilt, und überdies trug das Mädchen ein neues Oberteil aus zwar grob gewebtem, aber hübsch blaugefärbtem Stoff. „Ich habe Neuigkeiten“, sagte Catharina und posierte, als sei sie eine in Hermelin gekleidete Herrscherin. Dass sie dabei nass wurde, war ihr gleich. Maria Agnes musste lachen. „Komm rein, wenn es bessere Neuigkeiten sind als zuletzt.“ Sie wollte die Treppe zur Wohnstube hinaufsteigen, doch die Freundin blieb stehen. „Besser dort hinein“, sagte sie und deutete auf die Stalltür.

Wie früher saßen sie nun nebeneinander, kleine Katzenkinder von Schoß zu Schoß spazierend, mit denen Frieda Maria Agnes im Mai beschenkt hatte. Drei braungrau getigerte Wesen waren es dieses Mal, und üblicherweise hätte ihre Menschenmutter nun angefangen, über die Möglichkeiten der Unterscheidung zu dozieren. Sie unterließ es dieses Mal, denn was Catharina zu erzählen hatte, duldete keine Unterbrechung. Sie sei, berichtete die Zieglerstochter, schon seit längerer Zeit auf der Suche nach einer Anstellung gewesen. Viel lieber als auf dem Feld zu arbeiten, wolle sie in einer Gastwirtschaft dienen. Davon finde man schließlich genug. Maria Agnes nickte eifrig. Allerdings, es gebe da ein bestimmtes Problem. Die Freundin geriet ins Stocken, und sie musste die traurige Wahrheit aus sich herauspressen: „Wo immer ich auch hinkomme, jeder Wirt will mich zuerst die Schulden meines Vaters abarbeiten lassen.“ Die Jahre im Haus eines Trinkers hatten sie hart gemacht, hart genug, um nach einem kurzen Schlucken weiterzusprechen. In der Sonne, die sie zuletzt angesteuert hatte, sei es nicht anders gewesen. Johann Michael Buck habe ihr unmissverständlich die Bedingungen einer Anstellung erläutert. Er habe einen Zettel hervorgezogen und große Zahlen zusammengerechnet, überschlagen, wie lange es wohl dauern würde, bis die Außenstände des Zieglers beglichen sein würden. Und irgendwann habe er dann ganz beiläufig erwähnt, dass sie mit solchen Schrammen im Gesicht zwar ihm, aber nicht seinem Nachfolger Carl Wilhelm Fischer unter die Augen treten könne. „Dann bin ich davongelaufen“, erzählte Catharina. „Er hat mich verletzt, aber das wäre nicht so schlimm gewesen. Ich dachte plötzlich an dich und Adam, und dann wollte ich nur noch weg und zu dir."

Nun war es an Maria Agnes, tröstend den Arm um die andere zu legen und zu warten, bis Catharina weitersprechen konnte. Beide schwiegen – bis eines der Katzenkinder niesen musste und die Stille durchbrach. „Gesundheit!", riefen beide Mädchen zeitgleich, und Catharina straffte ihren zusammengesunkenen Oberkörper. Sie spürte neu den Stoff auf ihrer Haut, und sie nahm Maria Agnes' Hand, damit auch diese fassen und begreifen konnte, was ihre Freundin für sie getan hatte. „Das ist mein Dienstgewand", sagte sie schlicht. „Ich bin zurückgegangen. Ich habe mich verdingt, werde dort bleiben, solange es nötig ist. Sobald Duweißtwer einzieht, wird er eine Bewacherin haben, wie er sie sich nicht in seinen kühnsten Träumen vorstellen kann."

Gänzlich uneigennützig handelte Catharina Meißner nicht. Ein wenig hoffte sie darauf, dass beim endgültigen Besitzerwechsel die bis zu diesem Zeitpunkt noch offenen Schulden unter den Tisch fallen und ihr Lohn fortan ihr selbst gehören könnte. Auch sehnte sie sich schon lange danach, ihr Elternhaus zu verlassen. Fast noch mehr als das Verhalten ihres Vaters stieß sie die Willensschwäche ihrer Mutter ab, die weder sich selbst noch die Kinder zu schützen bereit war. Was hatte die Mutter zu verlieren?, fragte sich Catharina immer wieder. Im Armenhaus müsste sie als geschiedene Frau ein besseres Leben führen als an der Seite eines zwischen Weinerlichkeit, übertriebener Zärtlichkeit, Reue und ausufernder Aggression schwankenden Ehemanns. Wie ruhig es in der Kammer der Mägde war, wie freundlich die Menschen miteinander sprachen, wie geregelt der Umgang mit den Übernachtungsgästen vor sich ging! Schon nach wenigen Tagen legte sie das schlechte Gewissen ihren Geschwistern gegenüber ab. Hatte sie nicht auch das Recht auf ein wenig Normalität im Leben? Und ganz nebenbei machte es ihr Freude, die Augen für die Freundin offenzuhalten. Noch war der Umzug der Fischers nicht vollzogen. Zwar verbrachte der neue Eigentümer viel Zeit im Gasthaus, brütete mit Johann Michael Buck über Papieren, plante den ein oder anderen Umbau. Doch vom Rest seiner Familie war noch nichts zu sehen.

Maria Agnes fühlte sich getröstet und beruhigt wie selten zuvor. Ihren gerade gefassten Entschluss wieder zu verwerfen, fiel ihr leicht. Sie erinnerte sich an den magischen Klang des Wortes Vertrauen, das ihr der Pfarrer einst eingeimpft hatte, und so hoffte sie, so glaubte sie, so beharrte sie für sich darauf, dass auf Catharinas Mission Segen liegen möge. Endlich war sie im Kopf frei genug, um die Zukunft der drei Katzenkinder zu planen. Den nächsten Dürrmenzer Markt würde sie auslassen. Sie wollte nicht ohne Not eine Begegnung mit Adam Fischer riskieren, ihn schon gar nicht ein weiteres Mal vor den Kopf stoßen müssen. Also würde sie die kleinen Tiger, zwei Mädchen und einen Jungen, wohl wieder nach Lienzingen bringen. „Der Hirschwirt ist ein gaaanz vornehmer, lieber und guter Herr. Der wird feine Leute für euch finden“, versprach sie dem Trio. Frieda, die neben ihren Kindern entspannt auf der Seite schlief, grunzte zustimmend, daher konnte ein nicht zu leugnender Hauch von Zweifel beiseite gewischt werden. Schließlich hatte Maria Agnes Simon Schmidgall seit ziemlich genau einem Jahr nicht mehr gesehen. Im Spätjahr hatte Frieda erstmals seit Menschengedenken keinen Nachwuchs zur Welt gebracht, und auch sonst hatte sich kein Besuch in Lienzingen ergeben. Ein, zwei Mal war Johann Jacob in der Zwischenzeit vorbeigekommen, hatte unter anderem davon berichtet, dass er etwas beim jungen Moutoux abgegeben habe, der jetzt zum Vikar und Helfer seines gebrechlichen Vaters bestellt werden solle. Stets hatte er sich rasch und mit einem unverbindlichen Lächeln verabschiedet, als wolle er gar nicht erst die Verlegenheit entstehen lassen, über seine Zukunft zu sprechen. Im Moment, da das hagere, blasse Gesicht ihres Bruders vor ihrem inneren Auge aufschien, fühlte sie sich beinahe mitschuldig am drohenden Unheil. Denn der Hirschwirt hatte recht. Ihr Bruder konnte nicht ewig auf die Schnelligkeit seiner Beine setzen. „Ich werde mit ihm sprechen“, verkündete sie feierlich den Katzenbabys. Das war das Schöne im Vergleich zu menschlichen Gesprächspartnern: Die samtpfötigen Schätze, ob groß oder klein, wussten immer, was in ihr vorging und benötigten keine langen Erklärungen.

Allein – auch die Wunderwesen konnten in diesem Fall nicht weiterhelfen, denn als Maria Agnes an einem sonnigen Morgen Anfang Juli in Lienzingen eintraf, schloss sie dort zwar mit einem sichtlich erfreuten Hirschwirt ein Geschäft zu beiderseitiger Zufriedenheit ab. Johann Jacob aber war nicht zu Hause. „Er hilft ein paar Tage beim Hufschmied in Illingen aus“, begründete der Wirt die Abwesenheit seines Laufburschen. „Aushelfen?“ Maria Agnes wiederholte das Wort. „Braucht der Hufschmied denn auch einen schnellen jungen Boten?“ Auf ihrer Stirn bildete sich eine Falte. „Nun“, Schmidgall seufzte, „ich will dir nichts vormachen. Ich habe ihn gefragt, ob er einen Lehrling nehmen könne. Dein Bruder weiß es nicht, aber er arbeitet gerade zur Probe, und wenn er sich vernünftig anstellt, würde ich einen Teil des Lehrgelds übernehmen." – „Das würdet Ihr tun?" Die Falte glättete sich, und auf dem Gesicht des Mädchens lag ungläubiges Staunen. „Sprich nicht darüber", bat sie der Hirschwirt. „Wir wollen erst sehen, wie sich die Dinge entwickeln."

Sie hüpfte geradezu nach Hause. Selten war ihr die Trennung von Katzenkindern durch eine gute Nachricht derart versüßt worden. Ihr Bruder – womöglich bald ein angesehener Hufschmied. Und Pferde liebte er, das wusste sie. Frieda und Samson durften ihre Freude teilen. Sie würden schweigen. Und dann hieß es warten.

An ihrem 14. Geburtstag stand Johann Jacob schließlich vor der Tür. Maria Agnes öffnete und erwartete ein strahlendes Lächeln auf seinen Lippen zu sehen. „Grüß Gott, Schwesterchen", sagte er, ohne eine Miene zu verziehen, ohne zu gratulieren. Rasch trat er über die Schwelle, rammte sie dabei fast und begrüßte dann knapp die am Tisch sitzenden Eltern. „Schau, welch schöne Blumen mir Mutter gepflückt hat", versuchte Maria Agnes, die Stimmung zu heben. Als er lediglich nickte, schaltete sich Melchior ein. „Deine Schwester ist jetzt fast erwachsen. Bist du nicht sehr stolz auf sie?" Nun dämmerte es Johann Jacob, dass er etwas vergessen hatte. „Doch, sicher. Der Herrgott behüte dich in deinem neuen Jahr", sagte er und ließ sich auf die Bank am Tisch fallen. „Und er bewahre dich vor Menschenschindern wie diesem Hufschmied in Illingen. Niemals nicht werde ich mehr in seine Nähe kommen." Maria Agnes musste sich ebenfalls setzen. Die Enttäuschung zog ihr beinahe die Beine unter dem Körper weg.

Kapitel 38

Die junge rothaarige Frau, die seine Schwester und auf faszinierende Art auch eine Fremde war, weinte bitterlich. Sie weinte noch lauter als der Säugling, dem sie einen letzten Kuss auf die Stirn drückte, ehe sie, das hübsche, aber verquollene Gesicht schon halb abgewandt, das Baby einer blutjungen Magd in die Arme legte. Sie stürzte nach draußen, wurde vom gleißenden Licht der Sommersonne verschluckt. Ihr Schluchzen blieb noch eine Weile im Raum. War da Mitleid?, horchte der Junge in sich hinein. Nein. Alles, was er fühlte, war Ekel. Er wollte nicht Zeuge dieser Szene sein, nichts von diesen Gefühlen wissen, die ihn abstießen. Verstohlen blickte Adam Fischer auf seine Arme, auf denen sich trotz brütender Augusthitze eine Gänsehaut gebildet hatte. Aha, dachte er. Das war nicht natürlich, was seine Haut da tat, wie es auch nicht natürlich war, was hier und heute geschah, was sein ganzes Leben lang geschah. Das Kind neben ihm schrie, es schrie immer lauter, und am liebsten hätte er seine Hand auf den sabbernden Mund gepresst und ein für alle Mal für Ruhe gesorgt. Doch er stand wie erstarrt im Eingangsbereich der Sonne und bewegte sich nicht.

Menschen wuselten um ihn herum, bepackt mit allem Möglichen, Worte flogen hin und her, an seinen Ohren vorbei. Zu viele Menschen, zu viele Worte. Wann würde dieses nichtsnutzige Balg endlich Ruhe geben? Er fing an, die Sekunden zwischen den Schreien zu zählen. Es wurden mehr, das Wimmern dazwischen dauerte immer länger. Fast enttäuschte es ihn. Denn eigentlich, dachte er sich plötzlich, hatte es recht, das kleine Mädchen: Musste man nicht lauthals brüllen, wenn einen die eigene Mutter zurückließ? Schmerzhaft pochten Fetzen der Erinnerung an seine Schädeldecke. Bilder leuchteten auf, von denen er nicht wusste, wie er sie zu einem sinnvollen Ganzen zusammensetzen sollte. Er musste die Augen schließen, griff sich mit kalten Fingerspitzen an die heiße Stirn. „Was tust du hier? Verstecken spielen? Willst du nicht zum Abschied winken?“ Die unbedarft fröhliche Stimme seines Halbbruders Johann Wilhelm drang endlich an sein Ohr. „Komm jetzt“, zerrte der Älteste von drei Söhnen aus der zweiten Ehe seines Vaters an seinem Ärmel. Adam erwachte aus seinem tranceartigen Zustand. Grob schlug er die Hand des Siebenjährigen zur Seite. Dann ging er nach draußen, um höflich lächelnd und dezent winkend die Abfahrt der Kutsche zu verfolgen.

Es war ein saftiger Skandal. So viel war klar. Und wie auch immer Adam Fischer mit all diesen Leuten aus einem Ort namens Dobel zusammenhängen mochte, die nach wenigen Stunden und vielen Gesprächen die Sonne wieder verlassen hatten, die Geschehnisse schienen ihn so nachhaltig zu beschäftigen, dass er seine eben erst bezogene Kammer tagelang kaum verließ. Womöglich hatte er sie, die Freundin seiner Feindin, nicht einmal erkannt. Keinmal hatte sie in seinen Augen auch nur das geringste Anzeichen gelesen, das darauf hindeuten würde. „Bring mir etwas zu essen“, war der einzige Satz, den der älteste Sohn ihres Dienstherrn bisher an sie gerichtet hatte. Catharina Meißner fühlte sich daher sicher genug, an ihrem ersten freien Nachmittag den Beobachtungsposten zu verlassen und Maria Agnes Bericht zu erstatten.

Um Letztere anzutreffen, brauchte es etwas Geduld, denn in der Schlussphase der Getreideernte war sie gemeinsam mit den Eltern bald jeden Tag auf einem anderen Feld zu finden. Die wenigen eigenen Äcker waren längst vom mittelmäßigen Ertrag befreit, nun wurden fleißige, für billiges Geld zu habende Hände auf dem Areal betuchterer Dürrmenzer gebraucht. Endlich bogen die Becks in die Brunnengasse ein, müde und abgekämpft alle drei. „Schau, du hast Besuch", sagte Melchior, der die Zieglerstochter als Erster entdeckt hatte. Sie saß im Schneidersitz vor der Stalltür und ließ sich von Samson umschmeicheln. Bevor sie mit ihren Neuigkeiten herausrücken konnte, wurde sie zu einem bescheidenen Vesper eingeladen. „Wie geht es dir denn in der Sonne?", fragte Christina Barbara aus ehrlichem Interesse, als alle miteinander am Tisch saßen. Sie war nie begeistert über die Freundschaft ihrer Tochter mit dem Spross eines ortsbekannten Trunkenbolds gewesen, doch inzwischen konnte sie nicht anders, als die Tapferkeit des Mädchens zu bewundern. „Mir geht es gut", antwortete Catharina aus vollem Herzen. „Ich bin jetzt sogar eine Kindsmagd geworden", sagte sie, ohne ihren Stolz verbergen zu können. Neugierige Fragen prasselten auf sie ein. Für einen kleinen Moment zögerte sie. Ach was, wischte sie leise Bedenken rasch beiseite: Was sie eigentlich Maria Agnes unter vier Augen hatte berichten wollen, durfte ruhig ihre ganze Familie wissen.

Kaum dass Frau und Kinder des neuen Sonnenwirts ihren Einzug gehalten hätten, sei ein offener Wagen vor dem Haus vorgefahren. Man habe sie herbeizitiert, um den Gästen zur Hand zu gehen, doch bald habe sie festgestellt, dass dies keine gewöhnlichen Wirtshausbesucher sein konnten. Der ältere der beiden Männer, bärtig, kräftig und respekteinflößend, habe seinen Patensohn zu sehen verlangt, und daraufhin habe die Sonnenwirtin nach Adam gerufen. Der jüngere der Männer habe derweil einer noch deutlich jüngeren rothaarigen Frau beim Aussteigen geholfen, die ein Kleinkind im Arm gehalten habe. „Ein winziges Mädchen, bestimmt höchstens zwei Wochen alt, mit feinen roten Bäckchen“, wie die Becks erfuhren.

Catharina schilderte alles in blühenden Farben, auch die Unterredung in der Gaststube, aus der sie persönlich vorher die anderen, nun als störend empfundenen Anwesenden hinauskomplimentiert hatte. Jedem hatte sie auf allerhöchste Anweisung beim nächsten Besuch ein Freigetränk versprechen sollen. „Ich weiß, es steht einer Magd nicht an, neugierig zu sein. Aber ich musste so oft mit Getränken und Speisen hin und her laufen. Ich konnte gar nicht anders, als mitzuhören, was gesprochen wurde“, steigerte die Zieglerstochter die Spannung. „Und mir hat die junge Frau so leidgetan. Denkt euch nur: Ihr Kind ist unehelich!“ Catharina wartete auf die Wirkung ihrer Worte, die sich in einer angemessenen Menge an Ohs und Ahs aus den Mündern ihrer Zuhörer einstellte. „Es sei eine Schande, hat der Sonnenwirt gesagt, und dass sich seine arme verstorbene Frau im Grabe umdrehen müsste, wenn sie vom Verhalten ihrer Tochter wüsste.“ Maria Agnes’ Magen krampfte sich zusammen, so sehr fühlte sie mit der ihr völlig Unbekannten mit. Warum es eine Schande sein sollte, einem Kind das Leben zu schenken, erschloss sich ihr nicht.

Melchiors Gedanken gingen in eine andere Richtung. „Das heißt, wenn ich dich richtig verstehe, dass die erste Frau Fischer schon einmal verheiratet war und diese junge Kindsmutter ihre Tochter aus erster Ehe sein muss? Seltsam“, er wischte sich seine widerspenstige Strähne aus der Stirn, „ich erinnere mich nicht, den Herrn Fischer je mit Stiefkindern gesehen zu haben.“ Sein fragender Blick wanderte zu Christina Barbara. „Ich kannte die erste Frau Fischer kaum“, sagte diese. „Sie saß ja sehr viel weiter vorn in der Kirche. Aber eines weiß ich: Sie war eine vornehme Frau mit teuren Kleidern und Hauben, wie sie hier keiner trägt.“ Auf einmal musste Christina Barbara schmunzeln. „Und unter diesen Hauben quollen dicke, rote Haare hervor, das war außergewöhnlich.“ Warum konnte sie sich an dieses Detail nur so gut erinnern? Als wären 14 Tage, nicht 14 Jahre vergangen, stand ihr plötzlich eine Szene vor Augen. Sie sah sich auf dem Friedhof, das Grab ihres ersten Mannes für den Totensonntag vorbereitend. Sie fühlte, wie schwer ihr Atem ging, trug sie doch einen wohlgenährten und entsprechend schweren Säugling in einem am Oberkörper befestigten Tuch, der ihr die Arbeit immerhin insofern erleichterte, als jede Bewegung mit einem zufriedenen Glucksen kommentiert wurde. Wohl hatte sie deshalb lachen müssen und die Aufmerksamkeit der vornehmen Dame auf sich gezogen, die etliche Meter entfernt vor einem der anderen Gräber stand. Es war ein frisches Grab, zentral gelegen, obwohl es der Größe nach nur einem sonst eilig an der Kirchenmauer verscharrten Kleinkind gehören konnte. Die vornehme Dame hatte sie nur angesehen, und in ihrem Blick hatte sie solch tiefe Trauer gelesen, dass sie einfach zu ihr hatte hinübergehen müssen.

„Euer Kind, Frau Fischer?“, hatte Christina Barbara mit einer Kopfbewegung in Richtung der frisch aufgeschütteten Erde gefragt. Sie hatte heftig genickt, fein gedrehte rote Locken in Bewegung gesetzt, die auch noch hin und her flogen, als die vornehme Dame unaufgefordert anfing zu erzählen. „Das ist die Strafe“, hatte sie geschluchzt. „Gott straft mich dafür, dass ich fünf Kinder zurückgelassen habe. Es ist nur gerecht, dass ich keine weiteren haben darf. Welche Mutter würde das schon tun? Würdet Ihr Euer Kind aufgeben für eine günstige Heirat?“ Sie hatte keine Antwort erwartet und war davongestürzt.

„Ich habe schon jahrelang nicht mehr an diese Begebenheit gedacht“, sagte Christina Barbara abschließend, deren Zuhörer die Geschichte aufmerksam aufgesogen hatten. „Dann wird wohl eines dieser fünf Kinder die junge Frau gewesen sein“, fasste Catharina Meißner zusammen. Das erklärte, weshalb Adam angewiesen worden war, seiner Schwester zum Abschied zuzuwinken. Das erklärte in Ansätzen, weshalb der Säugling, dessen Existenz man im Herkunftsort der Mutter offenbar lieber geheim hielt, ausgerechnet nach Dürrmenz gebracht worden war. Die beiden Männer mussten Verwandte mütterlicherseits der jungen Frau sein, die wohl im Auftrag der noch lebenden Großeltern handelten, vermutete Catharina. Von der ehrwürdigen Großmutter, einer Frau Kapplerin, war jedenfalls häufig die Rede gewesen. Nun sei diese zwar geneigt gewesen, als Patin des Kindes zu fungieren, doch halte sie es doch für am besten, die Heiratschancen ihrer Enkelin nicht durch eine voreheliche Geburt zu beschädigen. Mochte sich der Kindsvater auch dazu bekennen, mochte er auch aus einer begüterten Familie stammen, doch wer könne schon wissen, ob das Kind der Sünde überhaupt überleben würde. Wie häufig schließlich erbarme sich der Herr über solch unglückselige Kreaturen und rufe sie früh zu sich! Sollte für diesen

Fall nicht der Ruf der jungen Frau blütenweiß gehalten werden? Und der Sonnenwirt Fischer, der einst die Kinder seiner Frau gut untergebracht gewusst habe, dürfe sich nun mit der christlichen Tat revanchieren, dem Kindlein ein Dach über dem Kopf zu geben. Ein Beutel mit Münzen, erinnerte sich die Magd Catharina, sei über den Tisch geschoben worden, und der Sonnenwirt habe zustimmend genickt.

Eindringlich und ausführlich beschrieb Catharina Meißner auch den Abschied, und sie vergaß nicht zu erwähnen, dass die Kindsmutter ihr noch zugerufen habe, wie das Mädchen hieß, nämlich Christiana Elisabetha. „Aber ich nenne sie einfach nur meine Elsa", sagte Catharina. „Deine Elsa?" Maria Agnes war irritiert. „Ja, ich sagte doch, ich bin jetzt eine Kindsmagd." Sie setzte sich etwas aufrechter hin, als wolle sie ihre bereits vorhandene Oberweite als Argument in Szene setzen. „Aber das Kind braucht doch eine Amme", wandte Christina Barbara ein. Fast beleidigt schüttelte das Mädchen den Kopf. „Sie bekommt Milch von der Kuh, und ich passe auf sie auf, das ist alles. Nimm du sie, ich vertraue sie dir an, das hat der Sonnenwirt gesagt. Und wenn du deine Sache gut machst, dann vergiss die Schulden deines Vaters." Christina Barbara spürte, dass jedes weitere Nachhaken die Freundin ihrer Tochter erzürnen und in der jugendlichen Ehre verletzen würde. Doch wollte ihr die Sache nicht gefallen. Wie konnte ein erfahrener Vater einer 14-jährigen Magd einen Säugling anvertrauen? Wollte er am Ende, dass dem Kind etwas zustieß, und wollte er die passende Schuldige gleich bei der Hand haben? Melchior stellte die entscheidende Frage. „Und wo ist deine Elsa jetzt?" Catharina überhörte im Überschwang der Gefühle den Unterton. „Oh, sie schläft in meiner Kammer. Um diese Zeit ist sie immer sehr müde, wenn ich ihr das Lutschbeutelchen gebe." Christina Barbara erschrak. „Mit Mohn darin? Ein Beutelchen mit Mohn?" Das Mädchen zuckte mit den Schultern. „Weiß nicht, es muss wohl etwas Spezielles für vornehme Kinder sein. Der Sonnenwirt selbst hat es mir gegeben. Und meine Elsa liebt es."

„Wir dürfen nicht einfach wegschauen", sagte Christina Barbara, als der Gast die Stube verlassen hatte, mehr zu sich als zu Ehemann und Tochter. „Es ist doch ganz offenkundig, was da vor sich geht." Maria Agnes schwieg. So sehr sie die Sorge ihrer Mutter teilte, so merkwürdig erleichtert fühlte sie sich. Dass Adam beziehungsweise seine Familie nicht mehr allein auf ihrer Seele lastete, half ihr ungemein. „Nun", verkündete ihre Mutter in die Stille hinein, „ich werde die Sache morgen dem Pfarrer anvertrauen."

Nein, ihr Mann sei leider nicht zu sprechen, sagte Esther Dorothea Käuffelin. Ob sie selbst denn weiterhelfen könne? Christina Barbara Beck verneinte und ging unverrichteter Dinge nach Hause. In den folgenden Tagen setzte sintflutartiger Regen ein, und jede Hand wurde gebraucht, um noch auf den Feldern stehende Frucht einzubringen und faulendes Obst von den Wiesen aufzusammeln. Mit den letzten Regentropfen schließlich war auch Christina Barbaras Mut versiegt, die Angelegenheit zur Sprache zu bringen. Sie verachtete sich dafür, aber wie so oft in ihrem Leben versuchte sie, den quälenden Gedanken zu verscheuchen, und sie war erfolgreich darin. Maria Agnes begriff nicht alles, was ihre Eltern in Alarmstimmung versetzt hatte. Vorsichtshalber schloss sie die kleine Elsa in ihr Nachtgebet ein. Als ihr beim Kirchgang eine äußerst fröhliche und selbstbewusste Catharina begegnete, hoffte sie, alles möge sich zum Besten für das arme Kind und seine arme Magd wenden.

Erstere Hoffnung sollte sich erfüllen.

Die junge rothaarige Frau war wie ausgewechselt. Der Kummer war aus dem Gesicht gewichen und hatte edlem Trotz Platz gemacht. Dieses Mal war sie es, die zuerst aus der Kutsche stieg, kaum hatte der Kutscher die Tür geöffnet. Ein hitziges Redegefecht klang ab, und eine hohe weibliche Stimme blieb alleine übrig. „Ich bin Maria Christina Schumacher, mein Vater war der berühmte Chirurg Franciscus Schumacher, meine Mutter eine ehrenwerte Kapplerin. Bald bin ich die Ehefrau des ehrenwerten Johann Martin Lehmann“ – sie hob ihre Hand in die Höhe, an der ein Ring funkelte – „und zu sagen habt ihr mir nichts mehr.“ Sie sprach absichtlich so laut, dass sich alle Köpfe der Menschen, die im Umkreis der Sonne unterwegs waren, zu ihr wenden mussten. Sie war sich der Blicke bewusst, fast genoss sie diese. „Herr Stiefvater“, rief sie in Richtung der Eingangstür, „bringt mir meine Tochter.“

Carl Wilhelm Fischer flog förmlich herbei und beeilte sich, Maria Christina ins Haus zu führen. Die beiden Herren, die sie begleiteten, fanden dieses Mal kaum Beachtung, so selbstverständlich nahm Fischers Stieftochter das Heft in die Hand. „Wo ist mein Kind?“, fragte sie und machte Anstalten, die Treppe zu den Gasträumen emporzusteigen. „Sie ließ sich einfach nicht abhalten“, sagte der Jüngere der beiden Männer, während der andere einen Brief aus einer Tasche seiner Jacke zog. „Die Dinge haben sich geändert. Lest selbst.“

Während die Herren miteinander verhandelten, wurde im oberen Stockwerk die Tür zu Catharinas Kammer aufgerissen. Sie war zu erstaunt, um der jungen Mutter irgendetwas entgegenzusetzen, als diese mit einem Schrei des Entzückens und der Erleichterung ihr Kind an sich nahm und es fest an sich drückte. „Wie groß du geworden bist", rief sie. „Und jetzt kommst du mit mir nach Hause." Dass eine 14-Jährige mit offenstehendem Mund und blankem Entsetzen in den Augen Zeugin der Szene war, wäre Maria Christina Schumacher fast entgangen. Schon stand sie unter dem Türrahmen, als sie die Anwesenheit der Magd spürte und sich zu ihr umwandte. „Du hast gut für sie gesorgt. Ich danke dir. Der Herr wird es dir vergelten." Schon verschwand sie mit dem Kind im Schatten des Treppenhauses. „Nein", entfuhr es Catharina. Sie stürzte aus der Kammer und versuchte, ihre kleine Elsa wenigstens noch einmal am Köpfchen zu berühren. „Ihr habt sie hiergelassen, warum wollt Ihr sie jetzt plötzlich wiederhaben?" Ihre Frage ging unter in unkontrolliertem Weinen. „Was geht dich das an, Magd?", wollte Maria Christina erwidern. Doch nichts Barsches konnte in diesem Moment der Freude über ihre Lippen kommen. „Sie gehört zu mir", sagte sie schlicht. Entschlossenen Schrittes ging sie die Treppe hinab und stieß zu ihren Verwandten.

Catharina ließ sich auf die oberste Stufe fallen. So viel Schmerz sie auch spürte, so klar war ihr doch auch, dass sie dieses Mal nicht aus purem Zufall, sondern bewusst mitbekommen wollte, was hinter der Sache steckte. Die Tür zu der Kammer, in die sich die Herrschaften zurückgezogen hatten, weil die Gaststube allzu gut besucht war, stand offen. Nicht alles hörte sie, aber immerhin entnahm sie der Unterhaltung, dass die einflussreiche Großmutter der jungen Mama ganz offensichtlich ihre Meinung geändert habe. Auf dem Totenbett liegend, habe sie nur noch ein einziges Ziel, teilte sie in dem Brief mit, nämlich mit allen noch lebenden Angehörigen in Frieden auseinanderzugehen. Deshalb befürworte sie den ausdrücklichen Wunsch ihrer Enkelin, den Vater ihres Kindes zu heiraten und dieses Kind selbst großzuziehen. Sie wünsche außerdem, ihren Dürrmenzer Enkel wiederzusehen, dessen Manieren ihr bei seinen bisherigen Besuchen Sorgen bereitet hätten und für dessen weitere Ausbildung ihr bald Witwer zu nennender Ehemann aufs Trefflichste sorgen könnte, sofern man den Jungen seiner Fürsorge anvertrauen werde. Catharina horchte auf. Ihr Herz schlug schneller. Sollte das etwa heißen …? So sehr war sie in ihren Gedanken versunken, dass sie das Ende der Unterhaltung nicht registriert hatte. „Was sitzt du hier herum? Hast du nichts zu tun?“, herrschte sie Carl Wilhelm Fischer an, als er an ihr vorbeiging, um seinem ältesten Sohn eine Mitteilung zu machen.

Catharina wagte es nicht, an der Tür zu lauschen. Sie hätte auch nichts gehört, denn was der Sonnenwirt seinem Sohn beibrachte, war trotz dicker Mauern und fehlender Zeugen im Flüsterton gesprochen. „Halt unsere Fahne hoch, Adam. Ich verlasse mich auf dich, dass du dir dein Erbe nicht entgehen lässt. Sei recht nett und freundlich, wie es deine Art ist. Die Alte ist auf ihre letzten Tage sentimental geworden.“

Bis das Nötigste zusammengepackt war, vergingen ein, zwei Stunden. Dann bestiegen fünf Menschen die Kutsche in Richtung Dobel. Catharina Meißner wurde in der Küche gebraucht. Sie bot sich an, die Zwiebeln zu schneiden, damit sie endlich ihren Tränen freien Lauf lassen durfte.

Als Maria Elisabetha Kappler geborene Goldschmidt am 24. Oktober 1766 ihre Augen für immer schloss, fehlte es nicht an trauernder Verwandtschaft, die sich um das Bett herum versammelt hatte. Noch größer war die Menge zwei Tage später bei der Beerdigung. Bis auf dem Dobler Rathaus geklärt war, wie der überlebende Ehemann Elias und die Nachkommen der verstorbenen Tochter das Erbe aufteilen würden, ging reichlich Zeit ins Land. Catharina hätte sich über die Abwesenheit Adams freuen können. Hätte der Oktober nicht noch einen weiteren Todesfall gebracht.

Kapitel 39

Melchior Beck war von seiner Tochter einiges gewohnt. Dass sie aber barfuß durch die Stube tanzte und eine irritiert dreinblickende Frieda dabei singend im Arm hielt, das war neu. Den Text des Liedes verstand er nur in Auszügen. „Er ist fort“, lautete wohl der fröhliche Refrain. Als die Tanzpartnerin endlich abgesetzt wurde, schüttelte sie sich, als müsse sie sich von allzu vielen falschen Noten in ihrem Fell befreien. Dann spazierte sie würdevoll in Richtung des Stalls, wo zwei dünne, aber höchst lebendige Herbstkatzen auf ihre Mutter warteten.

Zum ersten Mal nach langer Zeit wählte Maria Agnes den direkten Weg, um ihre Schwester zu besuchen. Sie musste nicht länger einen großen Bogen um das prächtige Gasthaus machen, sie ließ sogar bewundernd den Blick an der renovierten Fassade entlangstreifen und lachte der Sonne doppelt entgegen: der echten am Himmel und der güldenen auf dem Wirtshausschild. Sie fühlte sich befreit und musste ihre Freude unbedingt mit Christina Margaretha teilen. So selten hatte sie sich in letzter Zeit blicken lassen! Seit sie ihr vom sich abzeichnenden Familienzuwachs beim Chirurgen Beck erzählt hatte, war sie kein einziges Mal mehr zu Besuch gekommen. Nun, dachte sich Maria Agnes, sie würde von der Wedderkopfin wohl ordentlich mit Aufgaben eingedeckt, hieß es doch, die Konsulentin kaufe Grundstück um Grundstück und sei – stets in Begleitung ihrer treuen Helferin – ständig unterwegs. Auch an diesem Vormittag gab es irgendwo dringende Geschäfte zu erledigen, doch hatte Christina Margaretha einen Großputz begonnen und war daher zu Hause, als Maria Agnes an die Tür klopfte.

Als die ältere der Geschwister öffnete, spiegelte ihr Gesicht eine schwer zu beschreibende Mischung aus Erleichterung und Enttäuschung wider. „Ach, du bist es", sagte sie, zog die Schwester an sich heran und drückte sie fest an sich. „Ich hab' dir so viel zu erzählen", kündigte Maria Agnes an, als sie sich aus der Umarmung befreit hatte. „Kannst du mit mir kommen? Bitte! Ich möchte dir Friedas Kinder zeigen, und dabei kann ich dir das Neueste berichten." Christina Margaretha sah sich fragend um, als könnten ihr die zur Hälfte geputzten Fenster und die schon ganz von Staub und Spinnweben befreiten Möbel eine Antwort geben. „Vorsicht, stoß den Eimer nicht um!", warnte sie Maria Agnes, als diese, um die Zeit bis zur Klärung der Angelegenheit sinnvoll zu überbrücken, auf Genoveva losstürzte. In ihrem üblichen Tagesablauf von der Reinigungswut empfindlich gestört, saß, nein: thronte sie nicht wie üblich auf dem Fensterbrett, sondern auf dem teuersten bestickten Sofakissen der Hausherrin. Bald vergaß sie Ärger und Eitelkeit und gab sich Maria Agnes' streichelnden Händen hin – sich auf den Rücken werfend, alle Viere von sich streckend, den Kiefer, gleichsam lächelnd, halb geöffnet. Das gab Christina Margaretha Zeit, um ihre Antwort zu überdenken.

Um nichts in der Welt wollte sie mit dem Chirurgen Beck zusammentreffen, genau so wenig wollte sie eines seiner Kinder sehen, die sichtbaren Zeichen dessen, dass all ihre Hoffnungen sich nie erfüllen würden. Jeder Kirchgang bedeutete eine Herausforderung für sie, jeder Einkauf, für den sie sich in Richtung des besagten Hauses begeben musste. Dass sie Stiefvater, Mutter und Schwester kaum noch sah, schmerzte sie. Schmerzte sie sehr. Sollte sie es nicht einfach riskieren? Die Wedderkopfin würde ihr keinen Vorwurf machen. „Kind, ich weiß nicht, was in dir vorgeht, aber du solltest dir vor Augen führen, dass es außer mir noch mehr Menschen auf diesem Erdball gibt, denen du dich widmen solltest, und dass dieses Haus kein Gefängnis ist", hatte sie neulich erst in ihrer ebenso rätselhaften wie deutlichen Art, sich auszudrücken, gesagt. „Du bist nicht meine Sklavin, Christina Margaretha", hatte sie hinzugefügt, und aus der eher ablenkend gestellten Frage, was denn eine Sklavin sei, hatte sich ein Monolog entwickelt, an dessen Ende sich die junge Frau einmal mehr darüber gewundert hatte, wie ungleich doch das Wissen auf der Welt verteilt war. Sei keine Sklavin deiner Angst, sagte plötzlich irgendetwas in ihr. Sie schob den Wassereimer zur Seite, legte das Leder aus der Hand, mit dem sie die Scheiben bearbeitet hatte, und führte ihre Schwester hinaus.

So dünn die Suppe auch war, die ihr die Mutter servierte, sie schmeckte herrlich. Die Ärmlichkeit der Stube, die ihr nach Jahren in besser bestellten Haushalten sonst ins Auge stach, fiel ihr nicht auf, nein, sie genoss das Sitzen auf der harten Bank, deren Holz sie abtastete und in jeder Ritze Kindheit fühlte. Ihr Gesicht leuchtete, und vor allem Melchior genoss den Anblick, redete er sich doch ein, seine Stieftochter könne durch eine sich möglicherweise abzeichnende Verbindung mit Johann Christoph Rudolph in eine Art Hochstimmung versetzt worden sein. Er hütete sich freilich, das Thema anzusprechen. Der größte Teil der Unterhaltung drehte sich ohnehin um die Ereignisse in der Sonne, und erst als Christina Margaretha die Entwicklung mit einer angemessenen Erleichterung kommentiert hatte, durfte sie die neugeborenen Katzen sehen, die sich Maria Agnes als Höhepunkt des Besuchs aufgespart hatte. „Sind sie nicht wunderbar?" Ja, das waren sie, bestätigte die große Schwester und streichelte vorsichtig über die winzigen Körper zweier schwarzweißen Schwestern. „Sie sieht aus, als wäre sie mit ihrer Nase in den Staub gefallen", deutete Maria Agnes auf eines der Tiere. Man konnte gar nicht anders, als bei ihrem Anblick zu lächeln. Katze Nummer zwei sah kaum weniger lustig aus. Ihr Kopfkäppchen wirkte seitlich verrutscht: Ein Auge schaute frech aus weißem, das andere aus schwarzem Fell heraus. Als die Kirchturmuhr 1 Uhr schlug, verabschiedete sich Christina Margaretha schließlich von Mensch und Tier. Sie fühlte sich gestärkt durch die Gemeinschaft, die zu vermissen sie sich so lange Zeit verboten hatte.

Sei mutig, befahl sie sich und ging probeweise am Beck'schen Haus vorbei in Richtung Enzbrücke. Die Tür war geschlossen, stellte sie aus dem Augenwinkel fest, niemand stand am Eingang. Doch dann wurde im Obergeschoss ein Fenster aufgerissen. „Du kommst wie gerufen!", hörte sie die Stimme Gottlieb Becks. Sie tat, als gälten die Worte nicht ihr, und ging ein paar zaghafte Schritte weiter. Vergebens. „Geh nicht gleich weiter, Christina Margaretha Schmierer! Gratuliere mir! Und komm herein, um Gottlob Beck auf dieser Welt zu begrüßen!" Sie stand wie erstarrt. Im selben Moment torkelte ein Mann aus dem Schwarzen Adler heraus. „He, schöne Maid, heute schon was vor?", lallte er und streckte seine Hand nach ihrem Arm aus. Ihre Beine rannten, noch ehe es der Kopf realisierte.

Inständig hatte Catharina Meißner ihren Vater in den Momenten seiner Nüchternheit gebeten, einen weiten Bogen um die Sonne zu machen. Bisher hielt er sich daran, denn er war zuletzt mehrmals hochkant hinausgeworfen worden. Anderenorts verhielten sich die Wirte generöser, und er hatte ein gewisses Geschick darin entwickelt, die Konkurrenten gegeneinander auszuspielen. So zahlte es sich für ihn aus, wenn er im Schwarzen Adler den Geiz des Sonnenwirts erwähnte, im Grünen Baum freute man sich darüber, wenn der Ziegler über eine verdorbene Wurst im Schwarzen Adler lästerte, und in der Traube lachte man über eine angebliche Mäuseplage im Lamm. An diesem 27. Oktober 1766 wusste er besonders lustige Geschichten zu erzählen. Es brauchte nicht einmal ein Gegenüber. Nachdem ihn Johann Jacob Redwitz hinauskomplimentiert hatte und eine blonde Bohnenstange an ihm vorbeigerannt war, stolperte er noch ein paar Meter in Richtung Kirche, ließ sich dort auf der Treppe nieder und unterhielt sich mit seinem rechten Daumen, den er blinzelnd zu fixieren versuchte und der ungemein gescheite Dinge zu erwidern wusste.

Auf dem Weg zum Pfarrhaus, wo Gottlieb Beck die Geburt seines Jüngsten anzuzeigen gedachte, konnte der Chirurg den Betrunkenen weder übersehen noch überhören. „Meißner, geht nach Hause, bevor Ihr Euch richtig Ärger einhandelt", sagte er. Doch er hatte nach einer durchwachten Nacht weder die Zeit noch die Kraft noch die Muße, sich weiter mit dem Mann abzugeben. Als er auf dem Rückweg wieder an der Kirchentreppe vorbeikam, war Jacob Meißner verschwunden. In der Ferne erkannte Beck allerdings dessen Sohn und winkte ihn herbei. „Hast du deinen Vater weggeschafft? Das ist gut. Schau zu, dass er die Leute nicht belästigt. Meiner jungen Freundin hat er vorhin einen solchen Schrecken eingejagt, dass sie davongerannt ist." Der Chirurg wartete keine Antwort ab, klopfte dem 16-Jährigen, der ihm in der Seele leidtat, nur aufmunternd auf die Schulter und ging seines Weges.

Jacob Friedrich Meißner blieb ein paar Minuten stehen. Er hätte später nicht zu sagen gewusst, wie lange er an jenem Ort verharrte, an dem die Entscheidung fiel.

Prüfend legte er die Hand an seine Brust. Hart spürte er das Metall. Kalt war es nicht, sein Körper hatte es erwärmt. Fast zärtlich folgten seine Finger der Form. Er schloss die Augen und wartete. War es nicht wie damals, als er im Gebüsch vor dem Beck'schen Häuschen versteckt gewesen war? Nun würde sich der Kreis schließen. Die Pistole, die zu ihm hatte kommen sollen, weil es die Fügung so vorgesehen hatte, würde nun endlich ihren

Dienst tun. Was immer auch mit ihm selbst hinterher geschehen würde, die Welt würde eine bessere sein.

Die schleppenden Schritte, die er zu hören erwartete, blieben aus. Auch nach Stunden roch er den üblen Atem nicht, der den Ziegler sonst zu dieser Tageszeit umgab und schon von weitem sein Nachhausekommen ankündigte. Die Treppenstufen, unter denen Jacob Friedrich Meißner kauerte, knarzten nicht. Der Junge fing an, sich zu wundern. Wie lange würden ihn die Wirte noch dulden? Die Abendglocke hatte er bereits gehört, und üblicherweise war sein Vater zu dieser Zeit schon so unausstehlich, dass ihn der gutmütigste Gastgeber auf die Straße setzte. Seine Knie schmerzten, der Zeigefinger, der den Abzug umklammerte, war völlig verkrampft, die Augen, die im schwindenden Licht nach Konturen suchten, brannten. Er legte für einen Moment die Pistole zur Seite und bearbeitete seine taube Hand. Wie konnte es sein, dass man in einer solchen Lage gähnen musste?

Der Daumen des Vaters war schuld, dass der Sohn nicht zum Mörder wurde. Der gescheite und sprachbegabte Daumen hatte dem Ziegler nämlich befohlen, den auf der Kirchentreppe neu entbrannten Durst in der Sonne zu löschen. Aber schon die wenigen Stufen am Eingang hatten die dummen Beine überfordert. So fand Catharina ihren Vater kauernd auf dem Boden, als sie nach der Kutsche Ausschau hielt, die ihren Arbeitgeber aus Dobel zurückbringen würde. Nur ihn übrigens, denn Adam würde als lebendiges Zeugnis seiner Erbansprüche noch vor Ort bleiben müssen. „Ah, du“, sagte Jacob Meißner, als er in der Person, die ihn versuchte, wieder auf die Beine zu stellen, seine Tochter erkannte. „Du willst mich nicht“, schrie er. „Nie willst du mich bei dir haben. Aber der Daumen hat es befohlen. Der Daumennnn!“ Ein fremder Fuhrmann, der gerade erst einen Fahrgast abgesetzt hatte, kam ihr zur Hilfe. „Du rechts, ich links“, sagte er, und gemeinsam richteten sie das Bündel Mensch auf. Jacob Meißner schwankte eine Weile bedrohlich, dann schien er sicher genug, um den Heimweg antreten zu können. Catharina nahm ihn bei der Hand und zog einen zu ihrer Überraschung Willenlosen hinter sich her. „Meine Tochter!“, rief der Ziegler ein paar Mal und gestikulierte wild in Richtung eines nicht vorhandenen Publikums. „Meine Tochter! Die wird es euch allen noch zeigen.“ Die meisten Menschen waren bei der Arbeit, niemand nahm von den beiden Notiz, die schließlich am Haus der Meißners ankamen. Kaum hatte er glücklich die Treppe gemeistert, warf er sich auf sein Bett und schlief, noch ehe sein verquollenes Gesicht auf dem Kissen aufschlug.

Da lag er und ahnte nicht, dass wenige Meter entfernt Jacob Friedrich seine längst erfolgte Heimkehr ersehnte und fürchtete gleichermaßen. Dass er seinen Tod beschlossen hatte. Der Tod kam, aber er kam anders. Er klang dumpf, dann still, als habe er alles um sich herum verschluckt. Der Ziegler hatte ein dringendes Bedürfnis verspürt und war von der klaren, kühlen Luft, die beim Öffnen der Tür sein Gesicht berührte, betrunkener als von all dem schlechten Alkohol, den er in den Stunden zuvor genossen hatte. Er wusste nicht mehr, wo oben und unten, rechts und links war, wer er war und warum. Die Beine gehorchten ihm nicht. Sie schritten voran. Ins Leere.

Jacob Friedrich Meißner hörte einen Schrei. Erst nach einigen Sekunden stellte er fest, dass dieser aus seinem eigenen Munde kam. Er war eingeschlafen gewesen, als der Körper des Vaters auf dem Boden aufschlug. „Ich habe es getan", war der erste Gedanke, den er aus dem Gewirr unterschiedlichster Gefühle herausfiltern konnte. Doch der Lauf der Pistole war kalt wie sein Herz. Mechanisch ging er die wenigen Schritte auf seinen Vater zu, nicht ohne vorher die Waffe im Gebüsch notdürftig versteckt zu haben. Er blickte in weit geöffnete Augen. Lächelten sie sogar? Die braunen Haare sogen sich voll mit Blut. Was gab es da zu lächeln? Selbst im Tod verstand er seinen Vater nicht.

Zwei Tage später begrub Johann Matthias Käuffelin abends am Rand des Kirchhofs einen Mann, über den er Folgendes ins Kirchenbuch eintrug: Der 40-Jährige sei „als Trunkenbold die Treppe in seinem Haus heruntergestürzt, der auch am nämlichen Tag etliche Wirtshäuser besucht und mit dem nachgärenden Wein angefüllt". Eine Untersuchung wurde nicht angeordnet. Die Witwe Maria Agnes geborene Kälber, 38 Jahre alt, wurde entweder für ihre Haltung bewundert oder wie Luft behandelt. Ein Mittelding schien es nicht zu geben. Jacob Friedrich packte die Pistole unter seine Kleider. Er hätte es nicht bedauert, sie benutzt zu haben. In einem entfernten Winkel seines Herzens war er dennoch froh darum. Denn ein Mörder hätte nicht, wie er es plante, die Verantwortung für seine Geschwister übernehmen können. Catharina würde ihren Weg gehen. Doch die zwölfjährige Elisabetha Barbara wirkte labil. Sie war die einzige Tochter in der Familie, die Tränen um den toten Vater vergoss und Blumen auf den Friedhof brachte. Die drei jüngeren Mädchen Agnes Barbara, Eva Barbara und Anna Maria besuchten sein Grab nicht. Die Sache war für sie erledigt, nachdem die Mutter dem sechsjährigen Nesthäkchen Anna Maria auf deren besorgte Frage hin versichert hatte: „Nein, er kommt nicht wieder."

Beim Gedanken an das Leid in der Familie ihrer Freundin überkam Maria Agnes ein ganzes Bündel an unguten Gefühlen. Da waren zunächst Mitleid und Hilflosigkeit. Wie konnte sie der mittellosen Witwe beistehen? Sie zermarterte sich das Hirn darüber. Darüber hinaus schämte sich Maria Agnes dafür, dass sie sich in ihre Angst vor Adam Fischer hineingesteigert, Catharina in die Sache mithineingezogen und dabei völlig aus den Augen verloren hatte, mit welchen Sorgen diese selbst zu kämpfen hatte. Dazu kam ein erschreckender Gedanke, den sie zwar weit von sich wies, aber nicht völlig verdrängen konnte. Immer wieder sah sie im Geist den Lauf der Pistole vor sich, den ihr Jacob Friedrich gezeigt hatte. Was, wenn er seinen Vater …? Hätte irgendjemand ein Interesse daran gehabt, den Tod eines verrufenen Säufers näher zu untersuchen? Was, wenn … Maria Agnes' Herzschlag stockte. Was, wenn Adam Fischer gar nicht im fernen Dobel wäre, sondern … Nein, das konnte nicht sein.

„Warum machst du dir plötzlich Sorgen um ihn?" Catharina kannte die Freundin gut genug, um in den scheinbar belanglos gestellten Fragen nach dem Wohlergehen der Fischer'schen Familie einen ihr unerklärlichen Unterton herauszuhören. „Und überhaupt – was ist das für ein Wort – wohlauf?" Sie schüttelte den Kopf, ohne das sorgfältige Fegen der Straße vor der Sonne zu unterbrechen. „Mir wäre es an deiner Stelle völlig gleichgültig, ob Adam wohl oder weh, auf oder nieder ist. Hauptsache, würde ich zumindest meinen, er ist weit weg. Und das ist er." Es war, als setze sie noch mehr Kraft hinter den Besen. Fegte hinweg, was die Freundin, was sie selbst belastete. Die Ankunft eines vornehm gekleideten Boten erinnerte sie daran, dass sie noch eine Information beizusteuern hatte. Vage zwar, aber immerhin: Alles, was sie gehört habe, sei, dass wohl eine Lehrstelle für den jungen Fischer gesucht werde, möglicherweise im Ort, in dem seine Mutter zum ersten Mal verheiratet gewesen sei. Da gebe es noch Bekannte. „Das ist gut", sagte Maria Agnes Beck. „Das ist sehr gut."

„Samson, komm", rief sie, als sie ihr Elternhaus erreichte, „wir haben zu tun." Tatsächlich spazierte nach einer angemessenen Weile – lange genug, um den Eindruck devoten Gehorchens zu vermeiden – ein schlanker Kater auf sie zu. Die Ohren waren nach vorn gewandt, der Blick neugierig. Beste Voraussetzungen, um zu tun, was sie so lange vernachlässigt hatte. „Was hältst du von ein paar neuen Kunststücken?" Das zarte Fell auf dem schwarzen Katzennäschen kräuselte sich. Verführerische Düfte lagen in der Luft. Wenn das keine Wurst war, die Maria Agnes von ihrem Besuch in der Sonne mitgebracht hatte!

Seit damals, als sie Adam Fischer auf dem Markt zurückgewiesen hatte, waren Veranstaltungen dieser Art für Maria Agnes meist tabu gewesen. Die Furcht vor einem weiteren Zusammenstoß in aller Öffentlichkeit hatte ihr Denken beherrscht und – was schlimmer war als die entgangenen Münzen – ihr die Lust geraubt, an Samsons Künsten zu feilen. Doch nun fühlte sie sich wie befreit, und wenn ihr tierischer Freund dazu bereit sein sollte, so würde auch sie es sein und einen neuen Auftritt auf dem letzten Markt des Jahres wagen. Friedas Kinder waren freilich noch zu jung, um Käufer für sie zu suchen. Eventuelle Einnahmen von Zuschauern allerdings wollte sie heimlich Catharina Meißner zustecken.

Waren Verkäufer und Kunden immer schon zu einer so undurchdringlichen Menschenmasse verschmolzen? Als Maria Agnes mit ihrem gut vorbereiteten und brav in der Schütze ausharrenden Samson nach einem geeigneten Auftrittsort suchte, musste sie gleichsam durch ein Meer an Armen und Beinen, Körpern und Körben tauchen. An einem dieser Beine blieb sie schließlich hängen und konnte sich nur mit Mühe und dem Geschick einer geschulten Katzenbeobachterin abfangen. „Hoppla, junge Frau", hörte sie eine Stimme, die ihr entfernt bekannt vorkam, „fallt mir nicht hin." Sie fiel nicht; sicherheitshalber packten dennoch zwei sehnige Arme die ihren, und als sie aufsah, blickte sie ins Gesicht Johann Georg Deiningers. „Wenn das nicht Johann Jacobs Schwester, die Katzenverkäuferin, ist!", rief er hocherfreut. „Groß bist du geworden, hübsch, eine künftige Schönheit!" Sie brauchte ein paar Sekunden, um die Worte zu verstehen, und verwirrt stellte sie fest, dass eine heiße Röte ihre Wangen überzog. Nie hatte sie jemand als junge Frau bezeichnet, nie als hübsch, schon gar nicht als Schönheit.

Bevor sie sich weiter wundern konnte, ergoss sich aus Deiningers spärlich mit Zähnen besetztem Mund ein Redefluss, in dem Johann Jacob vorkam, in dem der Hirschwirt vorkam, in dem es um einen Strumpfstricker ging, der Johann Jacobs Dienste für ein paar Tage benötigen werde. Maria Agnes verstand nichts. Der Zainenmacher fing schließlich an, wild mit den Armen zu rudern, und ein paar Augenblicke später stand leibhaftig ihr Bruder vor ihr. „Schwesterchen", sagte er und wollte sie an sich drücken, entdeckte aber gerade noch rechtzeitig die Umrisse Samsons, die sich mehr und mehr zappelnd unter der Schürze abzeichneten. „Du gibst eine Vorstellung?“ – „Wir versuchen es, aber es ist wahrscheinlich zu eng hier“, antwortete Maria Agnes. „Zu eng? Ach was“, sagte Deininger und begann, seine Ware vom Wagen abzuladen. Aus Körben und Wannen formte er, die im Weg stehenden Menschen freundlich, aber bestimmt zur Seite schiebend, einen Halbkreis, der zur Bühne einer höchst erfolgreichen Darbietung werden sollte. „Und vergesst nicht“, rief Johann Georg Deininger am Ende in die applaudierende Menge hinein, „nur bei dieser jungen Dame bekommt ihr demnächst wieder die Geschwister des Künstlers, und nur bei mir bekommt ihr die Körbe, um die Katzen zu transportieren.“ Er vollführte eine merkwürdige Art der Verbeugung, und ohne es zu wollen, tat es Maria Agnes ihm nach, eleganter und tiefer freilich. Als sie wieder aufblickte, trafen ihre Augen die dunklen des Charles François Moutoux, der sich unbemerkt von ihr in die staunende Masse gemischt hatte. „Ihr wollt sicher auch etwas geben“, sagte Deininger und streckte forsch seine rechte Hand nach vorn. „Euch nicht“, erwiderte der junge Mann.

Kapitel 40

„Und das hast du gemacht?“ Maria Agnes konnte es nicht fassen, welch wertvolles Geschenk sie eben von ihrem Bruder überreicht bekommen hatte. Seidig und glatt fühlten sich die Strümpfe an, viel zu vornehm eigentlich, um sie in ihren groben Holzschuhen zu tragen. Und doch sollten sie ihr gehören. „Sie passen wie angegossen. Das hast du großartig gemacht“, lobte Christina Barbara, die gemeinsam mit ihrem Mann die Anprobe verfolgte. Johann Jacob Beck schwankte zwischen Freude und schlechtem Gewissen. „Nun, eigentlich sind sie nur der Lohn für meine Botendienste“, rückte der bald 18-Jährige mit der Wahrheit heraus. Er habe bei einem Strumpfstricker in Pforzheim gearbeitet, hatte er Eltern und Schwester knapp berichtet, als er wenige Tage vor Weihnachten plötzlich erschienen war. Melchiors Lächeln erstarb. „Aber du warst doch nun schon eine ganze Weile dort“, sagte er. Das Wort Lehre nahm er nicht in den Mund, doch die Hoffnung hatte er sich bewahrt, dass sein Sohn auf einen Gönner oder einen Bewunderer bisher nicht ans Tageslicht getretener Talente stoßen würde. „Ein Menschenschinder“, antwortete Johann Jacob lauter, als er es geplant hatte. Keinen Tag mehr werde er bei diesem Kerl verbringen. Stumm hielt er den Eltern seine Hände hin. Rote Striemen überzogen sowohl die Handrücken als auch die Innenflächen. „Oh nein“, rief Maria Agnes, „wie konnte er nur?“ Sie sah die Rute des Schulmeisters vor sich, malte sich aus, was ihrem Bruder passiert sein konnte, und erschauderte. Die Woge des Mitgefühls, die alle erfasste, ersparte es Johann Jacob, die ganze Geschichte zu erzählen, die auch davon gehandelt hätte, dass ein junger Mann seine Chance nicht genutzt hatte. Was konnte er dafür, sagte er sich, dass er diesen seltsamen Apparat, auf dem die Strümpfe gewoben wurden, nicht verstand? Er wollte es nicht. Er sah keinen Sinn darin, seinen Kopf anzustrengen für eine solche Arbeit, die Augen stundenlang auf ein und dasselbe Objekt zu richten, die Füße stillzuhalten, sich die Hände von scharfen Fäden, die sich nicht kontrollieren ließen, zerschneiden zu lassen. Irgendwann hatte der Meister die Geduld verloren, ihn mit der Auslieferung der Ware betraut. Doch die Menschen in der großen Stadt sahen ihn scheel an, und mit Schnelligkeit konnte er kaum punkten, wo an jeder Ecke eine Pferdekutsche stand. Er wollte zurück nach Lienzingen, und der verhinderte Lehrherr ließ ihn gerne gehen.

Immerhin, die Bezahlung in Form der Strümpfe gab seinem Abstecher ein wenig Sinn, und bald war die Geschichte vergessen, denn noch während Christina Barbara die wunde Haut mit einer Salbe einrieb, klopfte es an der Tür. Draußen stand Jacobina Fieß. „Ich brauche Euren Rat“, sagte sie.

„Die Wege des Herrn sind unausforschlich.“ Melchior hatte, ohne es zu registrieren, die Hände gefaltet. Er konnte kaum fassen, was ihm die frühere Frau seines lang verschwundenen Freundes berichtet hatte. Sie war damit einverstanden gewesen, dass der Rest der Familie zuhörte, denn je mehr Meinungen sie bekommen konnte, umso besser. Die Sache war die: Ein ihr völlig Unbekannter hatte um ihre Hand angehalten. Aus dem Nichts war er aufgetaucht, hatte zunächst den Chirurgen Beck, dann sie selbst sprechen wollen, hatte ihr als Zeichen seiner Ehrerbietung ein Kettchen seiner jüngst verstorbenen Frau mitgebracht und ihr die Ehe angeboten. Er würde nichts von ihr verlangen, das sie ihm nicht aus freien Stücken geben werde. Er wolle sie ehren und vor den irdischen Gefahren beschützen. Johannes Müller sei sein Name, er lebe in Mühlhausen, und dort in der Kirche wolle er sein Versprechen vor dem Höchsten bekräftigen.

„Aber wie ist er gerade auf Euch gekommen?“ Maria Agnes dachte an ihre Katzen, die sie einst der Magd mitgegeben hatte, die im geheimnisvollen Mühlhäuser Schloss arbeitete. Nie hatte sie daran gedacht, die Tiere wiedersehen zu können. Zu weit entfernt erschien ihr der Ort, der sich, wie sie gehört hatte, an eine Schleife der Enz schmiegte und von steilen Felshängen umgeben war. Jacobinas Augen füllten sich mit Tränen. Sie war eine große, schlanke Frau, der man das Leid, das sie erlebt hatte, nicht ansah. Doch nun sank sie in sich zusammen. „Wisst ihr noch, damals, als ich auf das Hausdach geklettert war, um … der Herr möge mir vergeben …“ Sie brach ab. „Ihr wart verzweifelt“, sagte Christina Barbara rasch und legte dem Gast ihre Hand auf die Schulter. Der ganze Körper bebte, doch Jacobina fasste sich. „Ich sprang damals in einen Wagen voll Heu. Johannes Müllers Wagen.“ Ein erstauntes „Nein!“ entfuhr allen Mitgliedern der Familie Beck fast gleichzeitig. Konnte das möglich sein? Der Retter von damals wollte sie nun heiraten? Müller, Bäcker von Beruf und Mitglied einer alten Mühlhäuser Familie, habe damals in Dürrmenz Mehl abholen wollen, das ihm von Verwandten seiner ersten Frau dorthin geliefert worden sei, erzählte Jacobina. Sie selbst habe, nachdem sie in seinem mit Heu und Säcken aller Art beladenen Wagen gelandet sei, dessen Eigentümer gar nicht registriert. Er aber habe sich nach ihrem Namen erkundigt. Und nun solle sie ihn retten. „Retten?“ Maria Agnes staunte ungläubig. „Mit einem Wagen?“ Jacobina schüttelte den Kopf. Fast musste sie ein wenig lächeln. „Er möchte von mir lernen, wie man mit dem Verlust lebt“, sagte sie ernst. „Ihm sind Frau und alle 13 Kinder gestorben. Der Pfarrer hat ihm keine

Antwort geben können, wie er damit weiterleben soll. Da bin ich ihm wieder eingefallen. Er hat Erkundigungen in Dürrmenz eingeholt, mich gefunden, und nun glaubt er, dass jemand wie ich, der gefallen ist und doch überlebt hat, ihn selbst vor dem Fall bewahren kann." Das klang kompliziert, unglaublich und nachvollziehbar zugleich. Niemand sprach, denn das Gehörte wollte zuerst verarbeitet sein. „Nun sagt mir", durchbrach Jacobina Fieß die Stille, „was soll ich tun?"

Es sei göttliche Vorsehung, antwortete Melchior nach einer Weile, und der Rest der Familie nickte. „Und Caspar?", fragte der Gast leise, fast unhörbar. In einem Winkel ihres Herzens glaubte sie zu fühlen, dass ihr erster Mann noch am Leben war, und sie fürchtete sich davor, vor den Altar zu treten. Vielleicht würde sie tot umfallen, wenn sie die Ehe bräche, vielleicht würde Müller von Gott erschlagen, vielleicht würde Caspar im Moment des Jaworts vor ihr aus dem Boden wachsen. All ihre Gedanken sprach sie nicht aus, doch fühlte Maria Agnes, was in Jacobina vorging. Wortlos verließ sie den Raum und suchte Frieda im Garten. Sie musste nicht rufen, schon spürte sie warmes Fell an den Beinen. „Frieda", flüsterte sie in aufmerksame Ohren, „unsere Freundin braucht deine Hilfe."

Rasch trug sie die Katze ins Haus und setzte sie, die Blicke ihrer Mutter ignorierend, direkt vor die Besucherin auf den Tisch. „Habt Ihr das Kettchen dabei?", wollte Maria Agnes wissen. Jacobina griff in die Tasche ihrer Schürze und förderte ein dünnes Lederband mit silbrig glänzendem Anhänger hervor. „Was willst du damit?", fragte sie. „Ich gar nichts. Zeigt es Frieda. Sie wird uns verraten, was von Johannes Müller zu halten ist.

Ich kenne niemanden, der Menschen besser beurteilen könnte als sie." Noch waren die letzten Worte nicht verklungen, da schnüffelte schon ein schwarzes Katzennäschen an dem Schmuckstück, das der Gast in der offenen Hand präsentierte. Sorgfältig prüfte Frieda alles, dann ließ sie sich mit einem Grunzen der Zufriedenheit nieder und schnurrte laut. „Ich gratuliere Euch zur Verlobung", sagte Melchior. „Der erste Ehebund, der von einer Katze geschlossen wurde", fügte Christina Barbara hinzu und streichelte über einen sacht vibrierenden Rücken.

In den letzten Dezembertagen kehrte Johann Jacob nach Lienzingen zurück. Seinen Platz im Bett nahm über die Feiertage Christina Margaretha ein, die von ihrer Dienstherrin nach Hause beordert worden war. Doch als das neue Jahr mit all seinen Aufgaben anbrach, zog es sie zurück zur Wedderkopfin, von der sie wusste, dass sie weitere Grundstücke erwerben wollte und daher keine Zeit haben würde, um sich um den Haushalt zu kümmern. Den ersten Schnee des Jahres 1767, der sich auf Dürrmenz' Straßen und Gassen gelegt hatte, zerschnitten die Räder eines Fuhrwerks. Es hielt vor dem Haus des Chirurgen Beck, um wenige dort befindliche Habseligkeiten der scheidenden Magd einzuladen, dann machte es Halt vor dem Häuschen der Familie Fieß. Für Jacobina und ihre einzige überlebende Tochter, die 13-jährige Catharina Barbara, war es ein Abschied für immer. Doch sie würden zwei Dürrmenzerinnen in Mühlhausen an ihrer Seite wissen.

„Guten Morgen, werter Namensvetter, kann ich wohl Euer Fräulein Tochter sprechen?" Melchior blickte überrascht von seiner Arbeit auf. Er wollte es doch noch einmal versuchen, seine Wolle an den Mann zu bringen, und war gerade dabei, übrig gebliebenes Rohmaterial von Schmutz aller Art zu befreien. „Herr Beck!“ Überrascht sprang er auf. „Christina Margaretha ist nicht mehr hier“, sagte er, „sie hatte nur ein paar freie Tage und ist jetzt wieder bei der Konsulentin Wedderkopf.“ Gottlieb Beck bedeutete Melchior, er könne sich ruhig wieder setzen. „Nein, nein, Euer junges Fräulein Tochter suche ich.“ Wollte der Chirurg etwa Maria Agnes die frei gewordene Stelle in seinem Haushalt anbieten? Melchiors Herz schlug schneller. Er wusste nicht, ob er sich darüber freuen sollte. „Sie ist im Haus des Kaufmanns Bühler, um ihre Freundin zu besuchen“, sagte er rasch, bevor ihm seine sich überschlagenden Gedanken von der Stirn abzulesen sein würden. „Dann richtet ihr doch bitte aus, sie möge mich bei Gelegenheit auch besuchen kommen“, gab Beck zurück und verabschiedete sich lächelnd.

Als Maria Agnes schließlich an seiner Tür klopfte, überwog bei ihr Vorfreude die Unsicherheit. Melchior hatte nichts weitergegeben als die wenigen Worte, die gewechselt worden waren, doch sie vermutete dasselbe wie ihr Vater. Und sie fühlte sich bereit für den Schritt. Was läge näher, als für den lieben Oheim zu arbeiten, was könnte sie sich Besseres wünschen, als ihrem Zuhause und den geliebten Katzen so nahe zu bleiben und dennoch endlich Geld zum Haushalt beisteuern zu können? Vielleicht könnte sie sogar weiterhin – mit Frieda und Samson – in ihrem eigenen Bett schlafen und würde dann früh morgens ihren Dienst aufnehmen. Sie würde der Hausherrin zur Hand gehen, noch viel lieber aber beim Kurieren der Patienten helfen. Die Szenen spielten sich schon bunt und lebendig vor ihrem inneren Auge ab, als ihr geöffnet wurde und ein fröhlich dreinblickender

Chirurg sie ins Haus bat. „Da strahlt ja jemand", freute er sich und führte sie in die Küche. „Möchtest du eine Suppe?", fragte er. Das Strahlen wich vom Gesicht des Mädchens. An der Feuerstelle stand eine junge Frau von frappierender Hässlichkeit. Beck schien die Veränderung ihrer Gemütslage nicht zu bemerken. Das sei die Tochter einer befreundeten Familie aus Mühlacker, die sich seine Frau als Nachfolgerin Jacobinas gewünscht habe, sagte er mit Blick auf die neue Angestellte beiläufig, ehe er höchst persönlich eine Schale mit der von ihr zubereiteten dampfenden Brühe füllte. Maria Agnes aß gierig. Solange sie damit beschäftigt war, musste sie schon nicht reden und vielleicht auch nicht weinen. Beck wartete einige Augenblicke, dann unterbreitete er seiner Besucherin ein Angebot, das diese nicht ablehnen konnte.

Am 27. Januar 1767 begleitete Maria Agnes Beck den Chirurgen selben Nachnamens auf dessen Fuhrwerk nach Mühlhausen. Eisiger Wind pfiff um ihre Nase, doch ihr Bauch war warm. Sorgsam eingehüllt in ihre Schürze, warteten zwei schon recht groß gewachsene Katzenmädchen darauf, als Hochzeitsgeschenk und Erinnerung an die Dürrmenzer Heimat an Jacobina Fieß, nun Müller, überreicht zu werden. Beck hatte einen ordentlichen Betrag hingelegt und Maria Agnes damit zumindest fürs Erste über die Enttäuschung hinweggetröstet. Als sie die ehrliche Freude in Jacobinas und vor allem Catharina Barbaras Augen sah, erreichte die wohlige Wärme auch ihr Herz. „Lebt wohl, meine Schätze", rief sie den schwarzweißen Kätzchen nach. Sie sollten in Johannes Müllers Backstube ein langes Leben lang reiche Beute machen. Jacobina sollte ihren zweiten Mann schätzen und bald auch lieben lernen. Nach Dürrmenz zog sie nichts mehr zurück. Catharina Barbara würde einen Ehemann in Mühlhausen finden, mit ihm zusammen ihr Glück aber in der Fremde suchen – in Preußisch-Polen, wo angeblich Milch und Honig flossen. Damit verlor Jacobina die letzte Tochter. Doch tiefer fallen als in die Hände Gottes oder eines von ihm gesandten Retters konnte sie nicht.

Kapitel 41

Der eisige Wind, der seit Tagen übers Land zog, war zu einem wütenden Sturm angeschwollen und hatte mitten in der Nacht einen Teil des Beck'schen Dachs abgedeckt. Mit Müh und Not hatten sich Maria Agnes und ihre Eltern in Sicherheit bringen können. Samson und Frieda hatten sich gar nicht erst ins Bett gelegt. Man hätte es wissen müssen, dass etwas Schlimmes passieren würde, dachte Maria Agnes bitter. Melchiors Verzweiflung über die klaffende Lücke im Dach und selbige, die sich in der klammen Haushaltskasse für eine Reparatur auftun würde, war mit Händen zu greifen. Selbst wenn sie das Geld gehabt hätten: Wer wäre, da betuchte Sturmopfer ebenfalls bei den Zimmerleuten anfragten, auf die Idee gekommen, ausgerechnet dem verschuldeten Wollenkämmer Beck zuerst aus der Bredouille zu helfen?

Am Morgen danach wurde das ganze Ausmaß der Zerstörung sichtbar. Abgerissene Äste und umgestürzte Bäume blockierten die Straßen, einige ganz baufällige Behausungen waren halb in sich zusammengefallen, und selbst die unangreifbar wirkenden Gasthöfe hatten von ihrem Glanz eingebüßt: Das Schild der Sonne hing in einem merkwürdigen Winkel herunter, und am Schwarzen Adler hatte der Sturm das Tor des Pferdestalls aus der Angel gehoben und das Dach zu einem Teil abgedeckt. Die Aufregung im Ort war groß, und es bedurfte einer ordnenden Hand. Nun redete man sich im Rat die Köpfe heiß, wälzte Akten auf der Suche nach Hinweisen auf den früheren Umgang mit Naturkatastrophen und erwog, eine Bittschrift an den Herzog zu senden. Das alles dauerte Anna Catharina Wedderkopf zu lange. Mit ihrem Angebot, die Namen der Hilfsbedürftigen zu erfassen und eine Liste der Schäden zu erstellen, wurde sie auf dem Rathaus brüsk zurückgewiesen. „Seit wann braucht es Weibsleute, um so etwas zu regeln? Zählt zu Hause Eure Hauben, das ist ein angemessenes Geschäft für Euch", hielt ihr der Unteramtmann entgegen. Die Konsulentin hob ihre rechte Augenbraue, schluckte einen Kommentar hinunter und machte kehrt. „Mein Kind, ich brauche dich", rief sie nach Christina Margaretha, die die Szene aus einiger Entfernung verfolgt hatte. „Und bring mir mein Reiseschreibzeug."

Der erste Weg führte die beiden zum Pfarrhaus. Nein, schüttelte Esther Dorothea Käuffelin bedauernd den Kopf, ihr Mann sei nicht zu Hause. Ob sie helfen könne? Ja, sagte die Wedderkopfin nach einer Sekunde des Nachdenkens. Ja, natürlich. Wer brauche schon die Männer, um wichtige Dinge zu erledigen. Wenige Minuten später war die Pfarrerin über den Plan in Kenntnis gesetzt und Feuer und Flamme von der Idee, praktische Nächstenliebe üben zu können. Sie rief ihre älteste Tochter Regina Dorothea herbei, die mittlerweile 13 Jahre alt und ebenso hübsch wie verständig war. Man verstärkte sich weiterhin um Frau Kaufmann Bühler, die wiederum

Louise Philippine, eine erwachsene Tochter des welschen Pfarrers Moutoux, mit ins Boot holte. Die Inventur konnte beginnen. Fünf Weibspersonen in unerhörter Mission durchkämmten die Gassen, verschafften sich ein Bild der Lage und hielten ihre Eindrücke schriftlich fest. Christina Margaretha war indes mit einem Sonderauftrag ausgestattet. Sie eilte zur Ziegelhütte, denn ohne Ziegel konnte der beste Zimmermann nichts ausrichten. Sie traf zu ihrer Überraschung auf einen ihr unbekannten Mann mittleren Alters. Er sei Christoph Hauser aus Pinache und werde gemeinsam mit dem Sohn seines verstorbenen Vorgängers gern dafür sorgen, dass alle Dürrmenzer wieder trocken wohnen könnten.

Noch während die Ratsherren tagten und sich gewaltig in die Haare gerieten, erstellten Anna Catharina Wedderkopf und Esther Dorothea Käuffelin einen Plan für diejenigen, deren Haus fürs Erste nicht genutzt werden konnte. „Bei uns können wir zur Not vier Leute einquartieren", bot die Pfarrerin an, und andere, die vom Sturm verschont worden seien, würden sich sicher auch gern unverschuldet in Not geratener Mitmenschen annehmen. Sie sprach's mit Überzeugungskraft und Entschlossenheit. Als ihr Mann am Abend frustriert und von den scharfen Ausdünstungen der Ratsherren halb betäubt nach Hause kam, musste er sein Nachtlager in der Amtsstube aufschlagen. Sein weiches Bett nutzten ausnahmsweise zwei seiner Schäfchen.

Die Wedderkopfin benötigte kein Provisorium. Ihre Schlafkammer gehörte vorübergehend Melchior und Christina Barbara Beck, deren jüngere Tochter das Bett mit Christina Margaretha teilte. Die Konsulentin selbst schlief nicht. Sie durchwühlte stattdessen bei flackerndem Kerzenschein ihre Unterlagen, bis sie endlich fand, wonach sie suchte. Der Zimmermann aus Mühlacker, der, wie der Schuldschein bewies, tief bei ihr in der Kreide stand, würde über die prompte Möglichkeit hoch erfreut sein, seine Passiva auf null zu setzen. „Ihr fangt dort an, wo es am dringendsten ist“, sagte sie ihm am nächsten Morgen, „nicht dort, wo man die Münzen am lautesten klingeln lässt.“ Dann hielt sie ihm demonstrativ den Schuldschein vor die Augen und tat, als würde sie ihn zerreißen. Sie unterließ es und hob nur ihre rechte Augenbraue. Der Mann vor ihr, der sie um zwei Köpfe überragte, nickte. Eilig machte er sich an die Arbeit.

Johann David Bächtle, der Wirt zum Grünen Baum, hatte, ohne lang zu fragen, die alte Schulmeisterin bei sich aufgenommen, denn auch sie war vorübergehend obdachlos geworden: Der Sturm hatte ausgerechnet das Fenster zu ihrer Kammer eingedrückt. Bächtle erwies sich als äußerst zuvorkommender Gastgeber. „Das vergesse ich Euch nicht“, versprach Elisabetha Sibylla Mauch. „Euch jetzt mit mir zu belasten, wo doch Eure Frau so viel Hilfe benötigt, ist wirklich der Beachtung wert.“ Mit mitleidigem Blick schaute sie hinüber auf die schwer unter der Last ihrer zwölften Schwangerschaft leidende Ehefrau des Wirts. Ihre Augen waren glasig, die Lippen trocken, die Haut gerötet. Mühsam versuchte sie, sich aus einem Sessel zu erheben. „Lasst mich Euch helfen“, befahl die Schulmeisterin mehr, als sie es anbot.

Wenige Stunden später saß sie am Bett der toten Maria Elisabetha Bächtle. Die ganze Nacht über hatte die arme Frau gekämpft, um, viel zu früh, ein namenloses, sterbendes Mädchen zur Welt zu bringen. Den Accoucheur aus Pforzheim zu holen, der das Kind womöglich hätte herausschneiden können, war angesichts der Straßenverhältnisse unmöglich. Ebenso wenig gelang es, den Blutfluss zu stoppen. Auch der Pfarrer, den Bächtle aus unruhigem Schlaf weckte, kam zu spät. Die Hebamme beeilte sich, den todgeweihten Säugling zu taufen, und so war die alte Schulmeisterin die letzte, der Maria Elisabetha Bächtle einen Auftrag erteilen konnte.

Drei Tage später versammelte sich halb Dürrmenz auf dem Friedhof. Dem Baum-Wirt galt das ehrliche Mitgefühl aller, hatte er doch keinem Bittsteller, der ihn um ein kleines Darlehen bat, je eine Absage erteilt. Auch Melchior zählte zu seinen Schuldnern. Selbstverständlich reihten er, seine Frau und die Töchter sich in den Trauerzug ein. Dieses Mal würde es keinen Eklat geben. Davon ging er zumindest felsenfest aus.

Bis sich, als die Gesellschaft schon wieder auf dem Heimweg, aber noch eng zusammen war, die Redwitzin vor ihm aufbaute. Lange hatte sie sich nach der Geburt ihrer jüngsten Tochter aus der Öffentlichkeit zurückgezogen. Doch nun schien sie wieder zu Kräften gekommen zu sein. Sie lüftete den an ihrer seidenen Haube befestigten Trauerschleier und gab den Blick frei auf ihr bis auf die darin stehende Wut makelloses Gesicht. „Euer Dach ist geflickt?“ Es war keine Frage, es war ein Vorwurf, mit dem sich Melchior unvorbereitet konfrontiert sah. „Ja“, antwortete er, „glücklicherweise konnte es der Zimmermann rasch einrichten.“ Sie atmete hörbar aus und ein. „Bei uns konnte er es unglücklicherweise noch nicht einrichten, obwohl die edlen Pferde unserer Gäste sich derweil den Tod holen könnten.“ Sie wartete wieder, und inzwischen hing halb Dürrmenz an ihren Lippen. „Was ich mich frage, ist …“ – sie ließ den Blick über die

Menge schweifen – „…ob Handwerker heutzutage eine andere Art der Bezahlung bevorzugen. Bitte helft mir. Ihr müsst es wissen, denn Geld kann es bei Euch nicht sein." Melchiors Herz pochte. Er fühlte sich überfordert, wusste aber gleichwohl, dass er und niemand anderes die Sache ausfechten musste. Seine Frau würde zu heftig, seine junge Tochter zu unbedacht, die ältere überhaupt nicht antworten. „Wie ich Euch sagte", begann er vorsichtig, „glückliche Umstände. Es gab diese Untersuchung, welche Gebäude am stärksten betroffen waren, und Frau Konsulentin und ihre Helferinnen versuchten zu vermeiden, dass zu viele Leute zu lange ohne Dach über dem Kopf sein müssten." Melchior war nachgerade stolz auf sich, diesen komplizierten Satz so unfallfrei formuliert zu haben. Es war, als wüchse er um ein paar Zentimeter, und es war, als sei die nicht besonders große Adlerwirtin im selben Moment um ein paar Fingerbreiten kleiner geworden. „Sicherlich wird sie bei Euch auch bald das Notwendige veranlassen." Er hatte sich zu einem Zusatz verstiegen, den er besser nicht ausgesprochen hätte.

Auf der Stirn der Catharina Barbara Redwitz bildete sich eine steile Falte. „Sie? Veranlassen?" Sie keuchte die beiden Worte beinahe heraus. „Seit wann veranlassen die Weiber hier irgendetwas?" Viele der Männer, die bisher stumm und aus reiner Neugier zugehört hatten, fühlten sich nun dazu ermuntert, empört in die Klage über die unerhörten Vorgänge einzufallen. Beck wäre am liebsten geflüchtet, da fühlte er sich plötzlich von Maria Agnes an der Hand gehalten. Sie suchte seinen Blick und seine Zustimmung. Dann sagte sie mitten hinein in das langsam abebbende Geschrei: „Ist es nicht gleichgültig, ob gute Entscheidungen von Männern oder von Frauen getroffen werden? Seid Ihr etwa dümmer als Euer Mann?" Darauf wusste die Redwitzin nichts zu antworten außer: „Noch frecher bist du geworden. Aber das habe ich ja kommen sehen." Sie drehte sich um und ging. So sehr sie danach lechzte, dem Balg und am besten auch seinem nichtsnutzigen Vater eine Ohrfeige zu verpassen, so sehr hallten doch die Worte in ihr nach.

Wochenlang waren die Handwerker damit beschäftigt, die Häuser wieder instand zu setzen. Der welsche Pfarrer Jacques Moutoux hatte auf Anraten seiner Tochter sein Anliegen zurückgestellt. Sie musste ihn nicht lange überzeugen. Er war ein asketischer, weißhaariger Mann, und in seinen mehr als 40 Jahren, in denen er nun der kleinen Gemeinde vorstand, hatte er Schlimmeres erlebt als ein nur an einer kleinen Stelle undichtes Dach. Wer wie er bei Wind und Wetter in der baufälligen Kapelle auf der anderen Enzseite predigte, die die Dürrmenzer den Fremden vor zwei Generationen überlassen hatten, beklagte sich nicht über Zugluft oder ein paar Tropfen Regen, die sich den Weg in die Schlafkammer bahnte. Wer wie er zwischen mühsam erkämpftem Pfarrhaus in Dürrmenz, Kapelle und dem Filialort Schönenberg pendelte – zu Fuß wohlgemerkt –, wer als Student in Marburg und Amsterdam fast verhungert war, um sich die nötige Literatur leisten zu können, wer Bittbriefe nach halb Europa schickte, um für sich und seine Familie um Unterstützung zu flehen, der war größere Belastungen gewohnt. Nun, da der alte Moutoux seine Kraft schwinden fühlte, richtete er sein Ziel einzig und allein darauf, seinen jüngsten Sohn als Nachfolger zu installieren. Wenn es ihm schon nicht dauerhaft gelingen sollte, ein Gehalt für Charles François als Vikar in Dürrmenz zu erstreiten, so sollte der jetzt 22-Jährige doch wenigstens die französische Gemeinde in Pforzheim bekommen, die von Dürrmenz aus betreut wurde und gerade an Köpfen und Bedeutung wuchs. Prüfung und Ordination seines jüngsten Sohnes standen kurz bevor, und es kostete derart viel Zeit und Mühe, mit den zuständigen Stellen zu kommunizieren, dass er sich selten, fast nie fragte, ob der Spätgeborene, dem er nie richtig Vater war, den er eigentlich kaum kannte, geeignet sein würde als Seelsorger. Doch das Nachdenken darüber verbot sich, denn der einzig andere überlebende Sohn Erneste Louis David kränkelte von Kindesbeinen an und verharrte in der Rolle eines von der Mutter verhätschelten Tagträumers. Hätte er doch nur die Gaben seiner Schwestern, wünschte sich der alte Moutoux in stillen Momenten.

Doch so klug seine Töchter auch sein mochten, mehr als die Rolle der Ehefrau war für sie nicht vorgesehen. Die Älteste, Suzanne Judit Madeleine, hatte er günstig an den Heidelberger Gelehrten Andreae verheiratet und so zwei Fliegen mit einer Klappe geschlagen: Kost, Logis und, so hoffte er, Erziehung waren seinem Jüngsten als Gast bei Suzanne und ihrem Mann während des Studiums sicher gewesen. Elizabethe Marguerite hatte er 1761 zur Ehefrau des Pfarrers Doll aus Palmbach gemacht. Fast tat das Mädchen ihm im Nachhinein ein wenig leid, denn Doll fristete ein Dasein nah am Existenzminimum. Doch wer konnte sich sein Schicksal schon aussuchen? Pläne für die 25-jährige Louise Philippine hatte er noch nicht geschmiedet. Sie hatte prächtige schwarze Haare und eine schön gewölbte Stirn, aber leider schief stehende Zähne. Vielleicht würde er sie auch als Hilfe für seine Frau im Haus behalten. Ausgerechnet Louise schreckte ihn mit ihrem Klopfen an die Tür seiner Kammer aus seinen Gedanken. „Herr Vater“, sagte sie auf Französisch, wie immer, wenn es um wichtige Dinge abseits des normalen Alltagslebens ging. „Draußen steht ein Herr aus Frankreich, der Euch gern sprechen möchte.“ Der alte Moutoux fuhr auf. Beinahe stieß er den schweren Stuhl aus Eichenholz um, auf dem er gesessen hatte. Mochte er auch schon 74 Jahre auf dieser Erde zugebracht haben, die allermeisten fern der Heimat, so rührte ihn doch allein die Erwähnung des Landes an. Wehmut erfasste ihn im selben Maße wie Schrecken, denn aus eben dieser Heimat waren schließlich seine Leute ihres Glaubens wegen vertrieben worden. Nichts anderes als Flucht, Gefahr, Entbehrung und vage Hoffnungen auf einen Neuanfang hatten seine Kindheit geprägt. Was wollte nun ein Franzose von ihm? Sollte er ihn überhaupt hereinbitten?

Der Gast stellte sich als Jean François Autran vor. Er spiele mit dem Gedanken, nein, um ehrlich zu sein, habe den Plan gefasst, in Pforzheim seiner Profession nachzugehen und eine größere Uhrenmanufaktur zu betreiben, sagte der Fremde. Bevor er aber gute Männer, wahre Meister ihres Fachs, anwerben werde, wolle er sich versichern, dass auch Menschen reformierten Glaubens in Pforzheim geistlich gut betreut sein würden. „Kommt herein, werter Freund“, sagte Moutoux und legte seine faltige Hand auf den aus teurem Stoff genähten Ärmel Autrans. „Kommt herein. Ihr seid richtig bei mir.“

Maria Agnes wunderte sich über die vornehme Kutsche, die vor dem welschen Pfarrhaus hielt. Hatte sie je dermaßen aufwendig verzierte Wände gesehen und edlere Rösser als diese, die vor Ungeduld mit den Hufen scharrten? Sie war auf dem Weg zu Lucretia Bühler, von der sie sich Absolution für ihren Auftritt bei der Beerdigung erhoffte. Melchior und Christina Barbara hatten offenbar beschlossen, nicht mehr über das Thema zu sprechen, und übertrafen einander darin, anderen Dürrmenzern, deren Hausreparatur noch nicht abgeschlossen war, ihre Dienste anzubieten. Die Unterwürfigkeit, die vor allem ihr Vater dabei an den Tag legte, ließ sie erschaudern. Hatte sie ihren Eltern erneut im Bemühen zu helfen einen Bärendienst erwiesen? „Ach", wehrte Lucretia ab, „wer wird schon gehört haben, was zwischen euch gesprochen wurde. Es war solch ein Trubel. Nein wirklich, mach dir keine Sorgen." Sie sprach es, kraulte gleichzeitig Willy hinter den Ohren, doch drohte der Kater von ihrem Schoß abzurutschen, was nicht ihm anzulasten gewesen wäre. Schließlich reckte und streckte sich das Mädchen, um sitzend durchs Fenster einen Blick auf die Eingangstür des Pfarrhauses zu erhaschen. „Was haben denn deine Eltern erzählt?", hakte Maria Agnes nach. „Einige Männer hätten sich über ungehorsame Frauen ereifert, sagten sie, aber darüber haben sich Maman et Papa nur amüsiert", antwortete Lucretia. „Ganz recht", schaltete sich ihre Mutter ein, die unbemerkt von beiden Mädchen eingetreten war. „Denn wer sollte dafür gescholten werden, dass er anderen Menschen hilft? Das wäre unchristlich", sagte sie. „Neugier ist übrigens auch nicht zu den Tugenden zu rechnen", fügte sie hinzu und nahm Willy an sich, bevor dieser, sich am teuren Kleid der Tochter festkrallend, noch Löcher hineinreißen konnte.

Willy wurde zur Tür hinausbefördert und gab ein Geräusch von sich, das deutlicher als viele Worte seinem Unmut Ausdruck verlieh. Lucretia musste lachen, und dieses aus dem Mund der Freundin so selten zu hörende helle, ansteckende Geräusch befreite Maria Agnes aus ihrer Trübsal. „Schaust du auf die schöne Kutsche?" Lucretia schüttelte energisch den Kopf. „Ich warte, bis der schöne Mann wieder auftaucht, der aus der Kutsche ausgestiegen ist." Diesen Zug kannte Maria Agnes an ihrer Freundin noch nicht, doch wollte sie ihr gern beim Warten die Zeit vertreiben. Zu oft schon waren die gemeinsamen Stunden von Krankheit überschattet gewesen. Wenn sich das Mädchen nun einmal ihres Lebens erfreute, dann wollte sie Zeugin dessen sein. Mochten die Hintergründe auch Fragen aufwerfen. „Was meinst du mit schön? Hat der Mann einen Schnurrbart und Katzenohren?" Lucretia lachte wieder ihr glockenhelles Lachen. „Bart? Nein, und die Ohren – die steckten unter einem Hut." – „Dann weiß ich wirklich nicht, warum du hier am Fenster ausharren solltest", sagte Maria Agnes. „Ja, das stimmt eigentlich." Über Lucretias Gesicht legte sich ein sonderbarer Ausdruck. „Du weißt, ich darf in den kalten Monaten das Haus nicht mehr verlassen. Ob du wohl für mich hinausgehen und den Herrn bitten könntest, sich mir vorzustellen?"

Maria Agnes war zu verblüfft, um abzulehnen. Sie trat auf die Straße, auf der kein schöner Mann mit oder ohne Katzenohren zu sehen war. Der Kutscher allerdings war greifbar. Er hatte eine krumme Nase, abstehende Ohren und einen dicken Bauch, aber seine Augen wirkten freundlich. „Entschuldigt bitte", sprach ihn Maria Agnes an. „Habt Ihr vielleicht den roten Kater meiner Freundin gesehen? Sie ist ganz verzweifelt. Er muss hier irgendwo sein." Der Kutscher verneinte und lächelte bedauernd. „Wartet Ihr schon lange hier?" Er hob und senkte eifrig seinen schweren Kopf. „Hmmm", machte Maria Agnes,

„dann könnte er sich in Eure Kutsche geschlichen haben. Meine Freundin ist zwar seeeeeeeeehr vornehm, aber ihr Kater macht manchmal Dinge ..." Sie kicherte und schlug eine Hand vor den Mund, als müsste sie noch schlimmere Schandtaten des Untiers geheim halten. „Hmmmmm", brummte es tief aus dem Bauch des Kutschers, „dann sollten wir besser nachsehen." Schon verschwanden ein schlankes Mädchen und ein dicker Mann im edlen Gefährt. Als sie leicht zerzaust und natürlich erfolglos wieder daraus auftauchten, wurden sie von hübschen hellbraunen Augen taxiert. „Est-ce que je peux jouer avec vous?", fragte Jean François Autran, ohne eine Antwort zu erwarten. „Verzeiht", brummte der Kutscher, „die junge Dame sucht eine Katze." Den kurzen Moment, in dem er sich vor dem ausländischen Herrn zu verantworten versuchte, nutzte Maria Agnes, um unter das Gefährt zu kriechen, wo sie die ganze Zeit über Willy vermutet hatte. Tatsächlich, da saß er in geduckter Haltung, als warte er auf den Sommer, in dem der Schattenplatz unter allen Katzen weit und breit begehrt sein würde. Sie blies ihm kräftig ins runde Gesicht, woraufhin er sich unwillig trollte und just neben den Beinen Autrans das Sonnenlicht erblickte. „Oh wunderbar, tausend Dank, Ihr habt ihn gefunden", rief Maria Agnes laut und griff nach dem überrumpelten Kater, den sie einem ebenso überrumpelten Franzosen in die Arme drückte. „Ihr müsst ihn meiner vornehmen Freundin selbst zurückbringen, damit sie Euch persönlich danken kann!"

So stolz Maria Agnes auch war auf ihre geglückte Vorstellung – der Herr mit den rehbraunen Augen hätte sich auch ohne ihr Zutun bald im Hause des Kaufmanns Bühler vorgestellt. Die hochfliegenden Pläne, die er verfolgte, ließen sich schließlich nur mit einem dicht gewobenen Netzwerk an Handelspartnern in die Tat umsetzen. Doch dass Autran am 3. März erneut in Dürrmenz erschien, hatte mit geschäftlichen Interessen nichts zu tun. Er wollte dem alten Pfarrer Moutoux sein Mitgefühl beweisen, als jener seinen Sohn Erneste Louis David zu Grabe trug. Lucretia schämte sich dafür, sich über einen bemerkenswert warmen Vorfrühlingstag zu freuen, an dem es ihr die Eltern erlaubten, die Beerdigung zu besuchen. Vom glatten Gesicht ihres Schwarms wanderte ihr Blick immer wieder hinüber zum zerfurchten Antlitz des Pfarrers. Wie mochte er sich fühlen? Wer war seiner Frau Marie eine Stütze, die mehr einem Schatten als einer lebenden Person glich? Was ging in Charles François vor, dessen Miene unbewegt war? Lucretia vermisste unter den Trauergästen Moutoux' Tochter Suzanne, die sie immer besonders gern gehabt hatte. Lediglich ihr Ehemann war aus Heidelberg angereist und sah krank und mitgenommen aus. Genau zwei Wochen später nahm er für immer Abschied von seiner 35-jährigen Frau, die ausgezehrt ihr Leben aushauchte und Andreae mit einer kleinen Tochter zurückließ. Jacques Moutoux trug den Sterbefall in runden, formschönen Lettern in sein Kirchenbuch ein.

Kapitel 42

Georg Philipp August Wohlmann kannte das Wort Langeweile nicht. Er war ein vielbeschäftigter Mann, der Felder, Wiesen und Weinberge bewirtschaften ließ, ein Gasthaus erworben hatte und als Maulbronnischer

Amtspfleger ständig zwischen dem Ort mit dem beeindruckenden Kloster und dem Dürrmenzer Rathaus hin und her pendelte. Er wusste Heim und Familie in den zupackenden Händen seiner ebenfalls einem gebildeten Haus entstammenden Frau und gönnte sich den Luxus, an den geordneten Lauf der Dinge zu glauben. So war er kaum beunruhigt darüber, dass seine erwachsenen Töchter einen Heiratskandidaten nach dem anderen abwiesen. „Ich heirate nur einen Pfarrer", hatte die Älteste, Louise Dorothea, schon als Kind verkündet, doch hatte kein angehender oder schon fertig ausgebildeter Gottesmann bisher vor ihren strengen Augen bestanden. Ihre Schwestern Maria Johanna, Christiane Philippine und Charlotte Augusta schienen mit ihren Gebetbüchern und komplizierten Handarbeiten verheiratet zu sein. Der Sohn Philipp Friedrich war nach Durlach gezogen, wo er Karriere zu machen gedachte und zu den schönsten Hoffnungen Anlass gab. Dass nun der Jüngste, Johann Gottlieb, mit Glanz und Gloria durchs sogenannte Landexamen gefallen war, das ihm einen Platz in der berühmten Maulbronner Klosterschule beschert und den Weg zum Theologiestudium geebnet hätte, erschütterte Wohlmanns Weltbild. Sicher, der Junge wirkte verschlossen, in seinen Bewegungen oft linkisch und unsicher, doch konnte sein Sohn kein Versager sein! Irgendetwas musste ihn davon abhalten, seine Begabung zu entfalten. War er schlecht vorbereitet worden? Hatten ihn die Prüfer schlecht behandelt? Hätte er vielleicht, weil er eine Krankheit in sich gespürt haben könnte, gar nicht antreten sollen?

Es brach kein Donnerwetter über Johann Gottlieb herein, sondern ein Fragengewitter. Der 15-Jährige konnte sich beim besten Willen nicht daran erinnern, je so viel Zeit am Stück in der Gegenwart seines Vaters verbracht geschweige denn überhaupt von ihm beachtet worden zu sein. Und so brachte er nur gestotterte Antworten zustande, die dem alten Wohlmann zuerst die Zornesröte, dann den Angstschweiß auf die Stirn trieben. War mit dem Jungen etwa doch nichts anzufangen? Wie er denn dereinst eine Familie ernähren wolle, probierte er es auf eine andere Art. Endlich hellte sich Johann Gottliebs betrübtes Gesicht ein wenig auf. Das Mädchen, sagte er mit fester Stimme, das er zu heiraten gedenke, erwarte nicht viel. Und wenn er ihr auch keine Reichtümer schenken könne, so gehöre ihr doch seine Liebe. Wohlmann zuckte zusammen. Sein junger Herr Sohn habe jetzt schon eine Dame von Stand ausgewählt? Wie sie denn heiße? Johann Gottlieb fühlte sich plötzlich seltsam stark und unanfechtbar, als er nach einer Pause antwortete: „Das werde ich Euch zu gegebener Zeit sagen. Sie soll es zuerst selbst erfahren."

Georg Philipp August Wohlmann verwünschte sich selbst. Warum nur kannte er seine eigenen Kinder so schlecht? Warum vertrauten sie ihm nicht? Alle Versuche, aus den Töchtern etwas herauszubekommen, prallten an ihnen ab. Er war nicht einmal dazu in der Lage, an ihren Gesichtern abzulesen, ob sie ihn nun eiskalt belogen oder wirklich ahnungslos waren. Seine Frau, eher belustigt als beunruhigt, konnte sich ebenfalls keinen Reim auf die Pläne des Sohnes machen. War er nicht noch ein Kind? Musste man sein wirres Geschwätz überhaupt ernst nehmen? Von ihr war keine Hilfe zu erwarten. Also blieb nur eines: Er musste selbst herausfinden, an wen Johann Gottlieb sein Herz verschenkt hatte.

Die Natur hatte den Schock des stürmischen und eisigen Winters überwunden – mehr noch, sie schien sich ausschütten zu wollen vor Blüten, Düften, frischem Gras und ersten Blättern an den Bäumen. Der Gesang der Vögel weckte die Dürrmenzer früh am Morgen, und sanfte Strahlen der Aprilsonne hüllten die ganze Welt in ein gnädiges Licht. Auch der Amtmann Wohlmann, der sich selbst für wenig romantisch hielt, konnte sich der Faszination nicht entziehen und vergaß eines schönen Tages auf dem kurzen Weg zum Rathaus sein Alter, seine Würde und seine schmerzenden Gelenke. Er bückte sich, um die kleinen Vergissmeinnicht zu bewundern, die über Nacht das Enzufer überzogen, als hätte ein Herrscher einen wertvollen, zartblauen Teppich darüber ausgebreitet. Verstohlen lächelte er, als er mit rauen Fingern über die zarten Blüten strich. Da kam ihm eine geniale Idee.

Er eilte zurück und erntete höchst überraschte Blicke seiner Kinder, die den Vater längst bei der Arbeit wähnten. „Ist Euch nicht wohl?", fragte Louise Dorothea besorgt. „Mir ist wohl, sogar sehr wohl", antwortete Georg Philipp August Wohlmann. „Ich habe etwas mit ihm zu besprechen." Sein Kopf neigte sich in Richtung der Bank, auf der Johann Gottlieb gerade ein Butterbrot verspeiste. Der Junge erschrak. Das konnte nichts Gutes bedeuten. Er legte das Brot, für das sich umgehend eine seiner Katzen interessierte, ab und folgte seinem Vater ins Treppenhaus. „Mein Sohn", fing dieser an und machte ein ernstes, aber gütiges Gesicht. „Ich habe eine wichtige Aufgabe für dich." Johann Gottliebs kurzsichtige Augen flackerten. Was würde das werden? Plötzlich fühlte er die rechte Hand seines Vaters auf seinem Arm, und ein wuchtiger Oberkörper beugte sich über ihn. Er machte sich so klein wie möglich in Erwartung von Schlägen, die offenbar jetzt mit einiger Verspätung auf ihn einprasseln würden. Doch nichts dergleichen geschah.

„Hör zu“, sagte der alte Wohlmann in verschwörerischem Tonfall. „Deine liebe Frau Mutter, meine hochgeachtete Ehefrau, begeht morgen ihren Geburtstag, und ich möchte ihr eine besondere Freude machen.“ Johann Gottliebs Körper entspannte sich merklich, das konnte sein Vater durch die Kleidung hindurch spüren. Er war auf dem richtigen Weg. „Du weißt vielleicht, wie sehr sie Blumen liebt.“ Er machte eine Pause und wartete, bis der Sohn seinen Kopf so gedreht hatte, dass sie einander in die Augen schauen konnten. „Als wir jung waren, habe ich ihr öfter einen hübschen Strauß gepflückt, denn Frauen sind ganz verrückt danach, wenn man dies und jenes auf der Wiese für sie zusammensammelt. Kein Herz wird erobert ohne Blumen, und so war es auch mit ihr.“ Vorsicht, warnte eine innere Stimme, übertreibe es nicht. Doch offenbar kannte der Sohn den Vater so schlecht, wie es umgekehrt der Fall war, und schöpfte keinen Verdacht. Wohlmann fuhr fort: „Die allerliebsten Vergissmeinnicht blühen draußen am Enzufer. Es wäre das schönste Geschenk für deine Mutter, wenn sie sich einen Strauß davon an ihr Bett stellen könnte. Doch meine Knochen … Ich könnte mich wohl hinunterbücken, aber nie mehr aufstehen. Deshalb, mein Sohn, brauche ich dich als verschwiegenen Helfer. Würdest du den Strauß für mich pflücken?“ Johann Gottlieb nickte heftig. „Jetzt gleich?“, fragte er. „Nein, warte, bis die Dämmerung hereinbricht. Sie soll doch nicht durch einen zufälligen Blick aus dem Fenster alles erraten können.“

Georg Philipp August Wohlmann kam sich etwas seltsam dabei vor, den eigenen Sohn zu beschatten. Doch es war letztlich nur zu seinem eigenen Besten, sagte er sich, während er Johann Gottlieb aus angemessener Entfernung dabei beobachtete, wie dieser mit seligem Lächeln und großer Ausdauer Pflanzenstiel um Pflanzenstiel brach. Der 15-Jährige hatte eigens einen Beutel mitgenommen, in dem er Blüte um Blüte verschwinden ließ. Doch nach einer Weile sammelte er die Blumen nicht mehr im Beutel, sondern in der linken Hand. Wie der Vater von Weitem nur erahnen konnte, band er schließlich die zweite Portion mit einem langen Grashalm zusammen. Welchen Narren doch die Liebe aus dem Menschen macht, ob alt oder jung, dachte der Amtmann, als genau das eintrat, was er sich erhofft hatte. Der Junior marschierte nicht zum Elternhaus, sondern strebte auf die Ortsmitte zu. Sein Herz klopfte so laut, dass der Verfolger Holzpantoffeln hätte tragen können, ohne bemerkt zu werden. Auch den heftiger gehenden Atem des Vaters hörte Johann Gottlieb nicht, als er, seine Schritte immer mehr beschleunigend, in die Brunnengasse einbog. Wolken standen am spätabendlichen Himmel, und der Mond würde ihn nicht verraten. Dennoch verbarg er sich für ein paar Augenblicke in der Hecke, die den Garten der Familie Beck von einer abzweigenden Gasse trennte. Dann huschte er hervor, nahm lautlos die Stufen zur Eingangstür und legte dort den Beweis seiner Zuneigung ab. „Danke, Vater“, flüsterte er.

„Hat unsere Tochter einen Verehrer?“ Christina Barbara Beck präsentierte ihrem Mann das schon etwas welke Gebinde mit einer Mischung aus Stolz und Verwunderung. Melchior öffnete die Tür zur Schlafkammer, wo

Maria Agnes noch mit Samson spielte. Wer auch immer die Blumen gebracht hatte, er würde sich hinter einem schwarz-weißen Konkurrenten anstellen müssen.

„Ich wünschte, Lucretia hätte Blumen bekommen, nicht ich“, sagte Maria Agnes zu Catharina Meißner, mit der sie noch am selben Morgen die Angelegenheit besprach. Sie war verwirrt, und um ihre Verwirrung noch zu steigern, hatte sie festgestellt, dass sie mit ihren Eltern lieber nicht über die Sache reden wollte. Die Blümchen waren so zart und unschuldig, Adam Fischer konnte nicht dahinterstecken, es konnte sich keine Gemeinheit hinter der Gabe verbergen. Auch das galt es abzuklären, und wie erhofft versicherte ihr die Freundin, dass der Besagte noch nicht wieder auf der Bildfläche erschienen sei. „Freu dich einfach“, sagte Catharina. Genau das würde sie tun, versprach Maria Agnes, und platzierte den Strauß in einem zur Vase umfunktionierten Becher.

Im Hause Wohlmann indes war die Stimmungslage komplexer. Der Junior erhoffte sich wider besseren Wissens, dass die Adressatin seines Geschenks ihn identifizieren und den nächsten Schritt übernehmen würde. Der Senior war auf merkwürdige Weise beruhigt und beunruhigt zugleich. Nein, diese Wollenkämmerstochter, ein Kind noch und völlig indiskutabel, müsste er nicht als ernsthafte Gefahr betrachten. Doch was sollte er mit seinem Sohn anfangen, der offenbar in einer Traumwelt lebte? Wohlmann setzte sich an den Schreibtisch im Rathaus, aber er begann kein offizielles Dokument, sondern einen Brief an seinen Sohn Philipp Friedrich, in dem er diesen bat, nach einem tüchtigen Handwerksmeister Ausschau zu halten, der Johann Gottlieb in die Lehre nehmen würde.

„Was bedeutet es, wenn man Blumen geschenkt bekommt?“, fragte Maria Agnes ihre Schwester. Diese errötete und hoffte, dass an ihrer Stelle Anna Catharina Wedderkopf antworten würde. Die Konsulentin hatte den jungen Gast freudig begrüßt, sich nach dem Zustand des Dachs erkundigt und noch einmal betont, wie unfähig sich der Dürrmenzer Rat in der Bewältigung der Krise gezeigt habe. „Aber lassen wir das“, hatte sie gesagt, „setzen wir uns in die gute Stube und sprechen von erfreulicheren Dingen. Denn du siehst so aus, als hättest du gute Nachrichten.“ Nun, das wisse sie nicht so genau, hatte Maria Agnes geantwortet. „Blumen an sich sind etwas Schönes“, sagte die Konsulentin, ohne eines der Mädchen dabei anzuschauen. „Sie sollen dir zeigen, dass dich jemand gern hat. Aber es ist niemals eine Verpflichtung damit verbunden. Verstehst du das?“ Sie betrachtete intensiv ihre Hände und besonders jenen Finger, an dem ein viel zu enger Ring saß, der sich ärgerlicherweise nicht mehr abstreifen ließ. Dann wanderte ihr Blick zu Christina Margaretha hinüber. „Das Wichtigste ist, dass man selbst weiß, was man möchte.“

Ein sehr junger und ein deutlich älterer Kavalier ließen in den nächsten Wochen noch etliche Male Blumen sprechen, wagten aber nicht, ihr Anliegen in Worte zu fassen. Dann versiegte der Blütenstrom in die Brunnengasse, denn Johann Gottlieb Wohlmann fand sich eines schönen Morgens, früher, als sein schläfriger Geist Widerspruch hätte artikulieren können, auf einem Fuhrwerk wieder. Es würde ihn nach Karlsruhe bringen, wo er das ehrbare Sattlerhandwerk erlernen sollte. „Sagt ihr, ich komme zurück“, rief er seinen beiden Katzen zu, die die Abfahrt mit entgeistertem Blick vom Fenster aus verfolgten.

Doch Maria und Agnes blieben der Brunnengasse fern. Dort tauchte dafür ausgerechnet an Maria Agnes' 15. Geburtstag die Schulmeisterskatze Beata auf. „Wie wunderbar, dass du mich besuchen kommst", freute sich das Mädchen über den unerwarteten und einzigen Gast einer nicht stattfindenden Feier. Die Eltern waren mit Feldarbeit beschäftigt, die Schwester mit der Wedderkopfin unterwegs, und der Bruder sollte, so hatte er neulich im Vorbeigehen verkündet, ein paar Tage lang einem Bäcker in Ötisheim für Botengänge zur Verfügung stehen. Maria Agnes selbst war im Garten dabei, einen kleinen Bereich mit einem improvisierten Zaun aus zusammengesammelten Brettern abzugrenzen. Samsons Vorstellung auf dem Frühjahrsmarkt war ebenso einträglich gewesen wie der Verkauf der jüngsten Kinder Friedas, die der Hirschwirt an einen exzentrischen, aber, wie er versicherte, tierlieben Studiosus auf Durchreise und eine ebenso reiche wie einsame Witwe im Ort weiterverkaufte. Das Geld wollte Maria Agnes in den Kauf von Hühnern investieren. Wie herrlich wäre es, ab und zu ein Ei essen zu können, malte sie sich den Erfolg ihrer Aktion aus. Doch dachte sie nicht zuvorderst an sich selbst.

Mit großer Sorge beobachtete sie, wie die Kraft ihres Vaters mehr und mehr abnahm, was im selben Maß für den Ertrag der verbliebenen Felder galt. Die Mutter versuchte, das Geld für Steuern und Abgaben zusammenzukratzen, einen Schuldner durch Geliehenes bei einem neuen Schuldner ruhigzustellen. Am Ende des nicht zu gewinnenden Spiels blieb für das Überlebensnotwendige kaum noch etwas übrig. Hätte der sorgsam gepflegte Garten nicht einiges an Obst und Gemüse abgeworfen, hätte die Familie offiziell um das Almosenbrot nachsuchen müssen. Jegliche Mühe würde sich also lohnen, war sich Maria Agnes bewusst, als sie schwitzend versuchte, die Bretter in die knochentrockene Erde zu bohren. Beata sah ihr dabei zu und schien auch nach Stunden keine Anstalten zu machen, zu ihrer Besitzerin zurückkehren zu wollen. „Gefällt es dir nicht mehr in deinem Zuhause?", erkundigte sich Maria Agnes schließlich bei der in Sphinx-Position mit halb geschlossenen Augen verharrenden Katze. Da sie keine Antwort erhielt und aus dem Augenwinkel registrierte, dass Samson die Anwesenheit seiner Halbschwester zu missbilligen begann, löste sie den sonnenwarmen Körper vom Boden und trug Beata in Richtung des Schulhauses. Vor der Tür traf sie auf Catharina Agatha Bofinger, die offenbar irgendetwas oder irgendjemanden suchte. „Ach, da bist du ja", stieß die junge Frau beim Anblick Beatas hervor. „Sie ist ein bisschen verwirrt", fügte sie als Erklärung für Maria Agnes hinzu. Den Umzug ihrer Besitzerin habe die Katze offenbar noch nicht verwunden. „Und dabei sind es doch nur ein paar Schritte", sagte die Bofingerin und drehte den Kopf in Richtung der Gaststätte Zum Grünen Baum.

Ja, sie hatte, als die Proklamationen verlesen wurden, den Namen des Baum-Wirts registriert, der Rest war vom am Ende des Gottesdienstes anschwellenden Geräuschpegel verschluckt worden. Das ging rasch, hatte sie sich beiläufig gedacht. Nur ein halbes Jahr war seit dem Tod seiner Frau vergangen, doch natürlich wollten die unmündigen Kinder und der Haushalt versorgt sein. Dass Johann David Bächtle die rund 15 Jahre ältere Schulmeisterswitwe ausgewählt hatte, verblüffte Maria Agnes nur einen Moment lang. Als sie, Beata auf dem Arm, ein wenig zaghaft und entsprechend leise die Schwelle zur Gaststube überschritt, sah sie ein Paar, das gemeinsam die Vorbereitungen für das am Folgetag stattfindende Hochzeitsfest traf. Als hätten sie nie etwas anderes getan, standen der Wirt und seine Zukünftige Seite an Seite und polierten Teller, was ihr flotter von der Hand ging als ihm. Maria Agnes entging nicht, wie Bächtle die imposante Gestalt neben ihm anschaute, und ihr Herz hüpfte vor Freude darüber.

Das Mädchen wollte den Zauber des Augenblicks nicht zerstören und wartete stumm, doch schließlich durchbrach Beata die Stille und sprang maunzend zu Boden. „Ich bringe Euch jemanden mit", sagte Maria Agnes rasch und wollte sich umdrehen, um zu gehen. „Nicht so schnell, meine Freundin", sagte die nicht mehr junge, dafür aber glückliche Braut. „Johann David", fuhr sie an Bächtle gewandt fort, „dieses junge Fräulein soll morgen auch unser Gast sein. Sie hat mir in schweren Stunden geholfen, dann soll sie auch die frohen mit mir teilen." So fand sich Maria Agnes Beck am 4. August 1767 wieder inmitten einer bunt zusammengewürfelten Hochzeitsgesellschaft. Nie hatte sie ein Fest wie dieses erlebt, nie derart viel Fleisch vorgesetzt bekommen, von dem sie heimlich etwas in ihrer Schürze verschwinden ließ. Nie hatte sie erlebt, dass zwei Menschen öffentlich ihre Zuneigung bekundeten. Der Wirt dankte vor allen Gästen Gott, dem Allmächtigen, für den Wintersturm, der ihm zur Stunde seines größten Kummers eine derart patente und liebenswürdige Person ins Haus geweht habe. Und Elisabetha Sibylla, nun Bächtle, berichtete vom Versprechen, das sie ihrer sterbenden Vorgängerin gegeben habe, sich um die kleine Tochter und die halb erwachsenen Kinder zu kümmern. „Nun ist es mit ihm“ – sie knuffte Johann David in die Seite – „halt noch ein Kind mehr geworden“, sagte sie und lachte derart ansteckend, dass keiner im Raum sich mehr über den Altersunterschied echauffieren konnte.

Maria Agnes saugte das Glück des Paares förmlich in sich auf, gleichzeitig fühlte sie sich aber auch merkwürdig beobachtet von den jungen Kerlen, die zur Hochzeitsgesellschaft zählten. Einige kannte sie, einige mussten von weiter her angereist sein. Und wenn nun einer dieser pickeligen Möchtegernmänner ihr die Vergissmeinnicht gebracht hatte? Der Gedanke beunruhigte sie so sehr, dass sie vor dem Nachhausegehen eine wichtige Frage an die Braut loswerden musste. „Hat er Euch Blumen geschenkt, bevor er Euch gebeten hat, seine Frau zu werden?“ Die ehemalige Schulmeisterin stutzte kurz, überlegte und verneinte dann. „Das ist gut“, gab Maria Agnes erleichtert zurück und bahnte sich den Weg Richtung Eingangstür. Der Amtmann Wohlmann streckte ihr den Rücken zu und bemerkte, sich mit einem anderen wichtigen Herrn unterhaltend, nicht, dass sie gerne vorbeigehen wollte. Sie zögerte. Im selben Moment spürte sie eine Hand an ihrem Allerwertesten. „Nein“, sagte sie laut, drehte sich in katzenhafter Geschwindigkeit um und verpasste, bevor sie einen klaren Gedanken fassen konnte, dem Jüngling hinter ihr eine schallende Ohrfeige.

Der Held schrie auf, und sie nutzte den allgemeinen Aufruhr, um ins Freie zu entwischen. Draußen vor der Tür saß Samson, als habe er auf sie gewartet, als wolle er sie abholen. „Oh Samson, was habe ich gemacht!“, rief sie ihm zu.

Im Nachhinein zermarterte sie sich das Hirn darüber, ob sie das Gesicht, in dem ihre linke Hand gelandet war, kannte. Nein, sagte sie sich nach einer Weile, es musste ein Fremder gewesen sein, und die Sache würde der Vergessenheit anheimfallen. Drei Wochen später, als wieder eine Frau vor den Altar trat, die sie kannte, lief sie nicht Gefahr, die Beherrschung zu verlieren. Denn Geld für Feierlichkeiten besaßen der Ziegler Christoph Hauser aus dem nahen Waldenserort Pinache und Maria Agnes Meißner, die Witwe seines Vorgängers, nun wahrlich nicht.

Kapitel 43

So zart sie auch war, so kränklich und blass: Wenn sich Lucretia Bühler etwas in den Kopf gesetzt hatte, ließ sie sich nicht mehr davon abbringen. Bald würde es ihr gelingen, den Vater dazu zu überreden, sie bei einer seiner nächsten Fahrten nach Pforzheim mitzunehmen. „Ihr seid so oft in dieser großen Stadt, ihr redet so oft von diesem Platz und jenem Gebäude, und ich stehe immer nur daneben wie ein dummes Kind. Warum darf ich das alles nicht einmal mit eigenen Augen sehen?“ Diese Argumentation klang so vernünftig und erwachsen, dass sich ihr Christoph Jacob Bühler nicht verschließen konnte. „Ich werde aber viele geschäftliche Unterredungen zu führen haben. Es wird recht langweilig für dich werden“, gab er zu bedenken. „Wir könnten zwar deine Mutter bitten, uns zu begleiten, aber in ihrem Zustand ...“ Nein, das verbot sich, wusste auch Lucretia, denn in wenigen Wochen würde sie – so Gott wollte – ein neues Geschwisterchen bekommen. Genügend Säuglinge hatte die Familie schon begraben, da musste jedes unnötige Risiko vermieden werden. „Und wenn mich eine Freundin begleiten würde?", fragte Lucretia. „Eine mit roten Haaren und einer flinken Hand?", fragte ihr Vater zurück. „Flinke Hand?" – „Vergiss es", sagte Bühler lächelnd. Noch immer amüsierte er sich im Stillen darüber, welch gerechte Strafe das Mädchen diesem betrunkenen Nichtsnutz im Grünen Baum erteilt hatte. Gewiss, in den Augen der meisten anderen war sie es, die sich ins Unrecht gesetzt hatte. Nicht in seinen. „Wenn sie dir diesen Gefallen tun mag, dann soll das Fräulein Maria Agnes Beck gern mitfahren."

Kaum ein Auge hatte sie vor Aufregung in der Nacht zugemacht, und viel zu früh, schon im Morgengrauen, saß sie vor dem Haus der Familie Bühler, um ja die Abfahrt nicht zu verpassen. Ihr Magen knurrte vernehmlich, als sich hinter der Tür endlich Leben regte und schließlich die Kutsche vorfuhr. „Bitte einsteigen, Gnädigste!", sagte der Kutscher zu Maria Agnes Beck, der ihr seinen Arm als Einstiegshilfe anbot und sich das Lachen verkneifen musste, da das junge Fräulein weder mit der Anrede noch mit der Geste das Geringste anfangen konnte. Rasch und in Katzen- statt in Damenmanier kletterte sie hinein. Lucretia folgte ihr und nahm den Platz ihr gegenüber ein. Es fehlte der Vater, der wohl noch etwas zu erledigen hatte. Einige Minuten vergingen, in denen die Mädchen, aufgeregt und müde, wie beide waren, schwiegen. Nur Maria Agnes' Magen meldete sich zu Wort und riss Lucretia aus ihren Gedanken. „Oh, du Arme. Du bist sicher ohne Essen aus dem Haus gegangen. Warte einen Moment!" Sie ließ die Freundin allein zurück und hoffte, in der Küche rasch eine Scheibe

Brot für sie organisieren zu können. Die Magd erfüllte ihre Bitte, und schon kehrte Lucretia mitsamt ihrer Beute in die Kutsche zurück. „Danke!“ Gierig machte sich Maria Agnes über den dick mit Butter bestrichenen und daher ungewohnten Genuss her. „Gut, dass dein Vater meinetwegen nicht warten musste“, sagte sie zwischen zwei Bissen. Denn nach wie vor war der Kaufmann nicht in Sicht. „Es geht gleich los“, rief er schließlich aus einiger Entfernung. „Wir nehmen noch jemanden mit.“ Schritte näherten sich, dann sagte Bühler: „Bitte, nach Euch!“ Ein junger, dunkelhaariger Mann setzte sich neben Maria Agnes und arrangierte sorgfältig seinen schwarzen Gehrock. Erst auf den zweiten Blick schien er sie zu registrieren. „Oh, Mademoiselle Dalila“, sagte Charles François Moutoux. „Ihr müsst mich verwechseln. Ich bin Maria Agnes Beck.“ – „Je sais“, sagte Moutoux, was vom Knarzen der Tür, die Christoph Jacob Bühler hinter sich schloss, verschluckt wurde.

Wie sich das anfühlte! Zu sitzen und doch vorwärtszukommen. Von einem Pferd gezogen zu werden und die Welt an sich vorbeifliegen zu sehen! Maria Agnes traute sich während der Fahrt nach Pforzheim kaum zu blinzeln. Alles musste gesehen, alles musste aufgesogen werden. Lucretia beschenkte die Dörfer Enzberg und Niefern, auch die Grenzstation dazwischen mit weniger ausgeprägtem Interesse, war sie doch damit beschäftigt, sich das Wiedersehen mit ihrem rehäugigen Schwarm auszumalen. Dass ihr Vater ihn treffen wollte, hatte sie beiläufig und zum Glück rechtzeitig mitbekommen, um ihn weichzukochen. Nun saß sie da in ihrem schönsten Kleid und fühlte, wie ihr Herz Minute um Minute lauter pochte. Maria Agnes’ entzückte Äußerungen kommentierte sie nur vage, doch das fiel der in eine Traumwelt entrückten Freundin gar nicht auf.

Spätestens, als die Stadt Pforzheim erreicht war und sich die Kutsche ihren Weg auf befestigten, breiten Straßen an prächtigen Häusern vorbei bahnte, war es um die Fassung der 15-Jährigen geschehen. „Wer hat diese Türme gebaut? Gibt es doch etwa Riesen? Oder sind sie direkt vom Himmel gefallen?“ Bühlers Mundwinkel zuckten. Die Miene des jungen Moutoux blieb unbewegt. Er hatte kaum aus dem Fenster geschaut, ab und zu Brosamen, die von Maria Agnes' Rock auf die Sitzbank gefallen waren, mit zwei Fingern auf den Boden geschnippt, wenige Worte mit dem Kaufmann gewechselt. „Wie alt sind all diese Häuser? Weißt du das Lucretia?“, wandte sich Maria Agnes an die Freundin, da sie von den Erwachsenen keine Antworten erhalten hatte. Doch diese schüttelte stumm den Kopf. Christoph Jacob Bühler versuchte daraufhin, der jungen Mitreisenden und der ebenso ahnungslosen eigenen Tochter die Geschichte der Stadt zu erläutern, doch ehe er tiefer in die Materie eintauchen konnte, hielt die Kutsche auch schon auf einem imposanten Platz an.

„Ist das das Waisenhaus, von dem Ihr erzählt habt, Vater?“, fragte Lucretia. „Ganz recht“, antwortete Bühler. „Dort leben viele arme Kinder ohne Eltern, aber nun gibt es für einige von ihnen Hoffnung.“ Die Mädchen sahen ihn neugierig an, und er berichtete ihnen von den Plänen des Monsieur Autran, der aus dem fernen Orange in Frankreich komme und sich auf die Kunst des Uhrenmachens verstehe. „Dann weiß er also immer, wie spät es ist?“ – „Ja, Maria Agnes, und er will, dass noch viel mehr Leute die Zeit kennen. Deshalb möchte er Uhren herstellen, die so klein sind, dass man sie in der Tasche mitnehmen kann." Seine Pläne seien so gut, dass der vornehme Markgraf Karl Friedrich von Baden ihm vor etwa einem halben Jahr die Erlaubnis gegeben habe, eine Taschenuhrenfabrik im Waisenhaus zu eröffnen. Einige der Waisen dürften in dieser Fabrik arbeiten. „Und Ihr werdet mit den Uhren handeln, Vater?" Bühler nickte. Aber vielleicht nicht nur mit Uhren. Denn wie ein schlechter Mensch weitere schlechte Menschen um sich sammle, so bleibe auch ein guter nicht allein. „Hier entsteht etwas Großes", schwärmte Christoph Jacob Bühler und berichtete von weiteren Experten, die in Pforzheim Schmuck aller Art herstellen wollten, und von einer Zeichenschule, in der eigene Nachwuchskräfte herangezogen werden sollten. „Ein Klein-Genf mag das hier werden", sagte er und übersah in seiner Begeisterung das Naserümpfen des jungen Moutoux. „Dafür braucht es einiges", sagte dieser in sachlichem Tonfall. „Lassen wir uns überraschen", gab Bühler beim Aussteigen fröhlich zurück.

Die erste Überraschung folgte prompt, und sie erwischte Lucretia eiskalt. Als alle vier Dürrmenzer die Kutsche verlassen hatten, näherte sich aus dem Waisenhaus eine Gruppe Männer. Maria Agnes konnte die Aufregung der Freundin förmlich fühlen, denn schon von weitem erkannten beide die schlanke Gestalt wieder, die dem welschen Pfarrhaus einen Besuch abgestattet hatte. „Was ich in der Unterredung nicht verstehe, werdet Ihr für mich übersetzen?", wandte sich Christoph Jacob Bühler an Moutoux, und jener nickte. Schließlich gingen beide Männer auf die Gruppe zu, und während der überaus höflichen Vorstellungsrunde lüftete Jean François Autran seinen kunstvoll gestalteten Hut. Keine Katzenohren kamen darunter zum Vorschein, sondern eine spiegelblanke Glatze. Noch ehe die Erkenntnis, dass ihr Schwarm vom Alter her ihr Vater sein könnte, richtig in Lucretias Innerstes vordrang, kratzte eine schlimmere Wahrheit an ihrem Trommelfell. Gleich ob auf Deutsch oder auf Französisch, es war nicht misszuverstehen, dass Monsieur Autran die Grüße seiner werten Gattin übermittelte.

Maria Agnes griff nach Lucretias Hand und versuchte, ihr auf diese Weise Trost zu vermitteln. Doch sie konnte nichts daran ändern, dass alle Farbe aus dem Gesicht der Freundin wich und ihr auch die Worte fehlten, als die Herren zu den mitgereisten Mädchen herüberkamen. Beide verstanden fast nichts, was in Maria Agnes' Fall daran lag, dass beinahe nur Französisch gesprochen wurde. Lucretia dagegen war in einen schockartigen Zustand verfallen und wünschte sich nichts sehnlicher als ein Loch im Erdboden, das sie verschlucken möge. Die Herren interpretierten ihr Schweigen als vornehme Zurückhaltung, nur einer von ihnen schien in zweifacher Hinsicht irritiert. „Votre fille, est-elle malade?“, fragte er Christoph Jacob Bühler. „Et pardonnez-moi la question, est-ce que l'autre fille un enfant de l'orphelinat?“ Der Gefragte sah ratlos zu Moutoux hinüber. Dieser übersetzte nicht, schüttelte lediglich den Kopf. Jean Leonhard Mergery wartete noch einen Moment, ob er eine Antwort erhalten würde, was nicht der Fall war. Ob krank oder nicht, ob armes Waisenkind oder nicht, die beiden waren ein interessantes Gespann, fand er. Er sah noch einmal zu Moutoux hinüber, der sich mittlerweile in einer anderen Unterhaltung befand. Dann lächelte er die Mädchen an und breitete die Hände zu einer entschuldigenden Geste aus. „Noch kein Deutsch“, sagte er, „aber bald.“

Christoph Jacob Bühler fühlte sich unwohl in seiner Haut. Er sah deutlich, dass sich seine Tochter kaum auf den Beinen zu halten vermochte, und ärgerte sich maßlos über seine Nachgiebigkeit. Lucretia war anfällig und schwach. Was war ihm nur in den Sinn gekommen, sie den Strapazen einer Kutschfahrt auszusetzen? Sie sofort heimzuschicken, würde aber bedeuten, dass er umständlich und teuer eine andere Heimreisemöglichkeit für sich selbst und den jungen Pfarrer hätte organisieren müssen. Diesen als erwachsenen Begleiter mitfahren zu lassen, schied ebenfalls aus, denn Moutoux wurde von den Vorstehern der reformierten Pforzheimer Gemeinde erwartet. Seine Berufung stand unmittelbar bevor, doch galt es noch wichtige finanzielle Dinge zu regeln, auch musste ausgelotet werden, ob die Gemeinde ihm eine angemessene Unterkunft stellen würde und ob sie einen ledigen oder nur einen verheirateten Geistlichen anzunehmen bereit war. Bühler führte die beinahe unhöflich zu nennende Schweigsamkeit des 23-Jährigen auf die Menge an ungeklärten Fragen und die kürzlich erst erlittene Enttäuschung zurück. Die Nachfolge seines Vaters in Dürrmenz hatte er unmittelbar nach dem Examen in Heidelberg antreten wollen, doch waren die wichtigen Herren im Rathaus von dem jungen Kandidaten nicht überzeugt, und auch eine Einladung ins welsche Pfarrhaus hatte außer der mündlichen Versicherung, der Sohn solle dem Vater nachfolgen, kein greifbares, unterschriebenes Ergebnis gezeitigt. Der alte Moutoux hatte sich nicht besonders klug angestellt, ließ Christoph Jacob Bühler im Geist die Ereignisse Revue passieren. Hätte er nicht einen solchen Druck aufgebaut, hätte er seinen Sohn nicht über den grünen Klee gelobt, hätte er auch andere Kandidaten zumindest in Erwägung gezogen, der Widerstand wäre geringer ausgefallen. Nun, Charles François würde sich in Pforzheim bewähren, die bereits hier lebenden Christen reformierter Konfession und die zuziehenden hugenottischen und Schweizer Bijouterie-Fachleute als Seelsorger betreuen und nach ein paar Jahren die lukrativere Stelle in Dürrmenz doch noch übernehmen können. Aber nur, wenn nun alles ohne Zwischenfälle ablief.

Lucretia nahm ihrem Vater die Entscheidung ab. „Lasst mich einfach in der Kutsche schlafen", bat sie. Bühler zögerte. „Natürlich. Leg dich hin, ich werde auf dich aufpassen", rief Maria Agnes. „Dazu bist du nicht zum ersten Mal nach Pforzheim gefahren, um stundenlang in einer stehenden Kutsche zu sitzen", wandte Lucretia leise ein. „Ich brauche niemanden, nur meine Ruhe." Der Kutscher sei schließlich auch noch da für den Notfall. „Das ist wahr", sagte Christoph Jacob Bühler. Waren sie nicht an einem Markt vorbeigefahren? Er griff in seine Tasche und holte ein Geldstück heraus. „Möchtest du dir etwas Schönes kaufen? Wenn du ein paar Schritte in diese Richtung gehst, wirst du bestimmt etwas finden. Und anschließend kommst du zurück und wartest hier bei Lucretia auf uns. Einverstanden?" Maria Agnes nickte. Ihre Augen leuchteten.

Wenn sie nur die Zeit nicht vergaß! Maria Agnes stand diese Befürchtung deutlich vor Augen, als sie in das Paradies eintauchte, das andere schlicht Markt nannten, das mit der Veranstaltung in Dürrmenz aber wenig gemein hatte. Sicher, auch hier wurden Tiere feilgeboten, auch hier gab es die Dinge des alltäglichen Bedarfs, schwitzende Händler, übelgelaunte Kunden und viele

Menschen mit scharfen Ellbogen. Aber es gab auch Kostbarkeiten, die Maria Agnes in 15 Lebensjahren noch nicht zu Gesicht bekommen hatte. Zum Beispiel kleine, schimmernde Bällchen, die der Verkäufer Perlen nannte und von denen er behauptete, sie wüchsen in geheimnisvollen Wesen, die im Meer lebten. Stoffe, so leicht und fein, dass sie sich wie ein Lufthauch anfühlten. Bemaltes Geschirr. Sie fand es ganz und gar unmöglich, sich für irgendeines dieser Wunderdinge zu entscheiden.

Die Pforzheimer, die auf dem Markt einkauften, schienen mit solchen Problemen nicht geschlagen zu sein. Eine Münze nach der anderen wechselte den Besitzer, als sei es das Selbstverständlichste der Welt, Geld zu besitzen und es auszugeben. Sollte sie die unerwartete Gabe nicht lieber mit nach Hause bringen?, fragte sich Maria Agnes plötzlich. Es fehlte ja an allen Ecken und Enden, und der Katzenlohn war nicht in den Kauf von Hühnern geflossen, sondern in ein Medikament gegen Melchiors neu aufgeflammten Husten. Ganz in Gedanken war sie weitergegangen, und als sie aus ihrer Trance erwachte, stand sie vor einem Geflügelhändler. „Na, Fräulein, schon eine Wahl getroffen?“, fragte er freundlich. Dann sollte es so sein, sagte sich Maria Agnes. „Wie viele bekomme ich dafür?“ Sie reichte ihre Münze hinüber. „Na ja“, der Mann neigte bedenklich das Haupt, „weil du's bist: zwei.“ Schon ließ er das Geld in seiner Tasche verschwinden und wartete darauf, dass sich die junge Kundin ihre Ware aussuchen würde. „Fragt Ihr bitte, welche von Euren Schätzen mit mir nach Dürrmenz kommen möchten?“ Sie blickte in ein verständnisloses Gesicht. „Hä?“, kam zurück, mehr nicht. „Sprecht Ihr denn nie mit Euren Tieren?“ Nun schaute Maria Agnes genauso verständnislos drein. Der Mann schüttelte den Kopf und fühlte sich so schuldig wie damals, als ihn seine Mutter beim Klauen einer Wurst erwischt hatte.

Die Hühner saßen in schlecht zusammengezimmerten Käfigen und gackerten vor sich hin. „Ich kenne eure Sprache noch nicht, aber vielleicht versteht ihr mich ja", sagte sie zu ihnen. „Wer möchte mitkommen? Ich werde sehr lieb zu euch sein, und ihr trefft die schönsten Katzen der Welt." Sie beugte sich hinunter, schloss die Augen und lauschte. Der Verkäufer beobachtete sie mit vor Staunen offenstehendem Mund. „Was ist los? Was machst du da?" – „Pssst", zischte sie. „Ich höre zu." Langsam schritt sie den Stand ab. „Und?", fragte er gespannt, als sie sich wieder aufrichtete. Sie blickte ihn aus ernsten, blauen Augen an. „Da gibt es eine Schwierigkeit." – „Ja?" – „Ja. Die Liese, die Käthe und die Grete …" – Maria Agnes zeigte auf drei der Vögel – „…sie streiten sich ganz schlimm. Sie wollen alle mitkommen." – „Oh", sagte der Händler betroffen und überreichte ihr alle drei.

„Das muss ich euch aber sagen, dass ihr in der Kutsche recht ruhig sein sollt", flößte sie dem Trio auf dem Rückweg in Richtung Waisenhausplatz ein. Ihr Ausflug hatte lange gedauert, das spürte sie, ohne eines der Wunderwerke des Herrn Autran zu besitzen. Der Name genügte, um ihr schlechtes Gewissen wachzurufen. Sie vergnügte sich, während Lucretia krank vor Kummer allein in der Kutsche vor sich hindämmerte! Tatsächlich fand sie die Freundin als bemitleidenswertes Häufchen Elend vor. „Es tut mir so leid!", rief sie ihr von weitem entgegen. Das Schluchzen, das daraufhin neu anschwoll, verstummte beim Anblick der zusätzlichen Passagiere. „Sie wollten alle drei mitkommen", sagte Maria Agnes. Wie zur Bestätigung fingen Liese, Käthe und Grete an zu gackern, und Lucretia konnte gar nicht anders, als zu lächeln. „Er ist uralt. Vergiss ihn. Und er hat kein Fell auf dem Kopf“, sagte Maria Agnes leichthin, und wieder musste Lucretia lächeln. Der besorgte Vater fand eine Tochter mit etwas Farbe im Gesicht vor und eine Mitfahrerin, die einen halben Zoo um sich versammelt hatte. „Ich danke Euch vielmals“, sagte sie und deutete eine Verbeugung an. Christoph Jacob Bühler staunte nicht schlecht. „Drei Hühner hast du für das bisschen Geld bekommen? Ich glaube, ich sollte in Zukunft dich meine Verhandlungen führen lassen, Maria Agnes Beck.“ Er winkte seine Geschäftspartner heran, die nicht indiskret hatten sein wollen und sich etwas abseits gehalten hatten. „Es ist alles in Ordnung. Ich kann in Ruhe nach Hause fahren und zuvor noch den jungen Moutoux aufsammeln.“ Die Herren blieben, wo sie waren, und lüfteten zum Abschied ihre Hüte. Nur einer war neugierig genug, den seltsamen Geräuschen, die aus der Kutsche drangen, auf den Grund zu gehen. „Poulets?“, fragte Jean Leonhard Mergery ungläubig. Maria Agnes hatte verstanden und nickte. „Hüh – ner“, sagte sie laut, die Lippen für die erste Silbe spitzend und für die zweite alle Zähne entblößend. „Hühner“, wiederholte er und grinste breit.

Kapitel 44

Die Rückfahrt mit drei, wenn man es genau nahm, fünf aufgeregten Hühnern in einer Kutsche würde Charles François Moutoux auf ewig im Gedächtnis bleiben. Die

Sache schien sich günstig für ihn zu entwickeln, und tatsächlich erhielt er am 19. November 1767 ganz offiziell den Ruf nach Pforzheim als Pfarrer der reformierten Gemeinde. In Sachen Bezahlung konnte er zwar nicht viel erwarten, doch immerhin erhielt er die Erlaubnis, Geld für eigene Bedürfnisse sammeln zu dürfen. Zu diesem Zweck brach Moutoux noch im Dezember in die Schweiz auf, wo er besonders in der Genfer Gegend genügend wohlhabende Spender vermutete, denen ihr Seelenheil eine milde Gabe an schlechter gestellte Glaubensgeschwister wert war.

Im Hause Beck wurde der Familienzuwachs mit großer Freude begrüßt. Nach anfänglicher Skepsis schlossen auch Frieda und Samson Freundschaft mit Liese, Käthe und Grete. Lucretia allerdings bezahlte teuer für ihren Ausflug. Da sie ihrem Vater den wahren Grund für ihre schlechte Verfassung nicht nennen wollte, schloss er auf die ungünstigen Auswirkungen der kälter werdenden Luft und verordnete der Tochter strenge häusliche Quarantäne. Als am 21. Dezember 1767 die kleine Carolina Johanna Bühler geboren wurde, stürzte sich Lucretia mit all ihrer Liebe auf das Schwesterchen.

Frieda hatte spät im Jahr zwei schwache, getigerte Katerchen zur Welt gebracht. Nach Tagen des Bangens schien es, als könnten sie doch überleben, und als sie endlich die Augen öffneten und begannen, ihre kleine Welt zu erforschen, bekamen sie Besuch von Agi Redwitz. Die Wirtstochter hatte sich nur noch selten sehen lassen. Und nun erfuhr Maria Agnes auch, warum. „Seit Monaten geht das so“, sagte Agi und ließ sich seufzend neben den Katzen nieder. Wie früher verschwendete sie keinen Gedanken darauf, ob sie sich die Kleider würde schmutzig machen. Anders als früher waren diese nun noch vornehmer und vor allem damenhafter. Maria Agnes registrierte all das – auch die Kette, die um den Hals der Freundin baumelte. Aber was zählte es, wenn der Mensch in den hübschen Sachen scheinbar unglücklich war? Sie brauchte nicht lange nachzufragen, denn Agi brannte förmlich darauf, das ihr zugefügte Leid zu schildern. „Ich weiß nicht, was in meine Mutter gefahren ist. Seit Februar sitzt sie ständig hinter irgendwelchen Papieren. Sie sagt, sie rechnet. Und dann streitet sie mit meinem Vater. Und dann will sie, dass ich auch rechne. Sie ist schlimmer als der Schulmeister damals. Dies und das soll ich zusammenzählen, da schwirrt mir nur so der Kopf. Und wenn meine Mutter das bemerkt, dann wird sie wütend und sagt, sie würde dem Schulmeister den Hals umdrehen, wäre er nicht schon tot."

Maria Agnes hörte stumm und staunend zu. „Sie hat sich wirklich und wahrhaftig in den Kopf gesetzt, dass ich rechnen können muss, bevor ich heirate." Ohne es selbst zu bemerken, hatte Agi Redwitz, während sie sprach, mit dem Perlenanhänger an ihrer Kette gespielt. „Du bist verlobt?", fragte Maria Agnes entgeistert. „Verlobt?" Die Freundin schüttelte langsam den Kopf. „Nein, ich glaube nicht. Aber es gibt da wohl einen Gastwirtssohn, den mein Vater ins Auge gefasst hat und der mir die Kette hat schicken lassen." Das waren ungeheuerliche Nachrichten, fand Maria Agnes, doch die zwei Jahre ältere Freundin schien sich mit diesem Aspekt gar nicht zu befassen. „Eine Frau hat auch einen Kopf, und den soll sie benutzen lernen", zitierte sie das neue Credo ihrer Mutter. Langsam erahnte Maria Agnes, woher der Sinneswandel kam. Waren es etwa ihre eigenen Worte gewesen, die Agi in die ihr unangenehme Lage gebracht hatten? „Jedenfalls", fuhr diese fort, „ist sie zum neuen Schulmeister gegangen und hat ihn gefragt, ob er mich privat unterrichten würde. Stell dir das vor, wie peinlich!" – „Und nun?" – „Er hat abgelehnt, wohl vergrößere sich seine Familie gerade, und er habe keine Zeit. Aber jetzt wird es noch schlimmer." Sie steigerte die Spannung, indem sie eine Kunstpause einbaute. „Mein eigener kleiner Bruder, Christoph Friedrich, soll mir jetzt die Mathematik beibringen. Natürlich sträubt er sich, aber er muss es tun, sonst darf er das Klavier nicht mehr benutzen." Die Welt sei schlecht und ungerecht, beendete Agi Redwitz ihr Lamento.

Maria Agnes streichelte derweil die Katzen. Sie wusste nicht, was sie der Wirtstochter entgegnen sollte. Wenn sie sich die zornige Redwitzin vor Augen führte, ahnte sie, dass Widerstand zwecklos war. Aber war Widerstand überhaupt sinnvoll? Beide schwiegen, bis Maria Agnes zaghaft die Hand in Richtung der Perle ausstreckte. „Darf ich sie berühren?" – „Natürlich. Aber warum?" – „Ich wünschte", sagte Maria Agnes, „ich könnte ausrechnen, wie viele Hühner man um den Preis dieser Kette bekommen hätte. Vielleicht weiß es dein künftiger Mann ja auch nicht, und dann kannst du es ihm dank der Hilfe deines klugen Bruders vorrechnen." Agi runzelte die Stirn. So hatte sie sich die Ehe bisher noch nicht vorgestellt.

Der eigene Bruder rechnete nicht. Er strickte nicht, schmiedete nicht, er buk nicht, er mahlte nicht. Alle befreundeten Meister, bei denen der Lienzinger Hirschwirt Johann Jacob Beck probeweise untergebracht hatte, hatten den jungen Mann nach einigen Tagen entweder von sich aus entlassen, oder Johann Jacob hatte selbst entnervt aufgegeben. Für schwere körperliche Arbeiten war er nicht prädestiniert, für Tätigkeiten, die ein längeres Einlernen erforderten, fehlte ihm die Konzentrationsfähigkeit. Eines hatte er längst begriffen: Der Hirschwirt erwartete von ihm, dass er sich seines Engagements würdig erweisen würde – endlich. Umso unglücklicher war er, wenn er wieder eine Chance hatte verstreichen lassen wie nun in den letzten Tagen des Jahres 1767, die Johann Jacob in Dürrmenz verbrachte, wo seine Familie – der hustende Vater, die rastlos arbeitende Mutter, die nicht mehr so kleine Schwester – ihn eindringlich musterten. Offenbar gewannen sie daraus genügend Erkenntnisse. Sie fragten ihn nicht einmal mehr, woran die jüngste Hoffnung gescheitert sein könnte. Da war es für das eigene Selbstbewusstsein ratsam, die Schuld beim jeweiligen Handwerksmeister zu suchen. Warum konnte nicht einer von ihnen so freundlich, geduldig und redselig sein wie der Deininger?

Ohne es zu wollen, beschleunigte Maria Agnes den Gang der Dinge. Sie begleitete ihren Bruder nach Lienzingen, zwei zappelnde Kater im Gepäck, die den Transport in der Schürze wenig zu schätzen wussten. „Hoffentlich hat der Hirschwirt noch einen Katzenkorb auf Vorrat“, sagte sie. Hatte er nicht. Freudig begrüßte er Maria Agnes, mit angemessener Bewunderung begrüßte er die hübschen Katzenkinder, doch frostig fiel das Willkommen für Johann Jacob aus. Dieser wusste, was die Stunde geschlagen hatte.

Eines schönen Frühlingstages stand eine aufgeregte Christina Margaretha vor der Tür ihres elterlichen Hauses. Sie traf allerdings nur die tierischen Bewohner und

Melchior an, den die hitzige Krankheit ins Bett zwang. Nun zögerte seine Stieftochter, ob sie überhaupt mit ihrer Neuigkeit herausrücken sollte, doch Melchior schien zwar schwach, aber bei klarem Verstand zu sein. „Komm zu mir", bat er, bevor sie den Rückzug antreten konnte. Sie setzte sich auf die Bettkante und betrachtete den Mann vor ihr mit einer Mischung aus tiefer Sorge und Zuneigung. „Wie schön von dir, dass du nach mir siehst", sagte er. „Wo du doch so viel Arbeit hast." Sie las ehrliche Bewunderung in seinen fiebrigen Augen, denn seit die Konsulentin den Becks nach dem Sturm Asyl gewährt hatte, wusste er zumindest ansatzweise, wie sehr sich ihr Anwesen und die damit verbundenen Aufgaben vom eigenen Häuschen unterschieden. „Wie geht es dir?", fragte er und griff nach ihrer Hand, als könne ihm diese nähere Auskunft erteilen. Denn Christina Margaretha schwieg. Wie es ihr ging? Sie wusste es schlicht und einfach nicht. Keine Nacht verging, in der sie sich nicht nach jenem Menschen sehnte, dem sie ihr Herz geschenkt hatte. Kein Morgen verging, an dem sie sich nicht dafür schämte. Kein Abend verging, an dem nicht ein anderer Mensch ein paar Blümchen an der Tür ablegen würde. Konnte man Liebe lernen wie das Schreiben oder Lesen? In keinem der schlauen Bücher der Anna Catharina Wedderkopf schien eine Antwort darauf zu stehen.

Wie es ihr ging? Vielleicht war das gar nicht so wichtig, dachte Christina Margaretha, als sie des rasselnden Atems ihres Stiefvaters gewahr wurde. Immer noch sah er sie aufmerksam an, als ob Warten seine Profession, Geduld und Demut üben seine Leidenschaft wären. „Was kann ich dafür tun, dass es Euch besser geht, lieber Vater?", fragte sie schließlich. „Glücklich sein", antwortete er. Sie dachte nach, während sie mit ihrem von der Wedderkopfin erhaltenen blütenweißen Taschentuch die Stirn Melchiors abtupfte. „Das kann ich Euch nicht versprechen. Aber zufrieden möchte ich sein." Er nickte schwach. Er hatte verstanden. Wenn Johann Christoph Rudolph erscheinen würde, würde er nun wissen, was er ihm zu sagen hatte. Sein Atem beruhigte sich, und er schien bereit, einen Löffel der längst erkalteten Suppe zu essen, die Christina Barbara neben seinem Bett abgestellt hatte. Und dann einen zweiten, einen dritten, einen vierten. „Das hast du gut gemacht", sagte er, als er, ein wenig zu Kräften gekommen, Anstalten machte, das Bett zu verlassen. Langsam, aber mit festem Schritt ging er aus der Schlafkammer und setzte sich an den Esstisch. „Und nun erzähl mir, weshalb du gekommen bist."

Er hatte ihr, ohne es zu wissen, die goldene Brücke bereits gebaut. Deshalb wagte es Christina Margaretha nun, die Wahrheit auszusprechen. Sie sei mit der Konsulentin bei deren Verwandten in Lienzingen gewesen. Den Hirschwirt hätten sie zwar nicht angetroffen, aber seine Ehefrau habe ihnen berichtet, dass Johann Jacob seinen Dienst quittiert habe. Er habe beschlossen, Zainenmacher zu werden. „Er hat beschlossen ...", wiederholte Melchior tonlos. Sein Sohn würde ein unstetes Leben führen, es vermutlich nie auch nur zu bescheidenem Wohlstand bringen, keiner Zunft angehören und am Rande der Gesellschaft stehen. Er würde seinen Kindern noch weniger bieten können als er selbst, sein eigenes Versagen fortsetzen, ja steigern. All das rauschte in Sekundenbruchteilen vor Becks innerem Auge vorbei, ehe die Bilder von Not und Elend im gnädigen Schwarz hinter geschlossenen Lidern untergingen. Doch der Klang des Worts „beschlossen" blieb. „Er hat beschlossen, Zainenmacher zu werden", wiederholte er den Satz nun komplett und mit kräftiger Stimme. „Mein Sohn hat etwas beschlossen, zum ersten Mal in seinem Leben. Möge er damit glücklich werden", sagte er, und nun war es Christina Margaretha, die seine Hand ergriff.

Die Mutter freilich, die sie auf dem Nachhauseweg noch antraf, reagierte deutlich aufgebrachter. Nicht ewig würde er mit dem Deininger ziehen können, und dann wäre er erstens allein und ungeschützt unterwegs, und zweitens wäre sein einziger sicherer Hafen, seine einzige Anlaufstelle die Brunnengasse, wo man alles, aber keine zusätzlichen Esser gebrauchen konnte. „Macht Euch keine Sorgen", sagte Christina Margaretha. „Auf mich könnt Ihr Euch immer verlassen." So viel ging in ihrem Kopf vor, dass sie am Ende nicht mehr sagen konnte, wie sie zurück ins Haus ihrer Arbeitgeberin gelangt war.

Als einige Wochen später Dürrmenz wieder von Händlern aus der ganzen Region bevölkert war, mischte sich Maria Agnes unter sie. Nicht, um nach einem Standort für eine Vorführung Ausschau zu halten, sondern um nach ihrem Bruder zu suchen. „Ich fürchte, dass er sich nicht mehr hierher traut", hatte sie vorher Catharina Meißner ihre Sorge anvertraut. Doch letztlich war ihr der Bruder, so simpel er gestrickt sein mochte, immer ein Rätsel geblieben. Was er im Innersten fühlte, wusste sie nicht. „He, das ist doch das Katzenmädchen", wurde sie aus ihren Gedanken gerissen. Vor ihr stand Balthas Bauchwohl, den sie seit vielen Jahren nicht mehr gesehen hatte und dessen melodiöses Organ sie eigentlich aus dem Stimmengewirr hätte herausfiltern müssen, wäre sie nicht so abgelenkt gewesen. „Wie schön“, sagte sie schlicht, als eine Woge warmer Kindheitserinnerungen über sie hereinschwappte. „Du siehst so traurig aus“, gab er zurück. „Hübsch, aber traurig. Und wo ist dein hinkender Katzenfreund?“ Samson gehe es gut, sagte sie, doch plane sie heute keine Vorführung. Sie suche ihren Bruder, der ... Da kam ihr ein Gedanke. „Kennt Ihr einen Zainenmacher namens Deininger?“, fragte sie Balthas. „Natürlich“, antwortete dieser sofort. „Ein netter Kerl. Ich treffe ihn immer wieder.“ – „Könnt Ihr ihm beim nächsten Mal etwas ausrichten?“ Der Händler war neugierig und nickte heftig. „Er möge meinem Bruder Johann Jacob Beck sagen, dass er immer zu uns nach Hause kommen kann. Niemand ist ihm böse.“ Der Wundertrank-Händler legte die Stirn in Falten. „Ich richte es gern aus. Aber was hat er denn angestellt?“ Maria Agnes betrachtete das bunte Sammelsurium der Schätze, die Balthas gerade begonnen hatte, aufzubauen. Während er auf ihre Antwort wartete, richtete er die Fläschchen sorgsam aus, summte dabei, ohne es zu merken, und wirkte überaus zufrieden. „Ich glaube“, sagte Maria Agnes schließlich, „er hat überhaupt nichts Schlimmes angestellt.“

Die Begegnung beruhigte sie ungeheuer. Sie vertraute Balthas, er würde Johann Jacob, auch ohne die Hintergründe zu kennen, den Weg zurück nach Dürrmenz ebnen. Der Bruder würde irgendwann auftauchen, vielleicht nicht sofort, aber sein Entschluss würde die Brücke zur Familie nicht abbrechen. Die Brücke – das Wort kam ihr in den Sinn, als sie gerade auf dem Weg zu ihrer Schwester war, der sie vom Markttag berichten wollte. Sie hatte früher aufbrechen wollen, aber an diesem 26. Mai 1768, der ein schwülwarmer Tag werden würde, dann doch die Morgenstunden für die Arbeit im Garten genutzt. Die Eltern waren weiter draußen auf dem Feld, wo Melchior nach Wochen des Bangens nun wieder mit anpacken konnte. Auch von diesem Fortschritt wollte sie Christina Margaretha gern erzählen, doch schon aus einiger Entfernung erkannte sie, dass am anderen Ende der Brücke ein Unglück geschehen sein musste. Eine Menge aufgeregter Menschen umrundete ein Fuhrwerk, das nicht nur quer zur Brücke stand, sondern in Teilen auch merkwürdig schief in der Luft hing. Die Ladung, Holzstämme von immensem Durchmesser, war heruntergerutscht, und mit jedem Schritt, den Maria Agnes näher heranrückte, wurde ihr klarer, dass jemand von einem der Stämme begraben worden war. Die Schmerzensschreie des Hans Jerg Rößler vermischten sich mit den aufgeregten Stimmen jener, die ihm helfen wollten. Offenbar versuchte man gerade, die ineinander verkeilten anderen Stämme zu entfernen, um überhaupt zu dem Mann vordringen zu können. Mit Schrecken dachte Maria Agnes an den Ertrunkenen zurück, den die Dorfgemeinschaft einst aus der Enz gezogen hatte. Hoffentlich, schickte sie Stoßgebete zum Himmel, würde diese Sache einen besseren Ausgang nehmen. Was konnte sie tun außer beten? Der Weg zur Schwester war versperrt. Der Grund ihres Besuchs erschien ihr plötzlich auch überhaupt nicht mehr dringend. Schon wollte sie kehrtmachen, da erkannte sie aus dem Augenwinkel einen großgewachsenen blonden Mann. Und er registrierte sie ebenfalls. „Lauf, Maria Agnes!“, rief ihr Johann Christoph Rudolph zu. „Lauf und hol den Chirurgen Beck!“

„Gott sei Dank, Ihr seid zu Hause“, rief sie ihm entgegen, als Gottlieb Beck auf ihr wildes Klopfen hin die Tür öffnete. „Ein Unfall auf der Brücke, bitte kommt schnell", keuchte sie mit dem letzten Atem, der ihr geblieben war. Und der Chirurg zögerte nicht. Nicht mehr ganz so schnell wie früher, aber mit derselben Entschlossenheit setzte er seine Masse in Bewegung. Maria Agnes konnte gar nicht anders, als an seiner Seite zum Unglücksort zurückzukehren. Dort hatte man inzwischen noch mehr Helfer zusammengetrommelt, und einige Stämme lagen abseits am Wegesrand. Hans Jerg Rößler schrie nicht mehr. Er röchelte nur noch, und sein Anblick war schwer zu ertragen. „Was ist los, packt doch mit an!", rief Johann Christoph Rudolph jenen zu, die sich entsetzt abwandten und gleichsam einer gemeinsamen Choreografie folgend ein paar Schritte zurückwichen. Verzweifelt versuchte er, allein den Stamm vom zerquetschten Brustkorb Rößlers hinwegzuheben. Er spürte seinen Schweiß, der ihm in die Augen rann, roch Rößlers Blut, die Todesangst in seinem Atem. Und plötzlich fühlte er Arme neben den seinen. „Auf drei!", sagte Christina Margaretha Schmierer. „Ihr lasst ein schwaches Mädchen helfen und seht selbst zu?", brüllte Gottlieb Beck die umstehenden Männer an, und mit einem Mal zerrten unzählige Hände an dem Stamm. Der von Rößlers Söhnen vom Rand des Schwarzwalds geholte Koloss ließ von seinem Opfer ab, in dessen Ölmühle er hätte zum Einsatz kommen sollen. Doch zermahlen hatte er die Knochen im Brustkorb des 61-Jährigen. „Ich wollte nicht, dass er hilft, wir hätten die Fahrt auch alleine zu Ende gebracht", beteuerte sein jüngster Sohn pausenlos, als das Unfallopfer auf einen anderen Wagen geladen und so vorsichtig wie möglich nach Mühlacker transportiert wurde. Johann Matthias Käuffelin traf ihn noch für einen Moment bei Bewusstsein an. Um 9 Uhr abends dankte er Gott dafür, dass der Herr über Leben und Tod Hans Jerg Rößler von seinen unmenschlichen Schmerzen erlöst hatte.

Auffallend wenige Menschen besuchten die Beerdigung, und niemand traute sich, den Hinterbliebenen sein Beileid auszusprechen. Von einem Fluch war hinter vorgehaltener Hand die Rede. „Ist nicht sein eigener Vater von der Scheune hinunter in den Tod gestürzt, und hat nicht ein Bruder von der eigenen Frau Mausgift statt einer Medizin eingeflößt bekommen und ist daran gestorben?", hörte Maria Agnes eine alte Frau wispern. „Wird die alte Rößlerin halt doch eine Hexe gewesen sein." Das Mädchen erschauderte. Es war unmöglich zu schweigen. „Wäre eine Katze im Haus gewesen, hätte die Frau kein Mausgift gebraucht", sagte Maria Agnes. „So einfach ist die Erklärung. Dafür braucht es weder Hexe noch Fluch."

Kapitel 45

„Ich sehe, du hast eine Entscheidung getroffen", sagte Anna Catharina Wedderkopf. „Woher wisst Ihr ...?", fragte Christina Margaretha verwirrt und gleichsam ertappt zurück. „Nun", antwortete sie, „zum ersten Mal stehen die Blumen auf dem Fensterbrett. Glückliche Geschöpfe, wo doch all die vorherigen nicht einmal verblühen konnten, bevor sie im Garten vergraben wurden." – „Oh", machte Christina Margaretha. „Das wisst Ihr?" Die Konsulentin trat neben ihre Magd ans Fenster und blickte wie diese hinaus auf die Straße. „Ich weiß noch viel mehr. Ich weiß zum Beispiel, dass das ein guter Kerl ist, der seit Jahren eine teure, moderne Strumpfstrickmaschine ratenweise abstottert, damit er einmal eine Familie ernähren kann. Ich weiß, dass er Herz und Verstand hat, und das ist mehr wert als jeder Acker und jede Maschine. Ich glaube zu wissen, dass er zu den Besten gehört, die wie er unter dem schweren Geburtsfehler leiden, ein Mann zu sein." Christina Margaretha schlug die Hand vor den Mund, um ein Schluchzen zu unterdrücken. Die Wedderkopfin tat, als sähe sie es nicht, und sprach weiter. „Ich weiß, dass ich nie mehr eine so fleißige und angenehme Gefährtin haben werde wie dich. Aber vielleicht tut es mir ganz gut, mich nicht mehr so verwöhnen zu lassen. Schau mich an, wie kugelrund ich geworden bin." Sie lachte, und endlich wandte sie den Kopf, um Christina Margaretha ins Gesicht zu blicken. „Ich weiß, dass es schwierig ist", sagte sie, indem sie der jungen Frau mit erstaunlicher Zärtlichkeit eine Träne aus dem Augenwinkel wischte. „Aber vielleicht geht es ja gut. Und wenn nicht, dann hast du von mir gelernt, dass die Ehe kein Gefängnis ist."

Die Konsulentin war ausgegangen. Recht spät am Abend mit unbekanntem Ziel. Nein, sie brauche keine Begleitung. Nein, kein Essen solle vorbereitet werden, nein, die Wäsche habe viel Zeit. Eigentlich gebe es gar nichts zu tun, außer der Königin Gesellschaft zu leisten. Also saß Christina Margaretha dicht am Fenster, streichelte gedankenverloren Genovevas weißes Fell und wartete. Endlich tauchte die hochgewachsene Gestalt auf der Straße auf und huschte, Blumen in der Hand, zum Eingang des Wedderkopf'schen Hauses. „Wünsch mir Glück!", sagte Christina Margaretha zu Genoveva und ging die Treppe hinunter. Er war schon verschwunden, als sie die Haustür öffnete. „Wartet", rief sie in die Dämmerung hinein. Sie hörte Schritte, erst leise, dann lauter und schließlich seine Stimme, die heiser „Ja?" fragte. „Wollt Ihr wohl einen Augenblick hereinkommen?"

Sie saßen nebeneinander auf einem harten, schmalen Bänkchen, das die Konsulentin am Fuß der Treppe platziert hatte, um Besucher, die sich besser noch ein wenig in Geduld übten, dort warten zu lassen. Doch für Johann Christoph Rudolph hatte das jahrelange Warten nun ein Ende. „Ich kann Euch Eure Frage nicht beantworten, wenn Ihr sie nicht stellt", sagte Christina Margaretha Schmierer. Er stand auf, abrupt, fast erschrocken. Dann trat er vor sie und ging mit einer unsicheren, ungeübten Bewegung vor ihr auf die Knie. „Ich frage Euch nicht, ob Ihr meine Frau werden wollt. Aber ich frage Euch, ob Ihr mir erlauben wollt, der Mann zu sein, der für Euch sorgt und Euch sein Leben lang lieben darf." Sie nickte ohne Zögern, und eine Sekunde später hielt er sie in den Armen. Spürte, wie ihre Tränen sein Hemd durchnässten, hörte, wie sich ihr Atem beruhigte, fühlte, wie ihr Zittern langsam nachließ und sich ihr Körper entspannte.

Christina Barbara Beck verfiel in eine beinahe unrühmliche Hast. Was immer das Haus hergeben mochte an Ess- und Trinkbarem, es musste so rasch und umfangreich wie möglich auf den Tisch gebracht werden, um den Gast zu bewirten. Er war allein gekommen, doch schon seine zwar mit höflicher Zurückhaltung gestellte, aber mit einem glücklichen Lächeln unterlegte Frage, ob er mit den Eltern der Christina Margaretha Schmierer sprechen dürfe, hatte seine Absicht verraten. Und wie willkommen besonders der Mutter diese Frage war! Ein Mann aus einer alteingesessenen Familie mit solidem Beruf und tadellosem Ruf wollte um die Hand ihrer Tochter bitten. Wie hätte sie da Nein sagen können? „Schenk unserem Gast ein!“, forderte sie Melchior auf, der heftig damit beschäftigt war, seine dünn gewordene Haarsträhne aus der Stirn zu wischen. „Setzt Euch, bitte!“, komplimentierte er Johann Christoph Rudolph an den Esstisch und versuchte, seine Aufregung zu verbergen. Er hatte in den vergangenen Wochen täglich auf diesen Moment gewartet, und nun, da er gekommen war, waren all die schönen Worte, die er sich in unruhigen Nächten zurechtgelegt hatte, wieder verschwunden. Denn ihn plagte zwar nicht mehr zuvorderst die Frage, ob seine Stieftochter eine Ehe nur um der Versorgung ihrer eigenen Eltern willen eingehen würde. Dafür aber stand ihm deutlich vor Augen, dass er Christina Margaretha kaum das Nötigste an Mitgift zu geben im Stande war und kein Hochzeitsfest finanzieren konnte. Unsortiert purzelten Gedankenfetzen aus seinem Mund, und Christina Barbara musste ihn unterbrechen, indem sie ihre schwere Hand auf die seine legte und strenger als üblich sagte: „Nun lass doch zuerst unseren Gast sprechen, Melchior!“

„Hast du Genoveva gefragt?“ – „Ich glaube, sie ist einverstanden“, antwortete Christina Margaretha ihrer Schwester. „Das dachte ich mir.“ Die beiden saßen im Garten und lehnten sich an den Stamm des Birnbaums. „Er wird gut zu dir sein“, sagte Maria Agnes, die im Geist die vielen Begegnungen mit Johann Christoph Rudolph Revue passieren ließ, in denen er seine Hilfe angeboten hatte – ruhig, zuverlässig und nie fordernd. Dass sein stilles Werben irgendwann von Erfolg gekrönt sein würde, überraschte sie nicht. Umso weniger konnte sie sich ihre eigene Traurigkeit erklären. Sie ließ ihren Kopf in den Schoß der Schwester fallen, sah ihr ebenmäßiges Gesicht, die blauen Augen, die feine, gerade Nase aus ungewohnter Perspektive. „Darf ich weiter zu dir kommen, auch wenn du verheiratet bist?“, fragte sie frei heraus. „Das musst du sogar“, antwortete Christina Margaretha. „Ich brauche dich mehr, als du ahnst.“ Beide schlossen die Augen und verbannten alle Gedanken, die den Zauber des Moments hätten stören können. Erst als das Gegacker der Hühner anschwoll und eines der Tiere vor den streitsüchtigen Artgenossen zu den Mädchen floh, setzte sich Maria Agnes wieder auf. „Natürlich, dass ich da nicht selbst darauf gekommen bin!“ Sie schlug sich mit der Hand vor die Stirn. „Darf ich dir zur Hochzeit die Grete schenken? Ich glaube, sie möchte dich in dein neues Zuhause begleiten.“ Schon drückte sie Christina Margaretha das Huhn in die Arme.

Gern hätte sie der Schwester auch Friedas einziges überlebendes Mai-Kätzchen mitgegeben, ein kohlrabenschwarzes, mutiges Mädchen. Doch da lebte im Haushalt ja bereits ein Sohn Friedas, und ihn mit einer Schwester zusammenzubringen, war keine gute Idee. Wie es ihm wohl ergangen war? Ob er die Stiefmutter ihres künftigen Schwagers getröstet und aus ihrer Schwermut geholt hatte? Sechs Jahre alt musste er jetzt sein. Maria Agnes konnte sich den kleinen Kerl auch nach dieser langen Zeit immer noch genau vorstellen. Getigert war er, vom Bauch abwärts aber weiß, als ob er in einen Eimer voll Milch gefallen wäre. Wie liebevoll sich der Herrgott doch immer wieder neue Muster für seine Geschöpfe ausdachte! Maria Agnes konnte es kaum erwarten, den Kater wiederzusehen.

Doch zunächst würde sie ein Heim für Friedas Jüngste suchen. Sie schreckte davor zurück, das Tier dem Hirschwirt anzubieten, denn möglicherweise würde er seinen Zorn auf Johann Jacob auf sie übertragen. Im Innersten wusste sie, dass diese Annahme falsch war, doch wollte sie zumindest einmal mit ihrem Bruder gesprochen haben, ehe sie seinem früheren Arbeitgeber unter die Augen trat. Und noch war Johann Jacob nicht nach Dürrmenz gekommen, noch wusste er nichts von der großen Veränderung, die im Leben seiner Schwester anstand. Was, wenn er die Hochzeit versäumte? Ein großes Fest würde es allerdings nicht geben. Das hatte Johann Christoph Rudolph Melchior und Christina Barbara zu deren Erleichterung mitgeteilt. Seine Stiefmutter kränkle, außer einem Bruder, der als Schneidergeselle auf Wanderschaft sei, habe er keine nahen Verwandten, und so könne man im kleinsten Kreis beisammensitzen. Der Hausrat seiner verstorbenen leiblichen Mutter reiche aus, um zurechtzukommen, seine junge Braut müsse daher keine teuren Anschaffungen tätigen.

„Das kommt überhaupt nicht infrage!“ Die Wedderkopfin schlug einen Ton an, der Widerspruch von vornherein ausschloss. „Du wirst nicht in ein fremdes Haus einziehen, ohne deine eigene Grundausstattung mitzubringen. Du arbeitest für zwei, also werde ich dich von nun an auch für zwei bezahlen, und du kaufst alles ein, was du brauchst.“ So vergingen die Wochen mit Besorgungen, Vorbereitungen und den üblichen Aufgaben, und je mehr Christina Margaretha zu tun hatte, desto wohler fühlte sie sich, desto weniger Raum fand der Zweifel in ihrem Herzen. Maria Agnes verbrachte viel Zeit im Wedderkopf'schen Haus, denn die Konsulentin hatte ihr ein verlockendes Angebot gemacht. Sie würde sich eine neue Magd für die körperlich anstrengenden Arbeiten suchen, für die Maria Agnes noch deutlich zu schwach war. Doch sollte sie zusätzlich eine Hilfe benötigen, sei es nur, um nicht allein zu einer geschäftlichen Verabredung reisen zu müssen, sei es im Haushalt oder im Garten, werde sie nach der Schwester ihrer bewährten Kraft rufen lassen. Und die bewährte Kraft tat nun alles dafür, um Maria Agnes über die Gegebenheiten im Haus in Kenntnis zu setzen.

Erstaunt stellte die Jüngere von beiden fest, wie intensiv die Konsulentin mit hochgestellten Herrschaften kommunizierte. Kaum ein Tag verging, an dem nicht ein Bote eine Erwiderung dieser Post abgegeben hätte, und bald fiel den meist gutgelaunten Gesellen die Neue im Haus auf. „Die Blonde ist ja schon hübsch, aber du musst dich auch nicht gerade verstecken", begrüßte sie eines Tages ein vorlauter Jüngling. Bevor die in Verlegenheit gestürzte Maria Agnes etwas erwidern konnte, fragte er: „Seid ihr Schwestern? Das sieht man am Gesicht." – „Und an deinem Gesicht sieht man, dass dort schon zu lange keine Ohrfeige mehr gelandet ist", schaltete sich Anna Catharina Wedderkopf in die einseitige Unterhaltung ein. Doch sie rügte den jungen Kerl lächelnd und schickte Maria Agnes in die Küche, um ihm ein Stück Brot als Wegzehrung zu holen. „Na, was gibt es Neues im Maulbronner Kloster?", fragte sie. „Wieder ein Schüler ausgebüxt oder ein Geist gesichtet worden?" – „Viel schlimmer", antwortete der Bote mit gespieltem Entsetzen. „Eine Mäuseplage, Frau Konsulentin. Ihr malt Euch nicht in Euren schlimmsten Alpträumen aus, wie frech die kleinen Nager überall auf den Tischen tanzen." –

„Eine Mäuseplage?“ Maria Agnes war blitzartig zurück an der Tür. „Sollten wir dagegen nichts unternehmen?“

Friedas mutige schwarze Tochter war sicherlich die erste Vertreterin ihrer Art, die jemals mit einem Empfehlungsschreiben ins berühmte Maulbronner Kloster geschickt wurde. Ihr Einsatzort würde dessen Fruchtkasten sein, in dem Getreide gelagert wurde und der sich als Mäuseparadies entpuppt hatte. Die Konsulentin hatte rasch einen Brief an den Klosterverwalter aufgesetzt, dem Boten mitgegeben, und als er wenige Tage später wieder vor der Tür stand, hielt er wie verabredet einen Korb mit improvisiertem Deckel und ein Geldstück in der Hand. „Recht so“, lobte die Konsulentin und schickte den jungen Mann in die Brunnengasse. „Aber nur die Katze, nicht das Mädchen mitnehmen. Ich brauche sie noch“, sagte sie.

Mit dem Geld in der Hand marschierte Maria Agnes schnurstracks zum Grünen Baum. Sie hoffte darauf, dass ihr die neue Wirtin den Eklat bei der Hochzeitsfeier verziehen hatte, und wollte sie gern etwas fragen. Würde der Betrag ausreichen, um Christina Margaretha und ihrem Zukünftigen wenigstens ein bescheidenes Vesper bezahlen zu können? Doch die ehemalige Schulmeisterin war nicht zu Hause, und ihren zweiten Mann zu fragen, getraute sich Maria Agnes nicht. Er hätte vermutlich angeboten, bei ihm zu feiern und die nicht gedeckten Kosten als kleines Darlehen vorzustrecken. Weitere Schulden waren allerdings das Letzte, was die Familie Beck gebrauchen konnte. Also rang Maria Agnes einige Minuten lang mit sich, um schließlich ihren Plan zu verwerfen und den Heimweg anzutreten. Beinahe wäre sie von einem Fuhrwerk angefahren worden, das am Grünen

Baum vorbeipreschte, um wenige Meter dahinter vor dem welschen Pfarrhaus anzuhalten. Charles François Moutoux stieg aus. Binnen Sekunden war er im Gebäude verschwunden. Doch er war nicht allein gekommen. „Taaaaaaaaaaag", hörte sich Maria Agnes von einer kleinen, runden Person gegrüßt, die eben erfolgreich ihre voluminöse Haube zurechtrückte. „Das ist also dieses Dürrmenz", stellte die Fremde mit einer Mischung aus Verwunderung und Fassungslosigkeit in der melodiösen Stimme fest. Maria Agnes wusste keine andere Antwort, als stumm zu nicken. „Du, komm her", winkte die für ihre knapp 30 Jahre recht matronenhaft wirkende Frau das Mädchen herbei. „Bist du von hier?" Wieder ein Nicken. „Dann sag, der Ort geht doch sicher hinter diesem Hügel noch weiter." Sie deutete vage gen Süden. „Eigentlich nicht", sagte Maria Agnes zögerlich. „Warum?" – „Ach, nicht so wichtig", antwortete die Fremde. „Aber Pforzheim wird wohl ein paar Häuser mehr zu bieten haben, oder?" – „Oh ja", freute sich Maria Agnes, kürzlich erworbenes Wissen teilen zu können. „Dort gibt es sogar ganz viele Hühner." Die Kleine, Rundliche wirkte irritiert, kam aber nicht dazu, weitere Fragen zu stellen, denn im Türrahmen tauchte ihr frisch angetrauter Ehemann auf. „J'attends", sagte Charles François Moutoux. Die Fremde zuckte mit den Schultern. „Was immer das auch heißt", sagte sie zu Maria Agnes gewandt, „ich denke, ich sollte hineingehen."

Alles musste seine Ordnung haben. So war es immer, so würde es immer sein. Das galt auch für Eheschließungen. Damit hinterher niemand behaupten konnte, nicht Bescheid gewusst zu haben, wurden geplante Trauungen an drei Sonntagen vorher öffentlich ausgerufen. Die Verbindung eines früh verwaisten jungen Strumpfstrickers und einer Wollenkämmersstieftochter erregte indes wenig Interesse im Ort, und weder am zweiten noch am dritten oder vierten Oktobersonntag nahm irgendjemand außer den direkt Involvierten Notiz von der rasch heruntergelesenen Nachricht. Außer Gottlieb Beck, der sich fragte, weshalb ihm die Neuigkeit nicht direkt mitgeteilt worden war. Der sich auch fragte, warum seine Frau so merkwürdig reagierte und ihn ansah, als habe er das Mädchen an Sklavenhändler aus dem Morgenland verkauft.

Die Aufmerksamkeit der Bessergestellten galt im Herbst des Jahres 1768 einem anderen gesellschaftlichen Ereignis. Eine kleine Abordnung machte sich am 16. Oktober auf den Weg nach Pforzheim, wo die französisch-reformierte Kirche eingeweiht wurde. Einen Teil des Glanzes beanspruchte man in Dürrmenz für sich, hieß doch nun ganz offiziell der Pfarrer Charles François Moutoux. Zu Hause hatte man ihn nicht gewollt, nun aber, da er in Pforzheim offenbar mit den führenden Köpfen der aufblühenden Schmuckindustrie in Verbindung stand, wollte man den Kontakt durchaus warmhalten. Die Ratsherren wunderten sich. War das wirklich derselbe Mensch, der eben noch als unsicherer Vikar wenig tiefgründig gepredigt hatte, jetzt aber in flammenden Worten vom Beginn einer neuen Ära sprach? War es derselbe, der sich, obwohl größer gewachsen, hinter seinem greisen Vater versteckt hatte, jetzt aber den Haushaltsvorstand gab? Offenbar, erkannten die Dürrmenzer mit einer Portion Neid, hatte er eine gute Partie gemacht. Johanna Maria war als Tochter des Kauf- und Handelsmanns Philipp Jeremias Gerhardt in Mannheim zur

Welt gekommen und aufgewachsen. Die Mutter Maria Sibilla geborene Wilckhaußen stammte aus Heidelberg und hätte ihre Älteste gern an den von ihr sehr geschätzten Witwer Johann Heinrich Andreae verheiratet. Dieser aber vergrub sich in seiner Trauer, verwies, um nicht gänzlich unhöflich zu wirken, auf seinen hoffnungsvollen jungen Schwager, der das verantwortungsvolle Amt in Pforzheim nicht ohne Frau an seiner Seite antreten könne. So wurde ein Band zwischen zwei Menschen geknüpft, die nur eines gemeinsam hatten: eine Erziehung, die den Gedanken daran, selbst einen Partner zu wählen, gar nicht vorgesehen hatte. Man würde schon das Beste daraus machen, dachte sich Johanna Maria. Jeanne Marie wurde sie jetzt genannt. In gewissen Momenten auch anders, porcelet. Es klang irgendwie schmeichelhaft nach Porzellan. Was immer das auch bedeuten mochte.

Kapitel 46

„Die Sonne scheint!" Maria Agnes sprang aufgeregt aus dem Bett, das sie in der Nacht auf den 15. November zum letzten Mal mit Christina Margaretha geteilt hatte. Die Braut hatte darum gebeten, ganz bewusst von den Eltern in der Brunnengasse Abschied nehmen zu können, indem sie einen letzten Tag und eine letzte Nacht bei ihnen verbrachte. Ihre wenigen Habseligkeiten waren bereits in der Woche zuvor vom Haus der Wedderkopfin auf die gegenüberliegende Straßenseite gebracht worden. Winzig war das Haus zwischen der viel befahrenen Straße und dem Berg, auf dem die Ruine der Burg Löffelstelz thronte. Im Erdgeschoss, wo früher eine magere Kuh Platz gefunden hatte, war nun die Werkstatt untergebracht, in der ein Wunderwerk der Technik die Blicke auf sich zog. Johann Christoph Rudolph hatte all sein Vermögen in den Erwerb der Rundstrickmaschine gesteckt, die ihm einen Vorsprung vor den vielen Berufsgenossen deutscher und französischer Zunge verschaffen sollte. Viel Raum benötigte sie nicht, daher konnte er einen Teil des Erdgeschosses als Lagerraum und für den großen Zuber erübrigen, in dem er gelegentlich ein Bad nahm. Ähnlich wie beim Haus der Becks führte eine schmale Treppe außerhalb in den ersten Stock, wo Küche mit Esstisch, ein Schlafraum und eine kleine, weitere Kammer Platz fanden. Dorthin war ohne Murren Rudolphs Stiefmutter umgezogen. Die Kammer war kalt, zugig und dunkel, nur wenige Stunden am Tag drang Licht durch das kleine Fenster. Auch der Garten hinter dem Haus lag zu sehr im Schatten, um süße Früchte oder saftiges Gemüse hervorbringen zu können.

Nun, an diesem Dienstagmorgen gab die Sonne ihr Bestes, um den ganzen Ort in ein spätherbstlich warmes Licht zu tauchen. Buntes Laub bildete den schmückenden Teppich, auf dem die kleine Hochzeitsgesellschaft zur Kirche schritt. Johann Jacob gehörte nicht dazu. War er es, nach dem Christina Margaretha beständig Ausschau hielt? Unruhig wanderte ihr Blick hin und her. Sorgsam suchte sie die wenigen gefüllten Bankreihen mit den Augen ab. Doch da saßen nur die Eltern, die Schwester, die winzig kleine Witwe Rudolph, ihr Oheim, der Nachtwächter Andreas Schmierer, und die jüngeren beiden Schwestern Wohlmann. Niemand sonst. War es Enttäuschung, war es Erleichterung, die sich auf dem Gesicht spiegelte? Johann Matthias Käuffelin machte, wie es zu der Zeit üblich war, wenig Aufhebens um die Eheschließung. Die Zeremonie war in weniger als einer halben Stunde vorbei. Christina Margaretha hatte ohnehin nichts davon mitbekommen. Ohrenbetäubend war das Gehämmer in ihrem Kopf. „Herr, hört das irgendwann auf?“, war der einzige, als Stoßgebet formulierte Gedanke, den sie fassen konnte. Sie ließ es zu, dass Johann Christoph ihr die Hand hielt, dass er sie am Ende des Gottesdienstes an eben dieser Hand aus der Kirche führte, sogar dass er sie stützte, als er befürchtete, sie könne auf der Kirchentreppe ausgleiten, dass er sie mit beiden Armen umfing. Sie sah, wie sich die Lippen der anderen bewegten, erahnte Umarmungen, dann flüchtete ihr Geist in ein samtenes, allumfassendes Schwarz.

Sie erwachte in der Schlafkammer ihres neuen Hauses. Erschrocken stellte sie fest, dass sie nicht mehr ihr Sonntagskleid trug, sondern ein Nachthemd. Zitternd tastete sich ihre Hand vor auf die andere Seite des Bettes. Doch dort lag nicht ihr Ehemann. Sie spürte das Fell eines großen, dicken, schnurrenden Katers, der mit einem markanten Grunzen seinen Tiefschlaf beendete, das Wesen neben ihm mit prüfendem Blick betrachtete und sich dann mit einem weiteren Grunzen entfernte. Die Tür war nur angelehnt gewesen, wurde nun aber weit aufgerissen. „Sie ist wach“, verkündete die Witwe Rudolph mit hoher, sich überschlagender Stimme. Es dauerte nicht lange, und neben der vogelgleichen Gestalt tauchten Johann Christoph und der Apotheker auf, den er in Windeseile herbeigerufen haben musste. Er flößte ihr ein abscheulich schmeckendes Gebräu ein und kündigte an, bei ausbleibender Besserung dasselbe am Folgetag wiederholen zu wollen. Die Witwe Rudolph begleitete ihn hinaus, und endlich fand Christina Margaretha die Sprache wieder. „Wie lange..? Was ist geschehen?“, fragte sie. „Zwei Tage und zwei Nächte des Betens und des Hoffens“, antwortete ihr Mann und strich ihr mit der Handinnenseite feuchte Haare aus der fiebrigen Stirn. „Es war alles zu viel für dich. Viel zu viel.“ Sie blickte hinüber auf seine Seite des Bettes, auf der sich einzig und allein die Kuhle abzeichnete, die der schwere Kater geformt hatte. „Wo seid Ihr … wo bist du gewesen?“ Er hörte nicht auf, ihr Gesicht zu streicheln. „Es gibt einen Strohsack neben der Strickmaschine“, sagte er. Sie schloss die Augen, und er streichelte weiter im Rhythmus ihres sich beruhigenden Atems. „Zwei Dinge sollst du wissen: Was immer in Ötisheim passiert sein mag, es wird nie eine Rolle für mich spielen. Und mein Strohsack wird mir so lange gute Dienste leisten, bis du etwas anderes wünschen solltest.“

Man sah es Maria Agnes Rudolph geborene Gerrmann nicht an, aber sie war eine passable Köchin. Eine noch bessere Erzählerin war die Frau, mit der Christina Margaretha die nächsten acht Jahre ihres Lebens teilen sollte. Suppe und Geschichten bewirkten, jeweils in hohen Dosen verabreicht, dass die junge Frau rasch wieder auf die Beine kam. Die Nächte verbrachte sie mit dem dicken Kater, der gar nicht daran dachte, seinen angestammten Platz zu räumen. Die Tage waren ausgefüllt mit ihrer Eroberung des Haushalts, den sie auf der Grundlage der im Haus Wedderkopf gesammelten Erfahrungen umorganisierte. Die Stiefschwiegermutter ließ sie gewähren. Sie, die nie eigene Kinder geboren hatte, betrachtete die neue Tochter, die so eigenartig scheu, so ruhig, gleichzeitig aber auch so sicher und selbstbewusst in ihren alltäglichen Arbeiten war, mit einer Mischung aus Ver- und Bewunderung. Wenn der von ihr über alles geliebte Johann Christoph sie gewählt hatte, musste er sich schon etwas dabei gedacht haben, fand Maria Agnes Rudolph.

Auch im Leben der Maria Agnes Beck änderte sich durch die Hochzeit der Schwester einiges. Da Christina Margaretha ihr väterliches Erbteil zustand, das sich vor allem aus etlichen Wiesen und Äckern zusammensetzte, schrumpfte die Lebensgrundlage der Eltern noch weiter zusammen. „Ich möchte, dass ihr das Land weiter bewirtschaftet", betonte Christina Margaretha zwar, doch noch wusste ihre Mutter das Verhalten des Schwiegersohns nicht einzuschätzen. Würde er wirklich auf etwas verzichten, das seiner Frau und damit faktisch ihm zustand? Die Erträge durften im Winter 1768/1769 jedenfalls nicht mehr als sicher vorausgesetzt werden, und so war jeder Heller, den Maria Agnes als Magd bei der Wedderkopfin verdienen konnte, höchst willkommen. Darüber hinaus hatte sie Elisabetha Sibylla Bächtle angeboten, bei größeren Feierlichkeiten im Wirtshaus auszuhelfen. „Du wirst aber ein dickes Fell brauchen", warnte die frühere Schulmeisterin. „Nicht alle Gäste sind fähig, ihre Hände unter Kontrolle zu halten." Davon konnte Maria Agnes bald ein Lied singen. Schien es ihr nur so oder waren die Männer tatsächlich betrunkener, lärmender, aufdringlicher geworden? Kaum ein Abend verging, an dem sie auf ihrem Weg nach Hause nicht torkelnde Kerle hätte passieren müssen. Katzenhaft wich sie ihnen aus und versuchte, die oft unflätigen Bemerkungen zu ignorieren. „He, du rote Hexe, glaubst wohl, du bist was Besseres", klang es ihr nicht selten in den Ohren. Sie versuchte, all das Belastende abzuschütteln, denn im Grunde ihres Herzens war sie glücklich, für die Konsulentin nähen, spinnen, gelegentlich kochen zu dürfen, sie manchmal zu geschäftlichen Terminen zu begleiten und zu beobachten, wie sie mit den Menschen umging. Auch die Begegnungen mit der Wirtin Bächtle, die ihr offen ihre Zuneigung zeigte, mochte sie nicht missen. Und trotz aller Aufgaben durfte sie zu Hause die Liebe ihrer Katzen genießen, mit denen sie sprach und spielte wie am ersten Tag. Melchior, der tapfer gegen seine nachlassenden Kräfte ankämpfte, musste lächeln, wenn er die beinahe erwachsene Tochter unter dem Esstisch entdeckte, wo sie Samson das Nähgarn abzujagen versuchte. Zerzaust und mit geröteten Wangen tauchte sie irgendwann wieder auf, Siegerin in einem Spiel, das nur Gewinner kannte.

Samson war es nicht, der in einer eisigen Dezembernacht herzzerreißend vor dem Beck'schen Haus heulte. Ihr Freund lag neben ihr, entspannt schnarchend, während Frieda zwar die Augen geschlossen hielt, die Ohren aber in Richtung des Klagens ausrichtete. Hell genug schienen Mond und Sterne, um Maria Agnes zu verraten, dass Willy vor der Tür saß. Rasch warf sie sich etwas über und ging hinaus, um den roten Kater zu streicheln. Heftig rammte er ihr sein Köpfchen gegen beide Schienbeine, dann rannte er davon wie von der Tarantel gestochen. Das Ereignis wiederholte sich einige Male in den folgenden Nächten, bis Maria Agnes endlich begriff. Er war gekommen, um sie zur Hilfe zu holen.

Wie lange hatte sie Lucretia Bühler nicht mehr gesehen? Das fragte sie sich mit klopfendem Herzen, als sie vor der Tür stand. Was war sie für eine Freundin, schalt sie sich, fast täglich an dem Haus vorüberzugehen, ohne sich einmal nach dem Ergehen Lucretias zu erkundigen. „Da bist du ja“, sagte Christoph Jacob Bühler, der ihr persönlich öffnete. Ihr Gesicht und sein Gesicht sprachen Bände. Es bedurfte keiner Erklärungen. Der große, schlanke, stets selbstsicher auftretende Kaufmann wirkte deutlich gealtert und ging leicht vornübergebeugt. Es war die Sorge, die ihn sichtbar niederdrückte. In Lucretias Kammer lag ein stechender Geruch in der Luft. „Wir haben den Physicus aus Maulbronn geholt“, sagte ihr Vater zur Erklärung. Maria Agnes konnte nur erahnen, welche Torturen er ihrer Freundin zugefügt hatte. Offenbar war sie zur Ader gelassen und mit erhitzten, auf die Haut gepressten Glasgefäßen geschröpft worden. „Die schlechten Säfte müssen ausfließen“, hörte Maria Agnes zu ihrer Überraschung den achtjährigen Bruder Philipp Jacob sagen, der ebenso wie die Mutter am Bett der Kranken saß. Diese schien zu schlafen. Ihr hübsches Gesicht wirkte aufgedunsen, die prächtigen dunklen Locken hatten ihren Glanz eingebüßt.

Zaghaft trat Maria Agnes ans Bett und strich vorsichtig über den Arm des Mädchens. „Danke, dass du gekommen bist“, sagte Lucretia, ohne die Augen zu öffnen. „Ob ihr uns wohl einen Augenblick allein lassen könnt?“, fragte sie ihre Familie, und kurz darauf schloss Philipp Jacob die Tür. „Es tut mir so leid“, fing Maria Agnes an, ohne zu wissen, was sie mehr bedauerte: ihr eigenes schäbiges Verhalten oder den Zustand der Freundin. „Schon gut“, wehrte diese ab. „Ich habe es immer gespürt. Immer. Bis auf einen kleinen Moment. Ich würde nicht viel Zeit haben, das wusste ich, seit ich denken kann. Ich hätte sie besser nutzen sollen. Aber die Zeit mit dir war gut.“ Maria Agnes fühlte die Tränen in sich aufsteigen, gleichzeitig aber auch Zorn. „Nein!“, rief sie heftig. „Sag das nicht. Sag nicht ‚war‘. Deine Zeit ist, du lebst, und du darfst nicht sterben.“ Sie schluchzte, und es dauerte eine ganze Weile, bis Lucretia weitersprechen konnte. „Hör zu, ich habe zwei Bitten an dich. Willst du mir die erfüllen?“ Die Kranke wirkte plötzlich stark und entschlossen, als sie auf die Antwort wartete. „Natürlich“, sagte Maria Agnes schließlich. Ja, versprach sie, sie würde sich um Willy kümmern, der, wie Lucretia vorausahnte, nicht im Haus Bühler bleiben wollte. Und ja, sie werde mit den Eltern sprechen und versuchen, sie von einem ungewöhnlichen Wunsch zu überzeugen. „Weißt du“, erläuterte Lucretia, „ich bin lutherisch getauft und konfirmiert. Aber einmal im Leben möchte ich auch den Gottesdienst in der Kirche meiner Mutter feiern. Nur um sicherzugehen, dass der allmächtige Herrgott, Dieu tout-puissant, mich auch erkennt, wenn ich bald zu ihm komme.“

Man wählte den ersten Weihnachtsfeiertag, an dem, ein Geschenk des Himmels, die eisige Kälte einer vorfrühlingshaft warmen Brise gewichen war. Mit vereinten Kräften trugen Christoph Jacob Bühler und ein junger Mann, der spontan seine Hilfe angeboten hatte, die mit Gürteln auf einem Stuhl befestigte Lucretia hinüber auf die andere Enzseite und ein Stück in Richtung des Dorfes Lomersheim, bis linker Hand die einst bedeutende, dann verfallene, den Glaubensflüchtlingen überlassene und noch nicht vollständig wiederaufgebaute Peterskirche auftauchte. Im Inneren wunderte sich die deutlich zusammengeschmolzene welsche Gemeinde über die deutschen Gäste, zu denen auch eine rothaarige junge Frau zählte. Sie hielt die Hand der Freundin, die sie seither täglich besucht und sogar noch einige Male zum Lachen gebracht hatte. Sie lauschte der Predigt des alten Moutoux, ohne sie zu verstehen, und sog doch jedes Wort der melodiösen Sprache auf. „Amen“, sagte er schließlich, jeden einzelnen Buchstaben betonend, und Maria Agnes tat es ihm unwillkürlich nach. Lauter als alle, überzeugter als alle. Noch einmal lächelte Lucretia Bühler. „Und nun geh nach Hause“, bat sie, „und komm nicht wieder. Ich möchte, dass du mich so in Erinnerung behältst. Lebe wohl, Maria Agnes.“

Am späten Nachmittag des 22. Januar 1769 erschien ein Kater in der Brunnengasse und ließ sich vor dem Haus der Familie Beck nieder. Er bewegte sich keinen Zentimeter, bis Maria Agnes von der Arbeit nach Hause kam. Sie setzte sich neben ihn auf die kalte Erde und weinte in sein rotes Fell.

Kapitel 47

Nie hatte Maria Agnes bei ihrem Samson einen solchen Gesichtsausdruck gesehen. Die Augen waren aufgerissen in tödlicher Entschlossenheit, die Zähne gefletscht, die Ohren so weit nach hinten gelegt, dass man sie nur noch erahnen konnte. Zwei Körperlängen entfernt verharrte Willy in einer ähnlichen Position, doch kam aus dessen Kehle ein irritierend weiblich klingender Gesang, während Samson abwechselnd fauchte und brummte. In jeder Sekunde konnten sich die bis in die letzte Faser gespannten Muskeln dazu entschließen, die Starre zu lösen. Maria Agnes nahm all ihren Mut zusammen. Sie entschied sich, nach Samson zu greifen, war aber nicht schnell genug und gab mit ihrer Aktion letztlich das Startsignal für den Angriff, den sie zu verhindern versucht hatte. Ein schwarz-rotes Knäuel fuhr wie ein Derwisch herum, Haarbüschel lösten sich, aus Droh- wurden Schmerzensschreie. Erst als Maria Agnes in äußerster Not mit einem Besen nach den Tieren warf, ließen diese voneinander ab. Samson fiel zu Boden, als habe man ihm die Beine unter dem Körper weggezogen, Willy jagte im wilden Galopp davon. Einige Sekunden vergingen, ehe Maria Agnes den Schreck so weit verdaut hatte, dass sie nach ihrem schwarz-weißen Freund sehen konnte. Sie fühlte sich furchtbar. Den Verlust ihrer Freundin empfand sie allein schon als schwärende, täglich tiefer werdende Wunde. Ihr aber den letzten Wunsch nicht erfüllen zu können, drohte ihr endgültig das Herz zu brechen. Wie in aller Welt sollte sie für Willy sorgen, wenn zwischen ihm und Samson Krieg herrschte? Sie wusste genug über die Natur der Katzen, um die Probleme vorausgeahnt zu haben. Doch die Hoffnung auf das milde Wesen Samsons hatte sie über anfänglich harmlose Kämpfe zwischen den Brüdern hinwegsehen lassen. Sie schalt sich eine Närrin. Vielleicht hätte sie, wäre sie früher und entschlossener dazwischengegangen, noch etwas bewirken können. Nun fragte sie sich, ob Willy überhaupt zu ihr zurückkommen würde. Sie brachte Samson, der seine Wunden leckte, ins Haus und machte sich auf die Suche. Seine alte Heimat, wo die Fensterläden seit Wochen nicht geöffnet worden waren und die Eltern Bühler in Traurigkeit versanken, hatte Willy nicht angesteuert.

Die Magd hatte ihr berichtet, dass er wenige Minuten vor Lucretias Tod in ihre Kammer gekommen war, diese unmittelbar danach verlassen und so lange an der Haustür gekratzt hatte, bis sie ihn hinausgelassen habe. Er sei nie wieder aufgetaucht. Der junge Herr Philipp Jacob habe ihn eh nicht gemocht, und das sehr junge Fräulein könne sich noch nicht mit Katzen abgeben. Ratlos ließ Maria Agnes den Blick hin und her schweifen. Vor ihrem geistigen Auge tauchte die feine Kutsche auf, unter die sich der Kater vor gar nicht so langer Zeit gesetzt hatte. Nun regte sich nichts vor dem welschen Pfarrhaus und nichts darin. Kein Lüftchen wehte, kein Vogel sang, keine Menschen- oder Katzenseele war zu sehen. Wie ausgestorben wirkte der Ort. Herr, was tust du mit deinen Geschöpfen?, fragte Maria Agnes stumm, als ihr Blick am Kirchturm hängenblieb. Mit einem Mal kam ihr eine Idee. Sie fand ihn auf dem Friedhof, wo er scheinbar ziellos hin und her spazierte, bei ihrem Anblick aber auf sie zugerannt kam. Er hatte eine Wunde an der linken Vorderpfote und am rechten Ohr, schien sonst körperlich in guter Verfassung zu sein. Doch Willys Katzenseele hatte tiefe Kratzer abbekommen.

Er brachte die Nächte in einem Verschlag zu, in dem Brennholz für das Pfarrhaus gelagert war. Ob es dort schlicht und einfach keine Beute gab oder ob er zu schwach zum Jagen war, konnte Maria Agnes nicht beurteilen, sie sah aber bei ihren täglichen Besuchen, wie abgemagert das Tier war. „So kann es nicht weitergehen", sagte sie mehr zu sich selbst als zu ihm.

Catharina Meißner war eine hervorragende Quelle. Raffiniert gelang es ihr, Dinge aus der Küche der Sonne abzuzweigen, die für jeden nicht besonders gut gestellten Menschen schon die Speisekarte aufgewertet hätten, für Katzen aber schlicht das Paradies bedeuten mussten.

Sowohl Samson als auch Willy erhielten diese besonderen Leckerbissen. Bei Willy ging es darum, Vertrauen zurückzugewinnen, Samson sollte mit den Wurststückchen zu neuen Kunststücken motiviert werden. Und eines jener Kunststücke würde sein, den Bruder im näheren Umfeld zu akzeptieren.

Die Tage wurden allmählich wieder länger, und Maria Agnes konnte abends mehr Zeit in ihr Training investieren. Sie rechnete mit einem langen Prozess, doch dann kam ihr ein Zufall zur Hilfe. Der Zufall wandelte auf vier breiten Pfoten und sah aus, als habe man über einen weißen Körper ein schwarzes Häubchen und eine runde schwarze Decke gelegt. Der Zufall war ein Streuner mit Ambitionen auf ein eigenes Revier. Maria Agnes hatte den großen Kater mit dem struppigen Fell ein paar Mal in der Nähe des Enzufers beobachtet. Dass er die Brunnengasse zu erobern gedachte, bemerkte sie zunächst nicht. Erst als sie Willy und Samson eines Abends Seite an Seite antraf, beide den Streuner mit Blicken durchbohrend, wusste sie, dass der Dahergelaufene ihr einen großen Dienst erwiesen und aus Feinden Verbündete gemacht hatte.

Der Kater im Hause Rudolph verließ die eigenen vier Wände selten. Er war sich seines Essens sicher, das ihm seine Besitzerin vom eigenen Anteil der bescheidenen Kost abzweigte. Er war sich auch seines Schlafplatzes sicher. Mit der größten Selbstverständlichkeit ruhte er im Ehebett, und wenn Christina Margaretha morgens erwachte, fühlte sie sich oft aus großen, bernsteinfarbenen Augen beobachtet. Dieser Morgen war anders. Sie suchte nicht wie sonst Antworten auf offene Fragen in den Seelenfenstern ihres Gegenübers, sondern sprang auf und kleidete sich an. Sie wusste, dass ein von der bürgerlichen Gemeinde bestellter Experte erscheinen und das bewegliche und unbewegliche Eigentum des jungen Ehepaars in Augenschein nehmen würde. So war es Brauch, und dass dieser behördliche Vorgang erst gut fünf Monate nach der Hochzeit über die Bühne gehen sollte, legte nahe, dass man auf dem Rathaus keine nennenswerten Schätze im Haushalt vermutete, um die sich die Erben dereinst streiten würden. Der Besuch ging rasch über die Bühne. Was gab es schon schriftlich festzuhalten? Auf dem Papier besaß Johann Christoph Rudolph sogar noch weniger als seine Frau, denn das Häuschen, winzig genug, war nur zu einem Drittel sein Eigentum. Sein jüngerer Bruder und die Stiefmutter konnten den Rest beanspruchen, und auch die bescheidene Einrichtung hatte nach dem Tod des Vaters zum größten Teil dessen zweite Frau geerbt. In der Kategorie Bargeld notierte der Schätzer eine Null. Alles, was Rudolph einnahm und nicht aus Naturalien bestand, floss an den Buchhalter Reinwald nach Stuttgart, dem er noch über viele Jahre hinweg die Strickmaschine abbezahlen würde. Auch Christina Margaretha hatte ihren Arbeitslohn restlos in Bettzeug und Haushaltsgegenstände investiert. 40 Gulden, die ihr aus dem Erbe ihres Vaters und Großvaters zustanden, hatte sie der Mutter zinslos geliehen. „Ich brauche das Geld nicht", versicherte sie auch später auf dem Rathaus, wo am 6. April 1769 die offizielle Verhandlung der Sache anstand. „Bist du sicher?", fragte ihr Oheim Andreas Schmierer, der ihr, der rechtlich unmündigen Frau, als sogenannter Kriegsvogt beigeordnet war. „Ja", sagte sie, und ihr Ehemann nickte ebenfalls. Der Schreiber und die Teil- und Waisenrichter hoben die Augenbrauen, setzten dann aber kommentarlos ihre Namen unter die Akte. Die Eheleute unterschrieben ebenfalls, Johann Christoph mit sicherer Hand, seine Frau nervös und krakelig. Christina Barbara Beck als Mutter der Braut musste passen. Sie hatte andere Dinge im Leben gelernt.

Im Eingangsbereich des Rathauses lief ihnen Gottlieb Beck direkt in die Arme. Eine merkwürdige Befangenheit lag in der Luft, und da ihre Tochter den Mund nicht aufbekam und auch der Chirurg seltsam einsilbig wirkte, fühlte sich Christina Barbara bemüßigt, eine Unterhaltung in Gang zu setzen. „Wie alt ist Euer Jüngster jetzt? Gottlob heißt er, nicht?“, fragte sie. Der Vaterstolz war geweckt, und bald sprudelten mehr Informationen aus ihm heraus, als vor allem Christina Margaretha je zu hören gewünscht hätte. „Er freut sich auch schon so auf sein neues Geschwisterchen“, filterte sie aus dem Gespräch heraus. „Lass uns gehen“, wisperte sie Johann Christoph zu, der zwar irritiert wirkte, seiner Frau aber den Wunsch erfüllte. „Dringende Angelegenheiten“, sagte er höflich lächelnd, hakte sich bei Christina Margaretha unter und ging mit ihr die Treppenstufen hinab. Der Tag brachte Aufgaben zur Genüge, die beide vollkommen auslasteten. Auch nach dem schweigend eingenommenen Abendessen ging Johann Christoph Rudolph noch einmal in seine Werkstatt, um das schwindende Licht auszukosten und an einem neuen Auftrag zu arbeiten. Wie jeden Abend würde er irgendwann das Gesangbuch zur Hand nehmen, eines der Lieder singen, ein Gebet sprechen und sich auf den Strohsack betten. Er würde seine Augen schließen und seine Lungen mit der kühlen Luft füllen. Dann würde er sich ausmalen, wovon er in der Realität weit entfernt war. An diesem Abend spürte er

Haut auf seiner Haut. Eine Hand umfasste die seine und führte ihn ein Stockwerk höher.

Johann Jacob Beck besaß kein eigenes Bett. Gewiss, der Deininger war gut zu ihm gewesen, eine Seele von Mensch, geduldig, warmherzig, väterlich. Aber jetzt, da er 20 Jahre alt war und die Grundzüge des Korbmachens erlernt hatte, mochte er ihm nicht länger zur Last fallen. „Du weißt, dass du immer wieder zu mir zurückkommen kannst“, gab ihm Johann Georg Deininger auf den Weg, als sich sein Zögling auf die Reise in die eigene Vergangenheit und eine ungewisse Zukunft begab. Obwohl er mehrmals auf Balthas Bauchwohl getroffen war und dieser ihm versichert hatte, man trage ihm zu Hause nichts nach, spürte Johann Jacob eine Mischung aus Unbehagen und Sorge. Vielleicht hätte er die Rückkehr noch länger hinausgezögert, doch klang ihm noch das Husten des Vaters im Ohr, und wenn er auch keine allzu tiefen Gefühle für ihn hegte, so fürchtete er sich doch vor dem Zuspätkommen. Bevor es ihn möglicherweise in eine ganz andere Richtung ziehen würde, musste er sich der Situation zumindest noch einmal stellen.

Fast eineinhalb Jahre war er nicht mehr in Dürrmenz gewesen. Die Bilder des Winters waren ihm im Gedächtnis geblieben, und so traf ihn der Frühling, der sich im Mai 1769 überall mit Macht Bahn brach, mit überraschender Wucht. Der Duft der blühenden Bäume, die Stimmen der Vögel, das Summen erwachender Insekten hüllten ihn ein, und nur zu gern setzte er sich für eine Weile ans Ufer der Enz und sah einer Entenfamilie beim Baden zu. Mutter und Vater gaben dem Nachwuchs pausenlos Anweisungen oder Hilfestellungen, so genau war das nicht zu unterscheiden. Was hatte er je von seinen

Eltern gelernt? Nein, schalt er sich, das war ungerecht. Sie hatten sich wohl Mühe gegeben, aber nicht verstanden, dass seine Gedanken nun mal nicht bei einer Sache und seine Füße nicht lange an einem Ort bleiben konnten. Seufzend erhob er sich und legte die letzten Meter zurück. Erleichtert stellte er fest, dass sich rein äußerlich nichts geändert hatte. Das Haus stand, Nachbarskinder tobten auf der Gasse herum, einen Steinwurf entfernt im Schwarzen Adler führte ein Knecht das Pferd eines vornehmen Gastes in den Stall. Von seiner Familie war niemand zu sehen, zumindest wenn man die Gruppe auf menschliche Mitglieder beschränkte. Wie an einer Perlenschnur aufgereiht lagen Samson, Frieda und ein roter Kater, der ihm entfernt bekannt vorkam, auf der sonnengewärmten Erde vor dem Treppenaufgang. Frieda und Samson hoben kurz ihre Köpfchen, sogen die verräterische Luft ein, fanden ihre Vermutung bestätigt und ließen die Häupter wieder sinken, als hätten sie immer gewusst, dass an diesem Tag zu dieser Stunde der verlorene Sohn heimkehren würde. Johann Jacob öffnete die Tür zum Stall, in dem die schweren Eisenkämme zur Seite geräumt waren und nur noch ein Sack unbearbeiteter Rohwolle von der Tätigkeit seines Vaters zeugte. Darauf ließ er sich nieder und schlief beim Warten ein.

Hatte sie die Stalltür offengelassen? Sie zweifelte in letzter Zeit häufiger an ihrem Gedächtnis, war sich aber in Sachen Tür keiner Schuld bewusst. Vorsichtig sah Christina Barbara Beck hinein, und glücklicherweise hatte sie sich am Türrahmen abgestützt, sonst wäre sie womöglich vor Schreck in Ohnmacht gefallen. „Raus da, du Lump, was suchst du in unserem Haus?“, fuhr sie mit dem Mut der Verzweiflung den Mann an, dessen breitkrempiger Hut ihm weit über die Stirn gerutscht war. Der vermeintliche Vagabund schüttelte sich, nahm die Kopfbedeckung ab, und Christina Barbara sah ins nun bärtige Gesicht ihres Stiefsohns.

„Erzähl, wie ist es dir ergangen?“ Maria Agnes platzte schier vor Neugierde. Endlich saß, nachdem sich die erste Aufregung gelegt hatte, die Familie am Tisch, und Johann Jacob schlang die Brotsuppe in sich hinein, als hätte er tagelang nichts mehr zu essen gehabt. „Gut“, brachte er hervor. „Mir geht es gut, und euch?“ – „Du weißt ja noch gar nicht, dass unsere Schwester geheiratet hat“, zog Maria Agnes das Gespräch an sich – innerlich seufzend, denn sie fürchtete, der Bruder werde sich nicht zu mehr Details herablassen. Da mochte ein bärtiger, erwachsener Mann sitzen. Im Inneren war er wohl immer noch das unsichere, schweigsame Kind. Christina Barbara bewirtete den Stiefsohn, so gut sie es vermochte. Sie konnte sich schwer verzeihen, ihn nicht erkannt und für einen Landstreicher gehalten zu haben. Und doch fragte sie sich, was ihn von einem solchen unterschied. „Wo wirst du bleiben, mein Sohn?“ Melchiors Gedanken zielten offenbar in eine ähnliche Richtung. Er erwartete nicht mehr als ein Schulterzucken oder eine vage, ausweichende Antwort. „Wenn das möglich ist“, sagte er mit überraschend fester Stimme, „würde ich ein paar Wochen unten schlafen und Ware herstellen, die ich dann hier verkaufe.“ Eltern und Schwester tauschten erstaunte Blicke. „Und dann würde ich mit dem Geld auf dem Fluss Rhein nach Norden fahren.“ Er habe auf Märkten immer wieder sagen gehört, dass dort – je weiter nördlich, je mehr – Händler säßen, die ihre Waren in die ganze Welt transportierten und Behältnisse dafür benötigten. „Tu, wie du es vorhast, mein Sohn“, sagte Melchior. Er betrachtete ihn, als sähe er ihn zum ersten Mal.

Tatsächlich legte der junge Mann einen erstaunlichen Fleiß an den Tag, als er in den folgenden Wochen nicht nur das Material beschaffte, sondern geduldiger und sorgfältiger, als es ihm die Familie je zugetraut hätte, Körbe unterschiedlicher Größe entstehen ließ. Die meisten würden zum Aufbewahren von Brotteig dienen und waren weder besonders kunstvoll noch sehr aufwendig gefertigt. „Würdest du mir auch einen Katzenkorb flechten?“, fragte Maria Agnes. „Frieda hat zwar dieses Mal keine Jungen bekommen, aber im Herbst könnte es wieder soweit sein. Oder hat dir der Deininger das nicht beigebracht?“ Johann Jacob gab einen Laut von sich, der an ein Schnauben erinnerte. „Doch, hat er. Aber solange ich noch da bin, muss ich zuerst einen anderen Auftrag ausführen.“ Er deutete auf wesentlich helleres, dünneres Rohr, das unter seinen Händen eine längliche Form annahm. Maria Agnes blickte ratlos drein. „Frag deinen Schwager Rudolph.“

Sie flog regelrecht auf die andere Enzseite. „Ist das wahr?“, keuchte sie, und Johann Christoph las in ihrem noch mehr vor Freude als vor Anstrengung geröteten Gesicht die komplette Frage. „Ja, ja, es ist wahr. Ein Gottesgeschenk“, sagte er und schloss sie in seine Arme. Als er sie wieder daraus entließ, sahen sie sich ein wenig verlegen an. „Los, Tante Maria Agnes, geh hinauf zu ihr.“ Selten hatte sie ihre Schwester bisher besucht, was nicht daran lag, dass sie keine Sehnsucht gehabt hätte. Leicht hätte sie die Arbeit vorschieben können, die ihr kaum Zeit für irgendetwas anderes ließ. Doch in Wahrheit fürchtete sie sich vor der Erkenntnis, dass ihre Schwester nicht glücklich sein könnte. Und dann war da diese merkwürdige Stiefschwiegermutter, die man kaum im Ort sah und die Maria Agnes so wenig einschätzen konnte. Sie hatte die Vornamen mit ihr gemein, offenbar auch die Liebe zu Katzen, doch sonst wusste sie nichts über die vor vielen Jahren Zugezogene. Das sollte sich ändern. „Hereinspaziert", sagte eine unfassbar hohe Stimme auf ihr Klopfen hin, und bevor Maria Agnes, die Junge, einen Schritt in die Stube hinein getan hatte, schwappte schon eine Informationsflut aus dem Munde Maria Agnes', der Älteren, über sie herein. Sie sah Christina Margaretha, an der Feuerstelle stehend, zu ihr herüberlächeln, denn die beiden Namensschwestern gaben zusammen ein wahrhaft kurioses Bild ab. Der Gast, der immer wieder ansetzte, um eine Frage zu stellen, aber nicht zu Wort kam, wurde von der Gastgeberin, kleiner von Wuchs und um sie herumflatternd wie ein aufgeregtes Huhn, letztlich an den Tisch genötigt. Christina Margaretha, die jetzt so dringend geschont werden musste, servierte einen dicken Brei. „Geht es dir gut?", gelang es Maria Agnes endlich, zu ihrer Schwester durchzudringen. „Ja, mir geht es gut. Mach dir keine Sorgen", antwortete sie. Sie spürte das Zögern der Jüngeren. „Und er ist ja schließlich auch noch da", deutete sie auf den Kater, der die ganze Zeit über in einer Ecke des Raums gewartet hatte, um jetzt mit Schwung auf dem Tisch zu landen. „Braver Bub", lobte ihn die Witwe Rudolph und tätschelte seinen Kopf, der in Maria Agnes' fast ausgegessener Suppenschüssel verschwand.

Ihre Mutter nahm die Nachricht seltsam distanziert auf. Erst viel später sollte Maria Agnes verstehen, warum. Ein Kind zu erwarten, das hatte Christina Barbara wie jede Frau ihrer Generation verinnerlicht, hieß noch lange nicht, dieses Kind auch behalten zu dürfen. Wer wusste schon, ob es der Herr nicht gleich wieder zu sich holen würde? Wer wusste, ob das Lebenschenken nicht damit einhergehen würde, das eigene Leben zu verlieren? „Gott sei uns gnädig", sagte Christina Barbara Beck und faltete kurz die Hände zum Gebet.

Nie hatte sie mit ihrer jüngsten Tochter über die näheren Umstände einer Schwangerschaft gesprochen. Das schickte sich in ihren Augen nicht, und Maria Agnes hatte nicht nachgefragt. Alles, was sie wusste, wusste sie von Frieda und von ihren Freundinnen, die im Gegensatz zu ihr mit reichlich jüngeren Geschwistern und zumindest Vermutungen über deren Werden gesegnet waren. „Ich sage dir, ein Spaß ist das nicht", erwies sich Catharina Meißner als wenig Zuversicht verströmend. Erst vor wenigen Wochen hatte ihre Mutter wieder ein Kind zur Welt gebracht – das zweite schon von ihrem neuen Ehemann. Anders als früher war Catharina als Helferin gefragt und beinahe froh darüber gewesen, sich wieder zur Arbeit in die Sonne verabschieden zu können. Säuglingsgeschrei erfüllte das kleine Häuschen – ein Fortschritt zwar zur früher oft gespenstischen Stille in Erwartung neuer Gewaltausbrüche. Nichtsdestotrotz war das Baby für die Mutter eine große Herausforderung. Wie hätte sie in all dem Trubel ahnen sollen, dass das Weinen ihrer Tochter Anna Maria eine ernste Ursache hatte? Der Schulmeister Bofinger schickte das knapp neunjährige Mädchen am 20. Juli 1769 nach Hause. Gleich zu Unterrichtsbeginn war ihm, der sich vorgenommen hatte, nicht nur mit den intelligenten Knaben in der ersten Reihe zu arbeiten, das zusammengekrümmte und wimmernde Wesen ins Auge gestochen. Später sollte er sich bittere Vorwürfe machen, es nicht selbst zu einem der örtlichen Chirurgen begleitet zu haben. „Geh heim", hatte er nur gesagt, und dort schickte die Mutter das Kind ins Bett. Das Reißen im Leib, das Pfarrer Käuffelin als Todesursache festhalten würde, ließ sich davon nicht beheben. Einen Tag später beerdigte er, ohne viel Aufhebens darum zu machen, Anna Maria Meißner. Kinder kamen, Kinder gingen. Im Oktober begrub er auch die kleine Johanna Maria, über deren Geburt der Chirurg Gottlieb Beck sich am 5. September gefreut hatte. Zu früh.

Kapitel 48

„Wenn du wirklich nach Norden reisen möchtest, wird es dir dafür nicht langsam zu spät im Jahr?" Maria Agnes hoffte, ihr Bruder würde ihr die gutgemeinte Frage nicht übelnehmen. Ob er jemals vorgehabt hatte, Dürrmenz wieder zu verlassen, bezweifelte sie inzwischen leise, da er so gar keine Anstalten machte, sich auf ein derart großes Abenteuer vorzubereiten. Immerhin hatte er bei der Ernte mit angepackt, hatte einige seiner Arbeiten in der näheren Umgebung verkauft, das Bettchen für Christina Margarethas noch ungeborenes Kind fertiggestellt und zuletzt sogar einen Katzenkorb zustande gebracht. Es war kein Meisterwerk, würde aber seinen Zweck erfüllen. Noch waren Friedas Kinder, ein wild gemustertes Trio, viel zu klein, aber irgendwann würden sie in eben jenem Korb zu ihrem neuen Zuhause transportiert werden. „Versteh mich recht", fuhr Maria Agnes fort, da Johann

Jacob nicht geantwortet hatte, „wenn es nach mir geht, kannst du für immer hierbleiben." Endlich sah er sie an und lächelte sogar. „Ich weiß, Schwesterchen. Und es ist nicht so, dass mich jemand vertreiben würde. Aber nach dem Kirchweihfest werde ich aufbrechen."

Tatsächlich plante er schon lange, beim Markt, der das für den Ort bedeutende Ereignis flankieren würde, noch einmal etwas Geld einzunehmen. Die Münzen saßen nämlich traditionell locker, wenn allen Ermahnungen des Pfarrers zum Trotz kräftig über die Stränge geschlagen wurde. Nein, Matthias Käuffelin würde auch dieses Jahr mit seiner Predigt, die von der Würde des Tages und des Anlasses sprach, nicht zu den Menschen durchdringen, denen nach harten Monaten der Plackerei auf Feldern und in Weinbergen nun der Sinn nach Ablenkung oder Betäubung stand. Die Gasthäuser würden es mit den Vorschriften nicht so genau nehmen, die jungen Burschen würden ihre Manieren vergessen, die jungen Mädchen leichtsinnig genug sein, ihnen nicht aus dem Weg zu gehen. Ein ewiger Kampf, seufzte der Pfarrer innerlich, der nach Jahren, in denen er das Gute im Menschen hatte sehen wollen und es im Guten versucht hatte, den Abnutzungskampf zu verlieren drohte und immer misstrauischer wurde. Das Vertrauen, das er einst einem kleinen rothaarigen Mädchen eingeimpft hatte, büßte er selbst ein – mit jedem unschuldigen Kind, das er dem Herrn anbefahl, mit jeder ledigen Mutter, die er verhörte und ihr der Einfachheit halber die ganze Sündenlast ankreidete, mit jedem Kirchverweigerer, dem er ein Zwangsgeld aufzuerlegen hatte. Manchmal ertappte er sich dabei, dass er im Lachen der eigenen Kinder einen möglichen Frevel erkannte. Was gab es schließlich zu lachen in dieser sündigen Welt?

Er rüstete sich schon für die Welle an Anzeigen, die hinsichtlich sittlicher Verfehlungen an ihn herangetragen werden würden. Doch dann verlief der Tag erstaunlich ruhig. Ergiebiger Regen hatte den Boden so aufgeweicht, dass mancher Händler, mancher Kunde von auswärts vor dem Weg nach Dürrmenz zurückschreckte, und selbst die Zecher schienen von der klebrig-feuchten Herbstluft in ihrem Tatendrang gebremst. Wenige Gestalten lungerten spätabends noch auf den Gassen herum, als Käuffelin unter dem Vorwand, sich die Beine vertreten zu müssen, eine Runde durch den Ort drehte. „Lass sie doch feiern", hatte ihm seine Frau mit auf den Weg gegeben. „Warst du nicht auch einmal jung?" Das ließ sich schwerlich abstreiten, und wie der Dekan am Ufer der Enz entlang spazierte und seinen Gedanken nachhing, sah er plötzlich sein eigenes junges Ich vor sich – einen mit dem Optimismus und Egoismus der Jugend gesegneten schlanken Kerl, der stets die keck in die Stirn fallende Locke mit einer eleganten Kopfbewegung zur Seite schleuderte, bevor er eine Unterredung begann. Es war kein Trugbild, wie er nach mehrfachem Blinzeln feststellte. Im fahlen Licht des Mondes zeichnete sich tatsächlich die Silhouette eines jungen Mannes ab, der offenbar auf ein junges Mädchen einredete, dessen Schatten der seine verschluckte. Irritiert blieb Käuffelin stehen und erahnte, wie sich der Mann schließlich über die sehr viel kleinere weibliche Gestalt beugte und ihr dabei näher kam, als es der Anstand erlaubte. Näher auch, als es die junge Frau erlaubte, denn durch die fast menschenleeren Gassen hallte umgehend eine Ohrfeige, hallten daraufhin Schritte, die sich rasch entfernten, und hallte das Pfeifen des jungen Mannes, der unbeeindruckt an Ort und Stelle verharrte. Die Schuhe des Dekans schienen am Boden festgeschraubt. Er war unfähig, sich zu rühren, und schrak zusammen, als er angesprochen wurde. Ein paar unverschämt junge Leute, die nicht weit vom pfeifenden Jüngling entfernt standen, grüßten freundlich, fast herausfordernd herüber. Sie kamen auf ihn zu, und Käuffelin erkannte das eine oder andere Gesicht. „Nun aber rasch nach Hause", sagte er mehr zu sich selbst als zu ihnen.

„Die Straßen waren eine einzige Katastrophe, wir sind mehrfach steckengeblieben. Sonst hätte ich es schon gestern Morgen hierher geschafft und Euch im Gottesdienst erleben können. Aber so war es schon sehr spät, als ich ankam, und Mutter und ich haben beschlossen, Euch nicht zu wecken. Ich hoffe, Ihr freut Euch auch jetzt noch über die Überraschung." Immanuel Käuffelin sprach's, betrat die geräumige Küche des Pfarrhauses und schüttelte, indem er sich an den gedeckten Tisch setzte, die kecke Locke aus der Stirn. Seinem Vater blieb der Bissen Brot im Halse stecken. „Ist es nicht großartig, dass Immanuel ein paar Tage bei uns bleiben kann?", fragte Esther Dorothea Käuffelin in das Husten ihres Mannes hinein. „Unser Junge hat so hart gearbeitet im Stift in Tübingen, da soll er sich jetzt ein bisschen erholen und nicht nur in die theologischen Bücher schauen." Der Hustenreiz wollte sich kaum beruhigen lassen. „Braucht Ihr Hilfe?", fragte der 21-Jährige besorgt. Vielleicht, dachte der Dekan.

Maria Agnes hatte den Abend und die Nacht bei der Konsulentin Wedderkopf verbracht, da diese vorübergehend einen durchreisenden Musiker bei sich aufgenommen hatte und diesen bewirtet haben wollte. Früh am Morgen zog es sie zurück in die Brunnengasse, stand doch Johann Jacobs Aufbruch unmittelbar bevor. Sie kam gerade noch rechtzeitig, um ihren mit einem dicken Bündel bepackten Bruder an sich zu drücken. Melchior und Christina Barbara standen daneben, um die richtigen Worte verlegen, und so waren sie dankbar, dass ein anderer all die guten Wünsche formulierte, die auch ihre Herzen bewegten: Jacob Friedrich Meißner war gekommen, um sich von seinem Freund zu verabschieden. „Du sollst alles Glück dieser Welt haben, mein tapferer Ritterfreund", sagte der Finstere Friedrich, und alle zusammen legten sie die wenigen Meter bis zur Einmündung der Brunnengasse auf die Straße parallel der Enz zurück. Noch einmal schloss Maria Agnes Johann Jacob in die Arme, und als dieser außer Sichtweite war und ihr die Tränen über die Wangen kullerten, fühlte sie sich tröstend von Jacob Friedrich an sich gedrückt. Der junge Mann, der unbemerkt von allen ein wenig abseits am Eingang der Sonne stand und mit einer Mischung aus Überraschung, Neugier und Faszination die Szene beobachtete, spürte ein eigenartiges Brennen in sich.

Das Gefühl verschwand nicht. Es trieb ihn ziellos durch den Ort, in dem er derzeit nur Besucher war und den er noch am selben Tag wieder in Richtung Nordschwarzwald verlassen würde. Irgendwann fand er sich auf dem Friedhof wieder, stand am Grab seiner Mutter, bekämpfte den Wunsch, ihren Grabstein zu umarmen oder mit Füßen zu treten – eines von beidem. Der Kampf blieb unausgefochten. „Sieh an, der junge Fischer", hörte er Johann Matthias Käuffelin rufen. Er fühlte sich unwohl, fast ertappt, wollte gehen, doch schon eilte der Dekan auf ihn zu. „Zu Besuch in Dürrmenz?", fragte der Pfarrer vage, und es war ihm anzumerken, dass er sich um die Anrede drückte. Kein Kind stand mehr vor ihm, sondern ein hochaufgeschossener 16-Jähriger, der nach dem Ende seiner Lehrzeit rasch in die erste Riege des Orts aufsteigen würde. „War er nicht gestern Abend noch spät unterwegs?", fragte Käuffelin und beugte sich konspirativ zu dem jungen Mann hinüber. „So wie Ihr", entfuhr Adam eine frechere Antwort, als er sie hatte geben wollen. Doch sein Gesprächspartner schien dies gar nicht zu bemerken. „Nun, man tut, was man kann, um schädliche Umtriebe zu verhindern. Das wollen wir doch alle, oder?" Der junge Fischer runzelte die Stirn und nickte. Was um Himmels willen wollte der Dekan von ihm? Unwillkürlich trat er einen Schritt zurück. „Es geht die Sage", flüsterte Käuffelin, „ein liederliches Mensch habe unbescholtenen jungen Männern nachgestellt. Ich muss der Sache leider nachgehen." Er wartete einen Moment. Lange genug, um Adam Fischer die Gelegenheit zu geben, einen Plan zu fassen. „Ja", sagte er und legte ein Zögern in seine Stimme. „Das ist wahr. Ich hätte es nicht von mir aus angezeigt, aber auch ich bin belästigt worden." Lange zierte er sich, bis er den Namen der Weibsperson schließlich herausgab.

Der vom Pfarrer für seine Ehrlichkeit Hochgelobte saß längst wieder auf einem halbwegs komfortablen Fuhrwerk, als eine schuldbewusste Catharina Meißner Maria Agnes Bericht erstattete. „Er ist zurück?", fragte diese mit vor Entsetzen geweiteten Augen. „Er war da", korrigierte die Freundin. „Aber nur für eineinhalb Tage, und als er ankam, habe ich es nicht gleich bemerkt, weil ich …“ Sie unterbrach sich. Sollte sie davon erzählen, dass sie an ihrem freien Abend von einem hübschen Fremden erst freundlich eingeladen worden war, dem unverschämten Kerl dann aber die Grenzen hatte aufzeigen müssen? Dass sie sich so mir nichts, dir nichts hatte ausführen und beinahe küssen lassen, behielt sie besser für sich. „Ganz gleich“, sagte sie rasch. „Es ist ja nichts geschehen, worüber du dich aufregen müsstest.“ Sie täuschte sich.

Als Christina Barbara Beck wie verabredet am Pfarrhaus klopfte, öffnete ihr ein großer, schlanker, ebenso gut gelaunter wie gutaussehender junger Mann. „Ah, Ihr müsst der Sohn des Herrn Käuffelin sein, der auch Pfarrer werden will“, freute sich Christina Barbara über das Wiedersehen. „Und Ihr seid … Verzeiht, ich bin schon zu lange aus Dürrmenz weg, um noch alle zu kennen“, gab Immanuel Käuffelin freundlich zurück. „Christina Barbara Beck“, antwortete sie, „ich komme, um Eurer werten Mutter bei der Hausarbeit zu helfen.“ – „Das ist nicht mehr nötig, gute Frau. Habt Dank für Eure früheren Bemühungen“, sagte der Dekan, der sich aus dem Dunkel des Flurs genähert hatte und nun rasch die Haustür schloss.

Der finanzielle Verlust schmerzte mehr als die ruppige Zurückweisung, hinter der Christina Barbara als Ursache schlicht und einfach Knausrigkeit vermutete. Gerade jetzt in der beginnenden kalten Jahreszeit war sie auf ein Zubrot angewiesen. Melchior konnte zum Familienunterhalt nahezu nichts mehr beitragen. Sie selbst fühlte sich zwar trotz ihrer 58 Jahre tatkräftig und erfreute sich einer nahezu unverwüstlichen Gesundheit, doch las sie in den Gesichtern der Menschen im Dorf, dass man einer alten Frau wie ihr weniger zutraute als der zahlreichen jüngeren Konkurrenz. Eines jedoch hatte sich zum Positiven verändert: Seit der Heirat ihrer Tochter war es wieder einfacher geworden, sich die Dinge des täglichen Bedarfs mit dem Versprechen zu beschaffen, die Schulden so rasch wie möglich zu begleichen.

Auf Granit biss Christina Barbara allerdings weiterhin bei der Adlerwirtin. Ihr kühler Blick auf die Nachbarin genügte, um jede Frage im Keim zu ersticken. Euch etwas leihen? Da kann ich das Geld auch gleich den Fischen in der Enz füttern, sagte dieser Blick. Dabei wäre Catharina Barbara Redwitz auf eine andere Art durchaus bereit gewesen, das Familieneinkommen aufzustocken. Sie hatte im August ihr zwölftes Kind geboren, einen Jungen namens Philipp Heinrich, und musste sich selbst eingestehen, dass ihr die Arbeit in Haushalt und Gastwirtschaft zunehmend schwerer fiel. Ihr Ehrgeiz wuchs jedoch im selben Maß, wie ihre körperliche Belastbarkeit abnahm. Mit Argwohn, vielleicht aber auch Bewunderung beobachtete sie seit längerer Zeit die merkwürdigen Aktivitäten der Anna Catharina Wedderkopf und hätte deren Helferin Maria Agnes, Wollenkämmerskind hin oder her, gern bei sich beschäftigt – für ein wenig Geld und mehr Informationen. Doch Maria Agnes dachte gar nicht daran, nach einer weiteren Arbeitsstelle zu fragen. Sie war ausgelastet. Und sie sorgte sich mehr und mehr um ihre Schwester, die sich kaum mehr bewegen konnte, kaum Luft bekam und doch jeden Versuch, Aufgaben anders zu verteilen, beinahe brüsk zurückwies. Alpträume plagten Maria Agnes, und sie sehnte sich danach, dass Frieda ihre Kinder für alt genug halten und zu ihr ins Bett zurückkehren würde. Vielleicht würde der atmende, vibrierende Körper einer vielfachen Mutter ihr die Kraft geben, das Bild ihrer sterbenden Schwester zu vertreiben.

Tatsächlich waren die drei Kätzchen kurz vor Weihnachten 1769 offenbar erwachsen genug, um sie auf den Ernst des Lebens vorzubereiten. Immer häufiger überließ Frieda ihren Nachwuchs sich selbst, und als Maria Agnes eines Morgens den kleinen Kater mit der schwarzen Nase vor der Stalltür erwischte, todesmutig Samson anfauchend, das Fell in Eichhörnchenmanier abgespreizt, da wusste sie, dass sie ein neues Zuhause für die Geschwister finden musste. Der Zeitpunkt freilich war schwierig. Der Winter hatte die Gegend fest im Griff. Wanderungen nach Lienzingen oder in einen anderen Nachbarort schieden aus, und auch in Dürrmenz stand in den kommenden Wochen keine Veranstaltung an, bei der sie zahlungskräftige Käufer hätte finden können. Freilich hatte sie schon gehört, dass sich Menschen in bessergestellten Familien zu Weihnachten beschenkten. Sie selbst konnte sich keine schönere Gabe als eine Katze vorstellen. Doch wer in Dürrmenz wäre bereit, Geld für eine kleine Samtpfote auszugeben? Niemand.

Der Zufall kam ihr zur Hilfe. Im Gottesdienst am vierten Adventssonntag hatte sie von weitem eine reichlich aufgelöste Agi Redwitz entdeckt. Die Freundin wirkte seltsam nervös, ließ mehrfach ihr Gesangbuch fallen und erregte zudem, da sie beim Hinausgehen stolperte und sich den teuren Rock zerriss, allgemeine Aufmerksamkeit. Maria Agnes beeilte sich, die junge Frau zu erwischen, bevor diese im Schwarzen Adler verschwunden und für sie damit unerreichbar sein würde. Glücklicherweise hatten sich beide Eltern ins Gespräch mit dem Amtmann Wohlmann verstrickt, und Agi war allein, als sie von der Freundin eingeholt wurde. „Was ist los mit dir?", fragte diese unumwunden. „Nicht jetzt", wehrte Agi ab. „Ich muss erst diese Peinlichkeit loswerden." Sie deutete auf ihren Rock, und hätte Maria Agnes sie nur oberflächlich gekannt, hätte sie das Weinen auf den Verlust des teuren Kleidungsstücks geschoben. „Warte", bat Maria Agnes. „Das ist es nicht." Agi nickte stumm, aber heftig. „Gestern haben meine Eltern meine Verlobung gefeiert, und zu Beginn des nächsten Jahres werde ich nach Bönnigheim ziehen." Sie blickte über die Freundin hinweg. „Ich muss gehen", sagte sie und eilte davon.

Ein gesetzt wirkender Mann Mitte zwanzig näherte sich. Er war keine Schönheit, da sein Kinn zu weit nach vorn ragte und ihm die Haare schon zu einem großen Teil abhandengekommen waren. Aber auf seinem Gesicht stand echte Sorge. „Philipp Christian Meurer aus Bönnigheim, Wirt der Krone", stellte er sich mit einer angedeuteten Verbeugung vor. „Ihr kennt meine zukünftige Frau? Wisst Ihr, wie ich sie aufheitern und mir gewogen stimmen könnte?" Ja, da habe sie schon eine Idee, sagte Maria Agnes Beck. Er müsse allerdings vorher noch eine Prüfung bestehen.

Frieda benötigte nur einen Blick auf den Fremden, eine Umrundung seiner Beine, eine Berührung seines vorsichtig zu ihr hinuntergestreckten Handrückens. Dann ließ sie sich zu Maria Agnes' Füßen nieder und begann zu schnurren. „Also, es ist beschlossen. Ihr dürft Friedas Kinder kaufen. Das ist großartig. Und ich sehe, dass Ihr Euch der Ehre würdig erweisen werdet." Philipp Christian Meurer wusste nicht ganz genau, wie ihm geschah, als er alles, was die Taschen seiner Weste an Bargeld hergaben, in Maria Agnes' geöffnete Hand legte. Rasch verabschiedete sie sich von den Tieren, setzte sie in Johann Jacobs Korb und überreichte das Ensemble. „Damit werdet Ihr nicht nur das Herz Eurer Frau gewinnen, sondern auch Freude, wie Ihr sie Euch nicht erträumen könnt."

Kapitel 49

Es war ein Sonntag. Der letzte Tag des Jahres, der letzte Tag der 1760er Jahre. Der letzte Tag seines Lebens, das schwor sich Johann Christoph Rudolph für den Fall, dass er das ihm liebste Wesen auf der Welt durch seine Liebe dem Tod geweiht haben sollte. Betend saß er in seiner Werkstatt, lauschte auf jedes Geräusch, das durch die Decke zu ihm herunterdrang. Die Hebamme hatte ihn hinausgeschickt. Sie hatte mit der aufgeregten Stiefschwiegermutter eine eifrige, wenn auch anstrengende Helferin. Die junge Frau, die seit den frühen Morgenstunden in den Wehen lag, nahm ohnehin nur noch schemenhaft wahr, wer an ihrem Bett stand. Es fühlte sich an, als habe eine fremde Macht die Herrschaft über ihren Körper übernommen. Nicht erst an diesem Silvestertag.

Die Hebamme versuchte es mit einer Suppe, die sie von der Witwe Rudolph zubereiten ließ und der jungen Frau zur Stärkung einflößte. Sie versuchte es mit guten Worten, wohlriechenden Kräutern, einem sündhaft teuren Öl. „Ihr müsst schon ein bisschen mehr mitarbeiten", sagte sie. Sie sagte nicht, was sie schon beim ersten Abtasten erkannt hatte. „Der Ehemann soll kommen", befahl sie schließlich, und dem leichenblassen Johann Christoph gebot sie, seine Frau unter den Achseln zu packen und auf die Beine zu stellen. Ihr apathisches Wimmern schwoll zu angsterfüllten Schreien an. Endlich, endlich um zwei Uhr nachmittags fiel eine zweite Stimme ein. Das Mädchen atmete, lebte. Johann Christoph Rudolph bedeckte ihr und das Gesicht seiner Frau mit Küssen. „Sie ist sehr kräftig für einen Zwilling“, sagte die Hebamme. Kurz drückte sie die Hand der Mutter. Sie wusste, dass ihr das Schwierigste erst bevorstehen würde.

Auch der Junge war kräftig gewesen, etwas schwerer noch als seine Schwester. Doch um seinen Hals hatte sich die lebenspendende und todbringende Nabelschnur gelegt. Sein Herz hatte aufgehört zu schlagen, bevor sein Körper jenen der Mutter verließ. Die Nacht war hereingebrochen und bedeckte ein brausendes Meer aus Freude und Schmerz.

„Lass sie Abschied von ihrem Bruder nehmen“, war die einzige Bitte, die Christina Margaretha Rudolph noch äußern konnte, bevor ihr die Anstrengung die Sinne raubte. Und so lag in Johann Jacob Becks Kinderbett eine Nacht lang ein lebendiges Mädchen neben einem toten Jungen. Der Namenlose fand seine ewige Ruhe am 1. Januar 1770 nahe der Kirchenmauer. Die Schwester wurde am selben Tag in Gegenwart der vielen Besucher des Neujahrsgottesdienstes getauft. Nur kurz durften die Großeltern und die frisch gebackene Tante das Kind bestaunen. „Schau, sie hält meinen Finger“, begeisterte sich Maria Agnes für das neue Familienmitglied, über dessen Namen Johann Christoph Rudolph mit seiner Frau nicht gesprochen hatte. Musste er auch nicht, denn für ihn gab es keine Wahl. „Christina Margaretha“, beantwortete er mit sicherer Stimme die Frage des Pfarrers, wie denn das Kind heißen solle.

Nur die Stiefgroßmutter, die unbedingt Patin hatte werden wollen, reagierte ein wenig irritiert. „Maria Agnes hätte dem Kind auch gut zu Gesicht gestanden", sagte sie, als sie mit ihrem Stiefsohn und dem Täufling zurückgekehrt war und an Christina Margarethas Bett vom Gottesdienst berichtete. „Es gibt nur eine Maria Agnes", stellte die junge Mutter fest, und die Witwe Rudolph errötete vor Freude, obwohl sie nicht gemeint war. „Wie klug du bist", flüsterte Johann Christoph seiner Frau später ins Ohr.

Sie erholte sich schneller als gedacht, und wenn sie ihr Kind wickelte, seine Windeln wusch und den Haushalt besorgte, fühlte sie sich manchmal in alte Zeiten im Haus an der Kirchenmauer zurückversetzt. „Du lächelst ja", stellte Maria Agnes hocherfreut fest, als sie zu Besuch kam und in ihrer Schwester eine fast Verlorengeglaubte wiedererkannte. Lächeln reichte nicht aus, um die Reaktion des kleinen Mädchens auf Maria Agnes zu beschreiben. Die 17-Jährige brauchte sich nur zu nähern, schon krähte der Säugling entzückt. „Schau, sie bewegt sich wie ein Katzenkind", stellte Maria Agnes ihrer Nichte wiederum das für sie größte denkbare Kompliment aus. „Das kann ja heiter werden", sagte Christina Margaretha.

Die echten Katzenkinder waren längst im Gasthaus Krone in Bönnigheim angekommen und erfüllten dort alle in sie gesetzten Hoffnungen. Sie nahmen nicht nur Agi Redwitz für ihren Bräutigam ein, sondern bildeten mit ihren zahlreichen Nachkommen eine nie abreißende Verbindung zum Heimatdorf Dürrmenz. Am 27. Februar 1770 fand die Hochzeit statt, die nicht die letzte des Jahres sein sollte.

Maria Agnes vermisste die Freundin. Und sie vermisste Lucretia. War seit ihrem Tod wirklich schon mehr als ein Jahr vergangen? Den Kaufmann Bühler hatte sie seitdem kaum gesehen, dessen Frau, die ohnehin wenig Kontakt zu den Lutherischen im Ort hatte, schien wie vom Erdboden verschluckt. Nur Willy war von diesem Teil ihres Bekanntenkreises übriggeblieben. Treu tauchte er Morgen für Morgen in der Brunnengasse auf. Über seinen Aufenthaltsort bei Nacht schwieg er sich aus, konnte aber tagsüber nicht genügend Aufmerksamkeit bekommen. Anders als Samson und Frieda, die nur im Notfall die Stimme erhoben, antwortete er stets auf jede Art der Ansprache. „Sollten wir zusammen einmal die Bühlers besuchen?", fragte sie ihn und interpretierte sein eifriges Miauen als Zustimmung. „Was willst du mir denn sagen?" Je näher sie dem Haus des Kaufmanns kamen, desto heftiger strampelte Willy und desto lauter wurde sein Protest. Ja, Protest musste sie es wohl nennen, und als es ihm endlich gelang, sich aus ihrem Griff zu befreien, rannte er wie der Wind davon. Nun stand Maria Agnes einigermaßen ratlos da. Sollte sie trotzdem anklopfen? Sie zweifelte daran, dass sie ohne den Kater willkommen sein würde. Denn was hatte sie der Familie noch zu geben? Es war, wie sie im Rückblick dachte, ohnehin ungewöhnlich gewesen, dass ein reicher Mann seiner Tochter gestattet hatte, mit ihr zu spielen. Zu spielen – auch diese unbeschwerte Zeit war vorbei, sagte sich Maria Agnes mit einem Anflug von Bitterkeit.

Doch ehe sie sich darin verlieren konnte, spürte sie Samsons Köpfchen an ihren Unterschenkeln. „Du willst mich abholen?" Mehr noch, ihr Freund forderte sie mit abgewinkelten Ohren und hoch aufgestelltem Fell zu eben jenem Spiel heraus, das für sie und alle Menschen mit offenem Herzen nie zu Ende gehen würde. Schon hatte er die wilde Hatz eröffnet, und Maria Agnes jagte ihm nach. „Warte nur, ich krieg dich“, rief sie, dann wurde es dunkel.

Sie spürte ein Kitzeln an ihrer pochenden Stirn. Wahrscheinlich prüfte Samson soeben sorgfältig mit Nase und Schnurrbarthaaren, ob sie noch lebte, wie er das zuweilen auch tat, wenn Maria Agnes seiner Meinung nach zu lange schlief. Doch Samson stand etwas abseits und beobachtete skeptisch, wie ein ihm unbekannter Mann vorsichtig die sich abzeichnende Beule betastete. „Je suis vraiment désolé“, sagte er. Das war nicht Samson. Maria Agnes schlug die Augen auf und blickte ins Gesicht von Jean Leonhard Mergery. „Ihr sprecht ja immer noch nicht Deutsch“, sagte sie. „Und Ihr seid immer noch ein verrücktes Huhn. So heißt es doch, n'est-ce pas?“ Er half ihr auf. Die Sonne blendete sie. Sie schwankte. Auf der Straße lagen eine Holzkiste, deren scharfe Kante die Schmerzen in ihrem Kopf erklärte, und der Inhalt der Kiste: zwei Bücher, einige Kleidungsstücke, loses Papier. „Nicht wichtig“, sagte er, als er ihren Blick bemerkte. „Es tut mir leid, ich habe Euch nicht gesehen. Ihr wart zu schnell.“ Sie nickte, und die kleine Bewegung stellte ihre Welt auf den Kopf. „Mon Dieu.“ Er fing sie geschickt auf und trug sie, als ob ihr Gewicht nichts wäre. „Wo wohnt Ihr? Ich bringe Euch nach Hause.“ Er verstand nicht, was sie antwortete, aber er war klug genug, einem schwarz-weißen Kater zu folgen, der ihn in die Brunnengasse lotste.

Ein hagerer, leicht nach vorn gebeugter Mann kam auf ihn zugestürzt. „Maria Agnes, Kind, was ist passiert?“ Sie war mittlerweile wieder zu sich gekommen. „Lasst mich bitte herunter“, sagte sie zu Mergery, und an ihren Vater gewandt: „Wir hatten einen Zusammenstoß, glaube ich.“ Sie stand jetzt wieder sicher auf beiden Beinen und setzte die Bruchstücke in ihrem Gedächtnis zu einem schlüssigen Bild zusammen. „Und es war meine Schuld.“ Unter ihrer Beule lächelte sie den Fremden an. „Wenn verrückte Hühner hinter Katern her sind, kann nichts Gutes dabei herauskommen.“ – „Qui sait? Wer weiß?“ Er nahm ihre rechte Hand, deutete einen Handkuss und eine Verbeugung an und verabschiedete sich. „Au revoir, Mademoiselle Marie Agnès.“ Sie ging ins Haus, um einen kühlen Lappen auf ihre Stirn zu legen. Samson blieb ratlos vor der Treppe sitzen. Aus den Augenwinkeln erkannte er Willy. Beider Sinne waren aufs Äußerste geschärft.

„Warum verstreust du meine Sachen auf der Gasse?“, fragte Louise Philippine Moutoux ihren Verlobten. „Das ist eine gute Frage“, antwortete Jean Leonhard Mergery und half ihr, die Besitztümer, die einige Wochen vor der Hochzeit schon nach Pforzheim transportiert werden sollten, wieder in die Kiste zu packen. Leicht, elegant und selbstverständlich waren seine Bewegungen, stellte Louise fest. Leicht und elegant war auch sein Pariser Französisch, das so ganz anders klang als der harte südliche Dialekt, der in ihrer Familie gesprochen wurde. Überhaupt – was hatte sie gemeinsam mit dem Mann, den ihr der Vater ausgesucht hatte? Er hatte angefangen, ein Lied zu summen, und sie versuchte, sich die Melodie einzuprägen. Sie wollte eine bessere Ehe führen als ihr Bruder, der mit seiner Frau am 22. Mai zur Hochzeit nach Dürrmenz anreiste. Das würde aber auch nicht schwierig werden.

Der alte Moutoux hatte die Gelegenheit nicht ungenutzt verstreichen lassen können. Ein ehrgeiziger Bijoutier, der in Pforzheim Großes auf die Beine zu stellen plante, der reformierten Glaubens war, der mit all jenen in Kontakt stand, mit denen sein Sohn Charles François verkehrte – er war schlicht und einfach der ideale Ehemann für seine letzte noch ledige Tochter. Und so hatte er Mergery nicht nur persönlich von dem Bündnis überzeugt, sondern die Trauung auch selbst vollzogen. Was Louise Philippine davon hielt, spielte keine Rolle. Eher bekümmerte ihn, dass seine eigene Frau noch schweigsamer und trauriger wurde und dass er den Weg zur Filiale nach Schönenberg, wo er etwa alle 14 Tage in der kleinen Holzkirche predigte, nun allein zurücklegen musste. Louise Philippine hatte ihn stets begleitet und ihm geholfen, treu, verlässlich und zupackend, wie er im Rückblick anerkannte. Die Sonne war unbarmherzig heiß, das Land ausgetrocknet. Die Zunge klebte an seiner Kehle, als er an einem Junisonntag den Heimweg nach Dürrmenz antrat. Schon bald, nachdem er den winzigen Ort verlassen hatte, in dem der große Waldenserführer Henri Arnaud sein Haus gebaut hatte und das in der vergeblichen Hoffnung auf eine Seidenraupenzucht auf Maulbeerbäumen ursprünglich Des Mûriers genannt worden war, musste er sich mehrfach setzen. Der Herr, dachte er, möge ihn zu sich rufen oder ihm eine Hilfe schicken. Er tat beides, aber Letzteres zuerst.

Esther Dorothea Käuffelin hatte den Wunsch ihres Mannes, auf die Hilfe der Wollenkämmersfrau Beck zu verzichten, nicht verstanden. Sie hatte ihn respektiert, war nun aber umso glücklicher über eine Idee, die ihr beim Anblick des welschen Pfarrers gekommen war. Kaum hatte er sich über die Enzbrücke retten können, so sehr hatte ihn die sonntägliche Aufgabe angestrengt.

„Seid Ihr ganz allein unterwegs?“, fragte sie den alten Moutoux. Dem stand nicht der Sinn nach Konversation, also nickte er lediglich. „Ich glaube, ich kenne eine vertrauenswürdige Person, die Euch begleiten würde.“ Schon zwei Wochen später musste er seinen schmalen Proviant, das schwere Gesangbuch und die noch schwerere Bibel nicht mehr selbst tragen. Eine wenn auch nicht mehr junge, so doch stabil gebaute grau-blonde Frau ging neben ihm und hielt ihm schweigend, was er ihr hoch anrechnete, den Arm hin, sobald er auszugleiten drohte. Bezahlen konnte er sie nicht, doch erhielt sie einen kleinen Anteil der Naturalien, die ihm die Schönenberger für seinen Dienst schuldeten. Gesammelt wurden diese im stattlichen Bauernhof, den Arnaud hatte errichten lassen. „Ihr solltet die Küche sehen“, schwärmte Christina Barbara Beck zu Hause vom in ihren Augen riesigen Herd und den zahllosen Töpfen und Pfannen in allen Größen und für die unterschiedlichsten Verwendungszwecke. Ach, könnte sie doch einmal diese Erdbirnen versuchen, von denen auch etliche deutschstämmige Dürrmenzer schon Exemplare in ihre Gärten gepflanzt hatten. Wenig hatte der schweigsame Pfarrer unterwegs erzählt, doch das Verdienst seiner Landsleute, die Kartoffel nach Schwaben geholt zu haben, wollte er doch nicht unerwähnt lassen.

Schon beim nächsten Besuch landeten in ihrem Korb tatsächlich ein paar Exemplare – angenagt allerdings, wie die Schönenberger Bäuerin dem Pfarrer und seiner Begleiterin gegenüber etwas peinlich berührt eingestand. Die Mäuseplage in diesem Sommer sei immens. Sie selbst mache nachts kaum ein Auge mehr zu, so sehr fürchte sie, irgendwann selbst von den Nagern verspeist zu werden. Die Angst sollte verfliegen.

Jacques Moutoux wunderte sich, dass am nächsten Predigtsonntag nicht nur die Wollenkämmersfrau vor seiner Tür stand, um ihn abzuholen. „Ich kann sie aber nicht bezahlen", deutete er auf Maria Agnes, die er umso irritierter beäugte, da sich unter ihrer Schürze eine deutliche Wölbung abzeichnete. „Das müsst Ihr auch nicht", sagte Christina Barbara. „Sie sorgt schon selbst dafür, dass sie ihren Lohn erhält."

Als der Ort in Sichtweite kam und sich die Tochter nicht mehr verlaufen konnte, hieß Christina Barbara sie an, vorauszugehen und das Haus gegenüber der Kirche aufzusuchen. Dort warte eine Frau Bellon schon auf sie. „Wir sind gleich da", sagte Maria Agnes zum zappelnden Wesen, das sie mitgebracht hatte.

„Es hat alles ganz wunderbar geklappt", berichtete sie am Abend Frieda, die lang ausgestreckt neben ihr im Bett lag und ihren Rücken der streichelnden Hand entgegendrückte. „Deine Tochter wird es sehr gut haben. Sie wird Mäuse ohne Ende fangen." Die Augen der alten Waldenserin hatten geleuchtet, als sie ihr die junge Glückskatze, ein Ebenbild Friedas, überreicht hatte. Als Bezahlung hatte sie Kartoffeln erhalten, doch noch viel wertvoller war die Erkenntnis, dass das letzte Junge Friedas geliebt werden würde. Die Katze schnurrte. Sie hatte jedes ausgesprochene und jedes nicht ausgesprochene Wort verstanden.

Kapitel 50

Auf ein trockenes Frühjahr folgte ein heißer Sommer. Die Menschen stöhnten unter den Temperaturen, und wer auf den ohnehin wenig Ertrag abwerfenden Feldern zu arbeiten hatte, war ebenso wenig zu beneiden wie all die Frauen, deren Kinder sich ausgerechnet diese Zeit ausgesucht hatten, um zur Welt zu kommen. Johanna Margaretha Beck, geboren in der Mittagshitze des 20. August 1770, gehörte zu diesen neuen Erdenbürgern, und zum ersten Mal fürchtete Gottlieb Beck während der Geburt um das Leben seiner Frau. Sie sprach im Fieber, fantasierte, bat ihn um Verzeihung für etwas, das er nicht recht verstand noch einzuordnen wusste, verwünschte ihn im nächsten Atemzug. Seine eigene Kunst war am Ende, und als das Fantasieren auch nach der Entbindung nicht aufhörte, zog er in Erwägung, den Maulbronner Amtsphysicus Doerner hinzuzuziehen, der im Gegensatz zu ihm und den anderen Chirurgen eine wissenschaftliche Ausbildung genossen hatte. Doch dann fiel Anna Elisabetha in einen tiefen Schlaf, aus dem sie ohne Erinnerung an das Geschehene, aber sichtlich erholt erwachte.

Melchior und Christina Barbara Beck hatten früh den Kampf um die Frucht auf ihren Feldern verloren. Doch dieses Mal traf es auch die großen Bauern, die tatenlos dabei zuschauen mussten, wie ihnen das Korn auf den Äckern vertrocknete. Noch gab es einige gutmeinende Menschen wie den Müller Häcker in Lomersheim oder den Schuhmacher Schwörer in Dürrmenz, die sich den Bitten Christina Barbaras nicht verschlossen. Auch beim Handelsmann Bühler und einigen reichen Witwen im Ort wurde sie nicht abgewiesen. „Wir bezahlen, sobald es uns möglich ist", sagte sie stets und verlor nie den Glauben in ihre eigenen Worte. Bei der Konsulentin fragte sie nicht um Hilfe. „Sie ist großzügig genug, und sie lässt mich zu Hause wohnen, also leiht bitte nichts von ihr", hatte Maria Agnes ihre Eltern eindringlich gebeten. Sie verstand zwar nicht genau, mit wem und in welchen Angelegenheiten Anna Catharina Wedderkopf Briefe austauschte. Sie spürte aber die wachsende Unruhe, mit der ihre Dienstherrin die Situation beobachtete. Eines Tages kehrte sie in einer Stimmung nach Hause zurück, die heftigere Gewitter ankündigte als sämtliche Wolken, die in den vergangenen Wochen über die Gegend hinweggezogen waren. „Diese Versager gehen sehenden Auges in die Katastrophe", presste sie wütend hervor und schleuderte ihren Gehstock in die Ecke. Genoveva verzog sich, Maria Agnes zuckte zusammen und hatte denselben Impuls – Flucht –, hielt es dann aber für besser, nachzufragen. „Wir werden eine immense Teuerung haben, die armen Leute werden reihenweise am Hungertuch nagen, aber die hohen Herren auf dem Rathaus weigern sich, mit mir auch nur zu sprechen", erklärte ihr die Konsulentin, die sichtlich um Fassung rang. „Hier. Lies." Sie griff nach ihrer Bibel und drückte sie Maria Agnes in die Arme. „Sag mir, ob du eine Stelle findest, an der steht, dass Frauen schlechter denken können als Männer." Sie ging unruhig in der Stube auf und ab. Eine Antwort erwartete sie nicht. „Hat nicht Miriam dafür gesorgt, dass ihr Bruder Moses gerettet wurde? Und Debora – hat sie schlecht über das Volk Israel gerichtet? Was wäre, hätte Rut nicht alles aufgegeben, und wie viel Leid hat Ester verhindert?" Die Aufzählung der Wedderkopfin ging weiter, und Maria Agnes schwirrte der Kopf. Tatsächlich konnte sie sich nicht daran erinnern, dass Pfarrer oder Schulmeister über diese biblischen Frauen berichtet hätten. „Und war es nicht die Hure Rahab", fuhr Anna Catharina Wedderkopf fort, „die die israelitischen Kundschafter in Jericho gerettet hat? Aber nein, das wollen die Männer heute nicht mehr hören.“ Erschöpft ließ sie sich auf einen Stuhl fallen. „Und was wollt Ihr jetzt tun?“, fragte Maria Agnes. Die Konsulentin wischte sich den Schweiß von der Stirn, dann antwortete sie: „Ich werde genau das tun, was man uns nicht zutraut: nachdenken.“ Sie vergrub sich in Büchern, Briefen, anderen Papieren, und ihre junge Magd hatte Mühe, die Arbeitgeberin zum Essen zu überreden. Spät am Abend endlich legte sie die Unrast ab, und als Genoveva hoch erhobenen Schwanzes in die Stube zurückkehrte, wusste Maria Agnes, dass sie nach Hause gehen konnte. „Sieh dich vor“, rief ihr die Konsulentin nach.

Tatsächlich musste sie etlichen Betrunkenen ausweichen, und beinahe war sie froh darum, dass deren Zungen ihnen nicht mehr gehorchten und sie nicht verstand, was ihr nachgerufen wurde. Sie beschleunigte ihren Schritt und wäre beinahe über Samson gestolpert, der am Beginn der Brunnengasse auf sie gewartet hatte. „Bist du schon aufgeregt?“, fragte sie ihn und hob ihn hoch. „Morgen ist es soweit, da werden wir den Leuten auf dem Markt endlich einmal wieder zeigen, was du kannst.“ Der Kater schlief bei ihr und erwachte mit einem Tatendurst, der Großes versprach.

Maria Agnes beschloss, ihr Glück gleich am frühen Morgen zu versuchen. Ausgerüstet mit einem Wurststückchen, das die launische Genoveva am Vorabend verschmäht hatte, zog sie los und erkannte schon von Weitem einen auswärtigen Seilhändler, über dessen Ware Samson, gewinnbringend für beide Seiten, vor einigen Jahren schon einmal spaziert war. „Das Katzenmädchen“, rief er ihr zu, gestikulierte wild in der Hoffnung, sie werde zu ihm kommen, und pries umgehend der noch überschaubaren Kundschaft gegenüber seine Seile als nahezu unzerstörbar an. „Selbst Krallen können ihnen nichts anhaben. Schaut und kauft." Seine halbwüchsige Tochter hielt ein Ende, er das andere, und ein noch etwas skeptischer Samson betrachtete seine Bühne. „Straffer. Sonst traut er sich nicht", zischte Maria Agnes Vater und Tochter zu. Dann setzte sie ihren Artisten vorsichtig auf den kinderarmdünnen Untergrund. Das Seil schwankte leicht, der Kater zögerte. Rasch zog Maria Agnes ein Wurststücken aus ihrer Schürze, hielt es zwischen zwei Fingern auf Katzennasenhöhe und sprach aufmunternd auf Samson ein. „Hervorragend", tönte es aus der größer werdenden Menge der Umstehenden, als der Kater seinen Auftrag erfolgreich ausgeführt hatte. „Spenden werden gern entgegengenommen", übertönte der Seilhändler den Applaus. Ein vornehm gekleideter Herr ließ eine Münze auf die Erde fallen, nach zwei, drei weiteren Kunststücken Samsons ließen sich weitere Zuschauer dazu animieren, etwas zu geben, und der Seilhändler fand immer mehr Gefallen an der Darbietung. Mach weiter!, forderte sein Blick, doch Maria Agnes sagte schlicht: „Es ist genug für heute." Er hielt das offenbar für einen Teil ihrer Taktik, wiederholte die Worte laut in Richtung Publikum und fügte hinzu: „Wer anderer Meinung ist, der gebe noch etwas." Wieder flog eine Münze, doch diese landete nicht auf dem kleinen Haufen, der sich gebildet hatte, sondern an der Seite des zu Maria Agnes' Füßen wartenden Samson. Er jagte davon, und sie versuchte, mit ihren Augen der Richtung des Münzwurfs zu folgen. „Schade", sagte Adam Fischer.

Er war groß und kräftig geworden und sah für seine 17 Jahre beinahe erwachsen aus. Sein Haar war dunkler und länger, als sie es in Erinnerung hatte. Eine Ahnung von Bart bedeckte Oberlippe, Kinnpartie und Wangen. Doch der Blick aus hellblauen Augen war derselbe geblieben, und überall in der Welt hätte sie ihn daran wiedererkannt. Dieser Blick war noch immer auf sie gerichtet. Die Menge löste sich auf, der Seilhändler rollte das Demonstrationsobjekt zusammen, seine Tochter bückte sich, um für die regungslose Maria Agnes das Geld einzusammeln. „Hier", sagte sie lächelnd, „das habt ihr zwei euch verdient." Sie drückte der Künstlerin die Münzen in die Hand. „Warte, da liegt noch etwas", rief sie und griff nach der letzten Gabe. „Nein", sagte Maria Agnes, ohne das Mädchen anzuschauen. „Von ihm will ich nichts." Sie schaffte es, sich umzudrehen und ohne sichtbare Hast nach Hause zu gehen. Dort saß Catharina Meißner auf der Treppe. Ihr Gesicht war sorgenvoll. „Reg dich bitte nicht auf", sagte sie. „Er ist zurück und wird bleiben."

Zum ersten Mal war sie froh darüber, dass ihre Freundin Frieda das Haus kaum noch verließ. Zum ersten Mal erkannte sie in allem, was Samson bisher widerfahren war, etwas Positives: Er würde sich von niemandem mehr einfangen lassen. Zum ersten Mal freute sie sich über die Abenteuerlust Willys, die ihn häufig genug von der Brunnengasse fernhielt. Ihren Katzen, hoffte Maria Agnes, würde er kaum etwas antun können. Und ihr selbst?

Es dauerte nur ein paar Stunden bis zum Wiedersehen. Sie schöpfte mühevoll Wasser am Brunnen, als sich jemand hinter ihr räusperte. „Ich wollte dich nicht erschrecken, Maria Agnes Beck", sagte er. „Was willst du dann?“ Sie fühlte sich schutzlos, ausgesetzt, verschränkte die Arme und trat einen Schritt zurück, stolperte beinahe über einen abgestellten Eimer. Sein Gesicht blieb unbewegt. „Ich wollte dir nie etwas Böses. Glaube mir.“ Adam Fischer streckte seine rechte Hand aus. Eine Sekunde, eine Minute, ein Jahr, ein Leben? Sie wusste nicht, wie viel Zeit verstrichen war, bis sie mechanisch die Geste erwiderte und zugriff.

„Glaubst du, es war ein ernstgemeintes Friedensangebot?“ Maria Agnes war froh, dass Catharina Meißner so rasch zu ihr zurückgekehrt war. Offenbar hatte sie gespürt, dass die Freundin Hilfe benötigte. „Ich weiß nicht“, antwortete Catharina nun zögerlich. „Dazu kenne ich ihn zu wenig. Alles, was ich sagen kann, ist, dass sein Vater voll des Lobes über ihn ist. Offenbar hat er gute Zeugnisse mitgebracht. Und er soll sich wohl als Metzger hier niederlassen.“

So selten Fischer junior früher in der Öffentlichkeit zu sehen gewesen war, so häufig trat er nun an der Seite seines Vaters in Erscheinung, stets gut gekleidet, stets ernst dreinblickend, den Honoratioren den gebotenen Respekt entgegenbringend. Längst hatte Carl Wilhelm Fischer die Fühler ausgestreckt, um eine standesgemäße Verbindung für seinen Ältesten zu knüpfen. Doch mochte der Junge, der ihm selbst eigenartig fremd war, sich, bis die Dinge unter Dach und Fach waren, ruhig erst die Hörner abstoßen. Nicht im eigenen Haus jedoch. Fischer betrachtete das Personal in der Sonne mit neuen Augen. Er musste handeln, vorsichtshalber. Und Catharina Meißner musste sich eine neue Stelle suchen. Immerhin, das Mädchen hatte sich nichts zuschulden kommen lassen, und deshalb riet er ihr, es bei einem befreundeten Wirt in

Maulbronn zu versuchen. Lange werde dieser allerdings nicht auf sie warten …

So verlor Maria Agnes, zumindest fürs Erste, die letzte ihrer Freundinnen. „Ich muss es tun. Zu Hause ist kein Platz mehr für mich, und je eher ich wieder Geld verdienen kann, desto besser", sagte Catharina, als sie sich traurig, aber gefasst verabschiedete. „Hör zu!" Sie packte Maria Agnes bei den Schultern. „Jacob Friedrich ist noch da. Ich soll dir sagen, dass du jederzeit auf ihn zählen kannst. Du wüsstest schon, was er meint."

Doch was half eine Pistole gegen blanken, nagenden Hunger? Die kommenden Monate sollten für viele Menschen zum Kampf ums nackte Überleben werden.

Kapitel 51

„Wir haben doch selbst nichts." Esther Dorothea Käuffelin war verzweifelt. Sie öffnete schon gar nicht mehr die Tür, sondern nur noch ein Fenster im ersten Stock, wenn wieder ein Bittsteller anklopfte. In den ersten Tagen des Jahres 1771 hatte sich die Not noch verschärft, die sich Ende 1770 abgezeichnet hatte. Wohl hatte der eine oder andere ums Christfest herum die letzten Vorräte verzehrt und hoffte nun auf die Mildtätigkeit der Kirche. Doch da gab es zum einen strenge Regeln, wer in den Genuss des Armenbrotes und verschiedener Stiftungen kommen durfte. Zum anderen waren im selben Maß wie die Getreidevorräte auch die Opfergaben der Dürrmenzer zusammengeschmolzen. Oft hatte Esther Dorothea, wenn ihr Mann gerade an einer Predigt arbeitete oder einen Kranken besuchte, heimlich etwas aus der eigenen Speisekammer abgezweigt. Der Dekan wusste wohl darum, und er liebte seine Frau für ihre Gabe, praktische Nächstenliebe zu üben. Doch musste der Seelenhirte am Leben bleiben, um die Schafe in dieser Misere zu leiten. „Du bestiehlst den Herrn", sagte er, als er sie einmal auf frischer Tat ertappte.

Käuffelin kam mehr und mehr zur Erkenntnis, dass die Sündhaftigkeit der Menschen durch die Hungersnot bestraft werden musste. Hart waren seine Worte, als er Anfang Januar einen Säufer begrub, noch härter, als eine über 80-jährige Witwe die Augen für immer geschlossen hatte. Sie, die Separatistin, die der Kirche trotz allen guten Zuredens ferngeblieben war, bekam weder Glockenklang noch Gesang beim Begräbnis, dafür eine donnernde Warnpredigt, die potenzielle Nachahmer abschrecken sollte. Und tatsächlich war die Gefahr, die Kontrolle über die Gemeinde zu verlieren, nicht von der Hand zu weisen. „Was ist die Kirche wert, wenn sie in Zeiten der Not nicht hilft?", fragte mancher. Doch auch die bürgerliche Gemeinde war weit von einem effektiven Krisenmanagement entfernt. Rechtzeitig beim Herzog um Steuererleichterungen nachzusuchen, Experten einzuladen, die effektivere Methoden im Landbau zu vermitteln in der Lage waren, eine Kasse anzulegen, aus der im Notfall Kredite gewährt werden könnten – alle Vorschläge der Anna Catharina Wedderkopf waren im Rathaus kalt lächelnd entgegengenommen und rasch in der Schublade verstaut worden. Wer glaubte dieses alte Weib zu sein? Der eine oder andere im Rat wie der Chirurg Beck oder der Adlerwirt Redwitz stellten immerhin mit einer gewissen Bewunderung fest, dass die Konsulentin sehr wohl in der Lage war, ihre gewachsenen Besitztümer zusammenzuhalten und so gut zu bestellen, dass sie selbst keine Not litt und sich sogar noch Bedienstete leisten konnte.

Ebenfalls besser als die meisten hielt sich Johann Christoph Rudolph über Wasser. Während immer mehr Strumpfstricker des alten Schlags ihr Handwerk aufgaben oder wegzogen, setzte er mit seiner neuen Maschine Maßstäbe in Sachen Qualität. Litten noch so viele Menschen Hunger, es schien gerade in diesen Zeiten doch auch solche zu geben, die noch reicher wurden und an noch exklusiveren Produkten interessiert waren. Solche Kunden fand er unter den aufstrebenden Schmuckfabrikanten Pforzheims, die sich nicht in die Öffentlichkeit wagten mit Strümpfen, die nicht mindestens so vornehm aussahen wie jene der adligen Modeikonen. Manchmal öffnete sich, während Johann Christoph arbeitete, die Tür, und seine Frau brachte ihm die kleine Christina Margaretha und den Kater herein. Den beiden zuzusehen, erfrischte ihn mehr als der Schlaf in viel zu kurzen Nächten. Manchmal setzte sich auch die große Christina Margaretha eine Weile zu ihm und ließ ihren Blick auf seinen schlanken, geschickten Händen ruhen.

Maria Agnes fand selten Zeit, Schwester und Nichte zu besuchen. Wenn sie nicht für die Konsulentin in der Küche stand, für sie einkaufte, putzte oder ihr Gesellschaft leistete, verdiente sie sich im Grünen Baum etwas dazu. Denn ihr ausgemergelter Vater konnte nichts mehr zum Familienunterhalt beitragen. „Was willst du? Als Vogelscheuche arbeiten? Für mehr reicht es nicht mehr“, waren die Worte eines Bauern an ihn gewesen, dem er im Frühjahr Hilfe bei der Aussaat angeboten hatte. Seither war nicht nur die Gesundheit des fast 50-Jährigen angeschlagen, sondern auch das ohnehin schwache Selbstbewusstsein. Ähnlich wie Frieda war er nun fast nur noch im Haus anzutreffen. Ähnlich wie sie aß er kaum noch. Sie musste den Oheim Beck nach einem appetitanregenden Mittel fragen, nahm sich Maria Agnes vor, doch dann sah sie den Chirurgen zufällig auf der Straße und erschrak bis ins Mark: Von seiner Leibesfülle war kaum mehr etwas übriggeblieben. Nein, sagte sie sich, wer selbst so stark abmagerte, konnte das Geheimrezept nicht kennen. Fürs Erste wandte sie sich an Michael, den Sohn ihres längst verstorbenen Paten Georg Martin Vollmer, der sich als Metzger und Besenwirt etabliert hatte und ihr ab und zu Schlachtabfälle überließ. Doch auf Gottes großer weiter Welt musste es noch weitere Mittelchen geben. Sie war bereit, alles, was sie mit Blick auf eine eventuell später anzuschaffende Aussteuer gespart hatte, zu investieren, und klopfte nervös an die Tür des Apothekers. „Mädchen", sagte dieser, nachdem sie ihr Anliegen vorgetragen hatte, „mach dich nicht unglücklich. Du kannst den Lauf der Dinge nicht aufhalten, und ich nehme dein Geld nicht für etwas, das dir am Ende nichts nützen wird."

Noch ehe sie den hohen, geheimnisvollen Raum wieder verlassen hatte, schossen ihr die Tränen in die Augen. Ein Passant, dem sie den Weg versperrte, rempelte sie an. Erschrocken blieb er stehen. „Verschwinde", schrie Maria Agnes. Der Mann war zu überrascht, um sofort zu reagieren. „Verschwinde", brüllte sie noch einmal, ehe sich der ihr völlig Fremde schließlich hastig davonmachte. Nun wäre er beinahe mit Johann Matthias Käuffelin zusammengestoßen. „Ich habe ihr nichts getan", beteuerte er. „Ich weiß", sagte Käuffelin.

Ihre Verzweiflung war groß genug, um jeden Anflug von Scham zu ersticken. Sie spürte, wie alles, was ihr lieb und wichtig war, durch ihre Finger rann wie nicht aufzuhaltender Sand. Niemand war mehr da, mit dem sie ihre Sorgen hätte teilen können. Die Mutter war auf eigenartige Weise blind für die Veränderungen, die Schwester erneut guter Hoffnung und mit eigenen Problemen beladen, die Freundinnen an den Tod verloren oder weit entfernt. „Samson, sag mir, was ich tun soll", bat sie am Abend ihren Kater, doch der widmete ihr wenig Aufmerksamkeit und spazierte in Richtung seiner bevorzugten Jagdgründe, der Ställe des Schwarzen Adlers, davon. Es dauerte einige Augenblicke, ehe Maria Agnes begriff. Sie folgte ihm auf gut Glück und durchschritt schließlich zögernd die Stalltür. Plötzlich fühlte sie sich zurückversetzt in ihre Kindheit, und vor ihrem geistigen Auge zogen die vornehmen Herrschaften vorbei, denen sie damals Katzen verkauft hatte. Wie hatte die Adlerwirtin getobt, und wie freundlich war ihr Mann gewesen! Der Adlerwirt. Warum hatte sie nicht früher an ihn gedacht? Er, der mit so vielen klugen und weitgereisten Menschen verkehrte, konnte ihr vielleicht helfen. Eines der Pferde im Stall wieherte laut, als wolle es ihrem Gedanken beipflichten, und so beschloss sie, bei Johann Jacob Redwitz vorzusprechen.

Es konnte nur Gutes bedeuten, dass sie, zurück auf der Gasse, auf seinen Sohn Christoph Friedrich traf. Sein Vater, berichtete er bereitwillig, sei im Rathaus, werde aber demnächst zurückerwartet. Sie würde am Eingang Ausschau halten. Dort hatte sich eine Menschentraube gebildet. Maria Agnes erkannte viele Mitglieder der Gemeinde, alte, junge. Was suchten sie hier? Ihre Hoffnung zerstob, ehe sie den Wirt zu Gesicht bekam.

„Nein, nein. Ausgeschlossen, hier ist nichts zu holen“, hörte sie seine Stimme, die nicht so freundlich und warm klang, wie sie sie in Erinnerung hatte. „Leute, geht nach Hause. Ich verleihe nichts mehr an niemanden. Lasst euch das gesagt sein, ein für allemal.“ Er schwamm durch die Menschen hindurch wie durch unruhiges Wasser und erreichte die Tür gleichsam als rettendes Ufer. Die Verwünschungen hörte er nicht mehr.

Die Preise für Getreide, Mehl und Heu erreichten Dimensionen, an die sich kein noch so betagter Dürrmenzer erinnern konnte. Man erzählte sich, in ganz Württemberg, ja in den meisten Ländern deutscher Zunge stehe es ebenso schlecht. Man erzählte sich von Notleidenden, die in Scharen gen Osten ins Land der großen Zarin Katharina zogen. Man hoffte ein wenig auf den Herzog, der angeblich Reformen in der Landwirtschaft plane, man betete, man wartete. Die Begleitumstände für den nächsten Viehmarkt waren denkbar schlecht. Wer hätte jetzt auch nur einen Bissen Brot für eine Katzendressur übriggehabt? Also ging Maria Agnes allein von Stand zu Stand. Sie fand, wen sie suchte. „Wo hast du deinen Kater und dein Lächeln gelassen?“, fragte Balthas Bauchwohl. „Ach“, sie seufzte und fragte sich, ob sie die Kraft für eine längere Unterhaltung aufbringen würde. „Ich brauche Eure Hilfe“, sagte sie schlicht. „Ich brauche ein Mittel, das meine Frieda und meinen Vater wieder zum Essen bringt.“ Hoffnungsvoll ließ sie den Blick über all die Fläschchen schweifen, die Balthas eben noch in den höchsten Tönen angepriesen hatte. „Mädchen.“ Er sah sie an und seufzte. „Du bist zu gut für diese Welt.“ Er fasste sie am Arm und zog sie außer Hörweite der wenigen potenziellen Kunden. „Ich mag dich. Ich würde dir meinen ganzen Vorrat schenken, wenn ich wüsste, dass dir damit geholfen wäre." Balthas seufzte noch einmal. „Aber?", fragte Maria Agnes. „Es ist doch nichts als mit viel Wasser gestreckter billiger Schnaps in meinen Fläschchen. Deinem Vater würde es nichts nützen, und deine Katze würde es umbringen." Er zog sie an sich, hielt sie fest und wartete, bis sie die erste Enttäuschung verkraftet hatte.

Sie musste damit aufhören, auf andere Leute zu hoffen, und lieber ihren eigenen Verstand bemühen, wie es ihr die Konsulentin stets einschärfte. Wenn es keine Medizin gab oder niemand ihr ein entsprechendes Mittel verkaufen wollte, brauchte es andere Heilkräfte. Im Fall ihres Vaters war sie bei einem der seltenen Besuche im Hause Rudolph auf eine Idee gekommen. Christina Margaretha wirkte sichtlich mitgenommen. Offenbar lastete nicht nur die körperliche Veränderung auf ihr, sondern auch das Trauma der Silvesternacht 1769. Sie wirkte unsicher, fahrig, kurzatmig, und die Stiefschwiegermutter verstärkte mit übertriebener, aber wenig tatkräftiger Sorge die Situation zusätzlich. Maria Agnes' Vorschlag war ungewöhnlich, aber einleuchtend. Könnte nicht bis zur Geburt des Kindes Melchior zumindest zeitweise auf die kleine Christina Margaretha aufpassen? „Ein Mann?" Maria Agnes Rudolph wählte die höchste Oktave ihrer ohnehin hohen Stimme. „Ein Großvater", sagte Maria Agnes Beck.

Tatsächlich wirkte das gut eineinhalbjährige Mädchen mit den blonden, welligen Haaren wie ein Jungbrunnen auf Melchior. Und wenn sie ihren Brei verspeiste und mit tapsigen Händen vor Freude auf die Tischplatte klatschte, wanderte auch der ein oder andere Löffel in den Mund des Stiefgroßvaters. „Das hast du sehr gut gemacht", erntete

Maria Agnes ein seltenes Lob ihrer Mutter. „Er hat wieder eine Aufgabe. Ohne Aufgabe ist der Mensch nichts."

Und das Tier? Ohne es zu wissen, hatte Christina Barbara auch in Sachen Frieda ein wahres Wort gesprochen. Wer sein ganzes Leben lang Mäuse, Ratten und andere Wesen, von denen man besser nichts erfuhr, gejagt und seinen geliebten Menschen damit Ungeziefer vom Hals gehalten hatte, musste sich schwertun damit, auf fremde Hilfe angewiesen zu sein. Maria Agnes holte Stoff, Nähnadel und Faden hervor. Schön musste es nicht werden, was unter ihren Händen entstand. Im Stall fand sie Reste unverarbeiteter Schafwolle, die sie gemeinsam mit ein paar winzigen Steinchen in ihr Werk stopfte. Niemand würde bemerken, dass sie von einem alten Lederlappen einen dünnen Streifen abschnitt, der als Schwanz ihre Stoffmaus vollendete. Das geheimnisvoll raschelnde Tier weckte Friedas Lebensgeister, und wenn sie es mit einem erstaunlich flinken Satz erlegt hatte, ließ sie sich das von Maria Agnes bereitgehaltene Ersatzessen schmecken.

Auf den Tellern der Menschen im Hause Beck landeten nun immer häufiger Kartoffeln, das Gold der Waldenser. Christina Barbara hatte den alten Pfarrer Moutoux regelmäßig nach Schönenberg begleitet und sich mit der Bezahlung in Knollenform angefreundet. Der alte Mann begann, sich an die Frau an seiner Seite zu gewöhnen. Das Wort richtete er freilich nur an sie, wenn es etwas Dringendes mitzuteilen gab. So war es ein äußerst seltenes Bild, als er Ende August in der Brunnengasse erschien und verkündete: „Am nächsten Sonntag brauche ich Eure Dienste nicht. Ich werde in Pforzheim sein." Er las ihrem Blick ab, dass sie gerne mehr über die Umstände wüsste, und so erzählte er emotionslos, dass sein Sohn von Gott, dem Allmächtigen, mit einem Kind namens Jean Jacob François Moutoux beschenkt worden sei, als dessen Taufpate er mit seiner Frau vor Ort benötigt werde. Die Glückwünsche nahm er knapp nickend entgegen, hörte im Weggehen schon nicht mehr, dass Christina Barbara selbst auch in Erwartung eines Enkelkinds sei.

Dieses Kind tat seinen ersten Schrei zwischen 8 und 9 Uhr morgens am 19. Oktober. Es war ein strahlend schöner Herbsttag, die junge Mutter hatte die Geburt gut verkraftet, und der Vater sah in der Ankunft des kräftigen Mädchens endgültig die Wende zum Guten, entspannte sich doch in Dürrmenz und anderenorts nach einer passablen Ernte die Situation zusehends. „Ein Gottesgeschenk", sagte Johann Christoph Rudolph, als er seine Tochter zum ersten Mal in den Armen hielt. Längst hatte er beschlossen, dass dieses Wunderwesen Dorothea heißen sollte. Das Kind war kräftig genug, um eine Taufe erst am übernächsten Tag zu riskieren. Anders als an Neujahr 1770 konnte Christina Margaretha durch diesen kleinen zeitlichen Verzug selbst dabei sein. An der gerade erst überstandenen körperlichen Anstrengung lag es nicht, dass sie sich kaum auf den Beinen halten konnte, als ihr Mann dem Pfarrer auf seine Frage hin einen zweiten Vornamen nannte. „Elisabetha Dorothea soll sie heißen", verkündete er.

Kapitel 52

Auch wenn Christina Margaretha bald zu ihrer früheren Tatkraft zurückfand, verbrachte ihre ältere Tochter weiterhin viel Zeit bei den Großeltern. Sie war ein aufgewecktes Kind, das pausenlos etwas zu erzählen hatte. Freilich benutzte sie zuweilen eine Sprache, die nur sie selbst verstand, und daher rätselte Maria Agnes, worum es sich bei diesem „Au" wohl handeln könnte, von dem die Kleine auf dem Rückweg zu den Eltern sprach. „Tut dir etwas weh?", fragte sie. „Au, au!", lautete die Antwort, doch in der Stimme schwang Freude mit, kein Schmerz. Aus dem Geplapper war mit einiger Sicherheit neben dem „Au" Dodo herauszufiltern, wie Christina Margaretha die kleine Schwester nannte. Fügte Maria Agnes das Puzzle zusammen, so schätzte sie, dass Dodo vermutlich mit „Au" beschenkt werden sollte. „Au" befand sich allem Anschein nach in der kleinen, fest zusammengeballten Faust, die zu öffnen sich das Kind mit einem ebenso breiten wie trotzigen Lächeln weigerte. Maria Agnes beschlich ein merkwürdiges Gefühl. „Nun lass mich schon sehen, was du da in der Hand hast." – „Au", rief Christina Margaretha erneut, und sie steigerte die Lautstärke derart, dass sich neugierige Blicke auf sie richteten. Als sich Tante und Nichte, weiter fruchtlos diskutierend, der Brücke näherten, registrierte Maria Agnes dort aus dem Augenwinkel Adam Fischer, der sich mit einem etwas älteren Mann unterhielt, dabei aber zu ihr herübersah und grüßend nickte. „Nicht so laut, Schätzchen, die Leute glauben ja, ich tue dir etwas an", versuchte Maria Agnes, die „Au"-Laute zu dämpfen. Das gelang ihr nicht, und als sie entnervt versuchte, die Faust des Kindes zu öffnen, schleuderte Christina Margaretha den Inhalt mit einem letzten, empörten „Au" auf die Straße. „Meine Maus", rief Maria Agnes und stürzte Friedas Lebensretterin hinterher. Der Kutscher, der sein Gefährt wenige Augenblicke zuvor auf die Brücke gelenkt hatte, brachte im allerletzten Moment sein Pferd zum Stehen. „Seid ihr verrückt geworden? Dummes Ding, nimm dein Kind und geh weg von der Straße", entlud sich sein Schreck in Beschimpfungen. Ein-, zweimal musste er tief durchatmen, ehe er die Fahrt fortzusetzen in der Lage war. „Alors, que se passe-t-il?", tönte eine weibliche Stimme aus dem Inneren der Kutsche. „Haben wir einen Unfall?", fragte eine männliche Stimme. Sie gehörte Jean Leonhard Mergery. „Entschuldigt bitte", sagte Maria Agnes zu ihm. „Ich musste meine Maus retten." Er stieg aus und bedeutete dem Kutscher, die wenigen Meter bis zum welschen Pfarrhaus ohne ihn zurückzulegen. „Das musst du mir erklären." Wie selbstverständlich duzte er sie, wie selbstverständlich nahm er Christina Margaretha auf den Arm. Er begleitete Maria Agnes zum Haus ihrer Schwester und lernte dabei Erstaunliches über die Therapie altersschwacher Katzen und lebensmüder Stiefgroßväter. Als sie das Haus erreicht hatten, setzte Mergery das Kind ab und sah Maria Agnes an. „Als ich dich zum ersten Mal sah, dachte ich, du bist eines der armen Waisenkinder. Wie dumm von mir. Du bist sehr reich. An Liebe." Er verbeugte sich knapp und ging in Richtung der Brücke davon.

Als Maria Agnes einige Minuten später ebenfalls die andere Enzseite erreichte, stand dort am Damm immer noch Adam Fischer, immer noch in ein Gespräch vertieft, für dessen Inhalt er sich längst nicht mehr interessierte.

„Nur weil diese Ernte besser ausgefallen ist, sind die grundlegenden Schwierigkeiten nicht beseitigt." Die Wedderkopfin trommelte mit ihrem Zeigefinger auf den Tisch, an dem sie gerade gearbeitet hatte. „Ihr habt noch keine Antwort aus dem Rathaus bekommen?", schlussfolgerte Maria Agnes aus der Unruhe, die die Konsulentin seit einiger Zeit an den Tag legte. Sie schnaubte wie ein Pferd, anders konnte man es nicht nennen. „Die glauben, wenn sie mich nur lange genug warten lassen, werde ich sie irgendwann in Ruhe lassen. Aber da haben sie sich getäuscht, die Herren. Die werden sich noch wundern." Maria Agnes wechselte einen Blick mit Genoveva. Diese legte die weißen Ohren in Erwartung eines Unwetters an den Hinterkopf. Es war besser, sich zurückzuziehen.

Es bedurfte nach vielen Monaten der Zusammenarbeit keiner großen Absprachen mehr. Sobald die Konsulentin ihr Abendessen eingenommen hatte und die dringlichsten Aufgaben in der Küche erledigt waren, entließ sich ihre Magd selbst, auf die zu Hause schließlich weitere Tätigkeiten und drei Katzen warteten. Das Jahr war weit vorangeschritten, die Tage waren kurz, die Nächte lang und kühl. Glücklicherweise war ihr Heimweg binnen weniger Minuten zurückzulegen. Die Luft war seltsam feucht, der Mond hinter dichten Wolken nur zu erahnen. Es würde Regen geben. Kaum eine Menschenseele war unterwegs. Jedes Geräusch, gleich ob ganz in der Nähe oder weit entfernt entstanden, hallte durch den Ort, ohne dass man die Richtung, aus der es kam, hätte bestimmen können. Es waren nicht ihre Schuhsohlen. Es waren die Schritte mehrerer Männer. Eilig hatten sie es, kamen näher. Noch ehe sich Maria Agnes umsehen konnte, spürte sie einen Arm, der sich wie eine Schlinge um ihren Hals legte. Noch ehe sie schreien konnte, presste jemand seine Hand auf ihren Mund. Da waren weitere Hände. Sie wurde gestoßen, fiel, landete auf der kalten Erde am Rand der Gasse. Einer presste ihren Kopf nach unten, so dass sie nur den schwarzblauen Nachthimmel erkennen konnte. Und einer setzte sich auf ihre strampelnden Unterschenkel und begann mit erstaunlicher Langsamkeit, ihre Kleider zu zerreißen. Sie wartete auf den Schmerz, der kommen musste, und sie wünschte sich, er möge heftig genug sein, um ihr die Sinne zu rauben. Sie schloss die Augen und versuchte, die Bilder ihrer Katzen heraufzubeschwören. Vielleicht ging ja auch alles ganz schnell, dachte sie, als einer der Kerle ihr ein blitzendes Messer vor die Augen hielt. Grob riss er ihr die Haube vom Kopf und schnitt.

Das Geräusch, das entstanden war, als ihr Zopf abgetrennt wurde, war noch Jahre später das letzte Element des Alptraums, jene Sekunde, in der sie schweißgebadet und mit jagendem Puls erwachte. Stets griff sie sich dann an den Hinterkopf und hielt umklammert, was seit jener Nacht nachgewachsen war. Die Luft, die sie einsog, aber nicht ausatmete, wollte ihre Lungen beinahe zum Bersten bringen und entlud sich endlich in dem Schrei, der damals erstickt worden war.

Damals. „He, was macht ihr da?“, rief einer, dessen Stimme nur vage durch Maria Agnes’ benebelte Sinne drang. Mit einem Mal ließen die klammernden Hände von ihr ab, das Gewicht von ihren Unterschenkeln war verschwunden, kein Messer mehr zu sehen. Hallend verlor sich das Klappern von Schuhsohlen im Nichts. „Was ist dir denn passiert?“, fragte Adam Fischer und streckte seine rechte Hand aus, um ihr aufzuhelfen. Sie konnte nichts sagen, nichts tun, außer zitternd zu versuchen, die Fetzen ihres Rocks zusammenzuhalten. Sie konnte sich nicht dagegen wehren, dass er sie die wenigen Schritte zur Sonne führte und ihr dort eine Decke umhängte. Er fragte wohl irgendetwas, aber sie hörte ihn nicht. Er tätschelte beruhigend ihren Unterarm, aber sie spürte es nicht. Wie sie nach Hause gekommen war, sich aus den Kleidern befreit und zu Bett gegangen war – so leise offenbar, dass ihre Eltern nicht geweckt worden waren –, war nicht in ihrem Gedächtnis abgespeichert.

„Hören denn die Sorgen niemals auf!" Christina Barbara Beck stand ratlos vor ihrer Tochter, die den Mund nicht aufmachte, die Augen geschlossen hielt und nur immerzu Frieda streichelte, die auf ihrem Bauch lag und sich keinen Millimeter bewegte. „Ihr muss etwas Schlimmes zugestoßen sein", sagte sie zu Melchior und versuchte erfolglos, ein Schluchzen zu unterdrücken. „Wenn nur niemand, wenn sie nur nicht …" Melchior betrachtete seine Tochter, die zu berühren er sich nicht getraute. Zu durchscheinend blass war ihre Haut, zu gespannt jeder einzelne Muskel. Er hoffte, allein sein Blick könnte alle Liebe und alles Mitgefühl transportieren. „Komm", sagte er zu seiner Frau, „lassen wir sie allein. Sie wird uns berichten, was geschehen ist, sobald sie die Kraft dafür findet."

Viele Stunden schwebte Maria Agnes zwischen Wachen und Träumen, zwischen dem Schrecken, der sie am Vortag befallen hatte, und jenem, der sie befallen würde. Sie durchlebte einzelne Momente noch einmal, langsam, vergrößert wie unter einer Lupe. Sah eine Hand mit nur vier Fingern auf ihr Gesicht zufliegen, roch den Schweiß der Männer. Sie hörte Worte, die vom Pochen des Blutes in ihrem Kopf verschluckt worden waren. Adam würde kommen und seinen Lohn einfordern, das war Maria Agnes vollkommen klar, seit sie aus den Bruchstücken ihrer Erinnerung diese Sätze zurückgewonnen hatte: „Du bist zu unvorsichtig. Solltest du nicht besser meinen

Schutz annehmen, vielleicht sogar den Schutz meines Namens? Denk darüber nach."

Wie lange konnte sie sich im Elternhaus verstecken? Die Konsulentin würde sich jetzt schon wundern, wo ihre Magd abgeblieben war. Eigenartigerweise kamen ihr all die starken biblischen Frauen in den Sinn, die Anna Catharina Wedderkopf neulich aufgelistet hatte. Was wäre gewesen, wenn sie einfach aufgegeben hätten? Maria Agnes nahm all ihren Mut zusammen. Sie küsste Frieda, legte sie neben sich und stand auf. Schon war sie in der Küche. „Mutter, wärt Ihr wohl so gut und würdet der Frau Konsulentin ausrichten, dass ich krank bin, aber morgen meinen Dienst wieder aufnehmen werde?"

Diese Reise war eine Tortur gewesen. Alles war anders gekommen, als er es geplant hatte – wenn man bei Johann Jacob Beck jemals von Plänen hatte sprechen können. Nun fühlte er sich dem biblischen Josef nahe. Vom Schicksal in den Heimatort zurückgespült, dort gestrandet, womöglich ohne Dach über dem Kopf. Bevor er sich ein Bild von der Lage verschaffen würde, musste er noch einmal innehalten. Er dachte zurück an jenen Frühlingstag, als er schon einmal zurückgekehrt war und den Duft der Blumen eingesogen hatte. Nun war alles kahl und kalt. Wer konnte es sich leisten, die Haustür weit offenstehen und wertvolle Wärme entweichen zu lassen? Der Sonnenwirt litt offenbar keine Not, sagte sich Johann Jacob und wurde jäh aus diesem harmlosen Gedanken gerissen, als er Adam Fischer vor die Tür treten sah. Er war zurück? Johann Jacob Beck zog die Krempe seines breiten Huts ein Stück in sein bärtiges Gesicht. Auf keinen Fall wollte er an dem Feind von einst vorbeigehen, ihm die ganze Ärmlichkeit seiner Gestalt präsentieren. Also blieb er stehen, wo er war, und hoffte, die drei Männer, mit denen Fischer sprach, würden mit ihm zusammen rasch von der Bildfläche verschwinden. Doch offenbar gab es Gesprächsbedarf. „Ihr wart zu grob zu ihr“, sagte Adam. „Und wer sich nicht an Abmachungen hält, bekommt auch nicht das ganze Geld.“ – „Du Schwein“, ereiferte sich der Größte aus dem Trio. „Wir haben ganz genau das gemacht, was abgesprochen war. Geld her, oder wir vergessen, dass wir vergessen wollten, jemals in Dürrmenz gewesen zu sein.“ Er griff Adam an die Weste, wild entschlossen, notfalls mit Gewalt an seinen Lohn zu kommen. „Schon gut“, zischte dieser und warf ihm ein Geldstück zu. „Warum nicht gleich“, brummte der Mann und nickte einem seiner Freunde auffordernd zu. „Das gehört dann wohl dir“, sagte dieser und überreichte Adam Fischer einen leuchtend roten Zopf.

Die Gedanken in Johann Jacobs Kopf überschlugen sich. War in seinem eigenen Leben nicht schon genug geschehen? Doch das musste hintenanstehen. Noch nie hatte er solche Angst um seine kleine Schwester gehabt. Er wagte kaum, anzuklopfen, horchte für einen Moment an der Tür, ob dahinter vielleicht jemand weinte. Das war nicht der Fall. Also drückte er zaghaft die Klinke herunter und trat ein. Eine Sekunde später lagen Bruder und Schwester sich in den Armen. Er sagte nichts. Erst, als er ihr mit zitternden Fingern die Haube abgesetzt hatte, fing er an zu erzählen.

„Das lassen wir uns nicht gefallen. Wir zeigen den Kerl an“, schrie Christina Barbara lauter, als sie seit Kindertagen ihre Stimme erhoben hatte. Ihre Wut war namenlos, atemlos, für Maria Agnes aber wohltuend, denn sie spülte alle Ungewissheit hinweg, wie ihre Familie mit dem Ereignis umgehen würde. „Ja, wir zeigen ihn an", sagte auch Melchior, leiser, aber bestimmt. Die Stille, die jetzt eintrat, wurde von einem Klopfen durchbrochen. „Ich habe sie gebeten, mich vorausgehen zu lassen. Ich wollte euch erst alles erklären. Aber nun …" Johann Jacob Beck stand auf und öffnete seiner Frau die Tür.

Barbara, früher Trost, jetzt Beck, kam aus der stolzen Hansestadt Wesel am Niederrhein. Doch reiche Kaufleute waren ihre Vorfahren nie gewesen, ganz im Gegenteil. Früh hatte das Mädchen damit begonnen, sich auf eigene Faust durchzuschlagen, stets ein optimistisches Lächeln auf den Lippen. Das Schwäbisch des jungen Mannes, der seine Körbe unweit des Verschlags aufgebaut hatte, in dem sie gerade untergeschlüpft war, fand sie ganz reizend, auch wenn er wenig sagte und sie noch weniger davon verstand. „Wie willst du hier etwas verkaufen, wenn du den Mund nicht aufkriegst?", hatte sie ihn gefragt und war nicht mehr von seiner Seite gewichen. Die Folgen waren nun einige Monate später unübersehbar. „Ich dachte, es ist besser, wenn das Kind hier zur Welt kommt", sagte Johann Jacob, und seine Eltern nickten konsterniert. „Wir werden euch nicht auf der Tasche liegen", sang Barbara in ihrem melodiösen Dialekt. Ihr Gesicht war offen, umrahmt von dichten braunen Haaren. Jedes Mal, wenn sie lächelte, zeigte sie eine schmale Lücke zwischen den oberen Schneidezähnen, und es bildeten sich Grübchen auf den nicht mehr ganz jugendfrischen Wangen. Es war unmöglich, nicht zurückzulächeln. „Nun kommt schon her. Wollt ihr eure Schwiegertochter gar nicht in die Arme nehmen?"

Johann Jacob und seine Frau nächtigten im zugigen Stall. Sie klagte nicht darüber. Barbara betrachtete den Geburtsort ihres Ehemannes neugierig und war von der Winzigkeit der Andreaskirche ebenso angetan, wie Johann Jacob von der Größe des Doms in Wesel erstaunt gewesen war. Das Wasser der Enz, das wusste sie längst, floss über den Neckar in den Rhein, und so sorgte ein nicht immer blaues Band dafür, dass sie Anflüge von Heimweh unterdrücken konnte. Was war schon Heimat? Die einzige Konstante in ihrem unruhigen Leben war der Optimismus.

Kapitel 53

Er konnte sie nicht zurückweisen. Sie hatte ihn auf dem Heimweg ins Pfarrhaus eingeholt, und sie würde sich nicht abwimmeln lassen. Also bat Johann Matthias Käuffelin Christina Barbara Beck notgedrungen herein. „Wen oder was möchtet Ihr anzeigen?“, fragte er widerwillig und verwies darauf, dass Beschwerden über Ehestreitigkeiten oder Ähnliches im Rahmen des Kirchenkonvents vorgetragen werden müssten. „So lange kann die Sache nicht warten. Meine Tochter ist überfallen worden, und der junge Fischer hat die Kerle dazu angestiftet. Er muss dafür bestraft werden.“ Sie standen noch im Treppenhaus. Er schaute sie an und schwieg. „Bitte, Herr Dekan“, fuhr sie fort, „die Ehre meiner Tochter steht auf dem Spiel.“ Ihm fiel ein, dass er sich auf eine Beerdigung vorbereiten musste. „Jetzt ist wirklich nicht die Zeit dafür“, sagte er und drängte sie sacht, aber unnachgiebig zur Tür. „Bitte, hört mich an. Ihr könnt doch nicht eine solche Ungerechtigkeit dulden", flehte Christina Barbara. „Nicht jetzt, nicht hier. Geht nach Hause, Frau", sagte er und bugsierte sie hinaus. Er sah, wie sie den Mund öffnete, um zu protestieren, und hatte einen Einfall. „Man sagt, bei Euch sind Hausierer untergekommen. Ich nehme an, Ihr habt sie auf dem Rathaus schon angemeldet?"

Maria Agnes sah ihrer Mutter an, dass die Mission erfolglos verlaufen war. Am Ende war es sie, die Christina Barbara tröstete. „Wir lassen uns nicht unterkriegen", flüsterte sie ihr ins Ohr. Sie flocht einen Zopf aus Stroh und marschierte damit zur Sonne. Ohne nachzudenken überschritt sie die Schwelle, ohne zu zögern bat sie eine bemitleidenswert krumm gewachsene Magd, den jungen Herrn Fischer zu rufen. Sie trug keine Haube, schüttelte ihr nun kinnlanges Haar aufreizend hin und her, als Adam erschien. „Eine schöne neue Mode hat dein Barbier erfunden. Richte ihm bitte meinen Dank aus. Sag ihm, dass ich ihn gern auch an höhergestellte Personen weiterempfehlen werde." Sie drückte ihm den Strohzopf in die Hand und ging, bevor er etwas erwidern konnte.

Die Konsulentin stellte keine Fragen. „Ich weiß nicht, was passiert ist", sagte sie, „aber ich sehe, dass du erwachsen geworden bist. Und es steht dir gut." Doch Maria Agnes' Hochgefühl hielt nicht lange an. Wenige Tage später stolperte sie bei ihrer Heimkehr im Halbdunkel über etwas Weiches. Der Schrei, den sie ausstieß, als sie sich bückte, war markerschütternd. „Was ist los?", fragte Barbara, die ihr aus dem Stall entgegenstürzte. Die Antwort war ein Wimmern. Maria Agnes hielt eine tote Katze in den Armen.

Es war der herrenlose Kater, mit dem sich Samson und Willy angelegt hatten. Die beiden hatten allerdings nichts mit seinem Tod zu tun. Der Schaum am Mund sprach eine eindeutige Sprache. Zitternd vor Angst und Wut hob Maria Agnes im Garten ein Grab für den Kater aus. Nie war ein namenloser Streuner mehr beweint worden.

„Gift? Ich? Das ist lächerlich." Adam Fischer verschränkte die Arme vor der Brust. Er genoss den Blick in ihr hasserfülltes Gesicht. Er genoss das Beben, das von jeder Faser ihres Körpers ausging, selbst die sich überschlagende Stimme klang wie Musik für ihn. „So ein räudiges Wesen sollte mir es wert sein, mich mit ihm zu beschäftigen? Davon träumst du wohl." Sie rang um Fassung. „Was habe ich dir eigentlich getan?", fragte sie. „Nichts." Es war, als legte sich plötzlich ein Schleier über seine eisblauen Augen. „Nichts. Ich wünschte, du hättest mit etwas getan, mir. Mir. Nicht nur diesen Viechern, diesen anderen Kerlen. Aber nein, mich willst du ja nicht. Wolltest mich nie." Er wandte sich ab. „Vielleicht überlegst du es dir ja noch einmal", sagte Adam Fischer und zog gut sichtbar ein dünnes Fläschchen mit einer klaren Flüssigkeit aus seiner Weste hervor.

Sie stürzte hinaus aus der Sonne, wo die Unterhaltung stattgefunden hatte, rannte ziellos durch Dürrmenz, von panischer Angst getrieben. Sie hatte ihm den Krieg erklärt und den Krieg verloren. Nun würde er vernichten, was ihr lieb war. Niemand außerhalb der Familie würde ihr helfen, niemand glauben. Die Konsulentin vielleicht, doch war diese für ein paar Tage nach Lienzingen gefahren. Blind vor Tränen fand sie sich schließlich vor dem welschen Pfarrhaus wieder. Es war, als hätte jemand die

Zeit zurückgedreht. Ein rehäugiger Mann trat aus der Tür und war im Begriff, in eine Kutsche einzusteigen. „Wartet", rief Maria Agnes. „Ich müsst mir helfen. Wartet auf mich, ich flehe Euch an." Ihr war alles gleich. Sie warf sich vor Jean François Autran auf den Boden, umklammerte seine fein gekleideten Waden. Wenn er nur nicht wegging, wenn er nur wartete, bis … „Mademoiselle." Dies war kein Scherz, dies war keine Laune einer Halbwüchsigen. Er ging in die Knie, so dass er der schluchzenden jungen Frau in die Augen sehen konnte. „Que puis-je faire pour vous?" Sie verstand die Frage. „Fahrt Ihr nach Pforzheim?" Er bejahte. „Nehmt Ihr mich mit, und wartet Ihr zehn Minuten auf mich?" Er nickte. „Mais pourqois?" Sie verstand wieder. „Ihr erinnert Euch an Lucretia Bühler? Sie ist schon lange gestorben, aber ich schulde ihr einen letzten Dienst." Autran wandte sich an den Kutscher. „Dix minutes."

Mit jedem Schritt, den sie Richtung Heimat hastete, jagte sie ein Stoßgebet in den Himmel. „Wenn sie nur da sind, wenn sie nur da sind … Lieber Gott, lass sie zu Hause sein." Da lagen sie nebeneinander. Samson und Willy, und auch der Dritte, um dessen Anwesenheit sie gefleht hatte, ließ sie nicht im Stich. „Johann Jacob! Gib mir zwei große Körbe und zwei Deckel. Schnell. Ich habe keine Zeit. Es ist meine einzige Chance." Die Arbeit einer ganzen Woche steckte darin, aber er überreichte der Schwester ohne Zögern, worum sie gebeten hatte. „Und nun hilf mir beim Tragen."

Autran öffnete wortlos die Tür der Kutsche und assistierte dem seltsamen rothaarigen Wesen dabei, die beiden Körbe zu verstauen. Klagende Laute drangen heraus, Tränen liefen über das Gesicht seiner jungen Mitfahrerin, aber er stellte keine Fragen und gab das Signal zur Abfahrt. Nach einigen Augenblicken, als sich die Tiere an den schaukelnden Rhythmus der Fahrt gewöhnt hatten und ihre Beschwerden leiser wurden, holte Maria Agnes abwechslungsweise beide Kater heraus, drückte sie an sich und sprach auf sie ein. Er verstand wenig davon. „Ich muss es tun, es geschieht aus Liebe zu Euch, und diese Liebe wird nie vergehen", mochte sie wohl gesagt haben. Immer wieder, immer verzweifelter, bis sie schließlich, als das Waisenhaus in Sicht kam, kein Wort mehr herausbrachte. Als das Gefährt anhielt, zog Jean François Autran aus seiner Weste ein feines Taschentuch hervor und hielt es Maria Agnes hin. Da sie zögerte, wischte er ihr die Tränen vom Gesicht. „Nun tu, was du zu tun hast", sagte er, und sie bat ihn, sie ins Waisenhaus zu begleiten.

Autran klopfte an einige Türen, bis aus einem der Räume schließlich eine imposante Frauengestalt heraustrat. „Das ist eine Bekannte. Worum immer sie auch bittet, erfüllt ihr ihren Wunsch", raunte er ihr zu und legte einen Gulden in ihre große, fleischige Hand. Der Blick, mit dem sie den Franzosen bedachte, sprach Bände. „Oh nein", wehrte er heftig gestikulierend ab. „Es ist nicht das, was Ihr denkt. Au contraire. Ich habe sie nie angerührt. Ich schwöre." Da hatte Maria Agnes schon den Deckel einer der Körbe gelüftet und ging mit Samson auf dem Arm auf die Frau zu. „Ihr helft Gottes Geschöpfen, die keine Heimat mehr haben?", fragte sie. „Oh ja", antwortete die Frau im Brustton der Überzeugung. „Denn kein Leben ist vor dem Allmächtigen wertlos." – „Ich weiß", sagte Maria Agnes. „Und daher bitte ich Euch, meine Schätze bei Euch aufzunehmen."

Samson wehrte sich nicht, gegen die weiche Vorderfront der Frau gedrückt zu werden, und sie wehrte sich nicht dagegen, einen angstvoll dreinblickenden Kater im Arm zu halten. Vom Ende des Flurs näherte sich eine Gruppe kleiner Jungen. Einer von ihnen erkannte, dass sich der Deckel des zweiten Korbes bewegte, und rannte darauf zu. „Nicht so schnell, Wilhelm“, mahnte die Frau. „Du erschreckst unseren neuen Mitbewohner.“

Autran hatte ihr angeboten, in einem Nebenraum seiner Fabrik zu übernachten. Leider reise er in nächster Zeit nicht nach Dürrmenz, aber er könne versuchen, eine Mitfahrgelegenheit für sie zu organisieren. „Ihr habt schon genug für mich getan“, lehnte Maria Agnes beides ab. Sie würde zu Fuß nach Hause gehen, durch Nacht und Kälte, durch Gefahr und Unsicherheit. Jede Anstrengung, jeder Schmerz war willkommen, um die Taubheit in ihrem Inneren zu durchbrechen.

Sie folgte der Straße, die eisige Winterluft einsaugend, doch irgendwann fand sie sich abseits der befestigten Wege in einem Wäldchen wieder. Es war ihr gleich. Schritt für Schritt, Meter für Meter ging sie in eine Richtung, die nicht sie selbst bestimmte. Kein Rascheln im Unterholz konnte sie erschrecken, kein Vogelruf beunruhigen. Lebte sie noch? Sie wusste es nicht, als sie nach einigen Stunden den Ortsrand von Dürrmenz erreichte.

Ihr Denken und der kümmerliche Rest ihres Fühlens kulminierten in einem Wort: Frieda. Wie in Trance stolperte sie die Treppe ihres Elternhauses hinauf, taumelte vorbei an Eltern, Bruder und Schwägerin, die wohl im Zustand äußerster Erregung Laute der Erleichterung ausstießen, und ließ sich auf ihr Bett fallen, wo Friedas magerer Körper nur darauf wartete, ihr Wärme und Nähe zu schenken.

Wie willkommen war das Fieber, das sie befiel! Maria Agnes dankte dem Herrn dafür, dass er ihren Körper zur Ruhe zwang und den Geist vernebelte. Sie überließ es ihm, ob er sie daraus erwecken wollte oder nicht.

Es war der Neujahrstag 1772, als sich der Schleier hob und sich aus unscharfen Konturen die Gesichter Melchiors, Christina Barbaras, Christina Margarethas und Johann Christophs herauskristallisierten. „Willkommen zurück", sagte Christina Margaretha und streichelte der Schwester über die nicht mehr ganz so heißglühende Wange. „Wo ist Frieda?", fragte Maria Agnes. Christina Margaretha lächelte und drehte den Kopf zur Seite in Richtung des elterlichen Bettes, auf dem die kleine Christina Margaretha saß und Frieda hinter den Ohren kraulte. „Und wo …" – ihr noch unsicherer Blick suchte die ganze Schlafkammer ab – „wo sind Johann Jacob und Barbara?" Wie ein Blitz erhellte die Erinnerung daran, wie sehr er ihr in höchster Not geholfen hatte, ihr Gedächtnis. „Sie sind fort", antwortete Melchior leise. „Du bist nicht die Einzige in Dürrmenz, die am Fieber leidet, und sie dachten, es wäre sicherer, das Kind anderswo zur Welt zu bringen." Maria Agnes schlug die Hand vor den Mund. Es war Zeit, gesund zu werden, damit ihr Bruder zurückkehren konnte.

Wieder fühlte er sich an Josef und seine Herbergssuche erinnert, und auch wenn seine Frau nicht Maria hieß und nicht der Sohn des Höchsten, sondern nur der Spross eines Zainenmachers geboren werden würde, so öffneten doch einige Bauern in der Nachweihnachtszeit Herzen und Häuser für Johann Jacob Beck und seine Frau, die so schwerfällig daherkam, aber mit so leichter Zunge redete. Die Gastfreundschaft währte freilich stets nur ein paar Tage, und die letzte Station der Odyssee war schließlich das Armenhaus im nicht weit von Dürrmenz entfernten Dörfchen Ölbronn. Dort begann am 8. Februar das Leben des Jacob Philipp Beck. Am 10. Februar endete es.

Kapitel 54

Junge und Alte wurden davon befallen, Gesunde und Angeschlagene. Es half nichts, dass Johann Jacob Redwitz genügend Geld beiseitegelegt hatte, um den Amtsphysicus Doerner einzubestellen, während die meisten anderen im Dorf auf Gebete und Kräuter setzten. Doerner tastete den aufgequollenen Leib des Adlerwirts ab und diagnostizierte eine Gallenblasenentzündung, die mit Fieber einhergehe. Doch keines der verordneten Mittel wirkte, das Fieber stieg weiter, und Redwitz ahnte, dass er nicht mehr lange Herr seiner Sinne sein würde. Also ließ er den Dekan kommen, dem er wortreich, aber wirr gestand, arm und reich zugleich zu sein und Schuld auf sich geladen zu haben. Zwei Tage später, am 21. Februar 1772 mittags nach 12 Uhr, setzte ein Schlag, wie die ums Bett versammelten Familienangehörigen glaubten, dem Leben des Gerichtsverwandten ein Ende. Johann Matthias Käuffelin versuchte, die Nöte des Verstorbenen im Totenbuch festzuhalten – in etwas verquerem Latein und offenbar ratlos, was die Gewissensnöte ausgelöst haben könnte. Er predigte bei der Beerdigung am Sonntagnachmittag, „um die bange Seele zu trösten", wie er schriftlich festhielt, über einen Text aus Johannes 3: „Denn also hat Gott die Welt geliebt, dass er seinen eingeborenen Sohn gab, auf dass alle, die an ihn glauben, nicht verloren werden, sondern das ewige Leben haben."

Es war nicht die Galle, es war nicht der Schlag, das ahnte Käuffelin wohl schon im Februar. Doch effektive Gegenmaßnahmen gegen „das umgehende Fieber", wie der unsichtbare Feind bald genannt wurde, gegen die „epidemische Krankheit", die „grassierende Seuch", wurden nicht ergriffen. Welche Chance hatte auch der schwache Mensch, wenn selbst der studierte Medicus Doerner nicht verhindern konnte, dass seine 34-jährige Ehefrau dem Fleckfieber zum Opfer fiel? Bis in den Juli hinein begrub der Dekan insgesamt 16 Dürrmenzer, die ihr Leben an die Krankheit verloren hatten. Fast alle von ihnen waren Erwachsene in den mittleren Jahren. Manchmal schwang im Totenbuch ein leiser Vorwurf mit, etwa beim Eintrag für die 30-jährige Christina, Frau des Bauern Johann Martin Eitel, „die das Fieber, von dem viele genesen", wohl zu früh für überwunden gehalten habe.

Zu den Genesenen rechnen durfte sich Maria Agnes. Doch als das Fieber ins Haus der Becks zurückkehrte, hatte einer nicht mehr die Kraft, dagegen anzukämpfen. Er wollte keine Hilfe mehr. „Ich bin bereit zu gehen", sagte Melchior Beck zu Frau und Tochter. „Weint nicht um mich, denn ich bin ein glücklicher Mensch, euch um mich gehabt zu haben. Und irgendwann werden wir uns wiedersehen." – „Nein", presste seine Frau trotzig hervor, „du wirst hier noch gebraucht. Du wirst wieder gesund, warte nur ab." Das Frühjahr hatte schon damit begonnen, den eisigen Griff des Winters zu lösen. Die ersten frischen Gräser durchbrachen die Erde, und warum sollte nicht auch ein Kraut wachsen, das ihrem Mann helfen könnte? Rastlose Arbeit war Christina Barbara Becks Art, mit Bedrängnis, Not und Schicksalsschlägen umzugehen. So zog sie los, ein Körbchen in der Hand, Hoffnung im Herzen.

Tatsächlich schien der Tee, den sie aus ihren Fundstücken kochte, dem Patienten Linderung zu verschaffen, und vielleicht wäre alles anders gekommen, wäre er am Morgen des 13. März nicht beinahe fieberfrei und sogar ein wenig hungrig erwacht. „Geht ruhig", rief er Maria Agnes und Christina Barbara zu, nachdem sie sich wiederholt erkundigt hatten, ob sie wirklich zur Arbeit bei der Konsulentin beziehungsweise auf die Suche nach Saatgut gehen konnten. „Lebt wohl", rief er, als sich die Tür hinter ihnen schloss.

Er sah alles viel klarer an diesem Morgen, alle Sinne schienen geschärft. Melchior griff nach dem Marburger Gesangbuch, das neben seinem Bett lag. War es am Tag zuvor noch zu schwer gewesen, um es auch nur anzuheben, fühlte es sich nun angenehm leicht an in seinen Händen, und die schwieligen Finger blätterten geschmeidig die Seiten um, bis er fand, was er suchte. Wie gern hätte er noch einmal die Löffelstelz gesehen, dachte er, als er „Ein' feste Burg ist unser Gott" sang. Beinahe kräftig klang seine vom Husten angegriffene Stimme. Beinahe hätte er das Klopfen an der Tür nicht gehört.

Die Sonne schien hell in die Schlafkammer. Im gleißenden Weiß konnte er das Gesicht des jungen Mannes kaum erkennen. „Wer seid Ihr?", fragte Melchior. „Ich bin Adam Fischer", antwortete der Besucher, „und ich bin gekommen, um Euch um die Hand Eurer Tochter zu bitten."

„Ich finde, du solltest nicht hier sein", stellte Anna Catharina Wedderkopf fest. Sie spürte die Unruhe, die Maria Agnes ergriffen hatte. „Es geht ihm besser. Er hat sogar etwas gegessen", wehrte diese ab. „Ich möchte Euch nicht schon wieder im Stich lassen." Still fuhr sie damit fort, die Holzdielen zu säubern – auf allen vieren, mit mehr Kraft, als dafür nötig gewesen wäre. Brett für Brett arbeitete sie sich voran, bis ihr Blick schließlich auf die hinterste Ecke des Raumes fiel, wo die stolze Genoveva zu einem winzigen Bündel zusammengeschrumpft kauerte. „Ich muss nach Hause gehen", sagte Maria Agnes, und der Lappen fiel ihr aus der Hand.

Adam Fischer kam ihr auf der Treppe entgegen. „Ich wollte das nicht", rief er, „glaub mir, ich habe ihm nichts getan." Zum ersten Mal las sie in seinen Augen ein ehrliches Gefühl: Entsetzen. Sie schob ihn zur Seite, ging die letzten Stufen hinauf. „Ich habe ihn nicht umgebracht", hörte sie Adam noch durch die geschlossene Tür beteuern. „Es hat ihn einfach so der Schlag getroffen." Sie setzte sich auf die Bettkante und wischte ihrem Vater die widerspenstige Strähne aus der Stirn. Da bemerkte sie, dass er noch atmete. Wortlos zog sie die Schuhe aus, legte sich neben ihn und wartete, bis er an diesem Freitagnachmittag um 3 Uhr die irdische Welt mit einem leisen Lächeln auf den Lippen verließ.

Am Sonntag Reminiscere fand Melchior Beck aus Kürnbach seine letzte Ruhestätte auf dem Dürrmenzer Friedhof. Am lautesten weinte die kleine Christina Margaretha Rudolph. Wenige Menschen waren der Familie ans Grab gefolgt, doch standen abseits einige, die am nächsten Montag ihre Ansprüche auf dem Rathaus anmelden würden. Keine Woche verging, da hatte ein amtlich bestellter Schätzer nicht nur damit angefangen, eine Liste der Gläubiger zusammenzustellen. Er war auch im Haus an der Brunnengasse gewesen und hatte vom Gesangbuch bis zum ausgedienten Wollkamm alle Gegenstände begutachtet. „Frau, da kommt einiges auf Euch zu“, wandte er sich seufzend an Christina Barbara, doch die hatte das Gesicht hinter beiden Händen versteckt und beschlossen, die Worte nicht gehört zu haben.

Frieda

Sie musste vorsichtig sein, um den Menschen, den sie liebte, nicht zu wecken. Prüfte ohne Hast, ob ihr ihre Pfoten gehorchen würden. Wagte es, vom warmen, atmenden Wesen, auf dem sie gelegen hatte, hinunter aufs Leintuch zu gleiten. Dieser 3. August 1772 würde ein warmer Tag werden. Warm wie damals, als ihr Band geknüpft worden war. Jetzt war es Zeit zu gehen. Noch einmal hielt Frieda prüfend ihr schwarzes Näschen an Maria Agnes' Stirn. Es war alles in Ordnung mit ihr, stellte sie zufrieden fest und konnte ein leises Schnurren nicht unterdrücken. Sie würde nun alleine zurechtkommen. Ein letztes Mal drückte sie ihr buntes Köpfchen an die Wange der Schlafenden, drapierte sorgfältig das Schnurrbarthaar, das sich dabei gelöst hatte, auf dem Kissen. Dann nahm sie ihre ganze Kraft zusammen und sprang vom Bett hinunter. Ging ins Nichts, aus dem sie gekommen war. Hinterließ das Größte, was eine Kreatur schenken kann. Liebe.

Epilog

Ihr Haar war zerzaust, ihre Füße steckten in viel zu großen Pantoffeln, das Nachthemd hing unförmig an ihr herunter. Sie wusste nicht, wie lange dieser unnachgiebige Mensch schon an die Tür gepocht hatte. Lange genug jedenfalls, um Lethargie in Ärger umschlagen zu lassen. „Wer immer es auch ist, ich will meine Ruhe haben", rief Maria Agnes Beck, als sie die Klinke niederdrückte und die Tür öffnete. „Endlich", sagte Jean Leonhard Mergery. „Sie ist schon ganz ungeduldig geworden." Aus einer teuren Ledertasche befreite er ein winziges, cremefarbenes Wesen. Maria Agnes wusste nicht, wie ihr geschah, als der Mann ihr das Kätzchen in die Arme drückte. „Sie heißt Félicie, hat sie mir verraten. Das bedeutet ‚die Glückliche', und glücklich sollst auch du sein." Er lüftete seinen Hut, deutete eine Verbeugung an und ging.

„Ach so." Er drehte sich noch einmal um, als er beinahe das Ende der Treppe erreicht hatte. „Das hätte ich fast vergessen." Ein warmes Lächeln überzog sein Gesicht. „Deine Kater lassen dich grüßen. Es geht ihnen gut. Besuche sie einmal. Und mich auch."

Quellen

Schneider, Ruth: „Familien in Dürrmenz-Mühlacker 1657 – 1900“

Knöller, Karl: „Unser Dürrmenz-Mühlacker, ein Ortsbuch für Haus und Schule“

Kiefner, Theo: „Die Waldenser auf ihrem Weg aus dem Val Cluson durch die Schweiz nach Deutschland 1532 – 1820/30, Band 4“

Kiefner, Theo: „Die Waldenser auf ihrem Weg aus dem Val Cluson durch die Schweiz nach Deutschland 1532 – 1820/30, Band 5, Teil 5,2 Dürrmenz-Welschdorf mit Filialen Schönenberg, Corres, Sengach“

Metzger, Manfred: „Vom Schwarzen Adler zum Sieben-Misten-Hof: ein Stück Alt-Dürrmenz und seine Bewohner“

Hittler, Karl: „Familien in Mühlhausen an der Enz 1641 – 1920“

Oertel, Burkhart: „Ortssippenbuch Diefenbach“

„Historischer Rundgang Dürrmenz“, Flyer der Stadt Mühlacker

Inventuren und Teilungen, unveröffentlichte Originaldokumente aus dem Stadtarchiv Mühlacker

Kirchenkonventsprotokolle Dürrmenz, unveröffentlichte Originale aus dem Pfarramt Dürrmenz

Württembergische Kirchengeschichte online *www.wkgo.de*

Kirchenbücher über *www.archion.de*

https://deutsche-schmuck-und-uhren.de/ueber-uns-goldstadt-pforzheim/goldstadt-pforzheim/

Wikipedia-Einträge zu Johann Andreas Stein und Wolfgang Amadeus Mozart, Stand 2020

Personenregister

Es sind nur jene Daten genannt, die den Gang der Handlung nicht vorab verraten würden. Dies betrifft sowohl Geburten als auch Eheschließungen und Todesfälle.

Andreae, Johann Heinrich: * 1728 in Kreuznach, seit 1758 Rektor des reformierten Gymnasiums in Heidelberg, oo 1762 in Dürrmenz mit Suzanne Judit Madeleine Moutoux (*1732), Tochter des Pfarrers Jacques Moutoux

Autran, Jean François: erhält 1767 per Edikt des Markgrafen Karl Friedrich von Baden die Erlaubnis zur Errichtung einer Taschenuhrenfabrik im Pforzheimer Waisenhaus und legt damit den Grundstein zur Schmuck- und Uhrenindustrie in Pforzheim

Bächtle, Johann David (auch Bechtle): Witwer aus Calmbach, oo 1747 in Dürrmenz mit Maria Elisabetha Gorgus; ab 1752 erwähnt als Wirt des Grünen Baum

Bauchwohl, Balthas: fiktive Gestalt, reisender Händler

Beck, Hans Michel: * 1678 in Walddorf bei Tübingen, I. oo 1702 in Kürnbach mit Anna Maria Vogel von dort († 1723), II. oo 1723 mit Kunigunda Knollmayer; Weber in Kürnbach

Beck, Johann Gottlieb: * 1727 in Dürrmenz, I. oo 1749 in Dürrmenz mit Barbara Langenstein († 1754), mit ihr ein überlebender Sohn Johann Heinrich, II. oo 1755 in Dürrmenz mit Anna Elisabetha Widmann (* 1733); wie sein jüngerer Bruder Samuel Chirurg; 1759 Heiligenpfleger in Dürrmenz, 1761 Ratsverwandter, 1772 Gerichtsverwandter

Beck, Johann Jacob: * 1749 in Dürrmenz als Sohn des Melchior Beck und seiner ersten Ehefrau Maria Barbara Härter

Beck, Maria Agnes: * 1752 in Dürrmenz als Tochter des Melchior Beck und seiner zweiten Ehefrau Christina Barbara geborene Hailmann

Beck, Melchior: * 1721 in Kürnbach als jüngster Sohn des aus Walddorf bei Tübingen stammenden Webers Hans Michel Beck und der Anna Maria Vogel (1683 – 1723)

Belser, Christina Rosina: * 1731 als Tochter des Mühlacker Ochsenwirts August Belser und seiner Frau Maria Barbara Katz, oo mit Joseph Werthwein, Bauer in Diefenbach, fünf Kinder, † 1769

Böhringer, Georg Michael: Metzger in Ötisheim, Sohn des Hans Jerg Böhringer, Gerichtsverwandter zu Ötisheim

Bofinger, Johannes: * 1739 in Lomersheim; Lehrer in Dürrmenz

Buck, Johann Michael: * 1735 in Dürrmenz, dort oo 1757 mit Sophia Louisa Fischer; Sonnenwirt

Bühler, Christoph Jacob: * 1719, Sohn des Johann Peter Bühler, Bürgermeister zu Backnang, oo 1743 in Dürrmenz mit Lucretia Margaretha Manevall, Tochter des reformierten Kaufmanns Charles Daniel Maneval(l); Kaufmann, ab 1757 erwähnt als Ratsverwandter in Dürrmenz

Bühler, Christina Lucretia: * 1752, sechstes und erstes überlebendes Kind des Christoph Jacob Bühler und der Lucretia geborene Manevall

Deininger, Johann Georg: * 1718 in Illingen als Sohn des Hans Jerg Deininger und der Anna Barbara Bayer;

Zainenmacher unter anderem in Sersheim und Ensingen

Doerner, Johann David: oo um 1761 mit Christiana Henriette Louise Koller; Maulbronnischer Amtsphysicus

Dürr, Johann Georg: * 1730 in Dürrmenz, oo 1755 in Dürrmenz mit Maria Margaretha Essich aus Flacht; Schmied

Dürr, Hans Wendel: * 1705 in Lomersheim; Hufschmied

Fieß, Johann Caspar: * 1729 in Dürrmenz als Sohn des Johann Wilhelm Fieß, oo 1753 in Dürrmenz mit Jacobina Margaretha Jetter (* 1723); Leineweber

Fieß, Johann Wilhelm: * 1700 in Dürrmenz, dort oo 1723 mit Maria Margaretha Wagner; Weber, 1739 genannt als Heiligenpfleger

Fischer, Carl Wilhelm: * 1728 in Dürrmenz, I. oo 1750 in Dobel mit Justina Catharina Kappler (1721 – 1757) von Dobel, Witwe des in Gräfenhausen und Dobel tätigen Chirurgen Franciscus Christoph Schumacher, II. oo 1758 in Dürrmenz mit Anna Maria Schneider, mit ihr die Söhne Johann Wilhelm, Philipp Bernhard und Carl Friedrich

Fischer, Johann Adam: * 1753 in Dürrmenz als einziger Sohn des Carl Wilhelm Fischer und der Justina Catharina geborene Kappler

Gerhard(t), Johanna Maria: * 1739 in Mannheim als Tochter des Philipp Jeremias Gerhard, Kauf- und Handelsmann aus Mannheim, und der Maria Sibilla Wilckhaußen aus Heidelberg

Gerrmann, Maria Agnes: aus dem Schönbuch, oo 1754 in Dürrmenz mit Johann Urbanus Rudolph

Härter, Hans Jerg: aus Simmozheim, oo 1709 in Dürrmenz mit Anna Ursula Stüblin (* 1684); Weber, Leineweber

Härter, Maria Barbara: * 1714 in Dürrmenz als Tochter des Hans Jerg Härter und der Anna Ursula Stüblin, † 1751

Hailmann, Christianus (auch Heylemann): * 1687 in Friolzheim als Sohn des Jörg Heylemann und der Margaretha geborene Kauffmann, oo 1710 in Friolzheim mit Anna Barbara Rüfflin; Bäcker in Friolzheim, † 1754

Hailmann, Christina Barbara: * 1711 in Friolzheim als Tochter des Christian Hailmann und der Anna Barbara Rüfflin, I. oo 1739 in Dürrmenz mit Hans Jacob Schmierer, drei nicht überlebende Söhne, eine Tochter Christina Margaretha, II. oo 1751 in Dürrmenz mit Melchior Beck

Hartranft, Catharina Agatha: * 1741 in Dürrmenz als Tochter des Andreas Benedict Hartranft und der Catharina Barbara Seeger

Hauser, Christoph: Sohn des Johann Georg Hauser, Ziegler zu Pinache

Horkheimer, Georg Adam: oo 1760 in Dürrmenz mit Maria Margaretha Fegert

Käuffelin, Immanuel: * 1748 in Herbrechtingen als Sohn des Johann Matthias Käuffelin und der Esther Dorothea Härlin; 1766 immatrikuliert in Tübingen

Käuffelin, Johann Matthias: * 1715 in Tübingen als Sohn des Schreiners und Zeugwarts Johann David Käuffelin und der Anna Magdalena Osiander, oo 1746 in Herbrechtingen mit Esther Dorothea Härlin (* 1722), Tochter des Klosterverwalters in Herbrechtingen

Johann Isaak Härlin; 1746 Diakon in Herbrechtingen, seit 1762 Spezial in Dürrmenz (Spezial ist die Abkürzung von Spezialsuperintendent, entspricht der Bezeichnung Dekan)

Kappler, Justina Catharina: * 1721 in Dobel als Tochter des Wirts Elias Kappler und der aus Durlach stammenden Maria Elisabetha Goldschmidt, I. oo 1739 in Gräfenhausen mit dem Chirurgen Franciscus Christoph Schumacher, mit ihm unter anderen Tochter Maria Christina, II. oo 1750 in Dobel mit Carl Wilhelm Fischer aus Dürrmenz, † 1757

Klink, Johannes: * 1709 in Dürrmenz, Schäfer

Klink, Michael: * 1735 in Dürrmenz, Schäfer

Kriegler, Elisabetha Sibylla (auch Krigerlin): * um 1701 als Tochter eines herrschaftlichen Mundkochs in Stuttgart, oo um 1718 mit Johann Michael Mauch, mit ihm die überlebenden Töchter Juliana Charlotta (* 1719) und Jacobina Wilhelmina (* 1721) verheiratete Grammer

Löffler, Samuel Friedrich: Unteramtmann

Majer, Elisabetha: * 1701 in Dürrmenz als Tochter des Adlerwirts Hans Jacob Majer und der Anna Maria geborene Stern, oo 1721 in Dürrmenz mit Johann Jacob Redwitz (1693 – 1747), Metzger und Adlerwirt, nur ein überlebendes Kind Johann Jacob

Mauch, Johann Michael: * 1696 in Dürrmenz als Sohn des Hans Michael Mauch, oo um 1718 mit Elisabetha Sibylla Kriegler; Schulmeister in Dürrmenz

Meißner, Catharina Barbara: * 1752 in Dürrmenz als älteste Tochter des Zieglers Jacob Meißner und der Maria Agnes geborene Kälber

Meißner, Jacob: * um 1726, oo 1747 in Dürrmenz mit Maria Agnes Kälber (* 1728); Ziegler

Meißner, Jacob Friedrich: * 1750 in Dürrmenz als Sohn des Zieglers Jacob Meißner und der Maria Agnes geborene Kälber

Mergery, Jean Leonhard (Schreibweise variiert): * 1746 in Paris; Bijoutier, Uhrmacher

Meurer, Philipp Christian: * in Bönnigheim als Sohn des Kronenwirts Philipp Jacob Meurer; Kronenwirt in Bönnigheim

Moser, Johann Wilhelm: * 1710 in Stuttgart als Sohn des Expeditionsrats Johann Jakob Moser und der Helena Katharina Missler, III. oo 1748 in Stuttgart mit Justine Friederike Christiane Jäger (* 1720); seit 1740 in Pfullingen, ab 1755 Spezial in Dürrmenz

Moser, Philipp Sigmund: * 1686 in Asperg als Sohn des Stuttgarter Rentkammerrats Johann Christoph Moser, oo 1712 in Stuttgart mit Maria Dorothea Mögling; 1720 Pfarrer in Sindelfingen, 1734 Spezial in Heidenheim, ab 1747 Spezial in Dürrmenz

Moser, Philipp Ulrich: * 1720 in Sindelfingen als Sohn des Pfarrers Philipp Sigmund Moser und der Maria Dorothea Mögling; 1750 Pfarrer in Hausen an der Würm

Moutoux, Charles François: * 1744 in Dürrmenz als Sohn des Pfarrers Jacques Moutoux und der Marie geborene Debats

Moutoux, Jacques: * 1689/1692 als Sohn des Pfarrers Jacques Moutoux und der Marguerite geborene Pastre, oo 1725 in Hanau mit Marie Debats (* um 1700); 1721 immatrikuliert in Marburg, 1724 von

Amsterdam nach Dürrmenz als Pfarrer der welschen Gemeinde berufen

Moutoux, Louise Philippine: * 1741 in Dürrmenz als Tochter des Pfarrers Jacques Moutoux und der Marie geborene Debats

Müller, Johannes: * 1720 in Mühlhausen an der Enz als Sohn des Hans Michael Müller und der Barbara Rapp, I. oo 1741 in Mühlhausen mit Catharina Agnes Häcker aus Iptingen, keines seiner Kinder überlebt; Bäcker in Mühlhausen

Redwitz, Agnes Catharina (Agi): * 1750 in Dürrmenz als Tochter des Adlerwirts Johann Jacob Redwitz und der Catharina Barbara geborene Beck

Redwitz, Johann Jacob: * 1724 in Dürrmenz als Sohn des Adlerwirts Johann Jacob Redwitz und der Elisabetha geborene Majer, oo 1746 in Dürrmenz mit Catharina Barbara Beck, Tochter des Burkhart Beck, Schiff-Wirt zu Pforzheim; Wirt des Schwarzen Adler, ab 1756 genannt als Ratsverwandter, ab 1758 als Gerichtsverwandter

Rößler, Hans Jerg: * 1707 als Sohn des Hans Jerg Rößler; Bauer und Ölschläger in Mühlacker

Rudolph, Johann Christoph (auch Rudolf): * 1741 in Dürrmenz als Sohn des Johann Urbanus Rudolph und der Christina Barbara Wagner; Strumpfweber in Dürrmenz-Untermberg

Scheible, Johannes: * 1720 in Dürrmenz, II. oo 1758 in Dürrmenz mit Christina Barbara Gräber, Näherin

Schmidgall, Rosina Catharina verwitwete Österreicher: Geburtsort und Mädchenname unbekannt, oo 1762 mit Simon Schmidgall, Hirschwirt in Lienzingen

Schmidgall, Simon: * 1718 in Lienzingen als Sohn des Hirschwirts Hans Jacob Schmidgall und der Jacobina Geißler, die in erster Ehe mit Simon Siedler verheiratet war; Obermeister des Metzgerhandwerks, Hirschwirt in Lienzingen

Schmierer, Christina Margaretha: * 1744 in Dürrmenz als Tochter des Bäckers Hans Jacob Schmierer und der Christina Barbara Hailmann

Schmierer, Hans Jacob: * 1710 in Dürrmenz als Sohn des Andreas Schmierer und der Anna Margaretha Bronner, oo 1739 in Dürrmenz mit Christina Barbara Hailmann aus Friolzheim, die Söhne Johann Georg (1741 – 1741), Jeremias (1742 – 1743) und Jerg Martin (1748 – 1748) sterben früh; Bäcker in Dürrmenz, † 1749

Schmierer, Johann Andreas: * 1722 in Dürrmenz als Sohn des Andreas Schmierer und der Anna Margaretha Bronner, oo 1749 in Dürrmenz mit Anna Barbara Hafner; 1756 genannt als Nachtwächter

Schumacher, Maria Christina: * 1747 in Dobel als Tochter des Chirurgen Franciscus Christoph Schumacher (1713 – 1750) und seiner Frau Justina Catharina Kappler (1721 – 1757), die in zweiter Ehe Carl Wilhelm Fischer aus Dürrmenz heiratet

Schwörer, Christoph: * 1700 in Dürrmenz als Sohn des Joseph Schwörer und der Catharina Knodel; Zimmermann in Dürrmenz

Siedler, Anna Catharina: * 1715 in Lienzingen als Tochter des Simon Siedler und der Jacobina geborene Geißler, oo 1736 in Mühlhausen mit Heinrich Johann Wedderkopf, Konsulent in Mühlhausen an der Enz

Spihlmann, Christoph: * 1693 in Dürrmenz als Sohn das Hans Martin Spihlmann und der Sabina Stähle, oo 1719 in Dürrmenz mit Regina Majer (* 1697); 1752 genannt als Kastenknecht und Gerichtsverwandter, † 1756

Spihlmann, Christoph Heinrich: * 1735 in Dürrmenz als Sohn des Christoph Spihlmann und der Regina Majer, oo 1755 in Dürrmenz mit Anna Maria Gorgus; Nachfolger seines Vaters als Kastenknecht, 1759 Lammwirt, Gerichtsverwandter

Stähle, Jacob: * 1722 in Dürrmenz, oo 1746 in Dürrmenz mit Sabina Blessing (* 1723); Bauer in Dürrmenz

Stahl, Magdalena Clara: * um 1691, Geburtsort und Mädchenname unbekannt, 20 Jahre Hebamme in Dürrmenz; oo um 1712 mit Johannes Stahl (1685 – 1755), Schuhmacher

Stein, Johann Andreas: * 1728 in Heidelsheim; Klavier- und Orgelbauer. Anmerkung: Klang und Aussehen der damals entwickelten und eingesetzten Modelle sind mit dem heutigen Klavier nicht deckungsgleich

Tafel, Christian Friedrich: *1718 in Tübingen als Sohn des Johann Heinrich Tafel, Sekretär und Konsulent, und der Anna Dorothea geborene Böhm, oo 1747 in Waiblingen mit Johanna Maria Volmar; 1746 Feldprediger beim Dragonerregiment des Schwäbischen Kreises, 1748 in Waiblingen, ab 1759 Spezial in Dürrmenz

Trost, Barbara: * 1742 in Wesel am Niederrhein

Vollmer, Georg Martin: * um 1715 als Sohn des Johann Michael Vollmer, Metzger und Landwirtsaufseher in Ötisheim, oo 1737 in Ötisheim mit Maria Agnes

Widmann aus Dürrmenz (*1720); Metzger in Dürrmenz

Vollmer, Johann Michael: * 1749 in Dürrmenz als Sohn des Georg Martin Vollmer und der Maria Agnes geborene Widmann

von Stain, Louisa Friederica Augusta Wilhelmina: * 1752 in Mühlhausen an der Enz als Tochter des Ludwig Friedrich von Stain, Schlossbesitzer in Mühlhausen, und der Wilhelmina Friederica von Degenfeld

Wedderkopf, Anna Catharina (siehe Siedler): verheiratet von 1736 bis 1764 mit Heinrich Johann Wedderkopf, * 1698 in Wegeleben bei Halberstadt; Hofmeister bei Baron Ludwig Friedrich von (auch vom) Stain, württembergischer Kanzleiadvocat, vieljähriger Konsulent in Mühlhausen und Stabsamtmann

Wohlmann, Georg Philipp August: oo 1741 mit Sophia Dorothea Hermann (* 1710), Tochter des Georg Conrad Hermann, Klosterverwalter in Maulbronn; Maulbronnischer Amtspfleger, versieht in Dürrmenz die Aufgaben eines Schultheiß

Wohlmann, Johann Gottlieb: * 1751 in Dürrmenz als Sohn des Georg Philipp August Wohlmann und der Sophia Dorothea Hermann, jüngstes von acht Kindern, von denen sechs erwachsen werden; die Schwestern: Louisa Dorothea (* 1742), Christiane Philippine (* 1743), Maria Johanna (* 1744), Charlotta Augusta (* 1747), der Bruder: Philipp Friedrich (* 1748)

Anmerkungen zu den Namen und örtlichen Verhältnissen

Im 18. Jahrhundert setzt im evangelischen Teil Württembergs die Mode ein, Kindern mindestens zwei Vornamen mitzugeben. Häufig wird bei Jungen ein Hans oder ein Johann, bei Mädchen eine Anna oder eine Maria vor einen weiteren Namen platziert. Vergleiche mit kommunalen Akten, die Originalunterschriften tragen, belegen, dass die vorangestellten Namen Johann, Anna und Maria meist nicht die Rufnamen waren, sondern eine Art schmückendes Beiwerk. Ein weiterer Beleg: Es konnte vorkommen, dass in einer Familie fünf Mädchen Anna als ersten Namen erhielten. Es wäre heilloses Durcheinander entstanden, wären alle fünf Anna gerufen worden. Komplizierter verhält es sich mit anderen Kombinationen wie etwa Christoph Jacob oder Christina Margaretha. Hier lässt sich kein Schema herauslesen, aus dem zu erkennen wäre, wie der oder die Betreffende kurz gerufen worden sein könnte. Beim Schreiben dieses Buches hat es sich für mich daher verboten, selbst über den Rufnamen zu befinden, um auf diese Weise die Lesbarkeit zu erleichtern. Ich gebe der Authentizität den Vorrang. Nur in ganz wenigen Fällen, in denen sicher davon auszugehen ist, dass Johann Adam wirklich auf Adam ohne Johann davor gehört hätte, dass Johann Gottlieb wirklich auch zur Hilfe geeilt wäre, wenn man nur nach Gottlieb verlangt hätte, wird ein Namensbestandteil unterschlagen. Bei Agnes Catharina Redwitz erlaube ich mir die Abkürzung Agi. In ihrem Freundeskreis sind so viele Mädchen namens Agnes und Catharina vertreten gewesen, dass sicher auch die realen Personen zu Varianten gegriffen haben dürften.

Aussagen über die Wohnverhältnisse zu treffen, ist äußerst schwierig. Vieles muss daher im Ungefähren bleiben, und manche Familie wird von mir an eine falsche Stelle gepflanzt worden sein. Belege für die Verortung liegen unter anderem für das schon lange nicht mehr existierende Haus der Hauptpersonen an der Brunnengasse vor, ebenso für das welsche Pfarrhaus. Ein Fixpunkt ist zudem der Schwarze Adler an der Ecke Wiernsheimer Straße/Brunnengasse. Das Gebäude ist erst vor wenigen Jahren dem Abrissbagger zum Opfer gefallen.

Dank

Ohne die vielen freundlichen und kompetenten Menschen, die mir Türen zu Archiven geöffnet, Wege zu Informationen aufgezeigt und mein Interesse an der Orts- und Familiengeschichte geweckt haben, wäre dieses Buch nicht entstanden. Ihnen danke ich ebenso wie allen, die mich ermutigt, sich geduldig die Fortschritte der Handlung angehört und mich beim Realisieren des Projekts unterstützt haben. Die Mühlacker Stadtarchivarin Marlis Lippik, die das Manuskript auf mögliche historische Irrtümer durchleuchtet hat, war mir eine besonders wichtige Hilfe. Ideen und Inspiration für die Lücken zwischen den belegten Daten verdanke ich meinen vierbeinigen Schätzen Nelly und Fidelio. Mögen sie gern auf dem Buch Platz und nach Katzenart es für sich einnehmen. Allen menschlichen Lesern danke ich für die Bereitschaft, sich auf die Reise in eine ferne und doch so nahe Welt einzulassen.

Die Autorin

Carolin Becker wurde in Mühlacker geboren und wuchs im Enzkreis auf. Sie studierte Orchestermusik mit Hauptfach Geige und begann nebenher, als freie Mitarbeiterin für das Mühlacker Tagblatt zu arbeiten. Mittlerweile ist sie dort als Redakteurin tätig. Ihr Interesse für lokalhistorische Themen weckte den Wunsch in ihr, mehr über die Wurzeln der eigenen Familie zu erfahren. Bei zahlreichen Besuchen in kirchlichen und kommunalen Archiven wuchs die Erkenntnis, dass das Leben die besten Geschichten schreibt. In „Sieben Leben – Brunnengasse" spürt sie dem Schicksal einer ihrer Urururururgroßmütter nach. Und weil sich auf jedem Papierstapel, auf jeder Tastatur und neben jedem Laptop unweigerlich eine ihrer Katzen niederlassen muss, haben sich die Samtpfoten auch den Weg in den Roman gebahnt.